# 文学传播与接受论丛

## 第四辑

主　编：尚永亮　谭新红

中　华　书　局

图书在版编目(CIP)数据

文学传播与接受论丛.第四辑/尚永亮,谭新红主编. —北京：
中华书局,2019.12
　ISBN 978-7-101-14227-3

　Ⅰ.文…　Ⅱ.①尚…②谭…　Ⅲ.文学-大众传播-中国-文集
Ⅳ.I206-53

中国版本图书馆 CIP 数据核字(2019)第 240585 号

书　　名　文学传播与接受论丛　第四辑
主　　编　尚永亮　谭新红
责任编辑　葛洪春　周毅泽
出版发行　中华书局
　　　　　(北京市丰台区太平桥西里38号　100073)
　　　　　http://www.zhbc.com.cn
　　　　　E-mail:zhbc@zhbc.com.cn
印　　刷　北京瑞古冠中印刷厂
版　　次　2019 年 12 月北京第 1 版
　　　　　2019 年 12 月北京第 1 次印刷
规　　格　开本/880×1230 毫米　1/32
　　　　　印张 14¼　插页 2　字数 330 千字
国际书号　ISBN 978-7-101-14227-3
定　　价　76.00 元

# 目　录

# 《诗》本变迁与"孔子删诗"新论

## 曹建国

作为《诗经》学史上的一大公案,"孔子删诗"的核心问题指向的是《诗经》的文本。但这里的"文本"最多可能有四个方面的内涵:孔子以前的《诗》本(以下简称《古诗》本)、孔子授徒所用的《诗》本(以下简称《孔诗》本)、司马迁时代的《诗》本(以下简称《三家诗》本)、今传《诗》本(亦即古文《毛诗》本)。只有在清楚辨析这四种《诗》本间关系的基础上,我们才有可能对"孔子删诗"的问题作出比较合理的解释。

### 一

首先我们来看历代学者对于"孔子删诗"的意见。

首倡"孔子删诗"说的是司马迁。其在《史记·孔子世家》中说:

> 古者《诗》三千余篇,及至孔子,去其重,取可施于礼义,上采契后稷,中述殷周之盛,至幽、厉之缺,始于衽席,故曰:《关雎》之乱以为《风》始,《鹿鸣》为《小雅》始,《文王》为《大雅》始,《清庙》为《颂》始。三百五篇,孔子皆弦歌之,以求合

《韶》、《武》、《雅》、《颂》之音。①

司马迁说"孔子删诗"在西汉并没有受到非议。但到了东汉以后，司马迁的说法首先受到了郑众的质疑。郑玄注《周礼·春官·大师》引郑众语："古而自有风、雅、颂之名，故延陵季子观乐于鲁，时孔子尚幼，未定《诗》、《书》，而曰'为之歌《邶》、《鄘》、《卫》'，曰'是其《卫风》乎'，又为之歌《小雅》、《大雅》，又为之歌《颂》。《论语》曰：'吾自卫反鲁，然后乐正，《雅》、《颂》各得其所。'时礼乐自诸侯出，颇有谬乱不正，孔子正之。"②依此说，则郑众认为孔子之前已有《风》、《雅》、《颂》，孔子正乐而已。但在注《左传》时，其曰："孔子自卫反鲁，然后乐正，《雅》、《颂》各得其所。自卫反鲁在哀公十一年，当此时《雅》、《颂》未定，而云'为歌《大雅》、《小雅》、《颂》'者，传家据已定录之，言季札之于乐，与圣人同。"③同一问题，郑众观点前后不一，殊可怪哉！故孙诒让认为可能是贾公彦引服虔《左传注》而误以为是郑说④。

郑众虽然质疑季札观乐之时，孔子尚幼，但语焉不详，且态度也不甚坚决，故并未引起人们的注意。到了唐代，孔颖达作《毛诗正义》，其对司马迁所说的古诗篇数表示怀疑："《史记·孔子世家》云：'古时诗本三千余篇，去其重，取其可施于礼义者三百五篇。'是《诗三百》者，孔子定之。如《史记》之言，则孔子之前诗篇多矣。案《书》、《传》所引之诗，见在者多，亡逸者少，则孔子所录不容十分去九。马迁言古诗三千余篇，未可信也。"⑤

---

① 司马迁《史记》，中华书局1959年，第1936页。
② 贾公彦《周礼注疏》，十三经注疏本，中华书局1980年，第796页。
③ 贾公彦《周礼注疏》，第796页。
④ 孙诒让《周礼正义》，中华书局1987年，第1845页。
⑤ 孔颖达《毛诗正义》，十三经注疏本，中华书局1980年，第263页。

　　因为《毛诗正义》影响大，故孔颖达质疑古诗篇数遂引起"删诗"之争。宋代以后，围绕"删诗"与否分成两派：主张"删诗"派和主张"不删诗"派。

　　主张"删诗"派理由主要有四：一、古代诸侯国众多，如每一国皆有诗，则总数何止三千。二、司马迁为博览群书，《史记》为信史，故司马迁所言当有根据。三、孔子删诗未必都是删去全篇，或篇删其章，或章删其句，或句删其字。四、古籍所引《诗经》未录诗，确有与《诗经》重复者，故司马迁所言"去其重"可信。

　　而主张"不删诗"派论据有五：一、古籍引诗见于《诗经》者多，而不见《诗经》者少，故史迁所言"古诗三千余篇"不可信，属误传。二、《诗经》中有"淫诗"，与孔子思想不符，故《诗经》非孔子所删。三、对照《左传》襄公二十九年季札观乐，知孔子之前已有《诗》本与今本《诗经》大体相同，孔子未曾删诗。四、《诗》在当时地位尊崇，孔子无权删诗。五、孔子只说正乐，未说删诗①。

　　今人大多也不赞成"孔子删诗"说。人们依据《论语·子罕》之"余自卫反鲁，然后乐正，《雅》、《颂》各得其所"，认为孔子有正乐之功而无删诗之事。又根据《论语·述而》之"《诗》、《书》执礼，皆雅言也"，认为孔子依据从各地搜集来的传本，对其中古怪错杂之方言俗语进行规范化处理，取得语言的统一，以作为教材。②

　　从上述总结不难看出，无论是主张"孔子删诗"者还是反对"孔子删诗"者都有自己的理由，也都有一定的合理之处，但又都

---

①夏传才对古人关于"孔子删诗"的争论曾有详尽论述，参氏著《诗经研究史概要》，中州书画社 1980 年，第 36—40 页。
②夏传才《〈诗经〉难题与公案研究的新进展》，《淮阴师范学院学报》（哲学社会科学版）1999 年第 5 期。

不能完全驳倒对方。分析原因,因为争执双方都没有搞清楚司马
迁"孔子删诗"说的逻辑起点是什么。而不先明辨这一点,一切的
争执都没有太大的意义,甚至会偏离论题。比如朱彝尊赞成朱熹、
叶适等人的意见,认为孔子只是整理过《诗》,未必删诗,因为:
"《诗》者掌之王朝,班之侯服,小学、大学之所讽诵,冬夏之所教,
莫之有异。故盟会聘问燕享,列国之大夫赋诗见志,不尽操其土
风。使孔子以一人之见,取而删之,王朝列国之臣,其孰信而从之
者。"①此言看似有理,实则放大了"孔子删诗"说而偏离了议题。
细绎司马迁的原意,并无孔子代朝廷删诗的意思,也没有否定《古
诗》本的存在,他只是指出孔子取此前的《诗》本删节之,用于教授
生徒,而且这个《诗》本一直流传,是汉代《诗》本的祖本。所以,无
论是驳斥还是赞同司马迁的"孔子删诗说",逻辑上必须要弄清
《古诗》本、《孔诗》本、汉代《诗》本三者之间是什么关系。如果说
孔子不删诗,就要证明《古诗》本与《孔诗》本相同或相近;反之亦
然。如果要证明汉代《诗》本不出自孔子,就要证明《孔诗》本与汉
代《诗》本完全不同或有根本性的差异;反之亦然。

## 二

　　首先我们来看《孔诗》本与汉代《诗》本间是什么关系,《孔诗》
本能否视为汉代《诗》本的祖本。

　　孔子以"六艺"授徒,《诗》为其一。《论语》中孔子数次言
《诗》,并许以"能言"和"授政"之用,认为事父、事君离不开《诗》,
个人进德修身也离不开《诗》。自卫反鲁之后,孔子专心于授徒,
寄望于后生小子,故整理《诗》、《书》典籍以为教本。所以,孔子有

---

① 朱彝尊《经义考》,中华书局 1989 年,第 533 页。

专门的《诗》本在理论上是无可置疑的。但《孔诗》本到底是什么样，以往虽有《论语》等文献记载，因为材料太少而无从判断。随着上博简《孔子诗论》等材料的出土，再结合《论语》等传世文献，使我们讨论《孔诗》本面目成为可能。

根据传世文献和出土文献，我们大抵可知：一、根据《论语》屡次提及"诗三百"可知，《孔诗》本有诗三百篇左右；二、根据《孔子诗论》可知，《孔诗》本的编排是按照《颂》、《大雅》、《小雅》、《邦风》四类编排的；三、根据《孔子诗论》简之"《邶·柏舟》闷"，可知《孔诗》本另有《柏舟》诗存在且不属于《邶》，故标注"邶"以区别。这也是先秦言诗惯例，《左传》昭公十六年，郑国六卿饯韩宣子而赋诗，子产赋《羔裘》，《左传》便标示"郑"，以与《唐风·羔裘》相区别。然今本《诗经》中有《谷风》分属《邶风》和《小雅》，有《扬之水》分属《王》、《郑》、《唐》，有《杕杜》分属《唐风》和《小雅》，有《黄鸟》分属《秦风》和《小雅》。但《孔子诗论》提及《谷风》、《黄鸟》、《扬之水》、《杕杜》等篇时并不加以区分，我认为极有可能是《孔诗》本中这些诗篇没有同名诗。

根据这些情况，我们再讨论《孔诗》本与汉代《诗》本之间的差异。需要说明的是，司马迁时代《毛诗》尚未行于世，故司马迁所谓汉代《诗》本当是据今文三家《诗》本而言的。因为三家《诗》本亡佚，今存者乃古文《毛诗》。这就需要我们首先对今、古文《诗》本间的关系加以分析比较，以确定能否以《毛诗》为代表，讨论司马迁时汉代《诗》本与《孔诗》本的异同。

具体地说，今文《三家诗》本与古文《毛诗》的差异表现在以下几个方面：

一、篇数或不同。今文诗学所用《诗》本有诗 305 篇，而古文《毛诗》有诗 311 篇。在今文 305 篇之外，古文《毛诗》另有 6 篇有目无辞的笙诗。《毛诗》本有笙诗，有人认为是为了和今文三家争胜①。

二、篇章排列稍有不同。郑玄《诗谱》："又问曰：'小雅之臣，何以独无刺厉王？'曰：'有焉。《十月之交》、《雨无正》、《小旻》、《小宛》之诗是也。汉兴之初，师移其第耳。"②又，郑玄笺《十月之交》曰："当为刺厉王，作《诂训传》时，移其篇第，因改之耳。"③根据郑玄的说法，则《毛诗》改变了《诗》的编次，使刺厉王之诗变成刺幽王之诗。郑玄谓《毛诗》改移诗篇次第，当是据今文三家《诗》本诗篇顺序为说。

三、某些诗篇文本不同。《小雅·都人士》首章："彼都人士，狐裘黄黄。其容不改，出言有章。行归于周，万民所望。"但今文三家《诗》本《都人士》无此章。《礼记·缁衣》引此诗，郑玄注曰："《毛诗》有之，三家则亡。"《左传》襄公十四年引"行归于周，万民所望"，服虔注："逸诗也，《都人士》首章有之。"唐时《韩诗》尚存，孔颖达比对《韩诗》亦曰："今《韩诗》实无此首章。时三家列于学官，《毛诗》不得立，故服以为逸。"④上博简、郭店简《缁衣》引诗与传世本《缁衣》有异，虞万里认为《毛诗·都人士》乃是《毛诗》学者合并《都人士》和《彼都人士》而成，目的是为了与立于学官的三家诗争胜⑤。

总的说来，今文《三家诗》本与《毛诗》几乎相同，换句话说，我们完全可以凭藉《毛诗》与《孔诗》本比较，以明《孔诗》本与汉代

①王先谦《诗三家义集疏·序例》，中华书局1987年。
②孔颖达《毛诗正义》，第404页。
③孔颖达《毛诗正义》，第445页。
④以上所引皆见孔颖达《毛诗正义》，第493页。
⑤虞万里《从简本〈缁衣〉论〈都人士〉诗的缀合》，《文学遗产》2007年第6期。

《诗》本之间的异同关系。比较可以发现，《孔诗》本与汉代《诗》本的差异表现在：

一、类名不同。今本《诗经》对《诗》的编排依次为《国风》、《小雅》、《大雅》、《颂》，而《孔子诗论》也把《诗》分为四类，即《邦风》、《小夏》、《大夏》、《讼》。《墨子·天志》："子墨子置天之志以为仪法，非独子墨子以天之志为法也，于先王之书，《大夏》之道之然。"其下引诗"帝谓文王，予怀明德，顺帝之则"。史载墨子其先学儒术，可见孔子所用《诗》本名"雅"曰"夏"。古音雅与夏，讼与颂皆可通，但"邦"与"国"虽音声差别较大，但汉人改《邦风》为《国风》的目的是为了避刘邦之讳。

二、《诗》篇编排不同。上博《诗论》简在讨论一组《风》诗时，显示顺序与今本《诗经》相同，而在讨论一组《小雅》诗时，顺序与今本《诗经》不同，如《伐木》在《巧言》后，《节南山》在《雨无正》后，《菁菁者莪》在《黄鸟》后等。另外，在同一诗简中讨论几首诗，在今本《诗经》中，有的属《雅》，有的属《风》，如，第26简，"……忠。《邶·柏舟》闷。《谷风》悲。《蓼莪》有孝志。《隰有长楚》得而悔之也"。对照今本《诗经》我们可以看出，《小雅·蓼莪》无论在语言风格还是在内容上都与《风》诗接近，是否《蓼莪》原本就属于《风》诗呢？也并非没有这种可能。

三、诗篇不同。《孔子诗论》中有不见于今本《诗经》的诗，这原本不是一个问题，因为这是一看便能判断出的问题。但因为有学者认定今本《诗经》是先秦旧本，所以面对《孔子诗论》中不见于今本《诗经》的篇名，便运用通假等方式，试图在今本《诗经》中为《孔子诗论》中的每一首诗找到相对应的诗篇。比如《河水》，见于《国语》，也见于《左传》。韦昭注《国语》以《沔水》为说，认为《河水》是《沔水》之误。杜预注《左传》虽认为《河水》是逸诗，但还是忍不住强作解人,以《沔水》解之。《孔子诗论》也有《河水》,评曰:"《河水》智。"正常情况下,我们是不大相信孔子或者刻简者也把"沔"字误作"河"字,那样的话实在太巧合了,而且《沔水》也与"智"字之评不合。所以我们只能承认这是一首逸诗。尽管有些人不认为《河水》为逸诗,如廖名春以"河水清而涟漪",判这首诗是《魏风·伐檀》,并且认为不稼穑而能"取禾三百廛",不狩猎而能"庭有悬狟"是君子"智"的表现,但这并没有说服力①。《河水》之外,《孔子诗论》提到的《律而》、《角幡》、《肠肠》等都当是不见于今本《诗经》的诗。孔子之后,先秦儒家所用《诗》本也当与《孔子诗论》所用《诗》本相同,所以《礼记·缁衣》、《荀子》等书中出现的不见于今本《诗经》的也当作如是观。同时我们常常疑惑为什么像《新宫》、《狸首》、《采齐》这样的诗篇也不见于今本《诗经》,照道理来说,如果今本《诗经》果然是先秦旧籍,这些诗是不会被孔子删去的。

四、就《孔子诗论》论《谷风》、《扬之水》、《杕杜》等诗不加以区分而言,大致可以推断《孔诗》本中这些诗应该没有同题诗篇。

故而我们认为,《孔诗》本与汉代《诗》本有一定的差异。考其原因,便是先秦《诗》本经秦火与项火而不复存在,汉代《诗》本乃汉人重新编订。

秦始皇焚书坑儒,设挟书之令,禁绝民间藏《诗》、《书》典籍。而藏于秦宫的书又被项羽一把大火焚烧殆尽,萧何收拾旧籍仅限于账簿之类而不及《诗》、《书》,故《诗》、《书》无存。《汉书·艺文志》认为《诗》"遭秦而全者,以其讽诵,不独在竹帛故也"②,然而实

---

① 廖名春《上海博物馆藏诗论简校释》,《中国哲学史》2002 年第 1 期。
② 班固《汉书》,中华书局 1962,第 1708 页。

际的情况是：

> 陵夷至于暴秦，燔经书，杀儒士，设挟书之法，行是古之罪，道术由是遂灭。汉兴，去圣帝明王遐远，仲尼之道又绝，法度无所因袭。时独有一叔孙通略定礼仪，天下唯有《易》卜，未有它书。至孝惠之世，乃除挟书之律。然公卿大臣绛、灌之属咸介胄武夫，莫以为意。至孝文皇帝，始使掌故朝错从伏生受《尚书》。《尚书》初出于屋壁，朽折散绝，今其书见在，时师傅读而已。《诗》始萌牙。天下众书往往颇出，皆诸子传说，犹广立于学官，为置博士。在汉朝之儒，唯贾生而已。至孝武皇帝，然后邹、鲁、梁、赵颇有《诗》《礼》《春秋》先师，皆起于建元之间。当此之时，一人不能独尽其经，或为《雅》，或为《颂》，相合而成。《泰誓》后得，博士集而读之。故诏书称曰："礼坏乐崩，书缺简脱，朕甚闵焉。"时汉兴已七八十年，离于全经，固已远矣。①

所以班固所谓汉兴《诗》全并不可信，司马迁于《史记·儒林列传》慨叹："及秦之季世，焚《诗》《书》，阬术士，六艺从此缺焉。"②王充《论衡·书解篇》亦云："今《五经》遭亡秦之奢侈，触李斯之横议，燔烧禁防，伏生之徒，抱经深藏。汉兴，收《五经》，经书缺灭而不明，篇章弃散而不具。"③

汉惠帝四年方才废除秦"挟书令"，汉代《诗》本的编订应该在此之后，这也与刘歆所说相吻合。汉初编纂《诗经》的材料，一部分是先秦传下来的残简，大部分则靠诸儒背诵，两者相合而成。20世纪 70 年代发现于阜阳的《诗》简大小长短及书写风格都不统一，

---

① 班固《汉书》，第 1968—1969 页。
② 司马迁《史记》，第 3116 页。
③ 黄晖《论衡校释》，中华书局 1990 年，第 1158—1159 页。

便应该是这样的一部汇聚本。

综上所述，我们认为，《诗》经秦火、项火而不全，汉人收拾残简辅以记忆，重新编订了《诗》本。汉代《诗》不仅与《孔诗》本有不同，其内部不同学派间也有差异。但从大的方面看，汉代《诗》本与《孔诗》本并没有本质差别，基本上继承了《孔诗》本分类原则和诗篇编排次序，汉人并没有在《孔诗》本之外另提出一套编排标准。汉代《诗》本的材料无论是残简还是记忆都是来自先秦，所以《孔诗》本完全可以视为是汉代《诗》本的祖本，司马迁说汉代《诗》本传自孔子并没有错。

# 三

那么《孔诗》本与此前的《古诗》本之间又是什么样的关系呢？这实际上涉及两方面的问题：第一，《古诗》本到底有没有可能是三千余篇；第二，《古诗》本与《孔诗》本在编排上有没有差异。

首先我们来谈第一个问题。司马迁说古诗三千余篇，这遭到了历代否定"孔子删诗"学者的质疑。赞成"孔子删诗"说的学者以诸侯国众多则诗也当多，来替司马迁辩护。但其实二者都没有抓住问题的关键。就赞成"删诗"者而言，尽管古时诸侯国众多，并非凡诸侯国之诗皆可入《诗》，何国之风可以入《诗》，何国之风不能入《诗》，是应该有一定的依据的。例如《诗》无楚风，既有政治的原因，也应该有音乐本身的原因，楚人有不同于周代雅乐体系的音乐制度①。而反对"删诗"说的学者两眼只盯着"三千余篇"，却忽视了司马迁说的"去其重"。而对于争论的双方而言，问题的关键就在于"去其重"。

从字面来理解，"重"就是"重复"，"去其重"就是去掉《古诗》

---

① 曹建国《楚简〈采风曲目〉初探》，《简帛》第二辑，上海古籍出版社2007年。

本中重复的诗篇。我们不知道司马迁这样说有什么根据,但根据口头诗学的理论,司马迁的说法是非常有可能的。口传诗学理论原本是由美国学者帕里创立的,他提出了程式、程式系统、主题等一系列概念,用以研究荷马史诗的口头传统问题①。帕里去世后,他的学生洛德进一步完善了口头诗学,把"表演"作为口头诗学的根本问题,提出口头史诗是"表演的创作"②。"每一次表演都是具体的歌,与此同时它又是一般的歌(generic song)。我们正在听的歌是'特定的歌'(the song);每一次表演的意义不限于表演本身,每一次表演都是一次再创造。"③在这样的表演创作中,存在着变异和稳定性之间的相互制衡的关系。变异来自"细节、描绘的添加,修饰的扩充,行为的变异",但故事的核心或内在结构不会变,而且正是来自核心或内在结构本身的张力导致了故事的变异④。如果文字记录下歌手的每一次表演创作,就会得到许多单独存在的文本。但同时每一个文本又不能与其他文本分割开来,它们存在于一个共同的传统之中。

　　在一定的程度上,口头诗学理论可以运用于《诗经》研究。《诗经》中有一部分作品是民歌,靠"采风"得到的。《左传》襄公十四年引《夏书》:"遒人以木铎徇于路,官师相规,工执事以谏。"杜预注:"遒人,行人之官也。徇于路求歌谣之言。"⑤《汉书·食货

---

① (美)约翰·迈尔斯·弗里《口头诗学:帕里—洛德理论》,朝戈金译,社会科学文献出版社 2000 年,第 64—71 页。
② (美)约翰·迈尔斯·弗里《口头诗学:帕里—洛德理论》,第 97—100 页。
③ (美)洛德《故事的歌手》,尹虎彬译,中华书局 2004 年,第 145 页。
④ (美)洛德《故事的歌手》,第 147—151 页。
⑤ 孔颖达《春秋左传正义》,十三经注疏本,中华书局 1980 年,第 1958 页。

志》："孟春之月，群居者将散，行人振木铎徇于路，以采诗。"①这里所谓的"采诗"便是行人记录下"群居者"的歌诗，而这种歌诗就是口传的歌诗，也应该是"表演的创作"。那么日积月累，采自不同时、地的歌诗有许多应该是重复的，甚至有许多就是同一个歌手的表演创作。当然正如洛德在《故事的歌手》中所论，这种"重复"也是稳定性与变异共生。

　　以《邶风·泉水》和《卫风·竹竿》为例。这两首诗都是卫国的诗歌，诗的核心是都是写远嫁的卫女思归而不得的幽怨。两首诗都写到了两条叫泉水和淇水河流，这两条河应该是卫女们儿时嬉戏的地方，也是她们出嫁时必经之地。这两首诗都写到了儿时与姊妹们一起度过的快乐时光，《泉水》："娈彼诸姬，聊与之谋。"《竹竿》："巧笑之瑳，佩玉之傩。"也都写到了她们的出嫁，皆曰"女子有行，远兄弟父母"。而最后又都以"驾言出游"的方式"以写我忧"，宣泄她们内心无比的思念之情。上述这些构成这两首诗的核心或内在结构，而细节方面，这两首诗又有不同。比如《泉水》幻想她回到了卫国，想象出宿于卫国的干地和沶地的情形。而《竹竿》则在对儿时的回忆中加入了淇水垂钓的细节，也明确交代了她是乘舟以"写（泄）忧"，而且是"桧楫松舟"。不仅如此，我认为《鄘风·载驰》也是这样的一首诗，它在核心或内在结构上与《泉水》、《竹竿》一样，所谓"我思不远"、"我思不閟"。它也写到了出嫁，"女子善怀，亦各有行"。但细节不同，它以登高的方式泄忧，并且直截了当地交代了是稚狂的许人阻碍她回国。《左传》交代了卫国受到了狄人攻击时，许穆夫人欲归唁卫侯受到了许国大夫的阻挠，便赋了《载驰》这首诗。但许穆夫人赋诗的时候显然有

---

① 班固《汉书》，第1123页。

《泉水》、《竹竿》这样的底本的存在,她只是在细节方面做了一些变化处理而已。

这是《诗经》中仍然存在的"重复"的歌诗。而在孔子之前,这样的诗一定是大量的存在着,司马迁说"三千余篇"未必是夸张,而是完全有可能的。需要说明的是,口头文学主要存在于《风》中,故"重复"也是针对《风》诗而言,这也与文献记载的"采风"说相协。孔颖达认为《书》、《传》所引诗,见在者多而亡逸者少,因而怀疑古诗没有那么多。其实通观《左传》、《国语》记载的赋诗、引诗,则以《雅》诗为主。这是因为《雅》诗多为政治诗,而"变雅"尤其具有政治批判色彩,故赋诗、引诗重《雅》表明当时人在国运衰敝,世乱日至的情况下希望政治清明、时局安定的心态和对贤德君子的渴望①。而《风》诗相对于《雅》与政治关系较为疏远,故春秋赋诗引诗不看重《风》诗。所以春秋赋诗引诗并不能反映先秦古诗存留的真实情况,而且也不能反映出《古诗》本"重"的特征。

就《论语》等文献来看,孔子论《诗》与乐分论,其论《诗》也重辞章义甚于乐章义,故孔子对文本重复的诗篇进行了删减。

除了"去其重",还有"取可施于礼义"的问题。有人认为《诗》中有"淫"诗,汉代《诗》本若为孔子删定,便不应该有"淫"诗的存在。孔子说"淫"主要是针对音乐而言,是对"繁手淫声"的音乐风格的批评。从这意义上说,司马迁说"去其重"也就有去其反复咏叹的含义在内,所以"删诗"也包括删章、删句、删字。此外,"淫"也是个时代性很强的观念,后人说淫,未必孔子亦然。孔子说"思

---

①葛晓音《试论春秋后期"〈诗〉亡"说》,《中华文史论丛》第七十八辑,上海古籍出版社2004年。

无邪"便是从整体上肯定了《诗》的价值。相对于以"淫"衡《诗》的人来说,孔子的观点则通达了许多。

其次,我们再来看《古诗》本与《孔诗》本编排有没有差异。我们虽然不知道《古诗》本的编排情况,但根据《左传》襄公二十九年季札观乐大体可知,《古诗》本对《诗》的分类编排与《孔诗》本大体相同,也应该是《风》、《小雅》、《大雅》、《颂》的顺序,其中《颂》也分为《周》、《鲁》、《商》,故曰"盛德之所同"。但《孔诗》本的十五国《风》排序与之不同,孔子对《秦风》和《豳风》的编排顺序作了调整。司马迁说孔子删定诗篇之后,对诗篇也重新进行了编订,把《关雎》、《鹿鸣》、《文王》、《清庙》四首诗作为作为每一类诗的,赋予伦理或政治意义,此即"四始"。

诚然,从文献中记载来推断,孔子特别重视这四首诗。以《关雎》为例。《论语》中孔子便两次论到《关雎》,一见于《八佾》,一见于《泰伯》,都是论《关雎》音乐有中和之美。《孔子家语·好生》载孔子语,曰:"小辩害义,小言破道。《关雎》兴于鸟,而君子美之,取其雄雌之有别。"①此与司马迁说孔子编诗"始于衽席"同义。在《韩诗外传》卷五,子夏问孔子"《关雎》何以为《国风》始",孔子大赞《关雎》之道为天地之始,王道之原②。尤其是近出的上博简《孔子诗论》也谈到了《关雎》。简10谈到"《关雎》之改……《关雎》以色喻于礼",简11谈到"《关雎》之改,其思益矣",简12谈到"……好,反纳于礼,不亦能改乎!"简14则曰:"……两矣,其四章则喻矣。以琴瑟之悦,拟好色之愿;以钟鼓之乐。"③简书可以看作

①《孔子家语》,《四部备要》第52册,中华书局1989年,第17页。
②许维遹《韩诗外传集释》,中华书局1980年,第164—165页。
③马承源主编《上海博物馆藏战国楚竹书(一)》,上海古籍出版社2001年,第139—144页。

是孔子对《关雎》的评价,重点强调《关雎》一诗能"以色喻于礼"能"反纳于礼",能以小好明其大好,使人的道德得到提升,也就是简文所说的"其思益"。纵论文献,孔子之所以赋予《关雎》以如此大的伦理意义,就因为《关雎》讲男女夫妇之道,而男女、夫妇为人伦之始,所谓"君子之道,造端乎夫妇,及其至也,察乎天地"①。从这意义上说,孔子对《周南》、《召南》的强调也类同于《关雎》。《论语·阳货》载孔子告诫其子伯鱼曰:"人而不为《周南》、《召南》,其犹正墙面而立也与?"《论语集解》引马融注:"《周南》、《召南》,《国风》之始。乐得淑女以配君子,三纲之首,王教之端,故人而不为,如向墙而立。"②因为《关雎》讲夫妇之道为人伦之始,所以孔子编诗以《关雎》为始是完全有可能的。不仅司马迁如此说,汉代今文诗学尽皆如此。上举《韩诗外传》可视为《韩诗》学者的意见,《齐诗》也是如此,如齐诗学者匡衡便说:"孔子论《诗》以《关雎》为始,言太上者民之父母,后夫人之行不侔乎天地,则无以奉神灵之统,而理万物之宜。"③这至少可以证明司马迁所言非一家私言,而应是汉初经学家之通义,而且极有可能是先秦旧说。

孔子对《鹿鸣》、《文王》、《清庙》也一样非常重视,尤其在上博简《孔子诗论》中,孔子对这三首诗的重视程度不亚于《关雎》,所以有学者推断"四始"确乎与孔子或孔子后学有关④。既然在《风》诗排序上有不同,具体诗篇编排也贯彻了孔子论《诗》的主张,那么认为孔子删诗之后又对《诗》本作了调整应该是没有问题的。

以上我们辨析了孔子以前《诗》本、孔子编纂《诗》本以及汉代

---

① 朱彬《礼记训纂》,中华书局1996年,第773页。
② 程树德《论语集释》,中华书局1990年,第1215页。
③ 班固《汉书》,中华书局1962年,第3342页。
④ 李锐《"四始"新证》,《孔子研究》2004年第2期。

今文《诗》本、古文《诗》本之间的关系,梳理了四者间的异同变化。我们认为孔子之前,《诗》以乐为主要存在形式,而文本相对处于次要的位置。采风所得歌诗,虽文本核心相同而细节略有变异,又因时地差异而音声不同,故得以共存而致重复。孔子虽重视《诗》乐,但关注的重心则已转向了文本,诗义的阐发也以文辞为中心,故删重存异精减《诗》本,号称"诗三百"①。秦汉之际,《诗》经秦火、项火而不全,篇章散乱。汉儒收拾残简,辅以讽诵记忆,重新编订《诗》本。故汉代《诗》本与孔子编订《诗》本虽有篇章之异,然根本相同。故而司马迁说"孔子删诗"应该有一定的依据,不容轻易否定。

①孔子之前并无"诗三百"之说,至《论语》方有此说,这也可算是孔子删《诗》的一个旁证。

# 春秋战国之际的否定
# 孔子之风与先秦思潮

钟书林

孔子作为"天纵之圣",其形象,其言说,其人格,莫不令后世仰慕。太史公曰:"诗有之:'高山仰止,景行行止。'虽不能至,然心乡往之。余读孔氏书,想见其为人。适鲁,观仲尼庙堂车服礼器,诸生以时习礼其家,余祗回留之不能去云。天下君王至于贤人众矣,当时则荣,没则已焉。孔子布衣,传十馀世,学者宗之。自天子王侯,中国言六艺者折中于夫子,可谓至圣矣!"(《史记·孔子世家》)然而,孔子由凡俗而"至圣"的成长之路,并非我们想象的那么一帆风顺,其中不乏险阻艰辛,非议、毁谤、打击,甚或迫害杀戮,接踵随之。在春秋战国之际,儒家的分裂以及墨家等诸子之学的兴起,掀起了一场中国历史上早期对孔子的排挤、诋毁与否定之风。这股风气虽然伴随儒学的兴盛、墨家的式微而结束,但它作为中国早期历史上对孔子的否定呼声与浪潮,所带来的负面影响亦不容小觑。

# 一、政治当权者的排挤与诸国政治

古语云："木秀于林，风必摧之；行高于人，众必非之。"①基于孔子的个人魅力和社会舆论影响，当时的一些政治当权者，为了维护他们的既得利益，而肆意诋毁、中伤，甚至伤害孔子。孔子在齐，不得齐景公重用，"齐大夫欲害孔子"；孔子过宋，"宋司马桓魋欲杀孔子"；孔子在陈、蔡之时，陈、蔡大夫围攻孔子于野；孔子在楚，楚令尹子西对他心存忌惮。

春秋末世，政治当权者的否定。最典型的为齐相晏婴对孔子的否定。《史记·孔子世家》记载：孔子35岁后，曾赴齐国，齐景公"将欲以尼谿田封孔子"，遭到晏婴的反对，晏婴否定孔子说："夫儒者滑稽而不可轨法，倨傲自顺，不可以为下；崇丧遂哀，破产厚葬，不可以为俗；游说乞贷，不可以为国。自大贤之息，周室既衰，礼乐缺有间。今孔子盛容饰，繁登降之礼，趋详之节。累世不能殚其学，当年不能究其礼。君欲用之以移齐俗，非所以先细民也。"②而孔子却对晏婴印象极好，评价甚高，《论语·公冶长》记载："子曰：'晏平仲善与人交，久而敬之。'"在《晏子春秋》中，多记载晏子毁谤孔子事，而孔子及弟子多讥笑晏子不知礼仪事，可见当时两种学说之间的矛盾。《晏子春秋》由于成书年代和作者问题，还存在一些分歧，但据吴则虞先生研究推断，《晏子春秋》的成书年代当在秦国统一六国后的一段时间之内。③ 笔者认为这一推论，契合

---

① 李康：《运命论》，严可均辑：《全三国文》卷43，中华书局1958年版，第1295页。

② 《史记·孔子世家》，中华书局1959年版，第1911页。

③ 《晏子春秋集释·序言》，中华书局1962年版，第20页。

战国、秦国始皇初年诸子争鸣的史实。

关于孔子见齐景公,《吕氏春秋·离俗览》还记载有一种说法:"孔子见齐景公,景公致廪丘以为养。孔子辞不受,入谓弟子曰:'吾闻君子当功以受禄。今说景公,景公未之行而赐之廪丘,其不知丘亦甚矣!'令弟子趣驾,辞而行。"这一记载,与《史记》、《晏子春秋》均不同,由此可知关于孔子见齐景公,在当时流传甚广,说法也不一。《吕氏春秋》的记载,回避了晏婴对孔子及儒家的否定和抨击,或出于当时在秦儒生之手。通过与《史记》、《晏子春秋》等比较,此处有意维护孔子及儒家形象的意图鲜明。

孔子为殷人之后,其先祖亡国,被册封于宋。而宋国内乱,其先祖孔防叔率家族被迫离开宋国,失去爵位。孔子五十多岁离开鲁国,在外漂泊。在古代农耕文明中,认祖归宗,乃是人类的自然天性,孔子也不能例外。但是,当他周游列国,流离失所时,他先祖创立的国家——宋国却对他无情的驱赶。宋国当政者桓魋视他为最大敌人、最大威胁,欲杀之而后快。《史记·孔子世家》记载:"孔子去曹适宋,与弟子习礼大树下。宋司马桓魋欲杀孔子,拔其树。"这个曾经宋国开创者的嫡传子孙,竟无缘于他的宗主,连城门半步都未曾踏进,遑论入宋祭祀先祖了。

孔子在陈、蔡之时,陈、蔡大夫围攻孔子于野。《史记》记载:"孔子迁于蔡三岁,吴伐陈。楚救陈,军于城父。闻孔子在陈、蔡之间,楚使人聘孔子。孔子将往拜礼,陈、蔡大夫谋曰:'孔子贤者,所刺讥皆中诸侯之疾。今者久留陈、蔡之间,诸大夫所设行皆非仲尼之意。今楚,大国也,来聘孔子。孔子用于楚,则陈、蔡用事大夫危矣。'于是乃相与发徒役围孔子于野。不得行,绝粮。"[1]陈、蔡大夫

---

[1]《史记·孔子世家》,中华书局 1959 年版,第 1930 页。

惧怕孔子为楚王重用,以"诸大夫所设行皆非仲尼之意",完全出于他们的一己政治私心,险些置孔子于死地。

而楚令尹子西心存忌惮,极力劝阻楚昭王封赐孔子。他以捧杀的方式打消了楚王封赐的念头。《史记·孔子世家》记载,孔子困于陈、蔡之间,"于是使子贡至楚。楚昭王兴师迎孔子,然后得免。昭王将以书社地七百里封孔子。楚令尹子西曰:'王之使使诸侯有如子贡者乎?'曰:'无有。''王之辅相有如颜回者乎?'曰:'无有。''王之将率有如子路者乎?'曰:'无有。''王之官尹有如宰予者乎?'曰:'无有。''且楚之祖封于周,号为子男五十里。今孔丘述三五之法,明周召之业,王若用之,则楚安得世世堂堂方数千里乎?夫文王在丰,武王在镐,百里之君卒王天下。今孔丘得据土壤,贤弟子为佐,非楚之福也。'昭王乃止。其秋,楚昭王卒于城父。"①在这里,楚令尹子西诋毁孔子,不是通过直接的方式,而是采用吹捧的方式,夸大其词,让楚昭王感觉到孔子及其弟子的能力与危险,自然得出倘若赐封孔子将"非楚之福"的结论。

按照子西的逻辑推理,孔子及弟子的治国理政、军事外交的能力太强大了,一旦据有封地,势必会威胁楚国。这和二十多年前②,齐相晏婴诋毁孔子的情形大相径庭了。同是攻击、诋毁孔子,从晏婴到子西,对孔子及儒学的评价却发生了极大变化,这反映出前后二十多年间,孔子学说影响之大,个人形象升格之快。在这样的形势之下,楚令尹子西倘若还采取当年晏婴那样否定孔子及学说的方式,势必不能取信于国君,所以子西采用的是"将欲毁

①《史记·孔子世家》,中华书局 1959 年版,第 1932 页。
②鲁昭公二十五年(前 517),孔子适齐;鲁哀公六年(前 489),孔子见楚王。参考钱穆《孔子传·孔子年表》,三联书店 2012 年版,第 136—137 页。

之,必重累之;将欲踣之,必高举之"①策略方式,他在言语上高度肯定孔子,岂止是肯定,简直是夸大其词,将孔子及弟子能力夸大到极致,使楚王意识到危害,从而打消了封赐孔子的念头。

而齐国的君臣素来忌惮孔子,齐鲁毗连,齐国君臣多担忧孔子主政使鲁国强大,而鲁国强大起来之后,势必对齐国不利。《史记·孔子世家》记载,孔子由司空为大司寇后,鲁定公十年(前500)夏,即有齐国大夫黎鉏对齐景公说:"鲁用孔丘,其势危齐。"②建议齐、鲁和好,于是安排夹谷会盟。在夹谷会盟中,由于孔子的智勇双全,以大国傲居的齐国反而陷入被动,鲁国不动一兵一卒,促使齐国主动归还了所侵占鲁国的郓、汶阳、龟阴等领土。外交胜利之后,鲁定公十三年,孔子又着手解决鲁国内政——"堕三都",严重削弱了季氏、叔孙氏、孟孙氏三家的军事实力,在一定程度上提升了鲁国公室的威望,提升了鲁国的国际地位和政治势力。鲁定公十四年,孔子"由大司寇行摄相事","齐人闻而惧,曰:'孔子为政必霸,霸则吾地近焉,我之为先并矣。盍致地焉?'黎鉏曰:'请先尝沮之;沮之而不可则致地,庸迟乎!'"③从齐人的恐惧中,可以推断出他们对孔子政治能力的真切体会,所谓"孔子为政必霸",绝非虚言。

鲁定公十三年,孔子以大司寇"堕三都";鲁定公十四年,孔子"行摄相事",都不满一年,所以他说:"苟有用我者,期月而已可也,三年有成。""如有用我者,吾其为东周乎!"可惜相较于齐国而言,鲁国的君臣昏聩,又沆瀣一气,不堪辅佐,辜负了孔子。因此,

---

① 陈奇猷:《吕氏春秋校释·恃君览》,上海古籍出版社2002年版,第1399页。

② 《史记·孔子世家》,中华书局1959年版,第1915页。

③ 《史记·孔子世家》,中华书局1959年版,第1918页。

齐国通过进女乐的诡计成功地离间了孔子与鲁国的君臣关系,致使孔子着手的鲁国改革半途而废,鲁国失去了兴盛的最佳时机。多年以后,幡然悔悟的鲁国权臣季桓子,死不瞑目,充满懊恼与悔恨,他临终前"喟然叹曰:'昔此国几兴矣,以吾获罪于孔子,故不兴也。'"并交代他的子嗣季康子说:"我即死,若必相鲁;相鲁,必召仲尼。"①可惜,季康子遵从遗训,曾欲召孔子回国,却又遭到公之鱼的谗言。公之鱼曰:"昔吾先君用之不终,终为诸侯笑。今又用之,不能终,是再为诸侯笑。"而仅诏用了孔子的学生冉求,而冉求后来却堕落蜕变为季氏的家臣。也正因为公之鱼的谗言,晚年孔子虽然回到鲁国,以季康子为主的鲁国掌权者"终不能用孔子",而"孔子亦不求仕"。

此外,《韩非子·说林上》记载:"子圉见孔子于商太宰。孔子出,子圉入,请问客。太宰曰:'吾已见孔子,则视子犹蚤虱之细者也。吾今见之于君。'子圉恐孔子贵于君也,因谓太宰曰:'君已见孔子,亦将视子犹蚤虱也。'太宰因弗复见也。"子圉、商太宰为自己的政治利益,惧怕"孔子贵于君",因此中伤孔子。类似的,《韩非子·外储说左下》还载:"孔子相卫,⋯⋯人有恶孔子于卫君者,曰:'尼欲作乱。'卫君欲执孔子。孔子走,弟子皆逃。"由于既得利益的驱使,政治斗争的残酷,孔子的这些负面形象或评价,都出于那些政治权贵别有用心的"炮制",虽然可以一时阻止孔子在政治上的作为,但不足以阻遏孔子形象的神化、成圣之路。

## 二、世俗的讥议与隐逸之风

孔子积极奔走,"知其不可而为之"。《论语·宪问》记载:

---

① 《史记·孔子世家》,中华书局 1959 年版,第 1927 页。

子路宿于石门。晨门曰："奚自？"子路曰："自孔氏。"曰："是知其不可而为之者与？"

这位晨门，可谓是孔子的知音。康有为说："知其不可而为，晨门乃真知圣人者。"①但是，孔子积极奔走，"知其不可而为之"，也不免招来一些世俗的不解、非议，甚或嘲讽。《论语·微子》记载了一些隐士对孔子不解和嘲讽。有人不理解孔子这样汲汲努力的原因，甚至有人当面质问孔子。《论语·宪问》记载：

微生亩谓孔子曰："丘何为是栖栖者与？无乃为佞乎？"孔子曰："非敢为佞也，疾固也。"

与"晨门"相比，这位"微生亩"可谓"小人"哉！微生亩讥讽孔子"栖栖"奔走，"欲为佞以希世"，想要取悦、迎合世俗。所以孔子以此相对答。面对的这样的误解，实是莫大的悲哀。康有为说："孔子道济天下，拯救生民，故东西南北，席不暇暖，哀饥溺之犹己，思匹夫之纳隍。'天下有道，丘不与易'，其悲悯之仁如此。彼仅知洁身自爱者，塞断仁心，岂不可疾哉？数十年羁旅之苦，车马之尘，万世当思此大圣至仁之苦心也。"②此乃深契孔子之心。

又，《微子》篇记载楚狂接舆、长沮、桀溺、荷蓧丈人，他们纷纷对孔子的讥嘲指责，如"为佞"、"鄙哉"、"德衰"、"四体不勤，五谷不分"……都十分激烈，令受者难堪。③ 如楚狂接舆借歌而讽："今之从政者殆而"；又如当孔子、子路"问津"时，长沮嘲讽说"是知津矣"，桀溺嘲讽说："滔滔者天下皆是也，而谁以易之"；荷蓧丈人也非议孔子："四体不勤，五谷不分"。同样地，面对楚狂接舆、长沮、桀溺、荷蓧丈人的嘲讽、讥笑、不理解，孔子始终保持平和的心态，

①康有为著，楼宇烈整理：《论语注》，中华书局1984年版，第223页。
②康有为著，楼宇烈整理：《论语注》，中华书局1984年版，第220页。
③均见《论语·微子》。

不为之所动,更没有打击他积极奔走的热情。孔子始终平和以待,并且说:"鸟兽不可与同群,吾非斯人之徒与而谁与? 天下有道,丘不与易也。"表明他积极奔走的决心和气魄。

## 三、孔子弟子的自我否定与儒学分裂

　　孔子晚年,弟子分散,在一些弟子的心目中威信有所下降。一些弟子或昧于利益,不从孔子之说;诽谤孔子的事情,也多有发生。孔子晚年,返回鲁国,弟子分散各地,或隐或仕,以致孔子感慨地说:"从我于陈、蔡者,皆不及门也。"当时孔门弟子出仕的不少,仅以《论语》记载可知,子游为武城宰(《雍也》)、子羔为费宰(《先进》)、仲弓为季氏宰(《子路》)、冉求为季氏家臣(《先进》)、子夏为莒父宰《子路》,公西华为鲁使于齐(《雍也》)、子路出仕卫国。卫乱子路死时,"子贡为鲁使于齐"[1];孔子闻子路死,病重,子贡返鲁,孔子有"赐! 尔来何迟也"之叹[2];等等,以上大致可以看出晚年孔子与弟子的离散情况。

　　孔子晚年,冉有(冉求)为季氏家臣,为政治利益计,对孔子的尊崇不免有所下降。《左传·哀公十一年》记载:"季孙欲以田赋,使冉有访诸仲尼。仲尼曰:'丘不识也。'三发,卒曰:'子为国老,

[1]《史记·仲尼弟子列传》,中华书局1959年版,第2194页。
[2]《礼记·檀弓上》描写孔子临终前见子贡的情形:"孔子蚤作,负手曳杖,消摇于门,歌曰:'泰山其颓乎! 梁木其坏乎! 哲人其萎乎!'既歌而入,当户而坐,子贡闻之曰:'泰山其颓,则吾将安仰? 梁木其坏,哲人其萎,则吾将安放,夫子殆将病也。'遂趋而入。夫子曰:'赐! 尔来何迟也? 夏后氏殡于东阶之上,则犹在阼也;殷人殡于两楹之间,则与宾主夹之也;周人殡于西阶之上,则犹宾之也。而丘也殷人也。予畴昔之夜,梦坐奠于两楹之间。夫明王不兴,而天下其孰能宗予? 予殆将死也。'盖寝疾七日而没。"

待子而行,若之何子之不言也?'仲尼不对。而私于冉有曰:'君子之行也,度于礼,施取其厚,事举其中,敛从其薄。如是则以丘亦足矣。若不度于礼,而贪冒无厌,则虽以田赋,将又不足。且子季孙若欲行而法,则周公之典在。若欲苟而行,又何访焉?'弗听。"冉有为替季氏敛财,对孔子的教诲置若罔闻,以致孔子非常生气,当着其他学生的面,训斥说:"(求)非吾徒也,小子鸣鼓而攻之,可也。"(《论语·先进》)① 此外,还有"季氏旅于泰山"(《八佾》)、"季氏将伐颛臾"(《季氏》)等章句中,都能看到孔子对冉有严厉的批评,以及冉有对季氏的阿附。

孔子殁后,弟子不从其说的情形,渐趋严重,以至使"予未得为孔子徒"的孟子颇感痛心。《孟子·滕文公上》:

> 陈良,楚产也,悦周公、仲尼之道,北学于中国。北方之学者,未能或之先也。彼所谓豪杰之士也。子之兄弟事之数十年,师死而遂倍之!昔者孔子没,三年之外,门人治任将归,入揖于子贡,相乡而哭,皆失声,然后归。子贡反,筑室于场,独居三年,然后归。他日,子夏、子张、子游以有若似圣人,欲以所事孔子事之,强曾子。曾子曰:"不可。江、汉以濯之,秋阳以暴之,皓皓乎不可尚已。"今也南蛮鴃舌之人,非先王之道,子倍子之师而学之,亦异于曾子矣。吾闻出于幽谷迁于乔木者,未闻下乔木而入于幽谷者。鲁颂曰:"戎狄是膺,荆舒是惩。"周公方且膺之,子是之学,亦为不善变矣。

在这里,孟子提到孔子殁后,弟子对待孔子的情况,有三点值得注意。

---

① 《论语·先进》对孔子的话语背景,作有交代:"季氏富于周公,而求也为之聚敛而附益之。"与《左传》记载近同。

1. 孟子把"子夏、子张、子游以有若似圣人，欲以所事孔子事之"，作为"事之数十年，师死而遂倍之"的例证，读来确实不禁让人寒心。子夏、子张、子游师事孔子数十年，孔子殁后，转而师事孔子的学生有若，并强迫孔门其他弟子加入，这般的做法，确实有辱孔子教诲。孟子以"吾闻出于幽谷迁于乔木者，未闻下乔木而入于幽谷者"，加以含蓄的批评。孟子自谓私淑子思，而子思师法曾子（《孟子·离娄下》），大约含有与子夏、子张、子游区分界限之意吧。《荀子·非十二子》中，又将子夏、子张、子游三家，都归入"贱儒"之列，加以批判。由此可见，孟子、荀子两家对子夏、子张、子游师事有若，背叛孔子师门的声讨。

从《论语》编纂成书来看，子夏、子张、子游师事有若的一派，似乎占据上风。按《孟子》记载，尽管子夏、子张、子游师事有若，遭到曾子反对，但这并不影响有若在《论语》中的地位和形象。《论语》首篇为《学而》，《学而》第一章为众所熟知："子曰：'学而时习之，不亦说乎？有朋自远方来，不亦乐乎？人不知，而不愠，不亦君子乎？'"接下第二章："有子曰：'其为人也孝弟，而好犯上者，鲜矣；不好犯上，而好作乱者，未之有也。君子务本，本立而道生。孝弟也者，其为仁之本与！'"有若之语，紧承孔子之后，并被尊称为"有子"①，仅从这一点，就足以看出当时孔门师事、尊崇有若的情形。

———————

① 《论语》中除尊孔子、有子外，还尊曾子，按杨伯峻《论语词典》统计，《论语》中尊"有子"4次，"曾子"17次。按《孟子·滕文公上》记载，子夏、子张、子游等"以有若似圣人"，师事有子，此为孔子服丧期间。又，据杨义先生研究，认为《论语》有两次集中编纂：第一次是服丧编纂；第二次是曾门重编（请参阅杨义《〈论语〉还原初探》，《文学遗产》2008年第6期，第6—9页）。服丧编纂，正值子夏、子张、子游等师事有子时期，这是《论语》尊"有子"的由来；第二次曾门重编，抬升曾参的地位，这是尊"曾子"的缘由。

2.孔子殁后,弟子不能很好地继承、光大其学问,甚至出现不及楚人的衰微状况。这是孟子很感慨的。《孟子》云:"陈良,楚产也,悦周公、仲尼之道,北学于中国。北方之学者,未能或之先也。"孔子周游列国,仅到过楚国北部边境城父①,因此孔子的学问对于楚国的影响相对有限,而孟子却强调:陈良作为楚国本土学者,其对孔子学说的仰慕和学习,并不亚于子夏、子张、子游等孔门弟子。这里的"北方之学者",从《孟子》举例看来,当实指子夏、子张、子游等孔门弟子。春秋战国时期,楚国位处南方,其文明教化较晚,惯常为北方士人所轻鄙,因而此处称其为"南蛮鴃舌之人",但现在却出现"北方之学者,未能或之先也"的倒置现象,那么,在孔子殁后,北方学问之衰落,情形可知。

《史记·仲尼弟子列传》记载:

> 孔子既没,弟子思慕,有若状似孔子,弟子相与共立为师,师之如夫子时也。他日,弟子进问曰:"昔夫子当行,使弟子持雨具,已而果雨。弟子问曰:'夫子何以知之?'夫子曰:'诗不云乎?"月离于毕,俾滂沱矣。"昨暮月不宿毕乎?'他日,月宿毕,竟不雨。商瞿年长无子,其母为取室。孔子使之齐,瞿母请之。孔子曰:'无忧,瞿年四十后当有五丈夫子。'已而果然。敢问夫子何以知此?"有若默然无以应。弟子起曰:"有子避之,此非子之座也!"

---

①《史记·孔子世家》:"孔子迁于蔡三岁,吴伐陈。楚救陈,军于城父。闻孔子在陈、蔡之间,楚使人聘孔子。……楚昭王兴师迎孔子,然后得免。昭王将以书社地七百里封孔子。……其秋,楚昭王卒于城父。"《史记·宋微子世家》:"愍公六年,孔子适陈。……陈告急楚,楚昭王来救,军于城父,吴师去。是年,楚昭王卒于城父。时孔子在陈。"又《史记·楚世家》"(楚昭王)六年,使太子建居城父,守边。"《史记集解》引服虔注曰:"城父,楚北境邑。"

这段记载,既反映出当时孔门弟子共尊有若为师的情形,也反映出孔门学问难以为继的尴尬情形,即使被众弟子推举的贤能如有若者,也不尽人意。

《礼记·檀弓下》记载,孔子殁后,有若为鲁哀公倚重,询问礼仪。有一处记载云:

> 孺子𪏕黄之丧,哀公欲设拨,问于有若。有若曰:"其可也,君之三臣犹设之。"颜柳曰:"天子龙輴而椁帱,诸侯輴而设帱,为榆沈,故设拨。三臣者废輴而设拨,窃礼之不中者也,而君何学焉。"

从这段记载见出:有若对于礼仪的学问,在某些方面,甚至不及孔子另一个弟子颜柳。针对鲁哀公孺子之丧,欲"设拨"一事,有若竟然认可其礼,却遭到颜柳"而君何学"的批评:三家权臣盗用天子诸侯的礼而没有做对,又何必学他们,一错再错了。由此可见,此处有关礼的学问,有若不及颜柳。

孔子殁后,子夏等除师事有若外,也不能谨守孔子教诲,甚至还比肩于孔子。《史记·儒林列传》记载:"自孔子卒后,七十子之徒散游诸侯,大者为师傅卿相,小者友教士大夫,……子夏居西河,……如田子方、段干木、吴起、禽滑厘之属,皆受业于子夏之伦,为王者师。是时独魏文侯好学。"子夏晚年,曾居于西河,"以学显于当世",为魏文侯所礼遇。曾参曾责备他:"吾与女事夫子于洙、泗之间,退而老于西河之上,使西河之民疑女于夫子,尔罪一也;丧尔亲,使民未有闻焉,尔罪二也。"(《礼记·檀弓上》)意谓子夏居亲之丧,并没有树立什么榜样给百姓知道,有违当年孔子孝道的教诲;上了年纪后,子夏到了西河之上,使西河的人认为他比得上孔子。[1] 因此,从孟子、

①参考王梦鸥《礼记今注今译》,台湾商务印书馆1979年版,第82页。

曾子等言论中,我们可以窥见孔子殁后,子夏等弟子怠慢师训、有违圣人之教的大致情形。

3.孔子殁后,子贡对孔子的情感最深。《孟子》记载,众弟子为孔子守丧三年后,各自归家,惟有子贡留下,又独居守丧三年。在《论语·子张》等篇章中,我们可以还看到:面对旁人毁谤孔子,而称誉自己时,子贡毫不可以予以回击,并极力称美孔子的圣人气象,远非凡夫俗子所能认知。因此,无论《论语》还是《孟子》中的子贡,对孔子情感之真挚、热烈与恒久,和子夏等其他弟子相比较起来,均不可同日而语。正是由于子贡等弟子的忠实跟随和追捧,孔子的圣人形象在其殁后不仅没有式微,反而进一步升格,子贡等忠实弟子的功劳厥大。关于这一点,笔者上文也已有论述,兹不赘述。

孔子殁世前夕,鲁哀公和掌权大臣季康子,都很关心孔子对"衣钵传人"的交代。《论语·雍也》:"哀公问:'弟子孰为好学?'孔子对曰:'有颜回者好学,不迁怒,不贰过。不幸短命死矣。今也则亡,未闻好学者也。'"《论语·先进》:"季康子问:'弟子孰为好学?'孔子对曰:'有颜回者好学,不幸短命死矣,今也则亡。'"颜回殁世时间早孔子两年,时孔子已过七十,他自谓:"七十而从心所欲,不逾矩。"(《论语·为政》)所以,尽管鲁哀公、季康子问得很隐晦、含蓄,孔子却回答得很干脆。"好学"是孔子的传世"招牌",他曾经自我期许说:"十室之邑,必有忠信如丘者焉,不如丘之好学也。"(《论语·公冶长》)因此,从这个意义上看,在孔子年事已高之际,鲁哀公、季康子询问"弟子孰为好学",其实就是询问"衣钵传人"的意思。从孔子"今也则亡,未闻好学者也"的回答中,也折射出孔子对此的无奈和伤感。早过"知天命"之年而又通晓《易》理的他,只能将一切归之"天意"。《论语·雍也》记载:"颜渊死。

子曰:'噫! 天丧予! 天丧予!'"《春秋公羊传》"哀公十四年"也载:"颜渊死,子曰:'噫! 天丧予。'子路死,子曰:'噫! 天祝予。'西狩获麟,孔子曰:'吾道穷矣。'"可见他对"天命"的无奈,对自己学术薪火传承的无奈。

总体而言,尽管在孔子殁后,"儒分为八",孔门弟子分散,思想分裂严重,孔子在一些弟子的心目中威信有所下降,但是由于曾子、子贡等骨干核心弟子的忠实拥护和追随,孔子的地位始终得到传承与弘扬。那些否定的声音,那些改换师门的举动,毕竟只是末流。职是之故,孔子殁后,"七十子之徒散游诸侯",传授其学,即使遭遇秦始皇的焚书坑儒,齐鲁学者,独不废儒学。孔子之后,"于威、宣之际,孟子、荀卿之列,咸遵夫子之业而润色之,以学显于当世"。在战国诸子思想纷扰之际,孟子、荀子相继,高扬儒学旗帜,把孔子圣者形象升格至又一个新的高度。

## 四、墨家的抨击与墨学崛起

孔子殁后,学派劲敌墨家的批判和否定。由于墨子曾"学儒者之业,受孔子之术"(《淮南子·要略》),因而从这个角度上看,它实际又可以看作是上述孔门弟子自我否定的继续,即孔门后学否定的扩大化。墨子虽然"学儒者之业,受孔子之术",但毕竟已经开宗立派,与儒家公开对立,所以一般多将他们从孔门弟子自我否定中划分出来,而视作儒、墨两家的交锋。

儒、墨作为"世之显学"(《韩非子·显学》),其"后学显荣于天下者众矣,不可胜数"(《吕氏春秋·仲春纪》),因此墨子虽然受业于孔门,但作为学术思想之劲敌,他对孔子及儒家的批判和否定,也最为激烈。《淮南子·要略》记载:"墨子学儒者之业,受孔子之术,以为其礼烦扰而不说,厚葬靡财而贫民,服伤生而害事,故背周道而行夏政。"在先秦诸子中,以《墨子》对孔子抨击最为厉害,其《非儒》上下两篇,是最早的批判孔子及儒学的专论。其《非儒》上下两篇,今仅存其下篇,在《非儒下》中,又用三分之一篇幅两次叙述晏婴对孔子的评价,以致后世有人怀疑《晏子春秋》也出自墨家之手。①

《墨子·非儒下》记载:

> 齐景公问晏子曰:"孔子为人何如?"晏子不对。公又问,复不对。景公曰:"以孔丘语寡人者众矣,俱以为贤人也。今寡人问之,而子不对,何也?"晏子对曰:"婴不肖,不足以知贤人。……今孔丘深虑周谋以奉贼,劳思尽知以行邪,劝下乱上,教臣杀君,非贤人之行也。入人之国,而与人之贼,非义之类也。知人不忠,趣之为乱,非仁之义也。"②

在这里,《墨子》借助晏子之口,对孔子的为人做出评价,指责孔子"深虑周谋以奉贼,劳思尽知以行邪,劝下乱上,教臣杀君",将世人推举的孔子贤人形象,与"非义"、"非仁"地恶人形象,完全生吞活剥地拉扯牵连一块,欲尽诋毁而后快。

《墨子·非儒下》又载:

> 孔丘之齐见景公,景公说,欲封之以尼溪,以告晏子。晏子曰:"不可!夫儒,浩居而自顺者也,不可以教下。好乐而淫人,不可使亲治。立命而怠事,不可使守职。宗丧遂哀,不可使慈民。机服勉容,不可使导众。孔丘盛容修饰以蛊世,弦歌鼓舞以聚徒,繁登降之礼以示仪,务趋翔之节以观众,博学不可使议世,劳思不可以补民,累寿不能尽其学,当年不能行其

---

① 请参阅吴则虞《晏子春秋集释》,中华书局1962年版,第17、602—605页。
② 吴毓江撰,孙启治点校:《墨子校注》,中华书局1993年版,第439页。

礼,积财不能瞻其乐,繁饰邪术以营世君,盛为声乐以淫遇民,其道不可以示世,其学不可以导众。今君封之,以移齐俗,非所以导国先众。"公曰:"善。"于是厚其礼,留其封,敬见而不问其道。孔丘乃志怒于景公与晏子,乃树鸱夷子皮于田常之门,告南郭惠子以所欲为,归于鲁。有顷,间齐将伐鲁,告子贡曰:"赐乎!举大事于今之时矣!"乃遣子贡之齐,因南郭惠子以见田常,劝之伐吴,以教高、国、鲍、晏,使毋得害田常之乱,劝越伐吴。三年之内,齐、吴破国之难,伏尸以意术数,孔丘之诛也。

《墨子》这里引述晏子对孔子的评价,和《史记·孔子世家》、《晏子春秋》等记载,内容相近,兹不赘述。但《墨子》以此为话头,意在对孔子形象加以肆意诋毁。他指出:"孔丘志怒于景公与晏子",发动门人弟子,挑拨田常乱齐、伐吴,并最后指责说:"齐、吴破国之难,伏尸以意术数,孔丘之诛也。"《墨子》从这样的角度来指责孔子,平心而论,真是狠毒之极!虽然不免思想交锋意气之争,但此恐亦非君子之为也。《墨子》残帙不传,或与此大有因缘。《墨子》所谓的孔子发动门人弟子,挑拨田常乱齐、伐吴事,按诸其他文献记载,实际正是孔子及弟子智慧的体现,而《墨子》不究其事理,反将这些野心家的祸水泼洒在孔子身上。田常乱齐,过不在孔丘,而在于齐国君臣,也是齐国政治形势发展使然。这在《韩非子》中多有论述。其《二柄》载:"故田常上请爵禄而行之群臣,下大斗斛而施于百姓,此简公失德而田常用之也,故简公见杀。"此谓齐简公失德见杀,田常用德而霸。又《外储说右上》:"今田常之为乱,有渐见矣,而君不诛。晏子不使其君标侵陵之臣,而使其主行惠,故简公受其祸。"此谓田常之乱,为齐简公、晏婴纵容所致。又《人主》:"宋君失其爪牙于子罕,简公失其爪牙于田常,而不蚤夺之，故身死国亡。今无术之主，皆明知宋、简之过也，而不悟其失。"
此谓齐简公养虎为患所致。孔子发动弟子，将田常乱齐的祸水东
引至吴，是在当时形势下，为保全弱小的鲁国，不得不采取的办法。
其实，田常和吴、越君王，都是各怀鬼胎。田常想通过对外战争来
树立自己的国内威望，为弑君夺权作准备；吴王击败越国后，野心
勃勃，也早有西征齐、晋，争霸天下的计划；越王勾践，卧薪尝胆，立
誓报吴仇；孔子只不过派子贡为使者，穿针引线而已，整个战争所
带来的灾难，实际与子贡、孔子无尤，乃是田常、吴王夫差、越王勾
践各人的野心所致。关于这件事情的起因经过，《史记·仲尼弟子
列传》有较为详细的描述，《史记》称誉说："子贡一出，存鲁，乱齐，
破吴，彊晋而霸越。子贡一使，使势相破，十年之中，五国各有变。"
在这场以"存鲁"的战争中，鲁国不费一刀一枪，而在各霸主争斗
中，赢得了胜利。这场出色外交的胜利，使孔子、子贡名噪一时，儒
家思想大行其时。而墨家为争夺"显学"优势，《墨子》声称这是孔
子"志怒于景公与晏子"的报复之举，极尽攻击、诋毁之能，其出发
点可知。

　　《墨子·非儒下》还多次攻击、诋毁孔子的为人品质。一是说
孔子枉法、徇私情："孔丘为鲁司寇，舍公家而于季孙，季孙相鲁君
而走，季孙与邑人争门关，决植。"《墨子》认为说孔子为鲁国司寇
时，不顾公家，反去事奉季孙氏；当季孙氏出逃时，孔子还凭着自己
力气大，把国门托起来，帮助季孙氏逃跑。其实，《论语》中多记载
孔子对季孙氏（季氏）的不满，譬如"孔子谓季氏，'八佾舞于庭，是
可忍也，孰不可忍也？'"（《八佾》）又如"季氏富于周公，而求也为
之聚敛而附益之。子曰：'非吾徒也，小子鸣鼓而攻之，可也。'"都
可以见出孔子对季孙氏的态度，足见《墨子》所谓的"舍公家而于
季孙"，实是无稽之谈。至于孔子力气大，"决植"，那是遗传于他

父亲叔梁纥的气力,这是当时天下周知的事,故《吕氏春秋·慎大览》:"孔子之劲,举国门之关,而不肯以力闻。"孔子父亲叔梁纥以武力闻于诸侯,称孔子不再走父亲的老路,而以儒学立世。

二是说孔子为人卑污诈伪。《墨子》记载说:

> 孔丘穷于蔡、陈之间,藜羹不糁。十日,子路为享豚,孔丘不问肉之所由来而食。褫人衣以酤酒,孔丘不问酒之所由来而饮。哀公迎孔丘,席不端弗坐,割不正弗食。子路进,请曰:"何其与陈、蔡反也?"孔丘曰:"来,吾语女。曩与女为苟生,今与女为苟义。"夫饥约则不辞妄取以活身,赢饱则伪行以自饰。污邪诈伪,孰大于此?

在这里,《墨子》攻击孔子在陈、蔡断粮之时,"不问肉之所由来而食"、"不问酒之所由来而饮",而到了鲁哀公应接孔子摆宴席时,又摆出"席不端弗坐,割不正弗食"的架子,《墨子》由此抨击孔子"饥约则不辞妄取以活身,赢饱则伪行以自饰","污邪诈伪,孰大于此",说他在饥困中不惜妄取以求生,在能吃饱时就伪装来抬高自己,卑污诈伪,无人过之。平心而论,当时儒、墨并为显学,互相争斗,在所难免。而《墨子》如此评价孔子,不免抨击过甚,言语太过。

值得注意的是,《墨子》虽然"非儒",有时对孔子抨击得极其厉害,但是当其阐述墨家思想主张时,仍然和其他先秦诸子一样,会借助孔子的言论,作为自己学说的立论之本。《墨子·公孟》记载:

> 子墨子与程子辩,称于孔子。程子曰:"非儒,何故称于孔子也?"子墨子曰:"是其当而不可易者也。今鸟闻热旱之忧则高,鱼闻热旱之忧则下,当此,虽禹、汤为之谋,必不能易矣。鸟鱼可谓愚矣,禹、汤犹云因焉。今翟曾无称于孔子乎?"

在这里,墨子在和程子辩论中,引述孔子为证,以此遭到程子的反击:你不是非儒吗?为什么称述孔子呢?墨子反诘道:是因为说得对而不可更动啊。你看那鸟儿知道热旱要来,就飞得高高的,鱼儿知道热旱要来,就潜得深深的。当这个时候,即使有禹、汤这样的圣贤给它们出主意,也不过如此啊。鸟和鱼是最笨的东西了,即使贤圣如禹、汤者有时也要像它们这样办。现在何况我墨翟怎么能不称述孔子呢?由此可见,墨家的"非儒",对孔子及儒家学说的抨击和否定,都不是他们的最终目的,最终目的在于阐扬墨家学说。换而言之,随着形势的不同需要,他们有时称述孔子,有时抨击孔子,完全都是根据墨家学说的需要。《墨子》称述孔子时,与《孟子》、《荀子》等先秦诸子增益虚饰孔子形象的情形,完全类似;《墨子》诋毁孔子时,往往反其道而行之,竭尽丑化之能,其实也不妨看作是增益虚饰孔子形象的一个变种。

因此,以《墨子》为代表的对孔子负面形象的增益虚饰,也并没有走出春秋战国之际诸子借助孔子的言论或形象为自己学说张本的时代潮流。从这个意义上看,春秋战国之际所出现的孔子负面或否定形象,都真实地再现了孔子及其思想在当时的影响、传播和接受,值得我们珍视和进一步探讨。

（本文为《对话圣贤与经典——孔子成圣之路与先秦诸子经典的形成》之一节,原刊发于《文史哲》2016年第1期,收入本书时有删节,并作有一定修改,且另拟标题）

# 传播接受视域中的
# 伯奇故事及其演变

尚永亮

在中国上古史中,孝子被后母谗害,最终为信谗之父所逐的故事屡见不鲜,由此形成一个孝而被害见弃、弃而抒怨思归的恒定主题。诸如那位传说中身为父系氏族社会后期部落联盟领袖的虞舜,以及时代稍后的殷高宗之子孝己、周幽王之子宜臼、晋献公之子申生和重耳等,都是因后母进谗或屡受迫害,或被弃被逐的。然而,与这些在早期文献中都有提及或记载,其事大抵可征可考的弃子相比,尹吉甫之子伯奇受谗被弃的故事更具独特性。一方面,此一故事缺乏早期史料支撑,很难在历史上找到其发生的痕迹,而后期史料在基本情节、人物身份、最终命运等方面又歧义迭出,具有十分明显的传说特点;另一方面,在汉及以后文献中,作为孝子兼弃子的伯奇及其事迹又被作为典故屡予引用,达到了很高的历史化程度,甚至还产生了传为伯奇所作、专咏其事的《履霜操》这一作品。这是一个虚实杂糅、信疑参半的事件,以其为典型个案,在历史与传说之间斟酌辨析,考察其早期传播、接受情形,了解其演变的过程和意义,乃是本文希望达成的目的。

## 一、西汉相关载记与诸异说之涌现

　　西汉时代关于伯奇的相关记载开始出现并日趋增多,由此形成与先秦时期迥然不同的鲜明比照。[①] 虽然,在西汉前期陆贾、贾谊、董仲舒等人的著作以及《淮南子》、《史记》等大型子、史类著作中,仍未看到伯奇的身影,但在文帝至武帝朝的诗学家笔下,伯奇事已被简略提及。如汉初三家诗惟一流传至今的那本由韩婴编纂的诗学著作《韩诗外传》,即记有如下一段话语:

　　　　传曰:伯奇孝而弃于亲,隐公慈而杀于弟,叔武贤而杀于兄,比干忠而诛于君。诗曰:"予慎无辜。"[②]

　　这段话将伯奇、隐公、叔武、比干四人作为孝、慈、贤、忠的典型,借其虽有美德却不容于君父弟兄,最后惨遭弃杀的命运,以与《诗·小雅·巧言》所谓"昊天大怃,予慎无辜"的刺谗主旨相印证,重在说明并强调谗言的患害和贤人的无辜。用后人的话说,作者此种做法,属于"引诗以证事,而非引事以明诗"。[③] 而在其所引的诗和事之间,除存在相同的忠而被谤的题旨外,其本事并无必然联系。

　　大概比《韩诗外传》稍后,武帝朝至元帝朝相继出现了数则引用伯奇之事的言论。言论之一是汉武帝的异母兄中山靖王刘胜,于建元三年面对"谗言之徒蜂生"的境况,向武帝倾诉:

　　　　臣虽薄也,得蒙肺附;位虽卑也,得为东藩,属又称兄。今

---

①关于伯奇传说在先秦时期不见记载的情形,笔者有专文考察,兹不赘论。

②《韩诗外传》卷七,中华书局 1980 年版,第 257 页。

③王世贞《读〈韩诗外传〉》,《弇州四部稿》卷一一二,文渊阁《四库全书》本。

群臣非有葭莩之亲，鸿毛之重，群居党议，朋友相为，使夫宗室摈却，骨肉冰释。斯伯奇所以流离，比干所以横分也。《诗》云："我心忧伤，怒焉如捣；假寐永叹，唯忧用老；心之忧矣，疢如疾首。"臣之谓也。①

言论之二是征和二年庚太子兵败后，壶关三老令狐茂上书武帝，为太子理冤：

> 昔者虞舜，孝之至也，而不中于瞽叟；孝己被谤，伯奇放流，骨肉至亲，父子相疑。何者？积毁之所生也。由是观之，子无不孝，而父有不察。②

言论之三是汉元帝时司隶校尉诸葛丰，因触怒元帝宠臣而遭黜，遂上书直言：

> 臣闻伯奇孝而弃于亲，子胥忠而诛于君，隐公慈而杀于弟，叔武弟而杀于兄。夫以四子之行，屈平之材，然犹不能自显而被刑戮，岂不足以观哉！③

这三则材料均出自东汉班固所著《汉书》。严格地讲，《汉书》算不得西汉文献，但因其所引材料皆取自西汉，为当时人事之真实记录，故应可作为西汉文献使用。概括这些材料的主要相同点，大致有四：一是借伯奇孝而见弃于亲，说明谗谤害人之程度。二是在引用伯奇事时，或将其与比干并列，或使之与虞舜、孝己为伍，已将之视为曾在历史上发生的真实事件。特别是第三则材料，其所引诸人的排列顺序是伯奇、子胥、隐公、叔武，将之与前列《韩诗外传》相比，除将比干易为子胥外，其他一如前者，由此可以看出其间后先承接的脉络。四是引用其事者或为诸侯王，或为乡绅长老，或

---

① 《汉书》卷五三《景十三王传》，中华书局 1962 年版，第 2424—2425 页。
② 《汉书》卷六三《武五子传》，中华书局 1962 年版，第 2744 页。
③ 《汉书》卷七七《诸葛丰传》，中华书局 1962 年版，第 3250 页。

为朝中大臣,其申诉对象均为帝王,由此说明伯奇孝而被谤被逐事已广为人知,不至于形成对话双方理解上的分歧,并具有了很强的说服力和打动人主的力量。此外需注意的是,中山靖王刘胜引《小雅·小弁》之句,固然重在借以说明自己的悲苦心境,但在《诗经》阐释史上,却为后人将伯奇事与《小弁》诗相联系开了先河。

上述文献虽已屡次提到伯奇孝而被逐或因谤被逐事,却未透露伯奇身世方面的更多信息。到了汉昭帝朝焦延寿所作《焦氏易林》中,对伯奇姓氏、进谗者身份等相关信息,开始有了简略的交代:

> 大有:尹氏伯奇,父子生离。无罪被辜,长舌所为。(卷一)
> 谦:尹氏伯奇,父子相离。无罪被辜,长舌为灾。(卷三)
> 鼎:谗言乱国,覆是为非。伯奇乖离,恭子忧哀。(卷四)
> 观:谗言乱国,覆是为非。伯奇留离,恭子忧哀。(卷四)
> 井:尹氏伯奇,父子分离。无罪被辜,长舌为灾。(卷四)①

这是该书在大有、谦、鼎、观、井等不同卦名下五次提及伯奇的文字,由其出现之频繁和内容之相似,不难看出伯奇事已成为作者说卦的有力佐证。若合并其中相似条目,则可从中得出此前未见的两项新义:一是伯奇姓尹,一是其被弃缘于长舌之祸。前者虽未明确道出伯奇之父的姓名,但已隐然令人与西周大臣尹吉甫挂起钩来;后者借用《诗·大雅·瞻卬》指斥幽王后妻褒姒时所谓"懿厥哲妇,为枭为鸱。妇有长舌,维厉之阶"的话,巧妙地将伯奇被弃之因归于身为后母的长舌之妇的进谗。至此,伯奇之孝、后母之谗、尹吉甫信谗而逐孝子的故事片断得以呈现。而将这些片断连缀起来,作为一个整体予以讲述的,则要由数十年后的刘向和扬雄

---

① 焦延寿《焦氏易林》,文渊阁《四库全书》本。

来完成了。

刘向(约前77—前6)是西汉后期的大学者,博览杂取,尤精于文献目录之学。在其相关著作中,《列女传》与《说苑》分别提及伯奇其人其事,但所叙故事情节却颇有不同。今本《列女传》除前引虞姬向齐威王申辩己冤时曾有"伯奇放野"一语外,别无涉及伯奇的言论。然而《太平御览》卷九五〇引《列女传》却保留了如下一段记载:

> 尹吉甫子伯奇至孝,事后母。母取蜂去毒,系于衣上,伯奇前,欲去之,母便大呼曰:"伯奇牵我。"吉甫见疑,伯奇自死。①

这是一段相对完整的故事,与此前文献相比,它不仅明确了伯奇之父为尹吉甫,而且设置了后母取蜂置衣领、骗伯奇掇蜂以诬告的关键情节,使"吉甫见疑"具有相当之合理性。同时,故事的最后结局也由伯奇被弃一变而为"自死"。与这段被征引的《列女传》佚文的情况相似,伯奇事在今本《说苑》中也已佚失,但却部分保留在几部古代史乘的注中。一是唐初颜师古注《汉书·冯奉世传》"伯奇放流"句引《说苑》云:

> 王国子前母子伯奇,后母子伯封,兄弟相重。后母欲令其子立为太子,乃谮伯奇,而王信之,乃放伯奇也。②

二是唐章怀太子李贤注《后汉书·黄琼传》"伯奇至贤,终于流放"句引《说苑》曰:

> 王国子前母子伯奇,后母子伯封。后母欲其子立为太子,说王曰:"伯奇好妾。"王不信,其母曰:"令伯奇于后园,妾过

---

①《太平御览》卷九五〇《虫豸部》七,中华书局影印本1960年版,第4220页。
②《汉书》卷七九《冯奉世传》,中华书局1962年版,第3308页。

其旁,王上台视之,即可知。"王如其言,伯奇入园,后母阴取蜂十数置单衣中,过伯奇边曰:"蜂螫我。"伯奇就衣中取蜂杀之。王遥见之,乃逐伯奇也。①

三是唐李善注陆机《君子行》"掇蜂灭天道"句引《说苑》曰:

> 王国君,前母子伯奇,后母子伯封,兄弟相爱。后母欲其子为太子,言王曰:"伯奇爱妾。"王上台视之。后母取蜂,除其毒,而置衣领之中,往过伯奇。奇往视,袖中杀蜂。王见,让伯奇。伯奇出,使者就袖中有死蜂。使者白王,王见蜂,追之,已自投河中。②

总观以上三种引文,首先值得注意的,是伯奇身份的大幅度改变。与此前《焦氏易林》所谓"尹氏伯奇"以及同出刘向之手的《列女传》所谓"尹吉甫子伯奇"的说法截然不同,这三种引文无一例外地将伯奇说成是"王国子",亦即国王之子;与之相关,围绕伯奇被谗被逐的事件,也就不只是缘于后母进谗所引发的父子间的矛盾,而且是关乎国之嗣君太子之立的利益之争和由此形成的君臣间的矛盾。

其次,故事中的人物和情节较前丰富许多,既增添了"前母子伯奇,后母子伯封"两兄弟,以及"后母欲其子为太子"的以自身利益为核心的直接目的,又将掇蜂细节叙述得更为具体翔实,从而使得整个事件曲折变化,颇具小说家的传奇色彩。

进一步看,这三种引文虽同出于《说苑》,却又繁简不同。相较之下,师古注引文简洁,只笼统提及后母为立己子而谮伯奇和伯奇被放事,似是对《说苑》故事的缩写;李贤、李善注引文较详,具

①《后汉书》卷六一《黄琼传》,中华书局 1965 年版,第 2039 页。
②《文选》卷二八,中华书局 1977 年版,第 394 页。

体涉及后母骗伯奇为己驱蜂、王遥见而责让伯奇等细节，似当更近《说苑》之原貌。至于故事的具体情节，三种引文也不无差异：师古注与李贤注之引文均谓王信谗而放、逐伯奇，而李善注引文则谓王见死蜂而悔悟，欲追还伯奇时，伯奇已自投河中。这一结局，已与前引《列女传》佚文之"伯奇自死"近似，只是对死的方式有了更清晰的交代。

　　出自同一位作者的两部书，甚至同一部《说苑》，在叙述伯奇故事时何以会出现人物身份、故事情节或结局如此之大的差异？仔细想来，除去几位注者所见原著版本或许有所不同外，其最大可能是当时即存在数种关于伯奇的传说，作者在不同时期的著作中只予以简单转录，而未做相应的整合统一；后世征引者则根据不同传说，对相关情节作了自己认可的某些改动。凡此，都说明西汉时期的伯奇故事尚未定型，在一些关键性的问题上，还处于多说并存的状态，由此给后人造成了兼采异说的可乘之机。

　　支持"投河"说的另一重要人物，是与刘向同时稍后的著名思想家扬雄（前53—18）。据《水经注》、《太平御览》诸书征引，扬雄在其所著《琴清英》中记伯奇事谓：

> 尹吉甫子伯奇至孝，后母谮之，自投江中。衣苔带藻，忽梦见水仙赐其美药，思惟养亲，扬声悲歌，船人闻之而学之。吉甫闻船人之声，疑似伯奇，援琴作《子安之操》。①

　　这段话以琴为归结，对伯奇事作了另一番记述：一方面，承接此前伯奇为尹吉甫之子的主流说法，从而与刘向《说苑》所谓伯奇为"王国子"的身份相立异；另一方面，又谓伯奇因"后母之谮"而

---

① 《水经注》卷三三《江水》，文渊阁《四库全书》本；《太平御览》卷五七八《乐部》一六，中华书局1960年版，第2608页。

"自投江中"，从而在人物结局上与《列女传》佚文和李善注《文选》所引《说苑》文挂起钩来。

　　不过，这段话更值得注意的，是其所描述的伯奇投江之后的所遇所为。一般来说，人投江即死属于常识，然而，伯奇在扬雄笔下不仅未死，而且还穿戴着水中的苔、藻，服食着水仙赐予的美药，唱起了希望养亲的悲歌，以致"船人闻而学之"，跟着伯奇一起唱了起来。这段颇富想象力的文字，无论是扬雄的创造，还是当时的民间传说，虽然增加了伯奇故事的丰富可读性，却与现实生活愈去愈远，而具有了浓郁的仙化倾向。至于文末所说吉甫闻船人之声而"疑似伯奇，援琴作《子安之操》"数语，倒对此后伯奇故事发生了不小的影响。在成书于汉晋之际的《琴操》中，记载了伯奇作《履霜操》之事，将孝子被逐与主悲的琴音进一步关合起来。所不同者，《琴清英》只写了伯奇扬声悲歌，为之援琴作曲的是其父吉甫，而到了《琴操》，作歌者和抚琴者都成了伯奇，其所歌之《操》也由《子安》易名为《履霜》，并且有了具体的内容。

## 二、伯奇故事在东汉的历史化倾向与诗学阐释

　　伯奇故事到了东汉，除延续西汉的基本框架外，随着记载文献和言说者身份的变化，也出现了几种不尽相同的内容和形态。其中较为突出的，是言说者的历史化倾向与视伯奇为《小弁》作者的诗学阐释。

　　首先值得注意的是，在史学家、思想家笔下，伯奇及其事件的真实性得到了充分肯定，"投河说"亦渐为"放逐说"所取代。东汉初年的班固（32—92）和王充（27—约97）在其著作中即曾多次涉及伯奇之事，其中班固所著《汉书》之《景十三王传》、《武五子传》、《诸葛丰传》，曾分别借刘胜、令狐茂、诸葛丰等人之口引用伯奇

事,前已言及。虽然从时代角度看,这些话语都是西汉人说的,但从文献角度看,却记载于东汉成书的著作中,因而,自可视为伯奇故事在东汉历史文本中的正式确立。当然,这种确立不只是书中人物屡加引用的单方面结果,它还有撰著者班固本人的意见。在《汉书·冯奉世传》的赞语中,班固这样说道:

> 《诗》称"抑抑威仪,惟德之隅"。宜乡侯参鞠躬履方,择地而行,可谓淑人君子,然卒死于非罪,不能自免,哀哉! 谗邪交乱,贞良被害,自古而然。故伯奇放流,孟子宫刑,申生雉经,屈原赴湘,《小弁》之诗作,《离骚》之辞兴。①

这是班固有感于冯奉世之子冯参正道直行而被诬陷至死的遭遇,借伯奇、孟子、申生、屈原之事以慨叹之。在这四人中,寺人孟子为《诗·小雅》中《巷伯》篇的作者,申生是晋国的太子,屈原是楚国的贤臣,班固将伯奇与他们并列,在强调"谗邪交乱,贞良被害"的同时,从史家角度强化了伯奇孝而被谗、被放流的历史真实性。至于所引《小弁》之诗,也在有意无意间与伯奇事挂起钩来。②

与班固相似,王充在其代表作《论衡》中也一再征引伯奇之事,并借助相关辨析丰富了对伯奇事的理解。查《论衡》涉及伯奇事之文字,主要有以下三处:

> 故三监谗圣人,周公奔楚。后母毁孝子,伯奇放流。当时周世孰有不惑乎?(卷一《累害》)
>
> 今颜渊用目望远,望远目睛不任,宜盲眇,发白齿落,非其

---

① 《汉书》卷七九《冯奉世传》,中华书局1962年版,第3308页。
② 班固征引伯奇、孟子、申生、屈原四例,尚难定《小弁》必系于伯奇名下,但依清人陈寿祺之说:"详玩此《赞》文义,《小弁》句承伯奇言,《离骚》句承屈原言。盖举首尾以包中二人也,否则文法偏枯矣。"(《齐诗遗说考》卷二,清刻左海续集本)姑可视作对伯奇与《小弁》之关系的间接肯定。

致也。发白齿落,用精于学,勤力不休,气力竭尽,故至于死。伯奇放流,首发早白,诗云:"惟忧用老。"伯奇用忧,而颜渊用睛,暂望仓卒,安能致此?(卷四《书虚》)

　　邹衍之冤,不过曾子、伯奇。曾子见疑而吟,伯奇被逐而歌。疑、[逐]与拘同,吟、歌与叹等,曾子、伯奇不能致寒,邹衍何人,独能雨霜?(卷五《感虚》)①

细析这三条涉及伯奇的文字,可以得出如下信息:一是伯奇生当"周世",其遭遇与周公被谗相类,属于"后母毁孝子"后的"放流"、"被逐",而非投河;二是伯奇在流放途中忧虑过度,以至于"首发早白";三是与曾子见疑而吟一样,伯奇曾"被逐而歌";四是伯奇的"首发早白"与"被逐而歌",均间接地与《小弁》中"惟忧用老"的诗句发生联系,从而既与前述刘胜、班固的类似说法相照应,又下启汉末赵岐注《孟子》时将伯奇视为《小弁》作者的观点,一定程度地赋予伯奇以新的使命(下文详论)。

　　沿着班、王对伯奇事件的历史化处理之路,东汉至三国间文人对伯奇事的引用不绝如缕。从史书所载人物言论看,即有如下一些记载:

　　后令(郅)恽授皇太子《韩诗》,侍讲殿中。及郭皇后废,恽乃言于帝曰:……后既废而太子意不自安,恽乃说太子曰:"久处疑位,上违孝道,下近危殆。昔高宗明君,吉甫贤臣,及有纤介,放逐孝子。"②

　　七年,(黄琼)疾笃,上疏谏曰:"……昔曾子大孝,慈母投杼;伯奇至贤,终于流放。夫谗谀所举,无高而不可升;相抑,

①王充《论衡》,上海人民出版社1974年版,第7、57、77页。
②《后汉书》卷二九《郅恽传》,中华书局1965年版,第1031—1032页。

无深而不可沦。可不察欤？①

　　（孟）达与封书曰："古人有言：'疏不间亲，新不加旧。'此谓上明下直，谗慝不行也。若乃权君诵主，贤父慈亲，犹有忠臣蹈功以罹祸，孝子抱仁以陷难，种、商、白起、孝己、伯奇，皆其类也。"②

　　上面几段文字分别见载于《后汉书》、《三国志》，其中郅恽"授皇太子《韩诗》"，则其学术渊源为西汉之韩诗学，应无可疑。在他对太子说的话中，虽未明提伯奇之名，但将"放逐孝子"与"高宗"、"吉甫"联在一起，则已明确指向孝己、伯奇，亦即《韩诗外传》所谓"伯奇孝而弃于亲"者也。至于黄琼疾笃之上书，借伯奇因谗被放而讽谕；孟达致信于刘封，引伯奇见疑于亲而劝降，皆征引古典，以喻现事，则其视伯奇为一真实之历史人物，伯奇事为一确切之历史事件，是显而易见的。

　　与史学家、思想家对伯奇事的历史化态度相似，在经学家笔下，伯奇被逐事开始成为《诗经》弃逐诗之注脚，伯奇也被当作了《小弁》一诗的作者。最早明确提出此一观点的，是东汉后期的赵岐。在注释《孟子·告子下》中《小弁》，亲之过大者也。亲之过大而不怨，是愈疏也"一段话时，赵岐这样说道：

　　　《小弁》，《小雅》之篇，伯奇之诗也。……伯奇仁人而父虐之，故作《小弁》之诗。③

　　赵岐的话虽然简单，却包含了内容和作者两个方面，即《小弁》的作者是伯奇，其所反映的内容也是"仁人而父虐之"的伯奇

①《后汉书》卷六一《黄琼传》，中华书局1965年版，第2037—2038页。
②《三国志》卷四十《蜀书十·刘封传》，中华书局1982年版，第992页。
③《孟子注疏》卷一二上《告子章句下》，《十三经注疏》（下），中华书局1980年版，第2756页。

被弃之事,从而确定了伯奇与《小弁》间明确的定向关联。

　　身为著名学者,又是在注解《孟子》,赵岐的上述言论与此前对伯奇事的一般性引用颇有不同,它既是一种严肃的事实判断,也应具有充分的学理依据。那么,赵岐有无这种依据呢?回答是否定的。因为其一,如前所言,汉以前尚无关于伯奇事的确凿史料,在最早提及伯奇事的《韩诗外传》中,作者"引诗以证事"之诗也只是《小雅·巧言》中的句子,而与《小弁》无关。其二,《小弁》第二章"踧踧周道,鞠为茂草"句当为针对周王朝乱象而发,与伯奇所处时代及身世遭际均不符。清人姚际恒《诗经通论》即谓"此岂伯奇之言哉!"①刘始兴《诗益》亦谓:"此有伤周室衰乱之意。若寻常放子,其于国家事何有焉?"②大概主要出于此种疑问,后世众多治《诗》者力主《毛诗序》之说,将《小弁》视为周幽王之子宜臼被弃之作。其三,孟子对《小弁》之解说与伯奇事无必然关联。在前引孟子论《小弁》的一段话中,并无涉及伯奇处,如果说二者有可能发生关联,也只在"亲之过大"而"怨"一点上。那么,伯奇之怨属于"亲之过大"吗?孤立地看,尹吉甫听信后妻谗言而逐伯奇,其"过"已然不小;但若与周幽王听信褒姒谗言而逐太子宜臼、最后导致西周败亡相比,则又属于"过"之小者。既然如此,则《小弁》之作何以不系于宜臼名下,而归于伯奇呢?对此,赵岐未加任何辨析,亦未征引任何史料,即谓伯奇作《小弁》。就此而言,其说显然不足以服人。后人有鉴于此指出:"孟子云:'《小弁》,亲之过大。'据此一语,可断其为幽王大子宜臼之诗。盖大子者,国之根本;国本动摇,则社稷随之而亡。故曰:'亲之过大。'若在寻常放子,则

--------

①姚际恒《诗经通论》卷一〇,中华书局1958年版,第216页。
②刘始兴《诗益》卷一七,清乾隆八年尚古斋刻本。

己之被谗见逐,祸止一身,其父之过,与《凯风》七子之母不安其室等耳,何得云'亲之过大'哉?"①相比起赵岐的注释,此一解说似更为贴合孟子说《小弁》之文意②。

　　既然从文献资料、《小弁》诗意和《孟子》文意诸方面,都难以证成赵岐的伯奇作《小弁》之说,那么,赵岐何以会将伯奇视作《小弁》的作者呢?细加推详,其原因大致有三:一是前述中山靖王刘胜之诉冤、班固传赞之议论、王充书虚之辨析,均有对《小弁》诗句之引用,在有意无意间使伯奇事与弃逐诗《小弁》发生了间接联系。对这些先行材料,赵岐不可能不注意并受其影响,故在注《孟子》时,取为己用,并大胆地将《小弁》作者与伯奇直接关联起来。二是西汉三家诗可能已出现将《小弁》与伯奇事挂钩的某些解说。后人在追溯源流时,或谓刘胜、赵岐之说源自西汉初年的鲁诗说③,或谓班固《冯奉世传赞》的说法是用齐诗,并得出齐、鲁、韩"三家同"的观点④。于是,从西汉三家诗到赵岐,便形成一脉相承的关系。三是以伯奇为作者,主要是为了彰显"孝"的伦理。"孝"是儒家伦理的核心观念,也是汉代经学家大力维护宣扬的观念。汉人主张以孝治国,"求忠臣必于孝子之门"⑤,遂使得忠孝伦理大大强化。然而,与传说中的伯奇相比,历史上的宜臼却于孝行明显有亏,当其外祖申侯联合缯侯、犬戎攻宗周、杀幽王后,被立为平王的宜臼不仅没去讨伐这些弑父的仇人,反而在申遭郑侵伐

①刘始兴《诗益》卷一七,清乾隆八年尚古斋刻本。
②参见尚永亮《中国文学史上最早的弃子逐臣之作——〈小弁〉作者及本事平议》,《安徽大学学报》(哲学社会科学版)2012年第1期。
③王先谦《诗三家义集疏》卷一七,中华书局1987年版,第698页。
④陈寿祺《齐诗遗说考》卷二,清刻左海续集本。
⑤《后汉书》卷五六《韦彪传》,中华书局1965年版,第918页。

之际,派兵戍之。这种做法,在正统儒家看来显然算不上孝子,甚者至谓宜臼"知有母而不知有父,知其立己为有德,而不知其弑父为可怨。……其忘亲逆理,而得罪于天已甚矣"①。大概有鉴于此,《毛序》虽谓《小弁》所写为宜臼之事,却将作者定为太子之傅;与其相似,赵岐注《孟子》舍宜臼而取伯奇,似也存在这方面的顾虑。用清人焦循的话说就是:"赵氏特引此句(按,即《小弁》'何辜于天'句),以明《小弁》之怨,同于舜之号泣,而特不以为宜臼之诗,而言'伯奇仁人,而父虐之',盖以宜臼非仁人,不得比于舜之怨,故取他说也。"②倘若焦循的说法可以成立,便可看到,宜臼的品德是毛、赵二氏确定《小弁》作者所面临的共同问题,其差异处仅在于赵氏取伯奇,毛氏取太子之傅而已。

综上所述,赵岐之说虽不足采信,却自有其得以形成的内部和外部的多重原因。而在伯奇故事的发展史上,《小弁》作者说因与《诗经》相关,而为后世众多治诗者反复提及,一再争论,伯奇其人的真实性、影响力也随之得到了进一步的确认和扩大。

## 三、汉晋间伯奇故事的嬗变与定型

与前述史学家、经学家的言论及伯奇故事日趋历史化的倾向相比,从东汉到西晋的三百年间,也还存在若干值得关注的非历史化现象。其中最为重要的,是文学家、杂记家对伯奇事的引用、渲染、创造、整合,在他们笔下,伯奇故事一方面延续着其仁而被谗、孝而见弃的悲剧性主干,另一方面,故事在情节、人物、结局等方面也发生着持续不断的文学性变化,终至形成署名伯奇的《履霜操》

---

① 朱熹《诗集传》卷四,上海古籍出版社 1980 年版,第 44 页。
② 焦循《孟子正义》卷二四,清刻皇清经解本。

这一琴曲作品及相关叙述。

文学、杂记作品中的伯奇主要是作为被谗的弃子形象出现的，作者提及此一形象，或借以渲染悲情，或重在阐明事理。如马融（79—166）《长笛赋》的一段描写：

> 若絙瑟促柱，号钟高调。于是放臣逐子，弃妻离友，彭胥伯奇，哀姜孝己，攒乎下风，收精注耳，雷叹颓息，掐膺擗摽，泣血泫流，交横而下，通旦忘寐，不能自御。

这里，作者借激切悲凉之笛声，以描摹"彭、胥、伯奇、哀姜、孝己"等放臣逐子、弃妻离友倾听时全神贯注、血泪交流之状，意在通过文学夸张渲染气氛，至于伯奇的历史真实性，则并非作者的关注重点。

与此近似，前引《孔子家语》、《风俗通义》载曾参解释终身不续娶之原因时，或谓："高宗以后妻杀孝已，尹吉甫以后妻放伯奇，吾上不及高宗，中不比吉甫，庸知其得免于非乎？"或谓："吾不及尹吉甫，子不如伯奇，以吉甫之贤，伯奇之孝，尚有放逐之败，我何人哉？"其言说方式虽略有不同，但都是借曾子对伯奇事之引用，以强调后妻进谗之可怕，由此导致父子关系之崩坏的。从文献角度看，这两段话既不见于先秦典籍，亦未见西汉人提及，因而极有可能出自后人或即杂记作者的臆造，故不值得信从；但从故事流传的角度看，后人或杂记作者借助曾子之口引述伯奇事，却增强了故事的真实性和典型性，也一定程度地丰富了故事的传播环节。

在此期文学家笔下，曹植（192—232）的《令禽恶鸟论》是涉及伯奇事最为荒诞却也最为奇异的一篇作品。该文开篇即谓：

> 国人有以伯劳生献者，王召见之。侍臣曰："世人同恶伯劳之鸣，敢问何谓也？"王曰："昔尹吉甫用后妻之说杀孝子伯奇，吉甫后悟，追伤伯奇，出游于田。见鸟鸣于桑，其声嗷然，吉甫动心曰：'伯奇乎？'鸟乃抚翼，其音尤切。吉甫乃顾曰：'伯

劳乎？是吾子,栖吾舆;非吾子,飞勿居。'鸟寻声而栖于盖。吉
甫遂射杀后妻以谢之。故俗恶伯劳之鸣,言所鸣之家必有尸
也。此好事者附名为之说,而今普传恶之,斯实否也。"①

　　这里,作者围绕国人进贡伯劳鸟一事,借国王之口引出伯劳鸟
与伯奇事之关联,提供了如下新的信息:其一,伯奇受谗后不是被
放,而是被杀。其二,伯奇死后即化身为伯劳鸟,并以悲切的鸣叫
和对其父的依恋,显示出神异的色彩和感人的力量。其三,吉甫以
"射杀后妻"的方式为伯奇平反复仇,使奖善惩恶成为故事的结局
和旨趣。仔细分析这几点信息,不难看出其最大的特点便是具有
浓郁的民间传说色彩,诸如伯奇化身伯劳鸟的灵异、伯奇与伯劳因
同一"伯"字而引发的关联、吉甫为子复仇的故事结局,都是民间
传说惯常的表达方式,亦即文中所谓"此好事者附名为之说"也。
同时,这里也不乏作者再创作的因子,如伯奇被杀后,尹吉甫由
"悟"、"追伤"到"动心"所展示的心理活动,便主要缘于一种文学
的想象和推理。这样看来,民间传说与作者的再创作,是《令禽恶
鸟论》中伯奇故事形成的基础,而其中的传说部分,尤其展示了伯
奇故事在东汉民间的潜流暗转,在某种意义上,其主要情节甚至可
以与扬雄《琴清英》中伯奇"自投江中"却得以不死、因"扬声悲歌"
而感动吉甫的说法挂起钩来,是在其基础上进行的改造和延展。

　　以曹植的《令禽恶鸟论》为节点向上回溯,还可发现,两汉以
来伯奇故事的发展流变一直摇摆于传说与历史之间。一方面是文
学家的创作和民间的传说,一方面是史学家、经学家的载记和议
论;一方面是从伯奇孝而被谗之故事主干所繁衍出的多种异说、传

---

①欧阳询《艺文类聚》卷二四《人部八》,文渊阁《四库全书》本。又,《太平
　御览》卷九二三《羽族部十》所载曹文题名《贪恶鸟论》,文字亦颇有不同。

闻和臆想,另一方面是围绕伯奇及其事件所展开的持续的历史化、真实化的努力。这种情形,构成汉魏数百年间伯奇故事流传的基本状态,也为后人对此一故事的归纳整理做出了必要的准备。

　　真正综合两汉以来各种说法,既使伯奇成为孝子之典型,又使其被逐故事更趋完满定型的,是传为汉晋间成书的《琴操》。这是一部记载早期琴曲作品及相关本事的专书,其中最为后人称道的,是记述、宣扬先秦人物事迹、德行而皆名为"操"的十二篇作品,而其中的《履霜操》即与伯奇事紧密相关。在叙述《履霜操》之缘起时,该书有一段关于伯奇被逐前后的文字,值得特别关注:

　　　　《履霜操》者,尹吉甫之子伯奇所作也。吉甫,周上卿也,有子伯奇。伯奇母死,吉甫更娶后妻,生子曰伯封。乃谮伯奇于吉甫曰:"伯奇见妾有美色,然有欲心。"吉甫曰:"伯奇为人慈仁,岂有此也。"妻曰:"试置妾空房中,君登楼而察之。"后妻知伯奇仁孝,乃取毒蜂缀衣领。伯奇前持之。于是吉甫大怒,放伯奇于野。伯奇编水荷而衣之,采楟花而食之,清朝履霜,自伤无罪见逐,乃援琴而鼓之曰:"履朝霜兮采晨寒,考不明其心兮听谗言,孤恩别离兮摧肺肝。何辜皇天兮遭斯愆,痛殁不同兮恩有偏,谁说顾兮知我冤。"宣王出游,吉甫从之。伯奇乃作歌,以言感之于宣王。宣王闻之曰:"此孝子之辞也。"吉甫乃求伯奇于野而感悟,遂射杀后妻。①

　　这是西汉以来关于伯奇事最周详的一段记载,也是在对此前

_____

①此段文字引自清孙星衍校《琴操》卷上,清嘉庆平津馆丛书本。考《世说新语·言语》注、《文选》之《长笛赋》注、《太平御览》卷一四和卷五一一、《乐府诗集》卷五七等所引《琴操》,文字详略均有不同,孙氏据此数种文献校订,大体得其所长。又,逯钦立《先秦汉魏晋南北朝诗·汉诗》卷一一之《琴曲歌辞》亦据此本,惟个别文字有异。

各种异说取舍整理后形成的最权威版本。概括而言,大致存在如下几个要点:

第一,在人物身份上,舍弃了刘向《说苑》所谓伯奇为"王国子"的说法,确立了伯奇为周宣王大臣尹吉甫之子。

第二,在人物关系上,既沿袭了传统的后母进谗说,又吸纳了《说苑》"后母子伯封"的记载,确定了伯奇异母弟伯封的存在。

第三,在故事情节上,一方面袭用了《说苑》后母置毒蜂、诱伯奇往视等细节,以强化"吉甫大怒,放伯奇于野"的合理性,另一方面,摒弃了扬雄《琴清英》"自投江中"和曹植《令禽恶鸟论》"杀孝子伯奇"的说法①,而将《琴清英》的"衣苔带藻"、"扬声悲歌"改易为"编水荷而衣之,采榇花而食之,清朝履霜","援琴"而歌《履霜操》,由此突出强调了弃子与被弃作品的有机关合。

第四,在故事结局上,不仅添加了周宣王这一人物,作为伯奇冤屈的洗刷者和拯救者,而且直接以《令禽恶鸟论》所述吉甫"感悟"、"射杀后妻"的民间传说终篇,使得此一悲剧事件获得了大团圆式的喜剧性收尾。

从上述人物身份、关系和故事情节、结局诸方面的变化看,既有对原有伯奇故事的吸纳整合,又不乏新的构思和创造,由此形成这一弃逐故事完整的结构形态。具体来说,故事中尹吉甫、后妻、伯奇、周宣王四个人物分别代表施动者、进谗者、受动者、救助者四种身份,也代表大小不同、方向各异的四种力量。作为受动者,伯奇仁孝而不见容于生父后母,被逐荒远,作歌诉冤,最终感动宣王及其父吉甫,获得救助和回归,展示了一个被弃逐者的全部经历,

──────────

① 《文选》六臣注、《乐府诗集》卷五七引《琴操》有"投河而死"的说法,与《世说新语》注、《文选》李善注、《太平御览》卷一四和卷五一一等所引《琴操》结局不同。

因而,在整个故事中最值得重视。作为施动者,尹吉甫听信后妻谗
言而逐孝子,无疑是悲剧的直接制造者,但由于故事中设置了后妻
缀毒蜂于衣领的骗局,遂使得吉甫信谗具有了若干合理性;至于最
后由于宣王开导,吉甫幡然悔悟,召回伯奇并射杀后妻,更使他前
期所犯错误获得一定程度的弥补,其形象也开始由反面向正面转
换。作为进谗者,后妻是典型的反面形象,也是导致弃逐事件发生
的最积极因素。她之所以厌恶并谗害伯奇,既缘于后母对前妻之
子血缘性的疏远,更缘于她不想让亲生之子伯封在家族的利益受
到他人威胁,故必欲除之而后快。她的最后被射杀,体现了正义的
最后胜利,也对谗佞小人寓有深刻的警示意义。作为救助者,周宣
王虽仅在结尾匆匆现身,但却对伯奇之获救乃至后妻被射杀都发
挥了不可忽视的作用。某种意义上,他就是正义的化身。以上四
种身份、四种力量,互相制约,互有渗透,构成整个事件"谗毁——
弃逐——救助——回归"的动态流程。与此同时,因吉甫的"改邪
归正"和周宣王救助弃子所展现的王者力量,也使此一故事减弱了
对专制政治的讽刺力度,而一定程度地蒙上了颂圣感恩的温情
面纱。

　　与以往的伯奇传说不同,《琴操》故事值得关注的另一要点在
于,伯奇在被当作《履霜操》作者而具备了诗人身份的同时,还借
助《履霜操》之内容展示,深化了其身为弃子的悲怨情思。全诗从
孝子被逐后履霜犯寒的艰辛生活写起,追述其父听信谗言、导致孤
恩别离的情形,最后仰天而呼:"何辜皇天兮遭斯愆,痛殁不同兮恩
有偏,谁说顾兮知我冤。"既指斥皇天之不公,又明言父母之偏私,
更痛陈自己之冤屈,虽仅寥寥数语,却真切鲜活,悲感无限,令人读
来,为之动容。这样一首反映弃子怨思的楚辞体作品,一经出现,
便具有了取代赵岐所谓"伯奇仁人而父虐之,故作《小弁》之诗"一

说的逻辑优势,使得伯奇"清朝履霜"和援琴而歌《履霜》相互印证,形成中国文化史、文学史上的经典形象。大概从这个时候开始,伯奇故事得以最终完型,《履霜操》也成为描写弃子遭遇和抒悲泻怨的代表性作品,并被唐宋元明清的文人们反复模仿,在文学史上产生了深远影响。

这里需要稍加讨论的,是《琴操》的创作时代和作者问题。关于《琴操》的作者,大致有桓谭(前23—50)、蔡邕(133—192)、孔衍(258—320)三说。其中桓谭说之不足信似已成为共识①,兹不赘论。唯需辨析的,是蔡邕、孔衍二人与《琴操》的关系。

从文献记载看,孔衍与《琴操》间的关系最为清晰。《隋书·经籍志》明谓:"《琴操》三卷,晋广陵相孔衍撰。"②这是关于《琴操》撰人最早的文献记载。自此以后,《旧唐书·经籍志》、《新唐书·艺文志》、《宋史·艺文志》以及《崇文总目》、《中兴书目》诸书均有类似著录,从而将孔衍与《琴操》紧密关合在了一起。一般来说,先出文献具有普遍认可的权威性,倘若没有新出资料对上述

---

① 桓谭说之不足信主要有三:一、《后汉书·桓谭传》谓桓谭所著《新论》二十九篇,有"《琴道》一篇未成,肃宗使班固续成之"(中华书局1965年版,第961页)。由此可知,桓谭所著仅为一篇未完成的《琴道》,而非《琴操》。二、桓谭撰《琴操》之著录仅见于两《唐书》之《经籍志》、《艺文志》,却不见于三百年前之《隋书·经籍志》。而两唐书将《琴操》系于桓谭名下,不排除混淆《琴操》与《琴道》二书名甚或笔误的可能。三、世传《琴操》与桓谭《琴道》内容不合。阮元《四库未收书目提要》曾核对二书内容谓:"今《文选》注引《琴道》甚多,俱与此不合,则非谭书可知。"马瑞辰《平津馆丛书〈琴操〉校本序》亦谓:"桓谭《新论》有《琴道》篇,不闻有《琴操》,《琴操》言伏羲始作琴,与《琴道》言神农始作琴不合,则《琴操》决非桓谭所作。"
② 《隋书》卷三二《经籍一》,中华书局1973年版,第926页。按:此条下还著录"琴操钞二卷"、"琴操钞一卷",然未著撰人,当为同书异本也。

记载尤其是《隋志》证伪，那么，就很难否定孔衍与《琴操》的关系。
不过，事情也不是绝对的，仅有这些记载而无过硬的内证，尤其是
对蔡邕著《琴操》说的有力反证，似亦不足以确认孔衍一定就是
《琴操》的作者。从保存孔衍行迹最多的《晋书·孔衍传》看，其中
既未写其精通琴乐，亦无与《琴操》相关的记载，较为接近的线索
是："衍经学深博，又练识旧典"，"虽不以文才著称，而博览过于贺
循，凡所撰述，百余万言"①。据此而言，少文才而多博览的孔衍倒
更像是《琴操》的整理者而非原创者。

　　与孔衍相比，蔡邕精通乐理，尤精琴乐。据《后汉书》本传载：
蔡邕早年曾于客所弹琴音中辨其心迹，为人叹服；后"吴人有烧桐
以爨者，邕闻火烈之声，知其良木，因请而裁为琴，果有美音，而其
尾犹焦，故时人名曰'焦尾琴'焉。"②此外，他还撰有《叙乐》一书，
表现出杰出的音乐才能和理论修养。因而，就《琴操》作者言，蔡
邕似乎是更为合适的人选。虽然从现存史料看，蔡邕与《琴操》的
关系不及前述孔衍来得密切，亦即很少见之于史书著录，但在《文
选》李善注中，已出现对《琴操》的多次征引，其中既有未著撰人
者，亦有明言"蔡邕《琴操》"者③，这说明至少在初唐以前，已有署
名蔡邕的《琴操》传世。而从所引内容看，"今《文选·长笛赋》李
善注引《琴操》曰：'伏羲作琴，以修身理性，反天真也。'又《演连
珠》、《归田赋》注引蔡邕《琴操》曰：'伏羲氏作琴，弦有五者，象五
行也。'俱与此同"④。至于《北堂书钞》引蔡邕《琴赋》内容，亦"俱

①《晋书》卷九一《孔衍传》，中华书局1974年版，第2359页。
②《后汉书》卷六〇下《蔡邕传》，中华书局1965年版，第2004页。
③李善注《文选》卷一五张衡《归田赋》、卷二一卢谌《览古》诗、卷五五陆机
　《演连珠》等均引"蔡邕《琴操》"。
④阮元《四库未收书目提要》卷一《经部·乐类》，商务印书馆1955年版，第12页。

与《琴操》合,则《琴操》为中郎所撰,信有征矣"①。大概正是由于世传《琴操》与《文选》注引《琴操》以及蔡邕作品多所吻合,故蔡邕作《琴操》的说法在后世广为流行,经清人整理的几种主要《琴操》传本之撰人亦皆题名蔡邕,就中尤以孙星衍辑校之平津馆丛书本影响为大。今人逯钦立编纂《先秦汉魏晋南北朝诗》,亦将《琴操》置于蔡邕名下,益发强化了蔡邕对该作品的著作权。

　　然而,承认蔡邕对《琴操》的著作权,并不是说此一作品在后世的流传中一无改易,也不是排除孔衍在对《琴操》改易中所起的重要作用。在对《琴操》作品考察之后,逯钦立认为:"今本《琴操》间有后人所增。如《思归引》一歌,西晋初尚未流传,故石崇序此曲有弦无歌。今此歌辞明为后人所作。《隋志》云:'《琴操》三卷,晋广陵相孔衍撰。'据此,旧本《琴操》累经增添可知也。"②在《平津馆丛书〈琴操〉校本序》中,马瑞辰认为,《隋书·经籍志》等书虽皆以《琴操》"属之孔衍,而传注所引及今《读书斋丛书》所传本皆属蔡邕,惟《初学记》引《箜篌引》为孔衍《琴操》,其文与蔡邕《琴操》不殊,是知《隋志》言孔衍撰者,谓撰述蔡邕之书,非谓孔衍自著也"③。细详这两种说法,虽角度不同,侧重各异,但在肯定《琴操》流传中"累经增添",被人"撰述",而其中最重要的增添、撰述者即是孔衍这一点上,却是一致的。这就是说,蔡邕是《琴操》的初创者,百余年后,孔衍又对其重予整理编述,从而将自己的名字与之

---

①马瑞辰《平津馆丛书〈琴操〉校本序》,《中国古代音乐文献丛刊〈琴操〉(两种)》,人民音乐出版社1990年版,第58页。
②《先秦汉魏晋南北朝诗·汉诗》卷一一《琴曲歌辞·琴操》,中华书局1983年版,第299页。
③马瑞辰《平津馆丛书琴操校本序》,《中国古代音乐文献丛刊〈琴操〉(两种)》,人民音乐出版社1990年版,第58页。

联在了一起。由于孔衍的整理本在后,较蔡本完整,故在后世更为流行,以致《隋书》及此后诸史作者所见者即为署名孔衍之《琴操》;至于李善注《文选》所引《琴操》有署名和未署名之两种,则其未署名者当即时下流行广为人知的孔本,其署名"蔡邕"者自然应是与孔本有别且少为人知的蔡本。仔细想来,我们这种揣测应是合乎情理的,也能够解释围绕《琴操》一书所形成的若干看似矛盾的现象。

倘若《琴操》一书为蔡著孔编的说法可以大体认定,那么,围绕伯奇故事的嬗变和定型,还可以有一些新的发现。如前所言,在曹植《令禽恶鸟论》中,首次出现了伯奇死后化身为伯劳,向其父吉甫悲鸣,"吉甫遂射杀后妻以谢之"的情节。而在《琴操》之《履霜操》的叙述中,"吉甫乃求伯奇于野而感悟,遂射杀后妻"这一类似情节不仅再次出现,而且作了两方面的改动,一是祛除其人化为鸟的荒诞不经之处,使故事更具真实性,二是增加了对吉甫"感悟"极具作用的周宣王这一人物,使故事更趋圆满。这里展示的是一种由简到繁、由怪异到平实、由传说到历史的逻辑顺序,其中受影响的,一般来说只能是后者而非前者,亦即《履霜操》之叙述受《令禽恶鸟论》影响而做出了若干添加改动。而从蔡邕、孔衍两位与《琴操》有关人物的生活年代看,能够接受曹植(192—232)影响的,只能是晚于他数十年的孔衍(258—320),而非早于他数十年的蔡邕(133—192)。换言之,孔衍之于《琴操》,不只是对蔡邕原创的简单承接和文字整理,针对某些具体故事和情节,他还吸取了曹植等人的相关记载,进行过程度不同的增删和改易。其中伯奇故事由吉甫射杀后妻到宣王闻歌而感等情节的依次出现,便大致展示出蔡邕之后从曹植到孔衍的变化轨迹。

## 四、馀论

犹如一条宛延曲折、波浪起伏、出没于堤防内外而终入干道的河流,伯奇故事在其流传过程中,经历了多次增删变化,时而简约,时而繁复;时而真切如见,时而扑朔迷离,最后去其繁芜夸诞,增其合理平实,流入平缓规则的河道。这是一个渊源久远的故事,其移动、嬗变发生在历史和传说之间,至于其归结,则是传说让位于历史,文学变奏出经典。

回顾前述伯奇故事的最早缘起,很难说它是一个真实的历史事件。在整个先秦史的文献中,竟然找不到关于伯奇事的任何一条记录,诸如《庄子》、《荀子》、《战国策》等屡次涉及孝子不得于其亲的重要典籍,也见不到伯奇的踪影。当此之际,如何能够确定在西周王朝的历史上,曾有过一个名叫伯奇的人,真的被他的父亲逐出家门?

然而,仅依现存史料,又很难否定伯奇事件的历史真实性。汉人都在引用伯奇故事,从西汉前期的《韩诗外传》、《焦氏易林》乃至刘胜、令狐茂等人开始,凡涉及伯奇孝而被逐事均言之凿凿,何以见得他们便别无来源?秦火之后,典籍亡佚散乱,不少前朝史事经故老口耳相传得以存留,何以见得伯奇事因无早期史料佐证就一定是向壁虚构?

可以是历史,也可以是传说;既有历史的踪影,又是传说的产物;也许是借传说存留的依稀古史,也许是古史漫漶后形成的变形传说。仔细想来,这似乎便是伯奇事件的缘起和真相。世代荒远,古史茫昧,千载之下的我们已很难准确厘定其历史与传说的边界,但有一点却可以确定,那就是伯奇事是在汉代开始传流开来,并完成其基本结构形态的;也是经汉人大张旗鼓的引用和宣扬,而逐渐被历史化、典型化的。换言之，多数言及伯奇的汉人都相信历史上确有其人其事，而且面对后母进谗、孝子被逐这类在历史和现实中屡见不鲜的事件，他们设身处地，以今例古，"怅望千秋一洒泪"，时常会产生某种深深的感动。

虽然已经历史化了，但其缘起毕竟主要得自传说，不具备历史固有的严格边界，也缺乏史料给定的事实制约，因而，同一弃逐故事既存在多种版本，也给后人留下了继续添加扩展的广阔空间。诸如伯奇究竟是尹吉甫之子，还是"王国子"亦即国君之子？其被弃后是流落荒野，还是愤而投河？[①] 是服药成仙，还是化身为鸟？其抒发哀怨的形式是扬声悲歌，还是伯劳悲鸣？是作《小弁》还是吟《履霜》？表面看来，这些淆乱确实减弱了伯奇故事的真实性、可信性，它呈现的是一种游离于历史之外的无序状态；但从深层次看，这类淆乱也正展示了传说在脱离历史制约后被激发出的能量，它通过大胆的想象和创造，在无形中丰富着伯奇故事的传奇色彩和文化内涵。

如果就伯奇故事的整体走向看，历史的牵拽和控制又始终在隐显明暗的交叉中发挥作用，从而不时将无序的、趋于虚幻怪诞的故事枝节删汰掉，将之导向合乎情理的"观念历史"的有序状态。[②]拿趋于定型的《琴操·履霜操》所述伯奇故事来说，就舍弃了《说

---

①关于伯奇之死，还有"自缢"一说。如《山堂肆考》卷九二《系蜂》谓："周尹伯奇事后母至孝，母不仁，常欲害奇，乃取蜂去其毒，系于衣上，故令伯奇见之。奇恐蜂伤其母，以手取之，母便大呼曰：'伯奇牵我！'吉甫大怒，令伯奇死。伯奇遂自缢。父命人出其尸，手中犹有死蜂。父大伤痛，恨其妻。时人闻之皆为恸哭。"因其来源不可考，故暂置勿论。

②这里所谓"观念历史"，与实在历史相对，系指存在于人们观念中的应然的历史状态。

苑》中的"王国子"说,吸取了其"后母子伯封"说以及后母置毒蜂、诱伯奇往视等细节;舍弃了《琴清英》、《令禽恶鸟论》中"自投江中"、"杀孝子伯奇"说,吸取了其"扬声悲歌"和吉甫"感悟"、"射杀后妻"等情节;舍弃了赵岐《孟子章句》的伯奇作《小弁》说,而将其改易为援琴而歌《履霜》,并增添了被伯奇歌声打动的周宣王这一人物,由此使得整个故事在向历史或"观念历史"的靠拢中不断丰富与合理。

　　针对中国上古历史与传说长期混淆的情况,顾颉刚先生曾提出"层累地造成的中国古史"观,其要点除"时代愈后,传说的古史期愈长"、"时代愈后,传说中的中心人物愈放愈大"之外,还强调在勘探古史时,即使"不能知道某一件事的真确的状况,但可以知道某一件事在传说中的最早的状况",由此认为:"我们要辨明古史,看史迹的整理还轻,而看传说的经历却重。"①这一说法,无疑适用于伯奇故事,并对我们重新认识此一故事的"传说经历"提供有益的启示。需要说明的是,汉代以来围绕伯奇故事所出现的种种记载、议论和创作,与其说其目的在于慎终追远,还原历史,不如说是徘徊在历史与传说之间,遵循其有序与无序的发展规则,进行着一种文学的变奏。换言之,伯奇故事在汉晋历史上的每一次大的变动,既受制于历史与传说间的张力,不至于过度远离历史或"观念历史",也追求着精神的自由和心灵的秩序,使其在不断的情节完善中一步步逼近文学的真实。而作为集中展示伯奇事迹和情感的《履霜操》,便是这种文学真实由不断传播接受而形成的阶段性代表。

　　《履霜操》及相关叙述之后,伯奇故事即基本定型,后人凡提及

①《古史辨》第一册,上海古籍出版社1982年版,第59—60页。

其事者，大都依据此一文本，或咏叹伯奇孝而见弃之遭遇，或化用掇蜂被谗之典故，或辨析尹氏家乡之所在，或质疑伯奇最终之结局①，而其中最为突出的，则表现为对《履霜操》长期而极具热情的群体性仿作，由此不仅强化了对伯奇其人其事的历史认同，而且使此一古琴曲的文化内涵得以多层面的深化和拓展。关于此点，因已超出本文题旨，容于另文申论。

（原载《文史哲》2014 年第 4 期，文题有改动，内容有删节）

①如清人张澍《尹吉甫子伯奇考》即依汉及后世文献辨析尹氏家乡之在地（《养素堂文集》卷十一，清道光刻本）；近人余嘉锡亦据相关文献力辩伯奇系被逐而非投河死（《世说新语笺疏》上卷上《言语第二》，中华书局 1983 年版，第 62 页）。虽然类似辨析过于简略，且因依据后出文献而难产生有说服力的结论，但其相信史上确有伯奇其人其事，并希图恢复历史"真实"的意愿和努力却是可以感知的。

# 近现代日本白居易诗歌研究综述

查清华　　聂改凤

　　近现代以来,以白居易为中心的中唐文学研究一直处于日本唐代文学研究中的主流地位。正如马歌东所说:"在日本,关于白居易的系统的科学的研究,与整个社会人文研究同步,是从明治以后才开始的。"①特别是 1945 年以来研究者增多,研究论著数量逐渐增长,尤以 20 世纪 90 年代成果最为卓著。1990 年成立了日本"中唐文学会";1993 至 1999 年出版《白居易研究讲座》(全七卷),主要收录日本白居易研究的各项重要成果;2000 年起每年一期的《白居易研究年报》,展现了日本学界关于白居易研究的新进展。日本学者静永健曾说:"日本学术界对白居易格外关注,关于白居易的学术研究历史悠久,自成体系,经过几代学者努力,取得令人瞩目的成就,是一个充满活力的研究领域。"②对日本学界关于白居易的研究成果加以梳理总结,可为国内相关研究提供可资

---

① 马歌东译:《日本白居易研究论文选》,三秦出版社 1995 年版,第 4—5 页。
② (日)静永健著,刘维治译:《白居易写讽谕诗的前前后后》,中华书局 2007 年版,第 263 页。

借鉴的学术资源。

## 一、传播、受容与影响研究

　　白居易生前,其诗就已传入日本,当时的平安朝掀起巨大的白诗热潮。关于白诗在日本流播情况的研究,"二战"后成果数量逐渐增多,既有对白诗整体受容概况的考察,也有就某些诗歌的受容或就日本文学作品看其受容等角度进行探讨。20世纪五六十年代较为代表性成果有:小松茂美《平安时期传入之〈白氏文集〉与三迹的研究》①、丸山清子《〈源氏物语〉对〈白氏文集〉的受容概观》②、近藤春雄《白乐天在日本——以〈琵琶行〉的受容状况为中心》③。尤为值得一提的是堤留吉《诗歌创作上模仿、继承的各种样态——以诸家对白乐天诗的评论为中心》④,从评论白诗的材料出发,考察日本诗歌创作对白居易诗歌的受容。

　　20世纪70年代以后,日本关于白诗受容研究的层面逐渐扩大,成果也逐渐增多。如太田次男《白诗受容考——关于香炉峰雪拨帘看》、《〈白氏文集〉的受容及其研究史概要》,丸山清子《对白诗传入初期状况的考察》,平川祐弘《汉文化与日本人——关于白乐天的受容》等。这些成果收入由太田次男、神鹰德治、川合康三

①(日)小松茂美:《平安时期传入之〈白氏文集〉与三迹的研究》,墨水书房1965年版。
②(日)丸山清子:《〈源氏物语〉对〈白氏文集〉的受容概观》,《比较文学》6,1963年11月。
③(日)近藤春雄:《白乐天在日本——以〈琵琶行〉的受容状况为中心》,《说林》12,1964年2月。
④(日)堤留吉:《诗歌创作上模仿、继承的各种样态——以诸家对白乐天诗的评论为中心》,《东洋文学研究》11,1963年3月。

合编《日本对白居易的受容》①和《围绕白居易诗受容的诸问题》②两书,学术价值颇高。

　　进入 21 世纪,又有中纯子《诗在人口——地方上的白诗传播》③、波户冈旭《白诗的受容与道真》④等新的成果面世。静永健专门考察了不同时期的白集版本对高丽和日本两国受容产生的实际影响。其《论〈白氏文集〉于十三世纪东亚汉文化圈中的受容》一文认为,在 13 世纪,高丽主要是宋刊本,而日本是 8、9 世纪传入的唐抄本,因而产生了不同的受容⑤。渡边优子还提出从抄录诗的数量及时代变化情况,来考察不同时期白居易诗歌的接受状况这一新的思路⑥。

　　日本受容白诗的方式,除了汉学者直接用汉文接受以外,11 世纪发明了日语训读法。此外还有摘句的方式,冈部明日香《〈荣花物语〉对新乐府〈缭绫〉的引用——以训读、摘句方式的白诗受容》,提到为朗咏而对白诗摘句和训读的两种受容方式⑦。

　　关于白诗受容原因的探讨,早在 14 世纪日本五山文学学问僧

①(日)太田次男、神鹰德治、川合康三:《日本对白居易的受容》,勉诚社 1993 年版。

②(日)太田次男、神鹰德治、川合康三:《围绕白居易诗受容的诸问题》,勉诚社 1994 年版。

③(日)中纯子:《诗在人口——地方上的白诗传播》,《兴膳教授退官纪念中国文学论集》,汲古书院 2000 年版。

④(日)波户冈旭:《白诗的受容与道真》,《国学院中国学会报》48,2002 年。

⑤(日)静永健、陈翀:《汉籍东渐及日藏古文献论考稿》,中华书局 2011 年版。

⑥(日)渡边优子:《〈白氏文集〉在日本平安时代的接受情况》,2012 年浙江大学中国古代文学专业硕士论文。

⑦隽雪艳、(日)高松寿夫主编:《白居易与日本古代文学》,北京大学出版社 2012 年版。

的代表虎关师炼就已论及。他在《济北集》中将白居易诗集在日本广为流行的原因归结为白诗平白浅易的特点。后来,吉川幸次郎《中国诗史》一书中也持相似观点。他引江户时代的学者室鸠巢《骏台杂话》:"我朝多有古时唐土文辞,能读李杜诸名家诗者甚少。即使读之,难通其旨。适有白居易的诗,平和通俗,且合于倭歌之风,平易通顺的程度,为唐诗中上等,故学《长庆集》之风盛行。"①江户初期儒学者那波道圆刊印铜活字版《白氏文集》时,曾撰写《白氏文集后序》,将白诗流行的原因归结为白居易的名气和他对文集的重视②。持此观点的还有青木正儿,他在 1932 年提出白集流行原因为白居易在中国较高的诗名及其诗歌的平易有情趣③。

　　在上述原因的基础上,1943 年金子彦二郎又加以补充,提出两国的社会环境极其相似,白居易的地位及性格与平安时代的学者相似。渡边优子《〈白氏文集〉在日本平安时代的接受情况》继承这一观点,并归纳为白诗所产生的中唐社会背景和日本平安时期的社会状况比较相似;白居易与日本接受者在价值取向上的一致性,即白诗符合日本物哀、感伤的"国风文化"特色④。金子彦二郎还提出《白氏文集》在数量和质量上具有"文学事典兼辞典"的性质。后来神田秀夫将此认识深化,认为正因为白集作为"辞典

---

① (日)吉川幸次郎著,(日)高桥和已编,章培恒等译:《中国诗史》,安徽文艺出版社 1986 年版,第 256 页。

② 朱金城笺校:《白居易集笺校》第六册,上海古籍出版社 1988 年版,第 3975—3976 页。

③ (日)青木正儿:《青木正儿全集》第 2 卷,春秋社 1969 年版,第 362 页。

④ (日)渡边优子:《〈白氏文集〉在日本平安时代的接受情况》,2012 年浙江大学中国古代文学专业硕士论文。

式"的存在,才导致受容时一句一联的断裂,而没有对作品整体性思想的把握。1948年神田秀夫提出,白居易的长寿,晚年较为得意的官场,儒道佛思想兼具以及温和自然的性情,都是平安朝人热衷效仿的对象,都促成了《白氏文集》的流行。1982年藤井贞和另辟蹊径,提出新颖的观点,认为白诗的流行原因在于日本学问家之间的竞争,某一学问家先行接受白诗,并作为自家之物后,其他的学问家会争先效仿。对日本学者历来关于白诗流行原因的看法进行系统梳理和比较的是丸山茂《〈白氏文集〉在日本》①,该书对青木正儿、金子彦二郎、神田秀夫、藤井贞和等的成果进行批判继承,使这一问题的探讨越来越明晰。水野平次《白乐天和日本文学》曾提出平安朝文人除旧纳新的思想,即对已有《文选》旧体的厌倦,白诗的传入给他们带去清新的风气,遂使学习白诗成为风尚。丸山茂认为这是水野平次就接受者角度看《文集》流行的一个原因②。此外,新间一美《白居易〈长恨歌〉——与日本对其受容的关联》③、中西进《日本白诗流行原因》④也是这方面的重要成果。

日本学者关于白诗对日本文学影响的深度研究比中国早将近五十年。在二十世纪三十年代,水野平次著《白乐天与日本文学》,第九章为《白居易对日本文学的影响》,从王朝时代、武家时代(又分为镰仓、室町文学与江户时代文学)两个时代、三个阶段

---

① (日)丸山茂著,张剑译:《唐代文化与诗人之心》(日本唐代文学研究十家),中华书局2014年版,第270—283页。
② (日)丸山茂著,张剑译:《唐代文化与诗人之心》(日本唐代文学研究十家),中华书局2014年版,第279页。
③ (日)太田次男等编:《白居易的文学与人生》第2册,勉诚社1993年版。
④ (日)中西进:《日本白诗流行原因》,(日)太田次男等编《围绕白居易诗受容的诸问题》,勉诚社1994年版。

详细展开。首次就白诗对不同时代、不同文学样式的日本文学产生的影响进行细致分析①。金子彦二郎花费二十余年精力，专门致力于《白氏文集》对日本文学的影响研究，出版《平安时代文学与〈白氏文集〉》，主要探讨了白诗对日本文学特别是平安朝文学《句题和歌》、《千载佳句》等的影响②，第一册出版时正值中日战争，关注的人不多，后来再版，渐受关注，价值颇高。

战后直至当今，关于白诗对日本文学影响的探讨越来越多，角度也更加多样化。矢野光治的《白居易及其诗对日本文学之影响》，为探讨白居易诗歌对日本文学影响的专篇论文③，西村富美子《白居易的后世受容与影响》也是这方面的力作④。河野贵美子《日本平安时代文人与白居易——以岛田忠臣和菅原道真与渤海使的赠答诗为中心》，以元庆七年渤海使来日本时岛田忠臣、菅原道真所作汉诗为对象，分析二者所受白居易的影响⑤。从白居易诗学理论看其影响的有堤留吉《〈与元九书〉与〈古今和歌集序〉》⑥。还有相当丰富的研究成果专就对《源氏物语》的影响展开，如丸山清子著《〈源氏物语〉与〈白氏文集〉》，以比较

①（日）水野平次：《白乐天与日本文学》，目黑书店1930年版。
②（日）金子彦二郎：《平安时代文学与〈白氏文集〉》2册，培风馆书店1943年，1948年版。
③（日）矢野光治：《白居易及其诗对日本文学之影响》，台湾大学中国文学研究所1971年硕士论文。
④（日）西村富美子：《白居易的后世受容与影响》，（日）太田次男等编《白居易的文学与人生》第2册，勉诚社1993年版。
⑤隽雪艳、（日）高松寿夫主编：《白居易与日本古代文学》，北京大学出版社2012年版。
⑥（日）堤留吉：《〈与元九书〉与〈古今和歌集序〉》，《白乐天研究》，春秋社1969年版。

文学的视角探讨《源氏物语》与《白氏文集》的关系，寻绎其对乐天诗句的化用、结构的模仿以及文学思想和表现手法的借鉴接受①。其他重要的有小守郁子《〈源氏物语〉与〈白氏文集〉》②、新间一美《〈源氏物语〉与白居易文学》③、中西进《〈源氏物语〉与白乐天》④等。

## 二、文献整理与研究

日本学者对白居易诗歌文献学方面的研究成就主要体现在对《白氏文集》版本源流、各种旧抄本情况的梳理及文本的校勘上，此外对白诗的注释工作也取得一定成就。

关于《白氏文集》版本情况，较早论及的有涩江全善、森立之等撰的《经籍访古志》，对求古楼藏《白氏文集》、高野山西南院藏旧抄卷子本、竹荫书屋藏的旧抄本等白集版本情况进行说明⑤。岛田翰撰《古文旧书考》，涉及《白氏文集》七十一卷，就日本庆安时期以前的三个刻本即旧刊覆宋本、那波道圆重刊本和秘府一号御库新收本、卷子本残本一卷《文集卷第三》进行考证⑥。

二十世纪以来，日本传存的古抄本价值渐受重视。1927年东京

---

① (日)丸山清子：《〈源氏物语〉与〈白氏文集〉》，东京女子大学文学会，1964年8月；又见申非译本，国际文化出版公司，1985年版。
② (日)小守郁子：《〈源氏物语〉与〈白氏文集〉》，《东方学》61，1981年1月。
③ (日)新间一美：《〈源氏物语〉与白居易文学》，和泉书院2003年2月。
④ (日)中西进：《〈源氏物语〉与白乐天》，岩波书店1997年版。
⑤ (日)涩江全善、森立之等撰，杜泽逊、班龙门点校：《经籍访古志》，上海古籍出版社2014年版。该书最早的印本是光绪十一年(1885)徐承祖日本聚珍排印本。
⑥ (日)岛田翰撰，杜泽逊、王晓娟点校：《古文旧书考》，上海古籍出版社，2014年版。

古典保存会对神田喜一郎所藏平安抄本《白氏文集》卷三、卷四进行影印;1946 年小尾郊一发表《关于〈白氏文集〉的传本》,对白集的主要传本及日本的古抄本进行介绍;1948 年金子彦二郎出版《平安时代文学与〈白氏文集〉》,对金泽文库本《白氏文集》进行考察;1955年大东急纪念文库所藏金泽文库本《白氏文集》开始对社会开放;1983 至 1984 年勉成社将大东急纪念文库所藏金泽文库本《白氏文集》按原版大小影印出版①。此外,《白居易研究讲座》(第六卷)《〈白氏文集〉的本文》中所收论文,就白集的诸种版本等问题进行了考察②,2003 年静永健对东京国立博物馆所藏《白氏诗卷》进行翻印③。

　　对《白氏文集》的版本研究做出较大贡献的是太田次男和静永健。太田次男重点关注于《白氏文集》旧抄本情况,主要的研究专著有《神田本〈白氏文集〉研究》④和《以旧抄本为中心的〈白氏文集〉文本研究》⑤,对《白氏文集》旧抄本进行综合研究,资料翔实可靠,学术价值颇高;太田次男还有多篇论文对白集版本情况进行过探讨,如《〈白氏文集〉金泽文库本管见——以卷三十一为中心》⑥、《关于宫内厅书陵部藏本〈白氏文集·新乐府〉元亨写

---

①参考谢思炜:《白居易集综论》,中国社会科学出版社 1997 年版,第 37—38 页。

②(日)太田次男等编:《白居易研究讲座》(第六卷),勉诚社 1995 年版。

③(日)白居易研究会编:《白居易研究年报》第四号,勉诚社 2003 年版。

④(日)太田次男、小林芳规:《神田本〈白氏文集〉研究》,勉诚社 1982 年版。

⑤(日)太田次男:《以旧抄本为中心的〈白氏文集〉文本研究》,勉诚社 1997 年版。

⑥(日)太田次男:《〈白氏文集〉金泽文库本管见——以卷三十一为中心》,《史学》44—3,1972 年 4 月。

本》①,特别是《日本汉籍旧钞本的版本价值——从〈白氏文集〉
说起》一文,认为现存白集旧抄本从卷一到卷五十都只标《文集》
而不作《白氏文集》,这正是保留白氏诗集唐抄本原貌(重抄)的
证明②,充分发掘日本所流传的唐旧抄本或重抄本的价值。静永
健《关于东京国立博物馆藏古抄残卷〈白氏文集〉卷六十六的文
本》一文,归纳分析出白集版本三大系统:日本国的旧钞本系统
(藏地在日本,实际创作时间为唐五代至北宋)、《文苑英华》等
总集类系统(藏地在中国,实际创作时间为唐五代至北宋)和宋
本、那波本等单行刊本系统(藏地在中国,实际创作时间在南宋
以降)③。他还意识到白居易自编集的排列位次的重要性,并给
予极大关注。其《论日本旧抄本〈白氏文集〉校定方法》就白居
易的《六十六》和《感事》两首诗,在那波本(排在第六十六卷)与
通行本(朱金城笺校本及谢思炜校注本都排在第三十三卷)中位
置的不同,提出独到的看法:"如果无视白居易的这种将作品排
列在与其写作年同一数字的卷帙的现象的话,就不可能对白居
易晚年的文学活动以及内心世界进行更深层次的了解。"④这种
推断有一定参考价值。

《白氏文集》的校勘也取得较大成绩,主要有平冈武夫、花房
英树、太田次男等人。平冈武夫侧重对白居易诗作的校订、相关资

①(日)太田次男:《关于宫内厅书陵部藏本〈白氏文集·新乐府〉元亨写本》,
《斯道文库论集》20,1983 年,《斯道文库论集》21,1984 年。
②(日)太田次男著,隽雪艳译:《日本汉籍旧钞本的版本价值——从〈白氏文
集〉说起》,《传统文化与现代化》1993 年第 2 期。
③(日)静永健著,刘维治译:《关于东京国立博物馆藏古抄残卷〈白氏文集〉
卷六十六的文本》,《南阳师范学院学报》(社会科学版)第 5 期。
④(日)静永健、陈翀:《汉籍东渐及日藏古文献论考稿》,中华书局 2011 年
版,第 142 页。

料的收集汇编以及文本的具体研究,在校勘方面成就尤著。1971
至1973年间,平冈武夫、今井清等主持的《白氏文集》(三册)校订
本出版①。该书运用多种古抄本、刊本和总集进行校订,为当下白
居易作品在日本的继续传播提供了基础。花房英树对《白氏文
集》的校勘与整理,则推动了日本白居易研究的进程。其《〈白氏
文集〉的批判研究》一书,第一部分对《白氏文集》传入版本加以研
究,包括白集刊本的谱系、旧抄本的版本流变、各版本的本文情况
及具体作品的补遗②,是很优秀的校勘成果,这样扎实的基础性学
术著作,极有利于后人研究工作的展开。上述太田次男的两部专
著,在《白氏文集》文献校勘方面也成绩显著。不过,就涉及的文
集卷数来看,上述学者的校勘成果,仅及《白氏文集》七十一卷中
近三分之一,尚有大部分未得详校。而静永健《日本国立历史民俗
博物馆藏〈白氏文集〉卷八翻字校勘记》显示出对《白氏文集》校勘
工作的重大推进。校勘所用底本之多,从其《白氏文集》卷八校勘
稿看,其采用版本之多,校记之详,都令人称叹③。

　　对文本的注释和翻译是诗歌接受的一项基础性工作,也是其
接受情况的反映。白居易诗集卷帙浩繁,涉及问题面广,因而对白
诗的完整性注释存在很大难度,日本学者对白诗的注释工作是从
选本注释逐渐过渡到诗集的完整注释。

　　其中较早对白诗进行注释的是19世纪90年代的近藤元粹,

---

① (日)平冈武夫、今井清校订:《白氏文集》(全3册),京都大学人文科学研
　究所1971年3月、1972年3月、1973年3月。
② (日)花房英树:《〈白氏文集〉的批判研究》,汇文堂书店1960年3月初版,
　朋友书店1974年7月再版。
③ (日)静永健、陈翀:《汉籍东渐及日藏古文献论考稿》,中华书局2011年
　版,第197页。

其辑注《白乐天诗集》五卷,是从《白氏文集》中的诗集及《全唐诗》的别集补遗中选录。其体例悉据全集次第,既有近藤元粹本人的评语,又附有前人的评注,全用汉语写作,便于读者参考,促进了白诗乃至汉学的普及①。进入 20 世纪,首先对白诗进行注释的是铃木虎雄和佐久节。前者是对白诗选本的译注,而后者是对白诗完整本的译注。铃木虎雄曾于 1916 至 1918 年留学中国,所著《白乐天诗解》包含白居易的传记、诗歌理论和诗作,于讽谕诗如《新乐府》五十首和《秦中吟》十首解析尤见功力。战后随着讽谕诗的进一步被接受,此书也多次再版刊印,促进了白诗的进一步传播②。对白诗进行较为完整日文译注的则是佐久节,他的《白乐天诗集》是以清代康熙年间汪立名编订的《白香山诗集》为底本,译注内容包括《白香山诗长庆集》二十卷、《白香山诗后集》十七卷、《白香山别集》一卷、《白香山诗补遗》二卷,共四十卷③。此外,还有高尾丰吉编的《白乐天诗抄》精选白居易近体诗 46 首,古体诗 30 首进行注解。包括该诗在那波本、林和泉掾刊本、汪立名本所在的卷数,词语注释以及该诗在日本国文学中的具体影响④。

20 世纪五六十年代以来,仍陆续有关于白居易诗歌的注释成

---

① (日) 近藤元粹评订:《白乐天诗集五卷》,东京青木嵩山堂明治二十八年(1895)刊,后重印。

② (日) 铃木虎雄:《白乐天诗解》,弘文堂书店 1926 年 5 月,1927 年 3 月再版;弘文堂书店 1967 年 10 月新装版,1982 年 11 月再版。

③ (日) 汪立民编订,佐久节译解:《白乐天诗集》(全 4 册),国民文库刊行会,1928 年—1930 年;东洋文化协会 1957—1958 年再版;日本图书中心 1978年再版。

④ (日) 高尾丰吉编:《白乐天诗抄》,培风馆 1939 年版。

果问世,高木正一出版注本《白居易》①,森孝太郎、尾崎知光编《白氏长庆集谚解》②,都很有影响。森亮《白居易诗抄》重点对闲适诗加以译注③,西村富美子《白乐天》则选取日本流行的白诗88首进行详细解说④。期间最重要的成果有两项:其一是日本中国古典文史研究家冈村繁晚年主持的《白氏文集》翻译和注释工作,于1988至2008年出版译注本《白氏文集》(1—9)⑤,在日本首次完成《白氏文集》全书译注,具有重要的里程碑意义。其二是平冈武夫与今井清合作校订的《白氏文集歌诗索引》⑥,作为白诗研究的工具书,为白居易诗歌研究提供了向导。

关注白诗训点研究的主要是宇都宫睦男和小林芳规。宇都宫睦男有《〈白氏文集〉训点研究》⑦,小林芳规《从训点资料看的白诗受容》⑧,均就本文和训点的关系进行了深入探讨。

## 三、诗歌文本研究

日本关于白诗文本的探讨主要集中在诗歌题材的研究上,包

---

①(日)高木正一:《白居易》,《中国诗人选集》12、13,岩波书店1958年2月、1958年7月。

②(日)森孝太郎、尾崎知光编:《白氏长庆集谚解》,大阪和泉书院1986年1月。

③(日)森亮译:《白居易诗抄》,东京平凡社1965年版。

④(日)西村富美子:《白乐天》,东京角川书店1988年版。

⑤(日)冈村繁主编:《白氏文集》(1—9),《新释汉文大系》,明治书院1988年—2008年。

⑥(日)平冈武夫、今井清合校:《白氏文集歌诗索引》(上、中、下),同朋社1989年版。

⑦(日)宇都宫睦男:《〈白氏文集〉训点研究》,广岛溪水社1984年版。

⑧(日)小林芳规:《从训点资料看的白诗受容》,《白居易研究讲座》第五卷,《围绕白诗受容诸问题》,1994年。

括讽谕诗、闲适诗、感伤诗、唱和诗等。既有对题材的探讨,也有对语言的考察。

白居易自编集时,将其诗作分为"讽谕""闲适""感伤""杂律"四类。日本学者对白居易诗歌题材分类进行探讨,以成田静香为代表,主要文章有《〈白氏长庆集〉四分类的形成及其意味》①、《白居易诗的分类与变迁》②。在白诗传入之初,受日本民族崇尚"物哀"和自然美的审美观影响,白居易作品中与这种审美观念相吻合的"闲适"和"感伤"类诗歌颇受欢迎。但受政治环境的影响,战后五六十年代,日本学者对白居易的研究则倾向于讽谕现实的作品,且大体上与当时中国白居易研究趋向相近。

先看对感伤诗的研究。著名学者铃木修次在《中国文学和日本文学》中写到:"对过去日本文学给予最大影响的是白居易的诗,但是日本人喜爱的白居易诗并不是白居易自己说的代表其文学本质的'讽谕'诗,而是被放进'闲适'和'感伤'中的那些诗。其名篇《长恨歌》,在《白氏长庆集》中也被收进'感伤'诗。白居易认为代表自己文学生命的'讽谕诗',在日本并不太受人喜爱,而白居易作为消遣的'闲适诗'或'感伤诗'反而大受欢迎。"③这种对讽谕诗的拒绝与日本人的独特的物哀、风雅的审美习惯和脱政治性的诗学观念有关。对于感伤诗整体特点的探讨有下定雅弘《白居易的感伤诗》,其对白居易感伤诗的概念及其内容特点加以分析,认为与

---

① (日)成田静香:《〈白氏长庆集〉四分类的形成及其意味》,《东洋学集刊》61,1989 年 5 月。

② (日)成田静香:《白居易诗的分类与变迁》,太田次男等编《白居易的文学与人生》第 1 册,勉诚社 1993 年版。

③ (日)铃木修次著,吉林大学日本研究所文学研究室译:《中国文学与日本文学》,海峡文艺出版社 1989 年版,第 26 页。

以老庄思想为主导展现超脱尘俗的闲适诗不同,感伤诗是因对仕途
与现实的不满而哀伤的表现,并常借助于佛教实现自我的慰藉①。
《长恨歌》作为最受欢迎的作品,关于其主题的讨论是日本白诗研
究的热点。日本学者倾向于认为是赞美李杨爱情的主题。下定雅
弘《解读〈长恨歌〉——兼述日本现阶段〈长恨歌〉研究概况》,就涉
及了这一问题②。远藤宽一发表了《长恨歌》研究的系列论文,如
《平安及镰仓、室町时期的〈长恨歌〉》③、《〈长恨歌〉研究》(1—
13),其中较为突出的成果如《〈长恨歌〉研究(1):关于其创作意
图》、《〈长恨歌〉研究(5):〈长恨歌〉中所表现悲秋之情》、《〈长恨
歌〉研究(8):探寻成为〈长恨歌〉题材源头的悲恋故事》④等。近
藤春雄对《长恨歌》和《琵琶行》的研究尤为用力,特别是有关《长
恨歌》原序、《长恨歌》和《琵琶行》在日本的接受情况作了深入考
察,出版专著《〈长恨歌〉〈琵琶行〉研究》⑤、《〈长恨歌〉与杨贵
妃》⑥。竹村则行则主要研究《长恨歌》中的杨贵妃故事,主要成果
有《从〈长恨歌〉到〈长生殿〉——杨贵妃故事的变迁》⑦、《杨贵妃

① (日)下定雅弘:《白居易的感伤诗》,《帝冢山学院大学研究论集》24,1989 年。
② (日)下定雅弘著,李寅生译:《解读〈长恨歌〉——兼述日本现阶段〈长恨
　　歌〉研究概况》,《南开学报》(哲学社会科学版)3,2009 年。
③ (日)远藤宽一:《平安及镰仓、室町时期的〈长恨歌〉》,《日本文学研究》
　　16,1978 年。
④ 以上分别见《江户川女子短期大学纪要》10,1995 年;13,1998 年;17,2007 年。
⑤ (日)近藤春雄:《〈长恨歌〉〈琵琶行〉研究》,明治书院 1981 年版。
⑥ (日)近藤春雄:《〈长恨歌〉与杨贵妃》,明治书院 1993 年版。
⑦ (日)竹村则行:《从〈长恨歌〉到〈长生殿〉——杨贵妃故事的变迁》,《中国
　　文学论集》24,1995 年 12 月。

传说的虚与实——以〈长恨歌〉〈长生殿〉为中心》①。此外诸田龙美还发表《中唐的恋爱诗——感动紫式部的〈长恨歌〉中的悲哀》②,特别是《白居易"风情"考——关于"一篇长恨有风情"的真正含义》,将白居易"风情"解释为"鲜活的感受力(被动态)与澎湃的情感(能动态)"形成一体的"生命力"③。

　　在白诗传入日本后,其闲适诗受到日本文人的普遍喜爱,因此日本学者对其闲适诗的研究有很多,较为突出的研究者是埋田重夫和芳村弘道。埋田重夫是著名的白居易研究专家,致力于考察白居易诗歌的题材类型、诗歌语言、艺术技巧、联句特征等。他的《白居易研究——闲适的诗思》共十二章,从闲适诗对于诗人的意义、诗境的经营、诗语的意味等各方面展开,突出表现其闲适的思想。书中就经典诗篇中"闲适"的表现进行多方位探讨,对于深入了解白居易的闲适诗,特别是其中包含的闲适思想很有价值④。其《白居易〈池上篇〉考》一文认为,白居易具有"知足保和"情趣的"池上篇"系列创作,是他闲适"独善"思想的反映;而洛阳白居易的池苑,正是他的美感意识和价值观即闲适精髓的体现⑤。芳村弘道的《唐代的诗人研究》白居易研究部分,从诗人人生经历的四个时期分别考察其闲适诗创作,从其仕途生活经历及心路历程的

①（日）竹村则行:《杨贵妃传说的虚与实——以〈长恨歌〉〈长生殿〉为中心》,九州大学中国文学会编《通俗中国文学讲义》,中国书店 2002 年版。
②（日）诸田龙美:《感动紫式部的〈长恨歌〉中的悲恋》,九州大学中国文学会编《通俗中国文学讲义》,中国书店 2002 年版。
③隽雪艳、（日）高松寿夫主编:《白居易与日本古代文学》,北京大学出版社 2012 年版,第 126 页。
④（日）埋田重夫:《白居易研究——闲适的诗思》,汲古书院 2006 年版。
⑤（日）埋田重夫著,李寅生译:《白居易〈池上篇〉考》,《河池师专学报》(社会科学版)2002 年第 3 期。

变化看闲适诗创作的特点和变化,从而获得对白居易闲适诗创作的整体性把握①。

"二战"后对白居易讽谕诗的接受则渐趋增多。经过战乱的人民祈求和平安定的生活,因而具有销兵非战、反对剥削与压迫主题倾向的白氏讽谕诗,在日本社会引起广泛关注。堤留吉是日本战后研究白居易的早期开创者之一,较多关注白居易的讽谕诗和文学理论,如《关于〈卖炭翁〉的解释》②。将白居易奉为大众诗人的是片山哲,《白乐天——大众诗人》介绍了"大众诗人"这一主题产生的历史大背景,肯定了白居易讽谕诗所具有的反映人民疾苦的现实意义③。长期致力于白居易诗歌研究的静永健出版了《白居易写讽谕诗的前前后后》,力图还原白居易讽谕诗创作现场,几乎是白居易前半生的一部传记。冈村繁曾为该书作序,认为:"本书摆脱了日本学术界传统视角,以具有浓厚时代风潮特点的儒教政治文学'讽谕诗'为中心,对白居易当时四大名作——《长恨歌》《新乐府五十首》《秦中吟十首》《琵琶引并序》的创作意图作了精辟周密的分析,并以此为线索,对各作品相互关系做出了具有划时代意义的研究。"④其中就认为白居易的《新乐府》五十首的主旨与宪宗朝廷舆论保持一致,也与其自身左拾遗的谏官身份相符,颇具启发意义,值得重视。

白居易的唱和诗也是日本白居易诗学研究的一个重点,其中又以与元稹和刘禹锡相唱和为焦点。前川幸雄对元白唱和诗的诗

①(日)芳村弘道著,秦岚、帅松生、田建国译:《唐代的诗人研究》,中华书局2014年版。

②(日)堤留吉:《关于〈卖炭翁〉的解释》,早稻田大学东洋文学会1957年3月。

③(日)片山哲:《白乐天——大众诗人》,岩波书店1956年版。

④(日)静永健著,刘维治译:《白居易写讽谕诗的前前后后》,中华书局2007年版,序言第1页。

歌技巧很有研究,如《〈早春忆微之〉——乐天的和篇》①、《智慧的技巧的文学——关于元白唱和诗的诸种形式》②。柴格朗和橘英范则主要关注刘、白唱和诗,如橘英范《刘、白唱和诗研究序说》③、《刘白联句译注稿》(1—9)④;柴格朗还论及令狐楚与刘、白的唱和,如《令狐楚与刘禹锡及白居易的唱和诗》⑤。此外,就白居易某一阶段的唱和诗的研究有《白居易归隐洛阳时期的唱和诗——大和二年秋冬之交》⑥,就唱和题材的研究有《刘禹锡与白居易有关鹤题材的诗》⑦。

　　除题材研究外,从文本入手展开对白居易诗歌语言的研究,成就也相当突出。"童子解吟长恨曲,胡儿能唱琵琶篇",白居易诗歌的广泛传播与它通俗平易的语言分不开。关注诗歌语言是现代日本白居易研究的一个重要方面。学者通过某些诗歌语言深度考察,以窥白居易诗歌的风格特点及审美追求。白居易诗歌语言具有繁复性,且多用口语、俗语,讲究用韵,读之朗朗上口,相关研究也主要体现在这几个方面。

①（日）前川幸雄:《〈早春忆微之〉——乐天的和篇》,《青树》5,1973 年。
②（日）前川幸雄:《智慧的技巧的文学——关于元白唱和诗的诸种形式》,《陕西师大学报》(哲学社会科学版)4,1986 年。
③（日）橘英范:《刘、白唱和诗研究序说》,《广岛大学文学部纪要》55,特 3,1995 年 12 月。
④（日）橘英范:《刘白联句译注稿》(1—9),《冈山大学文学部纪要》2003—2007 年。
⑤（日）柴格朗:《令狐楚与刘禹锡及白居易的唱和诗》,《大阪学院大学人文自然论丛》39、40 合刊,1999 年。
⑥（日）柴格朗:《白居易归隐洛阳时期的唱和诗——大和二年秋冬之交》,《大阪学院大学人文自然论丛》39、40 合刊,1999 年。
⑦（日）柴格朗:《刘禹锡与白居易有关鹤题材的诗》,《大阪学院大学人文自然论丛》38,1999 年 3 月。

　　对白居易语言繁复性的探讨,以吉川幸次郎最为突出。所著《中国诗史》在论述白居易时,认为白居易诗歌最明显的一个特点是它的繁复性,即平易常见的词语不断出现,与唐诗这种高度凝练的语言特点相比,显得极其特殊。繁复是韩愈、白居易诗作的共同倾向,是中唐文学重心由诗歌向散文过渡的体现,更重要的在于体现了白居易有意识地对当时诗歌隽丽、凝练之权威特点的抵抗。这种繁复也是白诗在日本流行的一个原因,即白诗的繁复使得白诗具备通俗平易的特点,使得日本人自平安朝以来对白诗倍感亲切。在此基础上,吉川幸次郎认为白诗的这种繁复性对反对诗歌成为特权语言起到了重大作用①,并引江户时期著名学者伊藤仁斋《跋〈白氏文集〉》:"目之以俗之处,此正白氏不可及之所。但伤稍冗。盖诗以俗为善。《三百篇》之所以为经者,亦以其俗也。诗以吟咏性情为本,俗则能尽其情。俗之又俗,固不可取,俗而能雅,妙之所以为妙。"②从而认为白诗语言的繁复使得白诗具备通俗平易的特点,但其诗作"俗而能雅"。对白诗诗语运用研究较为成熟的是埋田重夫,他的《诗语"颜色"的形成及其展开——关于白居易诗口语的用法》对白居易诗歌的语言、意境、艺术表现与白居易的闲适思想的关系进行探讨,有一定的创新③。此外,埋田重夫《白居易诗中的"谁家"——关于其俗语用法札记》④、盐见邦彦《白居易的俗语表现》⑤、入矢义

---

① (日)吉川幸次郎:《中国诗史》,安徽文艺出版社,1986 年版。
② 转引自吉川幸次郎《中国诗史》,安徽文艺出版社,1986 年版,第 257 页。
③ (日)埋田重夫:《诗语"颜色"的形成及其展开——关于白居易诗口语的用法》,《中国文学研究》8,1982 年 12 月。
④ (日)埋田重夫:《白居易诗中的"谁家"——关于其俗语用法札记》,《中国诗文论丛》5,1986 年 6 月。
⑤ (日)盐见邦彦:《白居易的俗语表现》,《文化纪要》16,1982。

高《白居易的口语表现》①，在白诗俗语和口语研究方面，都有相当深度。研究白诗用韵的主要有水谷诚，他致力于中国古典诗歌音韵学研究，代表性成果有《关于白居易〈琵琶行〉中的上、去通押》②、《白居易近体诗韵字考——与杜甫近体诗韵字的比较》③等。

也有不少成果致力于探讨白居易诗歌的艺术表现方式。20世纪90年代以来，随着研究的深化和细化，研究者逐渐关注于白诗音乐特点的研究，尤为关注白居易诗歌中所表现的乐器、乐曲以及营造的音乐世界。如中纯子的《中国的"乐"与文人社会——关于白居易的"琴"》④、《白居易诗中音乐的独特性——白诗中的音乐世界》⑤，山本敏雄的《关于"秦筝"或"筝"——白居易文学与音乐入门札记》⑥、《白居易与"霓裳羽衣"》⑦、《唐代文人与"琵琶"——白居易及其周边》⑧等。也有将他与陶渊明诗进行比较，代表性成果有

---

① （日）入矢义高：《白居易的口语表现》，太田次男等编：《白居易的文学与人生》第1册，勉诚社1993年版。

② （日）水谷诚：《关于白居易〈琵琶行〉中的上、去通押》，《中国文学研究》28，2003年12月。

③ （日）水谷诚：《白居易近体诗韵字考——与杜甫近体诗韵字的比较》，《中国学的十字路口——加地伸行博士古稀纪念论集》，东方书店2006年版。

④ （日）中纯子：《中国的"乐"与文人社会——关于白居易的"琴"》，《天理大学学报》175，1994年2月。

⑤ （日）中纯子：《白居易诗中音乐的独特性——白诗中的音乐世界》，《白居易研究年报》4，2003年。

⑥ （日）山本敏雄：《关于"秦筝"或"筝"——白居易文学与音乐入门札记》，《爱知教育大学研究报告》（人文社会科学）47，1998年3月。

⑦ （日）山本敏雄：《白居易与"霓裳羽衣"》，《兴膳教授退官纪念中国文学论集》，汲古书院2000年版。

⑧ （日）山本敏雄：《唐代文人与"琵琶"——白居易及其周边》，《爱知教育大学研究报告》（人文社会科学）52，2003年3月。

前川幸雄《白乐天的陶渊明观》①、《陶渊明与白居易诗中"庐"表现考》②,小守郁子《白乐天与陶渊明》③,松浦友久《陶渊明与白居易论——抒情与说理》④等,都是上乘之作。

　　对白居易诗进行综合研究的代表性学者是花房英树,其《〈白氏文集〉的批判的研究》,内有《综合作品表》,是其十余年研究之结晶。该书对《白氏文集》编成次第、刊本系谱、旧抄本源流、补遗作品、唱和集原形、歌诗题材、文集分体构成、诗文系年等一一考订⑤。花房英树还有《白居易研究》,全书六章,涉及白居易的人生经历、唱和的文学集团、文学观念、文学样式及其评价等内容,材料丰富、考证详实。这两本书价值很高,堪称日本白居易研究的集大成之作⑥。

　　日本对白诗的关注及研究起步较早,研究门类齐全,覆盖面广,几乎在各个方面都有过尝试,且取得丰富成果,很有借鉴价值。尚永亮先生曾指出:"日本汉学研究有三个突出特点:一是重视文献资料的整理,注意编制各种别集索引和文人年谱;二是重视文本解读,深挖细探,以保证字句文义的准确无误,并培养研究者的实证精神和发现问题、解决问题的能力;三是注重运用比较学和传播接受学方法,对重点作家、作品展开多角度、多方位研究。日本汉学研究给我们的启示是多方面的。它告诉我们,中国古典文学研

---

①(日)前川幸雄:《白乐天的陶渊明观》,《福井工业高等专科学校研究纪要》(人文社会科学)3,1970 年 3 月。

②(日)前川幸雄:《陶渊明与白居易诗中"庐"表现考》,《国学院杂志》1995 年。

③(日)小守郁子:《白乐天与陶渊明》,1989 年 8 月自印。

④(日)松浦友久:《陶渊明与白居易论——抒情与说理》,研文社 2004 年版。

⑤(日)花房英树:《〈白氏文集〉的批判的研究》,汇文堂书店 1960 年版。

⑥(日)花房英树:《白居易研究》,世界思想社 1971 年版。

究早已跨出了国门,逐渐形成了全球化趋势。国内的学者应打破固守城池的旧观念,积极参与国际交流,及时吸收外国先进的研究成果,以使中国古典文学这一丰厚的传统文化资源实现高效率、高水准的当代益用。"①而就唐诗学这门学科的建设来说,理清日本白居易研究的相关成果并加以总结,无疑对丰富白居易诗歌的认识大有裨益。更有助于我们在不同民族文化的参照下,将唐诗的美学传统推陈出新,发扬光大。

---

①尚永亮:《日本汉学研究的几个特点及其启示意义》,《中州学刊》2005 年第5 期。

# "历代文话"的接受史意义

## ——《醉翁亭记》接受史的四个时代

陈文忠

## 引　言

　　中国文学,体制繁多,界律精严,分茅设蕝,各自为政;所谓文以载道,诗以言志,词以抒情。如果说词是娱乐文体,诗是严肃文体,那么文则是崇高文体;所谓"盖文章,经国之大业,不朽之盛事"。同时,授受相随是中国文学的显著特点,诗文创作与诗文评写作的双线并行、互为推进,构成中国诗文史的独特景观。唐诗宋词,脍炙人口,深入人心,唐诗宋词的接受史,已日益得到学界重视。然而,作为崇高文体的"古文接受史",却没有得到相应的重视,"历代文话"的接受史价值,远没有"历代诗话"那样得到应有的发掘利用。本文拟借《醉翁亭记》接受史这一学术个案,抛砖引玉,期待更多学界同好有兴趣利用"历代文话"这笔宝贵资源,深入展开"古文经典"接受史研究。

　　《醉翁亭记》的千年接受史,经历了由质疑、讥病到辩护、赞颂的曲折历程。具体而言,可分为特点鲜明的四个时代,即宋代之"讥病",元明之"辩护",清代之"细读",现代之"追问"。全面考察《醉翁亭记》跌宕起伏的接受史,有助于深入把握作品的艺术特色和作者命意,也可由此见出文学观念的微妙变化,见出文评家的识见和经历对文本解读的深刻影响。同时,借助这一学术个案,有助认识以文章评点为内容的"历代文话"所具有的接受史意义。

## 一、宋代之"讥病":"以文为戏者也"

《醉翁亭记》和《丰乐亭记》,均作于庆历六年欧阳修滁州太守任上,故一并被后人称为"太守之文"。《醉翁亭记》的接受史,可谓落地开花,一俟写成,便为时人传诵。然而,"时人传诵"并非"一路歌颂"。《醉翁亭记》的千年接受史,经历了由质疑、讥病到辩护、赞颂的曲折历程①。

《醉翁亭记》的宋代接受史,可以分为北宋与南宋两个阶段。北宋时期,在欧阳修的同辈与后辈中,又有两种不同的评价;而后辈苏轼的一个"戏"字,则奠定了两宋此后二百年《醉翁亭记》的接受基调,同时又对元明清接受者的评价和阐释产生了直接或间接的影响。

除作者本人,欧阳修的挚友梅尧臣,当是最早读到《醉翁亭记》的"理想读者"。梅尧臣的《寄题滁州醉翁亭》诗可以为证:

琅琊谷口泉,分流漾山翠,使君爱泉清,每来泉上醉。醉
罂濯潺湲,醉吟异憔悴。

日暮使君归,野老纷纷至,但留山鸟啼,与伴松间吹。借

---

① 本文搜集《醉翁亭记》的"接受文本",清代之前主要依据《欧阳修资料汇编》(上、中、下)(洪本健编,中华书局1995年版)和《历代文话》(全10册)(王水照编,复旦大学出版社2007年版),共辑得评点资料70余则,现代以来则见诸家文集、论文和诸家文学史、散文史。

问结庐何,使君游息地;

　　借问醉者何,使君闲适意;借问镌者何,使君自为记。使君能若此,吾诗不言刺。

欧阳修题名"醉翁亭",留下了一诗一文,诗是五古《题滁州醉翁亭》,文即《醉翁亭记》,诗文写成,便寄给挚友梅尧臣。梅诗《寄题滁州醉翁亭》,可谓一诗两和,而以《醉翁亭记》为主。梅诗开篇的"琅琊谷口泉,分流漾山翠,使君爱泉清,每来泉上醉",以及"日暮使君归,野老纷纷至,但留山鸟啼,与伴松间吹",便是《醉翁亭记》开篇和结尾的檃栝;而"借问醉者何,使君闲适意;借问镌者何,使君自为记",前者的"闲适",当指文章命意,后者的"记",则点明《醉翁亭记》。因此,梅诗可视为《醉翁亭记》接受史的开篇,它以"平淡"之笔,描述了第一读者所获得的最初审美印象。

欧阳修同年题名并作记的还有"丰乐亭"及《丰乐亭记》。欧阳修把此文寄给了另一位挚友苏舜钦。苏氏便有《寄题丰乐亭》唱和,诗篇结曰:

　　名之丰乐者,此意实在农。使君何所乐,所乐惟年丰,年丰讼诉息,可使风化酦。

　　游此乃可乐,岂徒悦宾从,野老共歌呼,山禽相迎逢。把酒谢白云,援琴对孤松,境清岂俗到,世路徒冲冲。

苏诗对"丰乐"的命意作了进一步发挥,对欧阳修的政绩作了高度评价。梅诗着眼于使君的"闲适意",苏诗着眼于使君的"丰年乐",着眼点虽不同,肯定赞赏的唱和之意则一致。

为什么欧阳修把贬谪滁州后写的两篇文章,分别寄给梅尧臣和苏舜钦?在北宋的诗文革新运动中,欧、苏、梅三位是彼此知心又知音的亲密文友,诗文唱和,是他们日常的交流方式。宋诗中苏梅并称,即由欧阳修提出。两年前的庆历四年秋,欧阳修在赴河北途中,写了一首《水谷夜行寄子美圣俞》,评赞了苏、梅诗歌的特点,同时表露了对二人的思念。诗篇结曰:"苏豪气似烁,举世徒惊骇。梅穷独我知,古货今难卖。二子双凤凰,百鸟之嘉瑞,云烟一翺翔,羽翮一摧铩,安得相从游,终日鸣哕哕。相问苦思之,对酒把新蟹。"此篇写夜行之景,抒怀旧之情,论二子诗风,既是一篇美妙的抒情诗,又是一篇精确的风格学诗体论文。"相问苦思之,对酒把新蟹。"如今,虽在贬所,却得山水之乐,故新作写成,寄给知心朋友,既可相与赏析,亦可解相思之苦。梅、苏二位,随即寄诗作答,赏佳文,慰老友,自在情理之中。不过,在相与唱和的诗篇中,不可能对文章作深入的解读。

同辈的唱和,是一种感性印象,理性批评的,始于后辈文人苏轼。《东坡题跋》卷一《记欧阳论退之文》曰:

> 韩退之喜大颠,如喜澄观、文畅之意,了非信佛法也。世乃妄撰退之与大颠书,其词凡陋,退之家奴仆亦无此语。有一士人于其末妄题云:"欧阳永叔谓此文非退之莫能。"此又诬永叔也。永叔作《醉翁亭记》,其辞玩易,盖戏云耳,又不以为奇特也。而妄庸者亦作永叔语云:"平生为此最得意。"又云:"吾不能为退之《画记》,退之又不能为《醉翁亭》。"此又大妄也。仆尝谓退之《画记》近似甲名帐耳,了无可观。世人识真者少,可叹亦可愍也。①

此则跋文包含丰富内容。首先,这是一段辩诬文字,既为韩愈辩诬,更为欧阳修的论文之语辩诬;其次,在为欧阳修自评语辩诬的同时,间接提供了《醉翁亭记》在当时的接受反应,"平生为此最得意",即使不是欧阳修所说,也反映了一般士人的看法;再次,苏

---

轼叹愍"世人识真者少",提出了自己对《醉翁亭记》的看法,即"永叔作《醉翁亭记》,其辞玩易,盖戏云耳,又不以为奇特也"。"其辞玩易,盖戏云耳",即玩弄辞语的游戏之作,并不奇特,更称不上"平生为此最得意"之文。

苏轼是欧阳修的得意门生,又是欧阳修之后更为杰出的北宋文坛领袖。因此,苏轼的八字评语,奠定了两宋《醉翁亭记》的阐释基调,并成为《醉翁亭记》真正的"第一读者"。宋末黄震《黄氏日抄》评《醉翁亭记》曰:"以文为戏者也。"《醉翁亭记》苏轼之后二百年接受史,基本上围绕一个"戏"字展开。"戏"在何处?约而为四。

其一,"戏"在文体。在宋人看来,《醉翁亭记》名为"记",实为"赋"。陈师道《后山诗话》曰:"退之作记,记其事尔;今之记乃论也。少游谓《醉翁亭记》亦用赋体。"南宋陈鹄《西塘集耆旧续闻》,引用《后山诗话》后写道:"余谓文忠公此记之作,语意新奇,一时脍炙人口,莫不传诵,盖用杜牧《阿房赋》体,游戏于文者也,但以记号醉翁之故耳。"虽充满回护之意,还是认定"盖用杜牧《阿房赋》体,游戏于文者也"。

古人论文,先体制而后文之工拙,体不正则文不论矣。而《醉翁亭记》,主观的议论多于客观的记述,以赋为记,是为变体,所以"戏"在文体。

其二,"戏"在文辞。这就是通篇使用的二十一个"也"字。"文以载道"是古文运动的核心口号,欧阳修亦以"道德文章"著称于世。如今的《醉翁亭记》,用一个"也"字贯穿全篇,故作姿态,刻意为之,岂不"游戏于文"?《桑榆杂录》有一则逸闻:"或言《醉翁亭记》用'也'字太多,荆公曰:'以某观之,尚欠一也字。'坐有范司户者曰:'禽鸟知山林之乐而不知人之乐,此处欠之。'荆公大喜。"①荆公是否有此言并不重要,重要的是它透露出,时人已把《醉翁亭记》的"也"字作为笑谈之资。其实,即使把此作视为"文中极品"的今天,也应客观地说,二十一个"也"字所造成的吟咏句调,固然使全文具有一唱三叹的风韵,仍不免稍有故作姿态的痕迹。

其三,櫽栝为"戏"。櫽栝词为苏轼首创,即将前人经典性诗文剪裁改写成词的形式。两宋分别有两位词人把《醉翁亭记》櫽栝为词。黄庭坚的《瑞鹤仙》便是《醉翁亭记》的櫽栝。词曰:

> 环滁皆山也。望蔚然深秀,琅琊山也。山行六七里,有翼然泉上,醉翁亭也。翁之乐也。得之心,寓之酒也。更野芳佳木,风高日出,景无穷也。　游也。山肴野蔌,酒洌泉香,沸筹觥也。喧哗众宾欢也。况宴酣之乐、非丝非竹也,太守乐其乐也。问当时、太守为谁,醉翁是也。

南宋林正大的《括贺新郎》也是櫽栝《醉翁亭记》。两首櫽栝词,两点相同:一是用语和词境基本相同,且都以"环滁皆山也"开篇;二是均为櫽栝体兼独木桥体,即通篇以"也"字押韵。可见宋人对此文特点印象深刻,櫽栝为词,也不忘"也"字。

其四,优劣比较。即"优《竹楼记》而劣《醉翁亭记》"。黄庭坚《书王元之竹楼后》曰:"或传王荆公称《竹楼记》胜欧阳公《醉翁亭记》。或曰:此非荆公之言也。某以谓荆公出此言未失也。荆公评文章,常先体制而后文之工拙。盖尝观苏子瞻《醉白堂记》,戏曰:'文词虽极工,然不是《醉白堂记》,乃是韩白优劣论耳。'以此考之,优《竹楼记》而劣《醉翁亭记》,是荆公之言不疑。"黄庭坚确

---

①王若虚:《滹南遗老集》,辽海出版社2006年版,第408页。

认并赞同王安石的看法,认为王禹偁的《黄冈竹楼记》胜过欧阳公的《醉翁亭记》。原因何在?一言以蔽之,文章更合"记体"而文辞更为严谨也。

《醉翁亭记》的两宋接受史,整体而言有三个特点:从接受主体看,北宋多于南宋,评论者多是欧阳修的同辈好友,或是后辈中的诗文名家,包括梅尧臣、苏舜钦、曾巩、富弼,以及苏轼、王安石、黄庭坚、秦观、陈师道等等,诸家虽褒贬不一,但在作品诞生之初就形成了一个接受高潮;从阐释重心看,基本围绕苏轼"其辞玩易,盖戏云耳"八字展开,苏轼以其独特的地位成为《醉翁亭记》接受史上真正的"第一读者";从文本解读看,大多止于审美印象的概括而尚未深入文本内部,对文章命意、艺术技巧等深度解读的问题,少有关注者。南宋楼昉或许是个例外,其《崇古文诀》评曰:"此文所谓笔端有画,又如累叠阶级,一层高一层,逐旋上去都不觉。"楼氏从吕祖谦学,并师法吕氏《古文关键》编《崇古文诀》,是南宋著名文评家。此语精辟指出欧文在艺术描写和艺术结构上的特色,但"笔端有画"、"累叠阶级",仍失之笼统,有待后人作进一步诠释。

## 二、元明之辩护:"文章中洞天也"

《醉翁亭记》元明两代的接受史,是质疑两宋、为之辩护的历史。不过,历史是一条长河,抽刀不可能断水。为《醉翁亭记》的辩护,实际上从宋末就开始了。

宋末文人陈鹄在《西塘集耆旧续闻》中,就对欧文充满了回护之意和赞美之情,并进而举出富弼寄欧公诗为自己看法辩护。其曰:"富文忠公尝寄公诗云:'滁州太守文章公,谪官来此称醉翁。醉翁醉道不醉酒,陶然岂有迁客容?公年四十号翁早,有德也与耆年同。'又云:'意古直出茫昧始,气豪一吐闻阊风。'盖谓公寓意于此,故以为出茫昧始,前此未有此作也。不然,公岂不知记体耶?观二公之论,则优《竹楼》而劣《醉翁亭记》,必非荆公之言也。"在他看来,《醉翁亭记》是"直出茫昧,前此未有"的前无古人之作,因此,相传的"优《竹楼》而劣《醉翁亭记》","必非荆公之言"。遗憾的是,他对于"前此未有"的独创性,尚未作进一步的学理阐释。

真正旗帜鲜明地回击宋人、为之作学理辩护的,是金朝文评家王若虚。他在《文辨》中写道:"宋人多讥病《醉翁亭记》,此盖以文滑稽。曰:何害为佳,但不可为法耳。"所谓"宋人讥病,何害为佳"八字,颇有力排歧见,重写历史之势,同时也开启了元明两代的辩护史。如何辩护?元明的辩护,与宋人针锋相对,亦可约而为四。

一是文情之辩。即《醉翁亭记》是"发自肺腑"不得不然之作。这也是王若虚为之辩护的主要根源。他写道:"荆公谓王元之《竹楼记》胜欧阳《醉翁亭记》,鲁直亦以为然,曰:'荆公论文,常先体制而后辞之工拙。'予谓《醉翁亭记》虽浅玩易,然条达迅快,如肺肝中流出,自是好文章。《竹楼记》虽复得体,岂足置欧文之上哉?"作者情感发自肺腑,沛然而出,因此文章"条达迅快",简洁凝练,平易轻快;这也是《竹楼记》虽复得体,然不足以置欧文之上的原因。情者文之经,为情而造文,这是中国美学的基本原则。

二是文体之辩。即《醉翁亭记》是欧公"自我为法"的真正的记体。元代学者虞集在《评选古文正宗》中评曰:"此篇是记体,欧公以前无之。或曰赋体,非也。逐篇叙事,无韵不排,只是记体。第三段叙景物,忽然铺叙,记中多有。凡六段。"这是两宋以来最为细致的解读文字,要义有三:一是围绕"记体",反复论证;二是作为记体,"欧公以前无之";三是叙事叙景的特点和"凡六段"的文章结构。其中"欧公以前无之"的论断最为重要,它蕴含了"欧公为记体立法"、"天才为艺术立法"的深刻思想。

从此以后,《醉翁亭记》叙议结合、具有浓郁抒情意味的"新记体",确实改变了传统的"记体观"。明代吴讷《文章辨体序说》是《文心雕龙》之后文体论的集大成之作,其论"记"体,即从陈师道"退之作记,记其事尔;今之记,乃论也"说起。与陈师道不同的是,他对包括《醉翁亭记》在内"以议论为记"的"新记体",从历史角度做了辩护和肯定。其曰:

> 记之名,始于《戴记·学记》等篇。记之文,《文选》弗载。后之作者,固以韩退之《画记》、柳子厚游山诸记为体之正。然观韩之《燕喜亭记》,亦微载议论于中。至柳之记新堂、铁炉步,则议论之词多矣。迨至欧苏而后,始专有以议论为记者,宜乎后山诸老以是为言也。大抵记者,盖所以备不忘。……至若范文正公之记严祠、欧阳文忠公之记昼锦堂、苏东坡之记山房藏书……虽专尚议论,然其言足以垂世而立教,弗害其为体之变也。

吴讷虽未直接论及《醉翁亭记》,但从陈师道语引发议论可见,其所为"专有以议论为记"而"弗害其为体之变",实质包含了《醉翁亭记》,并暗中把《醉翁亭记》视为"记体之变"的渊薮。

三是文心之辩。即《醉翁亭记》绝非游戏为文,而是匠心独运之作。明代诗评家谢榛把《醉翁亭记》作为文章"剥皮法"的典范。何谓"剥皮法"?《四溟诗话》卷三曰:"诗能剥皮,句法愈奇。……或有作,读之闷闷然,尚隔一间,如摘胡桃并栗,须三剥其皮,乃得佳味。凡诗文有剥皮者,不经宿点窜,未见精工。欧阳永叔作《醉翁亭记》,亦用此法。"由此可见,所谓"剥皮法",就是去皮见肉,去表现里,或去芜存菁,化繁为简,通过反复点窜和精心锤炼,把文章的"警策之处"直接呈现出来。

《朱子语类》有一记载："欧公文亦多是修改到妙处。顷有人见得他《醉翁亭记》稿，初说滁州四面有山，凡数十字，末后改定，只曰：'环滁皆山也'五字而已。如寻常不经思虑，信意所作言语，亦有绝不成文理者。"或许，谢榛的"欧阳永叔作《醉翁亭记》亦用此法"，正是这一记载的理论升华。其实，《醉翁亭记》的匠心独运，绝非开篇五字。茅坤《唐宋八大家文钞》论曰："文中之画。昔人读此文，谓如游幽泉邃石，入一层才见一层，路不穷，兴亦不穷。读已，令人神骨翛然长往矣。此是文章中洞天也。"在茅坤看来，欧公此文叙事叙景如"文中之画"，谋篇布局"如游幽泉邃石，入一层才见一层，路不穷，兴亦不穷"，真是"文章中别有洞天"。比之楼昉，茅坤的解读，更进一步。

四是文辞之辩。即《醉翁亭记》的"也"字源远流长而用词之妙别具神韵。对"也"字的评价，从两宋到元明出现了明显变化。北宋接受者大多视之为作者的"盖戏云尔"、"游戏为文"，至宋末元明则从文章史角度，竭力证明此种用法，大有来头，源远流长，欧文"也"字，更是渊妙独特，增添无限波澜。宋末叶真《爱日斋丛钞》论之最详。其曰："洪氏评欧公《醉翁亭记》、东坡《酒经》皆以'也'字为绝句，欧用二十一'也'字，坡用十六'也'字，欧记人人能读，至于《酒经》，知之者盖无几。每一'也'字上，必押韵，暗寓于赋，而读之者不觉其激昂，渊妙殊非世间笔墨所能形容。"接着广泛论及从《春秋》三传、《易传》、到韩愈、苏轼、王安石使用"也"字的文章。元明两代追寻"也"字渊源者更多。元代白珽《湛渊静语》追溯至《诗经》和《语》《孟》，明代陈继儒《太平清话》追溯至《孙武子》等等。除了"也"字，明代李腾芳还发现了"翼"字的妙处，其《文字法三十五则》有曰："欧公《醉翁亭记》'峰回路转，有亭翼然临于泉上者，醉翁亭也。'一'翼'字将亭之情、亭之景、亭之形象俱写出,如在目前,可谓妙绝。"从文辞之辩可以见出,明代后期的阐释者已逐步进入深度的文本细读了。

仔细比较,金元与明代的接受者,其评价态度又有微妙差别。如果说金元接受者是有保留的肯定,那么明代接受者则是无保留的赞美。王若虚所谓"何害为佳,但不可为法",是有保留的肯定;明代从张鼐《评选古文正宗》的"欧公此记,非独句句合体,且是和平深厚,得文章正气",到茅坤的"读已令人神骨翛然长往,此是文章中洞天",则几乎是一路高歌,评价愈来愈高,经典地位由此确立。

因此,从北宋到明代的接受史,也可视为《醉翁亭记》经典化的历史。《醉翁亭记》六百年经典化历程,似可细分为四个阶段:即欧公同辈的诗意唱和,苏轼开始的讥病非议,金元接受者有保留的肯定,明代文评家无保留的赞赏。曹丕《典论·论文》论文评有句名言,所谓"贵远贱近,向声背实";其实,论人如此,论文亦然。距离作家作品时代越远,人们对他的评价会越高;时间距离往往使欣赏对象成为崇拜偶像。今人在把《醉翁亭记》作为无可置疑的文学经典赞赏的同时,是否也应参考北宋文章家的"讥病",是值得我们冷静思考的。

当然,这一时期并非没有非议之声。归有光评欧阳修《丰乐亭记》为"风流太守之文",并认为"宋文佳者,不脱'弱'字";顾锡畴《欧阳文忠公文选》进而认为,"醉翁为风月太守,《醉翁亭记》为风月文章"。把《醉翁亭记》视为"风流太守"的"风月文章",这与以"道德文章"享誉文坛的欧阳修形象,实在相去甚远。

不过,非议之声,毕竟微弱。经过六百年的历史沧桑,《醉翁亭记》的经典地位已不可动摇,"醉翁亭"也成为一处古迹名胜。从明代开始,人们便追寻欧阳修的脚步去看风景,读着《醉翁亭记》

的文章去赏名胜,并留下了大量"游醉翁亭"的诗文,构成了《醉翁亭记》接受史的另一道风景。明末文人周正的《游醉翁亭》,颇得《醉翁亭记》神韵。诗云:

> 峰回路转亭翼然,作亭者谁僧智迁。后有醉翁醉流连,跻攀石磴披云烟。

> 觥筹交错开宾筵,杂陈肴蔌酌酿泉。树木荫翳飞鸟穿,人影散乱夕阳巅。

> 古往今来知几年,醉翁耿耿名姓传。一从文字勒石坚,至今草木争光妍。

> 我欲亭下渔且田,日卧醉翁文字边。朗然高诵心目悬,山中鹿豕相周旋。

> 吐吞云梦轻尘缘,但苦俗虑纷纭牵。寥寥千载如逝川,谁与醉翁相后先。

所为"一从文字勒石坚,至今草木争光妍",道出了中国文人创造中国山水名胜,创造出今天的旅游文化的真谛;而"我欲亭下渔且田,日卧醉翁文字边。朗然高诵心目悬,山中鹿豕相周旋",正抒发了作者、追寻欧阳修的脚步看风景,读着《醉翁亭记》赏名胜的陶然之情。

## 三、清代之细读:"纯乎化境,传记中绝品"

入清,《醉翁亭记》的艺术地位继续提高。余诚是康乾时期的文评家,其《古文释义》有一则富于诗意的评语:"风平浪静之中,自具波澜漭洄之妙。笔歌墨舞,纯乎化境,洵是传记中绝品。""纯乎化境,洵是传记中绝品",把《醉翁亭记》推到了至高无上的位置。从明初张鼐的"得文章正气",到明中期茅坤"文章中洞天",再到清初余诚的"传记中绝品",构成了《醉翁亭记》经典地位不断提升的三部曲。"平生为此最得意",在北宋曾被苏轼斥为妄庸者假托的永叔语,至明清已被文评家视为欧公当然的自评语。

清初孙琮《山晓阁宋大家欧阳庐陵全集序》评《醉翁亭记》曰:"此篇逐段记去,觉似一篇散漫文字。及细细读之,实是一篇纪律文字。"所谓"细细读之"的文本"细读",由清人明确提出,亦从清初正式开始。从清初金圣叹到清末黄仁黼,有清三百年接受史,有超过三十位文评家,在文选、文话、笔记等著述中,围绕文体、章法、风格、意境、命意等问题,对文章作了深度解读和评析。

首先是文体细读。《醉翁亭记》到底是"记"还是"赋",成为千年接受史的争议焦点。金圣叹《天下才子必读书》"评点",为论证是"记"不是"赋",按内容顺序,一路评点,连下了13个"记"字。依次曰:"记亭在此山中","记山中先有此泉","记泉上今有此亭","记作亭人","记名亭人","记亭之朝暮","记亭之四时","先记滁人游,次记太守宴","记众宾自欢,太守自醉","记太守去,宾客亦去,滁人亦去","记撰文","记名胜"。最后作一反驳式结论:"一路皆是记,有人说似赋者,误也。"真是"记,记,记,一路皆是记"。不过,尽管金圣叹连用13个"记"字,论文主"义法"的桐城祖师方苞,仍坚持"赋体"说。他在《海峰先生精选八家文钞》中评曰:"欧公此篇赋体为文,其用'若夫'、'至于'、'已而'等字,则又兼用六朝小赋局段套头矣。然粗心人却被他当面瞒过。"话虽不多,但有理有据,故不得不令人重视。

究竟如何理解这个千年辩题?今人吴小如的"调停",或许更为符合情理。记体与赋体之辩的背后,是界律精严的文体观;冲破传统的文体观,承认《醉翁亭记》"自我立法",就能做出公正的评价。吴小如认为,《醉翁亭记》虽"不符合古文义法的标准",却是"极有独创性"的抒情妙品,是"一篇典型的以诗为文的代表作"。

"以诗为文"的特点表现在何处？通篇"也"字的虚词活用,《诗经》《楚辞》"兮"、"些"的巧妙移用,以及"寓骈于散,化骈为散"的句法技巧等等。他进而指出:"人们所竞誉的那一段写景文字(即"野芳发而幽香"四句),最能代表作者寓骈于散,化骈为散的精美技巧。……甚至连'若夫'、'至于'、'已而'等用虚词领起下文的地方,也都是从骈文或六朝小赋嬗变而来。结尾用画龙点睛之笔,说明'太守'就是作者本人,这就是把作品里的抒情主人公的形象与执笔为文的作家之间的主客关系融为一体,有水到渠成之妙。"①概而言之,《醉翁亭记》当然是"记","一路皆是记",但并非像《黄冈竹楼记》那样,恪守记体标准,符合古文义法的"记",而是内容上充满抒情意味,表达上"似散非散,似排非排","以诗为文"的文家之创调。

文学创作有定法而无成法,无法之法是为至法,这是包括苏轼在内的诗文大家一致认同、反复强调的美学观。然而,一旦遇到超越成法,自我为法的独创性作品,人们往往又不知所措,或讥病非议,或削足适履。真正能以开放的心态,面对艺术作品本身,作出客观评价和美学概括,似绝非易事。这或许是《醉翁亭记》千年文体之辩给我们的审美教训。

其次是章法细读。最早揭示文章结构特点的是宋代的楼昉,所谓"如累叠阶级,一层高一层,逐旋上去都不觉";茅坤在楼昉的基础上稍作演绎,所谓"昔人读此文,谓如游幽泉邃石,入一层才见一层,路不穷,兴亦不穷";过珙《古文评注》再进一解,其曰"从滁出山,从山出泉,从泉出亭,从亭出人,从人出名,一层一层复一层,如累叠阶级,逐级上去,节脉相生妙矣。"三段文字,均是对"累叠

①吴小如:《古文精读举隅》,天津古籍出版社2002年版,第259页。

阶级"的发挥,但无论宋代楼昉、明代茅坤还是清人过珙,无不感觉印象多于理性把握,诗意描述多于学理概括。

对《醉翁亭记》的章法结构,真正作理性细读的是清初的孙琮。其《山晓阁宋大家欧阳庐陵全集序》有一段精彩的精细分析,曰:

> 此篇逐段记去,觉似一篇散漫文字。及细细读之,实是一篇纪律文字。若作散漫文字看,不过逐层排列数十段,有何章法?若作纪律文字看,则处处自有收束,却是步伐严整。如一起记山、记泉、记亭、记人,数段极为散漫,今却于名亭之下自注自解,一反一覆,作一收束。中幅记朝暮、记四时、又为散漫,于是将四时朝暮总结一笔,又作一收束。后幅记游、记宴、记欢、记醉、记人归、记鸟乐,数段又极散漫,于是从禽鸟卷到人,从人卷到太守,又作一收束。看他一篇散漫文字,却得三处收束,便是一篇纪律文字,细读当自得之。

这段"细读"文字,有三点值得重视:首先,提出了"觉似散漫文字,实是纪律文字"的看法,这在满足于感性印象的传统文评中是极为可贵的;其次,对"觉似散漫实是纪律"的全文结构作了具体分析,通过"三处收束",把全文概括为三个逻辑层次,纲举而目张,比之金圣叹的 13 个"记"更具概括性;其三,"觉似散漫文字,实是纪律文字"的命题,具有普遍的理论意义,揭示了大家散文的基本特点,是"形散而神不散"的另一种表述。

其三是意境细读。从楼昉的"笔端有画",到茅坤的"文中之画",即化用"诗中有画"之语,赞赏此文如诗如画的审美意境;过珙所谓"从滁出山,从山出泉,从泉出亭,从亭出人,从人出名",则以简练之笔,勾画出了移步换景、相继展示的一幅幅画面。其中最为人称赏的,便是欧公对"山间之朝暮"和"山间之四时"的诗意描写,有景有情,情景交融,把主人公的山水之乐,抒写得生动感人;如清初储欣《六一居士全集录》所称,"其中有画工所不能到处"。

欧公同时有《题滁州醉翁亭》五古一首,诗曰:"四十未为老,醉翁偶题篇。醉中遗万物,岂复记吾年。但爱亭下水,来从乱峰间。声如自空落,泻向雨檐前。泻入岩下溪,幽泉助涓涓。响不乱人语,其清非管弦。岂不美丝竹,丝竹不胜繁。所以屡携酒,远步就潺湲。野鸟窥我醉,溪云留我眠。山花徒能笑,不解与我言。唯有岩风来,吹我还醒然。"这首醉翁亭"诗",几乎是醉翁亭"记"的自我檃栝,"诗中之画"与"文中之画",交相辉映,相得益彰,且有行云流水,自得其乐之意。

描写"山间之四时",仅短短四句,不仅为前人称道,也为今人激赏。自江淹《四时赋》出,唤醒了诗文家描写四时景象的自觉意识,以四时谋篇者代有其人。不过,要写出四时神韵而不入窠臼,并非易事。钱锺书论"宋代诗文以四时谋篇者",特以欧苏名文作为典范:"宋文名篇如欧阳修《醉翁亭记》:'野芳发而幽香,佳木秀而繁阴,风霜高洁,水落而石出者,山间之四时有',又《丰乐亭记》:'掇幽芳而荫乔木,风霜冰雪,刻露清秀,四时之景,无不可爱';苏轼《放鹤亭记》:'春夏之交,草木际天,秋冬雪月,千里一色';皆力矫排比,痛削浮华。……范仲淹《记》末'春和景明'一大节,艳缛损格,不足比欧苏之简淡。"[1]欧阳修写四时之景,不仅简单传神,《醉翁》《丰乐》二记,同写一地,力求同中见异。《王直方诗话》有一则记载:"'手把寒梅撼雪英,婆娑暂见绿荫成。隔窗昨夜潇潇雨,已有秋风一叶声。'欧公云:'此诗备四时景。'"这说明

---

① 钱锺书:《管锥编》(第四册),中华书局1991年版,第1409页。

欧阳修对前代四时谋篇的诗文是非常关注、深有研究的。

最后是命意细读。王夫之《姜斋诗话》有句名言："无论诗歌与长行文字,俱以意为主。意犹帅也,无帅之兵,谓之乌合。烟云泉石,花鸟苔林,金铺锦帐,寓意则灵。"文章命意如此重要,宋金元明四朝接受者,似没有一个提出命意问题的。明确提出《醉翁亭记》"命意"的,当数清初的储欣,其《唐宋八大家类选引言》论曰:"与民同乐,是其命意处。看他叙次,何等潇洒!"从此则不断有论者从不同角度诠释文章命意所在。如林云铭《古文析义》曰:"通篇结穴处,在'醉翁之意不在酒'一段。末段复以'乐其乐'三字见意,则乐民之乐,至情蔼然可见。"过珙《古文评注》亦曰:"尤妙在'醉翁之意不在酒'及'太守之乐其乐'两段,有无限乐民之乐意,隐见言外。"《唐宋文醇》更进一解,联系作者处境予以说明:"前人每叹此记为欧阳修绝作。……盖天机畅则律吕自调,文中亦具有琴焉,故非他作之所可并也。况修之在滁,乃蒙被垢污而遭谪贬,常人之所不能堪,而君子亦不能无动心者,乃其于文萧然自远如此。是其深造自得之功发于心声,而不可强者也。"唐介轩《古文翼》再进一解,联系社会状况予以说明:"记体独辟,通篇写情写景,纯用衬笔,而直追出'太守之乐其乐'句为结穴。当日政清人和,与民同乐景象,流溢于笔墨之外。"

"与民同乐"、"乐民之乐"的"真心之乐",几成清代接受者的一致看法。围绕这一旨趣,联系历史、社会和作者身世作深入论述的,要数晚清黄仁黼。其《古文笔法百篇》论曰:

> 自来文人学士,谪宦栖迟,未有不放怀山水,以寄其幽思。而或抑郁过甚,而辱之以愚;抑或美恶横生,而盖之于物;又或以物悲喜,而古人忧乐,绝不关心;甚或闻声感伤,而一己心

思,托于音曲。凡此有山水之情,无山水之乐,而皆不得为谪宦之极品也。六一公之守滁也,尝与民乐岁物之丰,而兴幸生无事之感。故其篇中写滁人之游,则以"前呼后应","伛偻提携"为言,以视忧乐之不关心者何如也?至其丝竹不入,而欢及众宾;禽鸟声闻,而神游物外;绝无沦落自伤之状,而有旷观自得之情。是以乘兴而来,尽兴而返,得山水之乐于一心,不同愚者之喜笑眷慕而不能去焉。然此记也,直谓有文正之规勉,无白傅之牢愁;有东坡之超然,无柳子之抑郁,岂不可哉?岂不可哉?

黄仁黼此论,纵观历史,古今对比,又结合文本,深入作者内心,对《唐宋文醇》所谓"修之在滁,乃蒙被垢污而遭谪贬,常人之所不能堪,而君子亦不能无动心者,乃其于文萧然自远如此"之说,做了更深入的阐释;在黄仁黼看来,欧公"为谪宦之极品",《醉翁亭记》"是传记中绝品",不只艺术上纯乎化境,命意上也超越前人,绝无沦落自伤之状,而有旷观自得之情;所谓"有文正之规勉,无白傅之牢愁;有东坡之超然,无柳子之抑郁"。

浦起龙以《读杜心解》著称于世。其实,他不仅善读"诗心",也善解"文心"。其《古文眉诠》评"六一文",对欧阳修的"滁州二记"进行对比解读,不妨视之为《醉翁亭记》清代接受史的总结之笔。浦起龙曰:"一片天机,无意中得之,人言不可有二者,窠臼之见也。族理骈然,特与点出。丰乐者,同民也,故处处融合滁人;醉翁者,写心也,故处处摄归太守。一地一官,两亭两记,各呈意象,分辟畦塍。"

"醉翁者,写心也",言简意赅,意味悠长,不仅点明了《醉翁亭记》的抒情品格,也对理解欧公"写心"之真意,留下了无尽的阐释空间。

## 四、现代之追问:"与民同乐",抑"苦中强乐"?

从 20 世纪开始,《醉翁亭记》接受史进入了第四个时代。这一时代区别于前三个时代的显著特点,就是现代文艺学对作品阐释的深刻影响。在这一新的理论背景下,现代接受者对《醉翁亭记》的文体、风格、形象、主题,作了新的探讨与阐释;而对主题的追问分歧最大,也最值得重视,它提出了文艺学上一个有待阐明的新问题。

文体的新界定:以诗为文的散文诗。这是吴小如的看法。针对"建国以来"的评论者,大多把此文视为"一篇山水记",吴小如先生提出:"照我个人体会","此文并非单纯的山水记,正如范仲淹的《岳阳楼记》不单单属于记景文一样";如果说"《丰乐亭记》是一篇正统的记叙散文",那么"《醉翁亭记》则是一篇优美的抒情散文诗",是一篇独创的"以诗为文的代表作"①。

传统诗学中的"以诗为文",实质就是现代文艺学中的"散文诗";而王羲之《兰亭集序》、吴均《与宋元思书》、李白《春夜宴诸从弟桃李园序》、刘禹锡《陋室铭》以及苏轼《记承天寺夜游》等等,无不都是"以诗为文"的抒情妙品。照我个人体会,《醉翁亭记》列入其中,不见其弱,反增其色;而且,"抒情散文诗"的文体界定,也让北宋以来的"记体"与"赋体"之争,得以解决,"似散非散,似排非排"之惑,涣然冰释。借用现代理论诠释古代文学,若使用不当,常会出现以抽象概念遮蔽鲜活历史之弊;若使用得当,则会让原创作品得到理论上的照明。

风格的新评价:流丽自然之典范。论欧公文体风格,刘壎《隐居

①吴小如:《古文精读举隅》,天津古籍出版社 2002 年版,第 255—258 页。

通议》有精当描述,曰:"欧公之体,温润和平,虽无豪健劲峭之气,而于人情物理,深婉至到,气味悠然以长,则非他人所及也。"欧文语言简洁流利,文气纡徐委婉,有一种温润自然之美。刘壎的"温润和平,深婉至到",可谓的论。欧文以韩愈为范,风格实各不相同。如果说韩文如波涛汹涌的长江大河,那么欧文就像澄净潋滟的陂塘。韩文滔滔雄辩,欧文娓娓而谈;韩文沉着痛快,欧文委婉含蓄。

欧阳修的"有美堂"、"丰乐亭"、"岘山亭"、"醉翁亭"四记,被前人誉为神味之作。经过时间的审美选择,现代文学史家几乎一致把《醉翁亭记》推为欧公四记之首,欧文风格典范。论《醉翁亭记》之风格,金圣叹体验独到:"一路逐笔缓写,略不使气之文。"林庚以现代史家眼光,更进一解:"这里把四时之美、朝暮之情、天地间自然的欢乐,融化在山水的陶醉中,又流露着与人同乐的一点寂寞。通篇句句用'也'字收尾,处处由'而'字关连,读来又不觉其重复,峰回路转,流丽自然,乃是千古文章中可遇不可求的神来之笔。"①"峰回路转,流丽自然,乃是千古文章中可遇不可求的神来之笔",感性描述与理性概括相结合,既揭示了欧文的风格特点,也把《醉翁亭记》的艺术地位推到极致。

形象的新阐释:"醉翁"居画面中心。前所谓"笔端有画"、"文中之画",从现代文艺学角度看,即是形象意识和形象分析。然而,传统的"诗中有画",主要是指"山水画";这里的"文中之画",同样是指"山水画"。君不闻欧公明言:"醉翁之意不在酒,在乎山水之间也。"在明清接受者中,较为关注"画中之人"的,要数林云铭。其《古文析义》曰:"至于亭作自僧,太守、宾客、滁人游皆有分,何故独以己号'醉翁'为亭之名?盖以太守治滁,滁民咸知有生之

①林庚:《中国文学简史》,北京大学出版社1995年版,第330页。

乐,故能同作山水之游。即太守亦以民生既遂,无吏事之烦,方能常为宴酣之乐。其所号醉翁,亦从山水之间而得,原非己之旧号。是醉翁大有关于是亭,亭之作始为不虚夫!然则全滁皆莫能争是亭,而醉翁得专名焉";故所谓"句句是记山水,却句句是记亭,句句是记太守"。不过仔细体会,林云铭虽大谈"醉翁",只是在回答"独以己号'醉翁'为亭之名"的政治原因,而非把"醉翁"视为形象体系的中心作艺术分析。

　　现代文艺学中的形象论,源于叙事文学中的人物形象。因此,现代接受者对《醉翁亭记》的形象分析,很自然地把焦点集中到"醉翁"身上,把"醉翁"作为形象体系的中心所在。如今人赖汉屏的"鉴赏"即以此立论:"题目虽是《醉翁亭记》,在'亭'字上反而着墨不多,用主要篇幅来写'醉翁'。林壑泉亭,无不是醉翁活动的衬景;'日出'、'云归',无不荡漾着醉翁的诗情雅意";"这种移步换景、聚焦一点的艺术手法,使全文重点突出,'醉翁'始终居于画面中心"①。传统诗学强调"情为主,景为次",现代文艺学认为"文学是人学"、"文学是心学";因此,以"醉翁"为中心的形象分析,无疑是审美认识的深化。

　　主题的再追问:"与民同乐",抑"苦中强乐"?"醉翁亭"以写心为主,而"醉翁"居画面中心;那么,"醉翁"的心中,究竟是"真乐"还是"强乐"?这成为现代接受者的主题追问中,最众说纷纭的问题。如前所述,清代接受者几乎一致认定,永叔在滁,虽蒙被垢污而遭谪贬,然绝无沦落自伤之状,而有旷观自得之情。因此,"太守之乐"是"真乐",是真正的"与民同乐"。唯有朱心炯《古文

---

① 上海辞书出版社文学鉴赏辞典编纂中心编:《古诗文鉴赏辞典》(下册),上海辞书出版社 2004 年版,第 1591 页。

评注便览》似有异议,曰:"公以庆历五年谪滁州,年三十九,则醉翁之号为公寓言无疑,故此记亦是公寓言也。夫既曰寓言,断无逞才情,发论议,与蒙庄雷同之理。"换言之,醉翁之号为公"寓言"无疑,"太守之乐"亦是公"寓言",而非"与蒙庄雷同"的放情山水。然朱氏行文含蓄,前后亦无同调者。

现代接受者对主题的追问,概而言之,有三种观点:吴小如的"真乐",钱锺书的"强乐",刘衍的"忘忧之乐"。

20世纪50年代以后,不少论者认为,欧阳修被贬滁州,心情不畅,于是寄情山水,宣泄其个人淡淡的哀愁,因此本文思想是消极的。这是当时社会学分析的必然结论。吴小如不同意"消极"说,结合写作背景和文本内容,认为并无"哀愁"而有"真乐",欧公之"乐其乐","乐"在自己的"治绩"给滁人带来的"安闲"之乐。他在引述体现主题的有关文句后写道:"读者或许认为:欧阳修口里说'乐',心里未必高兴,是在强颜欢笑。我说不尽然。在若干分析这篇散文的文章中大都忽略了以下这几句,或竟跳过去不加分析:'至于负者歌于途,行者休于树,前者呼,后者应,伛偻提携,往来而不绝者,滁人游也。'可见来这里耽赏山水之乐的人,不止是'太守'和他的'众宾',而且有广大的滁州人民。不过'太守'和'众宾'是闲中取乐,而'滁人'则于劳动(负者)或行旅(行者)中,由于精神上没有官府的威压,经济上不感到负担的沉重,竟也能在熙来攘往的繁忙生活之中尝到了一种乐趣。'太守'之所以'乐其乐',正是由于如《丰乐亭记》里所说的'地僻而事简','其俗之安闲'的缘故。"①总之,在吴小如看来,"太守之乐",既为"自己的治绩"而乐,也为"自己政治观点的正确"而乐。

①吴小如:《古文精读举隅》,天津古籍出版社2002年版,第257—258页。

　　与之相反,钱锺书从"失志违时,于是'悦山乐水'"的中国山水文学的独特传统出发,认为"太守之乐",实为"苦中强乐"。首先,他在考察中国山水文学的源流嬗变后指出:"荀(爽)以'悦山乐水',缘'不容于时';(仲长)统以'背山临流',换'不受时责'。又可窥山水之好,初不尽出于逸兴野趣,远致闲情,而为不得已之慰藉。达官失意,穷士失职,乃倡幽寻胜赏,聊用乱思遗老,遂开风气耳"①;进而,他以屈骚以来山水文学的母题史为背景,对《醉翁亭记》"太守之乐"的复杂意味,作了深入析剖:"盖悦山乐水,亦往往有苦中强乐,乐焉而非全心一意者。概视为逍遥闲适,得返自然,则疏卤之谈尔。欧阳修被谗,出治滁州,作《醉翁亭记》,自称'醉翁之意在乎山水之间',人'不知太守之乐其乐'。夫'醉翁'寄'意',洵'在乎山水之间',至若'太守'之初衷本'意',岂真'乐'于去国而一麾出守哉? 谅不然矣。"②在这里,钱锺书把"'醉翁'之寄'意'"与"'太守'之初衷本'意'",作了明确区分;这一区分,意味悠长,发人深思。

　　刘衍的看法,既不同于"真乐",也不同于"强乐",而是由"强乐"到"真乐"的"忘忧之乐"。他把作者心理和作品命意,描述为一个动态的变化过程。首先,他承认"作者作此记时,年刚四十,以'醉翁'自号,心情本是十分复杂的";并引《题滁州醉翁亭》诗"野鸟窥我醉,溪云留我眠。山花徒能笑,不解与我言。唯有岩风来,吹我还醒然"和《归田录序》"即不能因时奋身,又不能依阿取容;使怨嫉谤怒,丛于一身,以受侮于群小",以认定作者当时"郁闷和压抑是显然不可言状的;其游醉翁亭,自然也是为了遣愁消恨";其

①钱锺书:《管锥编》(第三册),中华书局1991年版,第1036页。
②钱锺书:《管锥编》(第五册),中华书局1991年版,第82页。

次,他又以欧阳修《答李大临学士书》"能达于进退穷通之理;能达于此而无累于心,然后山林泉石可以乐"中的自白为据,认为"故一旦放情山水,欧阳修则能忘其形骸,能'与民同乐'而自乐其乐"。在刘衍看来,欧阳修《与尹师鲁书》有"慎勿作戚戚之文"的自戒。因此,"他的《醉翁亭记》以及贬谪滁州时写的《丰乐亭记》、《偃虹堤记》、《菱溪石记》等,都不发怨嗟,都不是所谓'戚戚之文'。这是韩愈、柳宗元都未能做到的。"①

　　究竟如何理解作品命意,"太守之乐"到底是"真乐"还是"强乐"? 三位当代接受者的观点,既相异,又相同。相异者,立论依据各有侧重。如果说吴小如依据背景和文本,钱锺书立足文学传统,那么刘衍更多借助作者自己的创作自白。相同者,无论吴小如的"真乐",钱锺书的"强乐",还是刘衍的"忘忧之乐",都有一个"乐"字,都承认作品本身,既表现了"醉翁"的山水之乐,也表现了"太守"的与民同乐。但是,钱锺书与吴小如和刘衍之间,有一个深刻的"同中之异",即钱锺书把"'醉翁'之寄'意'"与"'太守'之本'意'"作了明确区分,而吴小如与刘衍则没有这种区分,在他们看来,"醉翁"即"太守","太守"即"醉翁"。然而,钱锺书的这一区分,正与现代叙事学关于叙述主体的观念不谋而合,也隐藏着解决分歧的钥匙。

　　现代叙事学把叙述主体分为三个层次,即作者、叙述者和隐含的作者:作者即实际生活中的作者本人,处于作品之外,与作品内容无必然联系;叙述者即特定作品中故事情节或生活情境的叙述者;隐含的作者即隐藏于文本中的作者的"第二自我",也是在读者的头脑中形成的作者的精神肖像。如果说叙述者是明的,那么

────────────

①刘衍:《中国古代散文史》,高等教育出版社2004年版,第248页。

隐含的作者是暗的,叙述者的倾向是直接表露的,那么隐含的作者的内心是隐藏在字面底下的。钱锺书"'醉翁'之寄'意'"与"'太守'之本'意'"的区分,所谓"夫'醉翁'寄'意',洵'在乎山水之间',至若'太守'之初衷本'意',岂真'乐'于去国而一麾出守哉?谅不然矣",其实质就是"叙述者"与"隐含的作者"的区分。换言之,从叙述者角度看,"醉翁之意不在酒,在乎山水之间也",确乎是文章的命意所在,抒写了"醉翁"的山水之乐,表达了"太守"的与民同乐;然而从隐含的作者看,从隐含在作品中的"庐陵欧阳修"看,"'太守'之初衷本'意',岂真'乐'于去国而一麾出守哉?谅不然矣!"换言之,"真乐"是文本的,"强乐"是隐含的,"真乐"是表层的,"强乐"是深层的。

　　唐文治《国文经纬贯通大义》有"心境两闲法"之说,释曰:"普通适用,记游山水尤佳。当有凤翔千仞、倏然世外之意,惟性静心清品洁者乃能为之。"在唐文治看来,《醉翁亭记》是"心境两闲法"的典范之作:"清微淡远,翛然弦外之音。'醉翁之意不在酒',孰知其满腹经纶屈而为此乎? 盖永叔在滁,乃蒙被垢污而遭谪贬,君子处此,或不能无动于心,而永叔此文,独能游乎物外。先儒谓其深造自得之功,发于心声而不可强者,岂非然欤?"其所谓"不能无动于心"而又"独能游乎物外"的"心境两闲",同钱锺书"'醉翁'之寄'意'"与"'太守'之本'意'"的区分,进而同"失志违时,于是'悦山乐水'"的山水文学传统,可谓暗与契合,而又一脉相承。

　　经典的意义是汲舀不尽的,每一个时代的新思想和新眼光,可以在过去的作品中发现新精神。《醉翁亭记》接受史的四个时代,各有鲜明特点,各有新的发现。"醉翁之意不在酒"的警策之语,将永远给接受者以无穷想象和无穷启示;而"人知从太守游而乐,而不知太守之乐其乐"的叹惜,将继续引发人们对"'太守'之初衷本'意'"的不息追问。

　　法国文艺学家丹纳有句名言:"只有详尽的例子才能提供明确的观念。"①《醉翁亭记》接受史作为学术个案,尚有另一重学术意义:即以文章评点为内容的"历代文话",构成了古文名篇的接受史;"历代文话"与古文名篇接受史研究,是一个有待开掘的学术新领域。同时必须指出,文评诗品,本无定体;"历代文话"不等于《历代文话》。从《醉翁亭记》的接受文本看,文话、评点、序跋、书信,甚至或以诗、或以词、或以小说,皆有月旦藻鉴之用。钱锺书《管锥编》第三、四册论《全上古三代秦汉三国六朝文》,对古文名篇接受史作了多角度阐释,从宋玉的《高唐赋》到贾谊的《过秦论》,从陶渊明的《闲情赋》到庾信的《哀江南赋》,为我们提供了大量学术范例,值得我们揣摩借鉴。

---

①丹纳:《艺术哲学》,傅雷译,人民文学出版社1963年版,第87页。

# 宋代《赤壁赋》的"自媒体"
# 与"多媒体"传播

王兆鹏

苏轼的前后《赤壁赋》,到了南宋,就已成为公认的经典名篇。本文要追问的是,在宋代同样的传播环境中,为什么《赤壁赋》能从数千篇苏文中脱颖而出倍受人们的青睐,它是通过哪些特殊媒体的传播而格外引人注目的。原来,《赤壁赋》经由了其他苏文所没有的"自媒体"和"多媒体"传播。

## 一、"自媒体"传播

当下所谓自媒体(We Media),是指以电子媒介自由传播信息,其特点是私人化、普泛化和自主化。本文所谓"自媒体",是指宋代作家所用自己能掌控的具有大众传播功能的媒体。虽然宋代的"自媒体"跟当下的自媒体不可同日而语,但在传播信息的私人化、自主化和普泛化方面,二者是有共通之处的。

苏轼用什么样的自媒体来传播自己的作品呢?答曰:书法。

神宗元丰五年(1082),苏轼谪居黄州的第三年,心情渐渐地从惊恐、苦闷、失望的低谷中走出,在秋冬间写出了两篇参透人生的《赤壁赋》。这是苏轼的"得意"之作①。既然是得意之作，就想传播开去，让人阅读，给人欣赏。但因身在谪籍，又因文字贾祸，他又不敢公开传播，以免再度被人"笺注""酝酿"成罪。他在与友人的信中一再表白申明：

> 但得罪以来，不复作文字，自持颇严。若复一作，则决坏藩墙，今后仍复衮衮多言矣。②

> 某自窜逐以来，不复作诗与文字。所谕四望起废，固宿志所愿。但多难畏人，遂不敢尔。其中虽无所云，而好事者巧以酝酿，便生出无穷事也。③

> 某自得罪，不复作诗文，公所知也。不惟笔砚荒废，实以多难畏人，然好事者不肯见置，开口得罪，不如且已。④

虽然一再申明"不复作文字"，但有时技痒难熬，禁不住要写，而且一不小心，写了不少名篇佳作。写出来后，不敢对外公开传播，于是就用"自媒体"私下里传播。

自己书写自己的文章送人，不需要任何人审查批准，它是私人化的、自主化的。所以我称之"自媒体"。苏轼不止一次亲书《赤壁赋》。清人孙承泽就说："《赤壁赋》为东坡得意之作，故屡书之。"⑤据文献记载，苏轼一生至少书写了五种文本的《赤壁赋》。

---

① 李之仪《姑溪居士集》卷三一《与友人往还手简》："近时欧阳文忠公《秋声》，乃规摹李白，其实则与刘梦得、杜牧之相先后者。东坡自以前后《赤壁》为得意。"（《丛书集成初编》本，商务印书馆 1935 年版，第 3 册，第 239 页）
② 苏轼《答秦太虚》之四，《苏轼文集》卷五二，中华书局 1986 年版，第 1536 页。
③ 苏轼《与陈朝请》之二，《苏轼文集》卷五七，第 1709 页。
④ 苏轼《与沈睿达》之二，《苏轼文集》卷五八，第 1745 页。
⑤ 孙承泽《庚子销夏记》卷八，《文渊阁四库全书》本，台湾商务印书馆 1988 年版，子部第 826 册，第 93 页。

其一是元丰六年（1083）写本。今传苏轼亲书《赤壁赋》款识云：

> 轼去岁作此赋，未尝轻出以示人，见者盖一二人而已。钦之有使至，求近文，遂亲书以寄。多难畏事，钦之爱我，必深藏之不出也。又有《后赤壁赋》，笔倦未能写，当俟后信。轼白。①

苏轼说，去年（元丰五年）作此赋，不敢轻易拿出示人，只有身边一二好友见过。今年（元丰六年）老朋友钦之（傅尧俞）派专人来索要新近写的文章，于是亲自书写以寄。苏轼特别叮嘱，年来"多难畏事"，务必"深藏"而不要拿出去示人，免得授人以口实，深文周纳，再次获罪。这一方面表明苏轼对钦之的信任，即使是多难畏事，还是将近文写呈；另一方面也体现出苏轼对此文的自得与满意，即使是冒着再次获罪的风险，苏轼还是忍不住要把《赤壁赋》寄给友人，而且连《后赤壁赋》都先行告知，准备写好后再寄。这表明他还是想让人知道、让人分享他的得意新作。何薳《春渚纪闻》所载一事可与此相印证。东坡在黄州画墨木竹石寄章质夫，同时寄手帖一幅云："'某近者百事废懒，唯作墨木颇精，奉寄一纸，思我当一展观也。'后又书云：'本只作墨木，余兴未已，更竹石一纸同往。前者未有此体也。'是公亦欲使后人知之耳。"②苏轼在黄州画

---

① 台北"故宫博物院"藏《赤壁赋》真迹。
② 何薳《春渚纪闻》卷六，中华书局1983版，第87页。

墨木竹石,别创一格,前无此体,主动寄友人章质夫,以便让"后人知之"。他所作《赤壁赋》,在文体上亦有创新,自然也"欲使后人知之"。苏轼"亲书"《赤壁赋》寄钦之,虽然属于人际传播,当时或许没有进行大众传播的主观意愿,但政治气候变化之后,钦之就可以公之于世,传之久远了。"深藏"只是暂时的,传世则是必然的。果然,这份小字楷书本《赤壁赋》经历代收藏家、鉴赏家的递藏①,一直传存至今,现收藏于台北"故宫博物院"。

苏轼说《后赤壁赋》"俟后"再写呈。后来他确实写了,并有《跋自书后赤壁赋》:

> 黄州少西山麓,斗入江中,石色如丹。传云曹公败处,所谓赤壁者,或曰非也。时曹公败归,由华容路,路多泥泞,使老弱先行,践之而过,曰:"刘备智过人而见事迟,华容夹道皆葭苇,使纵火,则吾无遗类矣。"今赤壁少西对岸即华容镇,庶几是也。然岳州复有华容县,未知孰是?②

明人娄坚曾见过苏轼手书《后赤壁赋》并跋:

> 尝见他书有谓坡公误以赤鼻为赤壁者,非也。公别有《书赋后》约二百言,是元丰六年秋题。首言:"黄州少西山麓,斗入江中,石色如丹,传云曹公败处,所谓赤壁者。或曰非也。曹公败归,由华容路,今赤壁少西对岸即华容镇,庶几是也。然岳州复有华容县,竟不知孰是。"盖公既借曹公以发妙论,犹《后赋》鹤与道士云尔,岂必求核!而不知者遽谓公未暇考,所见殆与此画手同。信知痴人前决不可说梦也。③

---

①参张丑《清河书画舫》卷七上,《石渠宝笈》卷二九《宋苏轼书前赤壁赋》。
②《经进东坡文集事略》卷一《后赤壁赋》注引,《四部丛刊》本。
③娄坚《学古绪言》卷二三《题手书苏长公前后赤壁赋后》,《文渊阁四库全书》本,台湾商务印书馆 1988 年版,子部第 1295 册,第 269 页。

　　娄氏所见苏轼手书《后赤壁赋跋》原文有二百字,而他本所引不足百字,《经进东坡文集事略》所引仅百许字,可见都是节引。娄氏所见原跋应署有时间,故娄氏明谓是"元丰六年秋题"。元丰六年秋苏轼手书的《后赤壁赋》,想来应是如约赠给钦之的。苏轼手书的《后赤壁赋》传至清代康熙间,高士奇曾寓目,其《江村销夏录》有著录:"宋苏文忠公《后赤壁赋》卷,纸本,高一尺余,长六尺,行书。"①此后下落不明。

　　其二是元丰七年甲子(1084),苏轼离开黄州量移汝州之前,应潘大临、大观兄弟之请,又书写了前后《赤壁赋》,并跋曰:

　　　　元丰甲子,余居黄五稔矣,盖将终老焉。近有移汝之命,作诗留别雪堂邻里二三君子。独潘邠老与弟大观,复求书《赤壁》二赋。余欲为书《归去来辞》,大观砻石欲并得焉。余性不耐小楷,强应其意。然迟余行数日矣。苏轼。②

　　苏轼应潘氏兄弟之请自书赤壁二赋后又跋,说临别黄州前,潘氏兄弟来求书《赤壁》二赋,原想书写陶渊明《归去来辞》以赠,但潘大观二者都想要,于是一并书之。值得注意的是,潘氏兄弟打磨好了石碑来求《赤壁》二赋,显然是要刻石以广其传。而苏轼也明知潘氏兄弟"砻石"以待,表明苏轼是默许他俩刻石以传的。苏轼这次"小楷"书写的真迹没有流传下来,仅有石刻本传世(详后)。

　　其三是元丰八年(1085)在开封为滕达道书写的二赋。他在《与滕达道书》中说:

　　　　所有二赋,稍晴,写得寄上。次只有近寄潘谷求墨一诗录

①高士奇《江村销夏录》,《中国书画全书》本,上海书画出版社1992年版,第7册,第1011页。

②陆增祥《八琼室金石补正》卷一〇八,《续修四库全书》史部第898册,上海古籍出版社2002年版,第309页。

呈,可以发笑也。①

信中所谓"二赋",或当指前后《赤壁赋》。这封尺牍作于元丰八年,故知此本也写于这一年。后世未见传本。

其四是哲宗绍圣年间(1094—1097)苏轼在惠州的醉书本。元人王恽有题跋:

> 余向在福唐,观公惠州醉书此赋,心手两忘,笔意萧散,妙见法度之外。今此帖亦云。醉笔与前略不相类。岂公随物赋形,因时发兴,出奇无穷者也。②

王恽说他以前在福唐(今福州)见过苏轼在惠州醉时书写的《赤壁赋》,笔意萧散,妙见于法度之外。今又见"此帖"(当为拓本),醉笔与此前在惠州所见本不尽相同。于此看来,苏轼或者曾两次醉书。也就是说,有两种醉书本。此本后世无传。

其五为初稿本。元人吾衍《闲居录》载:

> 天竺僧传公有苏子《赤壁》墨本,与今本有数字不同。"鸣鸣然"作"焉","郁乎苍苍"作"蔚","酾酒临江"作"举酒","渺沧海之一粟"作"浮海","盈虚者如彼"作"羸之","所共乐"作"共适"。字法甚逸。当是初成此作,佳客在座,且诵且书,故心与神变,字随兴会而得。③

所谓"《赤壁》墨本",即《赤壁赋》的石刻拓印本。因其中有不少字句与流行之本不同,所以吾衍认为它"是初成"之原稿本。其说有理。如此看来,苏轼《赤壁赋》的原稿本也曾流传于后世。

---

①张志烈、马德富、周裕锴《苏轼全集校注》,第十六册文集七,河北人民出版社 2010 年版,第 5583 页。编年即据此书。
②王恽《秋涧集》卷七三《题东坡赤壁赋后》,《四部丛刊》本。
③吾衍《闲居录》,《文渊阁四库全书》本,子部第 866 册,第 642 页。

　　书法作品的传播，似乎只是人际之间一对一地传播，即书法作者与受赠者之间的传播。其传播范围是否有限？其实，受赠者拿到书法作品后，会像今天的微信接受者一样，是可以在朋友圈里"转发"的，让更多的人分享和欣赏，其传播广度不可限量。

　　其"转发"的方式，一是刻石，二是临摹。一件书法作品，一旦刻石之后，就可以无限的拓印成墨本（又称碑本、石本、拓本等），化一为万。书法作品由原来的人际传播就转变为大众传播了。

　　苏轼的《赤壁赋》是有石刻本的。就今所知，至少元丰七年为潘氏兄弟书写的《赤壁》二赋，是被刻石的。陆增祥《八琼室金石补正》卷一〇八、《壮陶阁书画录》卷三都有著录。南宋朱熹也见过《赤壁赋》的碑本。《朱子语类》卷一三〇就说过："碑本《后赤壁赋》'梦二道士''二'字当作'一'字，疑笔误也。"①

　　像苏轼这样的大书法家的书法作品，除了石刻拓本，还会有临摹本。人们会临摹仿写，既学其文，又学其字。比如明代董其昌，就喜爱临东坡的书法。他见过三种东坡手书的《赤壁赋》，都借来临摹一过：

　　　　余三见子瞻自书《赤壁赋》：一在槜李黄承玄家，一在江西杨寅秋家，一在楚中何宇度家，皆从都下借临。②

　　明代董其昌会临写，宋代一般的书法爱好者和读者，当然也会临写。黄庭坚曾说有一僧人藏苏轼十数帖，"因病目，尽为绿林君

①黎靖德《朱子语类》卷一三〇，《朱子全书》，第18册，上海古籍出版社、安徽教育出版社2010年版，第4057页。
②董其昌《画禅室随笔》卷一《书后赤壁赋跋》，《中国书画全书》本，第3册，第1005页.

子以其摹本易去"①,可见宋代苏轼的书法是不乏摹本的。这些石刻本、临摹本,自然会加速《赤壁赋》的传播。何况大书法家书写自己的得意文章,既是文学作品,又是书法作品,既有文学审美价值,也有书法艺术价值。其传播功效,自比一般的印刷书籍要强大得多。

我们还应该注意到当时的文化环境对苏轼《赤壁赋》传播的影响。苏轼去世不久的徽宗崇宁、大观年间(1102—1110),蔡京等新党执政,疯狂地打击元祐党人与元祐学术,禁止刊印、收藏苏轼等人的文集、文字墨迹。崇宁二年四月乙亥朝廷下诏:

> 苏洵、苏轼、苏辙、黄庭坚、张耒、晁补之、秦观、马涓《文集》,范祖禹《唐鉴》,范镇《东斋记事》,刘攽《诗话》,僧文莹《湘山野录》等印板,悉行焚毁。②

政和元年(1111)曾一度解禁。《苏公遗事》载:

> 崇宁、大观间,蔡京等用事,以党籍禁苏黄文词并墨迹而毁之。政和改元,忽弛其禁,诏求轼墨迹甚急。世人莫知其由。或传徽宗宝箓宫醮筵,尝亲临之。一日启醮,道士至醮坛,拜章伏地,久之方起。上诘其故,答曰:"适至上帝所,值奎宿奏事,良久方毕。始能上其章故也。"上叹讶之,问曰:"奎宿何人?所奏何事?"对曰:"所奏不可得知,然此宿者,乃本朝之臣苏轼也。"上大惊,不惟弛其禁,且欲玩其文辞墨迹矣。③

解禁的原因似乎有些荒诞,但在那荒诞的时代,道士无非是利

---

① 黄庭坚《豫章黄先生文集》卷二七《跋东坡论画》,《四部丛刊》本。
② 毕沅《续资治通鉴》卷八八,中华书局1957年版,第2252页。
③ 张丑《清河书画舫》卷八下引,《文渊阁四库全书》本,子部第817册,第324页。

用徽宗尊事道教的心理让其解禁苏轼文字①。到了宣和五年
(1123)和六年,朝廷又先后下诏重申禁毁苏轼、黄庭坚文集及相
关文字:

> (宣和五年七月)中书省言福建路印造苏轼、司马光文
> 集。诏令毁板,今后举人传习元祐学术者,以违制论。明年,
> 又申严之。冬,又诏曰②:"朕自初服,废元祐学术。比岁,至
> 复尊事苏轼、黄庭坚,轼、庭坚获罪宗庙,义不戴天。片文只
> 字,并令焚毁勿存。违者以大不恭论。"靖康初,罢之。③

从上引"比岁至复尊事苏轼、黄庭坚"的说法看,政和元年解
禁苏轼文字应属实。朝廷几度下令禁毁苏轼的文字,自然会阻碍
和限制苏轼诗文的传播,但也会从反面刺激人们对苏轼文字的热
爱与追捧,出现了禁愈严而传愈多的奇观:

---

① 清人周召《双桥随笔》卷一二就看清了此点:"宋崇宁、大观间,蔡京当国,
　设元祐正人党籍之禁,苏文忠公文辞书画存者悉毁之。人莫敢读其文。政
　和中,建上清宝箓宫,斋醮之仪,备极诚敬。徽庙每躬造焉。一夕道士拜章
　伏地,逾数刻乃起,叩其故,对曰:'适至帝所,见奎宿奏事,良久方毕,臣始
　能达上帝。'颇叹异,问奎宿何如人? 其所奏何事? 曰:'所奏不可得闻言,
　此星宿者,故端明殿学士苏轼也。'帝为之改容,遂弛其禁。友人偶谈及此,
　谓余不信,阴阳者如此等事,真耶? 否耶? 余曰:此道士必能敬慕苏公者,
　故伪其事以动帝听,不觉耸然,尽改前事耳。时帝奉道教方极其诚,而道士
　伏地状及见帝,而奎宿奏事等语,皆易入其耳。或在事之臣,有阴为此计,
　而嘱道士为之,亦未可知也。"(《文渊阁四库全书》本,子部第 724 册,第
　516—517 页)
② 《钦定续通志》卷三三载时在宣和六年十月庚午,"诏有收藏苏轼黄庭坚之
　文者并焚毁,犯者以大不恭论"(《文渊阁四库全书》本,史部第 392 册,第
　380 页)。
③ 陈均《皇朝编年纲目备要》卷二九《禁元祐学术》,中华书局 2006 年版,第
　750 页。

　　东坡诗文,落笔辄为人所传诵,每一篇到,欧阳公为终日喜。前辈类如此。一日,与棐论文及坡,公叹曰:"汝记吾言,三十年后,世上人更不道着我也。"崇宁、大观间,海外诗盛行,后生不复有言欧公者。是时朝廷虽尝禁止,赏钱增至八十万,禁愈严而传愈多,往往以多相夸,士大夫不能诵坡诗者,便自觉气索,而人或谓之不韵①。

　　禁令之下,收藏苏诗、吟诵苏诗,竟成为士大夫的一种文化时尚、一种身份标志。士大夫彼此见面,如果不能称道诵读几句苏轼,会被认为没文化、没品位。在这种语境中,苏轼手书的《赤壁赋》文本,理所当然地会受到士大夫的追捧和关注。严禁时苏轼诗文墨迹尚且受到追捧,解禁之后,受追捧的程度会更加高涨。下面这个故事,可见一斑:

　　东坡既南窜,议者复请悉除其所为之文,诏从之。于是,士大夫家所藏既莫敢出,而吏畏祸,所在石刻多见毁。徐州黄楼,东坡所作,而子由为之赋,坡自书。时为守者独不忍毁,但投其石城濠中,而易楼名观风。宣和末年,禁稍弛,而一时贵游以蓄东坡之文相尚,鬻者大见售,故工人稍稍就濠中摹此刻。有苗仲先者,适为守,因命出之,日夜摹印,既得数千本,忽语僚属曰:"苏氏之学,法禁尚在,此石奈何独存。"立碎之。人闻石毁,墨本之价益增。仲先秩满,携至京师,尽鬻之,所获不赀。②

　　苏轼南贬惠州、儋州之后,文章墨迹就被禁止流传。宣和末年弛禁之后,在王公显贵的上层社会,流行收藏东坡诗文墨迹的风

―――――――――

①朱弁《曲洧旧闻》卷八,中华书局 2002 年版,第 204—205 页。
②徐度《却扫编》卷下,《丛书集成初编》本,商务印书馆 1936 年版,第 148 页。

气。何薳《春渚纪闻》也说，宣和间，内府复加搜访东坡墨迹，"一纸定直万钱，而梁师成以三百千取吾族人《英州石桥铭》，谭稹以五万钱掇沈元弼'月林堂'榜名三字。至于幽人释子所藏寸纸，皆为利诱，尽归诸贵近"①。所以，东坡书写的《黄楼赋》碑本，成为抢手货。《黄楼赋》原文是苏辙所作，尚且如此热络，《赤壁赋》其文其书都是苏轼所作，更是双绝。乾隆皇帝即说："《赤壁赋》为千古杰作，又得其自书真迹，诚双绝也。"②可以推想，像《赤壁赋》这样的文学和书法杰作，会更加受人追捧喜爱，其传播面会更广，知晓率会更高。

到了北宋末年，前后《赤壁赋》就传遍天下，获得时人的高度称许。唐庚《唐子西文录》说：

余作《南征赋》，或者称之。然仅与曹大家辈争衡耳。惟东坡《赤壁》二赋，一洗万古，欲仿佛其一语，毕世不可得也。③

唐庚此评，写于何时难以考知。但其人卒于宣和三年（1121），则此评最迟写于宣和三年以前。其时唐庚已视《赤壁赋》为万古绝唱。靖康初年（1126），韩驹出守黄州，黄州人何次仲与他唱和时，有诗道："儿时宗伯寄吾州，讽诵高文至白头。二赋人间真吐凤，五年溪上不惊鸥。"④"宗伯"，意为宗师、大师，指苏轼。次仲儿时即诵苏轼的"高文"，如今老大白头了，依然如故。在苏轼的"高文"

---

① 何薳《春渚纪闻》卷六，中华书局1983年版，第96—97页。按，"谭稹以五万钱掇"，原误作"谭禛以五万钱辍"，兹据《文渊阁四库全书》本《式古堂书画绘考》卷一〇引文改，子部第827册，第517页。
② 《石渠宝笈》卷二《御临苏轼书赤壁赋》，《文渊阁四库全书》本，子部第824册，第56页。
③ 《说郛》卷七九，《说郛三种》本，上海古籍出版社1988年版，第3645页。
④ 吴曾《能改斋漫录》卷六，上海古籍出版社1979年版，第151页。

中特别拈出"二赋"来称美,也可想见其时《赤壁》二赋已是人们心目中的杰作。

## 二、"多媒体"传播

本文所谓"多媒体",主要指可视化的图画、可听化的吟诵歌唱等传播方式,有点像当下的音像视频。不含纸质的印刷媒体和以文字为媒介的石刻、题壁等形式。

先说吟诵。

赋,一般不能入乐歌唱,只能吟诵,故《汉书·艺文志》说"不歌而诵谓之赋"。苏轼的《赤壁赋》,宋代就常常通过吟诵来传播。

喜欢吟诵《赤壁赋》的,既有儿童,也有成人。有位九岁小和尚,就特别会吟诵《赤壁赋》。《东坡志林》载:

> 朱氏子出家,小名照僧,少丧父,与其母尹皆愿出家。照僧师守素,乃参寥弟子也。照僧九岁,举止如成人,诵《赤壁赋》,铿然鸾鹤声也,不出十年,名闻四方。此参寥子之法孙,东坡之门僧也①。

苏轼将这位会诵《赤壁赋》的小和尚载入《东坡志林》中,有自我推广之意。南宋熊禾曾说:"儿童诵东坡前后《赤壁赋》,但觉其有荡心悦目之趣,而不能自已。"②看来童声吟诵《赤壁赋》,会有特别的荡心悦目的传播效果。

至于喜欢吟诵《赤壁赋》的文士,更屡见记载。南宋初晁公遡

①苏轼《东坡志林》卷二,中华书局1981年版,第38页。
②熊禾《勿轩集》卷一《跋文公再游九日山诗卷》,《文渊阁四库全书》本,集部第1188册,第775页。

有诗说:"尊前每诵《赤壁赋》,如见当年秃鬓翁。"①绍兴二十六年八月,文士傅自得与朱熹同游九日山,朱熹兴致盎然,击楫而歌屈原《九章》,"声调响壮",傅自得则诵"东坡先生《赤壁》前后赋和之,每至会心处则迭起酬劝"。②

苏轼自己也喜欢朗诵《赤壁赋》。有一次客人来黄州造访,兴酣之时,他朗诵一过。杭州僧金镜跋苏轼竹石画卷曰:

> 壬戌,先生责黄州,仆亦有事于黄。竹逸方君寄此卷素,以乞先生竹石,至则先生往蕲水。俟旬余始还,得拜觐于临皋亭中,握手问故,饮半,剧述前望游赤壁之胜,起而抚松长啸,朗诵《赤壁赋》一过。仆知先生兴酣矣,遂出卷顶恳,蒙慨然挥洒,复书"春夜行蕲水,过酒家饮酒,乘月至溪桥上,解鞍少休"《西江月》词一阕赐仆。……武林金镜敬跋。③

苏轼不仅自诵,还劝人在享受美食、饮茶品茗之后,"解衣仰卧,使人诵东坡先生《赤壁》前、后赋,亦足以一笑也"。④ 这些吟诵,只要听众在场,就是一种公开的传播。

南宋时更有专业性的歌妓吟诵《赤壁赋》。绍兴年间,黄州知州曾惇在宴集时就常常让自家歌姬吟诵《赤壁赋》以侑觞,在士大夫间传为佳话。谢伋《曾使君新词序》载:

> 曾侯知我不能度曲,尝觞我,顾其侍儿诵苏东坡前后《赤

---

① 晁公遡《嵩山集》卷九《鲜于东之晋伯之子赠诗次韵》,《文渊阁四库全书》本,集部第1139册,第50页。

② 傅自得《游金溪记》,《全宋文》卷四六七六,上海辞书出版社2006年版,第211册,第34页。熊禾《勿轩集》卷一《跋文公再游九日山诗卷》亦言及此事。

③ 李日华《六研斋笔记》三笔卷一《苏文忠竹石一卷》,凤凰出版社2010年版,第175—176页。

④ 朱弁《曲洧旧闻》卷五,中华书局2002年版,第153页。

壁》二赋。①

王明清言之更详：

> 舅氏曾宏父，生长绮纨，而风流酝藉，闻于荐绅。长于歌
> 诗，脍炙人口。绍兴中守黄州，有双鬟小鬟者，颇慧黠，宏父令
> 诵东坡先生《赤壁》前后二赋，客至代讴，人多称之。见于谢
> 景思所叙刊行词策。后归上饶，时郑顾道、吕居仁、晁恭道俱
> 为寓客，日夕往来，杯酒流行，顾道教其小获亦为此技，宏父顾
> 郑笑曰："此真所谓效颦也。"②

客人来宴集，曾宏父令其家姬诵前后《赤壁赋》，代替唱流行
的词曲，可见相当动听美听。离任回到上饶后，友人郑望之（顾
道）与吕本中等诗人雅集，也让家中侍女为"此技"待客。曹勋《送
曾宏父还朝》还特地提到此事："阿苹能唱大苏词（原注：公姬名小
苹），《赤壁》长哦更一奇。"③称"奇"称"技"，应该不是兴之所至的
随意诵读，而是很美听的有技巧的专业吟诵。"人多称之"，可见
被视为雅事，故而郑望之也仿此待客。

次说歌唱。

吟诵《赤壁赋》还不足为奇，配乐歌唱《赤壁赋》才足称奇。南
宋初年，前后《赤壁赋》居然被配乐歌唱，成为流行歌曲。王灼《碧
鸡漫志》卷一说：

> 李唐伶伎取当时名士诗句入歌曲，盖常俗也。蜀王衍召
> 嘉王宗寿饮宣华苑，命宫人李玉箫歌衍所撰《宫词》云："辉辉
> 赫赫浮五云，宣华池上月华春。月华如水映宫殿，有酒不醉真
> 痴人。"五代犹有此风，今亡矣。近世有取陶渊明《归去来》、

①林表民《赤城集》卷一七，《文渊阁四库全书》本，集部第 1356 册，第 770 页。
②王明清《挥麈录》后录卷一一，中华书局 1964 年版，第 216 页。
③曹勋《松隐集》卷一八，《文渊阁四库全书》本，集部第 1129 册，第 431 页。

李太白《把酒问明月》、李长吉《将进酒》、大苏公《赤壁》前后赋协入声律,此暗合其美耳。①

王灼明言是将前后《赤壁赋》协入声律为歌曲,原赋特有的语言节奏与音乐节奏暗合。宋末元初方回《续古今考》也说:

> 近人长篇古乐府,不必皆可歌,有诗而不用于声者也。欧阳公《醉翁亭记》、东坡《赤壁赋》世人以为歌。熟之而后可也。②

所谓"世人以为歌",是说世人常常把它当作歌曲来唱。的确,声歌《赤壁赋》常常在士大夫们的酒席之间被演唱,不仅美听,而且使人心旷神怡。宁宗嘉泰二年壬戌(1202)林正大在《风雅遗音序》中说:

> 世尝以陶靖节之《归去来》、杜工部之《醉时歌》、李谪仙之《将进酒》、苏长公之《赤壁赋》、欧阳公之《醉翁记》类凡十数,被之声歌,按合宫羽,尊俎之间,一洗淫哇之习,使人心开神怡。③

南宋甄龙友《霜天晓角·题赤壁》词也写到"但见尊前人唱,《前赤壁》、《后赤壁》"。④ 士大夫不仅是宴客时让歌妓来演唱,闲暇时分、得意时节自己也唱。南宋状元姚勉中秋泛舟时就"仰空长歌《赤壁赋》"⑤,欧阳君厚"偶快意饮酣,歌永叔《醉翁亭记》、坡老

---

①岳珍校笺《碧鸡漫志》,人民文学出版社 2015 年版,第 15 页。

②方回《续古今考》卷三三,《文渊阁四库全书》本,子部第 853 册,第 555 页。

③林正大《风雅遗音》卷首,《四库全书存目丛书》本,集部第 422 册,第 12 页。

④盛如梓《庶斋老学丛谈》卷中下,商务印书馆 1939 年版,第 37 页。

⑤姚勉《中秋放舟》,《全宋诗》卷三〇五,第 64 册,北京大学出版社 1998 年版,第 40503 页。

《赤壁赋》"①。可见,《赤壁赋》,当时已是一种流行歌曲,颇受文人士大夫的喜爱,动辄唱上一遍。

在有的南宋士大夫心目中,唱《赤壁赋》比唱小词要高雅。度正《赵公墓志铭》载:

> 邑簿樊文若以文会邑之士,馆之龙多,诿公茂掌其笔削。樊一日载酒过山中,且使侑尊者歌以为乐,所歌鄙俚。公茂起曰:"诸生蒙俎豆,济济在列,将于大夫观礼。且春秋七子赋诗,君子知其可以为列国大夫,今歌词如此,诸生何观,请彻之。若必欲不废公燕之乐,则有《赤壁》之赋在。"樊改容以谢。②

县簿樊文若与邑中文士雅集,让歌妓唱流行的小词以为乐,赵公茂认为歌女所歌的歌词鄙俚,不宜唱,应唱《赤壁赋》这样的大雅之歌。

《赤壁赋》不仅入乐歌唱,而且有曲谱流传,从南宋一直传到明清。据查阜西《存见古琴曲谱辑览》收集整理,明代黄士达《太古遗音》、《风宣玄品》、《重修真传》、《玉梧琴谱》、《文会堂琴谱》、《藏春坞琴谱》、杨抡《太古遗音》、《太古正音琴谱》、《理性元雅》和清代的《自远堂琴谱》、《裛露轩琴谱》等十一种琴谱收录有《前赤壁赋》的曲谱。明代黄士达《太古遗音》、《风宣玄品》、《重修真传》和清代《琴学轫端》四种琴谱收录有《后赤壁赋》的曲谱③。这

①黄仲元《四如集》卷四《欧阳君厚墓志铭》,《文渊阁四库全书》本,集部第1188册,第664页。

②度正《性善堂稿》卷一三,《文渊阁四库全书》本,集部第1170册,第256页。

③查阜西《存见古琴曲谱辑览》,人民音乐出版社2001年版,总14页,总396—397页。

些曲谱都是原文演唱,不增减字句,不破句,也不更换字句①。作为歌曲形态的《赤壁赋》,人们随时随地可以传唱,不受任何媒介的制约,口耳相传,传播的速度与广度自比纸本的单一传播要大得多。

明清琴谱所载《赤壁赋》曲谱,来自宋代。宋代精通琴理的文人,或从散文名篇中获得灵感,谱成琴曲,或直接将有关诗文谱成琴曲。北宋太常博士沈遵,曾依欧阳修《醉翁亭记》,谱成琴曲《醉翁吟》,可惜有曲无词,后来苏轼据谱以作词,成为琴中绝唱②。宋末俞琰,也曾将《醉翁亭记》、《赤壁赋》等谱成琴曲。他自称:

　　予自德祐后,文场扫地,无所用心,但闭户静坐,以琴自娱,读《易》、读内外二丹书,遂成四癖。琴之癖,欲以六律正五音,问诸琴师,皆无答。后得《紫阳琴书》、《南溪琴统》、《奥音玉谱》,始知旋宫之法,乃作《周南》、《召南》诗谱及《鹿鸣》、《皇华》等诗弦歌之,《离骚》、《九歌》、《兰亭诗序》、《归去来辞》、《醉翁亭记》、《赤壁赋》,皆有谱琴之癖。③

可见,明清琴谱所载《赤壁赋》曲谱,确实是其来有自。明清文人,视琴为"书室中雅乐,不可一日不对清音",像《归去来》、《赤壁赋》,亦可以咏怀寄兴,清夜月明,操弄一二",就是最好的"养性修身之道"④。明清琴谱之所以载《赤壁赋》曲谱甚多,原因

①《四库全书总目》卷一一三《琴谱合璧提要》即谓:"《归去来词》、《听颖师琴诗》、《秋声赋》、《前赤壁赋》,不增减一字,而声韵自合,亦足取也。"(中华书局1965年版,第970页)
②王辟之《渑水燕谈录》卷七"庆历中欧阳公"条,中华书局1981年版,第85—86页。
③俞琰《席上腐谈》卷下,《文渊阁四库全书》本,子部第1061册,第617页。
④高濂《遵生八笺》卷一〇,《文渊阁四库全书》本,子部第871册,第757页。

就是明清文人特别喜欢琴曲《赤壁赋》怡情养性的艺术效果。

再看绘画。

除了入乐歌唱,《赤壁赋》还入画图。宋代有多位著名画家把《赤壁赋》画成图画以传播。今可考知的至少有 11 种宋金人依《赤壁赋》创作的《赤壁图》。

1. 北宋李公麟《赤壁图》。

最早依《赤壁赋》作画的,是著名画家李公麟(1049—1106)。明汪砢玉《珊瑚网》卷二二载:

> 苏子瞻前后《赤壁赋》,李龙眠作图,隶字书,旁注云:"是海岳笔,共八节。惟前赋不完。"①

这是说,李公麟(号龙眠)作《赤壁图》,而米芾(海岳)用隶书将前后《赤壁赋》写于图画上,画分八景,字分八节书写前后《赤壁赋》②。此画传到清代,高士奇《江村销夏录》卷二载:

> 《宋李龙眠赤壁图卷》:绢本,高一尺余,长八尺,全用水墨。树石沉着,人物工雅,有秋空幽致。③

画末有永乐二年正月豫章胡俨跋:"士文持此图求题,因书旧诗以附卷末。"卞永誉《式古堂书画绘考》卷四二亦载:

> 《李伯时赤壁图卷》:绢本,高一尺余,长八尺,水墨。布景苍老,肖形闲逸,江风山月之游,宛然如或见之。

---

① 汪砢玉《珊瑚网》卷二二,《文渊阁四库全书》本,子部第 818 册,第 372—373 页。又见都穆《寓意编》,《文渊阁四库全书》本,子部第 814 册,第 637 页。
② 虽然字面上没有明说书写的是前后《赤壁赋》,但从"惟前赋不完"句可看出,米芾书写的是前后《赤壁赋》。"惟前赋不完",表明后赋是完整的,只是前赋不完整而已。
③ 高士奇《江村销夏录》卷二,《中国书画全书》本,第 7 册,第 1011 页。按,高士奇《江村书画目》又载:"宋李龙眠赤壁图一卷,真宋人笔,自跋。四十两。"(《中国书画全书》本,第 7 册,第 1074 页)

　　高士奇、卞永誉之后,此画下落不明。此画卷长八尺,高一尺余,足以容纳前后《赤壁赋》原文。

　　2.北宋乔仲常《后赤壁赋图》。

　　李公麟之后,有乔仲常画《后赤壁赋图》。素笺本,墨画分段,楷书。画卷纵30.48厘米,横566.42厘米。学李公麟的构图法,也分八景,每景皆楷书《后赤壁赋》一节。堪称图文并茂。后有宣和五年(1123)八月七日赵德麟跋:"观东坡公赋赤壁,一如自黄泥坂游赤壁之下。听诵其赋,真杜子美所谓'及兹烦见示,满目一凄恻。悲风生微绡,万里起古色'者也。"①此画今存美国密苏里州堪萨斯市纳尔逊·艾金斯美术馆。

　　3.北宋王诜《赤壁图》

　　王诜画《赤壁图》,传本甚罕,明代画家文伯仁曾见过,说苏轼书《后赤壁赋》卷前有王诜画的《赤壁图》。董其昌跋《苏文忠公后赤壁赋卷(行书纸本高一尺余长六尺)》曰:"文德承又谓此卷前有王晋卿画,若得合并,不为延津之剑耶? 用卿且藏此以俟。甲辰六

---

①《石渠宝笈》卷三二,《文渊阁四库全书》本,子部第825册,第294页。

月观于西湖上因题,董其昌书。"①按,文伯仁,字德承,号五峰,苏州人,善画山水人物。文徵明之侄。他说苏轼所书《后赤壁赋》卷前有王诜画,董其昌希望苏书王画能成合璧,自当有据。因文献记载甚少,难知其详。

4. 南宋杨士贤《赤壁图》

杨士贤画《赤壁图》,绢本设色,纵 30 厘米,横 733 厘米。今藏美国波士顿博物馆。按,杨士贤,宣和待诏。绍兴间,至钱塘,复旧职,赐金带。工画山水人物。②

5. 南宋萧照《赤壁轴》。

萧照画《赤壁图》,今无传本。清梁章钜《退庵所藏金石画跋尾》有著录:"萧照《赤壁轴(绢本)》。萧照,濩泽人。绍兴中补迪功郎,画院待诏,赐金带。此画赤壁景,苍润秀逸,幅边用小篆书署名,亦自古雅。幅上有郭升题识,谓本李唐弟子而誉擅出蓝。按,萧照本家北方,靖康中随李晞古南渡,尽以画法授之。兼工书,多署名于树石间。"③

6. 南宋赵伯驹《后赤壁图》

赵伯驹(1120—1182)《赤壁图》,后有高宗赵构亲书的《赤壁赋》。《清河书画舫》载:

---

① 卞永誉《式古堂书画绘考》卷一〇,《文渊阁四库全书》本,子部第 827 册,第 516 页。
② 夏文彦《图绘宝鉴》卷四,《中国书画全书》本,第 2 册第 878 页。
③ 梁章钜《退庵所藏金石画跋尾》卷一二,《中国书画全书》本,第 9 册第 1069 页。

赵伯驹《赤壁图》一。伯驹字千里，其画传世甚多。此卷后有高宗亲书苏赋。而布景设色，亦非余人可及。①

吴升《大观录》言之更详：

赵千里《后赤壁图卷》。千里名伯驹，善画山水花禽竹石，尤长于人物。精神清润，高宗极爱重之。官至浙东兵马钤辖。此图淡色绢本，高一尺，长丈许，绢素稍有损处。山峰树石设色轻倩，但首尾颇入院习，乏士气。中幅山湾屋宇觉生趣动人耳。书后思陵书赋，宸藻焕发，尾钤大玺。画末押节制胡卢印。丹丘跋亦佳迹。②

可惜此画今已不传。

### 7. 赵伯骕《后赤壁赋图》

赵伯骕（1124—1182）《赤壁图》，鲜见文献著录。明文徵明有《仿赵伯骕后赤壁图》，纵 31.5 厘米，横 541.6 厘米，今藏台北"故宫博物院"。后有隆庆六年壬申（1572）文徵明之子文嘉跋："《后赤壁图》，乃宋时画院中题，故赵伯骕、伯驹皆常写，而予皆及见之。若吴中所藏，则伯骕本也。后有当道欲取以献时宰（严嵩），而主人吝与，先待诏语之曰：'岂可以此贾祸，吾当为重写，或能存其仿佛。'因为此卷，庶几焕若神明，复还旧观。岂特优孟之为孙叔敖而已哉！壬申九月仲子嘉敬题。"文嘉谓见过赵伯骕原画《后赤壁赋图》，又有文徵明之摹本可证。自然所言不虚。

---

① 张丑《清河书画舫》卷七，《文渊阁四库全书》本，子部第 817 册，第 267 页。
② 吴升《大观录》卷一四，《中国书画全书》本，第 8 册，第 436 页。按，同页载丹丘柯九思跋曰："右题千里画《后赤壁赋图》。位置障密，傅彩秀润，诚近代之佳手也。溪山胜概，亭中不可无此清玩矣。盍宝之。丹丘柯九思识。"

### 8. 南宋马和之《后赤壁图》

马和之《后赤壁图》，画后有高宗赵构草书的《后赤壁赋》。《南宋院画录》载：

> 马和之《后赤壁图》绢画一卷，画法简逸，意趣有余。后高宗书《后赤壁赋》一篇，书法宗钟、王二家。①

此画绢本墨笔，纵 25.8 厘米，横 143 厘米。今藏北京故宫博物院。安岐《墨缘汇观》卷四亦有著录："余收和之《后赤壁》一卷，有高宗书赋，精妙绝伦。"②

---

① 厉鹗《南宋院画录》卷三，《文渊阁四库全书》本，子部第 829 册，第 569 页
② 安岐《墨缘汇观》卷四，《中国书画全书》本，第 10 册，第 402 页。

### 9. 南宋李嵩《赤壁图》

李嵩(1166—1243)《赤壁图》,团扇,绢本,水墨,淡设色。图中暗礁石壁,漩流急浪,气势高远,孤舟泛波,又含悠远幽闲之趣。此画亦存,今藏于美国密苏里州堪萨斯市纳尔逊·艾金斯美术馆。只是历代书画文献中罕见著录。

### 10. 南宋徐参议《赤壁图》。

徐参议《赤壁图》,见王炎《双溪类稿》卷六《题徐参议画轴三首》其二《赤壁图》。诗曰:"乌林赤壁事已陈,黄州赤壁天下闻。东坡居上妙言语,赋到此翁无古人。江流浩浩日东注,老石轮囷饱烟雨。雪堂尚在人不来,黄鹄而今定何许。此赋可歌仍可弦,此画可与俱流传。沙埋折戟洞庭岸,访古壮怀空黯然。"① 按,徐参议,名里不详。参议是官名,不知何许人。王炎所题三画轴,分别是墨梅、赤壁图和岁寒三友。王炎《双溪类稿》卷六另有《题徐参议所藏唐人浴儿图》,可见徐参议既是画家,又是收藏家。

### 11. 金武元直《东坡游赤壁图》。

武元直的《赤壁图》,纸本,水墨,纵50.8厘米,横136.4厘米,今藏台北"故宫博物院"。明李日华《六研斋笔记》卷二载:"丙寅夏,余购得《东坡游赤壁图》,笔法布置,苍秀古雅,极类唐人。元遗山跋云:'画系武元直所作。'元直事金昌宗,居画院,去宋不远。岂即宗元之裔耶?其萧然矩度,诚不知于岳壁何如,顾其状山川之

---

① 王炎《双溪类稿》卷六,《文渊阁四库全书》本,集部第 1155 册,第 487 页。

郁盘,风露之浩渺,天空水阔之趣,必有当于坡翁者也。"①

　　以上 11 幅《赤壁图》,有四幅是书画同图,画传赋意,画写赋文,书画文三美兼具。名家之文、名家之画、名家之书,合为一处,堪称三绝。三绝之赋书画,其传播效果自是单一印刷文本所能比拟。正如明人杨荣所说:"东坡以文章擅名当代,传诵于天下后世。如此赋尤为奇崛,读之锵然,若振乎黄钟大吕之音,令人击节叹赏。而又得图画之工、字书之妙,皆可为翰墨之珍玩矣。"②一幅名画,就是一种传播渠道,十一幅名画,就是十一种传播渠道,何况每种绘画还可能有多种摹本呢!如赵伯骕《桃源图》,"旧藏宜兴吴氏,尝请仇实甫摹之,与真无异。其家酬以五十金。由是人间遂多传本"。③ 赵伯骕的《桃源图》自从有了仇英的摹本后,传本遂多。《桃源图》有摹本,《赤壁图》自然也会有摹本。所以,绘画的传播具有累积性特点。一本可以变多本,多图多本的传播,会有叠加层累效应。

　　绘画的传播,更具有聚观性和增殖性特点。

　　所谓聚观性,是说收藏家每得一书画作品、特别是名家书画,

<hr>

① 李日华《六研斋笔记》卷二,凤凰出版社 2010 年版,第 37 页。
② 杨荣《文敏集》卷一五,《文渊阁四库全书》本,集部第 1240 册,第 232 页。
③ 张丑《清河书画舫》卷一下,《文渊阁四库全书》本,子部第 817 册,第 25 页。

往往要请人一同观赏品鉴。众人共赏的热烈氛围,是一人独自读书时所无法体验的。书画文献中就常有多人同观书画的记载:

　　　纯老、彦祖、巨源、成伯、子雍、完夫、正重、子中、敏甫、子瞻、子由同观,熙宁十年三月廿三日书。①

　　　刘圣可延安幕府中会张仲微、杨如晦、蒋仲和、贾习之、晁伯以同观。叹息斯人清德绝俗,闭目焚香之余,世人但玩其诗笔耳。政和甲午孟冬二十八日记。②

　　　嘉泰壬戌冬至后五日,林成季、周南、朱黼、赵汝谱、朱元纮、滕峨别盱昭施武子于虎丘,同观书画。③

　　　其为定武真帖不疑矣。前后同观者十有六人。④

藏家请客人同观,既是对外宣示自己的藏品,也是与友人分享艺术鉴赏的乐趣,当然也有共同讨论原作得失的用意。苏轼友人、书画家王诜(字晋卿)每次观画,都请精于鉴赏的韩拙(字纯全)一同观赏,共同讨论:

　　　韩纯全云:王晋卿每阅画,必召某同观。论乎渊奥,构其名实。偶一日于赐书堂东挂李成,西挂范宽。先观李公之迹,云:李公家法,墨润而笔精。烟岚轻动,如对面千里,秀气可掬。次观范宽之作,如面前真列峰峦,气势雄逸,笔力老健。此二画之迹,真一文一武也。余尝思其言之当,真可谓鉴通骨髓矣。⑤

---

①朱存理《珊瑚木难》卷三,《文渊阁四库全书》本,子部第815册,第83页。
②岳珂《宝真斋法书赞》卷九,《文渊阁四库全书》本,子部第813册,第666页。按"政和"原误作"正和"。政和甲午,为徽宗政和四年(1114)。
③俞松《兰亭续考》卷一,《文渊阁四库全书》本,史部第682册,第166页。
④俞松《兰亭续考》卷二,《文渊阁四库全书》本,史部第682册,第175页。
⑤朱谋垔《画史会要》卷五,《文渊阁四库全书》本,子部第816册,第579—580页。按,韩著有画论著作《山水纯全集》,今有《四库全书》本等。

　　与王诜同时的江西派诗人谢薖,偶然得到李公麟所作《阳关图》后,也请十来位友人到他家聚观同赏,作有《集庵摩勒园观李伯时画〈阳关图〉》,以"不能舍余习,偶被世人知"为韵,得人字,赋六言诗纪事。①

　　所谓增殖性,是指在传播过程中,不断实现文化增殖。因文学作品《赤壁赋》的传播,而催生了多幅绘画艺术品的《赤壁图》,文字文本转化为绘画文本,这是一重文化增殖。

　　由《赤壁赋》转化而来的《赤壁图》,不是简单艺术样式的翻版,而是渗透着画家自己对人生和自然的理解,较之《赤壁赋》,又增扩了多样化的人生感悟和情思蕴含。这是第二重文化增殖。

　　《赤壁图》上都书写有《赤壁赋》原文,如李公麟的《赤壁图》有米芾的隶书,赵伯驹、马和之的《赤壁图》有宋高宗赵构的法书,在绘画艺术价值上又增加了书法艺术价值。这是第三重文化增殖。

　　观赏后名家常常要留下题跋,乔仲常的《赤壁图》就有宣和五年赵德麟的跋。这类题跋,往往既有理论批评价值,又有历史价值。如元好问的《题闲闲书〈赤壁赋〉后》,就极具理论批评价值和历史价值:

　　　　夏口之战,古今喜称道之。东坡《赤壁》词,殆戏以周郎自况也。词才百许字,而江山人物无复余蕴,宜其为乐府绝唱。闲闲公乃以仙语追和之,非特词气放逸,绝去翰墨畦迳,其字画亦无愧也。辛亥夏五月,以事来太原,借宿大悲僧舍。田侯秀实出此轴见示。闲闲七十有四,以壬辰岁下世。今此十二日,其讳日也。感念畴昔,怅然久之。因题其后。《赤

---

① 傅璇琮等编《全宋诗》,第24册,北京大学出版社1995年版,第15789页。另参王兆鹏《宋代文学传播探原》,武汉大学出版社2013年版,第150—152页。

壁》，武元直所画。门生元某书①

　　跋谓东坡《念奴娇·赤壁怀古》词"才百许字，而江山人物无复余蕴"，堪称"绝唱"，独具慧眼地指出了此词的艺术特色所在，并高度评价了此词的艺术贡献和艺术价值。末谓《赤壁图》为武元直所画，更为确定此画的著作权人提供了直接的历史依据。因为武元直的《赤壁图》无作者款印，明代以来一直被当作北宋朱锐的作品。近人马衡据元好问此跋，始确定为武元直作②。这些题跋的理论批评价值和历史价值，可以说是第四重文化增殖。

　　文人观赏画图后常常有题诗，如前述南宋王炎观赏了徐参议《赤壁图》后赋诗，称赞"此赋可歌仍可弦，此画可与俱流传"，一并为《赤壁赋》和《赤壁图》做了广告宣传。读到此诗的人，自会对《赤壁赋》和《赤壁图》产生兴趣，从而提升《赤壁图》和《赤壁赋》的影响力与知名度。宋末郑思肖和陆文圭也分别题有《苏东坡前赤壁赋图》和《赤壁图二首》诗③。元好问《遗山先生文集》卷三有题《赤壁图》诗，《御定题画诗》卷三一也录有金人李晏的《题武元直赤壁图》诗。元揭傒斯也有《题高丽幼上人所藏金人画苏子瞻游赤壁图》诗，诗末说："上人远示我，传观及童奴。笑问此何人，舟中人姓苏。"④知此诗是观赏武元直《赤壁图》后所作。由赋而画，由画而诗，形成了创作—传播—接受—创作的赋画诗创作链。

---

①元好问《元好问文编年校注》，中华书局2012年版，第1162页。按，武元直，原误作"武元真"。

②参庄严《前生造定故宫缘》之《武元直绘〈赤壁图〉卷》，紫禁城出版社2006年，第187—190页。

③傅璇琮等编《全宋诗》卷三六二四，第69册，第43400页；卷三七一二，第71册，第44598页。

④揭傒斯《揭傒斯全集》，上海古籍出版社2012年版，第229页。

一篇赋,引发多幅图,又催生多首诗,这是第五重文化增殖。

　　这些绘画、书法、题跋、题诗的传播,提升和扩大了《赤壁赋》的传播效应和经典指数。所以,到了南宋,《赤壁赋》就已成为文章中的经典。罗大经说:"太史公《伯夷传》,苏东坡《赤壁赋》,文章绝唱也。"①林希逸也说《赤壁赋》"兴味之远,前无古人"②。在南宋,《赤壁赋》是文士们爱读、爱吟、爱唱、爱书写的经典之作,不少诗人写有读《赤壁赋》的诗,如王十朋有诗说:"读公赤壁词并赋,如见周郎破贼时。"③方夔《读赤壁赋》诗有云:"形胜空传二《赤壁》,文章谁肯百东坡。"④文天祥也有《读赤壁赋前后二首》⑤。杨万里甚至觉得,读《赤壁赋》可以治病,所谓"二苏三赋在,一览病应休"⑥。文学经典,是在多元传播媒介和传播方式的共同作用下形成的。不了解作品的传播过程,就无法深入理解作品的经典化过程。

---

①罗大经《鹤林玉露》甲编卷六,中华书局 1983 年,第 106 页。

②林希逸《清风峡施水庵记》,《全宋文》卷七七三七,第 336 册第 14 页。

③傅璇琮等编《全宋诗》卷二〇三八,第 22880 页。

④方夔《富山遗稿》卷九,《文渊阁四库全书》本,集部第 1189 册,第 438 页

⑤文天祥《文山集》卷二〇,《文渊阁四库全书》本,集部第 1184 册,第 750 页。

⑥杨万里著,辛更儒笺校《杨万里集笺校》卷三《和王才臣再病二首》,中华书局 2007 年版,第 189 页。

# 陈与义诗歌传播与接受述论

## 黄俊杰

陈与义(1090—1138),字去非,洛阳人。靖康之乱后自号简斋,绍兴年间被擢为参知政事,宋南渡时期的代表诗人。他成名早,诗名著,名位尊,享名久,诗歌兼融唐宋,自成一格。长期以来,陈与义被视作"江西诗派"的三宗之一,在诗史上有着深远的影响。

## 一、陈与义诗歌的传播

（一）版本流传:诗集刊印未曾绝①

陈与义早年即享诗名,中年又经流离、陟高位,虽年寿不永,但阅历既丰,诗品亦高。他是少数几个在宋代就有诗文集刻本行世,并且还有几家注本的宋代诗人。

绍兴十二年(1142),陈与义逝后仅四年,其门生周葵(1098—1174)得其家藏诗五百余首,厘为二十卷,刻于湖州,葛胜仲(1072—

---

①此节内容部分参考《陈与义集·前言》,吴书荫、金德厚点校,北京:中华书局,1982年版。

1144）为之序①，这是《简斋集》的最早刊本。此本，晁公武《郡斋读书志》卷十九别集类下有载②，马端临《文献通考》仍之。惜已佚。

《简斋集》又有十卷本，陈振孙《直斋书录解题》卷二十诗集类下有载，章定《名贤士族言行类稿》卷十一亦载。此本今亦未见。

宋光宗绍熙元年（1190），胡稚笺注简斋诗集及《无住词》，并为简斋编制了年谱。诗集三十卷，无住词一卷。其注"贯穿百家，出入释老，旁取曲引，颇能发简斋之秘"③，是当时流传的主要注本。时苏训直居吏部，颇爱此书，属名儒楼钥为序，楼氏因之尝细观此集。胡注宋刻本，瞿氏铁琴铜剑楼曾有藏，后来江宁蒋国榜据瞿氏藏本有覆刻。黄丕烈《增广笺注简斋诗集元刻本跋》载，徐氏传是楼尝藏有宋版九卷残本，吴中周氏香岩书屋曾藏有此本元版二十九卷，黄氏亦曾获高丽仿元版残本，后据周氏藏本及"嘉禾人家"钞藏本补全④。

刘辰翁亦撰有《须溪先生评点简斋诗集》十五卷。陆心源《仪顾堂续跋》卷十二记有一宋麻沙本，"卷一赋，卷二至卷十三诗，卷十四杂著，卷十五《无住词》"。须溪评点本有嘉靖二十三年（1544）朝鲜宋麟寿刻本，日本明和元年（1764）江宗白又据朝鲜本

---

①葛序云："绍兴壬戌，毗陵周公葵自柱史牧吴兴郡，劂裁丰暇，取公诗离为若干卷，委僚属校雠，而命工刻版，且见，属为序。"见《陈与义集·附录》，北京：中华书局，1982 年版。

②晁公武撰，孙猛校证《郡斋读书志校证》，上海：上海古籍出版社，1999 年版，第 1030 页。

③楼钥序，见《陈与义集》，北京：中华书局，1982 年版。

④黄氏跋见《陈与义集·附录》，北京：中华书局，1982 年版第 552—554 页。

覆刻之①。近人李盛铎曾从日本东京购得此覆刻本,称此本源出宋刊。此本第十四卷系《无住词》,第十五卷系《外集》,与陆心源所载略异。沈曾植《海日楼题跋》卷一记有一影抄元本,与朝鲜本编次无异,盖同源所出。

　　《简斋外集》一卷,瞿氏《铁琴铜剑楼藏书目录》记有一旧抄本,认为"宋时原分二集",意谓内、外二集,宋时已存。沈曾植云"集中诗是简斋自订,《外集》诗则后人拾遗"②,当为不误。

　　清代《四库全书》所收《简斋集》十六卷,原系浙江鲍士恭家藏本。此本亦含外集,然无注文,以五七言分编。

　　当代所印陈集版本,有吴书荫、金德厚点校《陈与义集》③,以胡注本为底本,参以须溪评点本、四库全书本点校而成,后附大量有关陈与义的研究资料。另有白敦仁《陈与义集校笺》④及郑骞《陈简斋诗集合校汇注》⑤,皆对陈与义其人及其诗集有新的考证与发明。

　　(二)1140—1190 年间的传播:缙绅士庶争传诵

　　陈与义成名于宋室南渡之前,青年时期就以"诗俊"之名与词俊朱敦儒、文俊富直柔等并称"洛中八俊"⑥。其年少时的诗作,诗

①此本附宋刘辰翁《简斋序》、《须溪先生评点简斋诗集目录》、明嘉靖二十三年(1544)朝鲜柳希春《跋语》、《刊刻姓名》、日本甲申年(1764)江宗白《跋》。柳跋、江跋述刊刻缘由甚明,见《陈与义集·附录》,北京:中华书局,第 548—549 页。

②沈曾植撰,钱仲联辑《海日楼题跋》卷一,北京:中华书局,1962 年版。

③吴书荫、金德厚点校《陈与义集》,北京:中华书局,1982 年版。

④白敦仁《陈与义集校笺》,上海:上海古籍出版社,1990 年版。

⑤郑骞《陈简斋诗集合校汇注》,台北:联经出版事业公司,1975 年版。

⑥楼钥《攻愧集》卷七十一《跋朱岩壑鹤赋及送闾丘使君》,《景印文渊阁四库全书》本。

集中已不可见。因其集为简斋亲自手定，故时人以为是编集时"悔其少作"，汰删过严之故。但我们仍可从他任官不久所作《襄邑道中》一诗窥见其早期的诗歌风貌，其诗云：

> 飞花两岸照船红，百里榆堤半日风。
> 卧看满天云不动，不知云与我俱东。

此诗寓色彩、形象、童心、理趣于一炉，具有清俊流丽的特点，堪称唐宋诗风相融合的佳作。或许正是凭借着这样一种清新的诗风，陈与义方能在以才学、议论为诗成风的北宋末季，独标一格，成就其"诗俊"之名。

陈与义虽然成名早，但最初的影响更多地限于洛中地区，真正使他名噪天下，被士人所认识，则是在其《墨梅》组诗被徽宗皇帝叹赏之后。其中一首云："粲粲江南万玉妃，别来几度见春归。相逢京洛浑依旧，唯恨缁尘染素衣"，可圈可点，但平心而论，这组咏墨梅诗放在中国历代的咏梅诗和题画诗中，却算不得上品，相对于陈与义一生所创作的诗，也并非最佳，只是因为皇帝的赏爱而增价罢了。

绍兴十二年，陈与义的诗集经其门生周葵刻版行世。葛胜仲序之云："虽流离困阨，而能以山川秀洁之气益昌其诗，故晚年赋咏尤工，缙绅士庶争传诵，而旗亭传舍，摘句题写殆遍，号称新体。"①旗亭乃是古代货贸交易的市楼场所，传舍则是驿站客舍之属。旗亭、传舍往往是人员流动的集散地，在这类地方摘句题写，更加促进了陈与义诗歌的传播。这种朝野上下争相传写的盛况，不能排除陈与义晚年曾为参知政事的政治影响，但更重要的还在于简斋诗本身所具有的诱人魅力。

①葛胜仲序，见《陈与义集·附录》，北京：中华书局，1982年版，第547页。

南宋初期,诗论家们开始探讨陈与义诗歌的风格、渊源以及他的诗论,如徐度在《却扫编》卷中谈到他曾向崔德符学诗①,方勺、张戒、葛立方等人的著作中记有陈与义论诗的章节②。尽管张戒、葛立方等人对陈与义的诗歌、诗评略有批评,但陈与义的诗歌与他的诗歌观点已成为这些诗评家们不能回避的论诗话题。

南宋中期,陈与义的诗名渐高。一些诗论家开始关注其诗与杜诗的联系,洪迈《容斋四笔》卷七有一则专门比较杜甫与陈与义诗中所用"受"、"觉"二字的笔记;中兴大诗人杨万里称赞他"诗宗已上少陵坛,笔法仍抽逸少关"③。南宋理学家朱熹赞其诗"词翰绝伦"④。绍熙年间,胡穉为简斋集作注,楼钥序,这是陈与义诗文集的第一个注本,影响至今。

可以说,在陈与义离世后的绍兴、隆兴、乾道直至淳熙的 50 年间里(1140—1190),陈与义诗的地位越来越高,越来越受到诗评家们的重视。

(三)1190—1368 年间的评论:苏黄之后第一人

南宋后期,诗论家皆以陈与义为大家。严羽《沧浪诗话·诗体》将"陈简斋体"列入"以人名体"的三十六体之一;⑤刘克庄(1187—1269)认为他在苏、黄之后"以简洁扫繁缛,以雄浑代尖

---

①徐度《却扫编》,《丛书集成初编》本,上海:商务印书馆,1936 年版,第105 页。

②方勺《泊宅编》卷九(北京:中华书局,1983 年版);张戒《岁寒堂诗话》卷上(丛书集成初编本,北京:中华书局,1985 年版);葛立方《韵语阳秋》卷二(上海:上海古籍出版社,1984 年版)。

③杨万里《跋陈简斋奏章》,《诚斋集》卷二十六,《景印文渊阁四库全书》本。

④朱熹《跋陈简斋帖》,《朱文公文集》卷八十一,《景印文渊阁四库全书》本。

⑤严羽著,郭绍虞校释《沧浪诗话校释》,北京:人民文学出版社,1961 年版,第 59 页。

巧。第其品格,故当在诸家之上"①,并认为"诗至于深微,极玄绝妙矣。……唐人惟韦、柳,本朝惟崔德符、陈简斋能之"②。罗大经也认为"自黄、陈之后,诗人无逾陈简斋"③。宋末元初的刘辰翁(1232—1297)更有段极为重要的论述:

> 诗至晚唐已厌,至近年江湖又厌,谓其和易如流,殆于不可庄语,而学问为无用也。荆公妥帖排奡,时出经史,然格体如一。及黄太史矫然特出新意,真欲尽用万卷,与李杜争能于一辞一字之顷,其极至寡情少恩,如法家者流。余尝谓晋人语言使一用为诗,皆当掩出古今,无它,真故也。世间用事之妙,韩淮阴所谓"是在兵法诸君未知之"者,岂可以马尾而数、虫鱼而注哉!后山自谓黄出,理实胜黄,其陈言妙语,乃可称破万卷者,然外示枯槁,又如息夫人,绝世一笑自难。惟陈简斋以后山体用后山,望之苍然,而光景明丽,肌骨匀称。古称陶公用兵,得法外意。以简斋视陈、黄,节制亮无不及。则后山比简斋,刻削,尚似矜持未尽去也。此诗之至也。吾执鞭古人,岂敢叛去,独为简斋放言? 或问:宋诗简斋至矣,毕竟比坡公何如? 曰:诗道如花,论高品则色不如香,论逼真则香不如色。④

这段文字系刘辰翁评点简斋集时所作的序,序文已不类葛序与楼序仅述诗集缘起,更多的是对简斋诗的深入阐释。序中认为黄庭坚之诗"寡情少恩,如法家者流",又说陈师道的诗虽"可称破万卷者,然外示枯槁",同时将简斋诗与东坡诗一并视作宋诗的极致。这段序文随着简斋诗文的影响日益深远,屡被后世论家援引。

---

①刘克庄《后村诗话》,北京:中华书局,1983年版,第27页。
②刘克庄《后村诗话》,北京:中华书局,1983年版,第107页。
③罗大经《鹤林玉露》,北京:中华书局,1983年版,第105页。
④刘辰翁序,见《陈与义集》,北京:中华书局,1982年,第3页。

刘辰翁还对陈与义的诗作了详细的评点,可算作陈与义诗歌传播史上一个推波助澜的重要人物。

与刘辰翁几乎同时的方回(1227—1307)对陈与义的揄扬更甚于前。他在《瀛奎律髓》卷二十六陈与义《清明》诗批注道:"古今诗人当以老杜、山谷、后山、简斋四家为一祖三宗,余可配飨者有数焉。"①这便是文学批评史上著名的"一祖三宗"论。

稍晚些的吴澄(1249—1333)对陈诗的评价也很高,不逊于刘、方二人:

> 宋参政简斋陈公于诗超然悟入,吾尝窥其际,盖古体自东坡氏,近体自后山氏,而神化之妙,简斋自简斋也。近世往往尊其诗,得其门者或寡矣。②
>
> 近代参政简斋陈公,比之陶、韦,更巧更新。③

吴氏乃元代的著名儒学家,时称"北有许衡,南有吴澄",其言论在士林之影响自不容小觑。

由于刘辰翁、方回与吴澄等人的推崇,甚至将陈与义诗视为学诗津梁,至宋元之际,学简斋诗一时蔚为风气。南宋末至元代,180年左右的时间(1190—1368),陈诗地位日益显著,俨然苏、黄以后第一人。

(四)1368—1911:悠悠千载诗名远

到了明代,评论家们往往鄙薄宋诗,看宋诗的眼光也极为挑剔,但陈与义的一些诗句,如"云间落日淡,山下东风寒","生身后圣哲,随俗了悲歌"(《江行晚兴》);"微荫拱众木,静夜闻孤泉"

---

① 方回选,李庆甲集评校点《瀛奎律髓汇评》,上海:上海古籍出版社,2005年版,第1149页。
② 吴澄《董震翁诗序》,《吴文正集》卷十五,《景印文渊阁四库全书》本。
③ 吴澄《何敏则诗序》,《吴文正集》卷二十二,《景印文渊阁四库全书》本。

（《今夕》）；"残晖度平野，列岫围青春"（《暝色》）等等，当时也是"脍炙艺林"的①。

　　明初，宋濂沿袭刘克庄的观点，认为宋元祐以后，诗人不出苏、黄二家之门限，独"陈去非虽晚出，乃能因崔德符而归宿于少陵，有不为流俗之所移易"②。李开先《李中麓闲居集序》记云："薛西原诗能逼唐，后会马西玄于濠梁，曰：'古来诗人，惟一陈简斋。'"③这里所记的薛西原，名蕙，是明代弘治至嘉靖年间的一位学者，学识渊博，颇为时人所重；马西玄，名汝骥，与薛蕙同时，其诗刻意熔炼，务求典实，亦为一时名流。胡应麟坚称宋诗无论怎样学唐人，"总不离宋人面目"，但对陈与义学杜的成绩却予以肯定，这一点在他的《诗薮》外编卷五中记载很多，兹引二条以观：

　　　　宋之为律者，吾得二人：梅尧臣之五言，淡而浓，平而远；陈去非之七言，浑而丽，壮而和。梅多得右丞意，陈多得工部句。④

　　　　陈去非诸绝虽亦多本老杜，而不为已甚，悲壮感慨，时有可观处。⑤

　　他还说："大抵南宋古体当推朱元晦，近体无出陈去非。"⑥其《少室山房类稿》卷一百一十八亦云："梅圣俞之学唐，陈去非之学

①陈与义著，白敦仁校《陈与义集校笺》，上海：上海古籍出版社，1990年，第1030页。
②宋濂《答章秀才论诗书》，《宋文宪公全集》卷三十七，四部备要本。
③李开先撰，卜键笺校《李开先全集》，北京：文化艺术出版社，2004年版，第39页。
④胡应麟《诗薮》外编卷五，上海：上海古籍出版社，1979年版，第214页。
⑤胡应麟《诗薮》外编卷五，上海：上海古籍出版社，1979年版，第227页。
⑥胡应麟《诗薮》杂编卷五，上海：上海古籍出版社，1979年版，第316页。

杜,皆铮铮跃出,庸讵可以宋概耶?"①对于以"诗必盛唐"作为最高标准的胡应麟而言,将陈与义推至"庸讵可以宋概耶",已是极评。所以,钱锺书先生说:"那些推崇盛唐诗的明代批评家对'苏门'和江西诗派不甚许可,而看陈与义倒觉得顺眼。"②能够在"宋无诗"之说盛行的明代占一席之地,这也表明简斋诗确有不同于以文字、才学、议论为诗之处。

清代,对简斋诗的评论有褒有贬。褒者如厉鹗、潘德舆、陈衍等。贬者以王士禛为代表,他认为简斋为学杜诗人中之"最下"者③;翁方纲亦认为"简斋近于杜而全滞色相"④;冯煦虽肯定简斋诗有"一种萧寥逋峭之致,譬之缭涧邃壑,绝远尘埃"⑤,却也认为其词"渐于字句间凝练求工,而昔贤疏宕之致微矣"⑥,并认为这是词分南北的关键。

能不囿于宋、元人所论,另辟新见的有吴乔与纪昀。吴乔《围炉诗话》云:

> 陈去非云:"唐人苦吟,故造语奇且工,但韵格不高。倘能取唐人诗而缀入少陵绳墨中,速肖之术也。"诗必先意,次局,

---

① 胡应麟《少室山房类稿》卷一百一十八,《陈与义集·附录》,北京:中华书局,1982年,第609页。

② 钱锺书《宋诗选注》,北京:人民文学出版社,1958年,第132页。

③ 王士禛著,张宗柟纂集,戴鸿森点校《带经堂诗话》,北京:人民文学出版社,1982年,第20页。

④ 翁方纲《七言律诗钞》卷首,《陈与义集·附录》,北京:中华书局,1982年,第616页。

⑤ 冯煦《增广笺注简斋诗集序》,《陈与义集·附录》,北京:中华书局,1982年,第559页。

⑥ 周济、谭献、冯煦《介存斋论词杂著·复堂词话·蒿庵论词》,北京:人民文学出版社,1959年版,第65页。

次语,去非之说倒矣。(卷之三)①

　　陈去非能作杜句,而人非其人,诗无关也。(卷之四)②

第一条针对陈与义论诗而发,指出简斋论诗的偏颇;第二条认为陈与义与杜甫相比,正在于胸襟怀抱的不同,非关于诗之技法也。论述独到精辟。

纪昀则能在综合前人论述的同时独抒己见,他认为陈与义的《墨梅》诗与"客子光阴诗卷里,杏花消息雨声中"(《怀天经智老》),虽然是名诗名句,并为当朝者所赏,但"皆非其杰构",而"至于湖南流落之余,汴京板荡以后,感时抚事,慷慨激越,寄托遥深,乃往往突过古人"③。纪氏注重简斋流落湖、湘以后之诗,其意明显。

在清代这些论诗家之后,民国书刻家蒋国榜(1893—1970)有一段文字值得引述,其《胡注陈简斋集跋》云:

　　国榜初学为诗,何敢妄执唐宋之界,亦以汉魏绝未易攀跻,下窥三唐,一若杜、韩,以至苏、黄、二陈,虽面貌各异,精神相续。窃谓称诗道性情述雅颂者,所不可不熟读深思。简斋思力弥挚,工于变化,不若渔洋钝根之诮后山,故私嗜尤深。彼固守西江,自见其陋,而一祖三宗之说即立,又觉未遽易也。往居湖上,与俞觚庵先生邻,先生藏有王伯沅写赠汲古阁本《简斋诗》,假读不忍释手。得此益自喜,惜不得起觚翁一地下,共读为快,翁固瓣香简斋者也。④

①郭绍虞《清诗话续编》,上海:上海古籍出版社,1983 年版,第 561 页。
②郭绍虞《清诗话续编》,上海:上海古籍出版社,1983 年版,第 593 页。
③《四库全书总目》,北京:中华书局,1965 年版,第 1349 页。
④蒋国榜《胡注陈简斋集跋》,《陈与义集·附录》,北京:中华书局,1982 年,第 562 页。

　　在这段论述中,他认为诗乃"道性情、述雅颂"者,需要熟读深思才行,由此极口称道简斋之诗"思力弥挚,工于变化",同时认为陈简斋不像王士祯所讥诮的陈后山,由于固守江西诗风而"自见其陋"。并说自己与邻家翁俞觚庵皆是简斋诗迷,希望已经故去的俞翁能复活共读自己刊刻的简斋诗集。跋中论、评、述精到无比,颇见学识。俞觚庵,名明震,字恪士,浙江山阴人。陈寅恪在《柳如是别传缘起》中说:"寅恪少时居江宁头条巷……伯舅山阴俞觚庵先生明震同寓头条巷,两家衡宇相望,往来便近。俞先生藏书不富而颇有精本。"①鲁迅在《朝花夕拾·琐记》中回忆 1899 年进江南陆师学堂附设矿路学堂学习的情形时,也曾提及这个后来送他留学日本的"新党"俞明震②。可见,俞觚庵其人亦为一时名士。

　　此跋作于庚申年中秋(1920),已是民国年间。悠悠近千载,简斋名犹存,益见陈与义诗传播之深远。

## 二、陈与义诗歌的接受

　　陈与义博采众家、兼融唐宋的诗歌追求,以及他那种清俊流丽的新体诗风,对后来的诗人产生了深远的影响,为后人所接受,出现了一些赓唱者、模仿者与学习者,揣摩其诗歌甚至被认为是学诗的重要津梁。

　　(一)陈晞颜之赓唱

　　淳熙初,有一位叫陈晞(一作睎)颜的诗人,次韵赓唱了简斋集中的全部作品,并编印成集,成为文学史上一个不寻常的事件。当时的大诗人杨万里为这本唱和诗集作序,序中有云:

①陈寅恪《柳如是别传》,北京:三联书店,2001 年版。
②鲁迅《鲁迅全集》第二卷,北京:人民文学出版社,2005 年版。

古之诗,倡必有赓意焉而已矣。韵焉而已矣,非古也,自唐人元、白始也,然犹加少也。至吾宋,苏、黄倡一而十赓焉,然犹加少也。至于举古人之全书而尽赓焉,如东坡之和陶是也,然犹加少也,盖渊明之诗才百余篇尔。至有举前人数百篇之诗而尽赓焉,如吾友敦复先生陈晞颜之于简斋者,不既富矣乎![①]

诚斋序中还引韩驹之语"诗不可赓也,作诗则可矣!"进一步认为"故苏、黄赓韵之体不可学也,岂不以作焉者安、赓焉者勉故欤? 不惟勉也,而又困焉。意流而韵止,韵所有,意所无也。夫焉得而不困?"杨万里认为赓韵而作不仅勉强,而且比较困难,如果顾及韵律,诗意难免受到影响。他认为陈晞颜的赓韵之作"宽乎不逼"、"畅乎不塞",颇为不易。

陈晞颜(1122—1182),字从古。宋人周必大(1126—1204)《文忠集》卷十七《跋陈晞颜从古和简斋陈去非诗》、卷三十四《朝散大夫直秘阁陈公从古墓志铭》,均载有陈晞颜赓唱简斋诗之事。[②] 其《朝散大夫直秘阁陈公从古墓志铭》云:"(晞颜其家)自高、曾以来,世工篇什。君及从吕居仁、向伯恭、苏养直游,往往得其句法。尤爱陈去非诗,取《简斋集》,尽次其韵。"《跋陈晞颜从古和简斋陈去非诗》载:"淳熙五年正月丁巳,天寒甚。独直玉堂,快读同年晞颜和简斋诗五百一十余首,已愧王摩诘不能致孟浩然之伴,直当如裴垍他日对草吉甫制耳。"记载说,陈晞颜因极爱简斋诗,次韵唱和整部《简斋集》,达五百一十余首。和一人之诗数目如此之巨,这在整个文学史上是罕见的,它从一个侧面反映了陈与

---

① 杨万里《诚斋集》卷八十,《景印文渊阁四库全书》本。
② 周必大《文忠集》,《景印文渊阁四库全书》本。

义诗歌在当时的卓越地位。

（二）追和、题壁与题画

南宋时期还有不少受简斋诗风影响的诗人，据资料可考的有朱松、朱槔兄弟，龚相，陈与义的表侄张嵲等人。

朱松是宋代著名理学家朱熹的父亲，字乔年，号韦斋。宋人傅自得《韦斋集序》记云：

> 故吏部员外郎韦斋先生朱公，建炎、绍兴间，诗声满天下。一时名公巨卿，交口称荐，词人墨客，传写讽诵如不及。予少时学诗，尝以作诗之要扣公。公不以辈晚遇我，而许从游。间宿于闽部宪台从事官舍之东轩，夜对榻语，蝉联不休。比晨起，则积雨初霁，西风凄然。公因为予举简斋"开门知有雨，老树半身湿"及韦苏州"诸生时列坐，共爱风满林"之句，且言古之诗人贵冲口直致，盖与彭泽"把酒东篱下，悠然见南山"同一关捩。三人者出处穷达虽不同，诵此诗则可见其人之萧散清远，此殆太史公所谓难与俗人言者。予时心开神会，自是始知诗之趣。①

序中谈到朱松将陈与义与陶渊明、韦应物之诗并举，对简斋诗中"冲口直致"特点的尤为赞赏，并将这种特点作为"作诗之要"授与人，使人知诗之趣味所在，体现出朱松对陈与义诗风的认可。朱松之弟朱槔著有《玉澜集》，其中有《夜坐池上用简斋韵》诗。于此，皆可见出松、槔兄弟对待简斋的接受态度。

此外，龚颐正《芥隐笔记》"作诗得意条"载：

> 陈去非尝语先君云："吾平生得意十字：开门知有雨，老树

---

① 傅自得《韦斋集序》，见傅璇琮编《黄庭坚与江西诗派资料汇编》，北京：中华书局，1978 年版。

半身湿。"先君故效之,作《感兴》诗云:夜半微雨湿,凌晨春草长。①

龚颐正的父亲名龚相,字圣任。《全宋诗》中载上引诗句,另有《濡须坞》一诗及《学诗》诗三首。其中一首《学诗》诗云:"学诗浑似学参禅,悟了方知岁是年。点铁成金犹是妄,高山流水自依然。"可以见出,他认为诗歌创作不应是"点铁成金"似的补缀作法,而应该如"高山流水"般自然而成。陈与义那种清俊流丽、冲口直致的诗风无疑是合乎其口味的,故而才会有效仿的举动。

宋人魏庆之《诗人玉屑》卷十九"壁间诗"条记载:

> 先君尝于逆旅间录一诗云:"山行险而修,老我骖且羸。独驱六月暑,蹑此千仞梯。世故不贷人,牵去复挽归。茗碗参世味,甘苦常相持。白云抱溪石,令人心愧之。岂无趺座处,逸固不疗饥。大叫天上人,凉风为吹衣。"盖学简斋诗法者,莫知为何人作也。(《玉林》)②

这段记录引自黄昇《玉林诗话》,道旁的题壁诗中,有"学陈简斋诗法者",已见出陈诗流传之广,以及被人喜爱的程度。陆游《剑南诗稿》卷四十六也有《闲中信笔二首其一追和陈去非韵》诗一首③。可见在南宋时期,学习陈与义之诗是一件较为普遍的事情。以上所举数例,不过是这一潮流中的几朵浪花而已。

简斋诗的影响,不仅在诗歌上,还对画的绘制也造成了影响。宋人曾敏行《独醒杂志》卷四载:

> 花光仁老作墨花,陈去非与义题五绝句,其一云:"含章檐下春风面,造化功成秋兔毫。意足不求颜色似,前身相马九方

①龚颐正《芥隐笔记》,《丛书集成初编》本,上海:商务印书馆,1937年版。
②魏庆之《诗人玉屑》,上海:古典文学出版社,1958年版,第440页。
③陆游《陆放翁全集》,北京:中国书店,1986年版,第683页。

皋。"徽庙见而喜之,召对擢用。画因诗重,人遂为此画。<sup>①</sup>

花光仁老,乃住于衡山花光寺的一位僧人。王冕《竹斋集》卷八《梅谱·原始》记载:"夫梅,始自花光仁老。宋朝哲宗时,僧住衡山花光寺。老僧酷爱梅,唯所居方丈室屋边亦植数本。每逢花发时,辄床据于其下,吟咏终日,人莫能知其意。月夜未寝,见疏影横于其纸窗,萧然可爱,遂以笔戏摹其影。凌晨视之,殊有月夜之思,因此学画而得其无净三昧,名播于世。"<sup>②</sup>王冕所记,纯从画者角度揣度,恐不如曾敏行记事之确。仁老所画墨梅,因陈与义的品题被徽宗喜爱,进而为人所重,于是被人所效仿,似更为合理,因陈与义墨梅诗为徽宗赏爱,非见于一家记载。

(三)元代学诗之法式

经过南宋百余年的淘洗,到了元代,陈与义的诗歌日益受到重视,甚至被认作学诗的重要路径。

方回在《送俞唯道序》中说:"友人罗裳相与抄诵少陵、山谷、后山律诗,似未有所得。别看陈简斋诗,始有入门。"<sup>③</sup>他与友人学诗,从杜甫、黄庭坚、陈师道入手,皆不得其门,直到观看了简斋诗,才得以入门。在《过李景安论诗为作长句》诗中也说:"三百年来工五七,追雅媲骚谁第一。独闻彭城陈正字,向来得法金华伯。……由陈入黄据杜坛,当知掬水月在手。后生可畏尝闻之,君友何人师者谁?双井白门浣花脉,实字用正虚字奇。郁轮袍曲异筝笛,藐姑射姿无粉脂。梯危磴绝不可近,尚有简斋横一枝。"<sup>④</sup>他认为从陈师道入手,再学黄庭坚之诗,然后入老杜之室,可谓学诗之途。但此

①曾敏行《独醒杂志》卷四,《丛书集成初编》本,上海:商务印书馆,1937年版。
②王冕《竹斋集》卷八,《景印文渊阁四库全书》本。
③方回《桐江集》卷一,《景印文渊阁四库全书》本。
④方回《桐江续集》卷十四,《景印文渊阁四库全书》本。

途"梯危磴绝",不易接近,当从陈简斋处借力。所以方回认为学习简斋诗是进入杜诗的入门之途。

元代吴澄则认为从简斋诗入手学诗才为"学诗之道":

> 学诗者若有适也,必以其道,则未至而可至,不以其道,则愈至而愈不至。清江聂文俨诗,不俗不腐,盖望参政陈公之门而适之以其道者,余知其至也有日矣。①

> 丁酉冬,见谌季岩诗,咏物工而用事切,谓曰:"诗诚佳,然吟诗必此诗,或非诗人所尚尔。"壬寅春,又见之,则体格与昔大异,问曰:"近读何诗?"曰:"简斋。"余曰:"得之矣。"乃题而归其篇。②

这里上一则提到聂文俨之诗"不俗不腐",一望便知是从陈简斋处入门者,于是吴澄便断言其诗必定有成。下一则所云,谌季岩最初咏物虽工、用事贴切,但并非"诗人所尚",后来见其诗体格与以前大不一样,知其参简斋诗方有所悟,于是认为"得之矣",并为之题序。

元程文海《雪楼集》卷十五《严元德诗序》云:"自刘会孟尽发古今诗人之秘,江西诗为之一变。今三十年矣,而师昌谷、简斋最盛,余习时有存者。"程氏所云,当指前引刘辰翁诗序。关于时人学李贺与陈与义诗的原因,程文海解释道:"无他,李变眩,观者莫敢议;陈清俊,览者无不悦,此学者急于人知之弊也。变眩、清俊,固非二子之本,亦非会孟教人之意也。因其所长,各有取焉。"③尽管他认为学李之"变眩"与学陈之"清俊",都是时人"急于人知"的缘故,但已反映出当时人接受并学习简斋诗的情状。

元末许恕,字如心,江阴人,有《北郭集》。《四库全书总目》卷

---

①吴澄《聂文俨诗序》,《吴文正集》卷十五,《景印文渊阁四库全书》本。
②吴澄《谌季岩诗序》,《吴文正集》卷十五,《景印文渊阁四库全书》本。
③程文海《严元德诗序》,《雪楼集》卷十五,《景印文渊阁四库全书》本。

一百六十八《北郭集提要》云："恕诗格力颇遒,往往意境沉郁而音节高朗,无元季靡靡之音。近体颇似陈与义,或其所宗法者在《简斋集》耶?"①这也可为学陈作一注脚。

明代所编大型类书《永乐大典》中也载有元人陈毕万、李龚集句诗中用简斋诗句的情况,不再赘言②。这些均可见出,陈与义之诗,在元代往往被视作学诗的重要法门,当时的作家与品评者,对于这一点几乎没有异议。

元代诗人曹伯启有一首《泊舟洞庭感兴》称道陈诗的妙处,引之以为本节作结:

> 洞庭青草映斜晖,黄帽停舟与愿违。倏忽风雷无定在,苍茫天水欲畴依。白鸥浩荡诗脾爽,画鹢漂摇酒力微。隽永简斋冰雪句,江南虽好不如归。③

## 三、结语

总体而言,陈与义之诗在其生前身后流传甚广,并对后世诗人尤其是元代诗人的创作有着重要的影响。他的诗歌法度谨严,能以轻俊清新、冲口直致的风貌呈现予读者。在律诗创作上,虽不如杜诗沉郁老辣,但以音节浏亮称著,诗歌气韵流畅、音节响亮。初学律诗者,学杜不易把握,可从陈与义的诗入手,而且不易生厌。陈与义集中有些唱和诗可泛览,不必细参,但他的一些写景抒怀之作,登山临水之篇却堪称精品,可细细体会与学习。

---

① 《四全书总目》卷一百六十八《北郭集提要》,北京:中华书局,1965 年版。
② 《永乐大典》卷之二千八百十一《陈毕万集句·蜡梅》,卷之二千八百十三《李龚捻髭吟稿》。
③ 《永乐大典》卷之二千二百六十《曹伯启汉泉集》

# 论宋人同题文章
# 与师门文学交流、传播

## 汪 超

  诗文唱和是文人交往的重要方式,宋人也藉此进行情感交流。《全宋诗》将近三分之一的作品是唱和之作,几乎涉及文人交往的各个层面。诗歌并非文人用以唱和的唯一文体,宋人文赋也有唱和作品,如苏轼追和陶渊明《归去来兮辞》,苏辙有《和子瞻归去来词》;苏轼有《沉香山子赋》,苏辙有《和子瞻沉香山子赋》。古人以文赋唱和,由来甚久,自汉魏以降,同题赋作层出不穷。程章灿先生指出:"建安作家有赋篇传世的有十八家,作品一八四篇,而十八家全都有同题共作的情形,同题共作的作品则多达一二六篇,风气之盛由此可见。"①宋文也有众多同题文赋,其中不乏师门成员的作品。这些唱和均体现了文人的交往状况,而同题之作也当为研究者重视。

## 一、作品逾千,欧苏煌煌:北宋同题文章的概况

  《全宋文》收录作者9178人,收录作品178292篇,总字数达到

---

① 程章灿《魏晋南北朝赋史》,江苏古籍出版社1992年版,第46页。

一亿一千万有余①。这些作品中的诏令、表奏、书信等文体所占分量极大。相关作品或为公私事务,或涉特定对象,属于广义的文学,可供作者挥洒的空间不大。我们选取《全宋文》中文学属性较强的辞赋、序记、箴铭、赞论等进行统计,得同题之作三百余题一千多篇,作者 430 余人②。

　　同题文章又可分为同题同体、同题异体两种。前者文题与文体均相同,如欧阳修、刘敞、张耒的《病暑赋》;苏辙、文同、鲜于侁、李清臣、张耒的《超然台赋》;徐铉、田锡、苏轼、秦观、杨时、何去非、周紫芝、胡宏、王之望等人的《晁错论》;常环、李纲、李石的《丛桂堂记》等均是。同题异体则文体有所不同。如苏轼《捕鱼图赞》、文同《捕鱼图记》、晁补之《捕鱼图序》;田锡《籍田颂》、曾汪《籍田碑》、王禹偁《籍田赋》、吴兹《籍田记》;徐铉《剑池颂》、郑獬《剑池赋》、王禹偁《剑池铭》;孔武仲《双庙赋》、刘敞《双庙记》、鲜于侁《双庙诵》皆以不同文体而写同一内容。这说明北宋文人文体选择多元,他们尝试用不同文体创作同样题材的作品。

　　从数量上看,论说文的同题作品远远多于其他题材的同题作品。阐发经学、史学的作品极多,以《易论》为题的作品有 10 多篇,李清臣、吕陶、李觏的《易论》都是组文。《礼论》、《诗论》、《春秋论》等题也都有将近十篇作品。《秦论》、《唐论》、《五代论》等以王朝兴替得失为内容的史论文章,《周公》、《周公论》、《司马迁论》、《霍光论》、《荀彧论》等以历史人物品评为内容的史论,也都得到作家们的

①曾枣庄《宋文通论》,上海人民出版社 2008 年版,第 3 页。
②有些作家的主要创作期虽然在南宋,但其受到的教育是在北宋,故而我们兼计两宋之交的文人。有些作品出现互见现象,如《筠州学记》出现在欧阳修与曾巩两人名下,考诸《曾巩集》则载之,而欧阳修别集未录,然互见作品未暇一一辨正。

青睐。一些涉及公共话题的时政论说文如《朋党论》、《劝农文》、《劝学文》也有众多作品传世;而《观世音像赞》、《梅花赋》等题,所咏内容人们较为熟悉,故而也有不少传世文字。一些亭台楼阁的记文、书籍的序文等则未必受到很多文人的追捧,其同题创作数量就并不特别庞大。士人热衷的话题主要是与文人知识结构密切相关的经、史主题,或是与时政相关的,可以干预社会者。以是观之,宋文也具有重视学理、好发议论,乐于评点史事的特点。

从内容上看,并非每一组同题文章都有内在联系。有些文章虽然同题,但作者书写的对象截然不同。如秦观、黄庭坚、刘攽皆有《寄老庵赋》或《寄老庵记》,惠洪也有一篇同题的《寄老庵记》。只不过秦观三人的作品是为孙觉的寄老庵所作。孙氏于历阳汤泉汤泉山造庵,请秦观等人作赋。而惠洪提到的寄老庵则是僧觉范所作的佛教寺院。类似情况并不罕见,此特其一耳! 而十数篇所谓的《座右铭》更不过是各述其意而已。至于数量巨大的《杂说》更是相当于"无题",以之为题作品相互间关系尤远。

从作者来看,有些具有师友渊源。如苏轼、陈师道、李新均作有《霍光论》,苏辙、张耒均有《晋论》。同题异体的文章作者,也有师友渊源之例。如晁补之有《冰玉堂辞》、张耒有《冰玉堂赋》,张九成有《静胜斋记》、潘良贵有《静胜斋说》。有些作者则从无交游,如王安石(1021—1086)与李石(1108—?)均有《大人论》两人却不曾并世而生,不可能有交游。徐铉(916—991)与高登(?—1184)均有《方竹杖赞》,两人也不曾同饮一瓯之水,相互之间也不可能有交往。作《放生池记》的宋祁、孙清、王大宝、董德元、韩彦端、蒋延寿诸人间也不曾见到明显的交游。

究其原因,不外以下数端:其一是文人群体之间交游共作,切磋砥砺;其二是后起之秀见前贤作品,有意效法,或立志超越;其三则是不同时代的作者，因为相同的际遇、相似的情愫、相通的知识结构等因素，而无意间创作出同题的作品。再有一种情况与科举考试相关，同科诗赋举士者，其文章必同题①。

　　400多位同题文章作者中，相当一部分是欧阳修的友生及其再传弟子。欧阳修门下如苏轼、苏辙、曾巩，再传如黄庭坚、陈师道、秦观、晁补之、张耒、毕仲游、唐庚、李新等均有与师门友人同题的作品。欧阳修友人如梅尧臣、范仲淹、王禹偁、司马光、张方平等人，苏轼友人如范纯仁、文同、吕陶、李清臣、孔文仲、孔武仲、孔平仲等人也进入该名录。若再从每位作者的同题作品绝对数量来看，欧阳修、苏轼的从游者作品数远远高出其他作者。再从每组同题之作来看，作者相互之间有师友关系的，也以欧阳修、苏轼一系的文人为多。欧阳修门下群彦的同题作品众多，正说明他们相互之间的影响深，而交往密。作为一个主导北宋文坛风气数十年之久，门生遍及全国各地的文人群体，欧、苏一系显然并不负其名望。

## 二、群体共作，同振争妍：师友同题文章的创作

　　同门师友的部分同题作品之创作过程，有明显的群体召集痕迹；在创作心态上也有抱团取暖、互动求援的渴望；同题论说文则有相互争妍、阐发学理的倾向。

　　1.**师友同题创作的群体召集**。宋人同题作品中，有众多楼台亭阁赋文。古人做楼造阁，以诗文叙其盛况由来已久，王勃《滕王

①如黄坤尧先生《曾巩、苏轼、苏辙同题作品〈刑赏忠厚之至论〉的高下比较》（沈松勤主编《第四届宋代文学国际研讨会论文集》，浙江大学出版社2006年版），就曾品评嘉祐二年（1057）贡举的三篇同题文章之高下。参加该年贡举考试者均有《刑赏忠厚之至论》之作，只是流传下来的寥寥无几。曾巩、苏轼、苏辙、张载、朱光庭、吕大钧等近四百人在该科进士及第。

阁序》、范仲淹《岳阳楼记》都传诵千古。造楼者多希望"后来之贤,与吾同志,必爱尚而增茸之,宜免夫毁圮圬墁之患矣"①。而其"志",则需赋文记述,以彰显昭示。故而,韩琦造定州阅古堂后,自作记文,又向同出晏殊门下的富弼"邮问索诗,(富弼)因粗序所致之旨,以志其始而示于后"②。富弼受邀而作,于诗前缀序叙述韩琦治理定州的功绩。

　　韩琦索诗范围不广,苏轼却曾召集众多文士集体创作,密州超然台、徐州黄楼都是苏轼约赋的典型事例。熙宁七年(1074),苏轼守密州,下车伊始,"承大旱之余孽,驱除螟蝗,逐捕盗贼,廪恤饥馑,日不遑给"③。东坡也备述其"始至之日,岁比不登,盗贼满野,狱讼充斥,而斋厨索然,日食杞菊"④,苏辙从政事角度说起兄长治理密州之苦,而苏轼更说日常饮食无甚舒心。然次年,政事平顺,苏轼已有闲情"治其园圃,洁其庭宇,伐安丘、高密之木,以修补破败,为苟全之计。而园之北,因城以为台者,旧矣,稍茸而新之。时相与登览,放意肆志焉"⑤。台成,东坡向苏辙征名索文,得"超然台"及《超然台赋》,苏轼亦自作《超然台记》。

　　随后苏轼又向众多士人索求诗文。李清臣过密州,东坡邀其

①韩琦《定州阅古堂记》,曾枣庄、刘琳主编《全宋文》第40册,上海辞书出版社、安徽教育出版社2006年版,第39页。
②富弼《定州阅古堂序》,曾枣庄、刘琳主编《全宋文》第29册,上海辞书出版社、安徽教育出版社2006年版,第31页。
③苏辙《超然台赋》,曾枣庄、刘琳主编《全宋文》第93册,上海辞书出版社、安徽教育出版社2006年版,第350页。
④苏轼《超然台记》,曾枣庄、刘琳主编《全宋文》第90册,上海辞书出版社、安徽教育出版社2006年版,第388页。
⑤苏轼《超然台记》,曾枣庄、刘琳主编《全宋文》第90册,上海辞书出版社、安徽教育出版社2006年版,第388—399页。

作赋,并刻诸石。清臣受知于欧阳修,与苏轼有同门之谊①。苏轼
向文同索诗,并督促其完成,云:"向有书,乞《超然台》诗,仍乞草
书,得为摹石台上,切望切望!"②他的门生张耒也说:"苏子瞻守
密,作台于圃,名以超然,命诸公赋之。予在东海,子瞻令贡父来
命。"③苏轼命诸公赋,而又令刘贡父召张耒作赋。今不见刘攽有
《超然台赋》,可是苏轼的"征集令"显然也曾传到刘氏手中。今传
《超然台赋》有苏辙、文同、鲜于侁、李清臣、张耒五篇,又有苏轼
《超然台记》,此外还有文彦博《寄题密州超然台》诗、司马光《超然
台诗寄子瞻学士》诗,苏轼又作有《和潞公超然台次韵》诗。可以
说没有苏轼召集同道、友生创作,这些题咏超然台的作品很多就不
会诞生了。

　　数年之后,苏轼知徐州时又一次邀集苏辙及诸友生作文。熙宁
十年(1077)夏,黄河决口,水至徐州城下,水淹城垣二丈八尺,至九
月仍未退。苏轼《九日黄楼作》诗仍心有余悸地写道:"去年重阳不
可说,南城夜半千沤发。水穿城下作雷鸣,泥满城头飞雨滑。"④水退

①晁补之《资政殿大学士李公行状》谓李清臣:"中皇祐五年进士第,调邢州
　司户参军。……转运使何郯行县,取公文稿读,即以材识兼茂、明于体用科
　荐之。文忠公欧阳修见其文,大奇之曰:'苏轼之流也。'"《宋史》本传谓清
　臣"应材识兼茂科,欧阳修壮其文,以比苏轼"。"诏举馆阁,欧阳修荐之,
　得集贤校理、同知太常礼院。"(脱脱等《宋史》卷三二八《李清臣传》,中华
　书局1977年版,第10561页。)
②苏轼《与文与可》其一,曾枣庄、刘琳主编《全宋文》第89册,上海辞书出版
　社、安徽教育出版社2006年版,第56页。
③张耒《超然台赋》,曾枣庄、刘琳主编《全宋文》第127册,上海辞书出版社、
　安徽教育出版社2006年版,第223页。
④苏轼《九日黄楼作》,傅璇琮、倪其心等主编《全宋诗》第14册,北京大学出
　版社1995年版,第9264页。

后,苏轼整修城池,"相水之冲,以木堤捍之。水虽复至,不能以病徐也。故水既去,而民益亲,于是即城之东门为大楼焉,垩以黄土,曰:'土实胜水。'徐人相劝成之"①。楼成后,苏轼再发索诗函,广邀师友门生赋诗作文。今传苏辙《黄楼赋》、秦观《黄楼赋》及陈师道《黄楼铭》三文,当是征文所得。此外,顿起、苏轼、刘攽、陈师道、贺铸等又有诗若干。这些诗作有与苏轼征文相关的,也有作者后来创作的,如其中贺铸的《黄楼吟》即作于苏轼泛海之后。

苏轼为黄楼征文,较之超然台更加努力不歇。他的《答王定民》诗云:

> 开缄奕奕满银钩,书尾题诗语更遒。八法旧闻宗长史,五言今复拟苏州。笔踪好在留台寺,旗队遥知到石沟。欲寄鼠须并茧纸,请君章草赋黄楼。②

友人有诗书之善,苏轼便想到请他赋咏黄楼。东坡门下的秦观、黄庭坚,也接到索作信函。秦观虽然"迫于科举,以故承命经营,弥久不献",但仍然"撰成缮写呈上"③。黄庭坚则因病未能完成,他说:

> 去九月到家,老儿病脚气。初甚惊人,会得善医诊视,今十去九矣。又苦寒嗽,未能良愈,坐此不通书阁下。仰惟大雅涵容,有以裁其罪。黄楼之作,名不虚生,浅短岂敢下笔?愿见记刻,淹熟规摹,当勉为公赋之。④

---

① 苏辙《黄楼赋·叙》,曾枣庄、刘琳主编《全宋文》第93册,上海辞书出版社、安徽教育出版社2006年版,第354页。
② 苏轼《答王定民》,傅璇琮、倪其心等主编《全宋诗》第14册,北京大学出版社1995年版,第9269页。
③ 秦观《与苏先生简》其二,曾枣庄、刘琳主编《全宋文》第119册,上海辞书出版社、安徽教育出版社2006年版,第339页。
④ 黄庭坚《与苏子瞻书》,曾枣庄、刘琳主编《全宋文》第104册,上海辞书出版社、安徽教育出版社2006年版,第351页。

在《黄楼赋》、《黄楼铭》等文章的创作过程中,苏轼的召集作用不可忽略。诗文赠索本身是文人交际的重要手段之一,向关系亲密的同侪、晚辈索求诗文在文人生活中更是常见。

孙觉作寄老庵,也召集友生朋辈题咏。秦观、黄庭坚均曾师从孙觉问学,他们都在孙觉索文之列,他们的《寄老庵赋》皆应索而作。刘攽是孙莘老的同僚,他的《寄老庵记》,大率也是应酬索文的作品。

要之,师友的同题创作,很大程度上是源于特定个体的召集。由于召集人的这类诗文征索具有明确的目的性,规定了写作主题、文体等,故而容易产生同题之作。欧苏门下士人在召集师长、友生、同侪创作方面,尤其积极,故而流传下来的相关作品相对其他同题之作尤多。

**2. 师门同题创作,有抱团取暖与心灵互动的创作心态**。苏轼召集超然台、黄楼吟赋,正处于政治低潮期。面对王安石变法,并不主张全面革新的苏轼采取消极态度。他的处境并不妙,苏辙为楼台取名"超然",实际上也有劝兄长超脱事外、全身远祸的意思。苏轼发挥"超然"之意云:

> 凡物皆有可观。苟有可观,皆有可乐,非必怪其玮丽者也。餔糟啜漓皆可以醉,果蔬草木皆可以饱。推此类也,吾安往而不乐。夫所为求福而辞祸者,以福可喜而祸可悲也。人之所欲无穷,而物之可以足吾欲者有尽。美恶之辨战乎中,而去取之择交乎前,则可乐者常少,而可悲者常多。是谓求祸而辞福。[1]

---

[1] 苏轼《超然台记》,曾枣庄、刘琳主编《全宋文》第 90 册,上海辞书出版社、安徽教育出版社 2006 年版,第 388 页。

所谓物有可观便有可乐，故能处变不惊。而人欲无穷，所以会反复选择美丑，但有选择就容易失去欣赏万物之美的机会，如此则不能谓之"求福"。言下之意，反倒是能发现事物可乐之处，不汲汲于判断美丑本身，才是一种"超然"的"至乐"。

张耒发挥了苏轼的"至乐"与"超然"观点。他的《超然台赋》序文与正文内容几乎一样，只不过采用的语体不同。序文以散体，赋文用骚体。张耒理解老师的现实处境，在赋中提到："有物必归于尽兮，吾知此台之何恃？惟废兴之相召兮，要以必毁而后止。彼变化之无穷兮，嗟其偶存之几何？聊徼乐于吾世兮，又安知夫其他？"[1]万物皆有兴衰，人生在世，需聊以徼乐。此段点出"乐"的主题，借质疑者之口，抛出"未能物我两忘，何以为乐"的问题。张耒继而阐发可以为乐者，说：

> 子知至乐之无名兮，是未知世之所可恶。世方奔走于物外兮，盖或至死而不顾，眇如酰鸡之舞瓮兮，又似乎青蝇之集污。众皆旁视而笑兮，彼独守而不能去。较此乐于超然兮，谓孰贤而孰愚？何善恶之足兮，固天渊之异区。道不可以直至兮，终冥合乎自然。子又安知夫名超然兮，果不能造至乐之渊乎？[2]

"至乐"固然无名，不能割舍欲求、不能舍去外物，则不能谓之至乐，更非超然。泰然面对万物，乃为"超然"，"超然"而后能"至乐"。张耒潜台词中，劝慰老师面对并不理想的现实处境，不妨安之若素。秦观《黄楼赋》也表达了类似的意思，他说：

---

①张耒《超然台赋》，曾枣庄、刘琳主编《全宋文》第 127 册，上海辞书出版社、安徽教育出版社 2006 年版，第 224 页。

②张耒《超然台赋》，曾枣庄、刘琳主编《全宋文》第 127 册，上海辞书出版社、安徽教育出版社 2006 年版，第 224 页。

　　　　噫！变故之相诡兮，犹传马而更驰。昔何负而遑遽兮，今
何暇而遨嬉？岂造物之莫诏兮，惟元元之自贻？将苦逸之有
数兮，畴工拙之能为？繄哲人之知其故兮，蹈夷险而皆宜。视
蚊虻之过前兮，曾不介乎心思。正余冠之崔嵬兮，服余佩之焜
煌。从公于斯楼兮，聊裴回以徜徉。①

　　他感慨世事无常，治水时苏轼疲于奔命，黄楼建成后又嬉游其
上。他认为上苍不会预先告知人的命运，只有泰然面对人生处境
的哲人，才能"蹈夷险而皆宜"。他又以"蚊虻"喻当道小人，说奸
人诋毁乃过眼烟云，不值得挂怀。而自己则愿意从苏轼登楼徘徊，
精神徜徉于大块。

　　虽然张耒的意思不像秦观这样显豁，但其《超然台赋》与秦观
《黄楼赋》所体现的思想均与苏轼《超然台记》欲泰然面对万物的
精神一脉相延。而说到底，所谓的面对万物，首先是面对当道小
人。事实上，不仅类似超然台、黄楼吟赋的有组织创作活动中同门
师友相互支持、抱团取暖。在一些不同时空创作的师门同题作品
也是如此。

　　张耒《冰玉堂记》与晁补之《冰玉堂辞》并非同时创作，两篇也不
是唱和之作。但他们的书写对象相同、创作背景相似、写心态相通。
晁作略晚，对张文有所回应。冰玉堂的主人是刘涣、刘恕父子②。刘

①秦观《黄楼赋·引》，曾枣庄、刘琳主编《全宋文》第119册，上海辞书出版
　社、安徽教育出版社，2006年版，第288页。
②刘涣（1000—1080），字凝之，筠州（今江西高安）人。天圣八年（1030）进
　士，官至颖上令。刘恕（1032—1078），字道原。历仁、英、神三朝，曾入修
　《资治通鉴》，精研史学。刘氏父子以史学擅名。《四库全书总目》卷一八
　六《〈三刘家集〉提要》："宋刘涣、刘恕、刘羲仲撰。……涣祖孙父子，并刚
　直有史才，而恕最优。司马光称其'博闻强记，细大之事，皆有稽据'，诚公
　论也。"（中华书局1965年版，第1694页。）

恕从司马光修史,忤王安石,请监南康军酒税。南康军治星子县,由是而隐居庐山之麓。张耒与刘恕有旧;晁补之虽未与刘氏交游,但也曾在史馆读其书,闻其事。二人又都认识刘恕儿子羲仲。张、晁作文时,均在贬谪途中。张耒当时谪官庐陵(今江西吉安),晁补之谪监信州酒税,道经南康军,因而拜谒刘氏父子墓。冰玉堂得名于苏辙祭文"洁廉不挠,冰清而玉刚",张、晁均围绕该评价,从刘氏父子的学识、品格展开文章。刘氏父子身负才具而不能施展,道德文章隆盛而不容于当道。张、晁均有借刘氏之酒杯,说自家心事之嫌。

　　张、晁坐与苏轼交游而南贬,文章多少有维护同道的意思。晁文后出,对苏辙、张耒也有回护之意。苏轼及其弟子当时的现实处境,让他们在同题文章的创作中,有明显的相互劝勉、抱团取暖倾向。

　　3. 师门同题论说文相互争妍、推究学理的倾向。论说文多阐发观点、宣示主张。师弟子对同一问题往往有相似看法,在问题辩论上,常自觉维护师说。今试以欧阳修、苏轼等人关于正统的同题作品为例。两汉以来,辨明正统问题成为传统史学的重要话题。汉时受谶纬影响所倡"五德终始说",在宋初依然为学者重视。但到北宋中期,欧阳修的正统论形成。大宋与前朝的统属问题、《春秋》学的复兴、纂修前史所遭遇的问题、北宋的外交挫折都为"正统论"的形成提供了机缘①。

　　欧阳修阐发《春秋公羊传》旧典云:"《传》曰:'君子大居正。'又曰:'王者大一统。'正者,所以正天下之不正者;统者,所以合天

①陈学霖《欧阳修〈正统论〉新释》,陈学霖《宋史论集》,东大图书股份有限公司1993年版,第141—145页。

下之不一也。由不正与不一,然后正统之论作。"①他认为正统,就是"王者所以一民而临天下"②。立足于此,他先后写了《原正统论》、《明正统论》以及《正统辨》上下篇,又有《秦论》、《魏论》、《东晋论》、《后魏论》、《梁论》五篇分论前朝正统。晚年他编次《居士集》时,又删之为《正统论》三篇。

章望之提出"统"的二分论,认为以道德王天下者为"正统",而得天下不能居之以德者为"霸统"。章望之《明统》今已佚,但他反对欧阳修以魏、梁为正统的观点,体现有别于欧阳修的态度。而苏轼则旗帜鲜明地站在老师一边,写下三篇《正统论》。他说:

> 正统之论,起于欧阳子,而霸统之说,起于章子。二子之论,吾与欧阳子,故不得不与章子辨,以全欧阳子之说。欧阳子之说全,而吾之说又因以明。③

苏轼在文中对章望之的"霸统"观进行了批驳。东坡引而驳之,条分缕析,有推究学理的意味。可惜的是,这种正常的学术争鸣被王安石异化为党争的工具,他称苏轼党附欧阳修以章望之非欧阳修《正统论》,故作论罢章望之④。

欧门再传陈师道也有《正统论》阐发他对正统的观点,他说:

①欧阳修《正统论(上)》,曾枣庄、刘琳主编《全宋文》第34册,上海辞书出版社、安徽教育出版社2006年版,第348页。
②欧阳修《正统论序》,曾枣庄、刘琳主编《全宋文》第34册,上海辞书出版社、安徽教育出版社2006年版,第347页。
③苏轼《正统论·辩论二》,曾枣庄、刘琳主编《全宋文》第90册,上海辞书出版社、安徽教育出版社2006年版,第87页。
④黄以周等《续资治通鉴长编拾补》卷六,上海古籍出版社2006年版,第87页。

"统者,一也。一天下而君之,王事也。"①其文又将正统的形态分为五种,体现出超过师长的见解。陈师道虽然站在师说基础上,陈述"正统",但能有所推进。在宋代文人中,这种尚理好辩之风,大体与士林疑古做派有关。而在同题作文中,师生同门争妍竞秀,切磋琢磨,有力地推动了宋代文学与学术的发展。

师门同题之作,有中心人物召集集体创作。在心态上有互相支持、交相勉励,也有争妍竞秀、推动学理发展的。而这些作品,事实上正是师友之间进行文学交流的手段之一。

## 三、传播交流,影响弥久:师友同题文章的传播

师友同题创作的传播从小范围传播开始,而最终进入书册传播等大面积流传的环节。在传播过程中,小范围传播的反馈也较其他同题之作迅速而及时。师友对同题之作的反馈,带有相与论文、互激共振的文学交流、批评的意义。

师友同题文章,在最初传播中具有鲜明的人际传播特点。那些因人索赋而成的亭台楼阁赋文,相当部分是通过点对点的方式传播。如苏轼召集朋侪友生为超然台、黄楼创作诗文,应征作者多将作品直接邮寄给苏轼。此固然是应邀作文者对征集文章者的交代,却也是一次人际交往。但应征作文者若对文章满意,也会令其传布开去。秦观《黄楼赋》虽然是篇命题作文,可是他自己很满意,用之为行卷。张耒就说:

> 余见少游投卷多矣。《黄楼赋》、《哀镈钟文》,卷卷有之,

---

① 陈师道《正统论》,曾枣庄、刘琳主编《全宋文》第 123 册,上海辞书出版社、安徽教育出版社 2006 年版,第 334 页。

　　岂其得意之文欤？①

　　秦观对《黄楼赋》等文章特别满意，故而行卷时多抄录以进。虽然王安石变法，取消了诗赋取士，熙宁八年（1075）开始，宋代科举一度不以诗赋论英雄。但行卷时以得意之作进献，仍然为时人保留。张耒既说多见少游投卷，则秦观抄录该作行卷为其提供了更多的传播机会。

　　抄写传播的范围毕竟较小，因此即便是与秦观、陈师道关系密切的黄庭坚，也未必能得到赋、文。黄庭坚专门向秦觏索求陈师道的文章，道："欲得陈无己旧作《黄楼赋记》及《答李端叔书》如有本且借示。"②今传陈师道吟咏黄楼的作品有诗有铭，但并无赋、记。此处说陈无己的《黄楼赋记》，不知是指《黄楼铭》，或者是陈师道另有《黄楼赋记》。不过，黄庭坚说是"旧作"，可知他是在苏轼召集同道、友生赋黄楼诗文之后甚久，才寻访陈师道之作。后山与山谷私谊极好，然而黄庭坚未能见到其作品，抄写传播的范围之窄亦可知。

　　黄庭坚还曾经向苏轼索过黄楼刻记，他说："黄楼之作，名不虚，生浅短岂敢下笔，愿见记刻。"③东坡曾选取了部分应征的诗文刻石，如苏辙的赋文传到苏轼手中后，他说："始余欲为之记，而子由之赋已尽其略矣，乃刻诸石。"④秦观的《黄楼赋》也入选了。少

<hr />

①张耒《跋吕居仁所藏秦少游投卷》，曾枣庄、刘琳主编《全宋文》第 127 册，上海辞书出版社、安徽教育出版社 2006 年版，第 318 页。
②黄庭坚《答秦少章帖》其三，曾枣庄、刘琳主编《全宋文》第 105 册，上海辞书出版社、安徽教育出版社 2006 年版，第 105 页。
③黄庭坚《与苏子瞻书》，曾枣庄、刘琳主编《全宋文》第 104 册，上海辞书出版社、安徽教育出版社 2006 年版，第 351 页。
④苏轼《书子由黄楼赋后》，曾枣庄、刘琳主编《全宋文》第 89 册，上海辞书出版社、安徽教育出版社 2006 年版，第 211 页。

游对东坡说：

> 《黄楼赋》，比以重违尊命，率然为之。不意过有爱怜，将
> 刻之石。又得南都著作所赋，但深愧畏也。①

东坡不但准备选刻少游所赋黄楼作品，还将苏辙的《黄楼赋》
录给秦观。但这时的赋作传播范围依然不大。

刻石之后，作品的流布面显然有所增加。陈师道《黄楼》绝句
称："楼上当当彻夜声，与人何事有枯荣。已传纸贵咸阳市，更恐书
留后世名。""楼以风流胜，情缘贵贱移。屏亡老毕篆，市发大苏
碑。更觉江山好，难忘父老思。只应千载后，览古胜当时。"②"楼
上当当彻夜声"是说拓碑的声音，而"市发大苏碑"中的大苏碑，也
就是苏轼所书的苏辙《黄楼赋》。洪迈曾提到这通碑文：

> 苗仲先者，字子野，通州人，为徐州守。徐旧有东坡黄楼
> 碑，方崇宁党禁时当毁。徐人惜之，置诸泗浅水中。政和末，
> 禁稍弛，乃钩出复立之旧处。打碑者纷然，敲杵之声不绝。楼
> 与郡治相连，仲先恶其烦聒，令拽之深渊，遂不可复出。③

拓苏轼黄楼碑者众多，敲杵声彻夜不歇，让住在近旁的太守烦
躁不已。拓印既多，作品流布面显然更广。

苏轼召集群赋超然台、黄楼的作品，又由陈师仲为之编次。元
丰四年（1081），苏轼在黄州，有书信给师仲说：

> 见为编《超然》、《黄楼》二集，为赐尤重。从来不曾编次，
> 纵有一二在者，得罪日，皆为家人、妇女辈焚毁尽矣。不知今

---

① 秦观《与苏先生简》其三，曾枣庄、刘琳主编《全宋文》第 119 册，上海辞书
出版社、安徽教育出版社 2006 年版，第 340 页。
② 陈师道《黄楼》，傅璇琮、倪其心等主编《全宋诗》第 19 册，北京大学出版社
1995 年版，第 12724 页。
③ 洪迈《夷坚甲志》甲卷二，中华书局，1981 年版，第 13—14 页。

乃在足下处。当为删去其不合道理者,乃可存耳。①

从苏轼说所得诗文从不曾编次,即便有少部分收藏了的,也被家人焚毁了。这说明选刻勒石之外的作品,不得重视,并未得到很好的保存。但陈师仲通过传抄,留下了不少作品,使这些作品有了更多传播的可能。但该集后来散佚,今已不知其收录的具体作品。而作者或他们的文集整理者,反倒有将诗文作品收入别集的。今张耒、秦观、陈师道等人的别集中都有当日应征之作。

超然台、黄楼两次征集作品的群体创作,是苏门渐次集中、形成的初起时期。从黄楼作品的传播,我们可以发现,作品起于苏轼征集,而后各方作者的作品集到苏轼手中。又经东坡之手,传于同门。再由东坡选刻勒石,传之久远。师门创作的小范围传播,实际上依旧是通过中心人物达成的,而师长往往是师友同题创作的核心人物。

再次,师友对同题之作的反馈,带有文学交流、文学批评意义。师友集体同题创作,其作品传播的反馈迅速及时,而且持续时间甚久。我们仍以苏轼召集的超然台、黄楼作品为例。

对师友同题创作的反馈最迅速的,是同题作品的召集者。苏轼召集同侪、友生同赋超然台,在收到苏辙、李清臣、文同的作品后,他分别写了《书子由超然台赋后》、《书李邦直超然台赋后》及《书文与可超然台赋后》加以回应。苏轼既是赋作的读者,也是一位鉴赏者、批评者。对苏辙赋的评论,苏轼在肯定子由"文则精确高妙,殆两得之,尤为可贵也"的前提下,跳出了赋文的本身,认为:"子由之文,词理准确,有不及吾;而体气高妙,吾所不及。虽各欲

---

① 苏轼《与陈师仲主簿书》,曾枣庄、刘琳主编《全宋文》第 87 册,上海辞书出版社、安徽教育出版社 2006 年版,第 347 页。

以此自勉,而天资所短,终莫能脱至于此。"①强调了文章应兼具
"体气高妙"与"词理准确"。《书文与可超然台赋后》评点文同
赋,道:

> 其为《超然》辞,意思萧散,不复与外物相关,其《远游》、
> 《大人》之流乎?②

苏轼对子由赋的评论,阐发作文之法;而对文同的赋作则是进
行鉴赏品评。他对黄楼诸作的回应,也类似超然台。秦观衔命作
赋,东坡有《太虚以黄楼赋见寄作诗为谢》云:

> 我在黄楼上,欲作黄楼诗。忽得故人书,中有黄楼词。黄
> 楼高十丈,下建五丈旗。楚山以为城,泗水以为池。我诗无杰
> 句,万景骄莫随。夫子独何妙,雨雹散雷椎。雄辞杂今古,中
> 有屈宋姿。南山多磐石,清滑如流脂。朱蜡为摹刻,细妙分毫
> 厘。佳处未易识,当有来者知。③

秦少游的赋作是一首骚体赋,所以苏轼称其"雄辞杂今古,中
有屈宋姿",而该赋流丽细腻,苏轼用"清滑如流脂"、"细妙分毫
厘"来论之。又以为自己未能说尽秦观赋文的好处,后来人自有新
发现。元人祝尧《古赋辩体》云:"少游《黄楼赋》,《楚辞》之流
与。"④作为同题创作的中心人物,苏轼的反馈非常及时。而苏轼
的这段评论,在后世就被附于秦观赋作的文末,可见该评论正中靶

---

①苏轼《书子由超然台赋后》,曾枣庄、刘琳主编《全宋文》第89册,上海辞书
　出版社、安徽教育出版社2006年版,第208页。
②苏轼《书文与可超然台赋后》,曾枣庄、刘琳主编《全宋文》第89册,上海辞
　书出版社、安徽教育出版社2006年版,第208页。
③苏轼《太虚以黄楼赋见寄作诗为谢》,傅璇琮、倪其心等主编《全宋诗》第14
　册,北京大学出版社1995年版,第9264页。
④祝尧《古赋辩体》卷八,上海古籍出版社1993年版,第115页。

心,值得参考。与中心人物关系密切的其他人,对其作品的反馈也是及时的。秦观不但是作者,同时也是其他作品的鉴赏者。他见到苏辙的《黄楼赋》后,"但深愧畏",表达对该赋的赞叹。

师友群体对同题赋作的传播与影响尤为关注,有时其持续时间较长。如苏辙写得极为用心的《黄楼赋》,与他平时的作品并不相似,所以有人认为是苏轼代作。苏籀说:"公(按:指苏辙)曰:'余《黄楼赋》学《两都》也,晚年来不作此工夫之文。'"[①]祝尧认为:"子由《黄楼赋》,其汉赋之流与。"[②]子由自认为该赋用功极深,难怪秦观要愧畏了。苏轼对张末说:

> 子由之文实胜仆,而世俗不知,乃以为不如。其为人深不愿人知之,其文如其为人,故汪洋澹泊,有一唱三叹之声,而其秀杰之气,终不可没。作《黄楼赋》乃稍自振厉,若欲以警发愦愦者。而或者便谓仆代作。此尤可笑。是殆见吾善者机也。[③]

"而或者便谓仆代作"云云,表明苏轼对苏辙赋传播开后的反馈信息并不漠视,并对这些误解加以剖白。其时张末为县丞,苏轼还在信末勉励他,说:"使后生犹得见古人之大全者,正赖黄鲁直、秦少游、晁无咎、陈履常与君等数人耳。如闻君作太学博士,愿益勉之。"[④]既称其为县丞,又说闻其作太学博士,可知彼时任命尚未

①苏籀《栾城先生遗言》,《全宋笔记》第三编第七册,大象出版社 2008 年版,第 135 页。
②祝尧《古赋辩体》卷八,上海古籍出版社 1993 年版,第 115 页。
③苏轼《答张文潜县丞》,曾枣庄、刘琳主编《全宋文》第 87 册,上海辞书出版社、安徽教育出版社,2006 年版,第 345—346 页。
④苏轼《答张文潜县丞》,曾枣庄、刘琳主编《全宋文》第 87 册,上海辞书出版社、安徽教育出版社 2006 年版,第 346 页。

下达，苏轼是提前听到风声。张耒作太学博士，在元祐元年（1086）初，那么苏轼这封信最早也不会早过元丰八年（1085）。而这已经是黄楼诸赋作成的数年之后了。又如前文提到的张耒为吕本中题跋，称少游行卷不离《黄楼赋》；黄庭坚向秦觏借阅陈师道的《黄楼赋记》，都已经是在诸人垂垂老去之时。

　　在同题作品传播的初期，其反馈之迅速，具有文学交流的意义。黄庭坚欲得苏辙等人的赋作，规模拟作，虽最终未成稿，但黄山谷见颍滨赋作，同样是一种文学交流行为。不论是苏轼对各家作品的反馈，还是同侪的欣赏，都有文学批评的意义。而在受邀共作已经结束，师门群体依然有寻找作品阅读，或进行讨论之事，则尤可见，部分师友同题作品在师门群体中的影响，持续而深远。

　　同题文章是师友群体交往的重要手段，虽然与诗词唱和不尽相同，但同样具有相互倚重、抱团取暖的创作心态，有阐发师说、凝聚师门共识的意义。而师门成员对同题作品的持续关注，既是师门群体作品传播的途径，也是师友精神交流、相互慰藉的方式。

# 宋人词集序跋之传播刍议

谭新红

　　词的地位在宋代呈逐步提高的态势,其中一个重要的表征就是人们不仅在歌舞酒宴上听歌赏曲,还将作品编纂成册,以供歌者演唱及读者阅读的需要。在刊行过程中,绝大多数词集都会附上序跋,有的还有多篇,这就使宋代词集序跋的数量急遽增加,流传至今的至少还有百余篇。在宋词的传播过程中,除了歌妓演唱之外,序跋的介绍与评说是一个不容忽视的重要载体。它以简洁的方式记叙作品的本事、品评词人的优劣、议论词体的功能及文本的得失,进而影响词体文学的流播。本文即以宋代的词集序跋作为观照对象,探讨其在宋词传播中所发挥的功效。

## 一、宋代词集序跋的作者

　　置于作品之前的称"序",置于作品之后的称"跋",居前殿后,序跋占据了一部书最好的位置。从阅读习惯看,一册在手,读者总是会先翻看书的序跋,而他率先关注的一定是序跋作者的名字。如果作者是社会名流或者是自己尊崇的对象,读者自然会迫不及待地去阅读这篇序跋,而如果序跋作者只是一个寂寂无名之辈或者是声望不怎么好的人物,则会影响读者继续阅读的兴趣。因此人们在为一部书写序作跋时,一定会慎重选择作者,以便对作品的宣传推广能起积极正面的作用。杜牧在《答庄充书》中就说:"自古序其文者,皆后世宗师其人而为之。"①认为撰写序跋的人在学术上应该有很深的造诣,最好是为后世所宗仰的人物。杨时则说:"士以一言轻重,足以信今传后,惟有德者能之。"②强调写序跋者的道德品质。贺铸没有让社会名流或达官显宦给自己的集子作序,而是请"奇穷,抗脏可憎"的程俱写,理由是"子好直,美恶无溢言"③,看重的是作序者不虚美不隐恶的直言品质。

在刊行词集的过程中,宋人也非常重视序跋作者的选择,他们或者请名人操刀,或者让亲朋代笔,或者干脆自己上阵,极尽所能地推介词集里的名篇佳句,从而勾起读者的阅读期待,吸引他们进一步地消费词作本身。

(一)自序。自序指作者创作完毕之后,对创作经过进行回顾与总结而写成的文字。宋代词集自撰序跋有的采用叙事形式,客观地叙述创作过程与相关本事,如苏轼《书黄泥坂词后》就只记叙与作品有关的本事,李之仪《书乐府长短句后》也只叙述创作经过,徐俯《渔父词自跋》则只交待创作背景。西方传播学家认为:"以说故事的方式向人们提供的信息更容易被理解和记忆。因为这种方式让人放松,让人觉得有趣,以这种方式整合过的新闻素材

---

① 顾炎武《日知录》卷一九引,上海古籍出版社 2006 年版,第 1105 页。
② 杨时《杨希旦文集序》,曾枣庄、刘琳主编《全宋文》,上海辞书出版社、安徽教育出版社 2006 年版,124 册,第 256 页。
③ 程俱《贺方回诗集序》,《全宋文》155 册,第 254 页。

将更加有效地吸引读者。"①叙述型序跋就颇具故事性，如《书黄泥坂词后》记叙了苏轼在黄州时大醉中作此词，酒醒后遍寻不着，黄庭坚、张耒、晁补之翻箱倒柜复得之的过程，跋文还记载了张耒过录一本留给苏轼，自己则持原稿而去。第二天，王晋卿向苏轼索讨墨宝，苏轼又书写此词送给他②。故事人物众多，情节生动曲折，富有吸引力，读者读了这篇小跋文，自然会对受到这么多人喜爱的作品产生浓厚的阅读兴趣。

更直接的传播策略则是在序跋中作价值上的自我评判。一般而言，创作的甘苦与作品的好坏，作者自己更有发言权，旁人则难免隔靴搔痒，乃至客气恭维。因此读者有时更愿意通过作者观照其作品，最能指引读者的人还是作者自己。宋代词集中就有不少含有自我评判的序跋文章。中国传统文化中，一贯奉行以谦逊为美德的价值观念，这一观念使人们在作自我评价时，一般都不会轻置夸饰之辞。但我们发现在宋代的词集自序文本中，也许是要为先天不足、备受鄙视的词争得一席之地，很多词人在自序中表达了对词这一文体强烈的认同感。他们并没有像笔记小说中所记载的一些故事那样卑视词体，如陈师道《书旧词后》说："余它文未能及人，独于词自谓不减秦七、黄九。"③在陈师道看来，秦观、黄庭坚是当世最出色的填词高手，他在《后山诗话》中就曾说："今代词手，惟秦七、黄九耳，唐诸人不逮也。"④现在他在序文中先自谦其他文类不及别人，再自信地说词则不减秦观、黄庭坚，这一叙述策略带

---

①杰里·施瓦茨著，曹俊、王蕊译《如何成为顶级记者》，中央编译出版社2003年版，第155页。

②《全宋文》89册，第302页。

③《全宋文》123册，第330页。

④何文焕辑《历代诗话》，中华书局1981年版，第309页。

给读者强烈的信息反馈：这是最优秀作家的作品，我一定得欣赏。

　　无独有偶，柴望在自序中也采用了这种叙述策略：先设置一个典范，再将自己与这一典范进行比较。他在《凉州鼓吹自序》中设置的典范是姜夔："大抵词以隽永委婉为尚，组织涂泽次之，呼噪叫啸抑末也。惟白石词登高眺远，慨然感今悼往之趣，悠然托物寄兴之思，殆与古西河《桂枝香》同风致，视青楼歌红窗曲万万矣。故余不敢望靖康家数，白石衣钵，或仿佛焉，故以'鼓吹'名，亦以自况云尔。"①宋末词坛流行婉约含蓄之风而非慷慨激昂之音，柴望认为姜夔正是这种词风的代表，他的词托物言志，寄兴深微，非一般言情之作可比，而自己则堪称姜夔的传人。柴望的自我定位准确与否姑且不论，他能抓住时代的审美需求推销自己的作品还是很高明的。

　　如果说以上自序还只是在词体范围内的自我推销，将自己的作品上附《诗经》则是一种经学上的自我彰显。词学上所谓尊体观念的初始意图实际上是始于对自我价值的追求。北宋初黄裳《演山居士新词序》就说："然则古之歌词固有本哉！六序以风为首，终于雅颂，而赋比兴存乎其中，亦有义乎！以其志趣之所向，情理之所感，有诸中以为德，见于外以为风。然后赋比兴本乎此，以成其体，以给其用。六者，圣人特统以义而为之名，苟非义之所在，圣人之所删焉。故予之词，清淡而正，悦人之听者鲜，乃序以为说。"②黄裳将词比附《诗经》，是为了强调他的词与众不同。南宋林正大在《风雅遗音序》中也说自己的词"婉而成章，乐而不淫，视世俗之乐固有间矣"③，同样是为了突出自己的词与世俗之作不同

------

① 朱孝臧辑校《彊村丛书》，广陵书社 2005 年版，第 1085 页。
② 《全宋文》103 册，第 82 页。
③ 《全宋文》297 册，第 68 页。

罢了。他们在主观上都是为了提高自己作品的价值,客观上则起到了推尊词体的作用。

　　当然,也有词人在自序中表示一种忏悔之情,如赵以夫在《虚斋乐府自序》中说:"文章小技耳,况长短句哉?"①陆游在《长短句序》中说:"予少时汩于世俗,颇有所为,晚而悔之。然渔歌菱唱,犹不能止,今绝笔已数年,念旧作终不可掩,因书其首,以识吾过。"②他们秉持立德、立功、立言的观念,以文章为末道小技,词则更是等而下之。自我忏悔型序跋不但无损于传播效果,还有利于文本的传播。从阅读心理来看,读者对有负面评价的文本会产生更大的阅读兴趣,"汩于世俗"而填写的词更能勾起人们的阅读期待。

　　(二)他序。相对于自序而言,宋代词集序跋更多的是由他人撰写。在同时代人中,他序作者与文本作家有的是父子关系,有的则有师生之谊,也有的是志同道合的朋友。

　　儿子为父亲的词集写序,本着为尊者讳的原则,一般都不作价值上的评判,如周楑为父亲周紫芝词集写的《竹坡词跋》、黄沃给父亲黄公度词集写的《知稼翁词后记》,就都没有主观评价,而只是客观叙述词集的刊行过程。为了弥补这种不足,他们往往会另请人作序一篇,对父亲的作品作价值上的判断,如黄沃在刊行父亲黄公度的词集时,就请曾丰写了一篇长序《知稼翁词序》。儿子为父亲写序,著作优劣不好直说,由他人撰写就没有了这种顾虑,曾丰在这篇序中就给予了黄公度词以很高的评价:"凡感发而输写,大抵清而不激,和而不流。要其情性,则适揆之礼义而安,非欲为

---

①《全宋文》333 册,第 269 页。
②陆游《陆放翁全集》,中国书店 1986 年版,第 80 页。

词也;道德之美,腴于根而益于华,不能不为词也。天与其年苟夺
之晚,俾更涵养,充而大之,窃意可与文忠相后先。"①他不但从风
格上为黄公度词定性,还将其词与礼义道德联系在一起,说明其词
思想境界很高。曾丰不但在序中作抽象的说明,还通过与典范词
人苏轼的比较为黄公度的词坛地位定位。

师生关系中,老师给学生写序的情况比较少见,更多的是门生
为老师的作品写序作跋。师生之间虽然没有血缘关系,但在情感
上却绝不逊于父子,而他们在学术上的传承关系甚至是父子关系
所不具备的,这种关系使得门生成为给老师著作撰写序跋最合适
的人选。程端中《伊川先生文集后序》所云"先生既没,昔之门人
高弟皆已先亡,无有能形容其德美者"②,说的就是这个意思。基
于尊崇与了解,门生为老师写的词集序跋往往成为经典之论,如黄
庭坚《跋东坡乐府》评价苏轼词:"语意高妙,似非吃烟火食人语,
非胸中有万卷书,笔下无一点尘俗气,孰能至此?"③寥寥数语即勾
勒出苏轼其人其词的最大特征。又如范开评价辛弃疾词:"世言稼
轩居士辛公之词似东坡……其间固有清而丽、婉而妩媚,此又坡词
之所无,而公词之所独也。"④认为辛词既有类似于苏轼词清旷豪
雄的特点,也有苏轼词所不具备的清丽妩媚的特征,这一体认堪称
精准。此外如黄汝嘉《松坡居士词跋》说老师京镗的词"抑扬顿
挫,吻合音律",亦为不刊之论。这些序跋虽出自门人之手,却少有
虚夸浮美之辞,而是在把握词坛状貌的基础上,对老师的词学成就

①《全宋文》277 册,第 315 页。
②程颢、程颐《二程集》,中华书局 1981 年版,第 24 页。
③黄庭坚《山谷题跋》卷二,《津逮秘书》本。
④范开《稼轩词序》,《景刊宋金元明本词》,上海古籍出版社 1989 年版,第
　581 页。

作出的准确评价。

　　当然,门生在为老师词作序时,碍于师生关系,也有些是在作不切实际的廉价吹捧,如詹傅《笑笑词序》在评价老师郭应祥的词时说:"近世词人如康伯可非不足取,然其失也诙谐;如辛稼轩非不可喜,然其失也粗豪。惟先生之词典雅纯正,清新俊逸,集前辈之大全而自成一家之机轴。"①把郭应祥说成是与辛弃疾等而上之的词坛才俊,如此评价与词人本身的实际水平并不相符,与后世的接受差距也实在太大,在整个接受流程中并不起决定作用。

　　钱诩编辑父亲钱世雄遗集时请杨时作序,杨时在《冰华先生文集序》中说:"公之平生交游执友凋丧略尽,晚学后进无能知公者,故余不辞而为之,因以著其出处之大略云。"②他的感慨说明了请朋友写序的好处:朋友之间相互了解,批评起来也没有什么顾虑,往往能比较准确地说出作品的长处和不足。因此古人多愿意让朋友给自己的著作写序,如范成大生前曾叮嘱儿子范莘说:"吾集不可无序篇……今四海文字之友,惟江西杨诚斋与吾好,且我知,微斯人畴可以嘱兹事,小子识之。"③一定要让朋友杨万里给自己的集子写序。有人准备刊行徐大用的词集时,徐大用说:"必放翁以为可传,则几矣。不然,姑止。"④也是希望能得到朋友陆游的一纸序言。

　　朋友写的序跋颇有一些不同于他人所写序跋的特点,如张耒在给朋友贺铸词集写的序中说:"予友贺方回,博学业文,而乐府之词高绝一世,携一编示予,大抵倚声而为之词,皆可歌也……夫其

---

①朱孝臧辑辑校《彊村丛书》,广陵书社 2005 年版,第 881 页。
②《全宋文》124 册,第 258 页。
③范莘《与杨诚斋求序父集书》,《全宋文》297 册,第 99 页。
④陆游《徐大用乐府序》,陆游《陆放翁全集》,中国书店 1986 年版,第 80 页。

盛丽如游金、张之堂,而妖冶如揽嫱、施之袪,幽洁如屈、宋,悲壮如苏、李,览者自知之,盖有不可胜言者矣。"①他首先肯定了贺铸词的可歌性,继而高度评价了贺词风格的多样性。这种评价见不到什么溢美的成分,而是基于对作品仔细解读的客观评判。因为没有顾虑,他们在高度评价朋友的创作成就时,也会实事求是地指出不足,如刘克庄《翁应星乐府序》云:"其说亭鄣堡戍间事,如荆卿之歌、渐离之筑也;及为闺情春怨之语,如鲁女之啸、文姬之弹也。至于酒酣耳热、忧时愤世之作,又如阮籍唐衢之哭也。近世惟辛、陆二公有此气魄……余谓君当参取柳、晏诸人以和其声,不但词进,而君亦自此宦达矣。"②他既肯定了翁应星词激昂慷慨的一面,也指出了其词缺少温厚和平之音的缺点。这虽然是站在政教立场上的偏颇观点,但能在序言中直言朋友创作上的不足也属难得。刘克庄在《跋刘叔安感秋八词》中也是如此:"叔安刘君落笔妙天下,间为乐府,丽不至亵,新不犯陈,借花卉以发骚人墨客之豪,托闺怨以寓放臣逐子之感,周、柳、辛、陆之能事,庶乎其兼之矣。然词家有长腔,有短阕。坡公《戚氏》等作,以长而工也;唐人《忆秦娥》之词曰'西风残照,汉家陵阙',《清平乐》之词曰'夜夜常留半被,待君魂梦归来',以短而工也。余见叔安之似坡公者矣,未见其似唐人者。叔安当为余尽发秘藏,毋若李卫公兵法,妙处不以教人也。"③其比兴寄托之说在词学思想史上占有重要地位,同时他也隐约地批评了刘叔安词短调不足的缺憾。刘克庄与翁应星、刘叔安乃忘年之交,作为年长的一方,刘克庄在为他们的词写序作跋时少了一些客套话,多了一分责任与期待。

①张耒《张耒集·贺方回乐府序》,中华书局1990年版,第755页。
②刘克庄《后村先生大全集》第5册,四川大学出版社2008年版,第2499页。
③刘克庄《后村先生大全集》第5册,四川大学出版社2008年版,第2571页。

　　有的序跋是由词作者或与作者有密切关系的"当代人"撰写,有的序跋则由后代的人研究或梓行时所撰著。许多著作新版问世时,刊刻者多会照例作序或跋一篇,对前辈的作品进行评价推介。如周邦彦曾官溧水,政简民丰,颇受百姓爱戴。八十余年后,强焕亦官此地,有感于当地百姓仍然爱其美政、赏其旧曲,于是编纂刊行周邦彦的词集,并作序对他的美政大加赞誉,称其词"摹写物态,曲尽其妙"①。孙兢刊行周紫芝的词集时,也作《竹坡词序》,对周词大加赞赏,称其词胜过柳永,与苏轼、秦观的词并驾齐驱②。

　　从以上所引词集序跋我们发现,除了少数人写的序跋有溢美之辞外,绝大多数的序跋文章乃有感而发,直抒胸臆,好处说好,坏处说坏,不敷衍塞责,不文过饰非,因此他们的评价也成为后世的评。这与序跋作者多为当时词坛名流有关,他们了解词坛风貌,深谙个中甘苦,所以写序时能不为空言。

## 二、序跋的传播效果

　　相对于作品本身而言,序跋是一种副文本。法国当代批评家弗兰克·埃夫拉尔在《杂文与文学》一书中指出:"副文本指围绕在作品文本周围的元素:标题、副标题、序、跋、题词、插图、图画、封面。这一部均质的整体决定读者的阅读方式与期望。"③副文本虽然并非创作的主体,但作用却不可低估:在主体文本之外,营造氛

---

①毛晋编《宋六十名家词》,《片玉词》卷首,中华书局《四部备要》本。
②吴讷编《百家词》,天津市古籍书店 1992 年影印本,第 1079 页。
③弗兰克·埃夫拉尔著,谈佳译《杂文与文学》,天津人民出版社 2003 年版,第 51 页。

围,强化品质,造成某种舆情,从而勾起读者的阅读期待,进而引导他们走向作品文本的阅读。

序跋作者以一个权威的评论家角色,从思想和艺术等方面对作品进行定位,强调作品内容所蕴涵的政治、伦理、道德等方面的教育意义和实用价值。指出作品的艺术价值,包括在立意、布局、语言等方面的艺术特色,抓住消费者的心理进行推销。对消费者而言,序跋作者正扮演了传达信息的角色,是作品传播的中介人。他们有较高的文化素养和社会地位,对作品的评论往往受到消费者的格外重视和遵从,从而影响消费者的阅读行为。宋人对序跋的传播功能深有体会,欧阳修《代人上王枢密求先集序书》云:"夫文之行虽系其所载,犹有待焉。《诗》、《书》、《易》、《春秋》,待仲尼之删正。荀、孟、屈原无所待,犹待其弟子而传焉。汉之徒,亦得其史臣之书。其始出也,或待其时之有名者而后发;其既殁也,或待其后之纪次者而传。其为之纪次也,非其门人故吏,则其亲戚朋友,如梦得之序子厚,李汉之序退之也。"①黄廓《碧溪诗话跋》也说:"志以言而章,言以文而远,文以叙而传,叙以德而久。"②文章行世与否,固然离不开其本身的内容含量与艺术价值,但如果没有有效的传播媒介给予传播,再好的作品也只会藏在深闺人不识,而序跋就是一种甚富功效的传播媒介。欧阳修、黄廓虽然没有从理论层面阐明序跋到底有什么传播功效,但都强调了序跋对文本传播具有重要作用。词史上最优秀的作家及其作品,一般是由序跋率先领会并烘托出来的。在媒体与广告极为匮乏的古代社会,词集序跋分别从功能论、作家论、作品论等方面作了大量认定,从而

①李之亮《欧阳修集编年笺注》第4册,巴蜀书社2007年版,第264页。
②《全宋文》223册,第362页。

在词的传播过程中发挥了重要的作用。

（一）功能论。词集序跋旨在宣扬词人词作，但在品评的同时，序跋作者会不自觉地阐述普适性的词学观念，这些观念反过来又影响了作家作品的流传。比如关于词的功能问题，早在五代，词论史上第一篇阐述词体的发生、目的和社会功用的文献《花间集序》，就对词"用助娇娆之态"、"用资羽盖之欢"的娱乐功能有着深切的体认。宋代特别是北宋词人继承了这一观点，如陈世修《阳春集序》说："公以金陵盛时，内外无事，朋僚亲旧，或当宴集，多运藻思，为乐府新词，俾歌者倚丝竹而歌之，所以娱宾而遣兴也。"①晏几道《小山词自序》也说："叔原往者浮沉酒中，病世之歌词不足以析酲解愠，试续南部诸贤绪余，作五七字语，期以自娱，不独叙其所怀，写一时杯酒间闻见，所同游者意中事。"②所谓"娱宾遣兴"、"析酲解愠"，都是强调词的娱乐消遣功能，这一观念与词重在表现花前月下、酒宴尊前的男欢女爱之情的创作实情是相符合的。

词体娱乐消遣的功能观非但无损于宋词的传播，相反还能对词的当下传播起促进作用。读者总是喜欢阅读与自己的生活经验相关的东西，"因为对理性的人来说，在新的物质形态中看见或认出自己的经验，是一种无需代价的生活雅兴。经验转换为新的媒介，确实赐予我们愉快地重温过去知觉的机会"③。朱光潜《悲剧心理学》对人们的阅读心理也作过精辟的论述："愈是与我们过去的经验和谐一致，就愈能吸引我们的注意，有助于我们的理解，并引起我们的兴趣和同情。如果它离人的经验太遥远，人们对它就

①《全宋文》76 册，第 144 页。
②朱孝臧辑校《彊村丛书》，广陵书社 2005 年版，第 174 页。
③马歇尔·麦克卢汉著，何道宽译《理解媒介———论人的延伸》，商务印书馆 2000 年版，第 264 页。

会不理解,因而也就不能欣赏。"①词在宋代是一种非常受欢迎的音乐文学,文人士大夫鲜有无听歌唱曲之好的,词体文学在当时是与人们的经验和谐一致的文类。序文作者在序文里肯定词的娱乐功能,自然使读者有兴趣进一步阅读词集中平时耳熟能详的作品。

随着词体文学的发展,为了推尊词体,宋人将词上溯《诗经》,以"六义"言词,重视词的政教功能和社会功能,这在北宋初就已初露端倪,除了黄裳《演山居士新词序》外,潘阆《与茂秀书》也说:"诗家之流,古自尤少,间代而出,或谓比肩。当其用意欲深,放情须远,变风变雅之道,岂可容易而闻之哉? 其所要《酒泉子》曲子十一首,并写封在宅内也。若或水榭高歌,松轩静唱,盘泊之意,缥缈之情,亦尽见于兹矣。其间作用理且一焉,即勿以礼翰不谨而为笑耶。"②他先说诗家之流"用意欲深,放情须远,变风雅之道",然后说词与诗是"理且一焉",也就是说词也如诗歌一样为风雅之道。

以《诗经》论词在南宋更为普遍,如詹效之在为曹冠的词集写的序中说:"窃尝玩味之,旨趣纯深,中含法度,使人一唱而三叹。盖其得于六义之遗意,纯乎雅正者也……矧斯作也,和而不流,可以感发人之善心,将有采诗者播而飏之,以补乐府之阙,其有助于教化,岂浅浅哉!"③宋人不仅将词与《诗经》联系起来,还扩大到《离骚》的范围,黄大舆《梅苑序》即云:"目之曰《梅苑》者,诗人之义,托物取兴,屈原制《骚》,盛列芳草,今之所录,盖同一揆。"④刘

---

①朱光潜《悲剧心理学》,人民文学出版社 1983 年版,第 25 页。

②《全宋文》8 册,第 218 页。

③詹效之《燕喜词叙》,清初影钞宋淳熙十四年(1187)丁未刻本。

④黄大舆《梅苑》,上海古籍出版社编《唐宋人选唐宋词》,上海古籍出版社 2004 年版,第 195 页。

克庄在《跋刘叔安感秋八词》中所谓"借花卉以发骚人墨客之豪，托闺怨以寓放臣逐子之感"则说得更为明确。他们将词从单纯的娱乐功能中解放出来，上附风骚，赋予词以教化功能，这不愧为一种更加高明的传播策略。强调词的娱乐功能，还只是停留在人的感官愉悦的低层次，而如果强调词的政教功能，无疑会极大地提高词体地位，读者也会更有兴趣去探究词中深义，进而扩大词人词作的传播广度和深度。

（二）作家论。知人论世、因人废言、文如其人，这些传统的批评术语强调了作家与作品的密切关系，因此序跋家除了评价作品外，往往也会在序文中对作者展开品评。最早出现的作家评论往往便是其集子对应的序跋，序家们尽可能对所序的作家进行褒扬性评价，许多评价近于客观而获得了永恒的权威性。

1. 对作家为人的评价。文如其人，是中国传统文学批评领域里一个重要的观念。因此要引起人们对作品的兴趣，首先得树立作家的形象，宋代词集序跋家深谙此道，他们往往会在序文里用大量篇幅描述作家的独特魅力。如黄庭坚在为晏几道写的《小山词序》中，没有拘执于词人的创作成就，而是突出其"痴"的个性："仕宦连蹇，而不能一傍贵人之门，是一痴也；论文自有体，不肯一作新进士语，此又一痴也；费资千百万，家人寒饥，而面有孺子之色，此又一痴也；人百负之而不恨，己信人，终不疑其欺己。此又一痴也。"①在黄庭坚笔下，晏几道傲气、单纯、不随流俗的独特个性尽显无遗。又如强焕在《片玉词序》中突出周邦彦廉吏能吏的形象，有利于树立他的正面形象。在中国文学的接受观念里，因人而废言有着强大的影响力。序跋家为了能使优秀的作品流传下去，就

---

① 朱孝臧辑校《彊村丛书》，广陵书社 2005 年版，第 173 页。

只能从树立作家的正面形象上下功夫,因此序跋中一些溢美之辞也应运而生,比如南唐宰相冯延巳为人为政都无佳名,然其词则思深而语丽,为了使其词不受其人影响,陈世修在为其词集《阳春集》作序时乃极力拔高其形象:"与弟文昌左相延鲁,俱竭虑于国,庸功日著,时称二冯焉……公以远图长策翊李氏,卒令有江介地,而居鼎辅之任。磊磊乎,才业何其壮也。及乎国以宁,家以成,又能不矜不伐,以清商自娱,为之歌诗,以吟咏性情。飘飘乎,才思何其清也。核是之美,萃之于身,何其贤也!"①冯延巳乃陈世修外舍祖,私心使其作出了并不符合历史真相的评判,后世读者在接受冯延巳词时是否受这一评判影响我们无从判断,但其传播策略却是值得肯定的。

2. 攀附经典词人。宋人在给词集写序跋时,为了吸引读者进一步地阅读文本,他们往往会直接给词人排座次、定甲乙,突出其在词坛上的地位。序跋作者比一般读者更熟悉作家作品,他们的判断比较权威,普通读者很容易受到他们的影响并进而对优秀词人的作品感兴趣,因此这一方式能达到很好的传播效果。例如周邦彦,刘肃在《片玉词序》中称他为冠冕作家。又如柴望在《凉州鼓吹诗余自序》中高度评价姜夔的词,说他的词感今悼往、托物寄兴,实际上也是尊姜夔为词坛领袖。人们总是更多地关注优秀的对象,这种定位也就自然会影响人们的接受热情。

在为影响力还不大的词人撰写序文时,序跋家往往会将序跋对象与社会公认的经典词人进行比较,进而突出该词人的词坛地位。周邦彦在南宋已成经典,人们往往以他为标准评判词人,如黄昇《题白石词》评姜夔词云:"词极精妙,不减清真乐府。其间高

①《全宋文》76 册,第 144 页。

处,有美成所不能及。"①这样一比较,便突出了姜夔在词史上的地
位。又如张镃《梅溪词序》评史达祖云:"端可以分镳清真,平倪方
回,而纷纷三变行辈,几不足比数。"②也是以周邦彦词作为衡量标
准。苏轼词虽然在音律上颇受非议,但其词在思想内涵及艺术境
界方面的开拓也得到了宋人的肯定,因此他的词也成为宋人评判
的标准,如曾丰《知稼翁词序》说黄公度的词"可与文忠相后先",
关注《石林词序》也说叶梦得词"能于简淡时出雄杰,合处不减靖
节、东坡之妙,岂近世乐府之流哉?"③就都是在序文中以苏轼词作
为典范,来评价定位序跋对象的词坛地位。

(三)作品论。撰写序跋最直接的目的是为了推介作品,因此
评价作品成为序文中最核心的部分。相对普通读者而言,序跋家
的文化程度和社会地位都更高,而且对作品比较熟悉,理解也更为
深刻,他们或阐发作品的思想意义,或揭示作品的艺术特点,或记
述作品相关本事,或点明作品某一妙处。作为最早的接受者,序跋
家在序文中常以专家、权威的身份评价作品,他们往往能够挖掘出
作品的深义,增强了普通读者对作品的信任感并决定进一步阅读
接受它。

宋代序跋家在词集序跋里既有对具体作品的品评,也有对作
家整体风格的界定。他们其中的很多人本身又是著名的词人,能
够以精炼的语言提炼作品的精彩之处,渗透着个人对作品思想内
涵及艺术风味的精到体认与准确把握,许多评价至今仍是权威的
判断。如陆游评苏轼《水调歌头·七夕》词云:"昔人作七夕诗,率
不免有珠栊绮疏惜别之意。惟东坡此篇,居然是星汉上语。歌之

①《白石词》卷首,毛晋编《宋六十名家词》,中华书局《四部备要》本。
②《梅溪词》卷首,毛晋编《宋六十名家词》,中华书局《四部备要》本。
③吴讷编《百家词》,天津市古籍书店1992年影印本,第565页。

曲终,觉天风海雨逼人。学诗者当以是求之。"①准确地把握住了苏轼词超旷的特点。宋人对词人作品整体风格的把握更显精准,如黄裳《书乐章集后》说柳永词"能道嘉祐中太平气象"②,就说明了柳永词在思想内容上的最大特点;又如刘克庄《辛稼轩集序》评辛弃疾词云:"公所作大声镗鞳,小声铿鍧,横绝六合,扫空万古,自有苍生以来所无。其秾纤绵密者,亦不在小晏、秦郎之下。"③也准确地体认出辛弃疾词风格多样化的特点。当然,也有一些并非佳作而得到了序跋较高的评价,从而使作家获得了一定的声誉,这与序家自身的理论水平、谦逊程度及其奖掖后进的精神有关。总体看,序家对作家作品的评价,是与实际情况大体一致的

(四)负面评价的正面传播功效。并不是所有的序跋表现的都是积极的评价,也有些序跋传递的是一种消极的信息。有的是词人自撰序跋时的"自我检讨",如前所举陆游、赵以夫诸例。有的是在序文中隐含着一种轻视词体的观念,如王称在为程垓所写的《书舟词序》中说:"程正伯以诗词名,乡之人所知也。余顷岁游都下,数见朝士往往亦称道正伯佳句,独尚书尤公以为不然,曰:'正伯之文,过于诗词。'此乃识正伯之大者也。今乡人有欲刊正伯歌词,求余书其首,余以此告之,且为言正伯方为当途诸公以制举论荐,使正伯惟以词名世,岂不小哉?"④刘克庄《黄孝迈长短句跋》云:"为洛学者皆崇性理而抑艺文,词尤艺文之下者也。"⑤

读者并不会因为这些负面信息而丧失阅读动机,相反还有可

①陆游《陆放翁全集》,中国书店 1986 年版,第 171 页。
②《全宋文》103 册,第 106 页。
③刘克庄《后村先生大全集》第 5 册,四川大学出版社 2008 年版,第 2522 页。
④《全宋文》219 册,第 255 页。
⑤刘克庄《后村先生大全集》第 5 册,四川大学出版社 2008 年版,第 2744 页。

能激发他们更大的阅读兴趣。把一个问题定义为有争议的问题，导致人们通过媒介对那个问题有更多的了解。西方传播学家马歇尔·麦克卢汉说："书和报都具有自白的特性，它们的形态本身就产生了内幕秘闻的效果，无论其内容为何物。书籍披露作者心灵历险中的秘闻；同样的道理，报纸的版面披露社会运转和社会交往中的秘闻。正是由于这个道理，报纸揭露阴暗面时似乎最能发挥其职能。真正有影响的新闻是报忧的新闻——关于某某人的坏消息或对于某某人的坏消息。"[①]乔纳森·芬比也认为，读者天然地对曝光性的"坏消息"感兴趣，他说："不管你喜欢不喜欢，对偶尔发生的飞机失事感兴趣，而不关心无数次的安全着陆，这是人的天性。传播媒介只有投其所好。"[②]同样的道理，序跋家在序文中表达了某种消极情绪，也只会勾引起读者更大的兴趣。

　　通过以上分析，我们对宋代词集序跋的作家群落、他们的创作心态及创作态度、词集序跋的传播功效有了大致的了解。宋代的词集序跋家们颇谙传播之道，他们或者是从词人的形象入手，或者是将序跋对象与经典词人扯上关系，或者是直接对其作品进行正面的评价，或者采用欲扬先抑或明抑实扬的方法，对宋词进行着积极而富有成效的传播。不管他们采用什么传播策略，序跋家们大多能客观公正地评价词人词作，因此在推销作家作品的同时，他们又不自觉地建构了宋代的词学理论。

--------

[①] 马歇尔·麦克卢汉著，何道宽译《理解媒介——论人的延伸》，商务印书馆 2001 年版，第 257 页。
[②] 乔纳森·芬比《个人隐私与公开曝光》，载张穗华主编《媒介的变迁》，中国对外翻译出版公司 2002 年版，第 15 页。

# 宋词的书册传播

## 谭新红

词在宋代主要是依靠口耳相传的演唱方式进行传播。由于当时还没有现在这么发达的声像传播技术,这种传播方式往往会受到空间和时间的限制。距离稍远,就不便于传达,时间一久,也容易遗忘,口传只能局限于一时一地进行传播。而图书作为传播知识、交流信息和积累文化的工具,则可以超越空间与时间进行传递。

印刷术发明之前,书籍流传主要靠手工抄写。这种方式不仅费时费力,而且在抄写过程中容易出现错漏,以至于贻误后学。不能复制的特点使其量少而难以满足人们的要求,自然也影响到知识信息的传播与图书的流传。印刷术的出现解决了这些问题,它不仅使图书在质量上有了保证,在数量上也因其能够复制的特点而有了极大的提高,从而使知识信息的传播规模更为巨大,传播范围更加广泛,传播速度更加快捷,传播历史更为久远。我国在唐代就发明了雕版印刷术,北宋庆历年间毕昇又发明了活字排版印刷术,"若止印三二本,未为简易,若印数十百千本,则极为神速"①,

---

① 沈括《梦溪笔谈》卷十八"技艺"门,《全宋笔记》第二编第三册,大象出版社2006年,第137页。

印刷术取得了长足的发展。由于社会的大量需求和印刷术的普遍应用,宋代的图书在种类和数量上急剧增长,两宋成为我国图书事业空前发达的时代,其刻书业几乎遍布全国,除了蜀、浙、闽这三大刻书中心外,汴梁、建康、潭州、徽州、潮州等地的刻书也繁盛一时。

在这种背景下,图书成为宋词传播的另一重要媒介,对宋词的即时传播和流传后世起了非常重要的作用。宋词的图书传播主要有别集、选集、词话等几种形式。唐圭璋先生《全宋词》①汇辑有宋一代词作,即从词丛编、词别集等十四类图书中搜辑而来,今统计如下:

| | 词丛编 | 词别集 | 词选 | 词话 | 词谱 | 史部 | 子部 | 话本小说 | 类书 | 释道 | 诗文别集 | 文人总集 | 诗文评 | 曲类 |
|---|---|---|---|---|---|---|---|---|---|---|---|---|---|---|
| 作品 | 10981 | 2178 | 1857 | 27 | 1 | 172 | 354 | 11 | 756 | 342 | 2068 | 584 | 102 | |
| 作者 | 141 | 48 | 675 | 38 | 1 | 128 | 295 | 7 | 392 | 24 | 121 | 220 | 87 | |
| 无名氏词 | 50 | 7 | 465 | 3 | | 135 | 79 | | 398 | 12 | 237 | | | 3 |
| 断句 | | 20 | | 22 | | 155 | 66 | | 34 | 2 | 253 | 1 | 14 | 3 |

说明:1.上表中的图书分类法系据《全宋词》中"引用书目"的分类而来。这十四类不全是宋代书籍,本表只以类而不以朝代统计。2.上表中"作品"一栏指《全宋词》中有名氏的词作数量,"作者"一栏指《全宋词》中有名可查的作者数。

由表可知,《全宋词》所收近两万首词主要来源于词丛编(10981首)、词别集(2178首)、诗文别集(2068首)类图书,词丛编、诗文别集可视为一种特殊的词别集,都可归入词别集类。《全宋词》从这三类图书中共搜集了15227首作品,占总数的76%以上,可见别集在存词方面居功至伟。词选是另一种重要的传播媒介。从表中可知,

①唐圭璋编纂,王仲闻参订,孔凡礼补辑《全宋词》,中华书局1999年。

词选是保存作者人数最多的图书,《全宋词》共录入词人 1330 余家,词选占 675 人,其比例在 50% 以上。再从保存作品数量来看,词选共存词 2322 首,占总数的 11% 以上,且多为经过选择的质量高乘之作,可见词选在宋词传播中的重要作用。在这十四类图书中,词话存人存词都不多,但却是传播宋词的一种非常重要的图书。无论是纪事还是议论,词话都是宣传词人词作最直接、最有效的媒介。本文就从别集、词选、词话这三个角度讨论宋词的书册传播。

## 别 集

别集指汇录一个人的同类著作而成的书。词有别集大概始于五代,王国维对此曾有考述:

> 唐五代人词有专集者:《南唐二主词》、《阳春集》,均宋人所编。飞卿《金荃词》则系赝本。《金荃词》一卷,顾嗣立《温飞卿诗集跋》谓有宋本,未知可信否。和凝《红叶稿》之名,则系竹垞杜撰。凝《红药编》五卷,见于宋志者,乃制诰之文(焦竑《国史经籍志》列之制诰类。其书竑时已亡,殆由其名定之是也),非词集,亦非《红叶稿》也。唯珣《琼瑶集》见于宋人所记。当为词人专集之始矣。①

认为词专集始于前蜀词人李珣的《琼瑶集》。然终唐一世,个人词集并不多见②,词多依诗集、选集传存。

---

① 王国维《读花间集记》,施蛰存编《词籍序跋萃编》,中国社会科学出版社 1994 年,第 643 页。

② 王奕清辑《历代词话》卷三:"和凝少时好为曲子,布于汴洛,洎入相,契丹号为曲子相公。有集百卷,自镂板以行世,识者非之曰:'此颜之推所谓诗痴符也。'"寻绎语气,此百卷之集极有可能为词集。见唐圭璋《词话丛编》,中华书局 1986 年,第 1129 页。

"词莫盛于南北宋，人各一集，集有专名。"①"人各一集，集有专名"的说法不免夸张，但到了宋代，随着创作的繁荣和印刷术的发展，以及歌舞酒宴时演唱和闲暇时阅读的迫切需要，词集的编纂刊行确实有了很大的发展，这从陈振孙《直斋书录解题》、马端临《文献通考》及脱脱《宋史·艺文志》等书目文献中所载词集书目即可略窥大概。由于深受人们的喜爱和社会的欢迎，许多名家的词在宋代还被多次版行。王师兆鹏对两宋时期曾经辑录、传钞传刻过的宋词别集作过全面的勾稽整理，据此可以统计出宋词别集的版本情况，其中排在前十位的是：苏轼20种、周邦彦14种、柳永10种、欧阳修9种、黄庭坚9种、辛弃疾8种、秦观7种、贺铸6种、李清照5种、晏几道5种②。苏轼词在宋代有二十种版本，这在古代出版界堪称奇迹，也可以看出苏轼等名家的词在宋代受欢迎程度之深和社会需求量之大。

宋词别集的编辑有以下几种情况，一由作者自己编定，如晏几道《乐府补亡》是作者"七月己巳，为高平公缀辑成编"③；王观《冠柳集》一卷，"词格不高，以'冠柳'自名"④；贺铸《东山乐府》是贺铸"自衷其平生所为歌词"⑤而成；汪莘希望朋友们能拥有自己的词，因此"刊本而模之，盖以寄吾友尔"⑥；因作词"晚而悔之"的陆

①汪懋麟《棠村词序》，梁清标《棠村词》卷首，陈乃乾辑《清名家词》第一卷，上海书店1982年。
②王兆鹏《唐宋词史的还原与建构》，湖北人民出版社2005年，第139—253页。
③晏几道《小山词自序》，《小山词》卷首，天津市古籍书店1992年影印《百家词》本。
④陈振孙《直斋书录解题》，上海古籍出版社1987年，第619页。
⑤叶梦得《贺铸传》，《建康集》卷八，《文渊阁四库全书》本。
⑥汪莘《方壶诗余自序》，《词籍序跋萃编》，第271页。

游，也"念旧作终不可掩"①，将自己的词编入《渭南文集》。自己给自己的作品编集，自然质量上乘，易于流传，《四库全书总目》卷一百四十八"集部总叙"即云："夫自编则多所爱惜，刊版则易于流传。"

二是由子孙编定。"余惟子孙之欲不朽其先人者，其情无所不至。至于文字之可以公之于世者，即残编断简，而不忍其没焉，必思所以流传于不朽。故古之作者，赖有贤子孙为之表彰，不致泯灭而无闻。"②为了使祖上的作品能够流传久远，发扬他们的潜德幽光，孝子贤孙多热衷于编纂先辈的作品。宋代有许多人就曾为自己的长辈编词集，如以"晓风残月柳三变，滴粉搓酥左与言"而闻名的天台名士左与言，其孙左文本就"编次遗词若干首，名曰《筠翁长短句》"③；宋徽宗政和年间，词人曹组的词脍炙人口，其子曹勋也"尝以家集刻板"④。

有的词集则出自门人之手，如辛弃疾词就由门人范开编定："因暇日裒集冥搜，才逾百首，皆亲得于公者。以近时流布于海内者率多赝本，吾为此惧，故不敢独阁，将以祛传者之惑焉。"⑤师生之间不仅情谊深厚，学术的传承关系也使互相比较了解，编成的集子自然真实可信。

别集虽说乃汇录而成，但有时也经过了编者的选择删汰。因

----

① 陆游《长短句序》，《陆放翁全集》，中国书店 1986 年，第 80 页。
② 戴名世《天籁集序》，戴名世撰，王树民编校《戴名世集》卷二，中华书局 1986 年，第 30 页。
③ 王明清《玉照新志》卷四，《宋元笔记小说大观》，上海古籍出版社 2001 年版，第 3955 页。
④ 王灼《碧鸡漫志》卷二，《词话丛编》，第 84 页。
⑤ 范开《稼轩词序》，邓广铭《稼轩词编年笺注》附录二，上海古籍出版社 1993 年，第 596 页。

为即使是第一流的文人，所作也难免良莠杂陈，何者该入集、何者不当传，就看编集者的胆识与眼光了。流传至今的别集，有的几乎是篇篇可传，有的则很芜杂，就与编者的雠定有很大的关系。叶适在《播芳集序》中曾说："夫作文之难，固本于人才之不能纯美，然亦在夫纂集者之不能去取决择，兼收备载，所以致议者之纷纷也。"没有去取选择，就不会有好的集子传世。

宋人不仅给词编集，还给词作注。罗大经曾说："区区小词，读书不博者尚不得其旨。"①词起源于民间，然自文人染指以后，其发展呈一种由俗趋雅的态势。在这一演变过程中，人们填词不再以浅俗为尚，而是指事用典，追求字字有来历，且寄意遥深，让人难测其中旨意。词由明白晓畅的口头文学逐渐演变成雅洁难懂的案头文学，人们在阅读演唱时往往知其然而不知其所以然，给词作注成为时代的需要。

给词集作注大概始于北宋中叶。曾季狸《艇斋诗话》谓"章质夫家子弟有注少游词者"②，章质夫与苏轼为同时代人，曾与苏轼同官京师，在词学史上他因《水龙吟·咏杨花》词被苏轼步和而得名。为秦观词作注的章质夫"子弟"应该是比苏轼略晚而与秦观同时代的人，这个注本是宋代文献中提到的最早的词集注本。

到了南宋，人们纷纷给北宋一些名家的词作注。宋高宗绍兴初年，傅干作《注坡词》十二卷，书前有傅共序，称苏轼词"闺窗孺弱，亦知爱玩。然其寄意幽渺，指事深远，片词只字，皆有根柢。是以世之玩者，未易识其佳处"③，因此傅干为之作注。其后顾禧又

---

① 罗大经《鹤林玉露》甲编卷四，《宋元笔记小说大观》，第5203页。
② 丁福保辑《历代诗话续编》，中华书局1983年版，第309页。
③ 苏轼著，刘尚荣校正《东坡词傅干注校证》，上海古籍出版社2016年版，第1页。

作《补注东坡长短句》，此书已无传本，陈鹄《西塘集耆旧续闻》卷二引用其中两则，可以略窥"补注"一书的大致风格。金人孙镇也曾作《注东坡乐府》，《千顷堂书目》卷三十二载："孙镇《注东坡乐府》。"①可知在宋金时苏轼的词至少有三种注本。

周邦彦词"下字运意，皆有法度，往往自唐宋诸贤诗句来"②，在宋代也有不少注本。《直斋书录解题》卷二十一著录曹杓《注清真词》二卷，张炎《词源》卷下载杨缵《圈法美成词》也可视为一种特殊的注本。毛晋汲古阁《宋六十名家词》本《片玉词跋》云："宋刻《片玉集》二卷，计调百八十有奇，晋阳强焕为叙。余见评注庞杂，一一削去，厘其讹谬。"③毛晋所见此宋刻本亦为一评注本。嘉定四年（1211）陈元龙刻有《详注周美成词片玉集》十卷，有刘肃序云：

> 章江陈少章家世以学问文章为庐陵望族，涵泳经籍之暇，阅其词，病旧注之简略，遂详而疏之，俾歌之者究其事、达其辞，则美成之美益彰，犹获昆山之片珍，琢其质而彰其文，岂不快夫人之心目也。④

陈注本是因旧注简略而"详而疏之"的集注本。沈义父曾云："学者看词，当以周词集解为冠。"⑤所云"周词集解"或许就是陈注本。因此，周邦彦词在宋代至少有四种注本，且其中不乏质量高乘者。

此外，叶梦得、陈与义等人的词在宋代也被人注释过。《直斋书录解题》卷二十一著录"《注琴趣外篇》三卷，江阴曹鸿注叶石林

①黄虞稷《千顷堂书目》，上海古籍出版社 1990 年版，第 791 页。
②沈义父《乐府指迷》，《词话丛编》，第 277 页。
③毛晋《片玉词跋》，《宋六十名家词》，上海古籍出版社 1989 年版，第 195 页。
④《景宋本详注周美成词片玉集》卷首，吴昌绶、陶湘递刻《景刊宋金元明本词》，上海古籍出版社 1989 年版，第 541 页。
⑤沈义父《乐府指迷》，《词话丛编》，第 278 页。

词"。胡穉《增广笺注简斋诗集》三十卷末附《无住词》一卷,亦有胡氏笺注,此书今有《四部丛刊》本。

注本能引导接受者更好地理解作品,从而有利于词的普及与传播。此外,名人名作一般才能引起注释者的兴趣,而注又能进一步扩大词人词作的影响。好的注本与文学经典是一种双向互动的关系。

别集对词的传播发挥着重要的作用。首先,别集是汇辑个人的作品,反映了一个作家整体的创作风格和成就,人们在接受时才能够从整体上进行观照,而不会以偏概全。其次,词别集一般部头不大,成本不高,出版商可以多册印刷,因此价格也会比大部头的本集、总集便宜,这有利于词集在社会上的销售流通。小部头的书册翻阅起来也很方便,普通读者更乐于接受。这些因素都非常有利于词的当下传播。再次,别集在保存作品方面有很大的优势。编者在编辑时会尽力搜罗,尽量避免遗漏,因此很多作品都是靠别集才得以保存,《全宋词》中76%以上来自于别集就说明了这一点。

别集在流传后世方面也有较大的缺陷,朱彝尊曾说:"唐宋以来作者,长短句每别为一编,不入集中,以是散佚最易。"①这是因为词在宋代多兴到之作,人们本就不甚爱惜,很多时候是随写随佚,即使能够编辑成册,也只是作为歌舞宴会上的歌本或休闲时翻阅,加之别集旨在求全求备,很多集子里的词都是良莠不齐,接受者在消费时还要进行二度选择,费时费力,这种类型的书册自然容易佚失。而本集主要是收作者诗文类的正宗文类,是要藏之名山

---

①朱彝尊《词综发凡》,屈兴国、袁李来点校《朱彝尊词集》,浙江古籍出版社1994年版,第389页。

而传之后世的,因此更受重视,人们也更注意对它的保存,如果能够依附本集,词也就能够顺利流传。因此,"名家词有专集者,传世亦寥寥可数"①。作为一代文学的代表,在宋代又有那么大的消费市场,流传下来的宋词却不足两万首,远少于宋诗,别集易失是一个重要原因。

## 选　本

西方传播理论有所谓"守门人"概念。报社每天收到大量的新闻稿件和信息,新闻编辑阅读、评价并决定哪些新闻可以向读者发表。如果这些材料通过了"守门人"的关口,就能够见报并分发给读者,否则就不能被发表。大众媒介的内容经过个人和群体过滤以后,能产生最大的效果②。

选本亦即经过了"守门人"把关的文学传播方式,编选者类似于"守门人",他们从大量的作品中进行选择,决定哪些通过自己设立的关口,哪些被淘汰,编成书册后再传至周围的读者群。

宋代词选的数量非常可观,宋末刘将孙曾说:"乐府有集自《花间》始,皆唐词。《兰畹集》多唐末宋初词。曾慥集《雅词》,近年赵闻礼集《阳春白雪》。他如称'大成',称'妙选'数十家未愁。"③明末毛晋《草堂诗余跋》也说"宋元间词林选几屈百指"。可惜宋代词选大多湮没无存,留存至今而有书名可查者约有二十七

---

① 陶湘《影宋金元明本词叙录序》,吴昌绶、陶湘编《景刊宋金元明本词》,中国书店 2011 年版,第 6 页。
② 参丹尼斯·麦奎尔、斯文·温德尔著,祝建华、武伟译《大众传播模式论》,上海译文出版社 1997 年版,第 45、133、134 页。
③ 刘将孙《新城饶克明集词序》,《养吾斋集》卷九,《文渊阁四库全书》本。

种,得窥原貌者不过十部①。是以清人感叹道:"大约花间、草堂亦宋人选集之偶传者耳,此外,不传者何限。"②

宋词选的高峰在南宋。一是数量多。经过北宋百余年的涵育,到了南宋,宋词的数量已具规模,质量亦臻完善,名人名作层出不穷,可供人们选择的作品越来越丰富。加之词体日尊,词已由单纯的歌词发展为文学之一种,理论的总结亟待开展。人们往往通过词选表达自己的理论主张,词选的功能逐渐扩大,词选因此而大量出现,二十七种尚有书名可查的宋代词选中,至少有十七种是南宋词选。二是质量高。一方面,南宋词选的类型非常丰富。如果说北宋以前的词选以应歌型为主,南宋则应歌型词选继续发展,新的选型如尊体型、存史型词选也大量出现。另外,南宋很多词人参与选词,如黄大舆、曾慥、杨冠卿、黄昇、赵闻礼、周密、仇远、陈恕可等,就都属创作型的选家,并且其中不乏填词名家。书坊选词,"所采亦多芜杂"③;文人选词与诗人选词,"总难言当行者。文人选词,为文人之词;诗人选词,为诗人之词"④。只有词人选词,才最能得词中旨趣,所作词选也才质量高乘。

词选的种类,龙榆生分为四种:"一曰便歌,二曰传人,三曰开宗,四曰尊体。"⑤肖鹏将其简化为应歌、存史和立论三类:"词选之

---

① 参肖鹏《群体的选择——唐宋人选词与词选通论》,文津出版社 1992 年版,第 42 页。按,此将金代元好问的《中州乐府》及元初的几部词选如周密的《绝妙好词》、仇远、陈恕可的《乐府补题》,凤林书院编的《名儒草堂余》,统计为宋代词选。

② 徐釚著,王百里校笺《词苑丛谈》卷十,人民文学出版社 1988 年版,第 588 页。

③ 吴昌绶《草堂诗余跋》,《词籍序跋萃编》,第 672 页。

④ 沈雄《古今词话·词品》下卷引《梅墩词话》,《词话丛编》,第 881 页。

⑤ 龙榆生《选词标准论》,《龙榆生词学论文集》,上海古籍出版社 1997 年版,第 59 页。

功能,实际上只有应歌、存史和立论三体,存史包括传人和传词,立论则兼有开宗和尊体。"①存史和立论侧重于文学上的要求,实际可以将宋词选概括为两类:音乐唱本和文学文本。一类作为歌者演唱的底本,一类作为读者阅读的文本。

早期词选以应歌为主,《云谣集》、《花间集》、《遏云集》、《家宴集》、《尊前集》、《金奁集》等,都是给歌者提供演唱的底本,它们大多出于歌者乐工之手。听众听歌时主要是欣赏音乐美,对歌词的内容反倒不怎么在意。因此编选者在选词时也就特重词的音乐美,对文学性并不怎么看重。在语言风格上则力求平俗,既方便歌者演唱,也让听众容易接受。为了达到这种要求,编选者有时甚至妄自改动原作,《草堂诗余》中的词,"间与集本不同。其不同者,恒平俗,亦以便歌。以文人观之,适当一笑,而当时歌伎,则必需此也"②。之所以与集本不同,主要就是因为编选者改动所致。此类作品虽然深受歌者听众的欢迎,却为文人所诟病,"然歌喉所为喜于谐婉者,或玩辞者所不满;骚人墨客乐称道之者,又知音者有所不合"③。

词至南宋,崇雅黜俗,词体渐尊,随着词学观念和消费市场的变化,文学文本成为南宋词选的主流,《梅苑》、《复雅歌词》、《乐府雅词》、《绝妙好词》等莫不如此。即便是音乐型选本《阳春白雪》也已不同于"下里巴人"的俚俗之选了。

词选是一种重要的传播媒介,对词的流传当时及传播后世发挥了重要的作用。

首先,词选是宋代除演唱之外最主要的传播方式。无论是作

①肖鹏《群体的选择——唐宋人选词与词选通论》,第6页。
②宋翔凤《乐府余论》,《词话丛编》,第2500页。
③刘将孙《新城饶克明集词序》,《养吾斋集》卷九,《文渊阁四库全书》本。

为唱本还是仅供阅读,选本往往比只录一家的别集更受欢迎。作
为唱本,选本中载录的都是社会上流行的名作,有的选本还分调或
分类辑录,歌者选唱时信手拈来,非常方便。作为读本,即使部头
不大的选本,也能包罗万象,容纳不同名家不同风格的作品。读者
一册在手,即可领略众美,既省钱,又省力。而别集只是个人作品
的结集,不仅量大,还可能瑕瑜互见,远不如读选本事半功倍。近
代词学家夏敬观教人读词即从选本入手:"两宋人词多矣,令其多
读多看,彼必不知从何下手,而亦无从知何者当学,何者不当学也。
是答初步者之问,尚缺一层。夫初步读词,当读选本。"①在宋代,
词的数量非常多,读选本当然是最好的选择。元好问在《新轩乐府
引》中就记载过词选在当时的传播效果:"《麟角》、《兰畹》、《尊
前》、《花间》等集,传播里巷。子妇母女,交口教授,淫言媟语,深
入骨髓,牢不可去。"所言虽针对唐五代词选,但两宋词选当有过之
而无不及。

　　其次,词选有存词之功,对词的流传后世意义重大。由于别集
容易佚失,加之一些中小词人本身并无词集刊行,这些词人的词多
赖词选得以保存片羽。如《直斋书录解题》、《文献通考》等书目文
献中所载的宋词别集就"旧本散失,未经寓目;或诗集虽在,而词则
阙如,仅于选本中录其一二"②。《四库全书总目》卷一百九十九
《绝妙好词笺七卷提要》也说"宋人词集,今多不传,并作者姓名,
亦不尽见于世,零玑碎玉,皆赖此以存,于词选中最为善本"。《四
库未收书目提要》之《阳春白雪八卷外集一卷提要》亦云"宋代不
传之作,多萃于是"。寇准、范仲淹等人的词也是借《花庵词选》得

---

①夏敬观《蕙风词话诠评》,《词话丛编》,第 4599 页。
②朱彝尊《词综发凡》,屈兴国、袁李来点校《朱彝尊词集》,第 392 页。

以保存数首。

　　词选不仅使许多作品流存下来,而且由于经过了删繁就简、去粗取精的过程,依词选留存下来的作品大多质量高乘,《四库全书总目》卷一百八十六即云选本"删汰繁芜,使莠稗咸除,菁华毕出"。加之宋代的词选家很多都精通创作,他们对词的艺术价值的体认自有其独到之处,因此宋代通过选本流传下来的词无论是艺术价值还是思想取向都有其可取之处。李清照流传至今的词几乎首首是精品,就与她的词都是通过选本流传有很大的关系。

　　当然,选本传播也有其短处。既是选择,选本就既具有彰显功能,也有遮蔽性。只有入选的作品才有机会进入大众视野,才有可能被受众接受,而大量没有入选的作品除非有机会被其他媒介传播,否则只会慢慢湮没于历史的尘埃中。选本既可强化名作,也会湮没名作。从现存文献可知,鲖阳居士《复雅歌词》选词达四千三百余首,是宋代选词较多的选本。现载于宋代祝穆《新编古今事文类聚》续集卷二十四的鲖阳居士《复雅歌词序略》一文云:"吾宋之兴,宗工钜儒,文力妙天下者,犹祖其遗风,荡而不知所止。脱于芒端,而四方传唱,敏若风雨。人人歆艳咀味尊于朋游尊俎之间,以是为相乐也。其韫骚雅之趣者,百一二而已。"从序文可以看出,鲖阳居士认为韫骚雅之趣的作品,只占唐宋词总量的百分之一二,这"百一二"的雅词被他收进《复雅歌词》,竟有四千三百余首之多,可见没有入选的作品数量之惊人,这些作品中当有大量佳作妙语。大部头的《复雅歌词》尚且会遗漏众多佳作,其他选本自不待言,清人就曾感叹说:"不入选中,则佳词灭没,又不知其几矣!"①

---

①徐釚著,王百里校笺《词苑丛谈》卷十,人民文学出版社1988年版,第588页。

　　此外，佳选难得。"选诗诚难，必识足以兼诸家者，乃能选诸家；识足以兼一代者，乃能选一代。一代不数人，一人不数篇，而欲以一人选之，不亦难乎？"①虽然说的是选诗，但同样适用选词。陈廷焯就曾说过："作词难，选词尤难。以我之才思，发我之性情，犹易也。以我之性情，通古人之性情，则非易也。"②"选词之难，十倍于诗。"③只有具有非凡的艺术品鉴力和独到眼光的选家才会选出好的选本，鲁迅先生就曾说："选本所显示的，往往并非作者的特色，倒是选者的眼光。眼光愈锐利，见识愈深广，选本固然愈准确，但可惜的是大抵眼光如豆，抹杀了作者真相的居多，这才是一个'文人浩劫'。"④质量低劣的选本只会误导读者，曾国藩就多次教人不要读选本，"植弟诗才颇好，但须看古人专集一家乃有把握，万不可徒看选本"⑤，"吾教诸弟学诗无别法，但须看一家之专集，不可读选本，以汩没性灵"⑥。所言虽显偏激，但也不无道理。

# 词　话

　　词话是一种特殊而重要的传播文本。宋代文化昌盛，人们在闲谈时多以文学为观照对象，诗话、词话类著作应运而生。所谓词

---

①李东阳《麓堂诗话》，丁福保辑《历代诗话续编》，中华书局1983年版，第1376页。
②陈廷焯《白雨斋词话》卷八，《词话丛编》，第3970页。
③周铭《林下词选凡例》，《林下词选》，康熙十年宁静堂初刻本。
④鲁迅《题未定草》六，《且介亭杂文二集》，《鲁迅全集》第六卷，人民文学出版社1973年版，第414页。
⑤曾国藩著，邓云生校点《曾国藩全集·家书（一）》，岳麓书社1985年版，第178页。
⑥《曾国藩全集·家书（一）》，第108页。

话,就是记载词作本事、品评词作得失、探究词作律吕、考察词人生平、论述词人风格的文字。与诗话一样,词话的初起是"以资闲谈",后来才逐渐演变成议论型词话。

词话滥觞于晚唐,其生成与笔记小说有着密切的关系。曾经在魏晋南北朝辉煌一时的笔记小说在晚唐又开始流行起来,并演变成包罗甚广的文体,其关注重心也由人物品评向文学品评转移。刚刚兴起且在社会上有很大消费市场的词自然成了它们关注的对象,当时许多笔记如苏鹗《杜阳杂编》、尉迟偓《中朝故事》、孙光宪《北梦琐言》等已有单则词话的载录,其中有些还反映了唐五代人的词学观念,如《北梦琐言》记和凝、薛昭纬的两则词话云:

> 晋相和凝,少年时好为曲子词,布于汴、洛。洎入相,专托人收拾焚毁不暇。然相国厚重有德,终为艳词玷之。契丹入夷门,号为"曲子相公"。所谓好事不出门,恶事行千里,士君子得不戒之乎!

> 唐薛澄州昭纬,即保逊之子也,恃才傲物,亦有父风。每入朝省,弄笏而行,旁若无人。好唱《浣溪纱》词。知举后,有一门生辞归乡里,临岐献规曰:"侍郎重德,某乃受恩。尔后请不弄笏与唱《浣溪纱》,即某幸也。"时人谓之至言。①

视作词为"恶事"、戒人勿唱词,一关系词的创作,一涉及词的传播,都以词为有悖品行的末道小技。这些词话虽然只是以故事的形式被载于笔记中,但由于是以现实人物为标靶,有较强的说教意义,加之小说又有着广大的消费群体,无疑会极大地影响人们对

---

① 孙光宪《北梦琐言》,上海古籍出版社 1981 年版,卷六第 47 页,卷四第 27 页。

词的态度,宋初词坛长达半个世纪的沉寂局面与此不无关系,宋人卑视词的观念也根源于此。

北宋出现了最早的词话专书——杨绘《时贤本事曲子集》。梁启超称其为"最古之词话"①,吴熊和师考定其作于北宋元丰初,距最早的诗话《六一诗话》的写定,不过十年左右的时间②。此后,北宋词话并没有得到很大的发展,《本事曲》外,今可考之北宋词话专书只有晁补之的《骫骳说》。朱弁《续骫骳说序》云:"晁无咎《骫骳说》二卷,其大概多论乐府歌词,皆近世人所为也。"③据朱弁所言,可知此书为议论型词话,与《时贤本事曲子集》一样都是以同时代人的创作为观照对象。北宋词话更多的是借笔记、诗话、野史等母体保存下来。这些词话以纪事为主,例属漫谈,没有体系。

北宋词话虽以纪事为主,但却是极为重要的传播媒介。从当下传播的角度来看,北宋词话里暗寓的价值判断影响了时人对词的态度,如魏泰《东轩笔录》载王安石讥笑晏殊作词云:"为宰相而作小词,可乎?"④张舜民《画墁录》载晏殊与柳永关于"作曲子"的交锋⑤,释惠洪《冷斋夜话》载法云秀斥黄庭坚作词是"非止堕恶道"⑥,欧阳修《归田录》载钱惟演平生惟好读书,"坐则读经史,卧则读小说,上厕则阅小辞"⑦,邵博《邵氏闻见后录》载韩少师云晏几道作词为"才有余而德不足"⑧,就都是在唐五代人视词为小道

---

①梁启超《记时贤本事曲子集》,《词话丛编》,第 11 页。
②吴熊和《唐宋词通论》,浙江古籍出版社 1989 年版,第 285 页。
③陶宗仪等编《说郛三种》卷二十九,上海古籍出版社 1988 年版,第 1379 页。
④魏泰《东轩笔录》卷五,《宋元笔记小说大观》,第 2711 页。
⑤张舜民《画墁录》,《宋元笔记小说大观》,第 1553 页。
⑥释惠洪《冷斋夜话》卷十,《宋元笔记小说大观》,第 2223 页。
⑦欧阳修《归田录》卷二,《宋元笔记小说大观》,第 620 页。
⑧邵博《邵氏闻见后录》卷二十,《宋元笔记小说大观》,第 1958 页。

末技的基础上的变本加厉。这种消极的词学观念诉诸文字后所产生的影响自然比街谈巷议大,特别是这些词话大多针对社会名流,人们在阅读时,更是会深受影响,此类词话对词的创作与传播都会产生不小的负面影响。

当然,换一个角度看,"坏消息吸引收视者的参与"①,如此多的名臣巨卿卷入"填词丑闻",一方面会激起人们对词更大的兴趣,另外也会使他们少了许多顾忌,名正言顺地参与填词和传播词的活动中去。

北宋词话已渐有涉及议论者。在对词的艺术风格的体认上,已呈现出向南宋黜俗崇雅追求转变的趋势,如释文莹《湘山野录》评欧阳修词"飘逸清远"②,赵令畤《侯鲭录》评晏殊词"风调闲雅"、评张先词"韵高"③。人们也开始注意体认词的思想意蕴,如王君玉《国老谈苑》评寇准《江南曲》"意皆凄惨"④,吴处厚《青箱杂记》评陈亚药名词"虽一时俳谐之词,然所寄兴,亦有深意"⑤。由于是同时代的人,有着共同的社会风尚和审美趣味,他们的评价显得准确而精到,从而扩大了词人的影响,奠定了词人的地位。

虽然北宋有"论词及事"型词话《本事曲》和"论词及辞"型词话《欹枕说》,为词话的发展开创了两大范型,但是词话在北宋的发展颇缓慢,一是数量少,除了两部专书外,依存于诗话、笔记的词话数量也不多,这使我们不能充分了解北宋词坛风貌;二从存在形

①马歇尔·麦克卢汉著,何道宽译《理解媒介——论人的延伸》,商务印书馆 2000年,第11页。
②释文莹《湘山野录》卷上,《宋元笔记小说大观》,第1395页。
③赵令畤《侯鲭录》卷七,《宋元笔记小说大观》,第2091、2099页。
④陶宗仪编《说郛三种》卷四十三,《宋元笔记小说大观》,第1990页。
⑤吴处厚《青箱杂记》卷一,《宋元笔记小说大观》,第1642页。

式看,多依附于诗话、笔记、野史,独立性不强,这使其偏于漫谈,系统性不强,从而限制了它的发展;三是偏于纪事,议论型词话很少,我们只能从片言只语中得窥北宋的词学思想。这些因素影响了词在词话中的传播。

到了南宋,词话有了很大的发展,主要体现在以下几个方面:

一是词话专书增多。如杨湜《古今词话》、王灼《碧鸡漫志》、吴曾《能改斋词话》、胡仔《苕溪渔隐词话》、张炎《词源》等,虽然在数量上无法与诗话相颉颃,然较之于北宋,则已有了较大改观。

专书的大量出现,使词话的依附性减弱,独立性增强,人们开始注意对词的内部规律进行探讨,词话也渐具系统性,这促成了宋末元初几部理论性极强的词话的诞生。

二是词话的理论色彩增强。以颇具规模的词话著作而言,王灼《碧鸡漫志》、胡仔《苕溪渔隐词话》、魏庆之《魏庆之词话》、张炎《词源》等,就都不拘限于纪载词林本事,而是有了一定的理论色彩。南宋词话始将词视为文学之一种从理论上进行严肃地讨论,他们确立了词的主体风格和经典词人,后世立论大致不出其范围。主体风格的确立使词体渐尊,人们不再以淫邪艳丽视词,从而乐于接受;经典词人的树立使人们有了学习的典范,不但扩大了这些词人的影响,而且对整个宋词的传播都有着积极的作用。

从《全宋词》来源统计表可知,两宋词话只为《全宋词》提供了27首完整的词和22首残篇及38位词人,词话在存人存词方面远逊于别集、词选等其他类图书,这是因为词话重在"话"而不在"词",作品载录不是其目的,纪事议论才是重点。但由于这些作品都是词话家们用作纪事议论的例证,有其特殊的文献价值和审美价值,因而多为后世编词集者所取资,朱彝尊《词综发凡》就曾说:"词有当时盛传,久而翻逸者。遗珠片玉,往往见于稗官载纪。……片词足采,辄事笔疏,故多他选未见之作,庶几一开生面。"

词话即时传播的意义更为巨大,是一种具有独特传播功能和传播效果的媒介。

一是词话具有"议题设置"功能。西方传播模式研究中有所谓的"议题设置"模式,其基本思想是:在特定的一系列问题或论题中,那些得到媒介更多注意的问题或论题,在一段时间内将日益为人们所熟悉,他们的重要性也将日益为人们所感知,而那些得到较少注意的问题或论题在这两方面则相应地下降①。词话具有类似功能,词话所附评论,自可扩大词的影响,所附轶事,更能引起人们的阅读兴趣。那些得到词话家关注的词人词作自然会逐渐为受众所熟悉,其重要性也会日益为读者所感知。以苏轼为例,吴熊和师就曾说:"元丰初,苏轼作词尚不多,词名未大著,《本事曲》可以说是苏词的最早鼓吹者。"②《本事曲》主要记载北宋中叶有关词作的创作本事和传播轶事,尽管没有直接的价值判断,但由于其中很大的篇幅都是以苏轼为"议题",读者对苏轼词自然有更多的了解。

二是词话具有刺激功能。传播学认为,把一个问题定义为有争议的问题,导致人们通过媒介对那个问题有更多的了解。词在宋代是一个颇有争议的话题,雅俗之争、苏柳之争、词人高下之争以及文人是否应该作词等方面的争论,这些载录于词话中的争议极大地激发了人们对词的好奇心,从而更有兴趣去了解词。

三是词话具有鲜明的接受导向功能。观念常常是首先流向舆论领袖,然后由舆论领袖流向人口中不太活跃的部分。很多词话

---

①丹尼斯·麦奎尔、斯文·温德尔著,祝建华、武伟译《大众传播模式论》,上
　　海译文出版社 1997 年版,第 85 页。
②吴熊和《唐宋词通论》,第 286 页。

家都堪称舆论领袖,词的传播主要就是由这些舆论领袖传向不太活跃的市井民众,他们的态度对普通受众具有接受导向功能。词话在很多时候都具有鲜明的价值判断,称赞谁,批评谁,哪些作品是佳作,哪些是不好的作品,在词话里都有直接的表现,而范围更广、人数更多的二级接受群体对词的看法主要受他们的影响。比如胡仔《苕溪渔隐丛话》历数东坡词名作,这种评论导向自会引发人们的阅读兴趣和了解欲望,苏轼经典词确立的过程自然也会深受胡仔影响。

以上分别论述了别集、词选、词话这三类图书的传播功能和传播效果。宋代文化昌盛,印刷术和出版业发达,不但国家图书馆藏书甚富,私人藏书也非常可观,图书成为人们最重要的文化消费品。不论是作为歌本,还是作为案头读物;不论是见载于别集,还是被选于选本,或是在词话中被品评,图书都成为词在宋代重要的传播媒介。可以说演唱和阅读是宋人接受词的两条主要途径。再以流传后世而言,图书更是最重要的方式。古语云,纸寿千年。正是因为有了图书的载录,才会有如此丰富的宋词作品流传后世,并成为我们今天的精神食粮。

# 汤显祖《牡丹亭》东传朝鲜王朝考述*

程　芸

　　汤显祖《牡丹亭》的域外传播是"汤学"领域的重要问题,然而,研究者通常关注西方的情况,对东亚地区《牡丹亭》的流播则有所忽视。事实上,《牡丹亭》早在清顺治三年(日本正保三年,1646)即流入日本,是江户时代东渡次数较多的中国戏曲文献①。本文勾辑古代朝鲜王朝汉文燕行文献(通称"燕行录")中的资料,并辅以其他相关记载,试图呈现《牡丹亭》东传朝鲜半岛的某些痕迹,并发掘其潜在的文学史意义。

　　明清时期朝鲜文人的"朝天"或"燕行"以使团出行为主,这种受制于"朝贡关系"("宗藩关系")的人物往来,也经常伴随着书籍的输出与流入,成为中朝两国之间极为重要的文化交流形式。《牡

---

* 本文为国家哲学社会科学基金项目"古代朝鲜燕行文献所存明清文学史料的整理与研究"(项目编号13BZW088)和教育部人文社会科学研究一般项目"韩国汉籍中的中国戏曲史料辑录与研究"(项目编号11YJA751007)的阶段性成果。本文写作曾得到郑志良博士的指点,发表前又参考了匿名评审专家的意见,谨致谢忱。
① 黄仕忠《江户时期东渡的中国戏曲文献考》,《文化遗产》2009年第2期。

丹亭》完成于明万历时期,晚明的朝天使者接触到《牡丹亭》的机会并不大,因为明朝严格限制使臣的在华行为。清初大抵沿袭这一政策,直至康熙后期鉴于天下大定,不再禁止使臣观游,于是,中朝文人的直接交流更为频繁,朝鲜文人对中国社会的接触也更为深入而细致。某些有幸燕行的使臣及其随从,在记录中国"见闻"、追思中国"记忆"或描绘中国"想象"①的同时,也以一种不经意的方式推动了《牡丹亭》的东传,及其相关的文学生产。

一

以笔者目力所及,最早提及《牡丹亭》的朝鲜燕行文人,是清康熙六十年(李朝景宗元年,1721)充任谢恩使团副使的李正臣(1660—1727)。李正臣《栎翁遗稿》卷八《燕行录》所附《前后去来时状启誊本》中,保存了朝鲜使臣誊录的若干清朝"可信文书",其中一封康熙圣旨有云:"王锡爵行事,汉人亦甚恶之,故作《牧(牡)丹亭歌曲》,极肆诋骂,得此报应。其孙反叛,受贼伪箚,称为伐清总兵,不久被擒。朕宥其殄九族之罪,只戮其一身,别无株连。即此王掞之负心,可知矣。"②王掞(1644—1728)曾官至文渊阁大学士,以重立胤礽为太子事触怒康熙皇帝,后致仕。他是明万历时期内阁首辅王锡爵(1534—1611)的曾孙,而晚明以来曾流传着《牡丹亭》借杜丽娘还魂,以影射王锡爵女儿昙阳子"升仙"之事的说

---

① 葛兆光《韩国汉文燕行文献选编》序,复旦大学文史研究院、韩国成均馆大学东亚学术院大东文化研究院编《韩国汉文燕行文献选编》第一册,复旦大学出版社2011年版,第1—2页。
② 李正臣《栎翁遗稿》,《影印标点韩国文集丛刊》(续)第53册,(首尔)民族文化推进会2008年版,第175页。按,古代朝鲜汉文文献中常有一些讹字或异字,本文随文订正。

法。康熙皇帝不知从何途径得知这一传闻,在圣旨中借题发挥,又为燕行使者所直录,以呈报朝鲜国王,这是《牡丹亭》早期异域传播史上的一个有趣细节。

当然,这个细节并无下文,也无助于说明《牡丹亭》是否受到其他朝鲜文人的关注。有据可查的则是,五十余年之后,《牡丹亭》终于被燕行文人带入了朝鲜。李德懋(1741—1793)的《青庄馆全书》卷十九中有一封致清人李鼎元(1750—1815,号墨庄)的信函(《李墨庄》),有云:

> 东洛(络)山房之别,无论去留,销魂伤心,朱颜堪雕。天寒岁暮,细惟斯辰,起居增卫。不佞下土鲰生,乃敢接武东吴之名士,拍肩西蜀之胜流,谈艺于芷塘之室,订交于鸳港之堂。吹嘘羽毛,洗濯尘垢,莫非我墨庄为之先容,为之绍介。其为感幸,可胜言哉!每与楚亭谈此事,未尝不詑足下为人之磊落奇伟,天下之士也。雨村、芷塘两先生信息,其果续续承闻。沈匏尊无恙否?归时不得相别,至今茹恨。幸致此意,如何如何。五言律一首,奉寄左右,聊表深情。伴以香山小笺廿番,匪物为贵,俯念其孤怀,至可至可。姜山、泠斋既得《牡丹亭记》,留为一段风流,使之传致谢意耳。临池神溯。不宣。①

同卷另有一封致清人唐乐宇(1739—1791,号鸳港)的书函(《唐鸳港》),也提到了《牡丹亭》的东传,有云:

> 不佞之一生未可忘者,吴蜀名士,鱼鱼雅雅,饯我二人,飞觞陆续,颊饱丹砂,轩渠绝倒,雅谑淋漓,不知日之将暮,何其乐也。如今索居,回头指点,浑如梦中。仰天长吁,忽自无以

---

① 李德懋《青庄馆全书》上册,首尔大学古典刊行会,1966 年版,第 267—268 页。

为心。岁将暮矣！不审足下动止清吉,阿张兄弟,俱得无恙？种种驰念,不能自已。蔡吕桥、马青田,亦皆平安否？幸为之致意！别后积月,足下之著辑应充栋宇,无由从傍而读之,只自茹恨。或可寄示一种,以替对晤耶？姜山、泠斋,获见足下所赠《牡丹亭记》,深感足下之好奇,遥谢千万。不佞近得一诗,仰寄门下,可知其托情之深挚也。其幸赐和焉。香山素笺廿张伴去,俯纳如何。不宣。①

清乾隆四十三年(李朝正祖二年,1778)三月,李德懋以谢恩陈奏使团书状官随从的身份来到中国,同行者还有充任正使随从的朴齐家(1750—1805,字在先,号楚亭)。据李德懋《入燕记》,②使团五月十五日进入北京,六月十六日踏上返程,其间,李德懋、朴齐家与多位中国文人频繁往来,包括李鼎元、李骥元(凫塘)、唐乐宇、祝德麟(芷塘)、沈毓尊(心醇)、蔡曾源(吕桥)、王民皞(鹤汀)、马青田(马照)等。"天寒岁暮"、"别后积月"云云,可知这两封信是李德懋回国之后,第一次致函远方的朋友,作于本年年底。考虑到乾隆时期两国人物往来的主要形式是使节及其随从,那么,捎信人很可能是前往清朝的三节年贡使团中的某位成员。

这两封信函的收件人都与赠送《牡丹亭记》有关,不过,细究其意,唐乐宇更有可能是主谋。受赠者"姜山"(即李书九,1754—1825,号姜山)、"泠斋"(即柳得恭,1748—1807,号泠斋)却又并不在这次的燕行使团中,这背后事出有因。

就在清乾隆四十一年(李朝英祖五十二年,1776)十一月至次年四月(李朝正祖元年,1777),朝鲜文人柳琴(1741—1788)随进

---

① 李德懋《青庄馆全书》上册,第 268 页。
② 中日韩三国已出版了多种规模不一的"燕行录",本文所引李德懋《入燕记》据《韩国汉文燕行文献选编》,不另注。

贺谢恩使团副使徐浩修来到了中国,他随身携带李德懋、朴齐家、李书九、柳得恭(柳琴之侄)的诗选《韩客巾衍集》手抄本,拜会了时任吏部考功司员外郎的四川文人李调元(1734—1803),并因李调元的介绍,结识了时任《四库全书》分校官的浙江文人潘廷筠。李调元、潘廷筠读到这四位朝鲜诗人的作品后,称赏有加,慨然作序、评点,并表示要在中国刊刻《韩客巾衍集》。① 柳琴回国后,此事在朝鲜诗坛引起诸多回响,也为后来的燕行文人结交清人埋下了伏笔。据李调元《八月二十日奉恩命督学广东恭纪再叠前韵》、《良乡留别墨庄》(《童山诗集》卷十九)等可知,柳琴等人返程两个月之后,李调元奉命督学广东,待次年李德懋、朴齐家随使团进入中国时,他早已不在燕京。李鼎元是李调元从弟,大约于乾隆丁酉(1775)年进入北京,后参加了戊戌年(1778)的会试。据李德懋《入燕记》,李鼎元是在潘廷筠寓舍见到李德懋的。因此,以李鼎元、李调元、潘廷筠之间的密切关系,有理由相信,李鼎元早就获知四位朝鲜诗人的声名。

　　唐乐宇(1739—1791)也应该早已听闻过他们。唐乐宇是四川绵州人,时官户部员外郎,据李调元《诰封朝议大夫贵州南笼知府唐公尧春墓志铭》(《童山文集》卷十六),唐乐宇与李调元童稚相交,曾为儿女亲家,又同在京城为官,关系密切。据李德懋《入燕记》,朴齐家曾访唐乐宇于四川会馆,而李调元的从弟李鼎元、李骥元当时正寓居四川会馆。《入燕记》记叙了李德懋、朴齐家与唐乐宇的六次见面,李德懋笔下的唐乐宇“通易理律历之类”,又“娴于

---

① 清代中叶《韩客巾衍集》是否曾在中国刊行,学界有争议,参见金柄珉《〈韩客巾衍集〉与清代文人李调元、潘廷筠的文学批评》,《外国文学》2001 年第6 期;朴现圭《韩国的〈四家诗〉与清朝李调元的〈雨村诗话〉》,《四川师范大学学报》(社会科学版)1998 年第4 期。

名物之学"，"其言多考据辨订"，故称其"真博雅之君子也"，对照李调元所撰墓志铭的相关描述，如云"胸罗万卷，兼精六壬五星，并著有《奇门纪要》。常于琉璃市得西洋浑天铜仪，购归，排列敷衍，遂通勾股之法"，李德懋"深感足下之好奇"的赞叹，显然并非虚与委蛇之言。

　　就在《唐鸳港》这封信中，李德懋还表达了想读到唐乐宇著述的愿望。据李调元所撰墓志铭，唐乐宇病故后，"诗多散轶"，这或反映了唐氏其实声名不广，并非当时文坛的重要人物。① 然而，与唐乐宇短短二十来天的密切来往，显然给李德懋留下了较为深刻的印象。两年后的李朝正祖四年（清乾隆四十五年，1780），朴趾源（1737—1805）跟随祝贺乾隆皇帝七十大寿的使团来到北京，特意遵李德懋之嘱去唐府拜谒，事见朴趾源《热河日记》之《关内程史》。

　　李德懋并没有明言"《牡丹亭记》"的文体性质，更没有提及其作者，但我们注意到，他对作为一种戏剧文体的"传奇"的基本体性、特征其实并不陌生。在勾辑中国文献而成的《磊磊落落书》（《青庄馆全书》卷三十六至卷四十七）中，李德懋曾提到数部传奇，如云间道人"精于《牡丹亭》乐府"，陆符四岁抗声高唱《杨涟草·传奇》，吴中好事者将黄孔韶父子事迹"编为传奇，演之春秋之社"，黄周星创作《人天乐》。汤显祖的《牡丹亭》向来以奇幻、风情而称誉士林，李德懋"留为一段风流"、"深感足下知好奇"云云，既折射了李朝后期文人对中国戏曲基本特征的体认，也可与明清中土文人对《牡丹亭》的评价相互对接。作为一次根植于儒家文

―――――――――

① 《（嘉庆）四川通志》卷一百五十四唐乐宇小传称其"著有《奇门纪要》，并《东络山房诗文集》行世"，然检阅晚近以来的多种书目，仅知唐乐宇今存《南笼遗稿》，传存有限，仅藏于四川图书馆。

化的审美表达,虽然它来自域外,却体现了中朝文人能够共享的一种知识系统和阅读体验。

二

那么,为什么唐乐宇、李鼎元要向李书九和柳得恭赠送《牡丹亭》传奇? 李书九的诗文别集如《惕斋集》(《影印标点韩国文集丛刊》本)、《姜山集》(美国哈佛燕京图书馆藏抄本)中未见到相关记载,然而,柳得恭选录中国、日本、安南、琉球汉诗的《并世集》中,却留下了明确线索。《并世集》编于李朝正祖二十年(清嘉庆元年,1796),录有唐乐宇的一首《别李炯庵朴楚亭东敀》,小传则有云:

> 鸳港与懋官(李德懋)、次修(朴齐家)谈次,称汤若思(士)《牧(牡)丹亭记》之佳。懋官、次修以未见为恨。鸳港即命仆书肆中取来,使读之。懋官、次修一读便曰:"殊不见其佳处。"鸳港大笑曰:"公不以为佳,惠风(柳得恭)必以为佳。"遂以其书寄来。①

柳得恭曾三次随团出使中国,第一次是在李朝正祖二年(清乾隆四十三年,1778),但行至沈阳即返回,第二次才进入燕京,时清乾隆五十五年(李朝正祖十四年,1790),柳得恭充任进贺兼谢恩使团副使徐浩修的随从,同行者还有朴齐家、李喜经等人,时唐乐宇已经调任贵州。柳得恭此行留下了在热河清音阁和燕京圆明园观看内廷演剧《返老还童》、《升平宝筏》的记录,可见出他对中国的戏曲表演有一定的兴趣。此外,柳得恭有一首《送人赴燕求虞初

---

① 柳得恭《并世集》,《燕行录全编》第 3 辑第 2 册,广西师范大学出版社 2013 年版,第 329 页。

新志》诗云:"送君渡鸭水,戎服折风巾。燕市三韩客,齐庄一楚人。闻鸿紫塞夜,跃马玉河春。绝妙《虞初志》,无忘寄袖珍。"①可知,柳氏对正统诗文之外的通俗文学,也有浓厚兴趣。唐乐宇"惠风必以为佳"云云,细究之,似早已了解柳得恭的阅读趣味,不知是否与柳得恭的这次求书有关。考虑到汤显祖曾点校《虞初志》,所撰《续虞初志》又被《明史·艺文志》著录,而《明史》东传又是朝鲜王朝的大事(参见后文),我们或许可以说,柳得恭与汤显祖之间存在着某种超越时空的文学精神的关联。

然而,柳得恭又称"懋官、次修一读便曰'殊不见其佳处'",却值得再予推敲,至少与朴齐家的趣味、性情不符。李德懋在正祖倡导"文体反正"时,也受到过冲击,但大体而言,其文风较雍容端正。而相较于李德懋,朴齐家的文学思想更为开放,对中土风情人物的兴趣也更为多样,这甚至引起了李德懋的不满。他的《雅亭遗稿》中就留下了严厉批评朴齐家的若干信函,如有云:

> 足下知病之崇乎?金人瑞,灾人也;《西厢记》,灾书也。足下卧病,不恬心静气,澹泊萧闲,为弥忧销疾之地,而笔之所淋,眸之所烛,心之所役,无之而非金人瑞。而然犹欲延医议药,足下何不晓之深也。愿足下笔诛人瑞、手火其书,更邀如仆者日讲《论语》,然后病良已矣。

> 羡慕中原,嗜好小说,为近日痼弊……此挽回淳古振作大雅之一机会也。兄须十分详审,乃以悔过迁善、感恩知罪之意,结构一篇古文,又或七言绝句十许首,文与诗间,遣词命意务极驯雅,勿或浮靡;字句之间,慎勿犯用俗所谓小说及明末清初一种鄙俚轻薄口气……夫所谓小说者,即演义之流也。

①柳得恭《泠斋诗集》卷二,美国哈佛燕京图书馆藏抄本。

以其诲淫诲盗，坏伦败化之具，王政之所厉禁。故吾辈尝与痛恶而深斥之，此不必为累于吾兄，而每恨吾兄为人性癖突兀，生长东方礼仪之乡，而反慕中原千里不同之俗。其所设心，一何宏阔。甚至满洲铁保、玉保，看作兄弟；西藏黄教红教之流，视如士友。世俗所谓唐痴、唐学、唐汉、唐魁之目，举皆集于兄身。此是公案。①

以朴齐家驳杂的文学嗜好，以及被李德懋视若病态的对于中国风俗的仰慕，柳得恭《并世集》中"殊不见佳处"云云，不免令后人生疑。朴齐家曾先后四次燕行，没有留下直接记录其见闻的"燕行录"一类的文字，不过，据其殁后由四子朴长馣纂辑的《缟苎集》来看，朴齐家与唐乐宇之间的交流非常深入，完全有可能涉及词曲方面的话题，如有云："先君记曰：'乐宇号鸳港……明几何之学，著有《东络丛书》二百余卷。戊戌与余订交，家在琉璃厂之先月楼南，与余有乐律问答数千言。'"②唐乐宇通音律，其友人李调元所撰墓志铭中也有明确的记载，正可相互佐证。

再核之以李德懋《入燕记》，记"正祖二年五月二十五日"之事有云："与在先因往唐员外馆论乐，盖从中指一寸为尺之说，以郑世子《乐书》为铁论。"这里郑世子《乐书》，指明宗室朱载堉（1536—1611）的《乐律全书》，清初康熙皇帝敕撰《律吕正义》时已采用其说，乾隆时期编修《四库全书》更受到重视，四库馆臣既称其多"精微"之论，又感叹其艰深难懂（见《四库全书总目》卷三十八经部三十八乐类）。我们则注意到，两年后燕行的朴趾源在《鹄汀笔谈》中记载了这样的对话："宗室大臣未见一河间献王，有谁？郑载堉。

① 李德懋《雅亭遗稿》卷七，美国国会图书馆藏李朝正祖二十年芸阁活字本。
② 朴长馣纂辑《缟苎集》卷一，美国哈佛燕京图书馆藏抄本。

余问:郑是何代人。鹄汀曰:前明宗室郑王之世子,名载堉,著《律
吕精义》。"①《鹄汀笔谈》是朴趾源与中国文人王民皞(字鹄汀)的
笔谈记录,显然,对于乾隆中后期的燕行文人而言,朱载堉及其著
述、学说还是较为陌生的一种知识,而唐乐宇和李德懋、朴齐家之
间的交流能涉及这样一个在当时具有"前沿性"的问题,足见主客
双方趣味的相投。据此推测,柳得恭的话未必符合当时赠书的真
实情境,不妨视作"一家之言"。

　　由李德懋、朴齐家带回的《牡丹亭》,是否是这部中国戏曲名
作第一次进入朝鲜? 限于所见,不敢遽下结论。② 但大体可推断,
这次东传消除了一个朝鲜文人的小圈子对于《牡丹亭》的新奇感。
我们注意到,两年之后朴趾源从王民皞那里听闻《牡丹亭》时,已
经不再陌生了。事见其《热河日记》之《忘羊录》,有云:

　　　余曰:器譬则谷也,声譬则风也。知谷之不可改,则风之
　　出也无变。特有厉风、和风、焱风、冷风之异耳。由是论之,律
　　之有古今之殊者,无其器改而声变欤?
　　　鹄汀曰:然。律联而为调,调谐而为腔,腔合而为曲。律
　　无奸声而调有偏音,果是一谷之风有厉和焱冷之不同,晓夜朝
　　昼之变焉。此其腔曲之所以情变听移,随时耸沮,而始有古今
　　之异、正蛙之别尔。唐虞之世,民俗熙皞,其悦耳者韶濩之声,
　　则又其所黜可知也。幽厉之时,民俗淫靡,其悦耳者桑濮之
　　音,则又其所黜可知也。如近世杂剧,演《西厢记》则倦焉思
　　睡,演《牧(牡)丹亭》则洒然改听。此虽闾巷鄙事,足验民俗

①朴趾源《热河日记》,《韩国汉文燕行文献选编》第 23 册,第 39 页。
②尹德熙(1685—1766)的《字学岁月》提到的《四梦记》,是否为汤显祖的《临
　川四梦》,尚待证实。参见陈文新、闵宽东《韩国所见中国古代小说史料》,
　武汉大学出版社 2011 年版,第 439 页。

趣尚随时迁改。士大夫思复古乐,不知改腔易调,乃遽毁钟改管,欲寻元声,以至人器俱亡。是何异于随矢画鹄,恶醉强酒乎。①

《忘羊录》记录了朴趾源与中国文人尹嘉铨、王民皞的笔谈,其核心是"论说乐律古今同异"。综观这次笔谈,所谓"乐律古今异同",并不局限于具体的知识领域,而往往延伸为古今风尚流变及其评价的探讨。正是在这样一个带有"价值判断"的话题框架中,《西厢记》《牡丹亭》成为论证文学、艺术风尚必然与世推移的重要例证。当然,这个时期的燕京剧坛并非曲牌体戏曲独霸的局面,已面临板腔体的乱弹诸腔的挑战,《西厢记》不受欢迎固然为一事实,《牡丹亭》是否为士大夫所"洒然改听",其实也是问题。王民皞或也有可能从燕行文人那里风闻过《西厢记》在朝鲜广受欢迎的某些情况(参见后文),因此,他才将《西厢记》与《牡丹亭》相提并论。

借助于清代中叶中国与朝鲜王朝的宗藩关系,籍籍无名的四川文人唐乐宇,却有幸进入了若干朝鲜一流诗文名家的视野,并在当时尚不频繁的中朝文学、音乐和文化交流中,发挥了中介者的作用。从这个角度看,唐乐宇和李德懋、朴齐家都是《牡丹亭》异域传播史上值得被记住的姓名。

## 三

韩国学者全寅初主编的《韩国所藏中国汉籍总目》著录了三种版本的《牡丹亭》:

其一,署《牡丹亭传奇》,八卷八册,木刻本,玉振堂梓,云"年

①朴趾源《热河日记》,《韩国汉文燕行文献选编》第22册,第410—411页。

代不详"。玉振堂不见于瞿冕良先生编著的《中国古籍版刻辞典》
(增订版,苏州大学出版社 2009 年)和杜信孚先生的《全清分省分
县刻书考》(线装书局 2009 年版),经检索"高校古文献资料库"、
台湾"国家图书馆"之"中文古籍联合目录"等数据库,知玉振堂曾
于清嘉庆十一年(1806)刊刻了《历代圣贤篆书百体千文》;那么,
此本东传的时间,恐在李德懋、朴齐家等人燕行之后,或在嘉庆、道
光时期。①

　　其二,署《牡丹亭还魂记》,清光绪十二年(1886)年同文书局
刊本。据郭英德先生《〈牡丹亭〉传奇现存明清版本叙录》,此本乃
以明万历年间的石林居士本为底本的石印本,流传甚广②;那么,
它流入朝鲜的时间当更晚。

　　还有一种,署《牡丹亭还魂记》,二卷二册,石印本,有民国三
年(1914)序,署"古歙在田氏题"。"古歙在田氏"是清末民初安徽
书商唐在田,曾刊刻了《绘图万花楼传》、《续洪秀全演义》、《李公
奇案》等;显然,此本东传的时间当在民国时期。

　　此外,据韩国学者闵宽东教授的《中国戏曲(弹词鼓词)的流
入与受容》(韩国学古房 2014 年版),该国还存有另外两种《牡丹
亭》:一是乾隆乙巳年(1785)冰丝馆据明末清晖阁原本重刊的《玉
茗堂还魂记》,另一种是清后期同人堂的木刻本《牡丹亭还魂记》。

　　以上五种《牡丹亭》,大约反映了当今学界对韩国庋藏《牡丹
亭》版本基本情况的掌握。大抵可以判定,它们都是清乾隆四十三

---

①日本拓殖大学宫原(民本)文库藏有一种玉振堂刊刻的《绣像牡丹亭还魂
　记》,六册,不知与此本的关系。参见黄仕忠《日藏中国戏曲文献综录》,广
　西师范大学出版社 2010 年版,第 125—126 页。
②郭英德《〈牡丹亭〉传奇现存明清版本叙录》,《戏曲研究》第 71 辑,文化艺
　术出版社 2006 年版。

年(1778)以后才传入朝鲜的,应与李德懋、朴齐家无关。

那么,《牡丹亭》被李德懋、朴齐家带入朝鲜之后,该本是否得到进一步的传播,乃至翻刻? 除了《牡丹亭》,汤氏其他"三梦"是否很快传入朝鲜? 笔者未见到明确记载,只能先存疑。[①] 但点检相关材料,并参以张伯伟所编《朝鲜时代书目丛刊》(中华书局2004年版)、全寅初主编《韩国所藏中国汉籍总目》(韩国学古房2005年版)等,汤显祖诗文的东传痕迹却因《牡丹亭》的流入,而更加清晰地呈现出来。

汤显祖的诗文曾多次结集刊行,汤显祖也早已因其诗文成就而赢得了声名,这在钱谦益《列朝诗集》等文献中有所反映,但对于朝鲜文人而言,认知、传播乃至接受其诗文的影响,同样需要一个"去陌生"的过程。我们注意到,李德懋《入燕记》记正祖二年(1778)五月十九日事云:"燕市书肆自古而称,政欲翻阅,于是余与在先(朴齐家)及干粮官往琉璃厂,只抄我国之稀有及绝无者。"其中就有他在嵩秀堂发现"《玉茗堂集》"的记录。李德懋是李朝宗室,饱学多闻之士,如果《玉茗堂集》在他眼中都属于稀罕之物,那么,汤显祖别集流入朝鲜的时间应该不会很早;即便有之,也不为一般的文人所重视。

---

[①] 有研究者指出:"著名文人安鼎福(1712—1791)在《杂同散记》中,特意提到汤显祖的《还魂记》(《牡丹亭》)、《紫钗记》、《南柯记》以及《邯郸记》等'临川四梦'已传播朝鲜的事实。"参见李岩、俞成云《朝鲜文学通史》(下),社会科学文献出版社2010年版,第1143页。笔者未读到原书,不详具体情况,未敢采信。又,闵宽东《在韩国中国小说的传入与研究》(《明清小说研究》1997年第12期)据《杂同散异》只著录了《邯郸梦记》,则传入的或是小说,而非汤显祖戏曲? 事实上,中韩学者提及安鼎福、《杂同散异》时,颇有差异,或又作安应昌《考同考录》、安兴福《散同杂异》,不知何故,参见杨雨蕾《朝鲜燕行使臣与西方传教士交往考述》,《世界历史》2005年第6期。

　　而另一方面,正祖时期的朝鲜王室也没有对汤显祖的诗文集表现出明显兴趣。徐浩修的《奎章总目》大约完成于正祖五年(1781),反映"朝鲜时代正祖初期奎章阁所藏中国本"的情况,著录了数十位明嘉靖、万历时期与汤显祖有来往的文人的别集,却不见汤显祖《玉茗堂集》。①　正祖李祘曾"仿唐宋故事,撰《访书录》二卷,使内阁诸臣按而购贸"②,然今存《内阁访书录》中,也并无汤显祖《玉茗堂集》。张伯伟教授指出,《内阁访书录》"最初乃一导购书目,但购入后又陆续写提要,成为藏书目录"③,据《内阁访书录》卷一之"《翰林记》二十卷"、卷二"《历代诗选》五百六卷"等条目来看,该书目编写时曾参考了清初黄虞稷的《千顷堂书目》,而《千顷堂书目》卷二十五别集类,早已有"汤显祖玉茗堂诗十八卷,又文十卷,尺牍八卷"的著录。这一反差,多少显示出李朝正祖时期朝野对汤显祖著作的忽视。

　　然而,年代更后的《承华楼书目》"集类"却著录了"《玉茗堂集》十册",这是整个《朝鲜时代书目丛刊》所见汤显祖诗文集的唯一著录;同书"说家类",则有"《玉茗堂四曲》八册"的著录,这也是该书目丛刊所见汤显祖戏曲的唯一著录。承华楼为宪宗(1834—1849 年在位)所建,反映了当时王室的藏书倾向和阅读趣味。除

①张伯伟《奎章总目》解题,《朝鲜时代书目丛刊》第一册,中华书局 2004 年版,第 3 页。按,朝鲜王朝时期的奎章阁藏书现归韩国首尔大学,检索台湾"国家图书馆"古籍联合目录,知首尔大学奎章阁韩国学研究院藏有康熙甲戌年汤秀琦序刻本《玉茗堂全集》,此本当即《韩国所藏中国汉籍总目》著录的汤秀琦序刻本《玉茗堂集》,然其来源注明"清宫旧藏",当非李朝王室旧物。

②《正祖实录第一》,《李朝实录》第四十七册,学习院东洋文化研究所 1966 年版,第 480 页。

③张伯伟《内阁访书录》解题,《朝鲜时代书目丛刊》第一册,第 450 页。

了汤显祖《玉茗堂四曲》,《承华楼书目》"说家类"中还著录了《聊斋志异》(十六册)、《闲情偶寄》(八册)、《虞初新志》(十二册)、《曲谱》(十二册)等,这种混融的图书分类与清代中叶的四库观念既有耦合,更有出入,也是一种颇有意味的现象。

以上说明,《牡丹亭》、《玉茗堂集》流入朝鲜王朝的时间可能较晚。但这并不意味着对于包括李德懋、朴齐家、柳得恭等在内的正祖前期文人而言,"汤显祖"就会是一个非常陌生的姓名。事实上,即便没有接触到《玉茗堂集》、《牡丹亭》,他们也有可能经由其他途径而得知汤显祖其人、其事,乃至得阅其作品。

第一种可能,是经由清人官修的《明史》。清代自顺治年间开馆直至乾隆时期《明史》纂成,又改订、录入《四库全书》,历经一百四十余年,其间朝鲜王朝一直密切关注,英祖十五年(清乾隆四年,1739)十一月更命前往清朝的冬至使团购进《明史》全帙。① 《明史》卷二百三十列传第一百十八记载了汤显祖上疏论政以至被贬的事迹,将其列入《儒林》而非《文苑》,卷九十九志第七十五则著录了"玉茗堂文集十五卷诗十六卷",甚至卷九十八志第七十四有其"续虞初志八卷"的著录。《明史》传入朝鲜后,是否曾在普通文人中广泛流播,笔者未知其详,然据张伯伟《朝鲜时代书目丛刊》,洪奭周(1774—1842)于纯祖十年(1810)为其弟洪宪仲编纂的《洪氏读书录》中,就有"《明史》三百六十卷",其卷次与通行本有异,这反映了普通朝鲜文人对《明史》的兴趣。我们注意到,李德懋的《青庄馆全书》中就有《明史纰缪》这样的篇章,而且他还频繁引用《明史》,因此,《明史》当是他了解汤显祖其人其事的一个重要

---

① 相关研究,参见孙卫国《清修〈明史〉与朝鲜之反映》,《学术月刊》2008 年第 4 期。

途径。

　　第二种可能,经由其他一些收录汤显祖诗文的书籍。徐浩修《奎章总目》中曾几次拈出汤显祖的姓名,如卷二地理类著录《名山胜概记》有云"王穉登、汤显祖及王世贞俱有序",卷四别集类著录《睡庵集》有云"汤显祖序曰:睡庵以山川为气质,以烟霞为想思,以玄释为饮食,以啸叹为事业,故道与文新、文随道真",卷四总集类著录《十六家小品》时也明确提到汤显祖为其中一家。这些或许是无意之举,但较为集中,也折射了汤显祖进入朝鲜上层文人视野中的痕迹。而从《奎章总目》、《内阁访书录》等来看,一些晚明清初出版的流行读物,如郑元勋《媚幽阁文娱》(选录韩敬《玉茗堂全集序》和王思任《批点玉茗堂牡丹亭词序》)、俞安期《启隽类函》(保存汤显祖的三篇"佚文"①)、沈德符《万历野获编》(卷二十五"杂剧"条提到汤显祖"新作《牡丹亭记》,真是一种奇文"),以及清人编纂的明诗选如钱谦益《列朝诗集》、朱彝尊《明诗综》、沈德潜《明诗别裁集》等等,李朝正祖前期皆已流入朝鲜半岛,因此,都有可能拓展朝鲜文人传播、接受汤显祖及其作品的空间。

　　这其中,钱谦益的《列朝诗集》发挥了最为突出的作用。《列朝诗集》今有清顺治九年(1652)毛氏汲古阁刊本,至迟李朝肃宗十年(1684)已传入朝鲜,而《列朝诗集小传》则有清康熙时绛云楼刻本,至迟李朝肃宗四十六年(1720)传入朝鲜②,因其关涉有明一代诗风的评价,又专门收录了朝鲜诗人的作品,激起了李朝文人广泛而持久的回响。《列朝诗集》丁集卷十二收录汤显祖诗歌一百二十余题,钱谦益本人也非常推重汤氏的文学主张(见《初学集》

①吴书荫《汤显祖佚文三篇》,《中国典籍与文化》2003年第4期。
②王国彪《朝鲜诗家对〈列朝诗集〉的接受与批评》,《齐鲁学刊》2013年第1期。

卷三十一《汤义仍先生文集序》），他的《初学集》、《有学集》等在李朝也较为常见，因此，尽管《玉茗堂集》对于正祖初期的朝鲜文人而言较为稀罕，然而，他们也有可能早已通过接触《列朝诗集》和钱谦益的相关著述，而对汤显祖其人、其作发生兴趣。

我们注意到，与李德懋年代相仿的成大中（1732—1809）就"用汤若士韵"创作了《大坂杂咏》绝句四首：

> 浙舶闽樯到海涯，绒丝缆泛刺桐花。南都秘籍来三部，尽入长碕太守家。

> 七尺钢刀百炼成，双钩如月夜中行。空桥僻处逢人试，桥下惊波飒有声。

> 奸门利窦剧逶迤，画角声催晓色迟。白柄刀头惊赤血，馆中喊杀黑衣儿。

> 垣军五百出关多，步步旗亭簇网罗。借使传藏生羽翼，不教飞渡小滨河。①

根据其用韵特点，核之以《列朝诗集》所收汤显祖诗歌，以下四首当为成大中次韵的依据：

> 一疏春浮瘴海涯，五年山县寄莲花。已拚姓字无人识，检点封章得内家。（《漫书所闻答唐观察》之四）

> 少年豪气几时成，断酒辞家向此行。夜半梅花春雪里，小窗灯火读书声。（《与李太虚》）

> 东南山色翠逶迤，日照西陵上酒迟。看罢秋千微有恨，不敲方响出红儿。（《饮青来阁即事》之二）

> 插汉窥关事欲多，辽阳当已失红罗。宁前直钞开原路，止

---

①成大中《青城先生文集》卷一，《韩国历代文集丛书》第2733册，（首尔）景仁文化社1999年版，第91—92页。

隔三岔一渡河。(《寄谢侍东辽左》之一)①

李朝英祖三十九年(1763)派出通信使团出使日本,成大中是正使赵曧的随从。次年四月返程经过大坂(阪)时,发生了铃木传藏杀害朝鲜译官崔天宗(淙)的事件,使团为此滞留一个多月。《大坂杂咏》四首当作于这期间,其中第三、第四首就叙写崔天宗的遇害。这是当时朝日外交上一次突发事件,两国说法各异,后来的日本小说、歌舞伎、净琉璃更常常演绎、改造这么一个题材。②汤显祖的这四首诗作于不同的时间,并没有任何意义上或事实上的直接联系,虽早已出现于明天启刻本《玉茗堂全集》中,但所处卷次极为分散,然而,它们在《列朝诗集》中的位置则明显集中,第一、第四首甚至前后相连。显然,成大中从这四首诗中捕捉到了某些独特的艺术灵感,用以记叙他出使日本时的所见所闻。

联系十余年之后李德懋燕行时,依然视《玉茗堂集》为稀罕之书,我们可以推断,钱谦益《列朝诗集》才是成大中接受汤显祖诗歌的艺术影响,并从事再创作的依据。早已作古的明万历时期人汤显祖的这四首诗,却因清初钱谦益《列朝诗集》的编排,以及一百多年之后朝鲜文人成大中的次韵,勾连着18世纪后期东亚的一次重要外交事件。这种超越时空的"知识环流"和"文学生产",无论是钱谦益还是汤显祖本人,都无法预知或预想。

那么,清乾隆四十三年(1778)经由燕行文人而发生的这次

---

① 钱谦益《列朝诗集》丁集卷十二,《续修四库全书》第1624册,上海古籍出版社2002年版,第84—85页。
② 日本学者池内敏的《唐人杀しの世界——近世民众の朝鲜认识》(临川书店1999年版)有专门研究,参见葛兆光《隔岸观澜——读东洋书札记选录之一》,《东方早报》2010年1月17日T03版;《揽镜自鉴:从域外汉文史料看中国》,《光明日报》2008年1月24日第10版。

《牡丹亭》东传，是否激发了朝鲜文人对汤显祖其人、其作更丰富的兴趣？点检相关文献，笔者认为，这种可能性是存在的。明显的表征是，《牡丹亭》故事及其相关传闻，成为了后人诗歌创作的用典。例如，李学逵（1770—1835）的《春星堂集》中有《红梅馆杂事同韩霁园作》六首，第一首云："幼年三五最娉婷，惭愧人前赋小青。朱李半笼桃一盒，此生魂断《牡丹亭》。"①此诗据系年，作于甲寅（正祖十八年，1794）。又如，申纬（1769—1845）的《覆瓿集》中有《新收明无名氏古画二帧各系一绝句》，其第一首《仕女读书图》云："金钗斜坠凤凰翎，是李香君是小青？非绪非情苔石畔，抛书一卷《牡丹亭》。"②《覆瓿集》诗歌大抵按时序排列，《仕女读书图》约作于宪宗五年（1839）五月至七月。这两首诗的作年相距四十余年，但都涉及众说纷纭的"小青故事"。

自明末以来，与《牡丹亭》传播、接受密切相关的"小青故事"就被不断地加以记载或演绎，而有据可查的是，记录该故事的某些早期文献，如冯梦龙《情史类略》、郑元勋《媚幽阁文娱》、钱谦益《列朝诗集》，都曾流入朝鲜王朝。我们从这两首诗约略可感觉到，自《牡丹亭》被带入朝鲜之后，某些文人不但已经没有了李德懋、朴齐家等人初读《牡丹亭》时的新奇感，而且能较娴熟地运用"小青故事"、《牡丹亭》作为典故。申纬甚至还将《牡丹亭》联系到孔尚任的《桃花扇》，这与他的个人经历有关。清嘉庆十七年（李朝纯祖十二年，1812），申纬以奏请使书状官的身份燕行，曾应蒙古喀喇沁部扎萨克贝勒丹巴多尔济之邀，观看了《桃花扇》。其《贝勒丹巴多尔济求余扇诗》诗小注有云："宴罢，邀过海淀别墅，引至

---

① 李学逵《洛下生全集》上册，（首尔）亚细亚文化社1985年版，第5—6页。
② 申纬《覆瓿集》，《申纬全集》第四集，（首尔）太学社1983年版，第1821—
　1822页

后堂,前有歌舞之楼,榜曰'镜天花海',为余演剧,至《桃花扇》,音调悲艳动人。"①"是李香君是小青"的诗句看似平常,但其背后,隐藏着申纬相比于他的前辈们更为直接的观剧体验和更为丰富的阅读经验。

# 余　论

朝鲜燕行文人还留下了大量在中国的观剧记录,然以笔者目力所及,并未见到他们观看《牡丹亭》的记载②,因此很遗憾,尚不知晓燕行文人对这部戏曲经典是否曾有某些独特的观剧体验。而且事实上,相比于元杂剧《西厢记》,作为文学文本的《牡丹亭》在朝鲜的传播与接受,大抵而言也呈现出一种"被忽视"的基本情形。

综合《朝鲜时代书目丛刊》、《韩国所藏中国汉籍总目》、《中国戏曲(弹词鼓词)的流入与受容》、《〈西厢记〉在韩国的传播与接受》③等著述、论文可知,韩国现藏《西厢记》的版本数量要远多于《牡丹亭》,汉文本大多可归入金圣叹"第六才子书"系统,还有韩文的改写本或谚解本,甚至有韩汉合本或满汉合本。此外,《西厢记》不但影响到古代朝鲜的民族文学经典《春香传》,还出现了若干仿作的小说、戏剧。与《西厢记》东传之后广受欢迎,乃至被改写、仿作这一"经典的再生产"约略相似的,还有另外两部中国古

---

① 申纬《奏请行卷》,《燕行录全编》第三辑第七册,第93页。
② 笔者曾辑录中、韩、日三国影印出版的各种"燕行文献"中的戏曲史料,并对其学术价值作了初步探讨,参见《"燕行录"戏曲史料的学术价值初探》,《戏曲艺术》2013年第2期。
③ 高奈延《〈西厢记〉在韩国的传播与接受》,《南开学报》2005年第3期。

典戏曲名作,即《荆钗记》和《五伦全备记》。① 从这个角度看,《牡丹亭》东传朝鲜王朝,既非古典戏曲"走向世界"的一个重要例证,也并非其"经典化"历史进程中不可忽略的重要环节。

　　然而另一方面,近代社会变革之前的《牡丹亭》东传,又依托于东亚汉字文化圈的"人物往来"与"书籍流转"这两种最基本的文化交流形式,因此,从文化史、书籍史与阅读史的角度看,则有可能隐藏着丰富的象征意义。事实上,尽管材料有限,我们还是发现,《牡丹亭》或多或少地参与了古代朝鲜文学观念的表达或建构,甚至影响到该国汉诗的写作;此外,它的东传,也并非全然的单向度的流出,既有流出之后的信息反馈,也还牵连清代中叶中朝文人对于传统音律、社会风尚等问题的关切。考虑到近代之前东亚诸国之间并不对等的政治、文化地位,以使团出行为主的"人物往来"及其伴随的"书籍流转"也有畸轻畸重的差异,那么,汤显祖作品在朝鲜王朝的传播、接受尽管以"单向度"为主,却也不妨视为古代东亚"知识环流"的一个有饶有意味的例证。②

　　尽管"东传"几乎没有彰显《牡丹亭》作为中国文学经典或戏剧经典独特的内在体性(所谓"经典性"),然而,清乾隆四十三年(李朝正祖二年,1778)的这次"东传",其本身却又是一个意味深长的"文学史事件"。从这个角度看,《牡丹亭》的东传和《西厢记》

---

① 相关研究,参见吴秀卿《中国戏曲在韩国的传播与接受》,《戏曲研究》第 79 辑,文化艺术出版社 2009 年版。
② 这几个论域的相关研究,参见张伯伟《书籍环流与东亚诗学》,《中国社会科学》2014 年第 2 期;关西大学文化交涉学教育研究中心编《印刷出版与知识环流:十六世纪以后的东亚》,上海人民出版社 2011 年版;陈捷《人物往来与书籍流转》,中华书局 2012 年版。与学者通常的理解不同,张伯伟教授特别强调"环流"的"多向循环"。

一样,也具有重要的"样本分析"价值,可以借此管窥古代东亚文学交流的某些特征。中外文学关系史上类似的"偶然"事件还有很多,借用当代文化人类学的描述性解释("深描")这种研究方式,这些偶然发生的文学史事件,将有可能超越个案的局限,而折射出某些"普遍性"的意义。

如此一来,我们又不能不面对另外一个凸显出来的问题:同样是"才子佳人"题材戏曲,同样受制于"中华朝贡体系"这一基本的政治—文化格局,然而,无论就传播的广泛、普及,还是就影响古代朝鲜民族文学、文化心理的深度而言,《牡丹亭》都无法和《西厢记》相提并论,作为原创者的汤显祖也不能与作为批评家的金圣叹比肩,其原因何在,值得进一步的深入研讨。

# 明词文献整理史述略

陈水云

　　自《全明词》2004 年元月由中华书局整理出版以来,明词文献的搜集、补遗、整理已逐渐引起了学术界的高度关注。一般说来,文献整理通常包括点校、考证、辑佚、补遗、选编、重印、汇刻、目录、提要等内容,从这个角度看关于明词文献的整理工作实际上在明代中叶嘉靖年间就已经开始了,当时出现了两部包含有明代作者的通代词选——《百琲明珠》、《天机余锦》,而后还有专门选辑明词的选本《类编笺释国朝诗余》、《古香岑草堂诗余四集》、《兰皋明词汇选》相继问世,从那时到现在对明词文献的整理已走过了四百五十多年的漫长历程,对这一段明词文献整理的历史进程作一简略回顾①,或许会有助于我们了解人们在明词价值体认上的缺失及词学观念的变迁。

---

①笔者曾撰有《明词研究二十年》,发表在《明代研究》第七辑(台北乐学书局 2003 年 12 月版),对 20 世纪后 20 年明词研究及文献整理情况作了简略回顾,可参看。

## 一、明代：从通代选本到断代选本

在明代，《花间》、《草堂》最为流行，据有关学者统计，仅《草堂诗余》就被重编重印达35次之多，但对自己时代的明词文献整理却少人眷顾。这一巨大反差与明人持守的观念有关，他们认为词的时代已成过去，宋代是无法超越的，明人词"大多不及宋人"（陈子龙《安雅堂稿》卷三），即使是以词名家者亦"去宋尚隔一尘"（王世贞《艺苑卮言》）。正如王昶所说："明初词人，犹沿虞伯生、张仲举之旧，不乖于风雅。及永乐以后，南宋诸名家皆不显于世，惟《花间》、《草堂》诸集盛行。"（《明词综序》）一方面是南宋词籍的大量失传，明人填词无所依凭，另一方面是统治者加强对意识形态的控制，推行程朱理学，查禁"亵渎帝王之词曲"①，在明代程朱理学成为官方哲学，一般文人恪守自宋以来"小词有损大节"的观念，皆弃置小词而不顾，更不用说进行创作了。据叶盛《书草堂诗余后》记载，他幼时初读《草堂诗余》而"手之不置"，便遭到其叔父大声地呵斥，力劝其读仁孝劝善之书（《箓竹堂稿》卷八），以此可见当时文人对词曲的鄙视态度，词在这时走向衰落之途也是情理之中的事情。

然而，明词在这样备受歧视的夹缝中生存着，发展着，到嘉靖时期隐然呈现中兴之势，其标志是：涌现了一批诸如杨慎、夏言、陈铎等"以词名家者"，产生了一些重要的词学著作诸如杨慎的《词品》、陈霆《渚山堂词话》和张綖的《诗余图谱》，翻刻了一批唐宋词籍诸如《花间集》、《草堂诗余》、《中州乐府》、《稼轩长短句》、《淮海词》等，还重编了一些重要的词选诸如《天机余锦》、《词林万

---

① 张仲谋《明词史》，人民文学出版社2002年版，第84页。

选》、《百琲明珠》等,正因为这样,当代学者张璋、李康化、张仲谋等都一致推嘉靖为明词的"中兴期"。

对明词文献的整理也是从嘉靖年间开始的,这是从当时编选的几部词选里体现出来的。当时,著名学者杨慎编有《词林万选》和《百琲明珠》,前者选辑唐五代到元明作者 76 人,词作 234 阕,其中南宋最多,凡 34 人;明代最少,仅 1 人,即高启(季迪)词 2 首。后者亦选辑隋唐到元明作者 101 人,词作 158 首,也是南宋最多,共 37 人;明代最少,仅 1 人,为贝琼 13 首;但据台湾学者陶子珍的统计分析,实际上入选数量上还是以北宋为主,但较之过往的《草堂》系列选本而言,南宋及元明的作品已有大幅增录的趋势①,比如在《百琲明珠》中 3 阕以上者以明代贝琼 13 首和元代刘秉忠 7 首、张翥 4 首领先。这说明,杨慎虽没有全局的明词文献整理的观念,但也有意识地把明词纳入到词史发展的范畴看待。题名程敏政编选的《天机余锦》,据台湾学者黄文吉的考证,这一选本实乃当时书商出于牟利的目的假托程敏政而为②,大陆学者王兆鹏据书前之序文及杨慎《词品》对它的引用情况推断其成书时代在嘉靖二十九年(1550)冬季。③ 全书也是选辑晚唐五代至元明作者,凡 197 人,1256 阕,其中南宋最多,达 104 人,明代较之《词林万选》、《百琲明珠》则增至 7 人,这是一部由明人编辑成书的大型通代词选。明代 7 位词人是指凌云翰、桂衡、刘醇、瞿佑、晏璧、王达、王骥等,其中瞿佑入选篇目最多,达 145 首,其次为晏璧,11 首;其

---

① 陶子珍《明代词选研究》,秀威资讯科技股份有限公司 2003 年版,第 136 页。
② 黄文吉《明抄本〈天机余锦〉之成书及其价值》,《词学》第 12 辑,华东师范大学出版社 2000 年版。
③ 王兆鹏《〈天机余锦〉考》,《唐宋词史论》,人民文学出版社 2000 年版。

他词人,王达 4 首,桂衡 4 首,王骥 6 首,刘醇 1 首,凌云翰 1 首。这几位词人都生活在明初洪武、永乐年间,其中除瞿佑、凌云翰稍有影响外,其他都不见后代传本,特别可怪的是瞿佑竟选辑达 145 首,它说明作者只是随得随录,并没有什么严格的选录标准,但从今天文献整理的角度言却也有保存文献的参考价值。

晚明万历、崇祯时期,词坛已呈复兴之大势,《花间》、《草堂》被反复翻刻、增补,这一时期明词不但入选各类选本,还出现有专门性的明词选本——《类编笺释国朝诗余》、《古香岑草堂诗余四集》,也就是说明词文献整理在这一时期开始步入正轨,从有意识地编选明词选本看当时人们对明词已经有了一定程度的"自信"和"自负"。我们可以从两个方面来考察,一是从选本选录明词数量看,分别是:陈耀文《花草粹编》3 家,周履靖《唐宋元明酒词》3 家,茅暎《词的》13 家,陆云龙《词菁》38 家,潘游龙《精选古今诗余醉》60 家,卓人月、徐士俊《古今词统》105 家;作为明词断代选本,钱允治《类编笺释国朝诗余》凡 27 家及无名氏之作 461 首,《古香岑草堂诗余新集》凡 73 家及无名氏之作 522 首。很显然,与嘉靖时期相比,这一时期的词选辑录明词无论是词人还是词作在数量上是大大地增加了。二是从当时人们的认识和观念上看,明人也明显地表现出不同于既往的"自信"。他们认为明词在嘉靖以后已恢复宋代的传统,取得了可喜的成绩。如王兆云说:"李空同,文章巨手,不屑小制。……陈大声不但善北曲,乃和宋诗余等篇,大有佳者。……尝谓宋人敝神此体,深入要眇,自元以还,声律渐远,明兴,间有作者,益不类矣。间尝稍为编集,其中陈大声铎、王浚川廷相、张南湖綖、夏桂洲言、杨升庵慎为多,而夏颇称胜。"(《挥麈诗话》)这还只是肯定了明代中叶的词,而钱允治不仅认为明代中叶的词恢复了宋代的传统,而且还认为它在成就上有超过宋代的

趋势："国初诸老，犁眉龙门，尚沿宋季风流，体制不缪。……正嘉
而后，稍稍复旧，而弇州山人挺秀振响，所作最多，杂之欧、晁、苏、
黄，几不能辨。……嗟乎！有一代之兴，必有一代之制，而我朝监
于二代，郁郁之文，炳焕宇内，即填词小技，遂出宋元而上，几欲篡
其位，兹非国家文运之隆，人才之盛，何以致是哉！"(《类编笺释国
朝诗余序》)

　　当然，最值得关注的还是在这一时期出现的第一部明词断代
选本——《类编笺释国朝诗余》(钱允治编、陈仁锡释)。该书原与
陈继儒编校《类选笺释草堂诗余》、钱允治编释《类选笺释续选草
堂诗余》合刻，编刻于万历甲寅四十二年(1615)，凡五卷，收词人
27 家及无名氏词作共计 461 首，结构上依词调字数多少排列卷
次。从书中所收词人看，明初唯刘基一人，主要为中期词人如唐
寅、文徵明、王世贞、杨慎等，像杨基、高启、陈霆、陈铎、张綖、马洪
等人词一首未选，可见作者所见不广，所选质量自然难得保证。有
学者认为此书有两大弊端，一是大量的散曲作品误作词收入，二是
词调名不规范，不统一①。当是比较中肯的评价。但它作为迄今
所见第一本明词选，其意义却是不可抹杀的，正如赵尊岳所说："明
人选明词，本不多见，亦足珍闷也。"②此外，沈际飞所编《草堂诗余
新集》也是一部很重要的明词选本，它是在钱允治《国朝诗余》的
基础上补增扩充而成的，编者自称："《新集》钱功父始为之，恨功
父蒐求未广，到手即收，故玉石杂陈，竽瑟互进，兹删其什之五，补
其什之七，甘于操戈功父，不至续尾顾公。"(《古香岑草堂诗余四
集发凡》)全书凡五卷，卷一、二为小令，收词 55 调 255 阕；卷三为

①张仲谋《明词史》，人民文学出版社 2002 年版，第 359—360 页。
②赵尊岳《明词汇刊》，上海古籍出版社 1992 年版，第 1543 页。

中调,收词 33 调 108 阕;卷四、五为长调,收词 53 调 139 阕。这部选本固然受《草堂诗余》体例的限制而存在着不少的问题,但它的编选者沈际飞,生活在明万历、崇祯年间,这时已是明朝末年,故所见词籍较之钱允治要丰富,所选内容亦较钱允治更为充实,所选作者亦不局限在明代中叶,而是明代各个时段的词人皆有入选,这些正是它值得肯定的地方。

## 二、清代:明词文献的整理从"存史"到"立论"

　　时间推进到清初,词学走向全面复兴,词话、词选、词人别集、词坛唱和全面铺开。词坛唱和有西泠湖上唱和、扬州红桥唱和、京师秋水轩唱和以及纳兰性德渌水亭唱和,词话有《花草蒙拾》、《金粟词话》、《远志斋词衷》、《皱水轩词筌》、《南州草堂词话》等,词选有地域性选本如《柳洲词选》、《西陵词选》、《梁溪词选》、《荆溪词初集》、《松陵绝妙词选》等,这些选本所选范围大都是跨越明清两代的。吴熊和先生说,明末清初在词史上是一个前后相继、传承有序的相对独立的发展阶段①,这一看法是非常切合当时词坛发展变化实际的,当时编选的各种词选既是对在清初走向成熟之地域性词派的追宗探源,也是对活跃在晚明时期一些区域性词人词作进行"存史"性的文献整理。

　　在崇祯时期,已有大型选本《古今词统》,展现了明词在万历以前的发展风貌,但是正如邹祗谟所云它也存在着"详于隆万,略于启祯"的不足,而在清初编选的各种地域性选本如《柳洲词选》、《西陵词选》、《松陵绝妙词选》、《荆溪词初集》恰好弥补了它在这

---

①吴熊和《〈柳洲词选〉与柳洲词派》,《吴熊和词学论集》,杭州大学出版社 1999 年版。

一方面的欠缺。《柳洲词选》成于顺治末年，辑录明末清初词人158家词作535首，凡6卷，目录后有姓氏录，分“先正遗稿姓氏”和“名公近社姓氏”，前者为已过世的“先正”，后者为仍然在世的“名公”，前者主要生活在明末万历、崇祯时期，后者主要生活在明末崇祯、清初顺治时期。前者共选录词人41家词作92首，后者共选录词人117家词作443首。《西陵词选》成于康熙初年，凡8卷，选辑明末清初西陵词人184家665首，吴熊和先生认为这些词人并不属于一代人，上至明末的天启、崇祯，下迄于清初顺治及康熙前期的二十年，凡历三代：第一代多是明遗民，第二代以“西陵十子”为主，他们都跨越了明清两代，第三代则大都是“西陵十子”的门人或子弟。《松陵绝妙词选》成书于康熙十一年，凡4卷，共辑录明末清初词人105家词作295首，李康化先生分析说，卷一卷二为晚明词人，共38人134首，卷三卷四为清初人，共67人161首。成书于康熙初年的《荆溪词初集》，所辑虽然以清初阳羡词人为主，但也有吴俨、吴炳、卢象升、路迈等明代词人。不过，上述区域性词选所选范围毕竟有限，比较全面反映明末清初词坛繁盛景观的还是《倚声初集》，这一部“汇合众流，备陈诸体”的清初选本，录存词人总数为475人，其中万历45人，天启15人，崇祯91人，顺治324人，明代词人已达到151人之多，对于保存万历以来的晚明“词史”有着十分重要的意义，其编纂者便声明编辑这一选本的意图就是：“使夫声音之道不至湮没而无传”（王士祯），“名公巨卿之剩艺，骚人逸友之遐音”，“不零落于荒烟蔓草之间”（邹祇谟）。后来，在康熙年间成书的《瑶华集》、《草堂嗣响》、《亦园词选》、《东白堂词选》等，都有接续《倚声初集》的意图，收录了部分在清初活动的遗民之作，比如王屋、陈子龙、沈谦、丁澎、潘云赤、毛先舒、朱一是、杜濬、计南阳等，后来王昶编选的《明词综》和今人张璋等编

纂的《全明词》大都把他们收录其中,这正是对《倚声初集》以词
"存史"的进一步发扬。

　　自今观之,清初的顺治、康熙两朝去明不远,明代的文献保存
还相对比较完整,从清初选编者角度而言明代已成为远逝的历史,
编选比较完备的明词选本条件已经相当成熟,《兰皋诗余汇选》就
是在这样的文化背景下推出的第一部由清人编选的明人词选。

　　该选的编者为顾璟芳、李葵生、胡应宸,成书年代为康熙元年
壬寅(1662)。《汇选》凡八卷,卷一至卷三为小令,卷四至卷五为
中调,卷六至卷八为长调,共录词605首,录存作者216人。卷首
有顾璟芳、李葵生、胡应宸各撰序文一篇及三人合撰"例言"十三
则,主要是介绍编选是书之动机及选录之标准。关于编选之动机,
《例言》第四则云:

　　　　明词之选,前此不下数十家。第先后相仍,罕闻崇集。以
　　故或失则滥,或失则疏。是选为一代全书,搜揽历年,既非窥
　　豹,而参同考异,宁刻毋宽。较之昔人,不翅删其什五,则耳目
　　之闻,盖已新其七八矣。

　　的确,明人词选专集,除了钱允治《类编笺释国朝诗余》及沈
际飞《草堂诗余新集》,其他如《词的》(茅暎)、《词林万选》(杨
慎)、《词菁》(陆云龙)、《古今词统》(卓回)、《古今诗余醉》(潘游
龙)皆为古今词的通代合选,而《兰皋明词汇选》所辑录者只有明
代的词,《例言》第二则云:"是集专揽一朝,必其人之生平履历,确
系明人,始登是选。凡卒于明而勋业炳在前编,或产于明而功名犹
俟异日者,概不敢入,匪曰拘隅,亦以别代云尔。"从这里可看出,编
选者在选录范围上还是严格的,既不掺入元人的作品,也不录存入
清以后的作品,该书可称之为一部"纯粹"的明词选本。

　　关于《兰皋明词汇选》的选录标准,《例言》亦有比较详细的说

明,第十二则云:

> 是选雅意精简,交知名位,概不滥竽。如王守溪、费少石、张东海、钱鹤滩诸公,载在旧选及本集者,非其胜场,无容阿好。即近地先贤,为同人邮教者,人不尽见,见不多登。

编者提出不以交知名位而以作品质量优劣为取舍标准,是正确的,但是在具体编选过程中是否实现了"雅意精简"的初衷呢?有学者认为,是选取舍之间,或因人存词,或手眼不高,平庸之作,难以全免①。然而,它在保存一代之文献方面还是有积极意义的,编者亦非常自信地说:"是编博揽穷搜,不遗余力。如顾华玉、莫廷韩、陆俨山、高五宜、汤海若、袁了凡、周白川、屠赤水、董玄宰、焦弱侯,皆昔人所未及见,而解春雨、祝京兆之徒,又复比次遴登,足令周郎厌耳。"也就是说该书保存了大量的不以词知名的作者和他们的作品,而且在搜罗范围上也是相当广泛的,上至帝王卿士大夫,下至山林方外、思人劳夫皆为收录对象,从这个角度讲它无疑是明代以来最有价值的一部明词选本。

在康熙时期还有一部词选不容忽略,这就是由卓回、周在浚合编的大型通代词选——《古今词汇》。《古今词汇》凡三编二十四卷:初编十二卷,选唐宋金元词;二编四卷,选有明一代之词;三编八卷,选辑作者时代亦即清初顺、康时期作品。全书名为"古今词汇",实际上各编独立成书,从这个角度看二三两编完全可作为独立的明清断代词选。卓回《词汇缘起》云:

> 是书肇自乙卯(1675)之七月,与严司农颢亭(沆)执手潞河,深言:"近日词家多,会者犹少,盖未得古词善本为模楷,譬

---

① 王兆鹏《兰皋明词汇选校点说明》,《兰皋明词汇选》卷首,辽宁教育出版社1998年版。

日饮水，不问源流。子往秣陵，曷图之。"不知先是予与雪客
（周在浚）已有订，特剞劂无资，安能公之天下。

这说明这一选本是由他与周在浚合订而成，现存康熙十八年
刻本，初编二编题有"休园山人钞，梨庄校"、"休园山人同子令式
钞，白云、梨庄校"等字样。二编共收明代词人 134 人词作 464 首，
选录较多的词人有刘基（51 首）、陈子龙（48 首）、杨慎（27 首）、杨
基（15 首）、钱继章（13 首）、卓人月（12 首）、王世贞（13 首）、吴鼎
芳（12 首），其次则为俞彦（9 首）、沈自炳（8 首）、汤显祖（8 首）、
高启（7 首）、沈宗𡑞（7 首）、马洪（7 首）、沈周（6 首）、林章（6 首）、
钱光绣（6 首）、瞿佑（6 首）、贺裳（6 首）、胡介（5 首）、程㷭（5 首）、
谢肇淛（5 首）、董斯张（5 首）、叶小鸾（5 首）、王微（5 首），其他词
人则多在 1 至 3 首之间，以选 1 首的词人选多，达 69 人之多。这
一选本，选录词人重在中后期，这大致印合了前面所说的：明词在
嘉靖万历后走向中兴的历史事实，这说明其编者还是保存有浓厚
的"存史"观念。它在择录标准上亦摒弃王世贞等主张的"大雅罪
人"之说："予意作词何尝尽属无题，如遇吊古、感遇、旅怀、送别及
纵目山川、惊心花鸟等题，安得辄以软美付之？可知香奁自有香奁
之本色当行，吊古诸题自有吊古诸题之本色当行。倘概以软美塞
当行之责，必非风雅之笃论也。"（卓回《词汇缘起》）

值得注意的是，在上述词选里已收录有明代女性词人的作品，
如《兰皋明词汇选》有 18 人，《古今词汇二编》有 7 人，而在当时还
出现了专门辑录女性词人词作的《古今名媛百花诗余》、《林下词
选》、《众香词》。《古今名媛百花诗余》由归淑芬等在康熙二十四
年合辑刊刻，共辑入自宋至清女词人 91 家咏花词 333 首，其中明
代凡 26 家，词作 69 首。《林下词选》凡 14 卷，刊刻于康熙十年
（1671），其中卷六至卷九为明词，辑录有 45 人词 166 首，而以晚明

女性词人为多。但它在目次编辑顺序上颇为杂乱,有学者推断很可能是周铭随得随刻的结果,故它在编纂宗旨上也主要以存人存史为目的,对各位词人多有生平介绍,方便读者更好地理解作品之主旨及作者之意图。此外,当时还有一些通代选本也选有数量不等的明词,如陆次云《见山亭古今词选》、沈时栋《古今词选》、沈辰垣《历代诗余》160 余人等。总之,明词的文献整理一步一步走向成熟,从古今合选到明词断代选本再到女性词选,其编选体例从以词调为主的作品选辑到以年代先后编纂选本,把存人存史的观念发展到极致。

然而,在康熙中叶编辑的各类词选,亦逐渐逗露出一种以史带论的倾向。比如《兰皋明词汇选》便不只是保存明词文献,它实际上还隐含着一个对明词的认识和评价的问题,这就是他们不同意词至明转入“中衰”的提法,而是认为词至明乃转而“复振”。胡应宸叙云:

> 宋立大晟府十二律篇目,广至二百余调。猗欤盛矣!未几流为歌曲,其亦词之中衰乎?若夫寻坠绪于茫茫,溯孤音而远绍,上承古乐,下启新声,不得不属之有明矣。

顾璟芳序亦云:

> 有明一代……上自帝王,降而卿士大夫,至山林方外、思妇劳人,为忧为乐,皆得自言,好色而不淫,怨诽而不怒,且忠孝亦托闺房,温柔要于忠厚,骚坛之意旨不减风诗,盖于今称极盛矣!

当然,他们的有些提法有值得商榷的地方,但他们身处明亡之后的康熙朝,对明词的评价决无明人那种不可回避的“自我美化”因素,这也说明他们是客观地认识和评价明词的功过得失的。基于这样的认识,他们认为明词与宋词相比,并无高低上下的区别:

"刘(基)、杨(慎)慷慨,未减苏(轼)、辛(弃疾);施(绍莘)、沈(际飞)纤秾,方追秦(观)、柳(永)。问闺帏则王(微)、徐(媛)入室,谭《骚》《楚》则陈(子龙)、夏(完淳)升堂。"(李葵生序)从创作角度言,明代刘基、杨慎可比美于苏、辛,施绍莘、沈际飞亦不逊色于秦、柳;从作者角度言,明代既有女性词人王微、徐媛,也有忠烈词人陈子龙、夏完淳,他们在词史上的地位等同于宋代的李清照、朱淑真、文天祥等等。当然更重要的一点是,他们的创作有迥异于宋代的时代特色,胡应宸对这一特色作了一个形象的说明:"其间有若太华辣崎,嵃崒莫攀者,立格高也;有若黄河曲折,溯源星宿者,命意远也;有若芳兰空谷,黝然以深者,取径幽也;有若带露朝花,香艳袭人者,造语鲜也;有若掷地金声,铿锵协律者,炼字响也。其闺情,则娇花宠柳而不入淫;其赋物,则弄月嘲风而不失远。其赠别,则南浦渭阳而不过伤;其感怀,则击筑悲风而不为怨。"(《兰皋明词汇选叙》)这一从存人存史到"立论""开派"倾向,到浙西词派的朱彝尊那里便表现得更为清楚和明显。

康熙十七年朱彝尊有感于明代词坛的萎靡不振,更不满于《草堂诗余》在清初词坛的广泛流播,遂联合汪森、柯南陔、周筼等同仁合选《词综》,"庶几一洗《草堂》之陋而倚声者知所宗矣"。但是,这一选本所选止于元代,朱彝尊曾表示要遍搜文集,将《词综》的选录范围延伸到明代。正是在朱彝尊的基础上,汪森秉承其尊雅黜俗的思想,偕友人沈蓝村再次对明词进行存雅黜俗的实践:"由洪、永以迄启、祯,闳集千余,旁探选本,并题画书册、刻石镂壁,不可指屈,仅得词若干卷。"不过,这部明词选并未成书,其稿本后来为王昶所访获,并在汪森稿本的基础上继续广为搜罗,共辑得12卷380家500余首。编者自称遵循朱彝尊《词综》以南宋为宗的宗旨,但实际上所选明词大多沿袭《花间》、《草堂》的香艳之习,所尚在晚唐五代及北宋家数,尤以小令、中调为多,然而此非选者之过失,实乃明词整体风貌即是如此。"盖明初词人犹沿虞伯生、张仲举之旧,不乖于风雅。及永乐以后,南宋诸名家词皆不显于世,惟《花间》《草堂》诸集盛行。至于杨用修、王元美诸公,小令、中调,颇有可取,而长调则均杂于俚俗矣。然一代之词,亦有不可尽废者。"(《明词综序》)有很明显的一点,《明词综》比较偏重明代后期的词人,约有五卷之多(前九卷中的大部分,后三卷为闺秀卷),像王世贞、陈子龙、施绍莘、沈谦、周篑、邵梅芳、沈宜修、陆嘉淑、叶小鸾等,这些词人总体上看是以婉约为宗的,然而在王昶看来其长调亦不免杂于俚俗。另一点也应该提及的是,王昶还是乾嘉时期著名的汉学家,它还把乾嘉汉学的研究观念带入到明词文献整理领域,除了对作者作必要的生平和创作评介外,还对作品进行了适当的考订校勘工作,编者还是持有浓厚的保存文献的目的,并不像朱彝尊《词综》重在张扬"清雅"之旨。当然,从文献整理的角度,此选存在的问题也是比较明显的,当代学者张仲谋先生将其归结为三点:(1)搜罗未备,颇有遗珠之憾;(2)明初或明季有些不当入者而录之;(3)入选词人词作间有讹误。但更重要的是它对词人原作作了较大改动,这显然违背了其所倡导的存人存史的宗旨①。

我们知道,清代乾、嘉时期正是朴学昌明的时代,朴学的考据学风也渗透到明词的文献整理领域。一是对诗文别集的整理,也包括有明词别集的整理。以陈子龙的《陈忠裕公全集》、夏完淳的《夏节愍全集》为例,其编者王昶对陈子龙、夏完淳散失的词作了

———————————————

① 张仲谋《明词综研究》,《中华文史论丛》第七十八辑,上海古籍出版社 2004 年版。

辑佚的工作,便得他们存世之作搜集更为完整全面;二是对明词文献作提要著录的工作,这集中地体现在《四库全书总目提要》上,它著录的明词别集或合集有瞿佑的《乐府遗音》、吴子孝的《玉霄仙明珠集》、施绍莘的《花影集》、王象晋编刻的《秦(观)张(綖)诗余合璧》,对上述词集之作者、体例结构、创作特征作了比较客观的介绍和评述。考据学风向明词文献整理的渗透,标志着清代对明词的认识进了一个新时代,即由主观性评价为主向客观性研究为主的时代,对明词文献的整理越来越具有较浓厚的科学色彩。

## 三、近现代:明词文献整理科学化 研究时代的到来和展开

　　嘉庆末道光初,清代词坛风尚发生丕变,浙派渐趋衰微,常州词派开始崛起并呈强劲的发展势头,词坛文献整理的风气也由考校词籍转向对微言大义的阐发,在这一时期编选成书的《词选》、《词辨》、《宋四家词选》都是这一思想倾向的具体说明。常州词派论词推源重本,标榜五代北宋的浑厚之作,对元明以后的词多不在意,直到清末民初随着西方学术思潮大量地涌进,西方科学的研究方法与乾嘉学派考据学方法相结合,推动着词坛文献整理由存人存史、开宗立论向校勘词籍的科学考证方向发展,从而带动明词文献整理在20世纪的全面兴起,并在21世纪之初开出绚丽多彩之花,结出丰盛之硕果。

　　在清末,明词文献整理还基本上是延续康熙前期已有的发展态势:一是在当时一些通代选本里部分选录有明词,如杨希闵的《词轨》、谭献的《复堂词录》、陈廷焯的《云韶集》和《词则》;二是清末编纂区域性郡邑词选再呈繁盛景观,如冯登府《梅里词辑》、叶申芗《闽词钞》、林葆恒《闽词征》、徐乃昌《皖词纪胜》、朱祖谋

《湖州词征》、陈去病《笠泽词征》、许玉彬《粤东词钞》、况周颐《粤西词见》、丁丙《西泠词萃》、赵蕃《滇溪词征》，都收录有这些地区在明代的词人词作，为搜集、保存、整理明词文献起到了重要的推动作用；三是随着晚清国粹思潮的蓬勃兴起，保国、保种、保文化成为一时学术之风向标，搜集整理我国悠久的历史文献便是其十分重要的内容之一，在词学界则出现了江标辑《宋元名家词》、吴重熹辑《吴氏石莲庵刻山左人词》、徐乃昌辑《小檀栾室汇刻闺秀词》、吴昌绶辑《双照楼影刊宋元本词初集》等，当时由何元锡钞本《宋元明八家词》收录有王达《耐轩词》和李祯《侨庵诗余》、劳权钞辑《宋元明六家词》收有王行《半轩词》和张肯《梦庵词》、缪荃孙汇辑《宋金元明人词》收有王行的词别集，陶湘所辑《武进陶氏涉园续刊景宋金元明本词》亦收录有刘基的《写情集》，尽管数量不多，但说明真实地保存明词文献已引起了人们的高度重视，明词在人们看来已是必须保护的文化遗产了。

从上述文献整理思潮看，明词在人们心目中的地位已有提高，人们对明词的认识已较清人的看法更为客观平实。况周颐说：

> 世讥明词纤靡伤格，未为允协之论。明词专家少，粗浅、芜率之失多，诚不足当宋元之续。唯是纤靡伤格，若祝希哲、汤义仍、施子野辈，偻指不过数家，何至为全体诟病。洎乎晚季，夏节愍、陈忠裕、彭茗斋、王姜斋诸贤，含婀娜于刚健，有风骚之遗则，庶几纤靡者之药石矣！国初曾王孙、聂先辑《百名家词》，多沉着浓厚之作，明贤之流风余韵犹有存者。

他们还批评有些学者视野不开阔，对明词多沿袭前人之定评，止庵说："世人但就所知者论列，以为明初刘诚意、高季迪之徒尚存宋元遗响，永乐以后遂无足称。或曰：成、弘间有陈铎亦不谓一大家，暨晚明陈卧子子龙，最为众所称道，盖去朱（彝尊）、陈（维崧）

日近,有开辟清词之功。凡此,皆以所见不广,故如此说。"其实,在他看来,崇祯时期的易震吉取法稼轩,力求以疏宕取胜,在明代应该占有一席之地位,明词并非是完全荒秽的。研究观念的更新,学术视野的开拓,使得民国时期的明词文献整理全面地提上了日程。

首先要提及的是柯劭忞主持修纂的《续修四库全书总目提要》。1928 年民国政府利用日本的"庚子赔款",成立了一个特殊的文化机构——人文科学研究所,从是年起,以柯劭忞、王式通、江瀚、伦明、杨锺羲、胡玉缙六位学者为主体,包括罗振玉、杨树达、奉宽、吴承仕、傅增湘、尚楷第、吴廷燮、向达、王重民、谢国桢等著名学者在内的研究群体,他们在前后十六年左右的时间里,分四部搜采著录书目,撰写书目提要,共著录 2.7 万多种古籍图书,其中著录并撰有提要的词籍达 554 种,这样形成了一部凝集着现代许多著名学者心血的学术史著作——《续修四库全书总目提要》。《提要》中的词籍提要有大量的明词评论资料,共评骘明词别集 61 种,这些评论对当时见存的重要的明词典籍作了比较切合实际的评价,内容包括各家词学思想、词学渊源、创作风格、版本流变四大部分,因为写作者多是鸿儒硕学,持论比较平稳,无偏激之辞,多客观之论,对各家的论评注重分析其优长缺失及词学成就,是这一时期明词文献整理的一大创获。

当然,在 20 世纪前半期,在明词文献方面卓有成就者,当推赵尊岳。众所周知,词籍校勘虽是清代词学的一大业绩,也是清代词学中兴的一大表现,但它真正取得实质性收获的却是清末民初,特别是 20 世纪三四十年代,比较重要的词籍汇刻有王鹏运的《四印斋所刻词》、朱祖谋的《彊村丛书》、林大椿的《全唐五代词》、唐圭璋的《全宋词》,在清词则有陈乃乾的《清名家词》,在明词就是赵尊岳的《惜阴堂明词丛书》。据赵氏《惜阴堂汇刻明词记略》可知,他早年师事况周颐,况周颐诲之曰:"词籍单行,易多散佚,自汲古辑六十家,而集刻之风寖盛。《彊村丛书》,网罗五代,迄于金元,精心校订,尤为声党之大业。惜朱明以后,绍述罕闻,吾子有意者,曷勿溯源以沿流,竟此宏绪耶!"1923 年,况周颐汇辑《历代词人考鉴》,已至元代,意欲赓续,却苦于明词搜罗不丰、资料不全,遂督促赵尊岳"搜箧以应之",赵氏亦遵师嘱,多方探采,并将自己多年的收藏呈之于况氏。况周颐鼓励说:"此即辑刻明词之嚆矢,聚沙成塔,宁可勿诸。"在况周颐的督促鼓励下,赵尊岳于是矢志搜罗明词,为之立总目,撰写短跋题记,遍访南北公私藏书,得赵万里、唐圭璋、董康、徐世昌、叶恭绰之襄助。从 1924 年到 1936 年的 10 多年时间里,"益以冷摊残肆之所得,舟车辙迹之所经",汇集当时即已罕见之刻本,"随得随刊,将三百家"①。其实,汇刊实收词籍 268种,包括词话 1 种,词谱 2 种,合集、倡和集 3 种,词选 5 种,别集计257 种。"此书最大的好处,是搜罗了许多明词,其中有不少为珍本。在已印行的明词总集中,没有一部在收词的总数上能超过它;也没有一部能像它那样地提供这么多稀见的明词,虽然由于这是一部尚未经过综合整理、校勘工作也未最终完成的书,难免有体例较杂、讹误未尽改正的缺点,但在目前仍是规模最大,也最值得重视的一部明词总集。"②唐圭璋为之撰写跋语评价说:"叔雍方汇刻明词,逾二百家,珍本秘籍重见人间,寻三百年前词人之坠绪,集朱明一代文苑之大观。"③

　　唐圭璋先生所言,是对《明词汇刊》文献价值最精确之评价。

---

① 《大公报》图书副刊,第 143 期,1936 年 8 月 13 日。
② 《明词汇刊整理说明》,《传世藏书·集库》,海南国际新闻出版中心 1996年版。
③ 《明词汇刊》,上海古籍出版社 1992 年版,第 1825 页。

在《明词汇刊》编纂工作启动之前,如上所述,虽有少量的明词选本传世,但这些选本有的选词数量有限,有的带有较强的主观性,有的存在着时间性的局限。比如《类编笺释国朝诗余》所收止于万历前期,《兰皋明词汇选》所选多为平庸芜滥之篇,《明词综》则是以浙派"尊雅黜俗"的眼光选词,更重要的是它们的这些做法虽有各自的道理,但从文献学的角度考察则是大都不能反映明词的真实风貌,赵尊岳的《明词汇刊》正是在汲取前代成果的基础上,借鉴了王鹏运、朱祖谋、唐圭璋搜辑宋元词籍的经验,试图在保存明词的真相和全面搜罗明词两个方面都有新的突破。所谓"保存明词的真相",就是把最原始的钞本或刻本,亦即作品最真实的风貌反映出来,赵尊岳对《明词汇刊》收辑的词集作了二校甚至三校四校的工作。但是,"明词不尚声律,刊本又多夺误,往往句读维艰。单传之本,无可互校,选本别集,同调异文,是正将蹈臆致之讥,移刊复凛承讹之失。于是有可补订者,酌为订正,无自绳墨者,听其存疑"。也就是说,在明词文献整理过程中,赵尊岳始终恪守着求实存真的原则,不作主观之臆断,体现了一种严谨的治学态度。所谓"全面搜罗明词",主要是指赵尊岳试图按照唐圭璋编《全宋词》的模式,编纂一部能反映明词之全貌的《明词汇刊》,尽管现存刻本只存 268 种,但实际已辑得四百余种,他充满自信地认为,经过自己的积年搜罗,《明词汇刊》所收词籍将会达千种之规模,赵尊岳这一估计并非虚妄之言,据《全明词》编纂张璋先生统计,《全明词》已收录作者 1300 余家[①]。最能说明他"取全"之意图的是,在搜集各家词作时,哪怕文集中仅存一首也会录而存之,将

---

[①]张璋《听我说句公道话——论明代的词及〈全明词〉编纂》,《国文天地》6卷 2 期。

其独列一卷。实际上,赵尊岳搜辑明词的工作,终其一生,没有停歇,五十年代他辗转到新加坡,任教南洋大学,仍然与饶宗颐鸿书相传,讨论有关明词的搜集问题,直到去世前夕。后来,在赵尊岳的基础上,饶宗颐继续搜罗补辑,共得明词九百余家①,这成为今本《全明词》(中华书局 2004 年版)的重要基础。

一部"提要"一套"汇刻",标志着明词的文献整理进入了科学化研究的时代,并把民国时期的词学文献整理提升到一个相当的高度,在中华书局版《全明词》出版之前,这两部著作一直是明词研究者所依凭借的主要文献资源。

通过以上的简略回顾,可知对明词文献的整理走过一段漫长的历程,当我们今天在从事明词研究的时候,应该向上述为明词文献整理付出辛勤汗水的学者表示一种"敬重"。

①饶宗颐《论清词在词史上之地位》,《第一届词学国际研讨会论文集》,第 324 页。

# 唐宋词集"副文本"及其传播指向

## ——以明末清初编刻的唐宋词集为讨论中心

### 陈水云

对于明末清初编刻的唐宋词集副文本,我们过去比较重视其作为文学批评方式的表达功能,其实,从文学传播角度看它对唐宋词的传播也有很重要的导向意义,不仅直接促成了唐宋词在明末清初的广泛传播,而且也起到了完善文本意义底蕴、拓展文本意义空间的解释性效应。

## 一、关于唐宋词集"副文本"

"副文本"一词是由法国当代著名文学批评家杰特德·热奈特提出来的。他在1979年出版的《广义文本之导论》一书中首次提出"副文本性"一词,在1982年出版的《隐迹稿本》一书中明确地提出"副文本"一词,到1987年更出版有以"副文本"命名的理论专著——《副文本:阐释的门槛》,"副文本"是热奈特在长期学术研究生涯中逐渐形成并走向最后成熟的一种理论范畴。在《隐迹稿本》一书中,他指出:"副文本"是相对于正文本而言的,包括有标题、副标题、互联型标题;前言、跋、告读者、前边的话等;插图;请予刊登类插页、磁带、护封以及其他许多附属的言语或非言语标志。"它们为文本提供了一种（变化的）氛围,有时甚至提供了一种官方或半官方的评论,最单纯的、对外围知识最不感兴趣的读者难以像他想象的或宣称的那样总是轻而易举地占有上述材料。"①后来,在《副文本:阐释的门槛》一书中,他把"副文本"比作是进入"正文本"的门槛,这一"门槛"由各式各样的言语或非言语标志组成:有作者的和编辑的门槛,比如题目、插入材料、献辞、题记、前言和注释;有与传媒相关的门槛,比如作者访谈、正式概要;私人门槛,比如信函、有意或无意的流露;有与生产和接受相关的门槛,比如组合、片断等;还指出"副文本"又有"内文本"和"外文本"、"前副文本"和"后副文本"、"公众副文本"和"私密副文本"之分。"尽管我们通常不知道这些作品是否要看成属于文本,但是无论如何它们包围并延长文本,精确说来是为了呈示文本,用这个动词的常用意义而且最强烈的意义:使呈示,来保证文本以书的形式（至少当下）在世界上在场、接受和消费。……因此,对我们而言,副文本是使文本成为书、以书的形式交与读者,更普泛一些,交予公众。"②

　　从传播学意义上看,"副文本"的理论对准确把握唐宋词在后代（特别是在唐宋词以纸本形式流传的明清两代）的传播是有指导意义的。也就是说,明清以来以纸本形式出现的唐宋词集大多是由"正文本"与"副文本"两部分组成的,如果说作为主体部分的唐宋词称之为词集"正文本"的话,那么像标题、牌记、序跋、题词、目录、封面、插图、附录等就应该称之为"副文本"了。当然,实际

---

① 热奈特《隐迹稿本》,《热奈特论文集》,史忠义译,百花文艺出版社2001年版,第71页。
② 转自朱桃香《副文本对阐释复杂文本的叙事诗学价值》,《江西社会科学》2009年第4期。

情况绝非如此简单,因为传统刻书的特殊性,特别是明版图书的特殊性,在明末清初刊刻的唐宋词集,其副文本包括的内容更为复杂而特殊,它既有文本内的作者名录、编者名录、同仁评点或前代汇评,还有文本之外的称之为"外文本"的"作为私人性质交流的信函等"。以当时影响较大的三种词集为例,如卓人月、徐士俊合辑的《古今词统》,是明末清初——崇祯顺治年间最流行的词集,其副文本部分包括:标题(古今词统)、序(包括徐士俊、孟称舜二序)、目次(依词调字数多少为序)、旧序(包括何良俊、黄河清、陈仁锡、杨慎、王世贞、钱允治、沈际飞等明刻本《草堂诗余序》)、氏籍、杂说(包括张玉田《乐府指迷》、杨万里《作词五要》、王世贞《论诗余》、张綖《论诗余》、徐师曾《论诗余》、沈际飞《诗余发凡》)以及附录部分的《徐卓晤歌》,还有在正文中出现的徐士俊评及前代汇评等;又如,由清初浙派词人编选的大型词选——《词综》,在清代中叶甚为流行并影响词坛达百年之久,其副文本部分有:标题(词综)、序(包括汪森序、柯崇朴后序、汪森补遗序)、发凡(朱彝尊撰)、目次(依词人年代先后而排序),此外,还有正文中对作者的生平和创作的简要评介等;《御选历代诗余》是由清朝官方钦定御选的一部词选,其副文本部分有:标题、序(康熙撰)、凡例、编纂官名录、词人姓氏、词话。从上述三种在当时流行的词籍看,明末清初的词集副文本大约包括:标题、牌记、序跋、凡例、目次、词人姓氏、编者名录、正文中出现的评语、词话等九项。此外,当时还有人对这些词选发表过意见,如王士禛称《古今词统》"稍摄诸家之胜"、"大有廓清之功",纳兰性德《与梁药亭书》评价《词综》"网罗之博,鉴别之精",还有《词综》刻印之后在社会上流行的各种批点本(如许昂霄《词综偶评》、世经堂藏本《词综》批语等),这些在正文本之外却又是从正文本衍生出来的书信和评论也应该属于相关文本的"副文本"。

　　明末清初刊刻词集里出现的上述"副文本",也不是一时就已有的现象,而是在逐步发展过程中才出现的。北宋时期,刻印的总集有《花间集》、《家宴集》、《尊前集》、《金奁集》、《兰畹集》等,其版刻结构包括标题、牌记、序跋、目录、正文五部分,版式相对说来比较简单,在大多数情况下是没有序言的,而且当时词人填词多为即兴之作,极少有单行刻本,只是在刊印别集时才会把它作为诗之余附录在诗之后。到南宋,词之总集逐渐多了起来,诚如毛晋所云,宋元间词林选本几届百指[①],比较重要的有《梅苑》、《复雅歌词》、《乐府雅词》、《草堂诗余》、《花庵词选》、《阳春白雪》、《绝妙好词》、《乐府补题》等,其版刻结构也大致不出标题、牌记、序跋、目录、正文五部分内容,这从吴昌绶、陶湘所辑《景宋金元明本词》可推之一二。我们知道,宋代是中国印刷史上一个非常重要的发展时期,书籍印刷的速度和效率提升了,唐宋词籍的出版印刷也较以抄写为主要特征的隋唐时期更为便利,上述唐宋词籍在两宋特别是在南宋金元词坛广为流传。"《麟角》、《兰畹》、《尊前》、《花间》等集,传播里巷。子妇母女,交口教授,淫言媟语,深入骨髓,牢不可去。"(元好问《新轩乐府引》)词人别集也由作家别集的附庸而被作为独立的文集单刻流传,像晁补之《晁氏琴趣外篇》、向子諲《酒边集》、张元幹《芦川词》、贺铸《东山词》、黄庭坚《山谷琴趣外编》、周邦彦《片玉词》、辛弃疾《稼轩词》、张孝祥《于湖先生长短句》等等,其文本也大抵不出上述所列之五项——标题、牌记、序跋、目录、正文。到明代,印刷技术进一步提高并得到广泛应用,木活字印刷开始流行,铜活字印刷逐渐兴起,无锡华氏兰雪堂、会通

---

①毛晋《汲古阁书跋》,上海古典文学出版社1965年版,第113页。

馆、安氏桂坡馆为其代表;更值得注意的是插图、版画在明代中叶逐渐流行起来,当时在市民中间流通甚广的小说、戏曲皆附有插图。风气所及,词集雕版亦配有插图,《诗余图谱》《诗余画谱》之类的图籍不时涌现,比较著名的有张綖的《诗余图谱》、程明善的《啸余谱》、汪氏《诗余画谱》,特别是后者选词九十七首,一词一画,颇能反映明代词籍特色。晚明经济的高度繁荣,印刷技术的日臻成熟,还有图书用纸由绵纸转向竹纸,这些因素皆使得图书的印刷成本大大降低,并推动着明代图书印刷业扩张生产规模。无论官府、私宅、坊肆,抑或达官显宦、读书士子、太监佣役,只要财力所及,皆可刻书。以至"数十年读书人能中一榜,必有一部刻稿;屠沽小儿殁时,必有一篇墓志。此等板籍幸不久即灭,假使长存,则虽以大地为架子,亦贮不下矣!"(蔡澄《鸡窗丛话》)图书印刷及装帧技术的发展,图书出版成本的降低,为普通读书人刻印图书提供了便利,为市井平民所欢迎的唐宋词也被广为刊刻,最突出的表现就是《花间集》和《草堂诗余》的流行,据有关统计,在明代《花间集》被刻印有十四次,《草堂诗余》被翻印重编达三十五次之多。因为这些唐宋词集的被反复翻印,每一次翻印就会被加入一些新的副文本因素,这也为副文本的进一步展开提供了便利条件,在明代刊刻雕印的词集其文本结构是:封面、标题、牌记、序跋、题词、目录、正文、注释、插图、评语、附录等,也就是说唐宋词集的副文本在明代发展到最为完善的阶段。

## 二、唐宋词集"副文本"的传播指向

如上所述,明末清初的词集副文本形式多样,这些副文本所包蕴的内涵各不相同,在文本中所扮角色和发挥的作用亦有所差别,其传播指向也是有区别的,这里拟结合当时编选和刊刻的唐宋词集(包括通代词选、词别集、词谱等)对其传播指向作些具体的辨析。

(一)标题:编者意图的呈现

在明代,最流行的词籍是《草堂诗余》,以词为"诗余"的观念在当时非常的盛行,明人是把词作为"诗之余事"来看待的。在宋代,人们比较重视词的音乐性,称其为"乐府"、"琴趣"、"歌曲"、"乐章"、"长短句",据施蛰存先生考证,以"诗余"作为词的专有名称是从明代才开始有的事,明代以词为诗余强调的是其作为诗之补充能表现诗之不能表现的情感内容,当时人们刊刻词集多以"诗余"命名,如曾灿《六松堂诗余》、陈继儒《陈眉公诗余》、王立道《具茨诗余》、李天植《蜃园诗余》、张綖《南湖诗余》、陈龙正《几亭诗余》、吴绡《啸雪庵诗余》、胡介《旅堂诗余》、来镕《倘湖诗余》、杨宛《钟山献诗余》、陆钰《射山诗余》等等。但是,自万历末年起,以"词"直称词集的逐渐多了起来,当时出现的重要选本《词的》、《唐词纪》、《唐宋元明酒词》,便不再使用"诗余"的称谓,在明末清初编选的《词菁》、《古今词统》、《古今词汇》、《词综》、《词洁》、《词觏》、《古今词选》、《词鹄初编》都直以"词"称之。在清初词坛,还有人对以词为"诗余"的观念提出批评和驳议,指出:"(词)正补古人之所未备也,而不得谓词劣于诗也。"(任绳隗《学文堂词选序》,《直木斋全集》卷一一)"古诗之于乐府,近体之于词,分镳并骋,非有先后。谓诗降为词,以词为诗之余,殆非通论矣!"(汪森《词综序》)

值得注意的是,这些词集的命名或曰标题:"词的"、"词统"、"词菁"、"词综"、"词洁",都带有很明确的指向性。茅暎谈到自己编选《词的》的动机,就是要求字句韵律合乎法度:"词协黄钟,倘只字失律,便乖元韵;故先小令,次中调,次长调,俱轮宫合度,字字相符,以定正的。"(《词的·凡例》)陆云龙则有感于晚明文坛受公安派影响,"极其变","穷其趣",气格卑弱,特从沈际飞《草堂诗余四集》择其菁华而为《词菁》,达到熔铸古今"发挥诸家之长"的目的。(《词菁叙》)卓人月编《古今词统》则是有鉴于当时选本众多,然尚未有一本系统囊括唐宋迄至明代的通代"集大成"选本,故渔猎群书,裒其妙好,辑为《古今词统》。"自隋、唐、宋、元,以迄于我明,妙词无不毕具。"(孟称舜《古今词统序》)先著编《词洁》也是针对明末清初词坛学唐宋而不得要领,或不明诗词之别,或不辨词之源流,"词洁云者,恐词之或即于淫鄙秽杂,而因以见宋人之所为固自有真耳",所谓宋人之真就是"实之真质,花之生气"(《词洁序》),"先洗粉泽,后除雕绘,灵气勃发,古色黯然,而以情兴经纬其间"(《词洁发凡》)。《词鹄初编》编者孙致弥,谈到自己少时喜以小词自娱,苦于无师。"世所谓词谱者,承讹袭谬,不可依据,乃悉发所藏唐宋元诸家之词熟读之,久而知其与诗、与南北曲之所以分。"是编意在正体,"因考其音之平仄,字之多寡,炼句分段,皆有一定不可易之则,乃恍然悟诗文有法,词独无法乎?……于是按其字句,参其异同,汇而录之,惟其体不惟其辞。每有所制辄奉一古词以自律,譬诸射,强弱巧拙,万有不齐,其志于鹄,一也。姑藉是期免于师心自用偭背规矩之弊而已矣。于词之源本必穷探律吕,熟察宫调,以求合乎乐府"(《词鹄初编序》)。从这些标题,大致可以推知这些词集编选者的传播指向。

(二)序跋:编者词学观念的表述

明人好附庸风雅,刻书时往往会向文坛大老请序一篇,有的书坊干脆自我捉刀并署上文坛大老之名,以求卖点。故当时刻印的词集一般在正文前后都会有一二篇序跋,有的甚至有五六篇,如《花间集》有温博序、汤显祖序、无瑕道人及毛晋跋;《草堂诗余》有何良俊序、毛晋跋,潘游龙《古今诗余醉》前有五篇序文,毛晋更是在《词苑英华》、《宋六十一名家词》后对每部词集都撰有跋语,介绍版本流变并对词人发表看法。

序有自序和他序,内容上各有侧重,大致说来序文通常包括三个方面的内容:1. 交代编选或刻印词集的缘起、经过;2. 他序还会介绍编者的生平,并述及自己与编者的交谊情况;3. 发表对相关理论问题的看法,他序还会对相关词集发表自己的评价。

在明末清初刊刻的词集,有丛刻,有总集,还有别集,因种类不同,序文的侧重点也稍有差别。当时,最著名的词集丛刻是毛晋的《宋六十名家词》,前有夏树芳和胡震亨序,胡序着重谈到毛晋刻书之起因,在宋代,以为词不入流,对之亦不珍惜,以此失传最多:"虞山子晋毛兄,惧其久而弥湮也,遂尽取诸家词刻之。"然而,在作者看来,词之为用非可小觑,宋时便用之廊庙朝廷,所以,《宋六十名家词》实备有宋一代之乐的意义,"子晋几无以张宋存词之传,功在词诸家,故不细"。其对毛晋《宋六十名家词》"存词"、"传人"、"备乐"的意义作了很高的评价。相对丛刻来说,总集特别是选集在"存词"、"传人"、"备乐"方面意义更为明显,《古今词统》参订者徐士俊认为,通过《词统》的编选,将隋、唐、宋、元、明名家诸作收纳其中,"或曰:诗余兴而乐府亡,歌曲兴而诗余亡。夫有统之者,何患其亡也哉?"(《古今词统序》)很显然,在他看来《词统》一选实际上肩负有"存词"、"传人"功能。柯崇朴为《词综》所撰之后序,亦谈到自己参与《词综》编选之初衷:"余惟词学在废兴间者数百年,良以表彰无人,整齐莫自,故散而无统。"《词综》正有确立词统之意义,从唐直至元大家名作皆被收入,的确起到了存一代之史的作用。有如汪森《词综补遗后序》所云:"夫边马依北风以嘶,越鸟望南枝而逝,古人所以兴感于离别也,矧百年有尽之身,为升沉,为聚散,日月如驶,其中之笑言晨夕,曾几何时,而顾可长恃乎哉!"

　　现代学者龙榆生曾将历代词选宗旨分为四种:一曰便歌,二曰传人,三曰开宗,四曰尊体。① 当代学者肖鹏认为从功能上看历代词选当分为应歌、存史和立论三类:"词选之功能,实际上只有应歌、存史和立论三体,存史包括传人和传词,立论则兼有开宗和尊体。"②以选本来传播编者的文学观念,是中国古代文学批评的一大特色,明末清初特别是清初的词集编选者表现得比较突出,一部选本就是一位词学家或一个词派的理论宣言,龙榆生所说的"开宗""尊体"、肖鹏所说的"立论"指的正是这一点。比如《词综》的编选者汪森,就在前面的序言里谈到尊体的问题,并打出"尊南宋,尚醇雅"的理论旗号,指出:"鄱阳姜夔出,句琢字练,归于醇雅。于是史达祖、高观国羽翼之;张辑、吴文英师之于前;赵以夫、蒋捷、周密、陈允衡,王沂孙、张炎、张翥效之于后,譬之于乐,舞节至于九变,而词之能事毕矣。"同样,为唐宋词集所撰之序文亦负载着序文撰写者的词学观念,比如康熙十七年蒋景祁镌刻《乐府补题》时,阳羡词人陈维崧和浙西词人朱彝尊都撰有序文,朱序曰:"诵其词可以观志意所存,虽有山林友朋之娱,而身世之感别有凄然言外者其骚人《橘颂》之遗音乎?"陈序曰:"嗟呼! 此皆赵宋遗民作也。……援微词而通志,倚小令以成声。此则飞卿丽句,不过开元宫女之闲谈,至于崇祚新编,大都才老梦华之轶事也。"这两篇序文在观点上基本相同,也就是说在康熙十七年(1671)前后的清初词坛,大家一致推崇有寄托之旨的《乐府补题》。但是,在多年后,朱

①龙榆生《选词标准论》,《龙榆生词学论文集》,上海古籍出版社1997年版。
②肖鹏《群体的选择:唐宋人词选与词人群通论》,凤凰出版社2009年版,第10页。

彝尊再为《绝妙好词》、《乐府雅词》、《典雅词》撰写跋语时,其思想已发生变化,不再重提寄托之义,而只是盛推这些南宋选本能"以雅为尚"、它们与在明代流行的《草堂诗余》相比"雅俗分殊"。

(三)凡例:编刻缘起、原则、体例的交待

凡例,一般是词选或词谱前的编者说明,是编者就自己的编选缘起、宗旨、原则、体例,对读者的一个交代或说明,又称"选例"、"发凡"。这类文体不像序跋,序跋因是一篇文章,主题必须明确,它通常是以分条别目的形式出现的,表述比较自由,较能全面的展示作者的思想,它还是面向读者说话的,表达的内容非常明确和直接,不作过分的论述和展开,是读者进入正文本之前必须阅读的内容,正如热奈特所说的是进入"正文本"的一个关键性"门槛"。

明末清初大约有三种类型的选本:一般性词选、谱体性词选、专门性词选,一般性词选重在选词或选人,谱体性词选则以备体为主,专门性词选主要围绕专题或专人选词。上述三类词选,谱体性词选较重要的有《诗余图谱》、《啸余谱》、《文体明辨·诗余》、《填词图谱》、《选声集》、《记红集》、《词律》、《钦定词谱》,专门性词选有《唐宋元明酒词》、《古今别肠词选》、《林下词选》(女性词选)、《古今名媛百花诗余》(女性咏物词选),其中一般性词选数量最多,比较重要的有《词的》、《花草粹编》、《古今词统》、《精选古今诗余醉》、《词菁》、《古今词汇》、《词综》、《词洁》、《御选历代诗余》、《古今词选》等。

因上述选本的侧重点不同,故凡例的内容及编选宗旨亦各有特色。兹各选一例说明之,谱体性词选以赖以邠《填词图谱》为例,其凡例的基本出发点是:"词调盈千,各具体格,能不事规矩绳墨哉?"接着下来,谈到词调当以宋为准,填词则当区分字数、句式、体式、平仄等,基本上涉及的是词的体制内容。而一般性词选在内容上则要复杂得多,像朱彝尊的《词综·发凡》洋洋洒洒万余言,他不但交代了自己为编是选访求唐宋词籍的情况,而且重点阐述了自己对词之相关问题的看法,比如选词宗旨、考订词人里爵、辨别词体词调等理论问题,澄清了明末清初以来在相关问题上的模糊认识,为清代词坛的进一步发展和繁荣指明了方向。周铭"凡例"则谈到自己编选《林下词选》之缘起,本意在继轨黄昇《花庵词选》,编选一部《草庄绝妙词选》,因家鲜藏书,肆无善本,只好转而先订《林下词选》。"闺秀之词,杂见诸书,从来苦无专选。殊不知帏房旖旎之习,其性情于词较近,故诗文或伤于气骨,而长短句每多合作。考其声律,挹其风韵,定非丈二将军所能按弦而合节也。"赵式在《古今别肠词选》序言部分着重谈"别肠词选"编辑初衷,而凡例部分则着重介绍词选编辑的原则、体例及前后经过。从上述情况看,凡例部分通常是对序言内容的补充,也是对正文本未尽事宜的具体交代和说明,阅读唐宋词正文本必须先了解编者的"凡例"。

　　另外,从明末到清初词集凡例内容的变迁,还可以看出明末清初词学思想观念的变化。比如《词的》"凡例"主要意思有三点:以香艳为色,力主遵守词律,选人选词尽量做到客观真实,这可以说是明代词坛的主流思想,《古今词统》"杂说"部分辑录之王世贞、张绫、徐师曾"论诗余"皆作如是观。到清初,重要的词选如《词综》、《词洁》、《御选历代诗余》"凡例",除了继续强调以宋词为词史之盛、填词必须严守宋人词律外,随着清代官方倡导"清真雅正"的文化理想,思想上也转而向"典雅"、"雅洁"、"雅正"转变。或曰以雅为尚,或曰不失于正,不涉绮靡,坚决杜绝"流于秽"、"即于淫"之类现象的发生。

（四）目次：明末清初词坛传播意向的转变

明末清初的词集目次大体上有三种类型：一是分类体，一是分调体，一是以词人年代先后为序，这些看起来只是词集篇目编排顺序，在内容上却反映了编者的词学旨趣及观念。

在宋代，词集的刊行目次有以词曲宫调分类的，如柳永《乐章集》；有以词人年代先后为序编次的，如《花庵词选》；有以内容题材分类的，如《草堂诗余》。在明代《草堂诗余》最为流行，以题材内容作为分类标准的做法也最为通行，目前所知有十六种之多，而且在嘉靖以前基本上是分类本的天下，然而在嘉靖二十九年（1550）上海顾从敬刻《类编草堂诗余》，将原来以内容题材分类改为按词调字数多少为序编目，这一编目次序的改变对明末以后词集的编排产生极深远的影响。"反映了选家欲合订谱与选词为一体，将词选选成既是玩味欣赏的读本，又是填词创作的格律准式的努力和追求。"①到万历以后便不再是分类本独霸选坛，先是分调本与分类本平分天下，而后是分调本逐渐并最后完全取代分类本。近代著名学者赵万里说："自分调本行，而分类本渐微。嘉靖后所刻《草堂诗余》，如李廷机本、闵映璧本、《词苑英华》本，皆直接自此本出（指顾从敬刻本）。即钱允治、卓人月、潘游龙、蒋景祁辈所著书，亦无不标小令、中调、长调之目。故欲考词集之分调本，不得不溯此本为第一矣。"②在清初编选的各类选本，无论是通代词选还是断代词选，不再有以题材内容编目的分类本。一部《草堂诗余》，两种目次编排法，为清初词坛留下了议论不尽的词学话题，清

① 肖鹏《群体的选择——唐宋人词选与词人群体通论》，凤凰出版社2009年版，第423页。
② 赵万里《校辑宋金元人词·引用书目》，国立中央研究院历史语言研究所1931年排印本。

代出现的各类选本不是分调本便是以词人先后为序的编排本。

分调法亦即编目分小令、中调、长调，还引发了明末清初词坛对相关理论问题的探讨。如逸史蝶庵《牖日谱词选序》：

> 长调敷景排偶，超于赋之摭实；中调语短情长，远于近体之严板；小令拍促激峭，优于绝句之隽永。所以，协律知声，长短协节，词差兼诗赋之长，而猎诗赋之美。

俞彦《爰园词话》：

> 小令佳者，最为警策，令人动褰裳涉足之想。……长调尤为廛廛，染指较难。盖意窘于侈，字贫于复，气竭于鼓，鲜不纳败。比于兵法，知难可焉。

沈谦《填词杂说》：

> 小调要言短意长，忌尖弱；中调要骨肉停匀，忌平板；长调要操纵自如，忌粗率，能于豪爽中着一二精致语，绵婉中着一二激厉语，尤其错综。

李东琪：

> 小令叙事须简净，再着一二景物语，便觉笔有余闲。中调须骨肉停匀，语有尽而意无穷。长调切忌过于铺叙，其对仗处，须十分警策，方能动人。设色既穷，忽转出别境，方不窘于边幅。"（王又华《古今词论》引）

这些议论显然都是从顾从敬三分法而来，也就是对三分法作了进一步的理论阐述和升华。

尽管分调三分法简便易行，但在理论上却是有它的缺陷性的，即有的词调在字数上是有出入的，如果按照清初学者小令58字以内、中调59字起89字止、长调在90字以上的划分，那么很有可能会造成同一词调会被划入到小令与中调亦或中调与长调的范围，所以，在清初朱彝尊对这一分词调为小令、中调、长调的三分法表示不敢苟同:"宋人编集歌词,长者曰慢,短者曰令;初无中调、长调之目。自顾从敬编《草堂》词,以臆见分之,后遂相沿,殊属牵率。"(《词综发凡》)当他编选《词综》时,便改当时流行的三分法为以词人年代先后顺序编目,而他的朋友钱芳标在编《词昦》时则采取以字数多少为先后的排序法,这做法也为万树《词律》、王奕清《历代诗余》所沿袭。万树还专门就顾从敬的三分法提出批评:"所谓定例,有何所据。若以少一字为短,多一字为长,必无是理。如《七娘子》,有五十八字者,有六十字者,将名之曰小令乎? 抑中调乎? 如《雪狮儿》,有八十九字者,有九十二字者,将名之曰中调乎? 抑长调乎? 故本谱(指《词律》)但叙字数,不分小令、中长之名。"《历代诗余》的编选者亦表明以字数多寡分卷,不分小令、中调、长调,《四库全书总目提要》为之评价道:"不沿《草堂诗余》强分小令、中调、长调之名,更一洗旧本之陋也。"

（五）词人姓氏和编者名录:编选活动的真实记载、词学流派的集结方式

词人姓氏是词选之前对词人的简要介绍,这也是读者进入正文本之前的一个重要"门槛"。明末清初比较重要的选本大都有词人姓氏这部分内容,如《古今词统》、《兰皋明词汇选》、《倚声初集》、《瑶华集》、《御选历代诗余》、《名家词选》等,还有一部分词选的词人姓氏则是出现在正文部分,比如《词综》以词人年代先后为序,在选取入选词人时往往会对其里爵、仕履有一个基本介绍,有的地方还附上以往词话或诗话记载的本事或评论。

编者名录最值得玩味,它交代了词集编刻的情况及参与人员的任务分工,是了解清初词坛词学活动的重要史料。比如《古今词统》标明卓人月汇选、徐士俊参评,就明确地说明了这部词集编选过程中两人的分工情况:卓"选"和徐"评";朱彝尊在《词综发凡》

部分也交代了这部选本的参与者及其任务分工,协助其编纂《词综》的有汪森、曹贞吉、严绳孙、汪懋麟等 21 人,帮助其考订词人姓氏的是柯崇朴,襄助其校勘版本的是周篔;卓回《古今词汇缘起》则详细叙述了自己编纂《古今词汇》的前后经过,初编二编是他与周在浚二人合作完成的,而三编则是他与其子令式、孙长龄、松龄共同完成,其参阅者则有王士禛、吴兴祚、吴绮、曹溶、陈维崧、朱彝尊、彭孙遹、严绳孙等多达 36 人;《御选历代诗余》提到是选的编纂成员有沈辰垣、王奕清、阎锡爵、余正健、杨祖楫、吴襄、王时鸿、俞楷、秦培、杨澄、吴陈琰等共 22 人。通过这些编者名录,我们发现明末清初的词集或词选大都是集体协作完全的成果,而且围绕一部词集的编刻或词选的编纂,又形成了一个个关系密切、旨趣相近、思想相通的文人集团。

以《词综》为例,这是一个通过唐宋词集的整理而结派的典范。朱彝尊《词综·发凡》提到"佐予讨论编纂者"共 21 人:

> 汪子(森)而外,则安丘曹舍人升六,无锡严征士荪友,江都汪舍人季甪,宜兴陈征士其年,华亭钱舍人葆馚,吴江俞处士无珠,休宁汪上舍周士、季青,钱塘龚主事天石,同郡俞处士右吉,沈上舍融谷,缪处士天自,沈布衣罨九,叶舍人元礼,李征士武曾、布衣分虎,沈秀才山子,柯孝廉翰周,浦布衣傅功,暨门人周瀂岳也。

相对其他词选的编辑而言,这是一个阵营相当庞大的编辑队伍,其成员的构成也比较复杂:有词风近于豪纵的曹贞吉,有词风相对缠绵婉约的严绳孙,还有追攀《花间》风尚的汪懋麟、钱芳标、叶元礼,更有著名的阳羡派宗师——陈维崧,但总体说来这是一个以友朋、师生、乡谊为纽带聚结起来的一个文人群体,其主体部分还是以朱彝尊、汪森、周篔、柯崇朴为中心的,以浙西六家为基本成员的编纂队伍。《词综》的编纂发端于康熙十一年，康熙十二年朱彝尊客潞河龚金事佳育幕中，曾与龚翔麟等人一同探讨过《词综》的编纂问题："数百年来残谱零落，未有起而衰集之者。竹垞（朱彝尊）工长短句，始留意搜访，十得八九。当其客通潞时，蘅圃（龚翔麟）与之朝夕，悉取诸编而精研之。"（龚翔麟《红藕庄词序》）也正是在这一时期，四年后的康熙十六年，"浙西六家"再聚龚氏"玉玲珑阁"，晨夕倡和，刊为《浙西六家词》，浙西词派便以形成。厉鹗《东城杂记》"玉玲珑阁"条云："（龚翔麟）为太常卿佳育子，风流淹雅，少日喜为乐章，出入梅溪、白石诸公。太常开藩江左，署有瞻园，禾中朱检讨彝尊、李征士良年、上舍符、沈明府皞日、上舍岸登，皆在宾榻。酒阑棋罢，相与倡和，刻《浙西六家词》行于时。"

（六）词话或评语：创作背景的记录和观念史的展示

在清初还有部分词选或词集附有词话，如邹祗谟《倚声初集》、卓回《古今词汇》前皆有《词话》、蒋景祁《瑶华集》后附《名家词话》，《御选历代诗余》后更附有数量多达十卷的《历代词话》，其中《古今词汇》、《历代诗余》都是通代词选，这些词话不仅有助于我们加深对词集所选作品的理解，更有助于了解明末清初词学思想的发展变迁。

评语有编者自撰评语和读者点评两种，自撰评语有代表性的是先著《词洁》，由读者撰写评语者有卓人月《古今词统》和许昂霄《词综偶评》，因评点者角度立场不同，评点的态度亦略有差异。这些评点在形式特征上，主要表现为三言两语揭示词篇之旨，或对其精彩词句、精言妙义予以阐说，或是对其章法、句法、字法艺术予以披露，或发表品评者自己的审美感受和体会。"评点的批评注重细微的分析剖判，从局部着眼衡量，未免'识小'之讥。但放在整个中国文学批评的体系中看，评点所最为倾心的是文本本身的优劣,它努力挖掘的是文学的美究竟何在以及何以美,它注重对文本的结构、意象、遣词造句等属于文学形式方面的分析,同时也不废义理和内容的考察,尽管这在评点是次要的。"①

　　然而,对于明末清初的词集评点,应该就具体情况而论,即在明末的词集评点带有很强的宣传意味,直到清初才具有表达观念和传播思想的用意。我们知道,在明代文坛有着一股浓厚的标榜声气的风习,为了达到推销和扩大声誉的预期效果,操持选政者除了请文坛名宿为之作序外,就是请友朋评点一二或自己亲自捉刀,正如廖燕所说的:"选盖以评而传也,不然,则亦谓之代钞而已。"②像明末出现的重要选本如《草堂诗余四集》、《词的》、《词菁》、《古今词统》、《精选古今诗余醉》,其用意皆在此。在明人看来,再好的选本,如果没有评点的推动,也不会达到预期的传播效果,也不会有预期的市场"卖点",这一风气使得本来对借评点虚张声势特别反感的学者也不得不从俗而行,甚至无奈地发出"私心窃非之,今复尔尔,何异同浴而讥裸裎"③的喟叹,从此可看出以评点作为推手获得社会反响的观念在当时人心目中具有很大的影响力。进入清初,这一风气在当代词集的刊刻上继续蔓延着,只要是刻有词集者必有评点相随,但在词集选本上情况稍有变化,即借选本来"开宗"、"立派"的意识越来越浓,当时出现的众多地域性选本如《西泠词选》、《柳洲词选》、《荆溪词初集》、《浙西六家词》、《清平集初选》,都意在标榜声气,壮大地域性词派的影响。与之相伴而行的是唐宋词选的编纂和评点,像清初重要选本《古今词汇》、《古

①张伯伟《中国古代文学批评方法研究》,中华书局2002年版,第591页。
②廖燕《评文说》,《廖燕全集》,上海古籍出版社2005年版,第264页。
③邵长蘅《青门旅稿题识》,《青门旅稿》卷二,《四库全书存目丛书》集部第248册,第67页。

今词选》、《词综》、《词洁》就是在这样的背景下出现的,它们都肩负有传播编选者思想主张乃至张扬、传播本派词学观念的重任。

（七）外文本:内文本的补弃和拓展

外文本是指在文本之外,由正文本衍生出来的副文本,包括编者编辑唐宋词集过程中与朋友来往讨论的书札,以及文本刊刻之后读者的评论和批语,它们实际上是在文本之外的文本,但要了解其内容又必须联系相关文本来阅读,所以还是应该归到副文本的范畴。

比如《词综》是清代影响最大的唐宋词选本,丁绍仪说"自竹垞太史《词综》出而各选皆废"（《听秋声馆词话》卷一三）,所誉虽未免过当,但在康熙十七年之后,《词综》之前所刻之唐宋词选逐渐从词坛淡出,一时间对《词综》的议论是康熙词坛的热门话题。

　　竹垞博搜唐宋金元人集,以辑《词综》,一洗《草堂》之陋。
（沈皡日语,见冯金伯《词苑萃编》卷八）

　　从来苦无善选,唯《花间》与《中兴绝妙词》差能蕴藉。自《草堂》、《词统》诸选出,为世脍炙,便陈陈相因,不意铜仙金掌中,竟有尘羹涂饭。而俗人动以当行本色诩之,能不齿冷哉? 近得朱锡鬯《词综》一选,可称善本。闻锡鬯所收词集凡百六十余种,网罗之博,鉴别之精,真不易及。（纳兰性德《与梁药亭书》）

　　吾师竹垞先生之《词综》,不芜不秽,一开生面。其别裁伪体,可继周草窗《绝妙好词》,曾端伯《乐府雅词》犹逊其高洁矣! （楼俨《再与友人论词书》）

　　是编（指《词综》）录唐宋金元词通五百余家,于专集及诸选本外,凡稗官野纪中有片词足录者,辄为采掇,故多他选未见之作。……其立说（指朱彝尊《词综发凡》的论词观点）大

抵精确,故其所选能简择不苟如此,以视《花间》、《草堂》诸
编,胜之远矣!(《四库全书总目》)

　　无论是朱彝尊的同辈朋友,还是他的后辈门生,还有官方的
《四库全书总目》,对《词综》都作了相当高的评价,《词综》亦成为
后代词选效法的榜样,出现了王昶的《明词综》、《国朝词综》、陶樑
的《词综补遗》、黄燮清的《国朝词综续编》、丁绍仪的《国朝词综
补》,这一现象有似明代特有的"草堂"选本系列,它则构成了唯清
代独有的景观——"词综"选本系列。上述评论及"词综"系列现
象,皆是我们了解和解读《词综》意义的副文本。

　　总之,我们认为,唐宋词集正文本毕竟是过去时代的产物,但
经过明清的重刻或重编,这时被它的刊刻者或重编者赋予了新的
意义,就是说是新的时代新的意义使得"过去"的东西重新焕发生
机和活力。"过去时代的艺术作品引起后人的注意,常常不是因为
原来的那些理由……每个时代的批评家都需要去表达他那时代的
审美判断。"①如果没有副文本的引导,正文本的"当下"意义是无
法打开的,副文本是进入"正文本"的重要"门槛"。

---

① 朱狄《当代西方艺术哲学》,人民出版社 1994 年版,第 247—248 页。

# 从《锦瑟》、《药转》论姚培谦《李义山诗集笺注》对李商隐诗的接受

李宜学

## 一、前言

李商隐(义山,812—858)诗研究,在清代掀起第一波高潮,为期长达两百余年①,笺注者达二十余家。就诠释型态而言,朱鹤龄(长孺,1606—1683)、姚培谦(平山,1693—1766②)、程梦星(午桥,1679—1755 或 1678—1747)、冯浩(养吾,1719—1801)四家注,可

---

① 刘学锴《清代前期对李商隐诗的接受》,《李商隐诗歌接受史》上编,合肥:安徽大学出版社,2004 年版,第 77 页。

② 姚培谦之生年,其亲撰之《周甲录》(收入北京图书馆编《北京图书馆藏珍本年谱丛刊》九十五,北京:北京图书馆出版社,1999 年版,第 1b 页)明载"癸酉康熙三十二年"(1693),故无疑义。至其卒年,钱仲联主编之《中国文学家大辞典·清代卷》(北京:中华书局,1996 年版,第 612 页)订于 1760 年;江庆柏编著之《清代人物生卒年表》(北京:人民文学出版社,2005 年版,第 595 页)则订于 1766年。世多主 1766 年之说,本文亦从之。又,〔清〕杨开第修,姚光发等纂《重修华亭县志》第二册卷十六载姚培谦于"乾隆四十三年卒,年七十四"。(台北:成文出版社有限公司,1970 年版,第 28a 页)按:乾隆四十三年,公元 1778 年,由此上推七十四年,则姚培谦生于公元 1705 年(康熙四十四年)。显误。

视为同一脉络，"一系相承"，为李商隐诗诠释的主流①；其中，朱鹤龄《李义山诗集笺注》(1659)在当时即"盛行海内"②，"几于家有其书"③，市场销售量极佳，不但畅销，而且长销，以致后起的程梦星乃专就朱注补订，勒为《重订李义山诗集笺注》(1743)一编，署名朱鹤龄笺注，程梦星删补，两书几融为一体④。至于冯浩《玉溪生诗笺注》(1796)，则是"清代李商隐诗集最完备精审的笺注本，也是李商隐研究史上一部里程碑式的重要著作"⑤。清中叶以后，传播、接受的深度与广度，逐渐凌驾于朱注之上⑥，影响力至今不替，仍是当代研究李商隐诗不可或缺的重要著作。

　　相较于以上三家，介于朱注、冯注两座高峰之间的姚培谦，角色与地位则显得颇为尴尬。论者对其所著《李义山诗集笺注》，或者言之简略，语焉不详⑦；或者略而不提，付之阙如，致使姚注的价

①颜昆阳《李商隐诗传统笺释方法的省察》，《李商隐诗笺释方法论》第二章，台北：台湾学生书局，1991 年版，第 83、97 页。
②〔清〕朱鹤龄《传家质言》，《愚庵小集》卷十五，第 334 页。
③〔清〕汪曾宁《李义山诗集笺注序》，收入刘学锴、余恕诚《李商隐诗歌集解》下册附录二，第 2031 页。
④〔清〕朱鹤龄笺注，程梦星删补《李义山诗集笺注》，台北：广文书局，1989 年版。
⑤刘学锴《历代李商隐研究述略》，《李商隐传论》下册，合肥：安徽大学出版社，2002 年版，第 898 页。
⑥李宜学《从出版、销售论冯浩〈玉溪生诗笺注〉在清代的传播与接受》，"文学与空间：海峡两岸论坛"，2013 年 10 月。
⑦如万曼《李义山集》，《唐集叙录》(开封：河南大学出版社，2008 年版，第 365 页)述及姚注时，但言："朱、程二注之间，乾隆己未(1739)，姚培谦(平山)仍有《李义山诗集集注》十六卷，杉桂读书堂刊本，也是颇为流行的一个本子。"叙述简略，且将《李义山诗集笺注》误为《李义山诗集集注》、"松桂读书堂"误为"杉桂读书堂"。

值隐而不彰,似无法与朱、程、冯三家相提并论。但细考此书,姚氏为其"十易二三"①,付出极大心血;书成,黄叔琳(昆圃,1672—1756)为之撰序,赞曰:"能补石林、长孺之所未备。"②冯浩亦间采其说,附入注本;晚清林昌彝(蕙常,1803—1876)更许为"善本"、"义山功臣"③。再睽诸市场流传、销售,也颇受读者青睐,来年旋即再版(详后文)。在在显示该书必有可观处,不容轻忽。这中间的落差,原因究竟何在?缘此,本文拟深入研究姚培谦《李义山诗集笺注》一书,期能解决上述问题,以填补李商隐诗学史、接受史上的一页空白。又,《李义山诗集笺注·例言》之三云:

> 至如《锦瑟》、《药转》及《无题》诸什,未知本意云何,前贤亦疑不能明。愚者取而解之,一时兴会所至,不自量尔。④

显示姚氏对于诠释这几首诗,独有会心,允为探赜其义山诗笺注的适当切入点;惟《无题》诸什篇数较多,所涉问题亦较广,非本文所能容纳,故暂不讨论。

## 二、姚培谦与《李义山诗集笺注》

姚培谦生平与其笺注李商隐诗之背景,世罕言及。本节先综

---

① 〔清〕姚培谦《李义山诗集笺注》凡例,京都:中文出版社,1979 年版,第1b 页。
② 〔清〕黄叔琳《李义山诗集笺注序》,收入〔清〕姚培谦《李义山诗集笺注》,第1b 页。
③ 〔清〕林昌彝辑《射鹰楼诗话》卷三,第7a 页,收入杜松柏主编《清诗话访佚初编》第七册,台北:新文丰出版公司,1987 年版。
④ 〔清〕姚培谦《李义山诗集笺注》凡例,第1a 页。

辑资料①,详加董理,并予考述,以为后文知人论世之资。

　　姚培谦,似曾改姓,原名疑为廷谦,雍正八年(1730),始复姓姚;雍正十年(1732),避祖讳而改名培谦②。字平山、述斋,号鲈香居士、鲈香老人,邹升恒(泰和,1675—1742)为题书斋,名"松桂读书堂"③,晚又有"鲈香诗屋"。原籍嘉兴府平湖县(今浙江嘉兴市平湖市)④,后徙松江府金山县,世代簪缨,故《重修华亭县志》称其"世为金山望族"⑤。迨父姚君宏度(宗裴,?—1716),始迁松江府北郭;父殁,迁"通波门外"⑥,故《松江府志》称其为松江府娄县(今

---

①论者多仅据《松江府志》、《重修华亭县志》为言,实则还应包括《金山县志》。但这些都属第二手资料,本文更重视姚培谦自撰的《周甲录》、诗集、自序、当代友朋他序等第一手资料。

②〔清〕姚培谦《周甲录》,第13a、13b页,收入北京图书馆编《北京图书馆藏珍本年谱丛刊》第九十五册,第131、132页。

③〔清〕姚培谦《周甲录》,第11a页,"乙巳三年,三十三岁"条载:"秋,于居室左偏,葺书屋数椽,庭中有松有桂,泰和学士题额曰:'松桂读书堂'。"收入北京图书馆编《北京图书馆藏珍本年谱丛刊》第九十五册,第127页。

④〔清〕姚培谦《述怀一百韵》:"家世吴兴旧,科名九叶联。"《松桂读书堂集》卷六,第3a页,收入四库全书存目丛书编辑委员会编《四库全书存目丛书》集部第二七七册,台北:庄严文化事业有限公司,1996年版,第109页。又,〔清〕彭润章修,叶廉锷纂《平湖县志》第五册有姚裴谦父亲姚宏度传,台北:成文出版社有限公司,1975年版,第14b页;〔清〕龚宝琦、崔廷镛修,〔清〕黄厚本等纂《金山县志》卷二十一亦有姚培谦传,上海:上海书店,1991年版,第9b页。

⑤〔清〕杨开第修,姚光发等纂《重修华亭县志》第二册卷十六,第28a页。

⑥〔清〕姚培谦《周甲录》,第120页,又,〔清〕姚培谦《对问序》,《松桂读书堂集》,第1a页,收入四库全书存目丛书编辑委员会编《四库全书存目丛书》集部第二七七册,第2页。

江苏松江）人①，而姚氏则多自署"云间"、"华亭"人。

　　齿序居次②，其为人也，孝悌，尝以母丧，不赴保举；"母没析爨，以兄多女，累减已产以益之"③。凡有借贷而贫窭不能偿者，辄"悉行焚烧""书扎契券"，"以致祖业消磨"④。由是观之，诚又一恺悌君子也。

　　姚氏为有清诸生，早岁埋首科场，中岁后，渐无意于仕进。康熙五十二年（1713），华亭县试、松江府试，俱领案；雍正七年（1729）⑤，马谦益（生卒年未详）为之保举，以母丧不赴；雍正十三年（1735），方苞（灵皋，1668—1749）、冯夏景（树臣，1663—1741）荐举应博学鸿儒，又不赴；乾隆十二年（1747），沈德潜（确士，1673—1769）复为之举荐，仍不赴。朋辈因此称其为"姚征士"。

　　其学广博，尤寝馈于经、史之间，自言："经史为学问之根柢，窃有志焉。"⑥勤于著述，所著亦多猬集于此二部，沈德潜为之进呈的《经史臆见》（1741）、《春秋左传杜注补辑》（1744），未及进呈的

---

①〔清〕宋如林等修，孙星衍等纂《松江府志》第二册卷五十九，台北：成文出版社有限公司，1970年版，第36b页。

②陆奎勋《〈自知集〉序》"平山为中舍息园先生仲子"。见〔清〕姚培谦《松桂读书堂集·序》，第1b页，收入四库全书存目丛书编辑委员会编《四库全书存目丛书》集部第二七七册，第61页。

③〔清〕杨开第修，姚光发等纂《重修华亭县志》第二册卷十六，第28a页。

④〔清〕姚培谦《周甲录》，第23b页，收入北京图书馆编《北京图书馆藏珍本年谱丛刊》第九十五册，第151页。

⑤《松江府志》作"雍正七年"，《重修华亭县志》作"雍正四年"。据姚培谦《周甲录》。第12b页，当以雍正七年为是，收入北京图书馆编《北京图书馆藏珍本年谱丛刊》第九十五册，第130页。

⑥〔清〕姚培谦《松桂读书堂集·序》，第1b页，收入四库全书存目丛书编辑委员会编《四库全书存目丛书》集部第二七七册，第2页。

《通鉴纲目节钞》（1761），均属之。但姚氏亦不废集部，"少即为诗"①，"篇章到处传"②，先后出版《春帆集》（1720）、《自知集》（1724）、《乐府》（1739）、《览古诗》（1739）诸集，乾隆五年（1740），裒合、删订为《松桂读书堂集》诗八卷，与所著《松桂读书堂集》文七卷，合称《松桂读书堂集》。著作等身，学者的形象极为鲜明。

　　著书、写诗之余，姚培谦也校编、笺注前人诗文集。前者如：《后邨居士诗》（1718）、《唐宋八家诗》（1727）、《陶谢诗集》（1735）、《宋诗百一钞》（1761）、《元诗百一钞》（1764）③；后者如：《古文斫》（1722）、《文心雕龙辑注》（1735）、《李义山诗集笺注》（1739）、《楚辞节注》（1741）。又与徐是效（景予，？—1742）合编《茸城踏歌》（1721），记松江府风俗民情；独立编纂了一部类书——《类腋》（1742），"历数十年"④。

　　此外，姚氏还"好刻书，尤喜刻巾箱小本"⑤。刻书动机，一为自刻，如前举《后邨居士诗》、《古文斫》、《李义山诗集笺注》，均其

---

①〔清〕姚培谦《松桂读书堂集自序》，《松桂读书堂集》，第1a页，收入四库全书存目丛书编辑委员会编《四库全书存目丛书》集部第二七七册，第64页。又，据《周甲录》，第5a页，姚氏约十九岁"习作诗"，收入北京图书馆编《北京图书馆藏珍本年谱丛刊》第九十五册，第115页。

②〔清〕姚培谦：《述怀一百韵》，《松桂读书堂集》卷六，第4a页，收入四库全书存目丛书编辑委员会编《四库全书存目丛书》集部第二七七册，第109页。

③《宋诗百一钞》、《元诗百一钞》为姚培谦与张景星、王永祺三人合编，清人将此二书与沈德潜之《唐诗别裁集》、《明诗别裁集》、《清诗别裁集》合刊，署名为《五朝诗别裁集》，故亦称《宋诗别裁集》、《元诗别裁集》。

④〔清〕姚培谦《类腋·人部叙》，收入续修四库全书编纂委员会编《续修四库全书》第一二四九册，第170页。

⑤〔清〕纪昀、永瑢等编《松桂读书堂集八卷提要》，《钦定四库全书总目》第五册卷一百八十五，台北：艺文印书馆，1979年版，第14a页，总页3849。

主动付梓。乾隆十三年(1748)，姚氏大病一场，养痾之余，阅《世说新语》、《何氏语林》以自消遣，进而"略为增删，刻成小本，又采书史中语切近有益身心者，汇写小册，以便携带，名《书绅》"①。此书即巾箱本。二为师友请托代刻，如康熙六十年(1721)冬，杜诏(紫纶，1666—1736)主动前去拜访姚培谦，商量刻印顾贞观(远平，1637—1714)《弹指词》②；又如雍正十三年(1735)，黄叔琳《文心雕龙辑注》书成，即命姚氏"携归校勘，付之梨枣"③。以上诸书，无论自刻、代刻，均属家刻本，这类书籍，系"不以赢利为目的"④者，而姚培谦却愿意慷慨刊刻，由此又可觇其性格与形象之一斑。

综上所述，姚培谦实兼具隐士、学者、诗人、编者、笺注家、刻书家等多重身份，为一广义的文化人，又非特一文人而已。

至其交游，《松江府志》称"好交游，名满江左"⑤。今人高磊有二文专门予以考述，据其说，确曾与姚培谦接故往来者，约五十人，主要分布于江南地区，且涵盖层面广阔，包括：高官显宦、普通士

---

① [清]姚培谦《周甲录》，第21b页，收入北京图书馆编《北京图书馆藏珍本年谱丛刊》第九十五册，第148页。

② [清]姚培谦《周甲录》，第9a页，收入北京图书馆编《北京图书馆藏珍本年谱丛刊》第九十五册，第123页。

③ [清]姚培谦《文心雕龙辑注·序》，转引自王更生《文心雕龙研究》，台北：文史哲出版社，1989年版，第175页。据王氏之说，该书今藏台湾"故宫博物院"，分上、下册，"清乾隆六年(1741)刊行，封里有'文心雕龙辑注，养素堂藏板'，卷首附黄氏《自序》，《南史·刘勰本传》，华亭姚培谦《序》，……"四库全书本、四部备要本《文心雕龙辑注》，俱无姚序。

④ 王桂平《家刻引言》，《家刻本》，南京：江苏古籍出版社，2003年版，第4页。

⑤ [清]宋如林等修，孙星衍等纂《松江府志》第二册卷五十九，第36b页。

子、社会名流、方外僧侣等①。可证《松江府志》所言不诬。五十人中,与本文关系最切者,厥为黄叔琳与陆昆曾(圃玉,生卒年未详)。

　　黄叔琳,康熙三十年(1691)探花,学问淹雅,乃清代名儒。姚培谦自称为黄氏"年家子"②,黄叔琳则称姚氏为"世好"③,可见两家交谊深厚,彼此为忘年交;更确切地说,两人关系更像一对相互看重、互许为知音④的文化事业伙伴。盖黄叔琳毕生精力尽萃于《文心雕龙辑注》,却惟嘱姚培谦付诸剞劂,姚氏亦不负所望,郑重看待其事,历时六年,终使该书面世,且为之序;而姚培谦中年所著《李义山诗集笺注》、晚年所撰年谱《周甲录》,亦其一生心力之所系,并交黄叔琳为之书序,且咸冠于书中页首。彼此之推心置腹,有如是者。同时,也就在黄氏为《李义山诗集笺注》所撰序文中,首次揭示了姚注李商隐诗的特点与价值(详后文),明乎黄、姚二人的关系,便知此篇序文之重要性,乃黄叔琳凭借其多年深交体会,苦心孤诣、精心结撰的有得之言,可视为吾人窥见、检视、评价姚注李商隐诗,最好的参照系。

---

① 高磊《〈宋诗别裁集〉编者姚培谦交游考》,《咸阳师范学院学报》第 24 卷第 1 期,2009 年 1 月,第 101—105 页;《〈宋诗别裁集〉编者姚培谦交游考补》,《宁波工程学院学报》第 25 卷第 3 期,2013 年 9 月,第 15—19 页。

② 〔清〕姚培谦《文心雕龙辑注序》,引自王更生《文心雕龙研究》,第 175 页。

③ 〔清〕黄叔琳《周甲录·序》,第 1a 页,收入北京图书馆编《北京图书馆藏珍本年谱丛刊》第九十五册,第 103 页。

④ 〔清〕姚培谦《少宰北平黄年伯手札相慰赋谢》其二:"此生终澌落,何以答知音。"《松桂读书堂集》卷五,第 15a 页,收入四库全书存目丛书编辑委员会编《四库全书存目丛书》集部第二七七册,第 106 页。

至于陆昆曾,其与姚培谦相识之最早记录,可推至康熙六十年(1721)①。姚氏《周甲录》"辛丑六十年二十九岁"条下载:

> 春,与朱初晴霞、陆圃玉昆曾、陈咸京崿、董弘辅杏燧、张玉田琳起诗会,齐集小斋,一月三举,分题拈韵,即日成篇。给事王西亭先生原遴选付梓,名《于野集》。②

类似记载,尚可见清法式善(开文,1752—1813)所辑《陶庐杂录》(1817),其言曰:

> 《于野集》十卷,青浦王原选而序之,朱霞、姚廷谦、陆昆曾……所作,刻于康熙六十年。③

姚廷谦即姚培谦。彼时姚氏二十九岁,陆昆曾则未详其年岁。《于野集》成书后三年(1724)④,陆氏撰成《李义山诗解》,专解李

---

①《四库全书总目》亦称该书刻于"康熙庚子",亦即清康熙五十九年,公元1720年。朱则杰《〈四库全书总目〉五种清诗总集提要补正》提出质疑,盖此书卷首两序均作于康熙六十年,且书中卷数按时间先后顺序排列,至卷五有《康熙六十年春正茸城蹋歌》,卷七有《午日杂咏》,其刊刻时间不可能早于康熙六十年辛丑(1721)。但此事既有姚培谦自供,故本文仍从之。详见《深圳大学学报(人文社会科学版)》第23卷第3期,2006年5月,第92—93页。

②〔清〕姚培谦《周甲录》,第8a—b页,收入北京图书馆编《北京图书馆藏珍本年谱丛刊》第九十五册,第121—122页。

③〔清〕法式善辑《陶庐杂录》卷三,台北:文海出版社,1969年版,第21a页。

④见王家歆《李商隐诗注本考》,因《李义山诗解·凡例》云:"是编始于康熙癸巳,成于雍正甲辰(1724)。"而学海出版社《李义山诗解·出版说明》云:"原书刊行于雍正四年(1726)。"乃怀疑后者"岂另有所据乎?"实则成书与刊行,并非同一年,并无可疑。收入《嫦娥、李商隐、包拯探赜》,台北:文史哲出版社,2007年版,第88页。

商隐七律,共一百一十七首①。姚氏则于六年后,完成其首部李商隐诗研究专著——《李义山七律会意》(1727),亦专解李商隐七律;十二年后,更以此书为基础,扩大内容、篇幅,成《李义山诗集笺注》(1739),奠定其为清代李商隐诗研究四大家之一的地位。陆、姚两人于康熙六十年参与诗会后,似再无见面,当时是否曾就李商隐诗交换过意见,已不得而知。

姚培谦笺注李商隐诗,先有《李义山七律会意》,后有《李义山诗集笺注》,此系根据黄叔琳《李义山诗集笺注·序》:"发轫于七律,而后乃及其全。"②并姚氏《李义山诗集笺注·例言》之五:

往有《义山七律会意》一刻,友人惜其未备,因成此书,并取《会意》覆勘,十易二三,期于无遗憾而止顾未能也。③

《李义山七律会意》有雍正刻本,四卷,"前有雍正丁未六月上浣华亭姚廷谦书于小杯湖序,次例言,目录"④,扉叶有"北岔读本"四字,卷尾有"吴郡王素轩录,金陵王兆周"两行⑤。该书"传本绝稀。藏书家无有著录之者。每诗后有评释"⑥。而《李义山诗集笺

①〔清〕陆昆曾《李义山诗解·序》,台北:学海出版社,1986年,第1b页。傅璇琮总主编,郁贤皓分册主编《中国古代诗文名著提要·汉唐五代卷》则统计出一百十六首,石家庄:河北教育出版社,2009年版,第421页,
②〔清〕黄叔琳《李义山诗集笺注·序》,第1a—2b页,收入〔清〕姚培谦《李义山诗集笺注》,第1—4页。
③〔清〕姚培谦《李义山诗集笺注》凡例,第1b页。
④黄裳《来燕榭读书记》上册卷四,沈阳:辽宁教育出版社,2001年版,第293页。
⑤黄裳《清代版刻一隅》增订本,上海:复旦大学出版社,2005年版,第181页。
⑥黄裳《来燕榭读书记》上册卷四,第293页。陈伯海、朱易安《唐诗书录》下册"清华大学、南开大学藏",济南:齐鲁书社,1988年版,第427页。又见傅璇琮总主编,郁贤皓分册主编《中国古代诗文名著提要·汉唐五代卷》,第422页。

注》则有华亭姚氏松桂读书堂原刻本,乃姚氏自刻家塾本,分体分卷,计十六卷。初版,尝出现《李义山诗集》、《姚培谦注李义山诗》、《李义山诗集笺注》、《李义山诗集注》几种不同书名,册数亦有四册、六册之别①。自秋天书成、镂版以迄于冬,便有如许不同版本的姚注李商隐诗,可见其市场流传也广;非但如此,销售谅亦极佳,盖来年,即乾隆五年(1740)旋即再版矣②,论者谓:"是书初刻于乾隆四年,盖次年复有刻本也,则销行必多矣。"③所言甚是。

后代传印,或据乾隆年间原刊之竹纸本《笺注李义山诗集》(有十六卷、十卷两种),或重刊乾隆己未四年(1739)之《李义山诗集笺注》(仍有六册、四册两种),清末吴引孙(福茨,1851—1920)"测海楼"俱曾收藏、著录;又有清末徐树兰(仲凡,1837—1902)"古越藏书楼"、沈知方(芝芳,1883—1939)"粹芳阁"先后珍藏过八册本《李义山诗集》,亦称"松桂读书堂本",但"源流难明"④。此外,现代藏书家潘景郑(1907—2003)《校本李义山诗集跋》尝载:

> 此校本《义山诗注》,为华亭姚培谦笺本,醉经楼马氏所藏。马氏名泰荣,字秋浔,事迹未详,所录前贤校语凡十家。五色绚烂,眉间书写殆遍,……亦以见前贤致力义山者颇多,非予一人所能阿好也。丙子秋日,得此本于贾人张君处,断烂残臠,不易触手,爰付重装,并跋数语,以志予于义山之夙有会

①王家歆《李商隐诗注本考》,《嫦娥、李商隐、包拯探赜》,第90页
②《崇雅堂书录》著录有"乾隆庚申松桂读书堂刻本"之《李义山诗集笺注》。
　　按:乾隆庚申年,即乾隆五年。
③王家歆《李商隐诗注本考》,《嫦娥、李商隐、包拯探赜》,第90页。
④王家歆《李商隐诗注本考》,《嫦娥、李商隐、包拯探赜》,第92页。盖姚注本若非六册,便是四册,八册本前此罕见。

契,得此尤非偶然耳。①

按:马泰荣(锡之,1771—1836),直隶大兴(今北京人)人,清著名藏书家。潘景郑称"事迹未详",而明吴宗汉(守忠,嘉靖年间人)所著《心逸道人吟稿》,今有马泰荣道光十年(1830)抄本;清国史馆纂修之《钦定国史贰臣表传》,今亦有马泰荣嘉庆二十二年(1817)抄本。故知其为嘉庆、道光年间人;循此以推,可知清嘉、道年间,曾有不少读者以姚注李商隐诗为底本,进入李商隐诗的世界,还过录不少相关资料,丰富了日后李商隐诗研究的成果。

综上所述,姚培谦《李义山诗集笺注》自清乾隆朝付梓以后,嘉庆、道光、宣统三朝都留下了传刻、见藏的身影与记录,保守估计,销售史长达一百七十余载,期间,总有异代知音赏爱,反复阅读、出版,故能免于湮灭,至今犹存。由此可以概见其传播、接受的一个侧面。

## 三、《李义山诗集笺注》中
## 《锦瑟》、《药转》二诗之笺注

### (一)释《锦瑟》

> 锦瑟无端五十弦,一弦一柱思华年。庄生晓梦迷蝴蝶,望帝春心托杜鹃。沧海月明珠有泪,蓝田日暖玉生烟。此情可待成追忆,只是当时已惘然。

《锦瑟》之进入读者的接受视野,时间并不太早。唐末五代两部"唐人选唐诗":后蜀韦庄(端己,836?—910)《又玄集》(900)与韦縠(生卒年未详)《才调集》(约951—965),分别选录李商隐

---

① 潘景郑《校本李义山诗集跋》,《著砚楼书跋》,台北:成文出版社有限公司,1978年版,第228—229页。

诗四首与四十首,二书的编选宗旨、审美标准匪一,但例不选《锦瑟》,则无二致。所以,两部诗选的读者无缘藉此认识《锦瑟》,《锦瑟》也无由透过诗选脉络与读者接触。此外,当时文献如诗文评、笔记小说等,论及李商隐其人其诗时,亦均不提《锦瑟》。综言之,唐末五代的李商隐诗论述场域中,《锦瑟》始终缺席,未为读者关怀的重心①。

泪至赵宋,《锦瑟》终于蒙受读者青睐,进入了李商隐诗的接受史。据刘学锴先生之说,"现存文献材料,最早记述对《锦瑟》的阐释,是著于熙宁、元祐间的刘攽《中山诗话》"②。按:《中山诗话》成书于 1086 年九月至 1088 年之间,而李商隐卒于 858 年,若将《锦瑟》脱稿的时间下限设于李商隐过世这年,则《锦瑟》需待李商隐身后近两百三十年,才有机会被读者发现,进入读者"连续性变化的经验视野中",成为一个"文学事件"③,相较于其他文本,可谓一名迟到者。

不过,虽然迟到,却譬若积薪,后来居上。自《中山诗话》以迄清代之前,《锦瑟》话语竞相发言,此起彼落,于文学批评领域,甚至创作领域中争逐;且言人人殊,殊途难归。刘学锴先生归纳宋元

①李宜学《唐末五代至宋代的李商隐诗接受(上)》,《李商隐诗接受史重探》第三章,新竹:清华大学中文研究所博士论文,2009 年,第 111—129 页。
②刘学锴《〈锦瑟〉阐释史》,《李商隐诗歌接受史》,中编,第二章,第 250 页。
③Hans Robert Jauss, "Literary History as a Challenge to Literary Theory," in *Toward an Aesthetic of Reception*, trans, Timothy Bahti ( Minneapolis: University of Minnesota Press, 1982 ), p. 22. 德国接受美学学者姚斯( Hans Robert Jauss, 1921—1997)认为:一部文学作品"仅对它的读者而言,才成为一个文学事件",而"文学事件只有当后来者仍然或再度对它发生反应——即读者再次占有这部属于过去的作品,或作者想要模仿它、超越它甚至反驳它——的时候,才能持续发挥效力"。

明三代阐释《锦瑟》的内涵,约为三说,分别如下:①

### 1. 怀人说

> 或谓是令狐楚家青衣也。(宋·刘攽《中山诗话》)

### 2. 咏瑟说

> 东坡云:"此出《古今乐志》,云:'锦瑟之为器也,其弦五十,其柱如之,其声也,适、怨、清、和。'"(宋·黄朝英《靖康缃素杂记》)

### 3. 自伤说

> 望帝春心托杜鹃,佳人锦瑟怨华年。诗家总爱西昆好,独恨无人作郑笺。(金·元好问《论诗》三十首之十二)

三说之中,又以"咏瑟说"的支持者最众,北宋黄朝英(士俊,约 1120 年前后在世)、南宋胡仔(元任,1108?—1186?)、元代方回(万里,1227—1307)等,皆其嗣响。要言之,此说的诠释策略是"将《古今乐志》所述锦瑟乐器四音,一一坐实,对应于李商隐《锦瑟》诗颔、颈两联四句,谓此四句即描摹彼四音"②。由于拥有苏轼(子瞻,1037—1101)的权威加持③,兼有《古今乐志》的坚实理据,"咏瑟说"俨然成为彼时解读《锦瑟》诗最具主导力的诠释。

---

① 刘学锴:《〈锦瑟〉阐释史》,《李商隐诗歌接受史》中编第二章,第 250—252 页。

② 李宜学:《从元代诗法著作论李商隐诗在元代的接受情形》,《中正大学中文学术年刊》,2011 年第 1 期,第 141 页。

③ 刘学锴《〈锦瑟〉阐释史》(《李商隐诗歌接受史》中编,第二章,第 252 页):"后世诗评家对'适怨清和'之说是否出于东坡颇有怀疑。很有可能是此论的发明者(也有可能是黄朝英本人)为了加强这一阐释的权威性而故意抬出两位当朝诗坛巨擘来撑门面。"

然而,入清后,"咏瑟说"却渐趋噤声,慢慢无声①。与此同时,"悼亡"新说欻然窜起,独领风骚,清初多位李商隐诗的专业读者,几乎都主此说②,如:

义山《房中曲》有"归来已不见,锦瑟长于人"之句,此诗(按:《锦瑟》)落句云:"此情可待成追忆,只是当时已惘然。"或有所指,未可知也。(清·钱龙惕《玉溪生诗笺》)

按义山《房中曲》:"归来已不见,锦瑟长于人。"此诗寓意略同。是以锦瑟起兴,非专赋锦瑟也。(清·朱鹤龄《李义山诗集笺注》)

此悼亡诗也。意亡者善弹此,故睹物思人,因而托物起兴也。(清·朱彝尊评点《李义山诗集》)

这三段引文,清楚呈现出"悼亡说"逐步建构成型的历程:从钱龙惕(夕公,1609—1666)以后不敢自信、犹疑其词,到朱鹤龄重加肯定、厘清"锦瑟"但为起兴,再到朱彝尊(锡鬯,1629—1709)正面揭橥"悼亡"、联系"锦瑟"与亡者的关系。"悼亡说"于焉确立,自成一家之言。此后,同声相应者,如:

此悼亡之诗也。……曰"思华年",曰"追忆",指趣晓然,何事纷纷附会乎?(清·何焯《李义山诗集上》,《义门读书记》)

此诗以锦瑟起兴,非专咏锦瑟也。……余尝逐字逐句求其着落,知为义山悼亡之作无疑。(清·陆昆曾《李义山诗解》)

---

① 刘学锴《〈锦瑟〉阐释史》(《李商隐诗歌接受史》中编,第二章,第263页):"宋元明三代相当流行的适怨清和说在清代基本上销声匿迹。"
② 清钱谦益是少数的例外,主"令狐楚妾"说。详氏著《东涧写校李商隐诗集》卷上,台北:学海出版社,1998年版,第67页眉批。

把"悼亡说"的内涵发展得更为丰富、稳固。此说将诠释的
理据从《古今乐志》转向李商隐自己写的《房中曲》,目光由文本
外转向文本内,自然导致诠释重心转移,乃能逼出新的诠释内
容;并且,内证取代了外证,固更具说服力。更重要的是,这还符
合了清人普遍追求客观、实证的学术品味,故容易取得认同,此
所以"悼亡说"能于清初以降,风行草偃,取代"咏瑟说",成为新
的主流诠释。

姚培谦也主"悼亡说",笺曰:

> 此悼亡之作,托锦瑟起兴。①

起首二句,表明自己的言说立场,而其言说的内容、方式,则明
显檃栝前引朱彝尊之说而成,彼此之间的授受,极其显豁。姚氏
续曰:

> 瑟本五十弦,古人破之为二十五弦,是瑟已破矣。今日
> "无端五十弦",犹已破之镜,而想未破时之团圆。一弦一柱,
> 历历都在心头,正七句所谓"追忆"也。

姚氏以《汉书·郊祀志》:"泰帝使素女鼓五十弦瑟,悲,帝禁
不止,故破其瑟为二十五弦。"作为首句出典,将"未破"、"已破"的
瑟弦,比拟为妻之未亡、已亡,而"无端"所要抒发的,是对"已破"/
已亡的瑟弦/妻子的眷恋,亟想其"未破"/未亡之时。如此解诗,
稍嫌迂回,却显示出一种力图疏通字句内部逻辑的努力,已非如前
引何焯(屺瞻,1661—1772)泛泛以"特藉素女鼓五十弦瑟而悲,泰
帝禁不可止发端"的"兴法"一语带过。这只要再对比朱彝尊的解
释,可以看得更加清楚。朱氏曰:

---

① 〔清〕姚培谦《李义山诗集笺注》卷九,第 1a 页。为节篇幅,后文凡引用此
段笺注,俱不再加注。

瑟本二十五弦,一断而为五十弦矣,故曰"无端"也,取断
弦之意也。"一弦一柱"而接"思华年"三字,意其人年二十五
而殁也。

不同于姚培谦视《汉书·郊祀志》为"锦瑟"句出处,朱氏取
《周礼·乐器图》"颂瑟二十五弦"为说,故云"瑟本二十五弦",并
由此联想到"断弦",再联想到李商隐妻子亡故的年纪。浮想联
翩,乍看顺理成章、言之成理,但刘学锴先生却谓其"附会"、"臆
测"、"望文生义",盖此说与李商隐之妻卒岁不合①。其实,退一步
言,即便卒岁相合,朱说亦未免过于拘执,限制了读者理解的角度
与范围。此外,姚培谦"一弦一柱,历历都在心头"的笺文,言简意
赅,透露出他较为高明的艺术体会与精准的语言表达能力;又将此
句联系尾联上句之"追忆",指出两句之间的草蛇灰线,不但加强
了《锦瑟》情意主旨的有机统一性,也点出了姚氏对此诗章法结构
的细致理解。

姚培谦续曰:

次联蝴蝶、杜鹃,乃已破后之幻想。中联明珠、暖玉,乃未
破时之精神。

仍是透过"已破"、"未破"这组概念来说解。其意谓:颔联是
李商隐对亡妻的揣想,想其幻化为蝴蝶、杜鹃。姚氏于李商隐《偶
成转韵七十二句赠四同舍》"怜我秋斋梦蝴蝶"句下,引《新唐书》
李商隐本传"茂元爱其才,以女妻之"为注②,是知其一贯将蝴蝶意
象理解为李商隐自喻其妻。主"悼亡说"者,大多承认此联系李商

---

①刘学锴《〈锦瑟〉阐释史》,《李商隐诗歌接受史》中编第二章,第256页。
②〔清〕姚培谦《李义山诗集笺注》卷二,第11a页。

隐哀其亡妻,如何焯云:"悲其遽化为异物。"①陆昆曾云:"'庄生'、'蝴蝶'、'望帝'、'杜鹃',同是物化,引以悼其妻之亡。"②但对于下一联,见解则相当分歧,如何焯云:"腹联又悲其不能复起之九原也。"③其认为写的仍是李商隐的悼亡之悲。陆昆曾则曰:

> 五、六指所遗之子女言;古人爱女,以掌上珠譬之;孙权见诸葛恪,谓其父瑾曰"蓝田生玉",又戴容州有"蓝田日暖,良玉生烟,可望而不可置于眉睫之间"之语。义山悼伤后,即赴东蜀辟,诗曰"珠有泪",悲女之失母也;曰"玉生烟",叹己之远子也。④

此认为写的乃是李商隐对一双儿女的怜爱之情。其中,所引唐戴叔伦(幼公,732—790)数语,似较前此笺注家更准确找出"蓝田"句可能的出处,一新读者耳目,允为陆氏解诗的一大发现。姚注则与上述二说皆不同,但取"珠"之"明"、"玉"之"暖",认为此系李商隐用以比拟妻子生前明艳、温暖之情态,一如其解析颔联,亦仅取庄子、望帝二典均与"亡故"有关为言,不顾及其余旁枝讯息(如"迷蝴蝶"中的齐物论意涵等)。这样的诠释方式,恰与李商隐特有的创作习惯相吻合。余恕诚先生论李商隐之用典,尝言:

> 李商隐……用典的方式也别开生面。他往往不用原典的事理,而着眼于原典所传达或所喻示的情思韵味。……这些典故不是用以传达某种具体明确的意义,而是借以传递情绪感受。对于读者,情趣感受所引发的联想和共鸣,可以是模糊

---

① 〔清〕何焯《李义山诗集上》,《义门读书记》下册卷五十七,北京:中华书局,2006 年版,第 1243 页。
② 〔清〕陆昆曾《李义山诗解》,第 1b 页。
③ 〔清〕何焯《李义山诗集上》,《义门读书记》下册,第 1243 页。
④ 〔清〕陆昆曾《李义山诗解》,第 1b—2a 页。

朦胧、多种多样的。①

缘此,在合理、恰当的诠释前提下,读者若能不过于执着原典本意,灵活解诗,反而更能触及李商隐诗之隐微幽杳处。姚培谦释此二联,把握住"悼亡"主旨,疏而不失,或正呼应了李商隐朦胧多义的某个心灵世界。

姚培谦续曰:

> 而已愁到已破之后,盖人生奇福,常恐消受不得也。

似以"已愁"对应诗句中的"已惘然",谓:从"已愁"、"已惘然"的生前至"已破"的身后,构成了人的一生,而人生难免一死,故纵有奇福(指世间夫妻情爱?),亦无福消受,未能终老白头,徒留追忆耳。言外有人生、爱情皆属虚妄之意。此非虚言。姚培谦《松桂读书堂集》文七卷之卷六《诗话》,有一则谈及《锦瑟》,其言曰:

> 义山《锦瑟》诗本系悼亡之作,以锦瑟起兴,非赋锦瑟也。通首着眼在"无端"二字,大意谓:世间姻缘无非幻合,只如既有锦瑟,便有五十弦;既有五十弦,便鼓出许多哀愁来。夫妇之道亦如是矣。至于事过景迁,蝴蝶梦觉,杜宇魂归,无端而聚者,亦无端而散。此联内已具结联惘然之意。中联却是追忆从前缘起极得意时事,月满珠圆,日融玉暖,本属自无而有,利根人当此眴眼秾华,早知有水流花谢,何待今日而始惘然哉。义山多艳体诗,世几以浪子目之,不知其人极深于禅,如此篇实从禅悟中得力。注家纷纷,总属无谓。②

--------

① 余恕诚《李商隐在诗史上的贡献》,《"诗家三李"论集》,北京:中华书局,2014年版,第192页。

② 〔清〕姚培谦:《诗话》,见氏著《松桂读书堂集》卷六,第11b—12a页,收入四库全书存目丛书编辑委员会编《四库全书存目丛书》集部第二七册,台北:庄严文化事业有限公司,1996年版,第52页。

　　此集有清陆奎勋（聚猴，1663—1738）的跋文，但未系年月。今《松桂读书堂集》文七卷，为乾隆八年（1743）刻本，《诗话》亦在其中，则其纂辑成书，必在此年之前，较1739年成书的《李义山诗集笺注》晚出。两处说解《锦瑟》的话语，正可互相对照、印证。

　　此文仍主"悼亡"说，通篇充满禅宗语汇，直是藉《锦瑟》演绎佛教"诸法因缘生，诸法因缘灭"、"如梦幻泡影，如露亦如电"的因缘和合现象，赋予《锦瑟》前所未有的意涵。如许诠释，毋论就李商隐或《锦瑟》而言，均属有效①。盖唐代影响力最大的佛教宗派，非禅宗即净土宗，尤其到了唐末，禅宗发展更为蓬勃。李商隐与佛教渊源深厚，早年学道于玉阳王屋山时，即与和尚相往来，愈到晚年，事佛愈虔诚——特别是丧妻之后。唐宣宗大中七年（853），李商隐撰《樊南乙集序》，便云：

　　　　三年以来，丧家失道，平居忽忽不乐，始刻意事佛，方愿打钟扫地，为清凉山行者。②

　　来年，大中八年（854），于蜀中还与释知玄（后觉，约810—882）相遇，事之以弟子礼。综言之，李商隐对佛法体会精深，已内化为其生命的一部分，成了他安顿自我的选项之一。姚培谦称他

---

①下文所述，多参：（日）平野显照著，张桐生译《李商隐的文学与佛教》，《唐代的文学与佛教》，台北：业强出版社，1987年版，第325—356页；龚鹏程《文学中的人生抉择问题：李商隐与佛教》，《文学与美学》，台北：业强出版社，1995年版，第204—226页；孙昌武《佛教与唐代文学》、《佛教对唐代文学的影响》、《唐代文人的习禅风气》、《唐代文人的佛教信仰——禅与净土》，俱收氏著《游学集录——孙昌武自选集》，天津：南开大学出版社，2004年版；龚鹏程《晚唐的禅宗与道教》，《佛学新解》，北京：北京大学出版社，2009年版，第84—98页。

②刘学锴、余恕诚《樊南乙集序》，《李商隐文编年校注》第五册，北京：中华书局，2002年版，第2177页。

为"利根人",洵非虚誉。

　　李商隐的佛教素养,也颇流露于诗中,《送臻师》、《北青萝》、《题僧壁》、《题白石莲花寄楚公》、《华师》等,均为著例。脍炙人口的《锦瑟》"沧海月明珠有泪"句,世多以为用"鲛人泣珠"典,但《别臻师》(之一)亦有"今来沧海欲求珠"之句,该句却非"鲛人"典故所能疏解得通。龚鹏程因此认为,李商隐诗的"沧海求珠"意象,实出自佛教《大方便佛报恩经》,"充分揭明了自己整个人生的蕲向,在于求得人生的究竟归宿或目标"①。据此,《锦瑟》亦可能具备佛教思想意涵;尤其从"悼亡说"的脉络观之,自外缘(李商隐的丧妻、佛缘)至内证(《别臻师》、《大方便佛报恩经》),都提供了"禅悟"解读的合法依据,故姚培谦之笺,诚不失为一有效性的诠释。

　　(二)解《药转》

　　　　郁金堂北画楼东,换骨神方上药通。雾气暗连青桂苑,风声偏猎紫兰丛。长筹未必输孙皓,香枣何劳问石崇。忆事怀人兼得句,翠衾归卧绣帘中。

　　与《锦瑟》相同,《药转》也很晚才进入读者的接受视野。清代以前,诗话、笔记等场域,均不曾谈及《药转》,说明此诗很难提供当时读者"以资闲谈",甚至"辨句法、备古今、纪盛德、录异事、正讹误"②的功能。至于选集、总集,则要迟至明代才出现《药转》身影,且仅出现两次,分别见于曹学佺(能始,1574—1646)《石仓历

────────

① 龚鹏程《文学中的人生抉择问题:李商隐与佛教》,《文学与美学》,第209页。
② 分见〔宋〕欧阳修《六一诗话·序》、〔宋〕许顗《彦周诗话》,收入吴文治主编《宋诗话全编》第一、二册,南京:凤凰出版社,2006年版,第211、1392页。

代诗选》与张之象（月麓，1507—1587）《唐诗类苑》二书①。前者，
共收李商隐诗一百三十二首（《燕台》四首之类，以一首计算），《药
转》即厕身其中，该书去取标准，据《四库全书总目》所言，乃"不乖
风雅之旨"②，由此可以略知曹氏看待《药转》的眼光；后者，系一按
主题分类的总集，该书将《药转》置于"道"部底下的子类"药转"
类，且是此类中唯一的一首。径以诗题为类别名，特设一类，这除
了显示张氏认为此诗与道教有关之外，也显示其不知如何理解、安
置此诗，索性只能让它自成一类。

入清后，钱谦益（受之，1582—1664）、释道源（1584？—1655
或1656）、钱龙惕（夕公，1609—1666以后）等人虽都勠力笺注李商
隐诗，但面对《药转》，多束手无策。钱谦益于"忆事怀人兼得句"
旁，加上圈点③，指出他所认为的此诗要紧处，此外便再无只字词
组；释道源为颈联出句"长筹"注明了"厕筹"、落句"香枣何劳问石
崇"找到了出处④，此外亦别无它说；钱龙惕则根本未选此诗。

其后，真正专力注解《药转》者，则推朱鹤龄。从诗题到诗句，
朱氏俱为之下注（尾联除外），且于每句句下不惮其烦罗列各种可
能的出处，如"郁金堂北画楼东"句，注文便多达六条，具体实践了

①〔明〕曹学佺《石仓历代诗选》，卷七十四，第16a页，收入《景印文渊阁四库
　全书》第一三八八册，台北：台湾商务印书馆，1983年版，第398页。〔明〕
　张之象编，（日）中岛敏夫整理《唐诗类苑》第五册卷一百五十四，上海：上
　海古籍出版社，2006年版，第28a页。
②〔清〕纪昀、永瑢等编《石仓历代诗选五百六卷提要》，《钦定四库全书总目》
　第五册卷一百八十九，第31b页。
③〔清〕钱谦益《东涧写校李商隐诗集》卷上，第107页。
④见〔清〕朱鹤龄注《李义山诗集注》，卷一上，第44b页，收入《景印文渊阁四
　库全书》第一〇八二册，第104页。释道源所注出处为《白帖》，但其实尚
　非真正的出典，第一手数据当是《世说新语》。

其自定义之笺注凡例："事之奥僻者详之。"①但耐人寻味的是,如此煞费苦心找出了每句诗的出处,最后,却未对《药转》发表任何意见,笺文空空如也。这一方面固然是朱鹤龄重"注"甚于"笺"的一贯立场,另一方面也显示:即便有能力注出每句诗,但对于通解整首《药转》,却仍无能为力,在此,朱氏实又践履了其自定义的另一凡例:"不可解者则阙之。"②

　　然而,也正因为朱鹤龄翔实注出了每句诗,故使后来的读者可以突破、超越表面的文字障碍,进而开启多元诠释的空间。如朱彝尊便曰:

　　　　题与诗俱不可解。③

　　将朱氏不曾明言的"不可解"心声,直接道出! 又如何焯曰:

　　　　此自是登厕诗。④

以简洁、肯定的口吻,为此诗断案,其根据当是来自颈联:两则与厕所有关的典故。又如陆昆曾,开宗明义曰:

　　　　亦是《无题》一类,观"忆事怀人"句可见。

　　不同于何氏聚焦颈联,陆氏则着眼于尾联,就此拿定主意,循此展开笺文,曰:

_____

① 〔清〕朱鹤龄《笺注李义山诗集凡例》,收入刘学锴、余恕诚《李商隐诗歌集解》下册附录,台北:洪叶文化事业有限公司,1992 年版,第 2023 页。
② 〔清〕朱鹤龄《笺注李义山诗集凡例》,《李商隐诗歌集解》下册,第 2023 页。
③ 见〔清〕朱鹤龄笺注,沈厚塽辑评《李义山诗集》卷上,台北:台湾学生书局,1979 年版,第 35b 页眉批。薛顺雄《李义山〈药转〉诗释》误将此句视为朱鹤龄的注,核对《四库全书》本朱鹤龄注《李义山诗集注》,即知非是。详见《中国古典文学论丛》,台北:台湾学生书局,1983 年版,第 90 页。
④ 见〔清〕朱鹤龄笺注,沈厚塽辑评《李义山诗集》卷上,台北:台湾学生书局,1979 年版,第 35b 页眉批。

　　通篇说得其人身分极高：所居者，金堂画楼，自非寒素之胄；所饵者，神方上药，自非凡俗之躯。且青桂紫兰，分罗交错，披拂之下，风露皆香，夫岂人间世之所得同耶？以故孙皓长筹、石崇香枣，有见为龌龊而屑道者。此其人，固我所往来于中，以期旦暮遇之者也。乃翠衾独卧，望见无由，其能已于咏歌嗟叹乎？①

　　认为诗中所怀之人，系一身份尊贵的女子；所忆之事，盖此女深居幽闺，无由得见。首联写其所居、所食，不同凡响；颔、颈两联进一步渲染其尊贵，居所外，花团锦簇，香气四溢，穷视觉、嗅觉享受之极致，品味高雅，相较于孙、石二氏之炫耀厕室奢华，不可以道里计。尾联则抒发未能一亲芳泽之慨。

　　至此，《药转》诗旨已出现两说："登厕"与"怀人"。但究实而言，二说均有其诠释上的困境，亦即未能一以贯之、毫无窒碍地串讲全篇。薛顺雄《李义山〈药转〉诗释》便曾质疑道：

　　据第七句所言："忆事怀人兼得句"，可知此诗是在"忆事"与"怀人"两种情怀之下，才得到的佳句。那么，"如厕"又如何值得"忆事"？如何得以"怀人"？所以作"如厕"解，着实是令人难以理解！②

　　极力反驳"登厕"说。同理，若全诗旨在"怀人"，为何会提及厕所？苟欲抒发"有见为龌龊而屑道者"之意，非得藉"登厕"典故始克其功？得无太杀风景？因此，何、陆二氏所留下的诠释困境，成了继起笺注者必须面对的问题。

　　姚培谦也主"怀人说"，笺曰：

---

① 〔清〕陆昆曾《李义山诗解》，第13a页。
② 薛顺雄《李义山〈药转〉诗释》，《中国古典文学论丛》，第91页。

玩诗意,必有以女佚①如红线之类,隐青衣中为厕婢者,故于其去后思之。②

按:红线,唐人袁郊(之干,生卒年未详)于其传奇《红线》中创造的女主角,身份为潞州节度使薛嵩青衣。红线最为人所乐道的事迹,便是夜行七百里,深入敌方阵营主帅卧室,神不知鬼不觉盗取其枕边金盒,达到吓阻效果,成功为主人排忧解难。后辞去,不知所踪③。姚氏以为,《药转》作者所怀之人,即似红线般隐身于青衣中的女子,而其身份是一名厕婢。

此说极为新奇。将诗中女子设想为"厕婢",或可理解,毕竟两则"登厕"典故俱在,无法回避,但为何一定要牵扯上红线,强调其为"如红线"般的婢女? 姚培谦如此天外飞来一笔的联想,线索到底从何而来? 苦思再三,笔者终于发现,线索并非来自诗作本身,而系朱鹤龄注文。

朱鹤龄是为《药转》诗题作注的第一人,所注出处有二,分别如下:

> 《神仙传》:"药之上者,有九转还丹、太乙金液。"
> 僧中寤诗:"炉烧九转药新成。"④

①刘学锴、余恕诚《李商隐诗歌集解》下册,第1681页,作"侠"。
②〔清〕姚培谦《李义山诗集笺注》卷九,第7a页。为节篇幅,后文凡引用此段笺注,俱不再加注。
③王梦鸥校释《红线》,《唐人小说校释》上册,台北:正中书局,1985年版,第277—280页。
④〔唐〕李商隐著,〔清〕朱鹤龄笺注,田松清点校《李商隐诗集》卷一上,上海:上海古籍出版社,2015年版,第57页。又,〔唐〕中寤《赠王仙柯》:"瞻思不及望仙兄,早晚升霞入太清。手种一株松未老,炉烧九转药新成。心中已得黄庭术,头上应无白发生。异日却归华表语,待教凡俗普闻名。"收入〔清〕彭定求原编《全唐诗》第二十三册卷八百零八,北京:中华书局,2013年版,第9117—9118页。

姚注独采前者,舍弃后者,据其自定义笺注《例言》之二所云:

> 朱注援引极博,兹所用无虑大半。过繁者删之,间遇缺者补之,伪者订正一二。①

则此处所取,为"过繁者删之"之例。这去取之间,实已说明了姚培谦的诠释立场:《神仙传》所载,才是其取义的对象,方是解开《药转》的钥匙。姚氏所引《神仙传》已见前,而袁郊《红线》,则有以下这段文字:

> (红线)乃入闺房,饰其行具。梳乌蛮髻,攒金凤钗,衣紫绣短袍,系青丝轻履,胸前佩龙文匕首,额上书"太乙"神名,再拜而行,倏乎不见。②

两段文字均提及"太乙"。这便是姚培谦让《神仙传》、《红线》、《药转》三个文本产生连结的关键之一。

此外,朱鹤龄所注《药转》"换骨神方上药通"句,也可能加深、强化了姚培谦"必有以女侠如红线之类"的想法。朱注有三,分别如下:

> 《汉武内传》:"王母谓帝曰:'子但爱精握固,闭气吞液,一年易气,四年易肉,五年易髓,六年易筋,七年易骨,八年易发,九年易形。'"
>
> 杜甫诗:"相哀骨可换。"
>
> 《文选》注:"《养生经》:'上药养命,五石练形,六芝延年。中药养性,合欢蠲忿,萱草忘忧。'"③

姚氏一仍其"过繁者删之"之例,仅取第一条注。大约也就在此注中,姚培谦联想到了《红线》以下这段文字:

---

① 〔清〕姚培谦《李义山诗集笺注》凡例,第1a页。
② 王梦鸥校释《红线》,《唐人小说校释》上册,第278页。
③ 〔唐〕李商隐著,〔清〕朱鹤龄笺注,田松清点校《李商隐诗集》,第57页。

红线曰:"某生前本男子,游学江湖间,读神农药书,而救世人灾患。时里有妇孕,又患蛊症,某误以芫花酒下之。妇与腹中二子俱毙。是某一举而杀三人。阴司见诛,蹈为女子,使身居贱隶,气禀凡侰,幸生于公家,今十九年。……今两地保其城池,万人全其性命。使乱臣知惧,列士谋安,在某一妇人,功亦不小,固可赎其前罪,还其本形,便当遁迹尘中,栖心物外,澄清一气,生死长存。"①

《汉武内传》的"易骨"、"易发"、"易形";《红线》的"生前本男子"、"蹈为女子"、"还其本形",所述极为相似,姚氏或亦由此展开文本连结,乃谓《药转》中这名"如红线"般的厕婢,"独得移形换骨之方"。

这种单从字面上的雷同、近似,遂认定彼此间有必然关系,自然过于武断。但姚培谦显然对此灵感、成果相当自信,不但笺文中用了全称肯定词"必"字,且于书前《例言》特别标举此诗,一得之愚的谦词底下,实是溢于言表的得意之情。

姚培谦续曰:

桂苑兰丛,往来风露,定从沦谪中来也。长筹香枣间,愈隐讳愈不可测。

整段笺文,造语奇特:首先,将原诗词汇拆解,再重新排列组合,如"桂苑"加"兰丛"、"风"加"露"、"长筹"加"香枣";其次,重组后的句子,往往不能独立成辞,如"桂苑兰丛"、"长筹香枣",究竟何意? 其三,句与句之间,也缺乏连贯,如"桂苑兰丛"之后,接"往来风露",又是何意? 其四,真正能显示其理解诗意程度的话语,如"定从沦谪中来也"、"愈隐讳愈不可测",却语意含混,令人

①王梦鸥校释《红线》,《唐人小说校释》上册,第280页。

摸不着头绪。凡此,显示姚培谦对此二联,或一知半解,或尚无法用精确的语言表达,故只能囫囵带过。此弊,前引陆昆曾的笺文,也隐约存在。

姚培谦续曰:

> 因忆向者乍见其人,便觉有异,每于翠衾归卧时赋诗忆念,然红粉中别具青眼者,世有几人?

据此,姚氏所理解的"忆事",指的是首次见此厕婢之事,尽管其藏身于众青衣之中,诗人却能一眼认出,觉其另有心事,并为之情有独钟,思念难眠,此即"怀人"。较值得留意的是笺文最后两句,此为原诗所无,而姚培谦个人的引申发挥。添此二句,表明姚氏认为这是一段没有结果的单相思,诗人不无怅然之喟:我独能青眼于她,她却不知之,未能独青眼于我;之所以没有结果,从笺文首二句可知,盖此厕婢已"去"(如同红线"遂亡所在"),徒留诗人"于其去后思之"。

# 四、结语

清雍正四年(1726),姚培谦完成其第一部李商隐诗研究专著——《李义山七律会意》。"会意"者,会心也,亦即领悟、体会之意,这是一种相对不依傍外缘客观条件,但凭个人主观感受作主、判断的一种精神状态;以此精神状态进入文本,即如晋陶渊明(元亮,365?—427)所说:"不求甚解,每有会意,便欣然忘食。"[1]由此可知,姚氏所以取此书名,意在强调其阅读李商隐七律时,心领神会之所得。此种读法,也延续至其第二部李商隐诗研究专著:《李义山诗集笺注》。

---

[1] 〔晋〕陶潜著,龚斌校笺《五柳先生传》,《陶渊明集校笺》卷六,上海:上海古籍出版社,1999 年版,第 420 页。

黄叔琳《李义山诗集笺注·序》云：

盖诗者,志之所之也,志深者言深。乍而求之,得其浅矣,或未得其深。故曰:"以意逆志,是为得之。"读诗而得其志,其难也。昔之君子犹亦病诸? 以吾观于唐人李义山之诗,抑何寓意深而托兴远也! ……云间姚平山氏,熟观朱注,惜其未备也,乃更为之笺注。援引出处,大半仍朱;至于逐首之后,必加梳栉,精神开发,读之觉作者之用心涌现楮上,洵乎能补石林、长孺之所未备也。……盖平山此书,本以释意为主。①

姚培谦《李义山诗集笺注·例言》之三云:

先释其辞,次释其意。欲疏通作者之隐奥,不得不然。……愚者取而解之,一时兴会所至,不自量尔。②

两文均显示该书的诠释法为"以意逆志"。而据李宜学《从〈无题〉诗论程梦星〈重订李义山诗集笺注〉对朱鹤龄〈李义山诗集注〉的接受》,姚氏"以意逆志"的内涵,系采汉人赵岐(邠卿,? —201)"以己意逆诗人之志"之说,亦即:以读者的心意去揣度、推测作者的创作意图。而这样的进路,实与清初以来主流的李商隐诗诠释法"知人论世",大相径庭③。

综言之,姚培谦致力于意逆,因此,注文精简,不掉书袋,不资书以为贵;笺文则往往摆落文字障碍,以一种较为直观的方式面对文本,抒发个人感悟,发现、发明作者之心,故能跳脱前人既有陈说窠臼,时有新奇之见。其具体内容已详本文第三节,兹不赘述。一

---

① 〔清〕黄叔琳《李义山诗集笺注·序》,第 1a—2b 页,收入〔清〕姚培谦《李义山诗集笺注》,第 1—4 页。
② 〔清〕姚培谦《李义山诗集笺注》凡例,第 1a 页。
③ 李宜学《从〈无题〉诗论程梦星〈重订李义山诗集笺注〉对朱鹤龄〈李义山诗集注〉的接受》,《东亚观念史集刊》,2017 年第 12 期,第 125—182 页。

言以蔽之,"一时兴会所至"的阅读、诠释法,正是姚培谦笺注李商隐诗最大的特色。

然而,特色也恰好正是缺点。因过分偏重读者的主观领会,姚培谦诠释李商隐诗时,出现了两种缺点:

其一,过度诠释。中国诗经学有"诗无达诂"之说,西方文学批评亦有"暧昧"、"多义"之论,允许读者主动赋予文本意义,但这并不意味读者可以随心所欲放纵个人联想,最终,仍须以文本为依据,否则诠释活动将陷入无政府状态的危机中。伊瑟尔(Wolfgang Iser)以为,文本和读者是阅读交流的两极,两者之间并无规定性的语境可确认作者意图,这语境,须靠读者从文本所提供的线索和信号才能建立起来①。每个文本都有其潜能(potentila effect)②,作为读者阅读、理解、诠释等接受活动的最后一道防线,逾越此一防线,便违反了游戏规则。

准此,姚氏诠释《药转》,便曾犯规。叶嘉莹先生据伊瑟尔的"潜能"说更进一步发挥,指出"潜能"来自两方面:一、"语码"(code)的作用,语言符码系由特定的文化传统所形成,凡具有相同背景的作者、读者,便能藉此沟通;二、"显微结构"(microstructure)的作用,亦即文本中符号本体所具备的质素③。以此检视《药转》,无论从"语码"或"显微结构"出发,都不易提供"必有以女侠如红

---

① Robert C. Holub,"The major theorists,"*Reception Theory:A Critical Introduction* (New York:Routedge,1989),p. 92.

② Robert C. Holub,"The major theorists,"*Reception Theory:A Critical Introduction*,p. 1. 中译出自叶嘉莹先生手笔。

③ 叶嘉莹先生多次论及这个观点,在此,仅举氏著《阅读视野与诗词评赏》以为覆案(收入辅仁大学中国文学系、中国古典文学研究会主编:《建构与反思——中国文学史的探索学术研讨会论文集》上册,台北:台湾学生书局,2002 年版,第1—11 页)。

线之类,隐青衣中为厕婢者"的合理联想,故文本"潜能"不足,个人臆测成分居多,诠释难以成立。这样的缺点,恐怕早在《李义山七律会意》时期便已存在。曾寓目、校藏该书的黄裳,论及此书,先赞其"别具手眼,亦一家言,何可废也",后则语带保留曰:"自为会意,亦往往有强作解人处。"①姚培谦笺《药转》,便有强作解人之嫌。

其二,语焉不详。姚培谦笺文,常有用语抽象、不知所云处。前者如笺《锦瑟》,凭空造出"已破"、"未破"、"已愁"等词语,"能指"(signifier)固可晓,"所指"(signified)却颇不易确定,笔者已为之费力诠释如上,然于姚氏真正寓意,当仍有一间未达。后者则如笺《药转》"露气暗连青桂苑"以下四句,含糊笼统,真令人如堕五里雾中,愈读"愈不可测"(详前文分析),薛顺雄《李义山〈药转〉诗释》批评道:"最为关键的一联,他却不得其解。"②确然。

以上两种缺点,或许正是姚注始终无法取代朱注,而终究被后起者冯注取代的原因之一吧!

综上所述,本文藉姚培谦《李义山诗集笺注》及其所笺《锦瑟》、《药转》二诗,勾勒其成书过程、流衍路径,抉发其诠释内容、特色,指出其缺点,并尝试为其较少受到重视、陷于尴尬处境的现象,予以说明,以响应本文《前言》中的提问,冀深化既有的李商隐诗研究,也有助于拓展李商隐诗的传播、接受研究。惟仅以两篇为个案,所论难免重蹈姚注过度诠释、语焉不详之弊,犹待修正、发覆处尚多,对此,日后笔者将以他文续成之。

---

①黄裳《清代版刻一隅》(增订本),第181页。
②薛顺雄《李义山〈药转〉诗释》,《中国古典文学论丛》,第90页。

# 民国时期白居易接受与研究论略

## ——以胡适、陈寅恪为中心

### 夏雨薇　尚永亮

不同时代的研究风貌体现了白居易接受背后的学术动向与时代变化。时至民国①,时势风会剧变,彼时白诗接受相较前代倏然大热,研究、品评白诗者层出不穷,对他的褒奖也达到前所未有的高度,堪称白居易接受之高潮。虽然民国学者对白居易的接受与研究继承了前人的一些论述,但在观点、目的、方法等方面均有不同,总体研究风貌上的差别,是显而易见的。那么为什么会有此种差异? 这种差异的背后,又体现着怎样的流风衍变与学术转型? 白居易接受与研究之于整个民国学术界固然是一个细节问题,但这些散落在文学史、期刊、专著中的评价所蕴含的信息,已经足够使我们窥视到在"数千年来未有之变局"②中,民国学者是怎样将自己的挣扎与抉择、觉悟与努力投射到千年前的白乐天身上,与他隔着漫长的时空相知相和,并力图用文学的力量来改变现实的。

---

① 因文学、学术并非与政治事件齐头并进,故本文考察之时段会根据语境将上限放宽到晚清。
② 李鸿章《筹议海防折》,顾廷龙、戴逸主编《李鸿章全集》第 6 册,合肥:安徽教育出版社 2008 年版,第 159 页。

## 一、接受概况与时段特点

与中唐至清末白氏研究多重片断式、感悟式的评点不同,与古代学者对白诗之俗多持贬斥、批评的态度①也不同,到了民国时期,学界对白居易的看法发生了很大转折,学者们不仅大量、系统地研究其生平家世、分析其思想,品评其诗作,对他的激赏也到了前所未有的高度。胡适《白话文学史》称白居易是"文学革新运动的领袖","为人生而作文学"②;陈寅恪《元白诗笺证稿》盛赞其《新乐府》:"洵唐代诗中之钜制,吾国文学史上之盛业也","诚足当诗史"③。从这些观点,可以略窥一时态势。

下表选取了一些代表性的著作与观点,以展示民国时期白居易接受与研究的概况。

| 时段 | 研究内容 | 重要论著及观点 |
|------|----------|----------------|
| 20 年代至 30 年代初期 | 诗歌创作理论 | 赵景深《中国文学小史》(1928),结合具体诗篇分析白诗特点④。 |
| | | 胡适《白话文学史》(1928):白氏作品"托根于人情而结果在正义,语言声韵不过是叶苗花朵而已"⑤。 |

①参见尚永亮等《中唐元和诗歌传播接受史的文化学考察》(武汉大学出版社 2010 年版)第一编第二章、第二编第六章、第三编第十章、第四编第十三章的相关论述。
②胡适《白话文学史》,长沙:岳麓书社 2010 年版,第 262 页。
③陈寅恪《元白诗笺证稿》,北京:三联书店 2001 年版,第 121 页。
④赵景深《中国文学小史》,太原:山西人民出版社,2014 年版,第 68 页。
⑤胡适《白话文学史》,长沙:岳麓书社 2010 年版,第 262 页。

续表

| 时段 | 研究内容 | 重要论著及观点 |
|---|---|---|
| 20年代至30年代初期 | 诗歌创作理论 | 刘大白《中国文学史》(1933)："他底作风,力求易解,能说出一般人心中所要说的话。"① |
| 30年代后期至40年代初 | 白氏生平 | 陈幼嘉《白居易的生平及其诗》②(1935),阐述白氏生平与诗歌创作的关系。 |
| | | 周庆熙《白乐天评传及年表》③(1935),是民国时期较早发表的评传与年表。 |
| | | 郭虚中《白居易评传》④(1943),将白氏一生分为少年、得意、失意、闲适、晚年五个时期,论述更详。 |
| | 思想倾向 | 陶愚川《诗人白居易析论》⑤(1933)侧重分析白氏性格与思想。 |
| | | 张汝钊《白居易诗中的佛学思想》⑥(1934),结合具体诗作将其佛学思想分为五大类,谓白氏是在时势逼迫下趋入宗乘。 |

① 刘大白《中国文学史》,长沙:岳麓书社2011年版,第228页。原载《中国文学史》,上海:大江书铺1933年版。
② 陈幼嘉《白居易的生平及其诗》,《大地(宁波)》1935年第1期,第10—17页。
③ 周庆熙《白居易评传及年表》,河北女师:《国文学会特刊》1935年5月,第30—38页。
④ 郭虚中《白居易评传》,南京:正中书局1943年版。
⑤ 陶愚川《诗人白居易析论》,《大夏年刊》1933年(创立九周年纪念),第197—212页。
⑥ 张汝钊《白居易诗中的佛学思想》,《海潮音》1934年第15卷第3期,第93—101页。

续表

| 时段 | 研究内容 | | 重要论著及观点 |
|---|---|---|---|
| 30 年代后期<br>至 40 年代初 | 社会<br>问题 | 妇女<br>问题 | 彭兆良《白乐天诗中反应的妇女思想》①（1935） |
| | | | 齐公远《白居易的妇女观》②（1943） |
| | | | 芝熏《白居易诗中妇女问题的研究》③（1945） |
| | | 贪腐<br>乱象 | 敏子《白居易诗中的贪官污吏》④（1933） |
| | | | 非我《社会诗人白居易及其诗中之时代背景》⑤（1934） |
| 40 年代后期 | 考证笺注 | | 岑仲勉有关白集考证的系列论文⑥（1947） |

---

①彭兆良《白乐天诗中反应的妇女思想》，《玲珑》1935 年第 5 卷第 35 期，第 2294—2299 页。

②齐公远《白居易的妇女观》，《甘肃妇女》1943 年第 2 期，第 48—50 页。

③芝熏《白居易诗中妇女问题的研究》，《妇女世界》1945 年第 56 期，第 30—31 页。

④敏子《白居易诗中的贪官污吏》，《空军》1933 年第 41 期，第 37 页。

⑤非我《社会诗人白居易及其诗中之时代背景》，《津汇月刊（天津）》1934 年第 2 期，第 12—16 页。

⑥岑氏主要论白之作如：《论〈白氏长庆集〉源流并评东洋本〈白集〉》、《补〈白氏源流〉事证数则》、《〈白氏长庆集〉伪文》、《从〈文苑英华〉中书、翰林制诰两门所收白氏文论〈白集〉》、《从〈金译录〉〈白集〉影页中所见》、《〈文苑英华辨证〉校白氏诗文附案》、《〈白集·醉吟先生墓志铭〉存疑》。前三文原载《国立中央研究院历史语言研究所集刊》，1947 年，第 9 卷，后四篇原载《国立中央研究院历史语言研究所集刊》，1947 年，第 12 卷，后均收入《岑仲勉史学论文集》，北京：中华书局 1990 年版。

续表

| 时段 | 研究内容 | 重要论著及观点 |
| --- | --- | --- |
| 40年代后期 | 考证笺注 | 陈寅恪《元白诗笺证稿》①(1950) |
| | | 陈寅恪《白乐天之先祖及后嗣》②(1949),认为北齐五兵尚书白建并非其先祖,白氏真正先祖为后周白氏弘农郡守。 |
| | | 夏承焘《读"长恨歌"——兼评陈寅恪教授之"笺证"》③(1949) |

　　由此表可见民国与古代对白居易接受在形式与侧重点上的不同。首先,一改古代零散、主观性较强的诗评、诗话等形式,而出之以较系统、专门的研究论文和著作,已具备现代学术形态之雏形。其次,接受者的侧重点也有了明显转移。他们在继承前人成果的同时吸收西方新学理,开拓了更丰富的视角,以"社会"、"平民"、"白话"等为关键词,体现了在时代变革之际学术范式的更新。而且从许多大学者如胡适、陈寅恪等极具代表性的观点与相关成果,也可推知彼时对白诗接受之热度与影响。

　　除此之外,从表格中也可看出民国白居易接受史的历时性特

---

①陈寅恪的《元白诗笺证稿》虽出版于1950年,但实成书于战时成都,陈氏对白居易的研究可以追溯到30年代他在清华任教时期,专授"元稹白居易"一课,可见他对白居易的研究已历经数载(见《清华大学校史稿》,中华书局1981年版,第157页脚注二),因此将《元白诗笺证稿》归为民国时期的白居易研究,大体是允当的。

②陈寅恪《白乐天之先祖及后嗣》,《岭南学报》1949年第2期,第19—28页。

③夏承焘《读"长恨歌"——兼评陈寅恪教授之"笺证"》,《国文月刊》1949年第78期,第8—11页。

点。20 世纪 20 年代至 30 年代初期,文学史编撰成风①,学者对白氏的论述多散见于诸家文学史中,重在关注其诗歌创作理论。30 年代后期至 40 年代初,白居易研究逐步深化,学者们不再满足于文学史中的一般性评介,还发表了大量专篇论文,涵盖其生平、思想倾向等多种方面,白诗中的妇女、贪腐等社会问题成为关注的新焦点。据此而言,20 年代至 40 年代初期的白居易研究又有着一定的相似性,即研究者立足于对白氏文集的品读及对其生平的梳理;在创作风格层面,主要关注白氏诗风的语言浅近、明白如话,而在文本内容层面,更加注重其诗歌(尤其是讽喻诗)取材的社会性、功利性,即立足现实、裨补时阙,为生民呐喊发声。胡适堪称这一时期的代表学者,他在 20 世纪初率先对白居易的诗歌创作进行系统、深入的探讨,1928 年发表《元稹白居易的文学主张》(后收入其《白话文学史》)②,激赏白居易"有意用白话作诗"、披露时病,并提出了"新乐府运动"③这一概念。同时期的白居易研究,多将目光聚焦于白诗的白话性、社会性两端,可谓肇自胡适。

　　而到了 40 年代中后期,即民国晚期,白居易接受的风貌又有了明显的变化。一些学者将研究转向细节问题的考证与重要作品的笺注,其中的典范即陈寅恪的《元白诗笺证稿》一书。陈氏详实地笺证了《新乐府》及《长恨歌》等作品,对白氏诗歌、生平乃至思

---

①民国时期尤其是 1920 年以后,有大量中国文学史著作发表,蔚然成风。可参看陈广宏《中国文学史之成立》之"中国文学史著作编年简表",上海:上海古籍出版社 2016 年版,第 321 页。

②除此之外,他还有《读白居易〈与元九书〉》、《读香山诗琐记》、《论"文学"》、《跋宋刻本〈白氏文集〉影本》诸文均论及白居易,足可见其重视。

③胡适《元稹白居易的文学主张》,《新月》1928 年第 1 卷第 2 期,第 21 页,后收入《白话文学史》。

想进行了考论结合的综合研究。与前期研究重在白话性、社会性不同，这一阶段的研究开始趋于实证和考辨，为现代学术的转型奠定了基础。

如此种种，无论是民国与古代学术风貌的差异，还是学者们研究理路的更迭，都体现了白居易接受背后的学术动向与时代变化。

## 二、关注点的变化：以白话为诗、为社会作诗

前人关注白居易浅近的诗风，民国时人也不例外，甚至可以说，重点关注白居易有意以白话为诗、为社会作诗，是民国学人的白诗接受最显著的特点。

清人赵翼在《瓯北诗话》中，提及白诗之"坦易"，认为"诗本性情，当以性情为主"，"坦易者，多触景生情，因事起意，眼前景，口头语，自能沁人心脾，耐人咀嚼"①。苏雪林曾以此语作为对白诗"质直显露"批评的回应，称其是"很有见解的批评"②。曾毅《中国文学史》亦化用其说："韩之诗尚奇险，白之诗尚坦夷；韩务言人之所不敢言，白务言人之所欲言。"③由此可见其前后承接关系。但值得注意的是，二者在研究风貌与实质上又是颇有不同的：同样是品评白居易浅近的诗风，古人多注重其俚俗中有典雅、浅近处有意味的诗境，而民国学者则将关注点放在白居易"有意用白话作诗"、"有意效仿民间风行俗文学"④上，将白诗的通俗性和平民性放在首要地位，并以此为切入点，为白话文的普及乃至于新文化运

①赵翼《瓯北诗话》，北京：人民文学出版社1963年版，第36页。
②苏雪林《唐诗概论》，上海：商务印书馆1934年版，第135页。
③曾毅《中国文学史》，上海：泰东书局1928年版，第158页。
④胡适《元稹白居易的文学主张》，《新月》1928年第1卷第2期，第22页。后收入《白话文学史》。

动发声蓄力。

最能说明问题的一个例证,便是民国学者与古人在白居易、杜甫比较研究上的不同。中唐韩愈开始推尊李杜,有"李杜文章在,光焰万丈长"之语,历代评诗者鲜有以白优于杜者,都认为白宗杜而不如杜(民国学者亦不乏持此论者①),即使是对元白推崇备至的《旧唐书》,也只是从律体诗角度认为在文辞的华美流转方面,白胜过杜②。但是到了民国,苏雪林却明确提出"白居易比杜甫还要进一步"的观点:

> 杜甫那些时事诗,是一时应激的反应,是客观的描写;而元白一派却是"痛定思痛"的反应,是主观的讽喻。杜甫的态度是消极的,元白则是积极的。杜甫的思想没有成为系统,元白则成为系统。所以杜甫仅是个写实艺术家,元白则为功利主义者。③

胡适也曾说:

> 老杜只是忍不住要说老实话,还没有什么文学主张。元白不但忍不住要说老实话,还要提出他们所以要说老实话的理由,这便成了他们的文学主张了。④

由此可见,以为杜胜过白的,大多是从艺术创作角度评比二人

---

① "奉少陵一人为标准,韩更欲高之,白更欲低之,然各以其才力,若用心之结果,与谓曰练意象,不如曰重修辞,与谓曰事内容,不如曰主外形……犹过不及。故韩、白二人伟则伟矣,终不能及杜甫何。"参看顾实《中国文学史大纲》,上海:商务印书馆1928年版,第203页。

② 参看王运熙《白居易诗歌的几个问题》,《学术研究》2003年05期,第118页。

③ 苏雪林《唐诗概论》,上海:商务印书馆1934年版,第127页。

④ 胡适《元稹白居易的文学主张》,《新月》1928年第1卷第2期,第1—27页,后收入《白话文学史》。

的诗作,白诗在追求语浅情挚的同时,终究是失掉了杜诗沉郁雄厚的意境;以为白胜过杜的,则是从诗歌功用的角度评析,白诗自发地、有意地讽喻社会,这的确是杜甫作诗乃出于"情动于中而形于外"所不及的。钱基博的评价或许较为客观:"取境旷,寓意适,此白之所以异于杜也;所以诗境无杜之郁厚,而旷真过之。"①新文化运动之后,要求文学为变革社会现实服务成为时代潮流,如此也无怪民国学者对于杜白二人的评价出现分歧。胡适、刘大白、苏雪林等新派学者出于对文学的社会功利性的追求,相较于老杜自然会偏向乐天,认为更具社会性和平民化的白诗优于沉郁顿挫的杜诗。而相对"老派"的文学研究者如曾毅、顾实、钱基博等,则更关注诗文才力与个中意境,如此"意直言激"、不留余味的白诗焉能与杜诗比肩? 新旧学者站在不同的评判立场上,自然各执一词,难分高下。

　　就白诗接受的出发点而言,古人从诗教的角度,强调"诗本性情"、"温柔敦厚",而民国学者不同于标榜"文以载道"、"以教训、以传道为目的"的"传教派",他们更注重诗歌是否"是人生的反映",将"人类感情之倾泻于文字上"②,从而使读者与之共鸣。他们尤其关注白氏讽喻诗以社会痛苦为题材,歌生民之苦,倾注忧虑之情,针砭时弊,铸鼎照奸。顾实屡屡指出白诗是如何地普及:"彼诗在当时大行于世,上自王公,下至野老村姬,莫不玩诵之,故白居易者,纯粹平民诗人也。"③而朱东润则着眼于白诗的功用:"及元白之时,天下已乱,然发而为新乐府,讥刺讽谏,犹幸得邀当局之垂

①钱基博《中国文学史》,上海:上海古籍出版社2011年版,第380页。
②郑振铎《新文学观的建设》,《文学旬刊》1922年第37期(原载笔名为西谛)。
③顾实《中国文学史大纲》,上海:商务印书馆1928年版,第201页。

听,谋现状之改进,其诗成为人生的艺术者此也。"①彼时的白居易研究,已不再局限于诗歌或作者本身,其实更寄托了以社会诗人白居易为榜样,指导当代文坛着眼社会,而不再只是"躲在象牙塔里,浅斟低唱",他们要"以文学作照妖镜,照出社会上的形形色色"。民国学术界如此品评、追慕白居易,也与"热烈地希望在中国文坛上,能有一个像白居易那样肯为人生而努力的人出来挽狂澜于既倒"②不无关系。

白居易《与唐生诗》曰:"非求宫律高,不务文字奇。但歌生民苦,愿得天子知。"若用以描绘民国人的心境,便是:"但歌局势迫,愿得百姓惊。"何以民国学者多激赏白居易的"社会文学",称其"乃一部唐代《诗经》"?恐怕除了白诗本身固有的价值,也和彼时社会状况下,学者们欲以文学救时弊警人心的迫切需求有关。晚清民国时期不同于之前任何一个易代之际,"今日之世变,岂特春秋所未有,抑秦汉以至元明所未有也"③。适逢如此数千年未有之大变局,知识分子目睹八方风雨,唯有一双孱弱的书生之手,便只得以笔作刀,以求影响社会了。

但或许民国学术中的白居易,与《白氏长庆集》背后那个历史上真实的白居易有所出入。闻一多在写杜甫时曾说:"看不见祖宗的肖像,便将梦魂中迷离恍惚的,捕风捉影,模拟出来,聊当瞻拜的对象。"④

①朱东润《司空图诗论综述》,《国立武汉大学文哲季刊》1934年第3卷第2期,第273页。
②陶愚川《诗人白居易析论》,《大夏年刊》1933年(创立九周年纪念),第207页。
③张之洞:《劝学篇·序》,《张文襄公全集》卷202,北京:中国书店1990年版,第1页。
④闻一多《唐诗杂论》,北京:中华书局2003年版,第138页。

民国文人笔下的白居易又何尝不是如此？尽管学者尽力追求"还他一个本来面目"，但隔着邈远的时空，其对白居易追忆的那些思想或言说，也许只是民国学人出于期待而赋予白诗的新意涵，或者说是出于现实需要而以自己观点对白诗的附会。但无论如何，民国学者与白居易遥隔千年的相知相和，使今时今日的我们对白居易、对民国学术都有了一个新的认识。

## 三、白居易接受背后的学术动向与时代风貌

既然民国视野中的白居易接受与此前有如此大的不同，那么这些特点体现出民国怎样的文化转型与时代背景，便是研究与探寻的意义所在。

（一）西学东渐：西方文学理论的输入

随意翻阅彼时研究白居易的著作，就会发现许多新鲜字眼："知识阶级中的平民诗人"①，"因为他反对'艺术的艺术'，所以他以白话作诗；因为他主张'人生的艺术'，所以他有许多诗为社会鸣不平"②，"为韵文改革之同志"③等等。白诗评论中，类似于平民诗人、社会文学、写实主义、文学改革等名词屡见不鲜。这些名词显然不仅仅是个例，而是整个学术界乃至于整个中国社会的惯用话语在白居易研究中的映射。除此之外，白居易大热与西学东渐更深层次的关系，是白诗本身的特质与西方写实文学思想之间的契合。学者推崇主张为时世而作诗的白居易，正与民国时期大量输入的自然主义、写实主义文学理论有关。

①刘大白《中国文学史》，长沙：岳麓书社2011年版，第228页。
②赵景深《中国文学小史》，太原：山西人民出版社2014年版，第68页。
③周庆熙《白居易评传及年表》，河北女师《国文学会特刊》1935年，第30页。

由白居易接受中理念、术语的更新,我国文学研究由传统向现代的转型可见一斑。传统文学理论初期的异化,主要是通过知识分子有选择、有意识地翻译西方著作尤其是文学理论的译介来实现的,其中梁启超是最早明确化、理论化向中国宣传西方文学思想观念的人①,并借此使从集部脱胎的"文学"日益受到重视,不再只是经学的附庸。而到了新文化运动前期,陈独秀发表了一篇具有纲领性意义的《现代欧洲文艺史谭》,指出:"欧洲文艺思想之变迁,由古典主义一变而为理想主义,再变而为写实主义,更进而为自然主义。"②五四时期大量宣扬西方理论的思潮由此开启,《新青年》更是成了西方文学及理论译介的重要战地③。而且此时此刻,中国在与西方的文化竞争中已无疑败下阵来,"西方理论代表普遍真理的观念"早在辛亥革命之前就已"深深地根植于中国知识分子的心中"④。正是在这种背景下,知识分子对舶来品喜闻乐见,西方文学理论在中国文学批评中的移植随处可见,"写实主义"、"浪漫主义"的术语比比皆是。此种情形,与"民主"、"法治"、"主义"等西来词汇在政论中的泛滥正可遥相呼应。

由此,文学研究的术语、概念、范畴已经在大量的译介与著述中发生了质变,即使以传统理论研究文学者仍不在少数,但由传统

---

① 梁启超于 1898 年发表《译印政治小说序》,强调小说在国民革命中的功用。
② 陈独秀《现代欧洲文艺史谭》,《青年杂志》1915 年第 1 卷第 3 期,第 40 页。
③ 如《新青年》"易卜生号"引发的"易卜生戏剧热"(第 4 卷第 6 号),还有"戏剧改良专号"(第 5 卷第 4 号)、"马克思主义研究专号"(第 6 卷第 5 号),以及胡适、周作人、郑振铎等人的大量有关西方文学思想、观念的文章。
④ 余英时《中国知识分子的边缘化》,《中国文化的重建》,北京:中信出版社 2011 年版,第 41 页。

向现代转型已是大势所趋。雷纳·韦勒克在《20 世纪西方文学批评》中将 20 世纪描述为"批评的时代",实则此语用来形容彼时的中国也毫无抵牾:"文学批评达到了一种新的自觉,一种更加重要的社会地位。"①于是在民国时期,文学批评成为热潮,学界中不同的文学研究话语众声喧哗。

在探讨以白居易接受为切入点的文学研究转型时,除了关注西方理论对中国的影响,还应着眼学者在有选择地引介西方文学研究体系时所呈现出的中国文学自身的内在因素,以及此间的误读与改造。

虽然民国学者借用西方话语体系来称赞白居易的"写实主义"、"平民文学",乃至于称他为"民主诗人"②,但这不过是立足于白居易写诗浅近易读,能"泄导人情"、"救济人病,裨补时缺"。抛却那些先进的理论与"主义",应该看到的是这些学者如此激赏乐天,和中国传统文论中带有功利色彩的倾向不可能毫无关系。白居易主张"文章合为时而著,歌诗合为事而作"(白居易《与元九书》),是对儒家"命大师陈诗以观民风"(《礼记·王制》)的传承,而民国时期局势空前严峻,文人们将白居易抬高到此种地位,其中纵使有西方理论的渗透,也难以阻滞数千年来文学功利性传统的潜移默化和对它的自觉承接。

除了中国的传统因素的影响,学者对西方理论的误读与改造也不容忽视。诸多著作中对白居易的评述,都可以体现出民国学者在彼时国情中对西方文化的采择。例如胡适移植西方话语中的

---

① 雷纳·韦勒克《20 世纪西方文学批评·引言》,刘让言译,广州:花城出版社 1989 年版,第 1 页。
② 吴奔星《民主诗人白居易:略论他的新乐府》,《东方杂志》1946 年第 42 卷第 5 期,第 59—64 页。

"写实主义"、"文学革新运动"以赞白居易①,吴奔星甚至直接给白居易冠上"民主诗人"的头衔②,王启怀将白诗归为"平民阶级的文学",与"贵族阶级的文学"相对立③。而这其中的某些理论是否真的可用来描述白居易,是很值得怀疑的。所以通过白居易研究可以发现,以胡适等为代表的新派学者如何出于期待视野而对西方文论产生误读,甚至出于特定的目的对其进行改造,从而用评论文学研究对象来抒发己见;另一方面也可见出,透过"书写"白居易,民国学者在文化交互中如何逐步与西方视域融合,又在这种融合中反复构建着他者与自身。

（二）新文化运动:对浅易诗风的推崇

对白诗的接受何以在民国达到高潮,这是最值得关注的问题。除了前文已经涉及的现实原因、民国学者对白诗的"爽心悦耳"、"朗朗上口"④等浅俗风格的关注、研究中新的学术话语使用之外,一个更重要的因素,大概就与时人对当下的深切关怀以及由倡导白话而开始的文学革命息息相关了。

胡适《五十年来中国之文学》中政论家黄远庸的一封信令人印象深刻:"愚见以为居今政论,实不知从何处说起……至根本救济,远意当从提倡新文学入手,综之,当使吾辈思潮如何能与现代

---

① 胡适《元稹白居易的文学主张》,《新月》1928 年第 1 卷第 2 期,第 1 页;后收入《白话文学史》。

② 吴奔星《民主诗人白居易:略论他的新乐府》,《东方杂志》1946 年第 42 卷第 5 期,第 59—64 页。

③ 王启怀《语体文:平民诗人白居易评传》,《学生文艺丛刊》1933 年第 7 卷第 7 期,第 47—68 页。

④ 郑振铎《中国文学史》,北京:当代世界出版社 2009 年版,第 274 页。

思潮相接触,而促其猛醒。而其要义须与一般之人,生出交涉。"①
字字皆使人感受到彼时有识之士的反思与觉悟:掉书袋的政论文
学无人问津而收效甚微,政治与文化的双重压力,都意味着文学革
命迫在眉睫。这场文学运动产生于尖锐的民族矛盾之中,产生于
华夏风雨飘摇之际,就连"学衡派"的李思纯也指出,白话文学"为
中西文学接触后所引起的一种变迁,而亦古文家义法森严压迫之
下一大反动也"②。

　　这种心境投诸白居易研究中,便会在"注重本体"的同时,深
具"当下关怀"。民国学者屡次撰文分析白居易诗中反映的社会
问题,深入挖掘白居易对现实的关注,前表已有展示。而每每品评
白诗,学者们又多能指出此研究于当时的深刻意义:"白诗在今日
贪污迭出,民生艰苦,群王实行民主政治的……年代看来,其意义
自更丰富,其价值自更伟大。"③民国人读《卖炭翁》,便不由得联想
到军阀割据下平民更甚于唐代的苦难④,读到《轻肥》"是岁江南
旱,衢州人食人"时便感慨:"这种现象如今还是一样,陕西的旱
灾,汉口的水灾,数千万灾民,真是人食人,委员大人们谁管?"⑤卢
怡灏立足社会现实,将其与唐代对比而发为评说,读来更是字字

①胡适《五十年来中国之文学》,《胡适古典文学研究论集》,上海:上海古籍
　出版社2013年版,第117页。
②易峻(李思纯笔名)《评文学革命与文学专制》,《学衡》1933年7月第79
　期,第7页。
③吴奔星《民主诗人白居易:略论他的新乐府》,《东方杂志》1946年第42卷
　第5期,第60页。
④参花《平凡的诗人——白居易》,《复旦实中季刊》1927年第1卷第3期,第
　47页。
⑤非我《社会诗人白居易及其诗中之时代背景》,《津汇月刊(天津1934)》
　1934年第2期,第13页。

血泪：

　　唐代的不安，比诸现代的不安是怎样？唐代人民痛苦比诸现代人民痛苦是怎样？种种情形在客观的看起来是并没有差异，内争始终是没有打消，内争已是够味了，更兼帝国主义的压迫蹂躏和政治的不明，百姓的凄凉较于唐代有过之无不及！①

　　在西方文化的投影和中国社会自身的变动之下，彼时文坛中的"桐城谬种，选学妖孽"受到全面的讨伐批判，逐渐为时代潮流所抛却。出于对当下现实和文坛的多重关切，新文学改革运动逐渐拉开帷幕。胡适从八事言文学改良②，陈独秀亦发表《文学革命论》，"高张文学革命军的大旗"③。在新文化人眼中，只有"打倒旧文学"，才能让新文学站稳脚跟，即所谓的不破不立，但将绵延千载的中国文学一刀切断，显然也是不可行的。因此除了如饥似渴地汲取域外的思想和学说，新文化运动的助力者们也纷纷转向本国历史以寻求文学革命的"前辈"。在"不避俗字俗语"、提倡白话文、白话诗的文风激荡之下，他们便在千年前寻到了文学革新的知音——白居易。

　　胡怀琛说得明白："在新文学界里出风头最早的，要算是白香山。一则因为他是著名的白话诗人，他的诗乡下老婆子也能够读

①卢怡灏《从〈白乐天与元微之书〉说到现代文学的使命》，《知用学生》1935年第1卷第6期。

②"一曰，须言之有物。二曰，不摹仿古人。三曰，须讲求文法。四曰，不作无病之呻吟。五曰，务去滥调套语。六曰，不用典。七曰，不对仗。八曰，不避俗字俗语。"参见胡适《文学改良刍议》，《胡适古典文学研究论集》，上海：上海古籍出版社2013年版，第17页。

③陈独秀《文学革命论》，《文学改良刍议》附录一，《胡适古典文学研究论集》，上海：上海古籍出版社2013年版，第27页。

得懂。二则因为他的诗,也着眼在社会上取材料,所以新文学家送他一个徽号,叫做'白香山的社会文学'。"①诸学人对白诗如此青眼有加,也可看做是他们对新文学源流追溯的努力。此举具有双重意味:"一是要探寻在中国的'旧文学'中孕育着的可以导致'新文学'发生的因素,一是通过对'旧文学'的评价,确定新文学的发展的合理方向。"②虽然在新文化运动中,胡适与周作人等在回溯新文学的源流时分歧明显③,但他们对社会、平民文学的关注却贯穿始终。早在 1918 年,周作人即撰文提倡"人的文学",并将其与新文学划上了等号④。随后,他以"普通"、"真挚"定义了"平民文学"的概念⑤。而胡适在《国语文学史》、《白话文学史》中通篇都在强调平民文学的重要,直至 1935 年作《中国新文学大系建设理论导言》时,仍然提倡要建立"活的文学"与"人的文学"。而无论从通俗性还是社会性来说,白居易被称为千年前的"平民文学",都当之无愧。

　　新文化人致力于革除时弊,作文提倡言之有物,以质救弊,摒弃陈词滥调,意在回归文学之真面目,追求高远之思想与真挚之情感;而白乐天作诗言近旨远,惯常用妇孺皆能吟能懂的通俗语言寄

---

①胡怀琛《中国诗论》,辑入《诗的启蒙》,南昌:江西教育出版社 2013 年版,第 259 页。
②骆玉明《古典与现代之间——胡适、周作人对中国新文学源流的回溯及其中的问题》,《中国文学研究》2000 年第 4 卷第 1 期,第 3 页。
③胡适提倡进化论,认为文学史即是白话文学逐步成长而取代文言文学的过程,而周作人认为文学史是在"言志"与"载道"之间摆动的过程。见胡适《白话文学史》、周作人《中国新文学的源流》。
④周作人《人的文学》,《新青年》1918 年第五卷第 6 号,第 575—584 页。
⑤周作人《平民文学》,《周作人文集》,北京:华夏出版社 2000 年版,第 233 页。

托讽喻劝诫之意,忧国忧民之思,其讽喻、叙事之作如《新丰折臂翁》、《卖炭翁》等读来感人至深,力透纸背,正与当下需求相关合。文学革命的先锋人物钱玄同曾赞杜甫、白居易之写实诗的优美:"作诗者之情感,诗中人之状况,皆如一一活现于纸上","犹如作诗之人与我面谈"①。在胡适、刘大白等人的笔下,白居易俨然成为自觉从事文学改良、开创时代的诗坛巨擘,他的诗一扫贵族典雅工丽的风格,而成为流转灵动的"活文学"。民国文人遥追大唐风致而激赏乐天,不惜笔墨地研究、评论乐天,实则是为穷根溯源,追慕平民文学之先驱者,在社会变革之际确立这种植根于生民、作用于社会之文学的应有地位。正如胡适在《白话文学史》引子中所说:

> 我们现在研究这一二千年的白话文学史,正是要我们明白这个历史进化的趋势。我们懂得了这段历史,便可以知道我们现在参加的运动已经有了无数的前辈,无数的先锋了;便可以知道我们现在的责任是要继续那无数开路先锋没有做完的事业,要替他们修残补阙,要替他们发扬光大。②

诚然,新文化运动为功殊伟,但也应该看到,其间有不可忽视的弊端与隐患,迫于现实的需要迅速隔断古旧文化对剧烈变化着的社会的影响,过度功利、激进的态势使新文化运动自兴起之日便受到无数攻讦反对。而且跳出文学革命的视野,可以发现民国时期仍有许多学人始终游离于变革运动之外,新派学者对白居易的接受研究或许是主流,但"老派"学者的声音仍在回响。曾毅、顾实、钱基博等文学家言白诗,不仅注目于讽喻诗,更

①钱玄同《寄陈独秀》,《文学改良刍议》附录二,《胡适古典文学研究论集》,上海:上海古籍出版社 2013 年版,第 30 页。
②胡适《白话文学史》,长沙:岳麓书社 2010 年版,第 2 页。

关注白集中其他类型的佳作。相较于社会性的内容与浅近的诗风,他们更看重诗文才力与个中意境,从传统诗学的角度来品评白居易,所以有些著作中肯地指出了白诗的不足:"然彼诗本自有缺点……或呼彼诗曰白俗,为后世一派论者所蔑视,决非无理。"①还有一些评者注目于白氏的风情之作:"居易诗,亦有呜咽萧瑟、凄楚欲绝者,以情深也。《琵琶行》,一弹而三叹,慷慨有余哀,最为大篇佳作。"②

　　文学革命固然轰轰烈烈,但学术界不只因热血激昂的话语而活跃。就连文学改革的代表人物胡适,除了在《白话文学史》中高举文学改革之大旗品评白氏,也有《跋宋刻本〈白氏文集〉影本》这样扎根旧学、梳理版本的考证文章。正是这些多元化的研究,共同重塑了一个只属于民国的"白居易"。也正是因为这一时期白居易接受的多种面貌,所以到了40年代以后,研究白氏的论著才会转向另一个层面,由"经世致用"之说回到文集本身,向专业、实证的方向发展。

## 四、白诗接受中的两大典范

　　旧学与新知激烈碰撞之际,经历了欧风美雨,学术研究不可能没有西学的烙印。民国学人对白居易的接受也是如此,胡适与陈寅恪是研究白居易的两位重要学者,亦均受中西思想深刻影响。而在具体的论著中,两人却呈现出了迥异的学术风貌和治学取向。在聚焦民国学人的对白居易接受与研究之时,我们不仅仅要看到

①顾实《中国文学史大纲》,上海:商务印书馆1928年版,第202页。
②钱基博《中国文学史》,上海:上海古籍出版社2011年版,第378页。该书原于1939年作为湖南蓝田国立师范学院教材在蓝田陆续印行。

倡导白话的新的"时代潮流",也不能忽视如陈寅恪等对旧学有所眷恋、继承的学者,由此便为以白居易接受为切入点,探寻民国时期士人面对中西、新旧文化的不同抉择提供了可能。

(一)胡适:社会、功利的白居易

作为新文化运动的首倡者,胡适凭借《白话文学史》与《中国哲学史大纲》填补了五四前夕学术界思想的空白,从而成为新的"学术典范"①。就白居易接受而言,他又是 20 世纪率先对白居易的诗歌创作进行系统、深入探讨,并提出"新乐府运动"②这一概念的学者。因此探讨民国学术中的白居易,胡适必然是一个绕不过去的人物。

胡适较集中、系统地评价白居易的论述,主要是他发表于 1928 年的《元稹白居易的文学主张》(后收入其《白话文学史》)。除此之外,还有《读白居易〈与元九书〉》、《读香山诗琐记》、《论"文学"》、《跋宋刻本〈白氏文集〉影本》诸文均论及白居易,足可见其重视程度。通过胡适评价白居易的蛛丝马迹,既可见其独有的学术理路与治学态度,又可进一步探寻究竟是何种因缘际会、何种思想学说塑造了一位少年即立志成为"国民导师"、身后仍影响学界数十年的学者。

胡适非常重视白话文学,在《国语文学史》中明确提出"中唐是白话文学风行的时期",其中专门提出白居易、元稹、刘禹锡三人的诗,"因为是白话诗,所以风行一世"③,而对"有意用白话作诗"

①余英时《中国思想史上的胡适》,台北:联经出版事业公司 1984 年版,第 15 页。
②胡适《元稹白居易的文学主张》,《新月》1928 年第 1 卷第 2 期,第 21 页;后收入《白话文学史》。
③胡适《国语文学史》,合肥:安徽教育出版社 2006 年版,第 47 页。

的白居易尤其欣赏,认为元白诸人的"文学革新运动"开创了"中国文学史上一个很光荣灿烂的时代"①。

然而,胡适对白居易的评价并非一直如此之高。他对白诗及此种"有所为而为之"的文学态度的前后转变以及最终定型,实际上与他的经历和思想理路变化息息相关。

胡适自幼在家乡接受了扎实的传统教育,也接受了"一点做人的训练"以及来自父亲胡传的理学思想的浸润。从绩溪到上海,他不仅从梁启超、严复与林纾的著作中汲取西方思想,还能认真读十三经、理学与诸子等中国典籍,打下了中学的根基。在传统文论的影响下,胡适早年曾发誓"不作无关世道之文字",虽无文字留世,但想来彼时的胡适,对"惟歌生民病"的白居易该是推崇的。而后他留学美国,接触了西方文学概论,明白可有"无所为而为之"的追求美感的文学,便又回过头来批评"专讲济用"的"实际家"白居易等人:"白香山抹倒一切无所讽喻之诗,殊失之隘。"②然而,当他受到实验主义的影响后,再加之回国后目睹国内黑暗现况,于是又转而提倡关注世道人心的诗文,对元白刮目相看,赞白居易是"说老实话的讽刺诗人"③,发挥了开创一个光荣灿烂时代的功用。

尤其值得注意的,是实验主义对胡适的影响。胡适曾自己表示,杜威的哲学是他"生活和思想的一个向导"④。细细想来,一向具有叛逆精神、独立意识的胡适之,其所以会公开宣称自己是杜威

①胡适《元稹白居易的文学主张》,《新月》1928年第1卷第2期,第1页;后收入《白话文学史》。
②《胡适留学日记(下)》,合肥:安徽教育出版社1999年版,第171—174页。
③胡适《元稹白居易的文学主张》,《新月》1928年第1卷第2期,第1页;后收入《白话文学史》。
④《胡适留学日记》自序,合肥:安徽教育出版社1999年版,第1页。

的信徒,似乎与杜威思想和新儒家思想某方面的共性不无关系①,实验主义与胡适幼时就打下的理学底子及其心中已初具雏形的思想倾向得以拍合②。而实验主义对胡适的影响,不仅体现在他的哲学、史学研究中,在文学理论中也比比皆是。他曾表明,要"把实验主义的哲学理论应用到文学改良运动上而来"③,"所做的文学事业只不过是实行这个主义"④。

受了实验主义的影响,在白居易接受与研究中,胡适尤其注重"寻出他的前因与后果"⑤,指出白居易是"受了杜甫的感动",还称"中国文学史上的大变动向来都是自然演变出来的",而元和、长庆时期是"有意的、自觉的文学革新时代"⑥。其自然演变、追流溯源的历史态度可见一斑。胡适于 1917 年发表的文学宣言书《文学改良刍议》高呼"文学者,随时代而变迁者也。一时代有一时代之

---

① 格里德指出新儒家思想具有"怀疑主义、人文主义,它对个人德行与其社会责任感不可分割的信仰,以及它对生活是能够而且必须要按照人类的经验来认识的观点的承认"的特点,而杜威实用主义是"人本主义的、具有社会导向的、以取源于进化论的变化观点为基础的"。参见格里德著,鲁奇译《胡适与中国的文艺复兴》,南京:江苏人民出版社 2010 年第 2 版,第 41 页。

② 胡适在 1914 年写道:"以吾所见言之,有三术皆起死回生之神丹也:一曰归纳的理论,二曰历史的眼光,三曰进化的观念。"参见《胡适留学日记》,合肥:安徽教育出版社 1999 年版,第 222 页。

③ 胡适《胡适口述自传》,《胡适文集(第 1 卷)》,北京:北京大学出版社 1998 年版,第 318 页。

④ 胡适《尝试集·自序》,《胡适文集(第 9 卷)》,北京:北京大学出版社 1998 年版,第 78 页。

⑤ 胡适《问题与主义》,北京:北京大学出版社 2013 年版,第 1 页。

⑥ 胡适《元稹白居易的文学主张》,《新月》1928 年第 1 卷第 2 期,第 1 页;后收入《白话文学史》。

文学"①,其后,此观点又在《历史的文学观念论》、《文学进化观念与戏剧改良》等文中反复重申②。由此可见,他在上海求学时所接受的进化论,以及在美所习的将进化论引入哲学领域的实验主义,已被吸收、转化后有意识地运用到了文学研究领域。他从此种"历史的态度"③出发,梳理自汉至唐一千多年文学的变化与发展:"我们现在研究这一二千年的白话文学史,正是要我们明白这个历史进化的趋势。"④因此,胡适如此重视"用白话作诗"的乐天,与他提倡新文化运动,力图为文学革命建立起历史背景有关,而他研究白居易的视野、方法,与杜威的实验主义更具密切关联。

　　从胡适的白居易研究中,亦可发现他有很强的文学"工具性"、"社会性"思想。甚至可以说,胡适之所以注重白话文学、通俗文学,便是因为此种特性可以更好地为文学的"工具性"服务。其实这也与实验主义不无关系。在杜威看来,文学艺术的根本任务是改变现实,"成为社会改革的重要部分"⑤。而在胡适看来,白居易"为人生而作文学","托根于人情而结果在正义,语言声韵不过是叶苗花朵而已"⑥。他如此评价白居易的《道州民》:"……这样轻轻的十四个字,写出一个人道主义的主张,老杜集中也没有这

①胡适《文学改良刍议》,《新青年》1917 年第 2 卷第 5 期,第 3 页。
②其实,"一代有一代之文学"的论述可上溯到金元时期,王国维在《宋元戏曲史》中也多有阐释,但是从王静安到胡适,实则是由文体通变观到文学进化论、从传统到现代的转型。参见齐森华、刘召明、余意《"一代有一代之文学论"献疑》,《文艺研究理论》2004 年第 5 期,第 44 页。
③胡适《实验主义》,《胡适文存一》,台北:远东书局 1983 年版,第 409 页。
④胡适《白话文学史》,长沙:岳麓书社 2010 年版,第 2 页。
⑤赵秀福《实用主义美学思想研究》,济南:齐鲁书社 2006 年版,第 108 页。
⑥胡适《元稹白居易的文学主张》,《新月》1928 年第 1 卷第 2 期,后收入《白话文学史》,第 16 页。

样大气力的句子。在这种地方,白居易的理解与天才融合为一,故成功最大,最不可及。"①这里,胡适有意无意中强化了文学的工具性,他更为关注的,是文学是否"明白清楚"和"有益于世道人心"。跳出白居易研究这一领域,胡适将文学作为改革时弊的利器的思想其实更为明显,他曾提出"新文学必须要关心当前紧迫的社会与文化问题"②,"如果诗歌不能表达人类悲惨境地的呼喊,而只满足于作为美丽的爱情和圣徒的传声筒,那它就是无视自己应该履行的基本目的的神圣职责"③。正是出于这种心态,"最上层要'补察时政',最少也须能'泄导人情'"的白居易与胡适一拍即合,成为他心目中的"文学革新运动的领袖"。

从绩溪上庄到留学美国,再到新文化运动中"暴得大名",胡适穿梭于中西文化之间,力图为彼时处于困境的中国找到出口,将"旧学和新知配合连用得恰到好处",从而进行了"一种综合性的创造"④。在以上经历以及实验主义等思想的影响下,胡适对白居易的接受与研究才呈现出特有的风貌,其思想观点才显示出更深层次的研究价值。某种意义上可以说,民国时期白居易研究所折射的中西思想的交汇融合,在胡适身上,得到了充分的体现与绝佳的诠释。

(二)陈寅恪:诗史互证——白诗与唐史的对接

与胡适等学者对白诗研究只有数篇散论不同,陈寅恪的《元白

---

①胡适《元稹白居易的文学主张》,《新月》1928 年第 1 卷第 2 期;后收入《白话文学史》,第 7 页。

②胡适《建设的文学革命论》,《胡适文存一》,台北:远东书局 1983 年版,第 77 页。

③Hu Shih,"The Social Message in Chinese Poetry",*Chinese Social and Political Science Review*,Vol. 7,Issue 1(January 1923).

④余英时《中国思想史上的胡适》,台北:联经出版事业公司 1984 年,第 89 页。

诗笺证稿》(以下简称《笺证稿》)是他倾注心血历时数年而成,且颇为得意的一部巨著①。直至晚年他还十分重视白居易研究,曾赋诗云:"文章堆几书驴券,可有香山乐府新。"②

作为史学家的陈寅恪,一生治学严谨,他笔下的白居易研究,与胡适等学者的论著有着迥然不同的风貌与视角。他不满足于仅仅对白诗进行概述性的品评,而是用古雅的语言详尽地笺证了《长恨歌》《琵琶行》等名篇,以及元白二人(兼及李绅)的新题乐府与古题乐府。其间以诗证史,由史解诗,屡发新论。

关于"以诗证史",清人杨忠羲于《雪桥诗话》中已有涉及:"然运用纯熟,发明之多,始以寅恪始。"③陈寅恪不仅上承已有之成果,更能吸收西方学术与中学暗合之处,将史学观念与文学思想对接,从而树立了一种新的研究范式。

陈寅恪的"诗史互证"继承了清代考据学的方法与精神,是显而易见的。他认为诗是一种珍贵的史料,可用以纠正错误、说明真相、别备异说、互相证发、增补缺漏④。在《笺证稿》中,他以元、白诗证史的例子不胜枚举,涉及唐代政治制度、婚姻观念、服饰化妆、物质生活等诸多方面。除此之外,他更能以史释诗,通解诗意,凭

---

① 陈寅恪的《元白诗笺证稿》虽然出版于 1950 年,但此书实则成书于战时成都,陈氏对白居易的研究可以追溯到 30 年代他在清华任教时期,专授"元稹白居易"一课,足可体现他对白居易的研究已历经数载(见《清华大学校史稿》,北京:中华书局 1981 年版,第 157 页脚注二),因此将《元白诗笺证稿》归为民国时期的白居易研究,亦是理所应当。

② 陈寅恪《癸卯冬至日感赋》,《陈寅恪集·诗集》,北京:三联书店 2009 年版,第 148 页。

③ 汪荣祖《史家陈寅恪传》,北京:北京大学出版社 2005 年版,第 128 页。

④ 黄萱《唐代史听课笔记片段》,《陈寅恪集·讲义与杂稿》,北京:三联书店 2002 年版,第 478 页。

借着对诗文的深厚造诣,用史识解诗①。陈寅恪曾说:"今之读白(居易)诗而不读唐史者,其了解之程度,殊不能无疑。"②在俯瞰史诗关系中,《笺证稿》以考据学实事求是的治学精神和"无征不信"的研究方法,"探河穷源,剥蕉至心"③,进而"钩沉索隐,发现真相"④。

陈寅恪高于乾嘉学派之处在于,他在"证"之外更强调"释"。他十分推崇以司马光为代表的"求义理讲通鉴"的宋代史学传统,强调"在史中求史识","在历史中寻求历史的教训",注重实证与诠释的结合⑤。这种治学理念,体现于文学研究中,就是对文学发展脉络的把握和文学规律的归纳。如疏解《长恨歌》时,陈寅恪开宗明义地指出"须知当时文体之关系",而后将元、白诗纳入整个中晚唐的科举系统之中,阐明古文运动之兴起,以及由此而产生的文体革新。在他看来,白居易的《长恨歌》与陈鸿撰写的《长恨歌传》"为一不可分离之共同机构"、"实为贞元元和间新兴文体"。对于元白新乐府,陈寅恪辨体究源,将其与古文运动联系起来,"实与贞元元和时代古文运动巨子韩昌黎……适相符同"。论白诗者向以"老妪能解"概括白诗,而陈寅恪却"从文体流变的角度肯定其创造性质……看作是唐代古文运动在诗歌创作方面的自然发展"⑥。

---

① 胡守为《陈寅恪先生的考据方法及其在史学中的运用》,《学术月刊》1980年第 4 期,第 76 页。

② 陈寅恪《元白诗笺证稿》,北京:三联书店 2001 年版,第 217 页。

③ 陈寅恪《柳如是别传》,上海:上海古籍出版社 1980 年版,第 12 页

④ 陈寅恪《柳如是别传》,上海:上海古籍出版社 1980 年版,第 582 页。

⑤ 参看孙俐《陈寅恪的文学研究方法探微》,华中师范大学博士论文,2014年,第 78 页。

⑥ 刘梦溪《一代文化所托命之人——论陈寅恪先生的学术创获和研究方法》,《书目季刊》1991 年第 25 卷第 1 期,第 37 页。

除了对传统的继承,西方学术对其"诗史互证"的影响不容忽视。陈寅恪笺白诗,对于唐代胡汉之间的往来与其在诗歌中的体现十分敏锐,这与其掌握多种文字,精通西洋比较语言学不无关系。陈寅恪留学期间,学习梵文、巴利文、藏文等诸多古今语言,吸收了历史语言考证之精义,以语言为工具研究东方历史与文化。《笺证稿》诸篇的比照与考证,正可视为西洋比较语言学门径的引申。景蜀慧将《笺证稿》这种"诗史互证"称为"是源于传统的训诂学考据学方法而参以宋代以来的史学方法以及近代西方史学、语言学、诠释学理论精华的一种既打通汉宋,又融合中西的史学研究方法"①。还有学者指出,他在"诗史互证"之后所提出的"了解之同情"一语,源自德国近代思想家赫尔德的 einfuhlund(移情)一词,这与他游学欧美的学术阅历也不无关系②。然而"诗史互证"谈何容易,除了要对作者具"了解之同情",还需对白诗本身有深刻的认知和感悟,通过"理解汇集融贯于一诗之中的诗笔与史才,把握诗中所见的古远的和当时的历史语境"③,只有这样,才能达到对"古典"与"今典"④的深透了解。

那么,同样是研究白居易,同样是中西兼取,为何陈寅恪与胡适会呈现出如此大相径庭的研究风貌?陈寅恪作《元白诗笺证

---

①景蜀慧《"文史互证"方法与魏晋南北朝史研究》,《中山大学学报》2000 年第 1 期,第 34 页。

②陈怀宇《陈寅恪与赫尔德——以"了解之同情"为中心》,载《清华大学学报(哲学社会科学版)》2006 年第 4 期第 21 卷。

③姜伯勤《史与诗——读陈寅恪先生〈元白诗笺证稿〉、〈论再生缘〉、〈柳如是别传〉》,胡守为主编《陈寅恪与二十世纪中国学术》,杭州:浙江人民出版社 2000 年版,第 357 页。

④"古典"、"今典"之说,见《柳如是别传》,上海:上海古籍出版社 1980 年版,第 251 页。

稿》的背后,又隐含着他对于新文化运动、对于彼时传统文化的尴尬处境怎样的忧虑?

　　胡适、刘大白等新式学者研究白居易,均着眼于他明白如话的诗风,从而为新文化运动摇旗呐喊。而陈寅恪之所以要做元白诗考证,"一来是因为元白诗里面历史资料比较多,二来恐怕是针对新文化运动中对白话诗历史的建构而来。在他看来,胡适、钱玄同等人并没有真正理解元白诗,只欣赏其白话文学性的一面,却忽略了元白"①。诚然,陈寅恪作诗笺,更多地关注白诗背后的政治、社会与文体流变等,力图还原其"所处之环境,所受之背景"②,这与他作为史学家本就与胡适等文学研究者身份不同有关。而除了不满于胡适等人对白诗的解读,在白居易研究之外,陈寅恪的主张与对新文化运动的态度,也十分微妙。

　　新文化运动如火如荼之时,陈寅恪几乎从未卷入双方的论争,或作出公开评价。但通过他讨论传统文化的文章,或许可以寻得他对于新文化运动态度的蛛丝马迹。1932 年,陈寅恪作《与刘叔雅论国文试题书》一文,提倡用对对子来测试语文水平,同时还批评了《马氏文通》根本不合汉语本质③(而胡适受《马氏文通》影响至老未变④);1934 年陈寅恪又撰《四声三问》⑤,阐述四声之发展

---

①饶佳荣《陆扬谈唐宋变革论》,《东方早报·上海书评》2016 年 5 月 29 日。
②陈寅恪《冯友兰〈中国哲学史〉上册审查报告》,《金明馆丛稿二编》,台北:里仁书局 1981 年版,第 247 页。
③陈寅恪《与刘叔雅论国文试题书》,《金明馆丛稿二编》,台北:里仁书局 1981 年版,第 221 页。
④见胡颂平《胡适之先生晚年谈话录》,北京:中国友谊出版公司 1993 年版。
⑤陈寅恪《四声三问》,《金明馆丛稿初编》,北京:三联书店 2001 年版,第 367 页。

演变与对传统文化的重要影响①。这两篇文章如此强调对偶、平仄四声,其实已经暗寓了对新文化运动的异议与批评。新文化运动"八不主义"不讲对仗、不用典的主张,恐怕难以让讲究诗歌应有言外之意、余音绕梁之美的陈寅恪服膺。他治学主张"了解之同情",但也强调"此种同情之态度,最易流于穿凿附会之恶习……往往依其自身所遭际之时代,以推测解释古人之意志"②。一些民国学者在评价白居易之时,动辄"民主诗人"的用语,对白诗通俗性、社会性的过分解读,或许在他眼中都有穿凿之嫌。因此他所作《笺证稿》,才会如此迥异于时人时论,而是以深厚的学养、详实的笺证成文,不仅更加贴近了元白,也更贴近了元白诗背后的大唐风致。

　　处于新旧中西交杂之世,陈寅恪仿佛始终游离于激进的世风之外。他曾在王国维挽词中,盛赞"中体西用"之说,彼时民国趋新世风强劲,乃至于"举世拜倒洋学之袴下"③,而陈氏仍敢于公开表态偏向于广义的"中体西用"说,很能体现其提倡的"独立之精神"。北伐之后他仍自称"思想囿于咸丰同治之世"④,对传统文化的护卫始终不变。其实,无论是"中体西用"或是"思想囿于咸丰同治之世",都可从中感受到他稳健温和的思想是怎样在冒进的时代中进退两难。他并非守旧落后,而是期望保留旧学之特性,与新知折中调和:"必须一方面吸收输入外来之学说,一方面不忘本来

①罗志田《陈寅恪的"不古不今之学"》,《近代史研究》2008 年第 6 期,第 34 页。
②陈寅恪《冯友兰〈中国哲学史〉下册审查报告》,《金明馆丛稿二编》,台北:
　　里仁书局 1981 年版,第 252 页。
③顾实《发刊词》,上海中国国学研究会《国学辑林》1926 年 9 月第 1 期,第
　　1 页。
④陈寅恪《冯友兰〈中国哲学史〉下册审查报告》,《金明馆丛稿二编》,台北:
　　里仁书局 1981 年版,第 252 页。

民族之地位。"①从回国后到抗战爆发，陈寅恪一直在北京这个文化中心，却一直"冷眼旁观"，和新文化运动乃至于整个时代崇尚西化、过分功利的世风扞格不入。"论学论治，迥异时流，而迫于事势，嘿不得发。"②在这几句夫子自道中，可以看出他虽洞见了时代的问题，饱含着对文化的忧虑，却因为不合于时代潮流，不愿随俗，因而只得沉默。或许，这也是他转而深研白诗、希图在历史烟云中探索究竟的一个原因吧。

民国时期的白居易接受与研究无疑为我们提供了一个切入的视角，既遥想彼时学者在独特背景、语境之中的转变与抉择，也获得对白居易其人其诗在新接受境遇中地位升降及其原因的重新审视。在中国社会、政治发生急剧变革之时，无论是胡适等人因洞见了文学功能转移之必要，开始思考如何化文学为利器，逆转时运，从而关注白诗的浅近以宣扬白话运动；还是陈寅恪等学者以扎实的学识为白诗笺证，以期与历史暗合，做传统文化沉默的护卫者，都缘于时代思潮的冲击和各自不尽相同的文化理念及当下关怀。时至今日，我们已无必要纠缠于其中是非曲直的评判，而寄希望于通过白居易接受这一话题，去探寻民国时期的学术风貌与学者的心路历程，从中既深化对那段历史的准确认知，也为今日的白居易研究获取镜鉴。同时也应看到，当今的白居易研究仍受到民国的影响，百年前学者的研究取向，如对白氏讽喻诗、浅白诗风的探究在今日学界仍占主流，一些民国时期的代表性观点，如今依然为学界屡屡引用并产生影响。如何有效地对待和利用这份具有开创性的文化成果，理应成为今日学人不得不深入思考的问题。

--------

① 陈寅恪《冯友兰〈中国哲学史〉下册审查报告》，《金明馆丛稿二编》，台北：里仁书局 1981 年版，第 252 页。
② 陈寅恪《寒柳堂集》，北京：三联书店 2001 年版，第 150 页。

# 中国现代诗歌接受与
# 经典化的三重向度*

## 方长安

中国现代诗歌(1917—1949)诞生于中国遭遇三千年来未有之大变局的历史转型期,虽然从发生至今尚不到百年,且质疑声时隐时现不绝于耳,但一批诗作如《人力车夫》、《教我如何不想她》、《小河》、《凤凰涅槃》、《死水》、《弃妇》、《再别康桥》、《雨巷》、《断章》、《大堰河——我的保姆》、《诗八首》等,已成为人们谈论中国新诗绕不开的"经典"。现在关于这些诗作的言说前提,是承认它们为经典,然后不断阐发其诗性与诗歌史价值,很少有人质疑它们是否属于真正经典的问题,更没有人去反思性地审视它们变为经典的历史。成为经典,当然与文本自身的情感空间、审美特征分不开,即它们必须具有成为经典的诗美品格;但具备成为经典的品格,并不一定能够成为经典,经典是通过经典化而塑造出来的。经

* 本文为国家社科基金一般项目"新诗(1917—1949)接受史研究"(项目编号09BZW052)的部分成果。
笔者认为,现在公认的那些新诗经典,未必就是经典,它们还需要接受未来无数代读者的检验,所以"经典"需要打上引号。

典化是一个动词,是一个文本走向经典的过程,这个过程其实就是文本传播接受历程,即那些现代诗歌"经典"是经由传播接受而构建起来的。中国现代诗歌接受与经典化的途径很多,但从作用和意义大小看,则主要是在三个向度上展开与完成的:一是批评,二是选本,三是文学史著。

## 一、百年现代诗歌批评与文本意义揭示

中国现代诗歌批评与创作几乎是同时发生、同步展开的,且一直没有间断,长期以来,学界关注的要么是批评文本的内容与特点,要么是其所体现的诗学追求,要么是它对于诗人创作的反馈作用,很少有人重视批评作为文学接受的一种主要方式,在新诗经典化过程中所起的重要作用。

研究批评与新诗经典化的关系,需要弄清谁在批评、为何批评特别是影响新诗批评走向的主要因素等问题。近百年来,重要的批评者有胡适、郭沫若、宗白华、闻一多、茅盾、朱自清、臧克家、谢冕、陆耀东等,他们要么是诗人,要么是大学教授,要么是文艺界领导人,且大多集诗人、理论家和批评者于一身。这种身份构成与中国新诗发生发展特点密切相关。中国现代诗歌是一种完全不同于文言格律诗的新型诗歌,如何写,如何发展,一直困扰着诗人们,所以从发生的那天起,几乎所有写诗的人都在不断地言说新诗,自觉地思考新诗问题,新诗批评在很大程度上是为新诗创作与发展探路,是为新诗创作发现问题,探索规律,所以才有诗人、批评者和理论家多重身份合一的现象。

批评怎样的作品是有明确的目的性,换言之,选择批评言说对象,其实是在自觉思考新诗发展路径,是在帮助拟想的新诗爱好者、写作者遴选新诗精品,推介新诗阅读与创作范本。那些被批评

的新诗文本,大都因此而没有被浩如烟海的创作所埋没,因此才有幸走向前台被读者阅读,获得被检阅的机会,也就获得了最终成为经典的可能性。例如,20 年代周作人对《尝试集》的批评,鲁迅对《蕙的风》的维护,胡适对《草儿》的言说,闻一多对《女神》的论析等,就是向大众读者阐释白话新诗不同于旧诗的特征,张扬全新的诗歌美学,它们不仅引领创作走向,而且起到了遴选与推介新诗范本的作用。又如,1929 年朱湘逐一点评《雨巷》、《我的记忆》、《路上的小语》等诗①,其实就是通过揭示这些文本的诗性,向读者指出诗坛新的发展动向,帮读者遴选新诗阅读精品;叶圣陶称赞《雨巷》"替新诗底音节开了一个新的纪元"②,使一般读者知道了《雨巷》原来如此重要,使戴望舒因此赢得了"雨巷诗人"的美誉,开始走向经典。再如王佐良认为穆旦的《诗八首》使爱情从一种欲望转变为思想,"这样的情诗在中国的漫长诗史上也是从未见过"③,揭示出《诗八首》在诗史上的独特性及其对于新诗继续发展的意义。与古代诗歌批评不同,20 世纪诗歌批评与创作分不开,其重要目的是推进新诗创作,所以它感兴趣的往往是那些新兴的预示新诗继续发展方向的作品(不一定是精品),它的动机不是要遴选、确认艺术经典,但客观上却因不断发掘出批评对象的诗学价值与意义,使之获得了更多读者的认可,令人耳熟能详;不仅如此,这些作品因体现了某种新的创作风格,开启了新的创作方向,其新诗史地位也就得到相应的提升,其结果是一些作品也许因艺术上不

①朱湘关于《上元灯》、《我底记忆》的通信,《新文艺》1929 年 11 月第 1 卷第 3 号。
②杜衡《望舒草·序》,《望舒草》,上海:现代书局,1933 年,第 8 页。
③王佐良《穆旦:由来与归宿》,杜运燮等编《一个民族已经起来》,南京:江苏人民出版社,1987 年,第 4—5 页。

够完美不能称为审美精品,但成为了新诗发展史上的"经典"。

一般大众读者面对新诗文本,不一定能够理解其所言所指,无法真正领会其诗意,这就需要诗人或专业读者的批评解读。换言之,专业性新诗批评,可以敞开文本言语所遮蔽的内在情感,彰显其所包蕴的诗美,引导大众读者阅读接受。这既是为了使文本走向读者,也是引导读者走向文本;既是对读者审美趣味的培养,同时也是使一些文本获得在大众读者中传播、认可的可能性,并逐渐沉积为新诗经典。例如《女神》出版后"颇有些人不大了解",读不懂,谢康就以批评解惑,认为郭沫若是"时代精神的讴歌者",其作品具有"打破因袭的力"[1];李思纯曾极力推荐《凤凰涅槃》,认为它"命意和艺术,都威严伟大极了"[2];闻一多刊文称《新诗年选(1919年)》不选《凤凰涅槃》"奇怪得很"[3],向读者阐释出《女神》及其《凤凰涅槃》所具有的时代价值与诗意。正是这些专业性言说才最后敞开了《凤凰涅槃》的文本意义。换言之,它们是该诗经典化的起点。再如徐志摩的诗歌一开始就存在阅读分歧,鲁迅就不喜欢它们。朱湘曾专文解读《志摩的诗》,认为《雪花的快乐》是"全本诗中最完美的一首诗",《毒药》是"这几年来散文诗里面最好的一首";认为《卡尔佛里》"想象细密,艺术周到";《一条金色的光痕》写妇人"写得势利如画";《盖上几张油纸》"在现今的新诗里面确算一首罕见的诗了"[4]。朱湘以新月同人身份,从诗美角度向读者揭示出徐志摩诗歌的艺术价值,一定程度上,改变了它们的命运。1926年,陈西滢认为从《女神》到《志摩的诗》体现了新诗的变

---

[1] 谢康《读了〈女神〉以后》,《创造季刊》1922年第1卷第2期。
[2] 《少年中国·会员通讯》1920年9月15日。
[3] 闻一多《〈女神〉之时代精神》,《创造周报》1923年6月第4号。
[4] 朱湘《评徐君〈志摩的诗〉》,《小说月报》1926年第17卷第1号。

迁,"志摩的诗几乎全是体制的输入和试验","至少开辟了几条新路",认为徐志摩最大的贡献在于"把中国文字,西洋文字,融化在一个洪炉里,练成的一种特殊的而又曲折如意的工具"①;在陈西滢看来,徐志摩作品中"有一种中国文学里从来不曾有过的风格"②,从中国文学史角度发掘徐志摩诗歌独特的存在价值,为其走向经典开启通道。又如李金发的诗歌难懂,很多人望而却步,穆木天1926年就坦言:"不客气说,我读不懂李金发的诗。"③诗人都读不懂,何况一般人呢,这就要批评引导。1927年1月博董(赵景深)刊文指出"李金发的诗艺术上的修饰是很好的",认为"倘若把他的诗一节节分开来看,我们便可以看出他有一个特点:异国情调的描绘。这是近代我国新诗人不曾发展过的径路,我最喜爱着读它们",并指出"这就是他的诗引人的魅力"④。1928年,黄参岛抱怨"没有人作些批评或介绍的文字"去引导读者接受李金发的作品,认为这是"文艺界批评的惭愧及放弃"。在他看来,《微雨》"是流动的,多元的,易变的,神秘性的,个性化,天才化的,不是如普通的诗";《食客与凶年》"有紧切的辞句,新颖的章法,如神龙之笔,纵横驰骋,句法上化人所不敢化的欧化,说中国人所欲言而不能找到的法国化的诗句"⑤。李金发的诗歌能否成为经典是另外一个问题,但这些批评无疑是在揭示其独特的诗学价值,帮助读者欣赏接受它

---

①陈西滢《西滢闲话·新文学运动以来的十部著作(下)》,北京:中国文联出版公司,1993年,第211页。
②陈西滢《闲话》,《现代评论》1926年2月20日。
③穆木天《无聊人的无聊话》,《A·11》1926年5月19日第4期。
④博董《李金发的〈微雨〉》,《新文学过眼录》,桂林:广西师范大学出版社,2004年,第139—142页。
⑤黄参岛《〈微雨〉及其作者》,《美育》1928年12月第2期。

们。一般读者理解不了的作品,要么风格特别,要么文字晦涩,批评解惑无疑是敞开它们的诗意,希望它们能为读者接受;从客观效果来看,一些晦涩的"另类"作品,诸如李金发的《弃妇》、卞之琳的《鱼化石》、穆旦的《诗八首》等确实因为被反复批评言说,其诗意得以彰显,成为不少新诗爱好者津津乐道的精品,并逐渐化为"经典"。

诗歌批评必然受到批评者文化身份、知识结构、审美意识、文学趣味等影响;而现代诗歌批评已走过近一个世纪的历程,不同年代有不同的文化诉求,有不同年代的审美趣味与诗歌理想,这样一个世纪的新诗批评就与不同的文化话语表达结合在一起,与不同的诗歌美学主张联系在一起,遴选什么样的文本,如何阐发文本的思想意蕴,如何揭示其诗学意义,就与批评者的文化、文学背景分不开,这使得近一个世纪的中国现代诗歌批评与经典化的关系变得更为复杂与重要。换言之,现在那些公认的"经典"相当程度上是不同话语借助于批评者而遴选、阐释出来的。例如,五四是启蒙主义与封建主义话语相争的时期,批评自然瞄准了《尝试集》、《女神》和《蕙的风》等。胡先骕批评胡适的《尝试集》"其形式精神,皆无可取"[1],周作人则予以回击[2];胡梦华发表《读了〈蕙的风〉以后》[3],批评《蕙的风》"有公布自己兽性冲动和挑拨人们不道德行为的嫌疑",鲁迅写了《反对"含泪"的批评家》[4],加以批驳;张资平发表《致读〈女神〉者》[5],郁达夫发表《〈女神〉之生日》[6],闻一多发

①胡先骕《评〈尝试集〉》,《学衡》1922年1月1日创刊号。
②周作人《评〈尝试集〉匡谬》,《晨报副刊》1922年2月4日。
③胡梦华《读了〈蕙的风〉以后》,《时事新报·学灯》1922年10月24日。
④鲁迅《反对"含泪"的批评家》,《晨报副刊》1922年11月17日。
⑤张资平《致读〈女神〉者》,《时事新报·文学旬刊》1922年4月11日。
⑥郁达夫《〈女神〉之生日》,《时事新报·学灯》1922年8月2日。

表《〈女神〉之时代精神》①、《〈女神〉之地方色彩》②,阐释《女神》的新文化价值与诗学意义。这些批评与争论,也就是对新诗文本意义的不同理解与阐释,不仅体现了文言写作与白话写作话语权之争,体现了现代启蒙主义与封建主义之争,还张扬了一种新的白话自由诗歌的审美理想,《尝试集》、《蕙的风》、《女神》作为启蒙现代性话语的体现者,作为早期白话诗学的承载者,因批评而广为关注,成为人们谈论五四新诗时绕不开的"经典"。

20 世纪中国,不同的社会文化思潮、文学运动此起彼伏,各种话语渗透到新诗批评中,致使出现了各种不同性质的新诗批评;但由于 20 世纪中国在新的世界秩序中严峻的生存问题,由于新旧文明转化带来的现实文化信仰问题,由于广大民众日常生活的现实问题等,一直困扰着现代中国读书人,而且中国读书人自古便有忧国忧民意识,所以现代诗歌批评与社会现实粘连得非常紧,现实主义的社会学批评成为五四至 1980 年代中期主流的诗歌批评。于是,那些现实情怀相对深厚的作品,那些社会性、时代性强的作品,受到更多的青睐,诸如康白情的《草儿》、刘大白的《卖布谣》、郭沫若的《女神》、臧克家的《泥土的歌》、艾青的《大堰河——我的保姆》、袁水拍的《马凡陀的山歌》、李季的《王贵与李香香》等,便在反复批评中令人耳熟能详,成为新诗"经典"。1980 年代中后期开始,特别是进入 1990 年代后,总结一个世纪新诗成就的意识越来越强烈,现实主义社会学批评失去了一枝独秀的地位,浪漫主义、现代主义受到重视,历史文化批评、心理分析批评、新形式批评等成为审视新诗的重要方法,于是在现实主义社会学批评中被忽视

①闻一多:《〈女神〉之时代精神》,《创造周刊》1923 年 6 月第 4 号。
②闻一多:《〈女神〉之地方色彩》,《创造周刊》1923 年 6 月第 5 号。

的一些现代诗歌文本得以重新阐释,例如《小河》、《弃妇》、《雨巷》、《断章》、《十四行集》、《鱼化石》、《诗八首》等,它们的情感意蕴、表意方式、诗学价值被充分阐释与敞开,换言之,被重新阐述成为体现某种现代话语诉求的具有审美独特性和普遍性的现代新诗"经典"。

总之,一个世纪的新诗批评,深受外在语境制约与影响,常常与一些话语表达缠绕在一起,自觉张扬特定语境中流行的美学思想,于是对于诗歌文本的解读,对于诗歌现象的评说,对于读者阅读的引导,对诗歌范本的遴选,往往随着语境的更替、话语的消长、美学趣味的变化而改变,致使不同时期有不同时期的所推崇的新诗范本,短短的一百年中,新诗"经典"变动不居;现代话语参与遴选、塑造新诗"经典",新诗"经典"也因此参与且将继续作用于中国现代文化建设,这一特点使其具有一种内在的生命力,有助于其继续传播与诗意的彰显,那些审美性突出的作品也因此具有了沉淀为超越时空的真正经典的可能性。

## 二、百年选本与重要诗人诗作遴选

本文所论选本是指收入中国现代诗歌的各种选集,不包括《尝试集》、《女神》这类诗人自选集。新诗诞生后不久,选本就出现了。1920 年上海新诗社出版了《新诗集(第一编)》,上海崇文书局出版了《分类白话诗选》;1922 年上海新华书局出版了《新诗三百首》,上海亚东图书馆出版了《新诗年选(1919 年)》,这些是新诗选本的滥觞。自此以后,每个年代都有大量收录新诗的选本,构成中国现代诗歌接受与经典化的重要向度。那么,不同年代是哪些人在编辑选本呢? 目的何在? 编辑了一些怎样的选本? 它们对新诗经典的形成起了怎样的作用?

　　百年新诗选本的编选者主要由两部分人构成,一部分是诗人、新诗批评者和理论家,如康白情、朱自清、闻一多、赵景深、吴奔星、臧克家等,他们主要是从有利于新诗自身发展角度编选作品,为同行和社会一般读者提供新诗阅读选集;另一部分则是学校教育工作者,特别是大学教授,如严家炎、钱谷融、谢冕、孙玉石等,他们主要是为学校教学需要编选作品,为师生提供诗歌教学用书。于是新诗选本便主要分为面向社会和学校两大类。

　　面向社会读者的选本,浩如烟海,其中一些属于新诗史上的经典选集,如《中国新文学大系·诗集(1917—1927)》、《现代诗抄》等。它们体现了不同时代的选家对新诗独特的理解、认识与想象,经由所选诗作承认新诗坛既有的某种创作倾向,张扬某种诗歌理想,引领新诗发展方向。例如,《新诗集(第一编)》是新诗史上第一个选本,其序言回答了编印目的:"汇集几年来大家实验的成绩",给新诗爱好者提供"许多很有价值的新诗",使他们"翻阅便利",成为创作与批评的"范本"①。它首次从"写实"、"写景"、"写意"和"写情"四个方面选择诗歌,肯定并倡导描摹社会现象、自然景色、高尚思想和纯洁情感的作品,倡导以具体描写方法写诗,这类作品被视为"很有价值的新诗"大量选入,如胡适的《人力车夫》、刘半农的《相隔一层纸》、周作人的《两个扫雪的人》等。稍晚,许德邻的《分类白话诗选》问世,编选目的是"把白话诗的声浪竭力的提高来,竭力的推广来,使多数人的脑筋里多有这一个问题,都有引起要研究白话诗的感想,然后渐渐的有'推陈出新的希望'"。编选体例步武《新诗集(第一编)》的分类法,与之"同声相

------

①《新诗集(第一编)·吾们为什么要印〈新诗集〉》,上海:新诗社出版部,
　1920年。

应",同样倡导以具体描写方法书写纯洁情感、高尚思想的新诗①,于是所选作品与《新诗集(第一编)》重叠率大,如刘半农的《相隔一层纸》、周作人的《两个扫雪的人》等,这些作品作为"范本"引领新诗创作朝写实、写景、写意和写情方向发展。《新诗年选(1919年)》是早期选本中佼佼者,阿英曾说:"中国新诗之有年选,迄今日为止,也可谓始于此,终于此。"②该诗集没有遵循此前选本分类选诗原则,也就是反对诗歌截然分类的观念,为无法归类的诗歌提供了收录与存在依据,有助于创作的多元发展。其《弁言》谈到编辑目的时,既承认"以饷同好"的诉求,同时又以孔子删诗自况,"今人要采风,后人要考古,都有赖乎征诗"③。不仅想引领新诗发展方向,还有一种为后世留存"经典"的意愿,所以在某些特别看重的作品后面以只言片语方式予以点评,如:认为沈尹默的《月夜》"在中国新诗史上,算是第一首散文诗"④,周作人的《画家》"可算首标准的好诗,其艺术在具体的描写"⑤,《小河》"在中国诗里也该是杰作呵"⑥等。该诗集收录作品89首,专门评点力推的还有胡适的《应该》、《上山》,傅斯年的《老头子和小孩子》,今是的《月夜》,俞平伯的《风的话》,沈尹默的《三弦》,郭沫若的《天狗》等等。在编评者眼中,它们是"中国新诗史"乃至"中国诗"里的"杰作",即经典。这些选本的主要目的是以"杰作"引领新诗创

①许德邻编辑《分类白话诗选·自序》,上海:崇文书局,1920年,第4页。
②阿英《中国新文学大系·史料索引》,上海:良友图书印刷公司,1936年,第301页。
③北社编《新诗年选(1919年)·弁言》,上海:亚东图书馆,1922年。
④北社编《新诗年选(1919年)》,上海:亚东图书馆,1922年,第52页。
⑤北社编《新诗年选(1919年)》,上海:亚东图书馆,1922年,第86页。
⑥北社编《新诗年选(1919年)》,上海:亚东图书馆,1922年,第80页。

作,有一种继往开来的特点。它们既是过去创作实绩的反映,又引领诗坛创作走向,这就是一种"史"的地位;引领、开启创作潮流,使它们可能成为新潮流源头意义上的代表作,后来类似风格的写作又反过来不断彰显它们的重要性,它们所承载的诗学也随着后来者新的创作而不断获得认可与传播,使它们的地位在诗学层面上得以巩固,所以这类选本以引领创作的动机和特点在客观上使自己所收录的作品的价值得以突出,开启了它们走向经典的大门。

　　不同时代有不同时代面向社会的选本,体现不同时代的诗歌眼光、诗学观念以及对新诗经典的不同想象。例如《中国新文学大系·诗集(1917—1927)》就与1920年代初的《新诗集(第一编)》、《新诗年选(1919年)》等不同。朱自清曾回忆说:"民国十年和叶圣陶同在杭州教书。有一晚,谈起新诗之盛,觉得该有人出来选汰一下,印一本诗选,作一般年轻创作家的榜样。"编选目的同样是为年轻作者提供创作范本,但同时他对此前出版的《新诗集(第一编)》和《分类白话诗选》颇不满意:"这两种选本,大约只是杂凑而成,说不上'选'字。"①其实,作为最早的两个选集,不能说没有"选",当时诗歌作品数量那么多,怎可能没有选呢?分为四类不就是选择的结果吗?朱自清的否定说明他对此前诗集的"选"诗原则和结果不满,对它们所体现的新诗观念不认可。他将新诗分为自由诗派、格律诗派、象征诗派,以此为标准编选作品,形成了自己的取舍个性。例如沈尹默的诗歌只选取《三弦》,而没有选《分类白话诗选》和《新诗年选(1919年)》均收录的《月夜》,因为朱自

①朱自清《选诗杂记》,《中国新文学大系·诗集(1917—1927)》,上海:良友图书印刷公司,1935年,第15页。

清自己"吟味不出"其诗意①；又如，特地选录了胡适的《一念》，原因是"虽然浅显，却清新可爱，旧诗里没这种，他虽删，我却选了"②。该选本以自由诗派作品为主体，重点选录了刘大白(14首)、汪静之(14首)、俞平伯(17首)、冰心(18首)、郭沫若(25首)等诗人的作品；格律派重点选录闻一多、徐志摩的作品，分别为29首、26首，可见他对该派的重视；李金发的诗歌争议颇大，然朱自清将其命名为象征诗派，选录19首。此后，自由诗派、格律诗派和象征诗派成为概括五四诗坛格局的基本框架，该选本成为后来许多选家和史家述史的重要参考，所收录的作品如《小河》、《我是一条小河》、《炉中煤》、《天上的市街》、《太阳吟》、《雪花的快乐》、《雨巷》、《弃妇》等出镜率高，它们的诗歌史地位和诗性价值因此被反复阐释，不断彰显乃至增值，逐渐沉淀为新诗"经典"。

　　不同时期面向社会的选本对新诗经典化的作用不同。1920—1940年代，重要的新诗选本有《新诗年选(1919年)》、《分类白话诗选》、沈仲文的《现代诗杰作选》(上海青年书店1932年版)、赵景深的《现代诗选》(上海北新书局1934年版)、闻一多的《现代诗抄》(开明书店1948年版)等。由选本标题可见，这一时期的诗歌观念经历了"新诗"、"白话诗"到"现代诗"的演变，"现代诗"命名逐渐被普遍认可；然而，"现代"是一个内涵丰富的概念，何为"现代诗"尚未形成统一看法，以之审视、遴选诗歌致使各选本所选作品重复率低；当然重复率低还与新诗坛张扬个性、自由取舍的氛围有关，与满足不同趣味的读者群的审美期待有关。各选本之间重

①朱自清《选诗杂记》，《中国新文学大系·诗集(1917—1927)》，上海：良友图书印刷公司，1935年，第16页。
②朱自清《选诗杂记》，《中国新文学大系·诗集(1917—1927)》，上海：良友图书印刷公司，1935年，第19页。

复率低,虽然表明这个时期遴选出的被公认的精品很少,但也意味着有更多的作品受到不同选家关注,被保存下来,获得了进入读者视野的机会,使其中那些有生命力的作品没有随时间的流逝而消失,获得了成为经典的可能性。1950—1960年代的选本,为引导新的审美风尚,舍弃了民国时期选本的取舍原则,重新遴选新诗,臧克家编选的《中国新诗选(1919—1949)》(中国青年出版社1956年版),是一本以新中国青年读者为阅读对象的诗选,是这一时期选本的代表。在代序《"五四"以来新诗发展的一个轮廓》中,臧克家站在社会主义现实主义立场上重构新诗发展史,将它阐释成为"战胜了各式各样的颓废主义、形式主义,克服着小资产阶级的个人主义情调,一步比一步紧密地结合了历史现实和人民的革命斗争"①的历史,按这一逻辑重新编选诗人诗作,重点选录了郭沫若、康白情、闻一多、刘大白、蒋光慈、殷夫、臧克家、蒲风、田间、艾青等诗人那些具有"人民性"的作品,淘汰了民国选本推崇的胡适、周作人、李金发、朱湘等人那些体现资本主义启蒙现代性的诗作,开启了现代诗歌经典化的崭新路径,使民国时期选本淘汰掉的一批作品在新的话语逻辑中受到关注,获得了接受读者阅读检验的平等机会,使那些具有"人民性"的作品如《凤凰涅槃》、《天上的街市》、《死水》、《再别康桥》、《雨巷》、《大堰河——我的保姆》、《雪落在中国的土地上》、《别了,哥哥》、《老马》等,在参与新中国文学话语建构中敞开了内在的经典性品格,获得了成为经典的可能性,所以站在近百年现代诗歌传播接受的角度看,该选本张扬"人民性"文学逻辑具有历史的合理性。1980—2010年代,选本数量无

①臧克家编选《中国新诗选(1919—1949)》,北京:中国青年出版社,1956年,第2页。

以计数,代表性选本有艾青的《中国新文学大系·诗集(1927—1937)》(上海文艺出版社 1985 年版)、王一川和张同道的《二十世纪中国文学大师文库》(海南出版社 1994 年版)、谢冕和钱理群的《百年中国文学经典》(北京大学出版社 1996 年版)、伊沙的《现代诗经》(漓江出版社 2004 年版)等。它们努力站在历史和审美的角度审视遴选现代诗歌,所选作品既有民国选本青睐的诗歌,也有1950—1970 年代选本推崇的"人民性"文本,还有与上两个时期选本没有交集的作品,显示出独立地为一个世纪新诗遴选经典的气度与眼光。这个时期各选本所选作品重复率高,一些诗作被不同选本同时收录,例如《凤凰涅槃》、《再别康桥》、《雨巷》、《断章》等,这意味着经过大半个世纪的探索,我们民族对于新诗的阅读感受、新诗观念和审美趣味等趋于一致了;然而还有一个颇有意味的现象,即这几个作品很少被民国时期的选本收录,1920—1940 年的选本都没有收录《凤凰涅槃》,1930—1940 年的选本只有陈梦家的《新月诗选》、闻一多的《现代诗抄》收录了《再别康桥》。这表明当代尤其是 1980 年代中期以后,国人对新诗的审美取舍与民国时期有很大的不同,形成了对理想新诗范型的独立判断、想象与表达。

综上所述,近百年面向社会读者的选本所经历的三个时期,其选诗立场、原则与结果差异很大,各有特点,从传播接受层面看,给予了不同题材、主题与审美风格的文本以平等机会,有利于遴选出真正的新诗经典。

面向社会读者的选本,多从诗歌自身发展角度选择作品,对作品的遴选多追求个人性、原创性,在新诗经典化过程中起着引领方向的作用。与此同时,还有大量面向学校教育特别是高校教学的选本,如:《初级中学国语文读本》(上海民智书局 1922 年版)、赵

景深编的《现代诗选（中学国语补充读本之一）》（上海北新书局
1934 年版）、北京大学等编的《新诗选》（上海教育出版社 1979 年
版）、九院校编选的《中国现代文学作品选》（1986 年版）、孙玉石
主编的《中国现代诗导读（1917—1937）》（北京大学出版社 2008
年版）等等。从时间上看，这类选本出现于 1920 年代初，与面向社
会读者的选本出现时间差不多；从量上看，则无以计数，比社会性
选本多得多。这类选本主要不是为了引导诗歌自身发展，而是将
新诗作为一种新的语言文学读本，作为一种新的知识向学生普及，
以培养学生的语言能力和新的诗歌趣味，所以这类选本多以面向
社会读者的选本所选作品为参照，结合学校教学需要遴选作品，
"选"的原创性往往不足。它们的个性体现在教学需要所决定的
取舍上，以郭沫若的《凤凰涅槃》、《炉中煤》、《天狗》、《天上的街
市》为例，它们在比较重要的 89 部选本（包括 1920 年以降的 38 部
面向社会的选本、1977 年至今的 34 部普通高校选本和 17 部中小
学教辅类选本）中的选录情况是：《凤凰涅槃》入选社会性选本、高
校选本、中小学选本的情况分别是 9 次、33 次、1 次，《炉中煤》入选
情况分别是 10 次、14 次、6 次，《天狗》的入选情况分别是 12 次、18
次、0 次，《天上的市街》分别是 6 次、10 次、9 次。显然，中小学选
本从培养孩子爱国主义和想象性角度重点选取的是《天上的街
市》和《炉中煤》，而完全放弃了难懂而不利于语文教学的《天狗》，
《凤凰涅槃》也只有一个选本收录；高校选本则高度认可神话与现
实结合的《凤凰涅槃》；社会性选本则最青睐张扬自我的《天狗》。
选者不同，接受对象不同，决定了选本对作品的取舍，使两类选本
的面貌颇为不同。上述统计数据还显示，它们入选社会性选本和
学校选本的总次数差异很大，《凤凰涅槃》入选社会性选本 9 次，入
选学校选本 34 次；《炉中煤》入选社会性选本 10 次，入选学校选本

20 次;《天狗》入选社会性选本 12 次,入选学校选本 18 次;《天上的街市》入选社会性选本 6 次,入选学校选本 19 次。显然,学校选本是新诗传播的核心媒介,相比于社会性选本,在新诗传播过程中发挥了更大的作用。青少年是诗歌的主要读者,通过学校选本,他们获得了关于新诗的感性认识,构建起了自己的新诗观念,那些作品也因此成为他们心中的新诗经典。

总之,两类选本特点、功能不同,社会性选本以其原创性的"选",在推动新诗创作潮流的同时,通过向不同时期的大众读者提供新诗阅读范本,开辟新诗经典化路径,引领经典化的方向;学校选本则以巨大的发行量,以向学生普及新诗知识的方式,讲授社会性选本所遴选出的那些新诗作品,传播那些作品所体现的诗学知识,培养学生的新诗鉴别能力与审美趣味,改造民族固有的诗歌经验,培养新诗读者。相当程度上讲,社会性选本所遴选出来的那些新诗范本,是通过学校选本而真正成为家喻户晓的"经典"。

## 三、百年文学史著与诗人诗作历史定位

文学史著就是对文学史实进行记录、叙述与定位,文学史实主要包括文学创作潮流、作家作品等,所以不管编撰者述史立场、目的与框架有何不同,不管是否具有经典化意识,客观上都参与了对经典的塑造。近百年各个时期的文学史著,包括新诗史著作,通过对新诗发生发展过程的叙述,通过对现代诗人诗作的评说与定位,成为影响现代新诗经典化的重要力量。

为何述史,如何述史,是关键问题。它与述史者的历史观、文学观直接相关,与其所处的现实环境有关。现代诗歌是一种全新的诗歌形态,对它的叙述不是对成为过去式的"历史"的讲述,而是对诞生不久且正在延续的"历史"的言说,这样问题就变得更为

复杂。从为何述史、如何述史角度看,近百年文学史包括新诗史著,对新诗经典的塑造,其方式和特点主要有四:

一是以中国文学为视野,将现代新诗视为诗歌进化史的必然环节,阐述其发生、发展的依据与合法性,在大文学史框架内评说现代诗人诗作,揭示它们在"史"上的重要性、经典性。新诗发生后的第一个十年,就出现了一批文学史著作,主要有凌独见的《新著国语文学史(中等学校用)》(商务印书馆 1923 年)、胡毓寰的《中国文学源流》(商务印书馆 1924 年)、谭正璧的《中国文学史大纲》(泰东图书局 1925 年)、赵祖抃的《中国文学沿革一瞥》(光华书局 1928)、赵景深的《中国文学小史》(光华书局 1928 年)、谭正璧的《中国文学进化史》(光明书局 1929 年)等等。"进化史"、"大纲"、"小史"等,是它们述史的框架结构,"进化"、"源流"与"沿革"昭示了言说的话语逻辑,中国现代诗歌是这一逻辑结构的必然环节。编撰文学史相当程度上是以史著的逻辑力量与话语权力在新旧文学、新旧诗歌转型期为新文学尤其是新诗辩护,赋予它们以不可动摇的文学史位置,确认一些作品在文学沿革史、新诗进化史上的支点性价值,也就是指认它们为文学演变史上的经典。

从这一目的出发,它们遴选并评说那些彰显进化思想、体现源与流关系、具有历史进步意义的作品。《中国文学源流》叙述了从歌谣、古诗、乐府、近体诗到词曲、新诗的源流史,认为胡适等创作不押韵的新诗,"中国文学至此诚发生空前之一大革变矣"①,遵循源与流的逻辑,将胡适的《老鸦》、沈尹默的《生机》、周作人的《两个扫雪的人》和《小河》等,解读成为中国文学史上开启新思潮的经典作品。《新著国语文学史(中等学校用)》将几千年的中国文

---

① 胡毓寰编《中国文学源流》,上海:商务印书馆,1924 年,第 330—331 页。

学史叙述成为"国语文学史"，认为"从民国六年到现在，为时虽然不久，然而可以供给做国语文学史的材料，已是不少"①。由此专门抄录了胡适的《朋友》、《他》、《江上》、《鸽子》、《老鸦》、《上山》，沈尹默的《人力车夫》、《落叶》、《三弦》，刘半农的《学徒苦》，俞平伯的《春水》，周作人的《秋风》等诗歌，以"国语文学"为标准，在"国语文学"逻辑中赋予所录新诗作品以"经典"地位。《中国文学史大纲》编制出一个以太古至唐虞文学、夏商周秦文学、两汉文学、三国两晋文学、南北朝文学、隋唐五代文学、两宋文学、辽金元文学、明清文学、现代文学等为章目的文学史大纲，其中"现代文学"不是附骥的尾巴，而是文学新时代的开端；最后一章是"现代文学与将来的趋势"，在过去、现在与将来的框架中阐述《繁星》、《春水》、《女神》、《蕙的风》、《冬夜》、《湖畔》等诗集重要的诗学价值与经典地位②。赵祖抃的《中国文学沿革一瞥》，以朝代文学为单元阐释文学的历史沿革，新文学被称为"民国成立以来之文学"，赋予其历史合法性，徐志摩、郭沫若被称为"新诗之健将"③，即经典诗人。

　　这些文学史著所述现代新诗正在热烈讨论与探索中展开，著者一方面意识到新诗作品的尝试性、探索性，意识到新诗史的开放性，所以在指认经典时相当谨慎，例如谭正璧的《中国文学进化史》最后一章"新时代的文学"设有"作家与作品"栏，列举了大量作家作品，但并没有标识出经典文本；另一方面，又以进化的文学史观看待新诗创作，审视新诗作品，发掘其历史进步性，坚信其中有些作品具有成为经典的可能性，所以在无法判断它们是否为经典时，仍不厌其

①凌独见编《新著国语文学史（中等学校用）》，上海：商务印书馆，1923年，第332页。

②谭正璧《中国文学史大纲》，上海：泰东图书局，1925年，第152页。

③赵祖抃《中国文学沿革一瞥》，上海：光华书局，1928年，第125页。

烦地将它们罗列出来,使其不至于被创作洪流所淹没。

　　二是在"新文学"的框架与逻辑中叙述现代新诗,重点阐释那些具有"新文学"特征、体现新诗艺术发展方向的作品,揭示其在新文学史、新诗史上的意义,使之在"史"的场域中彰显经典品格。这类史著的代表作有朱自清的《中国新文学研究纲要》(1929年)、周作人的《中国新文学的源流》(人文书店1932年)、王哲甫的《中国新文学运动史》(杰成印书局1933年)、吴文祺的《新文学概要》(上海亚细亚书局1936年)和李一鸣的《中国新文学史讲话》(世界书局1943年)等等。著者的目的不再是为新诗的合法性辩护,因为新诗已经成为一种公认的主流诗歌形态,他们的目的是展示新诗创作实绩,呈现新诗发展轨迹,为新诗自身立传,于是在独立于古代文学史的"新文学"自身框架与逻辑中揭示新诗流变规律,找寻那些在诗艺流变中起过支撑作用的诗人诗作,阐发其意义,凸显其位置,客观上起到了将它们经典化的作用。

　　1929年,朱自清开始在清华大学讲授新文学,其讲义《中国新文学研究纲要》的第四章标题为"诗",相当于一部新诗史纲目,由"小诗与哲理诗"、"长诗"、"李金发的诗"、"徐志摩与闻一多的诗"等十一章构成。章目上李金发、徐志摩、闻一多、冯乃超的名字赫然在列;节目上出现的主要作品有《尝试集》、《女神》、《草儿》、《冬夜》、《志摩的诗》、《死水》、《我的记忆》、《忆》、《烙印》等;节下又专门列举一些"名作",如俞平伯的《春水船》、康白情的《江南》、胡适的《应该》、沈尹默的《三弦》等,其中周作人的《小河》被称为"著名的象征的长诗"①。《纲要》在叙述新诗流变史时醒目地推出

①朱自清《中国新文学研究纲要》,《朱自清全集》第8卷,南京:江苏教育出版社,1993年,第85—98页。

那些"名作",将它们解读成新文学"经典"。周作人的《中国新文学源流》,将新文学的源头追溯到公安派、竟陵派,在"言志"的诗歌史逻辑中推举出胡适、冰心、徐志摩、俞平伯、废名等诗人及其诗作,指认它们为言志派新诗的代表。王哲甫的《中国新文学运动史》认为新诗创作经历了讨论、尝试和演进三个时期,第九章为"新文学作家略传",其中诗人依次是郭沫若、周作人、冰心、徐志摩、朱湘、闻一多、汪静之、王独清、穆木天、白采、赵景深、胡适等,这是新文学史著第一次为诗人树碑立传,有一种刻意经典化意味。李一鸣的《中国新文学史讲话》将新诗史分为三个时期,认为胡适的《尝试集》、沈尹默的《三弦》、沈玄庐的《十五娘》"都是新诗运动初期的名篇"[1];认为第二个时期"诗坛的盟主,要推徐志摩"[2],朱湘、闻一多、郭沫若和徐志摩是"中国今代四大诗人"[3];认为第三个时期值得提起的诗人是"李金发、戴望舒、王独清、穆木天、冯乃超、姚蓬子等"[4]。该著专门抄录了郭沫若的《太阳礼赞》、徐志摩的《我来扬子江边买一把莲蓬》、朱湘的《悼歌》、闻一多的《也许》、李金发的《里昂车中》、戴望舒的《雨巷》等诗歌,视之为新文学史上的名篇经典。

这类文学史著,强调的是"新",对新诗的择取、评述是以不同于古诗的现代白话自由诗的审美原则为尺度,从"新"的角度阐述其经典品格,突出其在诗学层面对于新诗建构的贡献。

三是为新中国编纂文学史,重新讲述新诗发生发展故事,遴选新的现代诗歌"经典"。进入1950年代后,文学史写作进入一个全

①李一鸣《中国新文学史讲话》,上海:世界书局,1943年,第49页。
②李一鸣《中国新文学史讲话》,上海:世界书局,1943年,第62页。
③李一鸣《中国新文学史讲话》,上海:世界书局,1943年,第64页。
④李一鸣《中国新文学史讲话》,上海:世界书局,1943年,第73页。

新时期,述史成为新型话语建构的重要环节。1950年上半年,教育部通过了《高等学校文法两学院各系课程草案》(以下简称为《草案》),要求"运用新观点,新方法,讲述自五四时代到现在的中国新文学的发展史,着重在各阶段的文艺思想斗争和其发展状况,以及散文,诗歌,戏剧,小说等著名作家和作品的评述"①。不久,又通过了《〈中国新文学史〉教学大纲(初稿)》(以下简称为《大纲》),强调新文学是新民主主义文学,要求以无产阶级、现实主义和大众化为立场,重新梳理、解读新文学史及其作品。《草案》和《大纲》实际上就是要求将一批作家作品解读成有助于新中国文化、文学建构的经典。

　　1951年9月开明书店出版了王瑶的《中国新文学史稿》(上),1953年8月新文艺出版社推出其下部。它努力以《草案》为"依据与方向",编撰新文学史②,一方面坚持胡适的《尝试集》是第一部新诗集的观点;另一方面又认为其内容多是消极的,并将新文学起点定于1919年。一方面高度评价李大钊的《山中即景》、陈独秀的《除夕歌》、刘半农的《相隔一层纸》等作品,认为朱自清的《毁灭》是"超过当时水平的力作"③,强调闻一多具有伟大诗人的灵魂,指出郭沫若《女神》之后的作品更优秀,推崇蒋光慈的《新梦》、《哀中国》,肯定中国诗歌会和工农兵群众的诗歌创作;另一方面认为徐志摩的"文艺倾向是很坏的"④,批评新月派、现代派,认为李金发是以离奇的形式掩饰"颓废的反动内容",断定象征派是"新诗发

①王瑶《中国新文学史稿·初版自序》,上海:新文艺出版社,1954年,第1页。
②王瑶《中国新文学史稿·初版自序》,上海:新文艺出版社,1954年,第1页。
③王瑶《中国新文学史稿·初版自序》,上海:新文艺出版社,1954年,第64页。
④王瑶《中国新文学史稿·初版自序》,上海:新文艺出版社,1954年,第76页。

展途中的一股逆流"①。全书没有设专门的章节叙述诗人、诗作，有意淡化个人及其作品的核心地位，叙述的诗人、诗作虽多，但用力较平均，并没有将它们经典化的倾向。

该著开创了一种新的述史思路与模式。此后出版的文学史著，主要有张毕来的《新文学史纲》（作家出版社 1955 年）、丁易的《中国现代文学史略》（作家出版社 1956 年）、刘绶松的《中国新文学史初稿》（作家出版社 1956 年版）、复旦大学学生集体编著的《中国现代文学史》（上海文艺出版社 1959 年）等。相较于王瑶本，这批史著以更大的力度重写文学史。一方面批判新月派、现代派、象征派，视之为新诗史上的逆流；一方面遴选、突出一批新的作品，主要有：李大钊的《山中即景》，郭沫若的《女神》、《前茅》、《恢复》，刘半农的《相隔一层纸》，康白情的《女工之歌》，刘大白的《卖布谣》，闻一多的《洗衣歌》，蒋光慈的《新梦》、《哀中国》，殷夫的《孩儿塔》，艾青的《大堰河——我的保姆》、《我爱这土地》，臧克家的《烙印》，蒲风的《茫茫夜》，田间的《给战斗者》，以及《马凡陀的山歌》等等，将它们解读成为新的现代新诗"经典"。王瑶后来谈到 1950 年代后期至"文革"期间的文学史写作时认为，由于极"左"思潮影响，文学史写作越来越偏离文学与史实，无产阶级与资产阶级的斗争成为现代文学史的基本发展线索，甚至否定其新民主主义性质，叙述的重点"由作家作品转向文艺运动，甚至政治运动"，"'现代文学史'变成了'无产阶级文学史'"，"最后就只剩下一个被歪曲了的鲁迅"②。这批文学史著所确认的"经典"诗人

①王瑶《中国新文学史稿·初版自序》，上海：新文艺出版社，1954 年，第80 页。
②王瑶《中国现代文学三十年·序》，上海：上海文艺出版社，1987 年，第2—3 页。

诗作,色彩较为单一,往往思想性大于文学性。

四是以尊重新诗发生发展客观史实为原则,以再现现代新诗历史、彰显新诗演进规律为目的,建立述史框架,重新遴选诗人诗作,阐发其在新诗艺术史上的价值与意义,使之经典化。1970年代后期至今,重新编写符合历史事实的中国现代文学史、新诗史,重新遴选文学意义上的新诗经典成为一种自觉,出现了两个系列的史著。第一,从唐弢主编的《中国现代文学史》(人民文学出版社1979年)经黄修己的《中国现代文学简史》(中国青年出版社1984年)、钱理群等的《中国现代文学三十年》(上海文艺出版社1987年版),到《中国现代文学三十年(修订本)》(北京大学出版社1998年)、程光炜等的《中国现代文学史》(中国人民大学出版社2000年)等,为一个系列;第二,专门的新诗史著,如金钦俊的《新诗三十年》(中山大学出版社1991年版)、孙玉石的《中国现代主义诗潮史论》(北京大学出版社1999年版)、陆耀东的《中国新诗史》(长江文艺出版社2005年版)等。前一个系列的文学史著,从唐弢本到1987年钱理群等的《中国现代文学三十年》,其特点是强调回归文学史真实,回归现实主义传统,重新辩证地评述胡适及其《尝试集》在新诗史上的地位,重新阐释郭沫若《女神》的个性解放主题,重新评说被极左文学史著所排斥的诗人、诗作,突破了极"左"思潮影响下出现的那批文学史著的述史框架,重启了一些被边缘化的诗人、诗作入史和经典化的序幕;从《中国现代文学三十年》修订本开始,文学史叙述进一步强调还原历史真实,进一步突破既有的文学史叙述框架和逻辑,平等地对待不同思潮与流派的创作,在一个世纪新诗现代性建构的框架中,评述现实主义、浪漫主义和现代主义诗人及其诗作的诗歌史地位和诗学价值,李金发、戴望舒、冯至、穆旦等人获得了和郭沫若、闻一多、艾青、李季等平等的入史机会和经典化权利,高度评价了《凤凰涅槃》、《死水》、《再别康桥》、《雨巷》、《大堰河——我的保姆》、《断章》、《十四行集》、《诗八首》等诗歌,也就是认为它们属于现代新诗"经典"。值得特别注意的是,其中《凤凰涅槃》、《死水》、《再别康桥》、《雨巷》、《大堰河——我的保姆》等也入选了臧克家1950年代中期编选的《中国新诗选(1919—1949)》,这既表明臧克家眼光犀利,所选的某些作品具有穿越时空的品质;又意味着世纪转型期出现的那批文学史著确实是以自己独立的判断审视、遴选与评述现代诗人诗作。后一个系列的新诗史著,属个人著述,有的是从流派角度述史,有的从探寻新诗自身流变规律述史,有的以诗美为核心以论说作品为主而述史,有的专述现代主义思潮发生发展史,角度不同,但对现代新诗史上支点意义的诗人诗作的指认、理解却大体一致,主要也是郭沫若、李金发、闻一多、徐志摩、戴望舒、卞之琳、艾青、冯至、穆旦及其代表作。相比于前一个系列,专门的新诗史著对新诗历史的梳理,对内在演变规律的探讨,对诗人诗作的评述,更为具体而深入,它们以新诗艺术自身发展为逻辑遴选诗人诗作,设专章加以论述,以充分的史料和理论思辨揭示那些重要的诗人及其诗作在"史"和"诗"两个层面上的价值,确认其经典品质。两个系列的编撰者以一个世纪的文学、诗歌为视野,以历史和审美的眼光打量、评说新诗,共同参与遴选出了中国现代新诗"经典"。

## 四、三重向度之关系

近百年来,批评、选本和文学史著以各自不同的方式、特征作用于现代诗歌的传播与接受,作用于诗人、诗作的汰选与经典化,形成了各自独立的展开史。但与此同时,它们又彼此关联,构成特定的合作关系,以推动现代诗歌的经典化过程。大体而言,三者之间存在着三重关系。

　　一是批评与选本相互合作，推进现代诗歌的经典化。每一个时期的政治倾向、文化思潮和审美取向往往借助于新诗批评发出声音，表达自己的愿望，开启新的诗歌风气，引领新的诗歌创作潮流，培养读者新的阅读趣味，批评具有披荆斩棘、破旧立新的功能；同时期的新诗选本，往往按照批评所彰显的时代风尚、审美趣味遴选作品。例如，1920年代初，围绕汪静之《蕙的风》展开了新诗批评，鲁迅、周作人、章衣萍、于守璐等著文维护《蕙的风》，此后的新诗选本遴选五四情诗，几乎都将眼光转向湖畔诗歌，收录《蕙的风》中的诗作，选本与批评相呼应，实现乃至巩固了那些批评所引导、彰显的诗歌精神，将体现时代诗歌理想的作品推向大众，让其在读者传播中进一步接受检验。

　　如果说这是先"评"后"选"的情况，那么还有一种"选"、"评"一体的现象，以《中国新文学大系·诗集（1917—1927）》为代表。它前面有一个《导言》，对新诗史上的重要现象、诗人及其作品作了评说，"评"与"选"相互呼应，形成互文关系，"评"一定程度上回答了"选"的理由，"选"体现了"评"的诗学取向，共同将一些新诗作品推向阅读市场，接受读者的汰选，一些作品由是逐渐走向经典。

　　如果说《中国新文学大系·诗集（1917—1927）》的"选"、"评"一体还不够典型，《导言》作为一篇具有独立言说逻辑的梳理新诗发生发展历史的文章，与选本正文是分开的，与选本中的诗歌不构成直接的评说关系；那么，还有一种针对具体作品进行点评的选本，"选"与"评"真正融为一体，以《新诗年选（1919年）》为代表。它每首诗歌后面注明出处，诗后多有片语，对所选诗作最突出的特点进行点评，揭示其诗学价值所在。例如：认为周作人《小河》的出现"新诗乃正式成立"①,点明了该诗在新诗史上的地位、价值与意义;认为大白的《应酬》"这首诗的好处端在不着力。不着力或者倒是真着力"②,彰显其艺术奥秘所在;认为傅斯年的《老头子和小孩子》"这首诗的好处在给我们一种实感,使我们仿佛身历其境;尤在写出一种动象。艺术上创造力所到的地方,更有前无古人之概"③。从阅读效果层面凸显其诗歌史地位。这种选本有"选"有"评","选"、"评"合为一体,有力地推动了新诗文本的经典化进程。

二是文学史著(包括新诗史著)与新诗批评相互支持,遴选新诗"经典"。1920年代初,新文学、新诗尚处于萌动展开阶段,其合法性还处于争辩之中,几乎与此同时关于其历史的书写就开始的,如胡适的《五十年来中国之文学》、凌独见的《新著国语文学史》、胡毓寰的《中国文学源流》、草川未雨的《中国新诗坛的昨日今日和明日》等。它们仅晚于新文学批评、新诗批评几年,一方面吸纳批评的成果,以史书的权力将一些批评话语转换成"历史"话语,给了《尝试集》、《女神》、《草儿》等以"史"的地位,赋予它们合法性的同时开始将其经典化;另一方面,著史者出于对新文学、新诗的感情,往往忘记了自己是在述史,忘记了史的严肃性,以写批评的方式编撰史书,历史书写一定程度上变成了文学批评,或者说演变成为文学批评的一种方式。这样的情况几乎贯通一个世纪,于是新诗史书写与新诗批评史似乎永远也没有真正拉开距离,有的时期二者对新诗作品的取舍、话语表达方式与言说逻辑惊人地相

---

①《一九一九年诗坛略纪》,《新诗年选(1919年)》,上海:亚东图书馆,1922年。

②北社编《新诗年选(1919年)》,上海:亚东图书馆,1922年,第13页。

③北社编《新诗年选(1919年)》,上海:亚东图书馆,1922年,第187—188页。

似，历史著述高度呼应新诗批评，甚至参与新诗批评，失去了史书的独立性、严肃性。于是文学史著与批评文章所遴选、置重的诗人及其诗作，往往高度一致，很难从一个时期的史著中找到不同于该时期主流批评的表达，这样二者相互支持推出了不同时期的"经典"。因为文学史著与新诗批评没有拉开距离，史著批评化，于是所遴选出的很多"经典"也只能是自己时代的"经典"，伴随着语境、时代主题的变化，不少"经典"在后一个语境中也就销声匿迹了。

三是选本与文学史著或离或合，作用于现代诗歌经典化。有三种情况，第一种是有史无选，民国时期和1950年代上半期的一些文学史著，一般都没有相应的选本。这些史著，大都是个人著述，如何述史，如何评判诗人与文本，尚处于探索之中。它们的目的或是以史赋予新诗这种新型的诗歌样式以合法性；或是借史评说刚刚出现的诗人诗作，尚无为历史留存经典的明确意识；或是在新时代来临之际，试探性地按照新兴话语要求述史，对自己遴选的诗人及其诗作究竟有多杰出，并没有太大的自信，或者意识到了那些作品只是书写临时性话语的即兴之作，或者根本就没有从经典化意识层面思考问题，所以他们也没有自觉到要为读者编选相应的选本，没有意识到要向读者推介经典诗人诗作。这些史著具有一定的个人性、探索性，及时地以历史著作形式记下了大量诗人诗作的名字，使一些作品获得了经典化的可能性。但因为其探索性，加之没有相应的选本与之呼应，所以推动诗人及其作品走向经典的力量相对而言还是有限的。第二种情况是有选本而无相应的文学史、新诗史著。从1920年代初的《新诗年选（1919年）》，到1930年代的《中国新文学大系·诗集（1917—1927）》，再到1940年代的《现代诗抄》等，都是诗人或学者编选的新诗选本，其特点是以文学审美眼光、诗美眼光选择诗人诗作，所选作品虽然有很强的个人性，但因为艺术眼光为主，所选作品的艺术水准往往较高；其中一些选本还具有以选代史的特点，试图以诗人诗作形象地展示新诗发生发展历程，每个重要诗人的代表作往往就是新诗发展史上某类风格作品的代表，它们是新诗史重要关节点上的代表作，虽然没有相应的史著呼应性地凸显其地位，但选本明显的以选代史的特点，让有心的读者很容易意识到其重要性；加之，选家往往是重要的诗人或者新诗专家，选本中的作品大都艺术水准较高，等于是优秀作品的大集结，所以这类选本相对而言经得起不同时期读者的阅读检验，发行量大，流传较广，所以它们所选作品经典化的概率较大。第三种情况是选、史配套，如北京大学等高校编写的《新诗选（1—3册）》（上海教育出版社1979年）、钱谷融主编的《中国现代文学作品选读》（华东师范大学出版社1985年版）等，它们与相应的文学史著配套，一般是高校中文系教材，是以主编的文学史观、文学观为编选原则的，所选新诗作品是主编新诗史观与诗学理念的体现与展开。这些选本，大都是1980年代中期以后编选的，所选作品或为新诗史意义上的重要作品，或为纯审美意义上的作品，与文学史教材相得益彰，传播面广，共同塑造着青年学生的新诗史观和诗学观，在新诗经典化过程起了相当大的作用，现在公认的新诗经典作品大都是经由这类选本与史著而最终确认、传播与完成的。

百年新诗批评、选本和文学史著以各自的方式作用于新诗的经典化历程，总体看来，三者之间基本上是共振呼应，很少有冲突，很少有不一致，形成一种合作同构关系，共同遴选出了中国现代诗歌"经典"。

# 五、现代诗歌经典化历史反思

从浩如烟海的现代诗人、诗作中遴选出为数不多的"经典"，无疑是与现当代多重话语建构与生产相关的文化事件。如果说众声喧哗的新诗创作发展史，是 20 世纪一道夺目的文学风景；那么，现代新诗"经典"的塑造史、生成史则因各种声音的参与较量，因与各种现实问题、文化关系纠缠在一起，则成为更为斑斓复杂的以新诗为语料的现代文化生产、建构史。新诗批评、选本和文学史著在作用于经典建构过程中，各自负载着浓厚的文学和非文学诉求，那么以它们为主体力量所遴选出来的现代诗歌"经典"完全可靠吗？要回答这个问题，就必须对以它们为主体所推动的新诗经典化历史进行反思。

这是一个与被经典化对象的诗美资质有关的问题。现代诗歌指的是 1949 年之前的白话新诗，总共只有 30 多年历史，且最初几年属于拓荒期，主要还是与各种反对声音论争，进行实验性写作，以回答白话是否可以为诗的问题。现代写诗的人虽然不少，诗歌数量也难以计数，但相对于古代诗歌而言其历史太短，相对于成熟的古代诗歌艺术，现代诗美理想还处在探索中，艺术上还处在起步阶段，真正的诗美之作并不多，提供给选家、史家来遴选的优秀作品有限。不仅如此，现代诗歌属于白话自由体诗歌，势必受到旧式读者的质疑，于是现代新诗批评多是论证新诗存在的合法性和诗美探索的合理性问题，缺失艺术鉴赏性，或者说不以玩味、鉴赏为目的，于是选取批评对象时看重的多不是其诗美价值，那些被反复批评的作品有些可能只具有白话为诗的实验性、探索性，并非一定是艺术上精致的作品。它们因为批评不断关注令人耳熟能详，于是引起选家关注，收入各类选本，于是关于现代诗歌历史的书写，多绕不开这些作品。所以头脑清醒的选家往往会告诉读者哪些作品是真正诗美意义上的精品,哪些则是文学史、新诗史意义上的代表作,而那些"史学"意义上的重要作品,多不是艺术精品。就是说,那些被经典化的现代新诗作品,不一定具有真正经典所需的内在诗美资质,所以其是否属于真正经典尚需打一个问号。

　　新诗接受与经典化的三向度——批评、选本和文学史著是由诗人、学者和理论工作者所承担完成的,他们的眼光是专家的,审美趣味是专业的,理论上讲有助于遴选出真正的新诗经典,事实上也确实在遴选、阐释新诗经典过程中发挥了相当大的正面效应。但这只是问题的一个方面,我们还必须审慎地注意到另一面。第一,新诗批评者和选家,尤其是民国时期,多是正在从事新诗倡导、实践的诗人,例如胡适、刘半农、俞平伯、康白情、周作人等,他们思考更多的还是白话如何为诗的问题,他们的诗学观念还在探索中,还想象不出理想的新诗范型,还无法与当时的文坛、诗坛拉开必要的审视距离,无法以冷静超然态度批评作品,只能以自己还不够成熟、不够完善的新诗观念批评新诗创作,编选新诗作品,他们所推举的作品只是符合他们当时的新诗理念,达到他们那时所想象的优秀新诗的水准,其中一些作品诗性平平,不具有经典品格,例如《人力车夫》、《相隔一层纸》、《学徒苦》等。第二,他们往往隶属于某个文学社团,认同某种创作潮流,在取舍作品时常常无法跳出文学小圈子,这不利于经典的遴选。草川未雨,实名张秀中,是海音社成员,1929年该诗社所属海音书局出版了他的新诗史著《中国新诗坛的昨日今日和明日》。他完全站在拔高海音社诗歌的立场上,一方面批评否定《尝试集》、《女神》、《蕙的风》、《繁星》、《春水》等诗集;另一方面又不惜篇幅拔高海音社诗歌,设专节叙述、肯定名不见经传的谢采江的诗集《野火》和海音社的"短歌丛书",肯定他自己的诗集《动的宇宙》等,失去了史家应有的尊重历史、尊重艺术的起码立场。闻一多的《现代诗抄》也未逃出本位主义陷阱,收录了新月派徐志摩、闻一多、饶孟侃、朱湘、孙大雨、邵洵美、林徽音、陈梦家、方玮德、梁镇等一大批诗人的作品,且排在选本最前面,以示其重要性。其中徐志摩13首,是收录作品最多的诗人,排在前几位的还有陈梦家10首,闻一多9首,西南联大闻一多的学生穆旦11首;而郭沫若只有6首,戴望舒3首,早期诗人胡适、周作人、刘半农、康白情、李金发等一首也未收,个人诗学观念和本位立场影响了他对诗歌的取舍。闻一多的诗坛地位,无形的话语霸权,决定了其选本具有较大的影响力,而其选诗的偏至性则不利于新诗经典的呈现。第三,专家控制着批评话语权,按自己的好恶编辑选本,普通大众读者的权利无形中被剥夺。经典必须具有雅俗共赏的特点,经得起大众读者的阅读检验,符合大众审美意识与趣味,换言之,大众读者应参与经典的遴选。然而,现代新诗批评与选本是专家意识与口味的反映,他们按照自己的标准代替大众读者选诗,或者说强行向大众读者推荐作品,甚至以教学的方式规定哪些作品是新诗经典,规定哪些选本、哪些作品属于必读书,要求学生阅读乃至背诵,专家借助于外在力量控制着大众读者的阅读取向,相当程度上剥夺了大众读者选择的权利,他们所遴选出来的不少作品,诸如李金发的《弃妇》、卞之琳的《鱼化石》、穆旦的《诗八首》等,专业读者很难读懂它们,何况大众读者呢? 所以它们是否能成为超越时空的经典,还需打一个问号。

　　近百年新诗批评、选本和文学史著为主体所推动的经典化历程,是在由社会现实、历史文化、流行时尚、文学理想、审美趣味以及新诗创作潮流等多重因素所共同构成的场域中展开的。这个场域相当复杂,浮躁,变动不居,影响着新诗的传播与接受。启蒙、救亡与革命是20世纪中国最大的主题,构成文学传播与接受场域中最核心的力量,其消长相当程度上决定着场域的变化,决定着对新诗的取舍与艺术价值评判。启蒙话语占主导地位的时期,表现个性解放、生命自由主题的作品受到青睐,如《小河》、《天狗》、《雪花的快乐》、《教我如何不想她》等,被指认、阐释成为新诗经典;救亡话语压倒一切的年代,解放、救亡及相关主题的诗歌受到重视,如郭沫若的《抗战颂》、杨骚的《我们》、田间的《给战斗者》、艾青的《雪落在中国的土地上》、戴望舒的《我用残损的手掌》等受到重视,广为传播;革命话语凸显的时代,殷夫的《血字》、蒲风的《茫茫夜》、蒋光慈的《新梦》、郭沫若的《前茅》、闻一多的《洗衣歌》、李季的《王贵与李香香》等被确认为时代经典。总体而言,从1920年代起,随着时代的交替、场域核心力量的消长,传播接受场域的基本风貌和性质也随之变化,致使不同时代遴选、阐释出了不同的经典诗人、诗作;后一个时代所认可的经典往往与前一个时代的经典有很大的不同,甚至在主题与诗美上都是对前一时代经典的否定。就是说,现代诗歌经典化的历史不是一个沿着前代逻辑、遵循相同的诗美原则以遴选塑造诗歌经典的过程,而是频繁中断既有的阐释思路,不断另起炉灶,不断推出新的经典,缺乏较长的相对稳定的沉积期,这无疑不利于新诗经典的沉淀。所以,近一个世纪里被各个时代共同认可的经典诗歌其实很少,例如《凤凰涅槃》、《再别康桥》、《雨巷》、《断章》这些从1980年代后期以来就被读者高度认可的新诗经典,在民国时期却并不受欢迎,那时的文学选本很少收录它们。

中国是一个传统文化深厚的国度,作用于新诗传播接受与经典化的不只是现实层面的话语,如上述启蒙、救亡与革命,而且还有传统话语,且二者往往无形中结合在一起形成合力发生作用,这是一个重要特点。例如,中国古代民为邦本思想,进入20世纪后与启蒙和革命主题相结合,致使劳工神圣、大众化等成为一个世纪里绵延不绝的文学潮流,影响着新诗批评、选本与文学史叙述走向,使书写底层民众生活的现实主义诗作常被青睐,化为经典。从理论上说,这没有问题,古今中外许多经典诗篇就是书写底层人民苦难的现实主义作品,然而事实上在一些时期存在着只看劳工题材和主题而不重视诗艺的倾向,或者说降低了对这类主题作品的艺术要求,使它们获得了更多的传播接受与经典化的机会。胡适的《人力车夫》是一首胡适自己并不满意的作品,在增订四版中被删除,从诗美层面看乃平庸之作,然而笔者统计从1920年至今的收录了胡适诗歌的218个诗歌选本,《人力车夫》竟然是入选率最高的诗作,共有47个选本收录该诗①,这无疑与该诗所表达的劳工主题有着直接关系;《大堰河——我的保姆》因其表现了对底层农妇的深情而被长期以来各类选本和文学史著高度认可②,推为经典,其实这首散文化的诗歌,由"在……之后"、"你的……"、"我……"、"她……"、"大堰河……"、"同着……"、"呈给……"等句式所构成的大量排比句叙事抒情,靠真情与主题打动人,但诗句过于口语散文化,一览无余,失去了汉语诗歌的含蓄与凝练,其诗意并不如一些专家所言那么浓烈,称得上中等资质的作品,但不属于诗美意义上的精品;刘半农的《相隔一层纸》、刘大白的《卖布谣》、臧克家的《泥土的歌》等亦属此类作品。再如,中国传统诗学中的功利主义观念,与20世纪"为人生"话语、社会革命话语结合在一起,致使那些书写现实革命主题的诗歌,受到更多眷顾,例如蒋光慈的《新梦》、殷夫的《别了,哥哥》、田间的《给战斗者》、袁水

---

① 方长安《新诗传播与构建》,北京:中国社会科学出版社,2012年,第83页。
② 方长安《新诗传播与构建》,北京:中国社会科学出版社,2012年,第182—190页。

拍的《马凡陀的山歌》等被多数时期的选本收录，被不同版本的文学史著指认为新诗史上的重要作品，经由阐释、传播，令人耳熟能详，成为了新诗"经典"，但事实上其中不少作品不属于艺术上乘之作。又如，中国是一个诗教传统深厚的国家，进入现代社会后，诗教的实施途径主要被学校教育所取代，于是编写供学生使用的选本与文学史教材成为重要现象；但进入1950年代后，选本与文学史教材编撰被统一性大纲所规约，那些不符合"人民文学"创造要求的诗人诗作，如胡适、周作人、李金发、戴望舒、穆旦等诗人及其诗作就被删除或批判，郭沫若、刘半农、刘大白、殷夫、朱自清、蒋光慈、臧克家、蒲风等人那些有助于新中国文学话语建构的诗歌，则受到重视，新诗史地位不断提升，成为一代又一代青年学生心中的经典。诚然，以统一性大纲取舍作品，向学生推介作品，这符合学校教书育人的特点，合情合理，以这种方式所遴选塑造出的经典有些确实是艺术精品，但以统一性大纲取舍作品也会抑制或抬高某些作品，所以那些选本和教材所推崇的新诗也不乏艺术平庸之作。进入1990年代以后，新诗选本与文学史著更是泛滥成灾，不少编选者、编撰者或因缺乏足够的鉴赏力，或因懒惰东鳞西爪地照抄他人选本与史著，向读者推介了一些艺术性不足的平庸作品，而一些大众读者正是阅读这类粗制滥造的选本和史著而形成自己的审美趣味的，这样他们的审美境界往往不高，无法辨识诗之优劣，这对于新诗经典化是一种负面现象，不利于真正优秀诗作的传播与接受。

批评、选本和文学史著作为现代诗歌传播与接受的三重向度，确实有力地推进了新诗的经典化，为不同时代遴选出了新诗经典；但如上所言，专家视野、变动不居的传播接受场域，以及外在话语的参与，致使新诗的经典化历程中存在着一些问题，使所遴选阐释

出的某些经典作品的经典性并不完全可靠。今天，我们应同情性
地理解近百年里现代诗歌经典化历程，反思性地审视被批评、选本
和文学史著所指认的那些新诗经典，并充分意识到现代诗歌经典
化只是一个刚刚展开的开放性的历史过程。

# 对新诗建构与发展问题的思考

## ——《新诗年选(一九一九年)》的
## 现代诗学立场与诗歌史价值

### 方长安

新诗发生于 1917 年前后,到 1922 年已有五六年的历史,这期间胡适、周作人、刘半农、沈尹默、俞平伯、郭沫若等在创作和理论上积极拓荒耕耘,《新青年》、《新潮》、《少年中国》、《晨报副刊》、《学灯》等报纸杂志不断推出新诗作品和理论文章,白话是否可以为诗的问题解决了,白话自由体诗歌获得了存在的合法性;然而,新诗如何进一步发展的问题,也不断凸显出来,诸如新诗应追求怎样的内外在诗美品格,应置重怎样的写作方法,在自觉借鉴外国诗歌经验的同时应如何处理与民族传统诗歌的关系等等。1922 年,上海亚东图书馆出版了北社编辑的《新诗年选(一九一九年)》,朱自清后来认为,《新诗年选(一九一九年)》之前出版的两个选本即《新诗集(第一编)》、《分类白话诗选》,"大约只是杂凑而成,说不上'选'字;难怪当时没人提及",相比而言,《新诗年选(一九一九年)》"就像样得多了"①;阿英也曾说:

---

① 朱自清《中国新文学大系·诗集·选诗杂记》,上海良友图书印刷公司 1936 年版,第 15 页。

"中国新诗之有年选,迄今日为止,也可谓始于此,终于此。"①
那他们为何如此看重该选本? 换言之,《新诗年选(一九一九
年)》是如何选诗的,其编选体现出怎样的诗学主张和立场?
它们对于解决当时诗坛问题和推进新诗发展的价值、意义
何在?

一

　　《新诗年选(一九一九年)》是北社编辑的,北社成立于1920
年,是一个热衷于新诗事业的同人团体,其成员由诗人和读者构
成,他们读诗,写诗,不断思考新诗发展建构问题,并以孔子删诗典
故相激励,编选新诗,"以饷同好"②。古今中外的选家,费尽心力
编选集子,或为后世留存经典,或为当下读者提供阅读范文,或为
学校提供教材;北社的意愿很明确,就是与关心新诗创作的同人们
分享新诗作品,为同人们欣赏乃至创作新诗提供可资借鉴的文本,
目的不是要遴选流传百世的经典,而是以选本展示几年来的创作
实绩,继往以开来,促进新诗自身建构与发展。
　　他们是如何围绕这一目的编选新诗的呢? 1917—1919 年新
诗人很多,诗歌数量很大,各种倾向的作品都有,艺术上鱼目混珠。
如何汰选作品对于编选者来说是一个问题,《新诗年选(一九一九
年)》从自己的目的出发,"折衷于主观与客观之间,又略取兼收并
蓄。凡其诗内容为我们赞许的,虽艺术稍次点也收;其不为我们所

---

①阿英《中国新文学大系·史料索引》,上海良友图书印刷公司 1936 年
　版,第 301 页。
②北社编《新诗年选(一九一九年)·弁言》,上海亚东图书馆 1922 年版,
　第 1 页。

赞许,而艺术特好的也收"①。这是他们的选诗原则,意思很明白,
即不管是写实主义、浪漫主义,还是象征主义的诗歌;不管是抒情
的,还是叙事的作品;不管西化的,还是传统的;取折中、兼容的态
度,均收入。所以,选集里有象征主义的《小河》,有浪漫主义的
《天狗》,有写实主义的《湖南的路上》;有说理诗《你莫忘记》,有叙
事诗《卖萝卜的》,有抒情诗《新月与白云》等等,体现、张扬了一种
开放多元的精神。在诗歌取舍上,内容特好艺术稍次点和艺术特
好内容不为他们所赞许的作品都收录,这表明他们并不是完全从
是否优秀的角度遴选作品,意味着有些作品虽然艺术上不够成熟,
但如果代表了一种新的探索发展趋势,具有某种开创性、生长性,
那也选入,以鼓励多重创作倾向自由竞争、发展。

　　作品能否收入选本,对于作者意义很大,1920 年代初新诗还
处在起步发展期,稳定、发展作者队伍很重要。《新诗年选(一九
一九年)》在编选作品时无疑考虑到这一问题:"对于其著者不大
作诗的选得稍宽;对于常作诗的选得严;其有集子行世的选得更
严。"②因人而异,对常写诗的、出版了集子的作者选择标准严,对
不大作诗的则宽。全书收录了 41 位诗人的 89 首诗歌(包括附录
胡适的 7 首诗),覆盖面很大,既有胡适、沈尹默、周作人、康白情、
郭沫若、刘复这些新诗弄潮儿的诗作,也有卜生、五、余捷、寒星、陆
友白这类名不见经传的作者的作品。它既是对那几年新诗整体风
貌的展示,更是试图以选本稳定、建立新诗创作队伍,以选本鼓励
作者们发扬个性,自由创作。

----

①北社编《新诗年选(一九一九年)·弁言》,上海亚东图书馆 1922 年版,
　第 2 页。
②北社编《新诗年选(一九一九年)·弁言》,上海亚东图书馆 1922 年版,
　第 2 页。

　　选本不以遴选精品为目的,那入选作品的整体水平究竟如何呢? 怎样排列它们呢? 对于习惯于排座次论英雄的国人来说,这是一个颇为敏感的尊严问题,但《新诗年选(一九一九年)》编者考虑更多的还是新诗自身的发展问题。"凡选入的诗都认为在水平线以上,不加次第(却不是说凡没选的都不在水平线以上)人名以笔画繁简为序,诗以年月先后为序。"①这段话包含几层意思:一是肯定所有入选作品在水平线以上,就是以言语褒奖入选诗人,鼓励他们继续努力,创作出更多高水平诗歌,同时告诉读者和新诗作者这些诗作可以作为阅读范本和创作时体味与借鉴的样本,即表明经过几年的实验探索,新诗终于有了可以借鉴的对象了;二是说明入选诗人先后位置是以笔画繁简为序,而不是以成就大小为依据排列,既是告诉入选诗人不要纠结于先后排序,排列在后并不意味着水平低,同时也表明新诗坛不是只有几首优秀诗作,而是出现了一批艺术水准较高的作品,表明他们也无意过于凸显少数诗人及其作品,旨在鼓励不同创作倾向的诗人平等竞争;三是特别说明没有入选的作品不意味着艺术水准不高,所以那些落选诗人不要因此气馁,而是应无顾虑地继续从事白话新诗创作。

　　《新诗年选(一九一九年)》编者的主体意识鲜明,在编选中,不断彰显自己的诗学观,不断发出声音:"为便于同好的观摩起见,偶有删节的地方,对于原著者不能不道歉! 但改写却是没有的;我们也不敢,除非印刷上有错落。"②他们虽鼓励艺术上多元发展,虽然说"道歉"、"不敢",但还是大胆地为"同好"而"删节"诗歌,删

───────────────

① 北社编《新诗年选(一九一九年)·弁言》,上海亚东图书馆 1922 年版,第 2 页。
② 北社编《新诗年选(一九一九年)·弁言》,上海亚东图书馆 1922 年版,第 3 页。

节的标准自然是他们自己的,而不是"同好"的,这其实某种程度上是对作者和"同好"的不够尊重。何以如此为之? 我以为其目的是试图以删节诗歌彰显诗学立场与主张,以引导新诗坛的发展。他们不只是借删节诗歌的方式发出声音,更主要的则是以批评话语表述自己的诗学观:"偶有批评,只发表读者个人的印象,不强人以从同。本社同人也不负共同的责任;但相对的责任却是敢负的。"①这段话看似柔和,实则强硬,立场鲜明,就是要借批评负相对的责任。如何批评呢?《新诗年选(一九一九年)》诗后时有评语、案语,案语署名编者,据考证编者是"康白情以及应修人等一批年轻的新诗人"②;评语署名愚盦、粟如、溟泠、飞鸿等四位,其中愚盦点评最多,特点最突出,最具代表性,据考察愚盦"当是康白情先生"③,其他三位则"大概是参与编选的湖畔社诗人"④,编评者是同一批人,即新潮社的康白情和湖畔诗社的应修人等。他们是五四诗歌的参与者、创作者,对新诗有较为深刻的理解,对新诗坛状况非常熟悉,对感兴趣的诗歌予以点评,旨在张扬那些诗歌所包蕴的诗歌美学,阐扬、鼓励某种创作倾向,回答新诗发展所面临的问题。选与评相结合,批评阐发、揭示所选诗歌内在的价值与意义,诗作则印证点评,二者相得益彰,形成一种合力,从而负"相对的责任"。

---

①北社编《新诗年选(一九一九年)·弁言》,上海亚东图书馆1922年版,第3页。
②姜涛《"选本"之中的读者眼光》,《江汉大学学报》(人文科学版)2005年第3期。
③《中国新文学大系·诗集·选诗杂记》,上海良友图书印刷公司1935年版,第15页。
④姜涛《"选本"之中的读者眼光》,《江汉大学学报》(人文科学版)2005年第3期。

　　总之,《新诗年选(一九一九年)》的编选原则、策略是与对新诗发展问题的思考联系在一起的,目的性很明确,就是以之选诗、评诗,张扬诗学主张与立场,解答新诗坛所面临的问题,以引领新诗创作走出困境,继续发展。

二

　　编选新诗集,在 20 年代初是一个与现代诗学建构、创作走向等密切相关的问题。选哪些诗人的诗作,不选哪些诗人的诗作,涉及对新诗的总体认知与评价;如何编排选取的诗歌,涉及的也是诗歌评价的标准问题。在《新诗年选(一九一九年)》之前的《新诗集(第一编)》开分类选诗、排诗之先河,建构起白话新诗选本的最初模式。它将新诗分为四类——写实、写景、写意和写情。《吾们为什么要印新诗集?》对四类诗如此定义:写实类"都是描摹社会上种种现象";写景类"都是描摹自然界种种景色";写意类"都是含蓄很正确,很高尚的思想";写情类"都是表抒那很优美,很纯洁的情感"①。如此分类编列,不只是为了让读者"翻阅便利"②,而其中实则包含着一种正面的诗歌价值判断:"新诗的价值,有几层可以包括他",那就是"(1)合乎自然的音节,没有规律的束缚;(2)描写自然界和社会上各种真实的现象;(3)发表各个人正确的思想,没有'因词害意'的弊病;(4)表抒各个人优美的情感"③。后三点对

①《新诗集(第一编)·吾们为什么要印新诗集?》,上海新诗社出版部 1920 年版,第 3 页。
②《新诗集(第一编)·吾们为什么要印新诗集?》,上海新诗社出版部 1920 年版,第 2 页。
③《新诗集(第一编)·吾们为什么要印新诗集?》,上海新诗社出版部 1920 年版,第 1 页。

应的就是写景、写实、写意和写情,如此看来,《新诗集(第一编)》是以"新诗的价值"为尺度编排新诗的,分类的编选体例体现乃至彰显了编者对新诗价值的总体认知。后来许德邻的《分类白话诗选》步武了《新诗集(第一编)》的分类体例,"至于分门别类的编制,原不是我的初心。因为热心提倡新诗的诸君子,却好有这一个模范,我就学着步武,表示我'同声相应'的诚意"①。

那么,这种分类编诗的方法、体例是否科学,它所彰显的诗学观念是否有利于新诗发展?从两个选本看,它们确实相当程度上囊括了最初几年的新诗,给人以简洁明快之感;但问题也很突出。一是这四类并不能涵括所有的作品,致使有些诗歌只能编入与自己特征不相符的类别中,例如周作人的《小河》是一首象征主义作品,在《新诗集(第一编)》中却收入写景类,这是一种误读;《两个扫雪的人》也属于象征主义倾向的诗歌,在两个选本中都被收入写实类,这不仅与对新诗的理解相关,恐怕更与四类本身的局限有关。二是一些诗歌具有多重特征,诸如写实写意无法绝然分开、写景抒情合二为一的特点等,对它们进行分类很困难,强行归入某类则对读者阅读理解是一种误导,如《一念》、《威权》、《耕牛》、《四月二十五日夜》、《鸡鸣》、《爱情》等10首诗歌同时入选了两个选本,却被归入不同的类别中,细究起来都有道理,出现如此情形显然不是编者鉴赏眼光问题,而是很多诗有多重特点,可以归入不同类别。三是分类编列体例,将四类诗歌作为范本加以肯定,特别张扬写实、说理诗歌,这在"五四"语境中有其合理性;但从诗歌层面看则存在着隐患:首先它在以题材分类诗歌的时候表现出鲜明的价值判断,容易导致以

①许德邻《白话诗选自序》,上海崇文书局1920年版,第4页。

题材取舍作品,以题材决定诗歌的优劣,陷入题材决定论的误区;其次,它在高扬写实、写景、写意和写情的同时,对不能纳入这几类创作倾向与风格的作品是一种压制,譬如象征主义、表现主义等创作思潮自然会被压抑,这样无形中便压缩了新诗探索的空间,限制了新诗的自由发展,与五四张扬个性、自由发展的精神相违背;再次,容易导致诗人和读者对诗性问题的忽视,对于诗人来说,诗意、诗性才是创作中应自觉追求的东西,至于写什么并不是关键问题。

　　上述《新诗集(一九一九年)》、《分类白话诗选》分类编选诗歌所置重的写实、抒情、说理等观念,是五四初期诗坛所张扬的正面理念。陈独秀在《文学革命论》中倡导"平易的抒情的国民文学"、"新鲜的立诚的写实文学"、"明了的通俗的社会文学"①;胡适在《谈新诗》中曰:"就是写景的诗,也须有解放了的诗体,方才可以有写实的描写"②,认为"凡是好诗,都是具体的;越偏向具体的,越有诗意诗味"③。写实说理成为一种普遍现象,成为早期白话诗歌的共同特点,关注现实为人生是其优点;但另一方面又过于粘连于现实,缺乏想象,平铺直叙,以至于诗意不足。

　　正是在这样的语境下,《新诗年选(一九一九年)》反思并突破了分类编选的体例,以笔画繁简和发表年月先后为序编录诗人诗作,这种突破是以相应的诗学观念为基础的:"我们觉得诗是很不

---

①陈独秀《文学革命论》,《中国新文学大系·建设理论集》,上海良友图书印刷公司 1935 年版,第 44 页。

②胡适《谈新诗》,《中国新文学大系·建设理论集》,上海良友图书印刷公司 1935 年版,第 297 页。

③胡适《谈新诗》,《中国新文学大系·建设理论集》,上海良友图书印刷公司 1935 年版,第 308 页。

容易分类的。"①这句话看似平淡,其实强调了"诗"的特点与独立性。分类是阅读后的行为,是一种判断,《新诗年选(一九一九年)》以诗人为单位收录诗歌,不分类,也就是没有替读者做类型判断,对读者是一种尊重;不分类,给所有风格的作品收录的机会,特别是给那些无法归入四类的其他倾向的作品以机会,能更完整地展示初期诗歌面貌与成绩;不分类,破除了先在的价值判断与引导,也就是消除了分类对于诗人创作探索的无形压制,给新诗实验以更大的自由度,对不同倾向的诗歌探索是一种解放与激励,展现的是一个更为开阔的创作空间;不分类,意味着对新诗评价标准的反思,即反对潜在的题材决定论,要求回到诗性维度上评说诗歌,衡量诗歌的优劣,从诗性维度上规范新诗创作方向。

　　纵观新诗选本史,《新诗年选(一九一九年)》之后,很少再有选本以写实、写景、写意和写情分类选诗了,最初分类编诗的模式被突破,"分类白话诗选"所体现的诗学原则被扬弃,新诗创作也逐渐摆脱了写实、说理的束缚,走出了平铺直叙的创作范式,浪漫主义尤其是象征主义等新倾向的诗歌获得了生存的合法空间,得到了较为充分的发展。所以,从新诗发展史的角度看,《新诗年选(一九一九年)》对于改变早期新诗创作过于粘连于现实的倾向,对于推进白话新诗以诗美为中心的多元发展,具有重要的价值与意义。

# 三

　　初期白话诗人大都是外国诗歌译者,他们以创作的态度翻译

---

①北社编《新诗年选(一九一九年)·弁言》,上海亚东图书馆1922年版,第1页。

诗歌,且心安理得地将译诗看成是自己的作品。周作人曾谈到希腊诗歌翻译问题,认为"口语作诗,不能用五七言,也不必定要押韵;止要照呼吸的长短作句便好。现在所译的歌,就用此法,且来试试;这就是我的所谓'自由诗'"①。他将翻译视为创作,将译诗看成自己的新诗。胡适也是一边实验白话新诗,一边译诗,《新青年》4 卷 4 号刊发了他的译诗《老洛伯》,6 卷 3 号发表了他翻译的美国诗人 S. Teasdale 的 Over the Roofs,译为《关不住了》。在《尝试集·再版自序》中,他将包括这两首译诗在内的十四首诗称为自己的"白话新诗",并曰"《关不住了》一首是我的'新诗'成立的纪元"②。译诗等于创作是初期白话诗坛的共识,以至于最初的两本志在展示白话新诗创作成就的选本毫不犹豫地大量收录译诗。《新诗集(第一编)》是中国第一部新诗选集,收录了吴统续翻译的《罗威尔(Lowell)的诗》、孙祖宏翻译 Southey 的《穷人的怨恨》、王统照翻译 Helen Uneer wood Hoyt 的《山居》、郭沫若翻译 W. Whit-mau 的《从那滚滚大洋的群众里》,以及王统照翻译的《荫》等诗歌。稍晚出版的《分类白话诗选》收录译诗更多,如郭沫若翻译歌德的《暮色垂空》、《感情之万能》,刘半农翻译泰戈尔的《海滨》,田汉翻译吕斯璧的《一个大工业中心地》、《最后的请愿》、《骂教会》,吴统续翻译的《罗威尔(Lowell)的诗》,孙祖宏翻译 Southey 的《穷人的怨恨》,黄仲苏翻译的《太戈尔的诗六首》、《太戈尔诗十六首》,S. Z 翻译 S. M. Hagemen 的《不过》、C. Swain 的《赠君蔷薇》和 A. Webster 的《两个女子》,胡适翻译 S. Teasdale 的《关不住了》,蔚南翻译泰戈尔的《云与波》,胡适翻译莪默·伽亚谟的《希望》等,

---

① 周作人《古诗今译》,《新青年》1918 年第 4 卷第 2 号。
② 胡适《尝试集·再版自序》,《中国新文学大系·建设理论集》,上海文艺出版社 2003 年影印,第 315 页。

总共竟达 36 首,极为醒目。

将译诗视为自己的白话新诗作品,我想主要原因,一是以诗歌是不能翻译的观念为认识前提,将翻译看着创作,也就是高度肯定译者的创造性劳动;二是以外国诗歌尤其是西洋诗歌支持中国的白话新诗运动,赋予中国的诗歌革命和白话新诗创作以世界潮流性、进步性,也就是赋予中国白话新诗存在的合法性。然而,这样的认识,也存在着隐患,那就是表面上是将外国译诗看成中国诗歌,甚至不惜冒侵犯版权之名,但事实上因为是借外国诗歌以证明中国新诗革命的合法性,拉大旗作虎皮,所以实际上暗含着中国白话新诗的不自信,其隐患就是肯定那时中国诗歌一味地去民族化倾向,忘记自己还有几千年悠久的诗歌传统,肯定那时诗坛盲目地向国外诗歌学习的倾向,其结果将是使白话新诗逐渐失去民族诗歌个性,失去民族文化神韵。

《新诗年选(一九一九年)》问世于如此诗坛背景,针对上述情况,其编辑思路相比于《新诗集(一九一九年)》和《分类白话诗选》作了相应的调整,呈现出两大特点。一是只选 1919 年及其前几年中国白话诗人自己原创的新诗,不收录译诗。这一现象只有与此前两个选本相对照,放在当时极度重视外国诗歌的诗坛语境中才能认识到其重要性,即它昭示了编者对诗坛将译诗视为创作之观念的不满,对胡适将《关不住了》视为自己新诗成立的纪元的不认可,昭示了编者心中新的诗学观念即中国新诗只能是中国诗人自己原创的作品,只能是以深切的中国经验、中国感受写作的反映中国主体生活与情绪的作品。所以,该选本特别青睐那些具有中国独特标志性的文本,例如偎工的《湖南的路上》、五的《游京都圆山公园》、胡适的《你莫忘记》、康白情的《暮登泰山西望》、罗家伦的《天安门前的冬夜》等诗歌。换言之,《新诗年选(一九一九年)》自觉地以选什么不选什么的方式,纠正了当时诗坛流行的视译诗为新诗的诗歌观念,引导白话新诗写作回到了民族原创的轨道。

　　二是针对当时诗坛一味西化、不重视中国传统旧诗的普遍现象,《新诗年选(一九一九年)》以点评形式,突出了旧诗对于新诗创作发展的价值与意义。胡适曾认为新潮社的康白情等都是"从词曲里变化出来的,故他们初做的新诗都带着词或曲的意味音节"①。传统词曲功底深厚是他们创作新诗、看重旧诗的基础。《新诗年选(一九一九年)·弁言》曰:"自从孔子删诗,为诗选之祖,而我们得从二千年后,读其诗想见二千年前的社会情形。中国新文学自五四运动后而大昌,凡一切制度文物都得要随世界潮流激变;今人要采风,后人要考古,都有赖乎征诗。"②这是以孔子删诗结集的典故说明他们编选新诗集的必要性与目的。

　　以什么方式置重旧诗呢?《新诗年选(一九一九年)》的主要做法是以旧诗为视角审视新诗,以旧诗为标杆谈论新诗成就,旧诗是他们言说的主要资源,也是他们品评作品成绩的重要尺度。溟泠点评傅斯年的《嗐们一伙儿》时说:"《九歌》里有两句说,'春兰兮秋菊,长无绝兮终古',可以说异曲而同工。"③这是以旧诗抬高新诗。愚菴称誉玄庐的《忙煞! 苦煞! 快活煞!》时认为它"带乐府调子"④;而《想》则有《诗经》的特点,认为"读明白《周南》的《芣

---

①胡适《谈新诗》,《中国新文学大系·建设理论集》,上海良友图书印刷公司1935年版,第301页。

②北社编《新诗年选(一九一九年)·弁言》,上海亚东图书馆1922年版,第1页。

③北社编《新诗年选(一九一九年)》,上海亚东图书馆1922年版,第190页。

④北社编《新诗年选(一九一九年)》,上海亚东图书馆1922年版,第31页。

苢》，就认得这首诗的好处了"①，提醒读者从乐府、《诗经》角度理解这些新诗作品。康白情的诗歌收录了《草儿在前》、《女工之歌》、《暮登泰山西望》、《日观峰看浴日》4 首，愚菴认为，"康白情的诗温柔敦厚，大概得力于《诗经》。其在艺术上传统的成分最多，所以最容易成风气。"②这里说得非常清楚，认为其艺术上中国传统成分最多，且有《诗经》温柔敦厚风格，喜爱之情溢于言表。在他们眼中，"凡选入的诗都认为在水平线以上"③，就是说《想》、《草儿在前》这些作品在水平线以上，收录它们，其实是肯定白话新诗创作的《诗经》路线，肯定传统温柔敦厚美学对于新诗写作的正面价值。胡适曾主张新诗创作向词学习，以词为重要借鉴对象，愚菴在点评俞平伯的《风的话》等诗时说："俞平伯的诗旖旎缠绵，大概得力于词。"④这是对胡适之观念的呼应，对词对新诗创作借鉴价值的承认，同时也是对旖旎缠绵风格的肯定。愚菴也许受胡适影响，特别认可沈尹默的《三弦》。胡适曾说："新体诗中也有用旧体诗词的音节方法来做的。最有功效的例是沈尹默君的'三弦'"，"这首诗从见解意境上和音节上看来，都可算是新诗中一首最完全的诗。"⑤愚菴如此点评《三弦》："这首诗最艺术的地方，在'旁边有一段低低的土墙，挡住了个弹三弦的人，却不能隔断那三弦鼓荡的声浪'一句里的音节。三十二个字里有两个重唇音的双

---

①北社编《新诗年选（一九一九年）》，上海亚东图书馆 1922 年版，第 29 页。
②北社编《新诗年选（一九一九年）》，上海亚东图书馆 1922 年版，第 154—155 页。
③北社同人《新诗年选（一九一九年）·弁言》，上海亚东图书馆 1922 年版，第 2 页。
④北社编《新诗年选（一九一九年）》，上海亚东图书馆 1922 年版，第 109 页。
⑤胡适《谈新诗》，《中国新文学大系·建设理论集》，上海良友图书印刷公司1935 年版，第 303 页。

声,十一个舌头音的双声,八个元韵的叠韵,五个阳韵的叠韵,错综成文,读来直像三弦鼓荡的一样。据说'低低的'三个字是有意用的。"①这明显受到了胡适的影响,肯定了旧诗双声叠韵方法对于新诗和谐音节的价值与意义,选录并高度评价《三弦》的音节艺术,就是肯定、倡导向旧诗学习,以之作为新诗实验探索的重要路径。

　　一方面不收录外国诗歌;另一方面以中国传统诗歌为视野阅读早期白话新诗,从旧诗艺术角度肯定新诗成就,体现了《新诗年选(一九一九年)》编者当时的良苦用心,即向那时诗坛同仁、新诗作者和广大读者表明中国现代白话诗创作不能一味地西化,不能偏至地以西方诗歌为衡量中国新诗水准的尺度,应高度重视民族诗歌传统,自信地从几千年民族诗歌智库中获取资源。对译诗和民族传统诗歌的这种态度,不仅有助于读者和诗人走出中外诗歌关系认识上的误区,帮助新诗坛建立自信心;从诗歌史的角度看,对民族传统诗歌的置重,作为一种正面价值回荡在新诗天际,1930年代戴望舒、林庚、废名等对旧诗经验的重视和化用与之不无关系,甚至可以说一个世纪以来新诗理论探索与创作实践始终没有真正切断与传统诗歌的关系,与《新诗年选(一九一九年)》所开创的重视旧诗的传统有着深刻的关系。

# 四

　　经过几年的实验探索,白话是否可以为诗的问题解决后,新诗自身建构与发展问题,诸如新诗应具有怎样的内在品格,书写与表达怎样的情怀,以什么方法写诗,新诗应具有怎样的审美风格等等,作为核心问题摆在了诗人面前。《新诗年选(一九一九年)》编

---

①北社编《新诗年选(一九一九年)》,上海亚东图书馆1922年版,第54页。

者通过编评新诗，回答了这些问题。在他们看来，新诗应具有 20
世纪气度，书写与彰显人类现代文明，以之为内在品格。现代文明
的代表者何在？愚菴在评胡适的《上山》时写道："适之的诗，形式
上已自成一格，而意境大带美国风。美国风是什么？就是看来毫
不用心，而自具一种有以异乎人的美。近代人过于深思，其反动为
不假思索。美国文明自是时代的精神"①。在他看来，"美国风"具
有独特的美，美国文明就是 20 世纪现代文明，胡适的《上山》意境
上大带"美国风"，表现了美国文明即现代文明，所以精神风骨上
属于 20 世纪品格的诗歌，白话新诗在情感空间建构上，应走《上
山》的路线，张扬现代自我超越意识。

　　新旧文明的一个重要区别，体现在对女性的态度上。传统
中国是一个典型的男权社会，女性是男子的附属品，中国旧诗表
达的主要是男性的喜怒哀乐，对女性的歌吟、欣赏随着历史的演
变，自《诗经》以降少之又少。现代文明是一种尊重女性、欣赏女
性的文明，因此 20 世纪新诗应该是一种关注女性生存、欣赏女
性美的诗歌，这是《新诗年选（一九一九年）》编者的共识，愚菴
借评傅彦长的《回想》、《女神》将这种观念表达得淋漓尽致。在
他看来，文艺复兴以后的文明，就是希腊文明的近代化，而"希腊
文明的菁华在性的道德少拘束，而于物质美上尤注重裸体美"②。
光明磊落地鉴赏人体，不遮掩，不猥亵，不以虚伪的伦理道德束
缚人的自然美，这是一种绝对不同于中国传统男女授受不亲观
念的美学态度。他以此审视当时中国思想文化界，发现"近几年
来的新文化运动，尽管以中国文艺复兴相标榜，却孜孜于求文字

①北社编《新诗年选（一九一九年）》，上海亚东图书馆 1922 年版，第 130—
　131 页。
②北社编《新诗年选（一九一九年）》，上海亚东图书馆 1922 年版，第 182 页。

枝节的西方化而忽略西洋文明的菁华"①,对舍本求末的所谓西化不满,对新文化运动中无视西洋文明精华的倾向不满。关注裸体美,歌吟女性身体,是他阅读批评中国诗歌时所持的重要的美学立场:"中国诗咏叹女性物质美的,'三百篇'以后,只六朝人偶然有几首。唐宋以来,可谓入黑暗时代,实为社会凋敝的主因。"②这是一种颇有见地的思想,他肯定了《诗经》对女性的书写,认为其后自然的审美风范受到压制,六朝时还有几首赞美女性的作品,进入唐宋情况则大变,步入文学的"黑暗时代",这是从希腊文明的角度审视唐宋文学所得出的新观点。当然,愚菴所着眼的是新诗:"新诗人果有志于文艺复兴运动,不可不着眼此点。傅彦长的诗,只见《回想》和《女神》两首,仿佛都具鼓吹希腊文明的意思,这是很可喜的。"③新诗人自胡适始,以中国的文艺复兴为己任,既如此,就"不可不着眼此点",即着眼于引进近代化的希腊文明精华,注重裸体美,大胆地赞美女性身体,这是 20 世纪新诗应具有的一种现代品格。

　　《新诗年选(一九一九年)》在强调新诗应具有 20 世纪品格,应歌吟女性美以彰显现代文明的同时,倡导兼容并包的现代文学精神,要求新诗建构具有融通中外、多元融合的现代气度。周作人的《小河》被胡适称为"新诗中的第一首杰作"④,《新诗年选(一九一九年)》收入该诗,愚菴对它作如此点评:"两年来的新

---

① 北社编《新诗年选(一九一九年)》,上海亚东图书馆 1922 年版,第 182 页。
② 北社编《新诗年选(一九一九年)》,上海亚东图书馆 1922 年版,第 182 页。
③ 北社编《新诗年选(一九一九年)》,上海亚东图书馆 1922 年版,第 182—183 页。
④ 胡适《谈新诗》,《中国新文学大系·建设理论集》,上海良友图书印刷公司 1935 年版,第 295 页。

诗,如胡适、傅斯年、康白情他们的东西,翻过日本去的颇不少。这首诗也给翻成日本文,登在《新村》上,颇受鉴赏家的称道。他的诗意,是非传统的;而其笔墨的谨严,却正不亚于杜甫、韩愈。不是说外国人看做好的就是好的,正说他在中国诗里也该是杰作呵。"①显然,他是在倡导一种中西融合的诗风。该诗前面有一段诗人小引,曰:"有人问我这诗是什么体,连自己也回答不出。法国波特莱尔(Baudelaire)提倡起来的散文诗,略略相像,不过他是用散文格式,现在却一行一行的分写了。内容大致仿欧洲的俗歌;俗歌本来最要叶韵,现在却无韵。或者算不得诗,也未可知;但这是没有什么关系。"体式对于当时诗坛来说很重要,该诗体受波特莱尔影响无疑,但分行了,内容仿欧洲俗歌,但不叶韵。就是说,它受西方诗歌影响,但又不拘泥西方格式,是一种留有西方印迹的自由体诗歌。它的诗意被愚盦理解为非传统的,而"其笔墨的谨严,却正不亚于杜甫、韩愈"。就是说,它既是非传统的,具有西方诗歌审美神韵,因此受到国外鉴赏家的喜欢;同时又传承了中国旧诗笔墨"谨严"的特点,是一首以现代汉语创作的中西诗艺融合的现代自由体诗歌。这正是该诗的魅力所在。《新诗年选(一九一九年)》选入该诗,评说该诗,认为它的出现"新诗乃正式成立"②,其实是在倡导它所体现出的融通中外的散文化自由体诗歌风格。

郭沫若的诗歌收录《三个泛神论者》、《天狗》、《死的诱惑》、《新月与白云》、《雪朝》五首,既有豪放粗犷之歌,也有柔和温婉的低吟,选者无疑注意到了审美风格的多元化。愚盦评道:"郭

①北社编《新诗年选(一九一九年)》,上海亚东图书馆1922年版,第80页。
②《一九一九年诗坛略纪》,《新诗年选(一九一九年)》,上海亚东图书馆1922
　年版,第2页。

沫若的诗笔力雄劲,不拘拘于艺术上的雕虫小技,实在是大方之
家。"①"笔力雄健"是郭沫若诗歌的主体风格,自然应提倡,但愚菴
"更喜欢读他的短东西,直当读屈原的警句一样,更当是我自己作
的一样。沫若的诗富于日本风,我更比之千家元麿。山宫允曾评
元麿的诗,大约说他真挚质朴,恰合他自己的主张;从技巧上看是
幼稚,而一面又正是他的长处;他总从欢喜和同情的真挚质朴的感
情里表现出来;惟以他是散文的,不讲音节,终未免拖沓之弊云云。
我想就将这个评语移评沫若的诗,不知道恰不恰当。不过沫若却
多从悲哀和同情里流露出来,是与元麿不同的"②。神游中日文学
天际,虽看到了郭诗的拖沓幼稚不讲音节的散文特点,但肯定其笔
力"雄健",更推崇其屈原式警句和千家元麿类的"真挚质朴",这
里面就有一种现代审美意识的包容性。在愚菴看来,新诗还处在
起步阶段,实验探索是其生命力所在,各种审美风格的作品都可以
并存。郭沫若曾说:"新诗没有建立出一种形式来,倒正是新诗的
一个很大的成就……不定型正是诗歌的一种新型。"③《新诗年选
(一九一九年)》编者虽有总体性诗美取向,但胸襟开阔,认为中外
融通才是新诗的发展方向。

　　愚菴点评沈尹默的《月夜》"在中国新诗史上,算是第一首散
文诗。其妙处可以意会而不可以言传。"④在《一九一九年诗坛略
纪》中,编者也以为:"第一首散文诗而备具新诗的美德的是沈尹

---

①北社编《新诗年选(一九一九年)》,上海亚东图书馆 1922 年版,第 165 页。
②北社编《新诗年选(一九一九年)》,上海亚东图书馆 1922 年版,第 165—
　166 页。
③郭沫若《开拓新诗歌的路》,《郭沫若论创作》,上海文艺出版社 1983 年版,
　第 280 页。
④北社编《新诗年选(一九一九年)》,上海亚东图书馆 1922 年版,第 52 页。

默的《月夜》。"①第一首散文诗,这是颇高的评价,因为在当时白话诗又被理解为散文诗。那为何说它备具新诗美德呢? 全诗四句:"霜风呼呼的吹着/月光明明的照着/我和一株顶高的树并排立着/却没有靠着。""霜风"、"月光"是传统诗歌意象,使该诗有中国旧诗味道;然而,它又是相当现代的,"我"的出现,"我"的独立意志,改变了诗歌意蕴的传统走向,使传统意象只起到营构境的作用,主体人成为诗歌的核心意象,这就是新诗的重要美德吧。这首诗既有旧诗风味,又具现代风骨,胡适认为"沈尹默君初作的新诗是从古乐府化出来的"②,罗家伦则说它"颇足代表'象征主义'Symbolism"③,就是说,《月夜》是一首具有中西融通特点的现代自由体诗歌。俞平伯曾谈到如何写新诗时就主张:"西洋诗和中国古代近于白话的作品,——三百篇乐府古诗词曲我们都要多读。"④显然,《新诗年选(一九一九年)》编者由沈尹默的《月夜》看到了中国新诗如何融通中西诗艺的一种可能性路径。沈尹默的另一首诗《赤裸裸》,也被收录,胡适认为它是"一篇抽象的议论,故不成为好诗"⑤。但愚菴点评该诗时却说"沈尹默的诗形式质朴而别饶风趣,大有和歌风,在中国似得力于唐人绝句"⑥。二人的尺度显然

①《一九一九年诗坛略纪》,《新诗年选(一九一九年)》,上海亚东图书馆 1922年版,第 2 页。
②胡适《谈新诗》,《中国新文学大系·建设理论集》,上海良友图书印刷公司1935 年版,第 300 页。
③罗家伦《驳胡先骕君的中国文学改良论》,《新潮》1919 年 5 月 1 日第 1 卷第 5 号。
④俞平伯《社会上对于新诗的各种心理观》,《新潮》1919 年 10 月第 2 卷第 1 号。
⑤胡适《谈新诗》,《中国新文学大系·建设理论集》,上海良友图书印刷公司1935 年版,第 310 页。
⑥北社编《新诗年选(一九一九年)》,上海亚东图书馆 1922 年版,第 55 页。

有别,愚菴从中读出了和歌和唐人绝句的风味,肯定其融通中外而形成的"形式质朴"的风格。

　　如何写新诗是那时新诗坛的核心问题,《新诗年选(一九一九年)》编者无疑通过选诗、评诗表达出一种认同,引导一种写作倾向。胡适曾专门谈到做新诗的方法:"我说,诗须要用具体的做法,不可用抽象的说法。凡是好诗,都是具体的;越偏向具体的,越有诗意诗味。凡是好诗,都能使我们脑子里发生一种——或许多种——明显逼人的影像。这便是诗的具体性。"①胡适所言具体写法,其实是中国古诗的写法,后来被西方意象主义所张扬。愚菴特别推崇周作人的《画家》,认为:"这首诗可算首标准的好诗,其艺术在具体的描写。无论唐人的好诗,宋人的好词,元人的好曲,日本人的好和歌俳句,西洋人的好自由行子,都尚这种具体的描写。不过这种质朴的体裁,又是非传统的罢了。这首诗给新诗坛的影响很大。但袭其皮毛而忽其灵魂,失败的似乎颇多。"②以世界文学为背景,倡导"具体的描写"方法,认为它既是传统的,又是现代的,是中国的,又是世界的,是具有经久生命力的诗歌写法,周作人的《画家》因运用了这种"具体的描写",所以是首"标准的好诗"。溟泠评傅斯年的《老头子和小孩子》:"这首诗的好处在给我们一种实感,使我们仿佛身历其境;尤在写出一种动象。艺术上创造力所到的地方,更有前无古人之概。"③它应该说是标准的以"具体的

---

①胡适《谈新诗》,《中国新文学大系·建设理论集》,上海良友图书印刷公司1935年版,第310页。
②北社编《新诗年选(一九一九年)》,上海亚东图书馆1922年版,第86—87页。
③北社编《新诗年选(一九一九年)》,上海亚东图书馆1922年版,第187—188页。

描写"创作的诗歌，"雨"、"蛙鸣"、"绿烟"、"知了"、"蛐蛐"、"溪边"、"流水"、"浪花"、"柳叶"、"风声"、"高粱叶"、"野草"、"野花"、"河崖"等意象繁复，构成一幅水接天连的画面，一个老头和一个小孩立在堤上，"仿佛这世界是他俩的一样"，具体的写法，表现出一种生活的动感、实感，滇泠显然是借此倡导这种写法。

　　《新诗年选（一九一九年）》收录胡适诗歌9首，另附录7首，共16首，几乎都是运用具体描写方法创作的作品，尤其是《江上》、《老鸦》、《看花》、《你莫忘记》等。关于具体描写方法，胡适还认为，"抽象的题目"也可以用"具体的写法"，并以自己的《老鸦》为例，证明其可行①，《新诗年选（一九一九年）》收录《老鸦》，也昭示着对新诗具体描写方法的倡导。1930年代中期，朱自清回顾五四新诗时还专门谈到胡适这一方法，他说："方法，他说须要用具体的做法。这些主张大体上似乎为《新青年》诗人所共信，《新潮》、《少年中国》、《星期评论》，以及文学研究会诸作者，大体上也这般作他们的诗。"②这也表明，《新诗年选（一九一九年）》在新诗观念倡导上既有自己的个性，又反映了新诗坛的主流声音。

　　《新诗年选（一九一九年）》在白话新诗存在合法性问题解决后，适时地对诗艺自身建构、继续发展问题所做的思考与言说，虽然不成系统，也不具备完整的理论体系，甚至有个别相互抵牾的地方，但却为诗坛提供了一种有效的走出困境的方案，尤其是关于新诗必须具备内在的现代文明品格的思想，关于创作走融通中西、多元发展道路的诗学观念，不仅为当时尚处于萌芽状态的不同创作

---

① 胡适《谈新诗》，《中国新文学大系·建设理论集》，上海良友图书印刷公司1935年版，第311页。
② 朱自清《中国新文学大系·诗集·导言》，上海良友图书印刷公司1935年版，第2页。

倾向提供了继续发展的话语依据,使新诗创作获得了自由而开放的空间;而且作为一种精神沉淀为新诗的一种传统,在此后近一个世纪里抵御、弱化着不同形式出现的单一化话语霸权对新诗的制约,使新诗坛时隐时现地激荡着自由探索的精神,从这层意义上说,《新诗年选(一九一九年》在新诗史上具有重要的价值与意义。

# 胡适诗学的接受历史考察

## ——以新旧、中西之争为中心

余蔷薇

胡适的白话诗学是百年中国新诗发展的理论起点。在这个起点上,胡适为文学史呈现的是一种"有什么话,说什么话;话怎样说,就怎样说"的"诗体的大解放"的新诗文体学。他以内容明白清楚,用字自然平实,节奏自然和谐,诗体自由无拘来想象新诗的理想模样。这种模样与旧诗的根本不同,是其语言体系的转换。按照胡适的描述,他以白话作诗的动机,是为了造就"文学的国语"而创造"国语的文学"所必须发起的攻坚战。在胡适看来,造就"国语的文学"的语言资源不外乎来自这样几个方面:古白话、今日用的白话、欧化语、文言的补充①。建立在这些资源基础上的白话新诗,会在不同文化资源的相互角力中,形成新与旧、中与西等问题。这些问题在胡适白话诗学的接受过程中,总是以争论的形式突出地表现出来。新与旧涉及以"白话作诗"取代以"文言作

---

① 参见胡适:《中国新文学大系·建设理论集·导言》,良友图书印刷公司1935年版。

诗"而来的"白话"为诗的合法性和"文言"诗语的生命力问题,以及由旧诗渊源深厚的审美成规与惯例导致的新旧文体学范式的冲突问题。中与西涉及新诗抗衡传统与传承传统的矛盾关系,以及新诗发展道路的民族化与西化取舍问题。由于这些问题所引发的争论所触及的是基于现代汉语的新诗文体学建构的基本问题,所以,在新诗发展的百年道路上,时代文化因素的变化必然会引起不同声调此起彼伏的回响。本文意在从接受视野对胡适诗学争论中关于新旧、中西之争及其历史回响作一基本的梳理。

## 围绕白话诗学的新旧之争

### (一)

在《尝试集》出版以前,胡适在与论敌的论争中逐渐形成其基本的"白话"诗学观。他倡导"作诗如作文",以俗话俗语入诗,清除旧诗根基,从中国诗歌的语言向度上,冲破古典诗歌体系的罗网。这时的论争,集中表现在白话能否入诗,白话诗里可否用文言,以及新旧诗的创作范式问题。

1915年夏到1916年秋,胡适与其留美朋友梅光迪、任鸿隽发生的论辩,以白话能否入诗为讨论核心。胡适主张用白话做一切文学的工具,而梅光迪认为"小说词曲可用白话,诗文则不可",任鸿隽也认为"白话自有白话的用处(如作小说演说等),然不能用之于诗"①。当胡适提出"诗国革命何自始? 要须作诗如作文"时,梅光迪用"诗之文字"与"文之文字"的区别予以反驳。他认为用

---

① 胡适:《逼上梁山》,《胡适全集》(第18卷),安徽教育出版社2003年版,第120页。

"俗语白话"入文,"似觉新奇而美,实则无永久价值"。因为这种日常口语"未经美术家锻炼",缺乏凝练精致的美感,而"徒诿诸愚夫愚妇,无美术观念者之口","鄙俚乃不可言"①。在梅氏看来,文言是诗性语言,白话是日常语言,非诗性语言不可能诗性化,不能用于诗歌创作。而胡适坚持"诗味在骨子里,在质不在文"②,他相信清晰与透明的白话同样能创造诗意。这场论争的结果促成了胡适对白话诗的实验。

　　"文学革命"轰轰烈烈发生后,白话作诗已经在新文学阵营达成一致,这时所面临的问题是在白话诗语中有没有文言的位置。《新青年》上,胡适、钱玄同、朱经农、任鸿隽的论争,以文言能否入诗为讨论核心。胡适最初是想将文言也作为一种诗学资源的。《新青年》1917年第3卷第4期上发表了胡适的四首白话词,随后在1918年与钱玄同的通信中,他曾表示自己最初不愿杂入文言,后忽然改变宗旨,不避文言,并且认为词近于自然诗体,主张"各随其好"。胡适并不想对文言(包括传统诗体)"赶尽杀绝",并不愿在白话与文言及传统诗体之间形成完全彻底的"断裂",他力图在白话语言系统中仍然保存文言的活力部分。直到20世纪行将结束的时候,历史才向我们显示,这种包容其实具有更为宽厚的现代意识与纵深的知识视野。但钱玄同当时绝然反对填词似的诗歌,强调"今后当以'白话诗'为正体"③。钱玄同二元对立的思维坚定

---

① 胡适:《逼上梁山》,《胡适全集》(第18卷),安徽教育出版社2003年版,第116页。
② 胡适:《尝试集·自序》,《胡适全集》(第1卷),安徽教育出版社2003年版,第184页。
③ 见胡适《论小说及白话韵文》附钱玄同复信,《新青年》1918年第4卷第1号。

了胡适摒弃文言旧体的决心，于是他在追述自己以白话作诗历程时，认定了一个"主义"，即"充分采用白话的字，白话的文法，和白话的自然的音节"。"诗体的大解放"主张由此而来。尽管如此，新诗能否用文言仍然有所争议。朱经农认为"文言文不宜全行抹杀"，他并不反对白话，但认为"应该并采兼收而不偏废"①。任鸿隽提出"诗心"问题，认为用白话可作好诗，文话也可作好诗，重要的是"诗心"②。学衡派的吴芳吉认为："非用白话不能说出的，应该就用白话；非用文言不能说出的，也应该就用文言；甚至非用英文不能做出的，应该就做英文。总之，所谓白话、文言、律诗、自由诗 Free Verses 等，不过是传达情意之一种方法，并不是诗的程度。""至于方法，则不必拘于一格。"③经过这样的争论，虽然胡适诗学偏向了更纯净的以"白话"作诗，但反对者们重视文言"诗性"特征，主张新诗可以掺入古诗文言以提升诗性的观点，在后来新诗的发展道路上也获得了断续的回音。

　　早期诗人那里发生过关于"写"与"做"的争论，它属于新旧诗创作范式之争。胡适提倡"做诗如做文"、"有什么话说什么话"，强调"做"诗要自然而然。相对于旧诗严格的格律套用，这是一种基于白话诗性的写作美学。这种观点在许多诗人那里得到了相似的回应，比如宗白华与郭沫若围绕"做诗"的讨论。宗白华在给郭沫若的信中表达："我向来主张我们心中不可无诗意诗境，却不必一定要做诗。"他希望郭氏多研究诗中的自然音节、自然形式，以完

----

①见朱经农《新文学问题之讨论》附胡适答，《新青年》1918 年第 5 卷第 2 号。
②见任鸿隽《新文学问题之讨论》附，《新青年》1918 年第 5 卷第 2 号。
③吴芳吉：《谈诗人》，贺远明等选编《吴芳吉集》，巴蜀书社 1994 年版，第 422 页。

满"诗的构造"①。郭沫若提出貌似不同的看法："诗不是'做'出来的,只是'写'出来的。"②他认为:"我们的诗只要是我们心中的诗意诗境底纯真的表现,命泉中流出来的 Strain,心琴上弹出来的 Melody,生底颤动,灵底喊叫,那便是真诗,好诗……我想诗这样东西似乎不是可以'做'得出来的。"③康白情也同样认为"诗要写,不要做,因为做足以伤自然的美"④。虽然这里"做"与"写"似乎产生了矛盾,但实质上诗人们都是针对旧诗的形式美学,强调创作诗歌要以"自然"为原则触发诗的灵感,让情绪与情感自然流动与散发,利用这种天然的诗性思维,打破旧形式、创建个人主体性自由自主的新形式。郑振铎、王平陵、应修人、潘漠华、冯雪峰等人都作了类似性的回应。不同的是,学衡派吴芳吉认为胡适强调"自然",是以为"西洋诗体,是随便写出的,不是做出的"⑤。他提出"自然的文学,是任人自家去做的"⑥,新诗的"自然"需要"做诗"的"工夫"⑦。虽然他与胡适一样用"做"字,但显然他不是立足于"白话",而是立

①宗白华:《1920 年 1 月 3 日致郭沫若信》,田寿昌、宗白化、郭沫若《三叶集》,亚东图书馆 1923 年版,第 3 页。
②郭沫若:《1920 年 1 月 18 日致宗白华信》,田寿昌、宗白化、郭沫若《三叶集》,亚东图书馆 1923 年版,第 7 页。
③郭沫若:《1920 年 1 月 18 日致宗白华信》,田寿昌、宗白化、郭沫若《三叶集》,亚东图书馆 1923 年版,第 6 页。
④康白情:《新诗底我见》,赵家璧主编,胡适编选《中国新文学大系》(第 1 集),良友图书公司 1935 年版,第 328 页。
⑤吴芳吉:《提倡诗的自然文学》,贺远明等选编《吴芳吉集》,巴蜀书社 1994 年版,第 383 页。
⑥吴芳吉:《提倡诗的自然文学》,贺远明等选编《吴芳吉集》,巴蜀书社 1994 年版,第 382 页。
⑦吴芳吉:《提倡诗的自然文学》,贺远明等选编《吴芳吉集》,巴蜀书社 1994 年版,第 383 页。

足于书面语,更倾向于以旧的格律诗的写作惯例来谈新诗创作。后来在《谈诗人》中,他批评新文学运动发起后,许多并没有理解"诗味"的人,"都滥于做起诗来。又误解诗是写出,不是做出的话,于是开口也是诗,闭口也是诗,吃饭睡觉都有的是诗,诗的品格,可是堕落极了!"①其反对白话口语诗歌写作美学的立场更见分明了。俞平伯在《做诗的一点经验》和《诗底方便》对"写"与"做"进行了总结与分类。他认为,"写"与"做"不是对立,"一个是天分,一个是工夫",应该两者兼备②。在肯定自然的美学的同时,也肯定了创作新诗的人工技巧。这种眼界开启了新诗书面语化向度的写作空间。

## (二)

随着1920年代初《尝试集》的正式出版,并且被广泛接受,语言的新旧之争具体化为对白话诗音韵问题的探讨。胡适在理论上倡导"诗体大解放"、"不拘格律"、"诗当废律"。他设想的新诗音节应该是"自然的音节",包含两个基本要素:一是平仄要自然,二是韵要自然。他主张诗歌用韵应该有三种自由:第一,用现代的韵,不拘古韵,更不拘平仄韵。第二,平仄可以互相押韵,这是词曲通用的例,不单是新诗如此。第三,有韵固然好,没有韵也不妨。新诗的声调既在骨子里——在自然的轻重高下及语气的自然区分——故有无韵脚都不成问题③。这种自然音节论,虽然对韵的

---

①吴芳吉:《谈诗人》,贺远明等选编《吴芳吉集》,巴蜀书社1994年版,第412页。
②俞平伯:《诗底方便》,《俞平伯全集》(第3卷),花山文艺出版社1997年版,第580页。
③胡适:《谈新诗——八年来一件大事》,《胡适全集》(第1卷),安徽教育出版社2003年版,第172页。

要求比较宽泛,并未将之完全废除,但以音节为根本,已经与旧诗文体学完全不同了。

这一新诗文体学的内涵显然是习惯于旧诗声韵者所不能接受的,因此,音节的新旧之争首先来自旧文学阵营。旧文学阵营坚守韵是区分诗与非诗的界限。章太炎讲授国文课时,将诗与文用有韵无韵来区分:"凡称之为诗,都要有韵,有韵方能传达情感,现在白话诗不用韵,即使也有美感,只应归入散文"[①]。他以韵为标准判定白话诗非诗。学生曹聚仁写信反驳其观点,认为韵"纯任自然,不拘拘于韵之地位,句之长短"[②],呼应胡适的新诗音韵观。梁启超将《尝试集》分成"小令"和"纯白话体"。他认为"小令"有音节,"格外好些";而白话诗"满纸的'的么了哩',试问从那里得好音节来?"[③]这也是用韵作衡量诗好坏的标准。

另一种论争所指向的不是用有韵无韵来区分诗与非诗,而是承认胡适对新诗的勾勒里韵的存在,但不认同其押韵的方法。这种观点实质上仍然是带着旧诗的趣味审视新诗,具有代表性的是以胡怀琛为中心的诗学论争。胡怀琛于 1920 年先后在《神州日报》和《时事新报·学灯》上发表《读〈尝试集〉》及《〈尝试集〉正谬》,对《尝试集》中诗作的具体字词进行修改和批评,引起一场论争。这场论争从 1920 年 4 月延续到 1921 年 1 月终,先后有刘大白、朱执信、朱侨、刘伯棠、胡涣、王崇植、吴天放、井湄、伯子等在《神州日报》《时事新报》《星期评论》等报刊发表论辩文章。胡怀琛申明"我所讨论的,是诗的好不好的问题,并不是文言和白话的

---

① 章太炎演讲,曹聚仁编:《国学概论》,泰东图书局 1923 年版,第30 页。
② 章太炎演讲,曹聚仁编:《国学概论》附录,泰东图书局 1923 年版,第 6 页。
③ 梁启超:《〈晚清两大家诗钞〉题辞》,夏晓虹编《梁启超文选》,中国广播电视出版社 1992 年版,第 15 页。

问题,也不是新体和旧体的问题"①。但这种好与不好的评判标准
在他这里仍然是旧诗韵律规范。比如,他对胡适双声叠韵和押韵
方法的批评就是以旧诗韵律规范为标准,而胡适已经跳出了旧诗
的文体逻辑,虽然也强调字词的押韵,但其押韵方式却是现代的、
宽泛的,不拘于旧诗的规范与标准。胡适在回复的信中提到:"诗
人的'烟士披里纯'是独一的,是个人的,是别人很难参预的。"②这
种诗性思维表达出个人化与主体性的诉求,具有现代意义。关于
这场争论中押韵的讨论,朱执信对胡适的"自然音节"论,即"白话
诗里只有轻重高下,没有严格的平仄"③的回应颇为可贵。朱执信
并未像其他人那样纠结于新诗用韵的问题。他一针见血指出胡适
对"音节"的含混之处:"似乎诗的音节,就是双声叠韵",而且对
"平仄自然"、"自然的轻重高下","说得太抽象,领会的人,恐怕不
多"④。他敏锐地看到新诗如果仅仅只是寻求在双声叠韵上如何
和谐,并没有真正抓住新诗音律的要领。他提出"声随意转","要
使所用字的高下长短,跟着意思的转折,来变换"⑤,将诗歌的声韵
从外在声韵转向了内在声韵。传统诗论主张"无韵者为文,有韵者
为诗",固定的语音结构框架是中国古典诗歌的基本生存点,所以旧
诗讲求外在音节的和谐,外在声韵成为其独立自足的"诗语"系统的
中心。而内在声韵论使语义成为诗歌声韵的中心,这也正合于胡适

---

①胡怀琛:《尝试集批评》,《尝试集批评与讨论》,泰东图书局 1923 年版,第
　 1 页。

②《胡适致张东荪的信》,《尝试集批评与讨论》,泰东书局 1923 年版,第 13—
　 14 页。

③胡适:《谈新诗——八年来一件大事》,《胡适全集》(第 1 卷),安徽教育出
　 版社 2003 年版,第 171 页。

④朱执信:《诗的音节》,《尝试集批评与讨论》,泰东书局 1923 年版,第 31 页。

⑤朱执信:《诗的音节》,《尝试集批评与讨论》,泰东书局 1923 年版,第 34 页。

所谓"丰富的材料,精密的观察,高深的理想,复杂的感情,方才能跑到诗里去"。胡适没有明确地将不同于古代诗歌语音节奏模式的白话音韵与"语义"逻辑明确地阐释出来,而胡适白话诗学的接受者帮其完成了。对此,胡适非常认可,他在《尝试集》再版自序中写道:

> 我极赞成朱执信先生说的"诗的音节是不能独立的"。这话的意思是说:诗的音节是不能离开诗的意思而独立的……
>
> 所以朱君的话可换过来说:"诗的音节必须顺着诗意的自然曲折,自然轻重,自然高下。"再换一句话说:"凡能充分表现诗意的自然曲折,自然轻重,自然高下的,便是诗的最好音节。"古人叫做"天籁"的,译成白话,便是"自然音节"。①

由胡怀琛挑起的这场胡适诗学论争发生在新文化运动的中心场域,而远在边缘之地的东北,以《盛京时报》为中心,也发生过一场几乎没有引起后人关注的关于新诗押韵的讨论,它属于胡适诗学接受过程中的一种扩散性的回应。1923 年 8 月至 10 月间,《盛京时报》登载了羽丰(吴伯裔的化名)《论新诗》、孙百吉《论新诗》、羽丰《论新诗兼孙百吉君》、吴老雅(吴伯裔的化名)《对于论新诗诸公的几句闲话》、王莲友《读羽丰先生的〈论新诗〉》、王大冷《读吴裔伯先生的〈论新诗兼致孙百吉君〉》、赵虽语《读王莲友先生论新诗》等文章。

论争由羽丰对新诗形式的散漫发难开始。他认为新诗缺乏诗歌本体内在的音乐感和节奏感,主张新诗押韵,"方有诗的真精神,真风味"②。他从诗与乐的关系出发,认为诗歌是可唱的。诗的

---

① 胡适:《〈尝试集〉再版自序》,《胡适全集》(第 1 卷),安徽教育出版社 2003 年版,第 202 页。

② 吴伯裔:《论新诗兼致孙百吉君》,张毓茂主编《东北现代文学大系:1919—1949》(第一集),沈阳出版社 1996 年版,第 76 页。

"自然之音响节奏是给耳听的,意义是给内部听的"①,所以有韵才会在感观上给人以美感。如果新诗"既有诗的意境,又可以唱出来",则是上乘的诗作②。孙百吉、王莲友、王大冷等人分别予以反驳。王莲友从新诗的本质出发,认为用韵与否与诗的本质无涉。他以胡适对于新诗有韵"亦有不满意的表示"为证据,并列举胡适所认可的白话新诗,来证明新诗初生之时,多半讲求叶韵,而现在诗人们共同的趋向是用自然的音节,不拘泥于叶韵。因为"新诗的本质,与叶韵没有密切的关系","诗的优劣,是在乎包含诗的要素充足与否,而不在乎有韵无韵"③。王大冷认为:"唱起来好听与否,是在诗的情感与声调,而不是在有韵与否。情感丰富,声调自然,就是无韵,也是很好听的。如情感不浓,声调不好,就是叶韵,也不能好听。"④"有韵的诗,是快于官觉,故以为美。但是久于研究的,自觉那无韵的韵,比有韵的韵,更动人了。"⑤赵虽语对王莲友提出反驳。王莲友以胡适认为《鸽子》为白话旧词,说明其不满意新诗有韵,赵虽语认为这是误解,指出胡适的不满意不一定与韵与关:"如果说他是追悔作得字太深,或文法不熟,所以不是真的新诗,有

---

① 吴伯裔:《对于论新诗诸公的几句闲话》,张毓茂主编《东北现代文学大系:1919—1949》(第一集),沈阳出版社1996年版,第82页。
② 吴伯裔:《论新诗兼致孙百吉君》,张毓茂主编《东北现代文学大系:1919—1949》(第一集),沈阳出版社1996年版,第77页。
③ 王莲友《读羽丰先生的〈论新诗〉》,张毓茂主编《东北现代文学大系:1919—1949》(第一集),沈阳出版社1996年版,第38页。
④ 王大冷:《读吴裔伯先生的〈论新诗兼致孙百吉君〉》,张毓茂主编《东北现代文学大系:1919—1949》(第一集),沈阳出版社1996年版,第32页。
⑤ 王大冷:《读吴裔伯先生的〈论新诗兼致孙百吉君〉》,张毓茂主编《东北现代文学大系:1919—1949》(第一集),沈阳出版社1996年版,第33页。

什么不可呢?"①这里双方都存在对胡适的误读。胡适在《尝试集·再版自序》中列举自己所认可的白话新诗,正是从音节的现代性上考虑,认为其余的诗只是"可读的词","不是真正白话的新诗"。胡适表示不满,并不像王莲友所理解的那样,是对"新诗有韵"有所不满,而是在考量如何押现代的韵;而赵虽语所理解的更是相差甚远,胡适何尝有过"追悔作得字太深,或文法不熟"? 这场论争情绪色彩颇为浓厚,也不乏误读与骂辞,但争论促进了对胡适白话诗学的理解,并从新诗意境、美感与押韵之间的关系加深了对新诗的理论认知。

## (三)

在上述论争之外,胡适的自然音节论还引起许多积极的回应。早期对其作出积极回应的有白话诗人康白情、俞平伯等。康白情主张新诗要从形式解放,首先要打破格律。他认为新诗"自由成章而没有一定的格律,切自然的音节而不必拘音韵,贵质朴而不讲雕琢,以白话入行而不尚典雅"②。虽未明言,但作为胡适的弟子,康白情明显受到胡适诗学观的影响。宗白华主张新诗的创作,是要"用自然的形式,自然的音节,表写天真的诗意与天真的诗境"③。俞平伯认为新诗"不限定句末用韵",但"句中音节"要"力求和谐"。④ 这些

---

① 赵虽语:《读王莲友先生论新诗》,张毓茂主编《东北现代文学大系:1919—1949》(第一集),沈阳出版社 1996 年版,第 116 页。

② 康白情:《新诗底我见》,赵家璧主编,胡适编选《中国新文学大系》(第 1 集),良友图书公司 1935 年版,第 324 页。

③ 宗白华:《新诗略谈》,林同华编《宗白华全集》(第 1 卷),安徽教育出版社 1994 年版,第 170 页。

④ 俞平伯:《白话诗的三大条件》,赵家璧主编,郑振铎编选《中国新文学大系》(第 2 集),良友图书公司 1935 年版,第 264 页。

都是以胡适"诗体大解放"和"自然的音节"为核心所阐发的言论。

　　1940年代朱自清对抗战初期诗歌发展趋向作概括时说："抗战以来的诗,注重明白晓畅,暂时偏向自由的形式。这是为了诉诸大众,为了诗的普及。"他将这种"自由的形式"追溯到胡适"自然的音节"上①。高兰在《诗的朗诵与朗诵的诗》中强调诗的吟诵性韵律的特点为"字音的轻重徐疾的节拍"、"内在的韵律"及"感情的起伏",指出:"诗的韵律决不在脚韵上。不是诗,有脚韵也不是诗,是诗,没有脚韵也是诗。所以也并没有什么有韵诗与无韵诗之别。"②这与胡适"有韵固然好,没有韵也不妨"、"有无韵脚都不成问题"的主张具有一致性。主张"诗是自由的使者"的艾青是"宁愿裸体",也不愿"让不合身材的衣服来窒息""呼吸"③,他对诗的自由的渴望继承着胡适要打破一切镣铐的传统。这些基于自由诗的特征而提出的审美原则,是胡适白话化语言、自由化诗体的诗学观念的深化。

　　与这种积极的回应相对,还存在着连绵不绝的反对的声浪。随着时间的推移,这反对的声浪已经不再出于旧诗的立场,而是出于诗美诉求中对传统价值的重新审视。随着现代汉语从初期的"白话"向着更为精致的文人书面语发展,新诗也像书面的文言一样走向文人书面语的精致化,这时,韵律与音乐性成为新诗在新的发展层面上提升诗性的追求。由这种追求引发的反省与探索,往往将批判的矛头指向胡适。

---

①朱自清:《抗战与诗》,《新诗杂话》,广西师范大学出版社2004年版,第26页。
②高兰:《诗的朗诵与朗诵的诗》,《诗的朗诵与朗诵的诗》,山东大学出版社1987年版。
③艾青:《诗论》,人民文学出版社1980年版,第192页。

　　比如,陆志苇在押韵方面进行过积极的探索,他认为自由诗"节奏千万不可少,押韵不是可怕的罪恶"①。象征派诗人穆木天批评胡适的"作诗须得如作文",给中国造成一种"Prose in Verse(象诗一样分行写的散文)"。② 他主张在古典诗词中寻找诗性资源:"我们得知因为有了自由句,五言的、七言的诗调就不中用了不成? 七绝至少有七绝的形式的价值,有为诗之形式之一而永久存在的生命。因为确有七绝能表的,而词不能表的,而自由诗不能表的。"所以应该"保存旧形式,让它为形式之一"。③ 梁实秋提出新诗的音韵问题,指出旧诗不管内容如何浅薄陈腐,但"声调自是铿锵悦耳",而新诗缺乏一种"音乐的美"。他认为像胡适这样的"主张自由诗者"将音韵看作"诗的外加的质素",以为"诗可以离开音韵而存在",并未了解诗的音韵的作用。要弥补新诗音韵方面的缺憾,要么走回到旧诗路上去,要么便创造出新诗的"新音韵",并从韵脚、平仄、双声叠韵、行的长短四个方面来阐释理想的"新音韵"。④

　　到新月派那里,格律则成为其纲领性主张。饶孟侃认为新诗是"音节上的冒险",他将胡适所重视的"双声、叠韵"视为"小巧的尝试","在诗里面并不是一定必须的"⑤。通过《新诗的音节》《再

①陆志苇:《我的诗的躯壳》,王永生主编《中国现代文论选》,贵州人民出版社1982年版,第70页。

②穆木天:《谭诗——寄沫若的一封信》,蔡清富、穆立立编《穆木天诗文集》,时代文艺出版社1985年版,第263页。

③穆木天:《谭诗——寄沫若的一封信》,蔡清富、穆立立编《穆木天诗文集》,时代文艺出版社1985年版,第262页。

④参见梁实秋:《诗的音韵》,杨迅文编《梁实秋文集》(第6卷),鹭江出版社2002年版,第199—202页。

⑤饶孟侃:《新诗的音节》,王锦厚、陈丽莉编《饶孟侃诗文集》,四川大学出版社1997年版,第173页。

论新诗的音节》两文,他系统探讨了新诗的音节问题,并指出,"诗根本就没有新旧的分别",新诗的音节"没有被平仄的范围所限制","还有用旧诗和词曲里的音节同时不为平仄的范围所限制的可能"①。闻一多进一步强调格律的重要性。他反对"纯粹的'自由诗'的音节",认为"词曲的音节"属于"人工","自然的音节"属于"天然",应该"参以人工"来"修饰自然的粗率"②。在闻一多看来,胡适那种"偶然在言语里发现一点类似诗的节奏,便说言语就是诗,便要打破诗的音节,要它变得和言语一样"的主张,无异于"诗的自杀政策"。他认为白话"须要一番锻炼选择的工作然后才能成诗",所以要将格律作为诗的"利器"③。

在反对的声浪中,新诗的音乐性问题是韵律问题的深化。胡适在评论新诗时,持有"读来爽口,听来爽耳"的口语化节奏标准④,他认为白话"既可读,又听得懂"⑤,"今日所需,乃是一种可读,可听,可歌,可讲,可记的言语",使"诵之村姐妇孺皆可懂"⑥。但胡适新诗实践中的"爽"之感,与古典诗歌的优美韵律还是形成了较大反差,

---

①饶孟侃:《再论新诗的音节》,王锦厚、陈丽莉编《饶孟侃诗文集》,四川大学
　出版社1997年版,第175—176页。
②闻一多:《〈冬夜〉评论》,武汉大学闻一多研究室编《闻一多论新诗》,武汉
　大学出版社1985年版,第25页。
③闻一多:《诗的格律》,武汉大学闻一多研究室编《闻一多论新诗》,武汉大
　学出版社1985年版,第82—83页。
④胡适:《评新诗集》,《胡适全集》(第2卷),安徽教育出版社2003年版,第
　806页。
⑤胡适:《逼上梁山》,《胡适全集》(第18卷),安徽教育出版社2003年版,第
　113页。
⑥胡适:《逼上梁山》,《胡适全集》(第18卷),安徽教育出版社2003年版,第
　114页。

因此自《尝试集》以来的新诗的音乐性问题不断遭到质疑。梁实秋在《新诗的格调及其他》中表示,"现在的新诗之最令人不满者即是读起来不顺口",即使排列整齐,"读时仍无相当的抑扬顿挫"①。鲁迅在1934年《致窦隐夫》的信中,将诗分为"眼看的"和"嘴唱的"两种,主张后一种好。他感叹道:"可惜中国的新诗大概是前一种。没有节调,没有韵,它唱不出来;唱不来,就记不住,记不住,就不能在人们的脑子里将旧诗挤出,占了它的地位。"所以他认为"新诗直到现在,还是在交倒楣运。"鲁迅主张"新诗先要有节调,押大致相近的韵,给大家容易记,又顺口,唱得出来。"但他觉得"白话要押韵而又自然,是颇不容易的"②。1935年,他在《致辞蔡斐君》的信中仍然表示:"诗须有形式,要易记,易懂,易唱,动听,但格式不要太严。要有韵,但不必依旧诗韵,只要顺口就好。"③叶公超在《论新诗》里对新旧之争的格律问题进行了全面而深入的阐释。他认为"新诗是从旧诗的镣铐里解放出来的","是一个隐喻的说法"④,大多数诗人"以格律为桎梏,以旧诗坏在有格律,以新诗新在无格律,这都是因为对于格律的意义根本没有认识"⑤。叶公超在这里显示出一种折中的立场,认为"新诗和旧诗并无争端,实际上

---

①梁实秋:《新诗的格调及其他》,杨迅文编《梁实秋文集》(第6卷),鹭江出版社2002年版,第530页。

②鲁迅:《致窦隐夫》,《鲁迅书信集》下,人民文学出版社1976年版,第655页。

③鲁迅:《致蔡斐君》,《鲁迅书信集》下,人民文学出版社1976年版,第883页。

④叶公超:《论新诗》,陈子善编《叶公超批评文集》,珠海出版社1998年版,第50页。

⑤叶公超:《论新诗》,陈子善编《叶公超批评文集》,珠海出版社1998年版,第52页。

很可以并行不悖"。但他对新旧作出区分:"新诗的节奏是从各种说话的语调里产生的,旧诗的节奏是根据一种乐谱式的文字的排比作成的。新诗是为说的,读的,旧诗乃是为吟的,哼的。"①他主张新诗格律一方面要根据"说话的节奏",一方面要切近"情绪的性质"。②

　　梁实秋、鲁迅与叶公超都意识到新诗从旧向新的过渡,是从诵读走向默读,从声音走向文字,从听觉走向视觉。这不仅是阅读与审美方式的改变,也是诗歌运思方式上发生的改变。这种现代性转变与诗歌传统审美习性中的音乐性有所悖离,所以胡适虽然也强调"读来爽口听来爽耳",但其诗学观从根本上改变了传统诗歌的语音节奏,导致了新诗在音乐性上的不足,所以新诗读起来不如旧诗那样具有音韵的美感。因此,如何重建新诗的音乐性问题一直延续至今。到新世纪,郑敏在反思"五四"时,还指出新诗应该从旧诗词里吸收音乐性,要让白话诗的语言音乐性成为诗学语言探讨的课题③。这时,胡适的白话诗学观又成为批判的焦点。

　　对于胡适的白话诗学观,反对多于赞同。但无论是反对者,抑或赞同者,都不约而同将其视为抗衡传统、割裂旧诗养分脐带的开始。这其中不乏误解的成分。事实上,胡适是颇重视传承创新的,他不仅积极整理国故,梳理白话文学史,为白话文学的正宗地位寻找历史依据,而且在诗学上倡导的自然音节论,将旧诗声韵转化为不拘平仄的"现代的韵",其目标是实现"传统诗体"的"大解放"。

---

①叶公超:《论新诗》,陈子善编《叶公超批评文集》,珠海出版社 1998 年版,第 53 页。

②叶公超:《论新诗》,陈子善编《叶公超批评文集》,珠海出版社 1998 年版,第 51 页。

③郑敏:《语言观念必须革新——重新认识汉语的审美与诗意价值》,《文学评论》1996 年第 4 期。

在 1930 年代,他仍然尝试用"好事近"词调创作《飞行小赞》,试图利用旧诗资源寻求新诗出路,却引发诗坛对"胡适之体"的论争,遭来"旧路"、"老路"的批评。胡适白话诗学的接受者不约而同走向了二元对立的路向。早在 20 年代初,周作人在论述"文艺上的宽容"时曾说:"文艺上的激变不是破坏(文艺的)法律,乃是增加条文;譬如无韵诗的提倡,似乎是破坏了'诗必须有韵'的法令,其实他只是改定了旧时狭隘的范围,将他放大,以为'诗可以无韵'罢了。"[1]这种宽容的态度也许有利于我们重新客观而全面地接受胡适的白话诗学。

## 围绕胡适诗学的中西之争

### (一)

胡适建构白话诗学的语言资源来自古白话、今日用的白话以及欧化语和文言的补充。基于这样一种语言立场的白话诗学建构,必然是强调中西融合的。所以,胡适的白话诗学,既有挣脱传统、抗衡传统的一面,又有别辟蹊径梳理传统血脉而有所继承的一面,是"反传统与发现传统相结合的产物"[2]。胡适在"放脚"的白话实践中,的确很重视横向移植外来诗歌的形式,比如句式的分行排列、音律节奏等。1919 年,他翻译兼创作了《关不住了!》一诗,自信地称其为"'新诗'成立的纪元"[3],这意味着在胡适的理解里,

① 周作人:《文艺上的宽容》,杨扬编《周作人批评文集》,珠海出版社 1998 年版,第 51 页。
② 董柄月:《中间物:胡适新诗理论的历史特征》,《中国现代文学研究丛刊》1990 年第 2 期。
③ 胡适:《〈尝试集〉再版自序》,《胡适全集》(第 10 卷),安徽教育出版社 2003 年版,第 35 页。

这首译诗代表着中国新诗的"成立"。但胡适白话实践中对乐府、词曲传统的继承比比皆是,他的白话诗审美尺度的建立也非常重视挖掘传统资源的某些方面。后来的整理国故,梳理白话文学史,为白话文学的正宗地位寻找历史依据,也是强调传承而创新。

在新诗草创时期,时代要求诗人挣脱传统,追新求变,所以这个时候,胡适诗学中西化的一面更受关注。它或被质疑,或被批判,或被认同,而成为新诗中西之争的焦点。

1918 年,北大学生张厚载致信胡适,对新诗是否应该走西方自由体诗道路提出质疑,这是胡适诗学观所引发的中西之争的先声。张厚载指出《人力车夫》《鸽子》《老鸦》都是"西洋式长短句",认为"中国旧诗虽有窒碍性灵之处,然亦可以自由变化于一定范围之中,何必定欲作此西洋式的诗,始得为进化耶?"他批评《尝试集》"轻于尝试","改革过于偏激","弃中国固有之诗体,而一味效法西洋式的诗",有矫枉过正之嫌。胡适回信反驳其所谓"西洋式"之诗,指出长短句不一定就是西洋式,而是"诗中最近语言自然之体,无论中西皆有之",他表示自己"稍读西洋诗而自信无摹仿西洋诗体之处",再者,如果西洋体真有价值,也"正宜尽量采用"而成"中国体"①。胡适后来将《老洛伯》《关不住了!》等译诗归入他所认可的白话新诗,也正表明他在中西问题上兼容并举,吸收与借鉴西洋诗体,是其诗歌文体学建构的一个方面。

《尝试集》出版后引来学衡派针对中西问题的论争。1922 年,胡先骕发表《评〈尝试集〉》,指出《尝试集》多为"旧式之诗词"、"似诗非诗似词非词之新体诗",批评胡适"复撷拾一般欧美所谓

---

① 张厚载:《新文学及中国旧戏》附胡适、钱玄同、刘半农、陈独秀信,《新青年》1918 年第 4 卷第 6 号。

新诗人之唾余,剽窃白香山陆剑南辛稼轩刘改之之外貌,以白话新诗号召于众,自以为得未有之秘",并以"枯燥无味之教训主义"、"肤浅之象征主义"、"纤巧之浪漫主义"、"肉体之印象主义"等标签批评其具体作品①。在胡先骕看来,胡适的"新"并无创造,只是摹仿欧美,剽窃传统。针对其批评,周作人与郎损(沈雁冰)马上著文反驳。周作人从"晚近之堕落派"、不同时期英德意文比较、日本文学、"陀司妥夫士忌戈尔忌之小说"四个方面揭露其文"几个背谬的处所",批评胡先骕不合于"学者之精神"②。郎损在《驳反对白话诗者》中指出,白话诗采用自由诗的形式,是为了"破弃一切格律规式","并非拾取唾余,乃是见善而从",并反驳道,"如谓此便是拾取唾余,然则效西人之重视文学而研究小说稗官野史荐绅先生羞道的东西,也是拾取唾余了"③。胡先骕站在文化整体主义的立场上,以西方理论视角反省中国传统文学,试图融合中西,对当时新文学运动包括新诗进行纠偏与质疑。相较于反驳者的激进,胡先骕似乎更客观地看到了胡适诗学所暗含的中西融合的因素,其见解显示出文化重构时更为中和稳健的一面。但出于对文学转型与革命突变形式的否定立场,他对胡适进行的批判,也不免落入偏激。

　　除了与胡适的直接论争,早期诗人在诗论里也表达了不同的回应。1919 年,俞平伯就新诗的中西问题指出:"大凡文学的变

---

① 胡先骕:《评〈尝试集〉》,赵家璧、郑振铎《中国新文学大系》(第 2 集),良友图书公司 1935 年版,第 268 页。

② 周作人:《评〈尝试集〉匡谬》,杨扬《周作人批评文集》,珠海出版社 1998 年版,第 155—157 页。

③ 郎损:《驳反对白话诗者》,赵家璧、郑振铎《中国新文学大系》(第 2 集),良友图书公司 1935 年版,第 312 页。

迁,一方有世界的关系,一方有历史的影响。换言之,就是受空间
和时间的支配。中国诗的改造,可以把西洋近代文学的新精神做
旁证,可以把历史上变迁的痕迹做直证,现在的新诗,虽不是新文
艺的'中坚',总是个'急先锋'。将来诗的发展,一定要跟这条路
慢慢的向前去,这些缺憾,当然会逐渐弥缝的。"①俞平伯的这一看
法,可以说是对胡适诗学观在中西问题上的一种比较深入的阐释。
但同时代人大多看到的是胡适西化的一面。愚庵在评论胡适的诗
时指出其"形式上已自成一格,而意境大带美国风"②。1926 年,梁
实秋在《现代中国文学之浪漫的趋势》中提出白话文运动的导火
线乃外国的影响。他列举印象派对胡适诗学的影响:"影像主义者
的宣言,列有六条戒条,主要的如不用典,不用陈腐的套语,几乎条
条都与我们中国倡导白话文的主旨吻合。"③康白情则从审美的角
度积极肯定了胡适对西方资源的借鉴,认为"输入中国"的"自由
诗"具有一种"陌生化"的艺术美感:"看惯了满头珠翠,忽然遇着
一身缟素的衣裳,吃惯了浓甜肥腻,忽然得到几片清苦的菜根,这
是怎样的惊喜! 由惊喜而摹仿,由摹仿而创造。"④朱自清在对新诗
进行总结时提到胡适的《谈新诗》"差不多成为诗的创造和批评的金
科玉律",认为它"切实指出解放后的路子","彷徨着的自然都走上

---

①俞平伯:《社会上对于新诗的各种心理观》,赵家璧、胡适《中国新文学大
　系》(第 1 集),良友图书公司 1935 年版,第 353 页。
②愚庵:《评胡适的诗》,北社《新诗年选》,亚东图书馆 1929 年第 5 版,第
　130 页。
③梁实秋:《现代中国文学之浪漫的趋势》,《浪漫的与古典的》(第 2 版),新
　月书店 1928 年版,第 6 页。
④康白情:《新诗底我见》,赵家璧、胡适《中国新文学大系》(第 1 集),良友图
　书公司 1935 年版,第 326 页。

去",这种受外国影响的风气"直到民十五止""才渐渐衰下去"①。

与此不同的是,周作人另提出了"融化"论。在《〈扬鞭集〉序》中,他承认"新诗本来也是从模仿来的",但认为新诗的进化"是在于模仿与独创之消长"。他非常重视传统的力量,认为只要是用汉字写作,传统就是摆脱不掉的,并以象征为例,指出象征虽然是最新的写法,却也是最旧的,因为中国"古已有之"②;象征主义"是外国的新潮流,同时也是中国的旧手法"③。周作人所谓的"融化",是一种宽容的中西文化融合的理想。在这一点上,他与胡适的诗学观在精神上是一致的,但他反对胡适等早期新诗的浅显直白,认为"一切作品都象是一个一玻璃球,晶莹透澈得太厉害了,没有一点儿朦胧,因此也似乎缺少了一种余香与回味"④。梁宗岱也认同融合,但他对西化有更高的要求,批评胡适所"举出的榜样"《关不住了!》是"那么幼稚和粗劣",其"西洋文学智识是那么薄弱",只是"掇拾一个浅薄的外国人底牙慧来大吹大擂"⑤。

## (二)

1930 年代,无论是文艺大众化运动对"大众化"诗歌的提倡,

①朱自清:《导言》,《中国新文学大系·诗集》,上海文艺出版社 2003 年影印版,第 2 页。
②周作人:《〈扬鞭集〉序》,杨扬《周作人批评文集》,珠海出版社 1998 年版,第 222 页。
③周作人:《〈扬鞭集〉序》,杨扬《周作人批评文集》,珠海出版社 1998 年版,第 223 页。
④周作人:《〈扬鞭集〉序》,杨扬《周作人批评文集》,珠海出版社 1998 年版,第 223 页。
⑤梁宗岱:《文坛往哪里去——"用什么话"问题》,马海甸《梁宗岱文集》(第 2 卷),中央编译出版社 2003 年版,第 52 页。

还是现代派诗人对现代诗艺的追求,都对西化的自由体进行反拨,呈现出一股向传统回归的倾向。在这个时候,胡适作为早期不成熟的白话诗人的代表,其白话诗学中重视传统的一面常常遭到忽视,而西化的一面常常成为反省与批判的靶子。

在 1930 年代的大众化浪潮中,中国诗歌会倡导用"俗言俚语"写作通俗的"民谣小调鼓词儿歌",使诗歌脱离"欧化"、"贵族化",走向民间。对民间传统资源的重视,也是胡适诗学的重要方面。胡适很欣赏自然流利的民歌风格,重视当时大规模的搜集民间歌谣故事,认为它有益于帮助"新文学的开拓"①。他还提出:"中国新诗的范本,有两个来源:一个是外国的文学,一个就是我们自己的民间歌唱。二十年来的新诗运动,似乎是太偏重了前者而太忽略了后者。"②由于政治立场与文化背景不同,胡适与"大众化"诗歌运动并没有历史交集,他对民间白话资源的重视也因而未受关注。

随着新诗渐趋成熟,在对新诗诗艺进行反省与探索时,胡适诗学总是被片面理解和接受。1930 年代,梁实秋与胡适关于中西问题的间接讨论,就是一个方面的典型例子。梁实秋坚持新诗应该在西方寻找资源,在《新诗的格调及其他》中,他甚至指出"新诗,实际就是中文写的外国诗",并肯定《尝试集》"表示了一个新的诗的观念",其"对于新诗的功绩","不仅是提倡以白话为工具,他还很大胆的提示出一个新的作诗的方向"③。这里的新观念、新方

①胡适:《中国文学过去与来路》,《胡适全集》(第 12 卷),安徽教育出版社 2003 年版,第 222 页。

②胡适:《〈歌谣〉复刊词》,《胡适全集》(第 12 卷),安徽教育出版社 2003 年版,第 329 页。

③梁实秋:《新诗的格调及其他》,杨讯文《梁实秋文集》(第 6 卷),鹭江出版社 2002 年版,第 528 页。

向,就是指横移西方。胡适在《致徐志摩》的信中间接回应了梁实秋。他承认自己"对于诗的基本观念大概是颇受外国文学的影响的",但他更指出:"我当时的希望却不止于'中文写的外国诗'。我当时希望——我至今还继续希望的是用现代中国语言来表现现代中国人的生活、思想、情感的诗。这是我理想中的'新诗'的意义,——不仅是'中文写的外国诗'也不仅是'用中文来创造外国诗的格律来装进外国式的诗意'的诗。"①可见,胡适并非想一味地横移西方资源。梁实秋一再强调胡适在诗体方面对西方资源的借鉴,乃至对整个新文学运动也持西化的看法,这种简单的二元对立思维无法全面地把握胡适对新诗形象的构建。

胡适这里所谓"理想中的'新诗'的意义",被施蛰存后来借用到《现代》杂志中界定"现代派"诗歌:"《现代》中的诗是诗,而且是纯然的现代的诗。它们是现代人在现代生活中所感受的现代的情绪,用现代的词藻排列成的现代的诗形。"②这表明,作为具有现代主义意识的后辈作家,施蛰存理解并认同了胡适的新诗理想。胡适所谓"理想"的诗,语言是"现代"的语言,形式是"现代"的形式,内容是"现代"的内容。对"现代性"的追求,既是打破旧传统,借鉴西方资源,又"不止于'中文写的外国诗'",而是立足于"现代中国"的"拿来主义"。不过,虽然施蛰存认同胡适的新诗理想,肯定其"打破了中国旧体诗的传统",但在身处现代派的施蛰存的眼中,胡适仍然是新诗西化问题的"始作俑者",他批判道:"从胡适之先生一直到现在为止的新诗研究者,却不自觉地堕入于西洋旧

---

① 胡适:《致徐志摩》,《胡适全集》(第24卷),安徽教育出版社2003年版,第104—105页。
② 施蛰存:《关于〈现代〉的诗》,王永生《中国现代文论选》,贵州人民出版社1982年版,第149页。

体诗的传统中。"①

　　现代派诗人柯可（金克木）进一步对这种"西洋旧体诗的传统"进行批判。在《论中国新诗的新途径》中,他批评以《尝试集》为开端的早期白话诗为了极力摆脱旧影响而导致"大半都是古今中外杂糅而又古今中外都不是的一种诗"。即使有一些"从西洋诗来的较为货真价实的新诗",但还是"遗神取貌者多,而如法炮制者少",他认为这是"一种近乎买椟还珠的风气"②;并指出,新诗已经到了由"破坏"到"建设"的时期,以西洋旧诗来直接承继中国旧诗并不是一种进步,诗人应该"冷静一点承认旧诗词曲的真价"③。柯可在肯定词曲的价值时,对胡适诗学这一方面的意见完全是视而不见的。

　　同为现代派的诗人废名则从反思新诗与传统的关系角度来理解胡适诗学。1933 年,他在给胡适的信中说,"我们今日的新诗是中国诗的一种",新诗"不应该说是旧诗词的一种进步,而是一种变化",它与诗词一样,"是中国诗的一种体裁"。他认为"今日的新诗,并不能包罗万象",旧诗词与新诗各有其表现的意境,他们各自都有自己特别的领域④,并强调文言"也还是汉语,是'文学的国

----

① 施蛰存:《关于〈现代〉的诗》,王永生《中国现代文论选》,贵州人民出版社
　1982 年版,第 149 页。
② 柯可:《论中国新诗的新途径》,金克木《旧学新知集》,生活・读书・新知
　三联书店 1991 年版,第 10 页。
③ 柯可:《论中国新诗的新途径》,金克木《旧学新知集》,生活・读书・新知
　三联书店 1991 年版,第 11 页。
④ 冯文炳:《冯文炳信五通》,《胡适遗稿及秘藏书信》(第 36 册),黄山书社
　1994 年版,第 569—570 页。

语'的一个成分"①。与胡适的历史进化论立场不同,废名不把新诗看作旧诗的进步,而把之归为中国诗的一种体裁,将新诗与旧诗并置于同一个框架中。在具有现代主义诗风的诗人中,废名主要得益于传统诗学。他认识到胡适诗学传承传统的一面,指出胡适在易懂的"元白"一派与难懂的"温李"一派之间,选取前者作资源,而自己所认可的是后者。废名与胡适都致力于融合中西,但在对传统诗学资源进行取舍时,其审美取向有所不同。胡适重视的是传统中的民间审美旨趣,而废名所重视的则是传统中的文人审美旨趣。

新诗发展到这个时候,进入了诗艺的调整与新探索的阶段,现代派诗人采取的策略是通过批判与反省前辈的不足来开拓自己的路径,也就是说,他们是借反拨胡适早期白话诗以及新月派的新格律诗,来试图建立起一套新的现代诗学原则。

## (三)

1940 年代,表现时代民族精神的、具有战斗性、写实性的诗歌风靡诗坛。这时的新诗作为宣传的工具,要求便于忠实地记录大敌当前、处于国破家亡边缘的人们如何团结一致抵抗外敌的时代情绪。新诗此时的对象主要转向民众,所以它既需要摆脱西化,又不适宜于传统中精致的古典诗词趣味,而是偏向易懂易记的民间口语,以实现诗歌向大众的普及。按说,胡适不仅是中国新诗的西化之祖,更是早期新诗人中不遗余力地梳理新诗的白话传统资源(主要是民间资源),而力求为之建立起深厚历史渊源的第一人,但是,这个时候的胡适,在诗坛上已经完全边缘化,其白话诗学的

---

① 冯文炳:《冯文炳信五通》,《胡适遗稿及秘藏书信》(第 36 册),黄山书社 1994 年版,第 571 页。

这一方面的资源并没有赢得直接的关注。

　　1950 年代以后,诗歌仍然回归传统,但这个时期要求诗歌在普及的基础上有所提高,受毛泽东诗学观念的影响,提高被规限于从古典诗词中吸取养料。1958 年,毛泽东在"成都会议"上,发表了著名的关于中国新诗出路的讲话:

　　　　我看中国诗的出路恐怕是两条:第一条是民歌,第二条是古典,这两面都提倡学习,结果要产生一个新诗。现在的新诗不成型,不引人注意,谁去读那个新诗。将来我看是古典同民歌这两个东西结婚,产生第三个东西。形式是民族的形式,内容应该是现实主义与浪漫主义的对立统一。①

　　毛泽东从民间与古典寻求新诗发展出路,走的完全是一条中化的道路。50 年代分别以《文艺报》、中国作家协会创作委员会诗歌组、《光明日报》、《文学评论》为中心的几次关于诗歌形式的诗学讨论,便是为了响应这种号召。1958 年由"大跃进民歌"运动引发的"新诗发展道路"的论争,是对新诗传统的"历史清理",是三四十年代新诗"大众化"、"民族化"问题在新的历史时期的某种意义的极端戏剧性的重现。这个时期,新诗明朗、口语化、大体整齐、易诵易记,这些始终与民间文学有着一脉相承联系的特点被大力强化。这种对口语和民间资源的重视,本是胡适诗学观的重要组成部分。从这一点上可以这样说,胡适诗学的影子一直漂浮在中国新诗的发展进程中,虽然这个时候,胡适已经成为资产阶级反动文人的代表而一再遭受否定与批判,他的诗人形象在追求民族风格中国气派的诗学氛围中也常常被曲解为全盘西

---

①毛泽东:《在成都会议上的讲话提纲》,《建国以来毛泽东文稿》(第 7 册),中央文献出版社 1992 年版,第 124 页。

化的祖师爷。

1980年代,国家加快了现代化进程,开始出现又一轮西化热潮。朦胧诗派便是在对历史的反思与对西方现代主义诗歌表现技巧的借鉴这样的背景下产生的。1990年代,商品经济大潮使文化价值观念受到了强烈冲击,加之全球化时代文化身份问题突显,导致了"国学热"与文化保守主义思潮的出现。1993年开始,以郑敏《世纪末的回顾:汉语语言变革与中国新诗创作》为起点的学术争论,是对"五四"与传统文化的历史反省与现实思考,其中涉及新诗的发展与民族母语之间的血缘关系问题。新诗在语言上的转变、文言文对现代汉语的影响、胡适对现代口语的重视等问题,成为新一轮的拥护与反对之争的焦点。郑敏指出:我们已经"久久遗忘了自己的古典文史哲传统",如今只有一个"模仿西方的、脆弱单薄的、现代诗歌传统"①。她对以胡适为代表的早期白话诗运动进行清算,认为胡适"用纯的白话口语代替整个语言系统,只是一种幼稚的空想,在胡适和其同时代的白话文先驱们的所谓白话诗文上游戏着无数古典文学、古典诗词的'踪迹'"②。郑敏重视从传统诗学中发掘精髓,将新诗与传统重新衔接,实现艺术创新。她认为,新诗的窘迫正来自一方面"无法汲取母语文化的诗歌传统艺术",另一方面"又不可能以外语文化的诗歌艺术传统取代之"③。她激烈地批判"新诗已走出传统,它已完全背叛自己的汉诗大家庭的诗歌语言与精神的约束,它奔向西方,接受西方的诗歌标准",断

①郑敏:《中国诗歌的古典与现代》,《文学评论》1995年第6期。
②郑敏:《世界末的回顾:汉语语言变革与中国新诗创作》,《文学评论》1993年第3期。
③郑敏:《试论汉诗的传统艺术特点——新诗能向古典诗歌学些什么?》,《文艺研究》1998年第4期。

言"21 世纪中国新诗的能否存活就看我们能否意识到自身传统的复活与进入现代,与吸收外来因素之间的本末关系"①。这场围绕"五四"白话文运动展开的论争,涉及胡适的文化观、思维方法论等众多问题,但最直接也是最根本的是对胡适所开创的新诗进行的反省与论争。郑敏站在文化守成的立场上,以古典主义的优越批判胡适诗学观的偏激,有振聋发聩的作用,有对胡适白话诗学的重要纠偏,但也存在某种程度的误读。

站在当下综观整个新诗成长史,我们发现,新与旧、现代与传统已经不像"五四"那时势不两立,相互排斥,而是相互吸纳与转化。胡适诗学观之所以在不同时期总是以不同的姿态被解读,正是因为其诗学主张具有开阔的眼界,其对新诗形象的建构背后所涵盖的知识结构,既是西方的,也是传统的,所以无论是对文化保守者还是文化激进者而言,胡适诗学都已成为绕不开的文化遗产。

---

①郑敏:《新诗百年探索与后新诗潮》,《文学评论》1998 年第 4 期。

# 中日比较视野中的
# 北冈正子的鲁迅研究*

## 李 松 吴 婧

　　鲁迅在日本的中国近代文学研究中一直是长盛不衰的话题，1927 年武者小路实笃主办的《大调和》月刊杂志上刊登了鲁迅《故乡》的译作之后，鲁迅作品的日译本就开始不断增加。"二战"结束后，日本学界从鲁迅翻译潮转入了研究潮，并在不断深入开掘中先后出现了"竹内鲁迅"、"丸山鲁迅"等颇具代表性的系列成果。在同时期的研究者中，还有一位重要的代表人物北冈正子，她自 1972 年开始，对鲁迅《摩罗诗力说》的材源考证成果就以"笔记"的形式连载于日本的中国文艺研究会会刊《野草》。随后以庆祝鲁迅诞辰一百周年为契机，她又将这些"笔记"修改和丰富后连缀、编撰成《〈摩罗诗力说〉材源考》①一书，于 1983 年翻译成中文出版，而这部书也堪称北冈正子鲁迅研究的代表作。此外，她的《日

* 本文为 2012 年度国家社会科学基金重大项目"二十世纪域外文论的本土化研究"（12&ZD166）阶段性成果。
① （日）北冈正子：《〈摩罗诗力说〉材源考》，何乃英译，北京：北京师范大学出版社，1983.

本异文化中的鲁迅——从弘文学院的入学到"退学"事件》①、《鲁迅救亡梦之去向——从恶魔派诗人论到〈狂人日记〉》②，以及多篇学术论文，也为推动鲁迅研究提供了丰富而难得的史料，近年来也纷纷受到国内研究者的关注。

　　自 1983 年《〈摩罗诗力说〉材源考》出版之后，朱金顺就发表了国内第一篇探讨北冈正子鲁迅研究的文章《资料丰富、考订细密的书——读〈摩罗诗力说〉材源考》③。作者在肯定该书详细充实的资料对于鲁迅研究的推动作用之外，还初步探讨了北冈正子朴实严谨的治学精神和实证考据的研究方法对于中国文学研究的启示和意义。紧接着，高旭东以《〈摩罗诗力说〉材源考》的相关材料为基础，沿着北冈正子的实证路线，在《拜伦的〈该隐〉与鲁迅的〈狂人日记〉》④中，探讨了拜伦的《该隐》对鲁迅《狂人日记》的影响。

　　直到 21 世纪头十年国内都没有出现专门针对北冈正子及其著作的研究，尽管她的研究成果在初期没有引起什么波澜，但是自 2011 年起，在《北冈正子鲁迅研究的方法论意义》⑤这篇文章中，赵金华就开始重新发掘北冈正子的新价值，而这篇文章对北冈正子

①（日）北冈正子：鲁迅日本という異文化のなかで：弘文学院入学から「退学」事件まで．吹田：関西大学出版部．2001。
②（日）北冈正子：鲁迅救亡の夢のゆくえ：悪魔派詩人論から「狂人日記」まで．吹田：関西大学出版部．2006。（日）北冈正子：《鲁迅救亡之梦的去向：从恶魔派诗人论到〈狂人日记〉》，李冬木译，北京：生活·读书·新知三联书店，2015。
③朱金顺：《资料丰富、考订细密的书——读〈摩罗诗力说〉材源考》，《鲁迅研究动态.1985（01）。
④高旭东：《拜伦的〈该隐〉与鲁迅的〈狂人日记〉》，《苏州大学学报》（哲学社会科学版）.1985（02）。
⑤赵金华：《北冈正子鲁迅研究的方法论意义》，《现代中文学刊》，2011（03）。

研究的视角也有着转型的代表性意义。在这篇文章中,赵金华综合考察了进入 20 世纪 80 年代的日本社会变迁和思想潮流,在这一背景之下探讨北冈正子研究中的实证考据、文化比较、文本分析等方法对于中国鲁迅研究所具有的方法论意义。随后,在 2015 年发表的《北冈正子的鲁迅研究》①以及 2016 年相继发表的《历史尘埃里折射梦想纹路——读北冈正子〈鲁迅:救亡之梦的去向〉》②、《焕发思想活力的实证研究——读北冈正子〈鲁迅救亡之梦的去向:从恶魔派诗人论到《狂人日记》〉》③、《从中文版到日文版——读北冈正子先生的〈《摩罗诗力说》材源考〉》④等论文中,中国的鲁迅研究者对自身的研究方式进行了积极的反思,也在转变研究视角的基础上对北冈正子鲁迅研究的价值进行了重新地挖掘,并以跨文化、跨学科姿态与世界鲁迅研究界展开了积极的对话。

值得注意的是,从 20 世纪 80 年代开始,竹内好、伊藤虎丸、丸山升、木山英雄等鲁迅研究者的学术成果陆续受到中国学界的关注、译介和研究,并在今天的海外鲁迅研究新课题中得到了相当的重视,但与这些日本鲁迅研究大家同一时期的研究者北冈正子,其人其作在中国的接受和研究的进度却相对缓慢和曲折。在此基础上,笔者将在中日比较视野中,探索北冈正子在日本鲁迅研究界的地位及其研究特色,以及她的鲁迅研究成果在中国的接受状况及

---

①李明辉、靳丛林:《北冈正子的鲁迅研究》,《鲁迅研究月刊》,2015(09)。

②阎晶明:《历史尘埃里折射梦想纹路——读北冈正子〈鲁迅:救亡之梦的去向〉》,《扬子江评论》,2016(03)。

③李雅娟:《焕发思想活力的实证研究——读北冈正子〈鲁迅救亡之梦的去向:从恶魔派诗人论到《狂人日记》〉》,《济南大学学报》(社会科学版),2016(05)。

④李冬木:《从中文版到日文版——读北冈正子先生的〈《摩罗诗力说》材源考〉》,《文艺报》,2016 – 10 – 19(第 8 版)。

其原因,并围绕实证研究方法对比中日学者关于鲁迅研究的差异。最后,在这些讨论的基础上,重新审视北冈正子鲁迅研究对于中国鲁迅研究乃至现当代文学研究所具有的价值和意义。

# 一、日本鲁迅研究谱系中的北冈正子

　　基于鲁迅与日本、日本人、日本文化的密切关系,以及鲁迅作品对日本读者带来的重要影响,日本一直是鲁迅研究的重镇,至少在中国以外的亚洲国家独占鳌头。从20世纪30年代开始,日本鲁迅研究就已经初具势头,到了"二战"之后,先后涌现了竹内好、丸山升、伊藤虎丸、竹内实、北冈正子、藤井省三等颇具影响的研究者。不难发现,在众多日本鲁迅研究者的诸多成果中,史料实证几乎成为了日本文史研究领域一以贯之的研究方式。虽然实证考据已经成为了日本学术经典性的传统学风,但是北冈正子与其他日本鲁迅研究者相比,其颇具特色的方法运用仍然使其在该领域占有重要地位。

　　(一)回归鲁迅

　　1955年作为御茶水女子大学二年级学生的北冈正子进入了当时创立不久的鲁迅研究会,在研究方向和研究方法上,她一直受其师兄丸山升的影响。丸山升在其代表著作《鲁迅——他的文学与革命》①中考证了鲁迅文学作品与辛亥革命的关系,而这一研究方向其实颇能代表诸多与北冈正子同一时期的、有影响力的日本鲁迅研究者的关注重点,即鲁迅与革命。例如藤井省三主编的《日本鲁迅研究精选集》②中,入选的诸多成果都致力于探讨鲁迅及其

---

① (日)丸山昇:鲁迅―その文学と革命.東京:平凡社.1965。
② (日)藤井省三主编:《日本鲁迅研究精选集》,林敏洁主译,北京:中央编译出版社,2016。

作品中的革命因素。诚然,"革命"在鲁迅研究中是不可忽视的主题,甚至在很大程度上成为了首要主题,北冈正子也没有脱离这一研究主流。但是从研究对象上看,她始终围绕鲁迅作品,立足文本研究文本,试图摆脱既有的鲁迅研究观念,而从作品本身出发去发现一个历史叙述意义上真实的鲁迅。

　　一般来说,用文学和历史还原鲁迅,再从鲁迅出发探讨其革命,是日本鲁迅研究者采用的固有模式(图一),而北冈正子想要挖掘的是历史中的鲁迅和文学中的鲁迅。在历史资料的整理和文学材源的考证中,北冈正子使鲁迅的革命思想在历史背景和文学作品中得以自动呈现,同时历史、文学和革命共同成为了构建鲁迅本体的三个密不可分的重要因素(图二)。

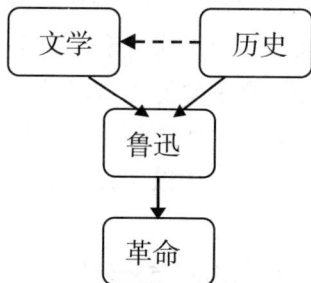

（图一）

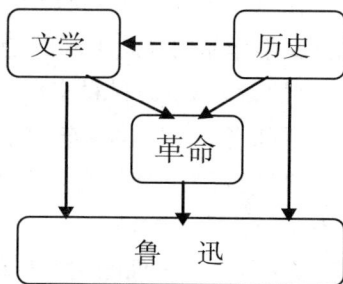

（图二）

　　竹内好通过对鲁迅"弃医从文"事件的新发现,重新看待鲁迅如何走向革命;山田敬三立足于鲁迅文学作品,并通过相关史料佐证,去进一步探讨鲁迅思想与存在主义的契合;伊藤虎丸也从《破恶声论》出发去研究鲁迅作品中科学与迷信之间的关系。而北冈正子在《日本异文化中的鲁迅》一书中,通过大量的史料还原留学时期的"周树人"的成长环境,为理解真正的鲁迅形象提供了丰富和详细的背景。同样,在《〈摩罗诗力说〉材源考》第二章中,北冈

正子在材源对比的基础上探讨鲁迅与雪莱诗歌观念的差异时,谈
到"'恶物悉颠'以下,清楚地表明鲁迅对破坏的态度,自然是《雪
莱》所没有的"①,这既是对鲁迅本体的挖掘,也是对其革命精神的
发现。北冈正子从再现鲁迅成长环境和作品的独创思想,发现了
何为真正的鲁迅,并使得鲁迅本体和革命精神呈现出密不可分的
整体状态。

(二)铺陈史料

让革命成为鲁迅本体不可分割的一部分,并且让这些革命因
素自身呈现从而达到不言自明的效果,这是北冈正子区别于他人
研究的独特之处,而所谓自动呈现和不言自明的效果则要归功于
北冈正子铺陈史料的研究模式。

在《〈摩罗诗力说〉材源考》中,与将《摩罗诗力说》作为鲁迅独
创的文学作品的观念不同的是,北冈正子意在考证和梳理鲁迅写
作《摩罗诗力说》的材料来源,并"将材料来源的文章脉络和鲁迅
的文章脉络加以比较检查,弄清鲁迅文章的构成情况,就可以从中
领会鲁迅的意图"②。这一方式使得她与同样以实证闻名的丸山
升有了较为明显的区别。

在《鲁迅——他的文学与革命》中,丸山升所秉持的是客观而
思辨的实证研究态度,他通过娓娓道来的言说方式,将历史材料和
文学文本梳理并整合起来,从而叙述出一个鲁迅文学和精神的世
界。所以,与其说他对鲁迅及其文学进行了历史的整合与思想的
解读,还不如说他用历史纪实的人物传记式文体重现了鲁迅的文

①(日)北冈正子:《〈摩罗诗力说〉材源考》,何乃英译,北京:北京师范大学出
版社,1983:65。
②(日)北冈正子:《〈摩罗诗力说〉材源考》,何乃英译,北京:北京师范大学出
版社,1983:2。

学创作和精神活动,而这样的写作模式也使其研究成果具有很强的可读性。

尽管北冈正子在《〈摩罗诗力说〉材源考》中通过直接铺陈材料来辨析出鲁迅所写与所引内容之间差异的方式,在阅读体验上相比丸山升的确乏味不少,但是从客观效果上来看,这一方式在一定程度上较好地避免了主体言说的臆断成分。在这部著作中,北冈正子既不从所谓"革命者鲁迅"的既成形象出发,也很少在论述中表明自己的态度,而是综合和铺陈了鲁迅在写作过程中所涉及的各种材料,在对比的基础上让材料自己说话。这样一种研究文学的历史使研究重点无形中从思想的探索中转移到材料的整理,或者说从研究者主动去挖掘思想转移到使鲁迅作品更容易自动呈现其思想。她为阅读者和其他的研究者提供了一个更加详细丰富的背景,从而使阅读者能够直接从材料本身的呈现中发现什么才是真正的鲁迅,最终这些接受者成为了探索鲁迅的真正主体,而北冈正子在其中所做的不过是穿针引线的引导者而已。当然,如果将其简单地视为材料组织者则未免轻率,实际上,组织什么材料、如何组织、如何呈现,这一思虑过程有现象学还原的深意在焉,她悬隔了先在理念和经验可能产生的主导影响。

（三）中外比较

北冈正子铺陈史料的论述方式所体现的客观性,还不足以表明她的实证研究方法在二战后涌现的众多日本鲁迅研究者中所具有的鲜明的独特性,因为泉彪之助的《须藤五百三——鲁迅最后的主治医》①《鲁迅日记中的医疗》②等多篇论文,以及坂井建雄的

---

① (日) 泉彪之助:《须藤五百三——鲁迅最后的主治医》,《鲁迅研究月刊》,2003(12)。

② (日) 泉彪之助:《鲁迅日记中的医疗》,《鲁迅研究月刊》,2004(01)。

《鲁迅学过的解剖学——从医学史的观点来看》①《从鲁迅医学笔记看医学专业学生鲁迅》②等论文都与北冈正子的《日本异文化中的鲁迅》一书的论述方式有着极大的相似性,即针对研究对象广泛搜集相关史料并进行整合和呈现,而极少主观论述。如泉彪之助在《鲁迅日记中的医疗》一文中就针对鲁迅日记中所涉及医疗各方面情况做了大量的数据统计,为后来者研讨当时的医疗环境以及鲁迅与医学的关系提供了大量珍贵的史料。同样,坂井建雄的《从鲁迅医学笔记看医学专业学生鲁迅》一文则搜集了鲁迅于仙台医学专门学校学习时所用的课表和相关笔记,并探讨了藤野教授为其修改解剖学笔记的合理性问题。

　　但与这两位研究者不同的是,北冈正子的研究范围不只限于历史,更在于文学作品本身,纵然他们三人的论述态度有着极大的相似性,但她在鲁迅作品研究中作出了卓越贡献,并显示出了跨文化的比较文学研究性质。这一点于《〈摩罗诗力说〉材源考》和《鲁迅救亡梦之去向》这两部著作尤为集中。

　　在《〈摩罗诗力说〉材源考》中,北冈正子研究鲁迅在《摩罗诗力说》中所组织的材料与原始材料所表达内容的差异性之外,还对雪莱、莱蒙托夫、裴多菲等文学家的社会、文化、政治等背景,包括人生经历和个性品行等方面与鲁迅进行比较,意在表明鲁迅一方面有目的性地组织这些原始材料,而另一方面,这些文学家与鲁迅所处时代背景的呼应关系,使得他们的作品和经历对鲁迅的写作乃至人格具有极强的塑造作用。而在《鲁迅救亡梦之去向》中,北

────────────────

① (日)坂井建雄:《鲁迅学过的解剖学——从医学史的观点来看》,《鲁迅研究月刊》,2006(09)。
② (日)坂井建雄:《从鲁迅医学笔记看医学专业学生鲁迅》,《鲁迅研究月刊》,2007(11)。

冈正子则在"补论"中进一步比较了严复的《天演论》和托马斯·赫胥黎的《进化与伦理》的理论区别,二者对鲁迅思想产生了深刻影响。在"余滴"中则进一步考证了鲁迅与裴多菲同样命名为《希望》的作品之间的材源关联和差异,从而辨析出鲁迅真正的思考和意图。

　　尽管藤井省三也曾研究过鲁迅的文学、哲学与裴多菲之间的关系,以及鲁迅《呐喊》的叙述模式与芥川龙之介作品的关系,但是他的研究主要是影响研究而非二者作品之间的平行比较。而北冈正子不仅在两篇《希望》文本的相互比较上讨论鲁迅与裴多菲二人思想的差异性,并且还广泛讨论了两位作家人生经历、历史环境以及文化社会背景的类似与差异。正是这些研究成果所具有的跨民族、跨文化、跨语言的比较性质,才使北冈正子的研究成果在日本鲁迅研究学界显现出视野的广度和文化的深度,这也正是她的不同凡响之处。

　　最后,值得提及的是,丸山升早在 1986 年就对北冈正子的鲁迅研究有过高度评价:"近年来北冈正子的研究是划时代的工作。她梳理鲁迅留学日本时期所写论文依据的材料,绵密地揭示出青年鲁迅有时用'剪刀和浆糊'组合文章,以及即便如此,在他对剪刀和浆糊的使用方法中已经显示出自己很强的独立性。"①尽管藤井省三主编的《日本鲁迅研究精选集》没有收录北冈正子的著述,但是藤井省三在其论文《太宰治的〈惜别〉与竹内好的〈鲁迅〉》②中结合了北冈正子《〈摩罗诗力说〉材源考》的研究成果,论述鲁迅

---

① (日)丸山升:《鲁迅·革命·历史——丸山升现代中国文学论集》,王俊文译,北京:北京大学出版社,2005:349。
② (日)藤井省三:《太宰治的〈惜别〉与竹内好的〈鲁迅〉》,董炳月译,《鲁迅研究月刊》,2004(06)。

在仙台时期文学活动的相关问题,可见北冈正子所做的溯源和整合工作在日本鲁迅研究中的确发挥了重要的史料参考价值。再者,北冈正子不仅在实证研究的论著数量以及研究的深度和广度上做出了可观的成果,而且在史料挖掘和丰富上做出了一定的贡献。正如她在《关于〈日文研究〉杂志——与左联东京支部文艺运动之关联》中所说:"《日文研究》是一本什么样的杂志?在本文揭晓其面目之前几乎不为中国现代文学乃至现代史研究界所知。"①正是这多元视野的广度、跨文化的深度,以及材料的新鲜度,奠定了北冈正子在日本鲁迅研究界的地位,使其鲁迅研究成果在仅仅作为他人研究的参考史料之外体现出其独特的价值和意义。

## 二、北冈正子鲁迅研究的中国接受

尽管北冈正子在日本鲁迅研究界拥有自己的研究特色,但是在中国学者的接受中,相比竹内好、伊藤虎丸、丸山升、木山英雄等人,则显示出了局限性和阶段性。在前期阶段,北冈正子的成果作为外来的参考史料而被接受,当然也基于其成果的特点,这一状态贯穿了对其接受的始终。但是在后期阶段,国内对北冈正子的关注点发生了明显的转移,集中体现在对其实证与比较研究方式的接受方面,同时,国内学者对其研究成果的延伸与批评却相对少见。

(一)作为参考史料的吸收

中国学界对北冈正子最熟悉并且接受最早的一部著作当属

---

① (日)北冈正子:《关于〈日文研究〉杂志——与左联东京支部文艺运动之关联》,李冬木译,《东岳论丛》,2013(3).

《〈摩罗诗力说〉材源考》,自1983年的中文版之后,就被国内学者作为难得的日本史料参考和吸收。以国内鲁迅研究的权威期刊《鲁迅研究月刊》为例,从1984年开始,除了北冈正子的译介成果之外,约有百余篇发表于该期刊的论文引用或谈到了北冈正子。例如,在《近年国外鲁迅扫描》①一文中,唐政基于前人的译介成果,在"史料实证"这一部分着重介绍了北冈正子的最新成果,肯定了她的史料实证研究对拓展鲁迅研究视野的意义。而在《中外影响下的周氏兄弟留日时期的文学观》②中,黄开发探讨周氏兄弟在留日时期形成的文学观所接受的中外影响时,就大量参考了北冈正子的《〈摩罗诗力说〉材源考》。但显而易见的是,大多数成果对北冈正子的研究所作的只是参考或介绍。除了朱金顺在1985年发表的国内第一篇专门探讨北冈正子鲁迅研究的文章,一直到2010年,专门介绍和研究北冈正子成果的作品几乎难觅,导致这一接受现象的原因恐怕与北冈正子鲁迅研究成果的特点密切相关。

　　除了最初以"笔记"形式连载的《〈摩罗诗力说〉材源考》之外,《日本异文化中的鲁迅》这部著作从1988年开始,就通过《与鲁迅留学时期有关的史料探索》③一文,以"摘译"的形式在国内发表,紧接着同样的部分又在《吉林大学学报》连载两期得以重译和刊载。随后从1989年第11期到1990年第4期,《鲁迅研究月刊》陆

---

①唐政:《近年国外鲁迅扫描》,《鲁迅研究月刊》,2003(04).
②黄开发:《中外影响下的周氏兄弟留日时期的文学观》,《鲁迅研究月刊》,2004(01).
③(日)北冈正子:《与鲁迅留学时期有关的史料探索》,王惠敏摘译,《鲁迅研究动态》,1988(02).

续刊载了五篇由何乃英翻译的《鲁迅留日时期关联史料探索》①，加上 2001 年于该刊发表的张轶欧翻译的《鲁迅弘文学院的入学》②，这些文章都是该书中"鲁迅弘文学院的入学"一章的译介成果。该书第六章《嘉纳治五郎给第一批毕业生讲话的波澜》则见于靳丛林翻译的《鲁迅改造国民性思想的由来——加纳治五郎给第一批毕业生讲话的波澜》③一文。

　　一方面，从北冈正子研究成果的译介模式来看，无论是最初以"笔记"形式发表的《〈摩罗诗力说〉材源考》，还是以"摘译""节译"形式获得中国学界接受的《日本异文化中的鲁迅》，它们无一例外都相当零散。她的论著译介入中国之初就以"笔记"或"摘译"的形式连载出现，所谓"笔记"，一般可以理解为随笔记录之义，又以连载的方式陆续发表，所以难以从完整的论述体系角度被接受。另一方面，从中国研究者所挑选的译介内容看，无论是针对鲁迅留学时期的史料，还是加纳治五郎与杨度关于中国教育问题的争论，在这一时期，中国的鲁迅研究者对北冈正子的关注重点主要在于相关史料本身而不在其研究方式，所以相关成果也就更多

---

① (日)北冈正子：《鲁迅留日时期关联史料探索鲁迅》，何乃英译，《鲁迅研究月刊》，1989(11)。北冈正子：《鲁迅留日时期关联史料探索鲁迅(二)》，何乃英译，《鲁迅研究月刊》，1989(12)。北冈正子：《鲁迅留日时期关联史料探索鲁迅(三)》，何乃英译，《鲁迅研究月刊》，1990(02)。北冈正子：《鲁迅留日时期关联史料探索鲁迅(四)》，何乃英译，《鲁迅研究月刊》，1990(03)。北冈正子：《鲁迅留日时期关联史料探索鲁迅(五)》，何乃英译，《鲁迅研究月刊，1990(04)。

② (日)北冈正子：《鲁迅弘文学院的入学》，张轶欧译，《鲁迅研究月刊》，2001(11)。

③ (日)北冈正子：《鲁迅改造国民性思想的由来——加纳治五郎给第一批毕业生讲话的波澜》，靳丛林译，《鲁迅研究月刊》，2002(03)。

地被中国学者以难得的日本史料加以学习和参考。

所以不得不说,这一时期中国学界对北冈正子的接受还处在初步阶段,这一阶段里,她的研究成果主要被作为具有史料价值的成果而被加以参考,并没有得到足够的重视,对她的实证方法的研究和接受还处在浅尝辄止的阶段,所以对中国的鲁迅研究的影响是比较有限的。

(二)对实证考据与文化比较的关注

在国内对北冈正子鲁迅研究的前期接受阶段,正如《资料丰富、考订细密的书——读〈摩罗诗力说〉材源考》这篇书评所强调,学界主要以国外高质量的一手史料"补充"的态度来看待这些成果,同时,她特色鲜明的实证研究方法在朱金顺的接受中,也还没有与乾嘉学派的朴学学风区分开来,其结论也只在肯定其成果的基础上,进一步提倡国内鲁迅研究者在治学中学习她钻研求实的精神和广纳资料的方法。但自2011年起,国内学者对北冈正子的关注进入了新的阶段,而新阶段主要的特点在于对她关注视角的转变,即对其实证考据与文化比较的关注,赵金华于该年发表的《北冈正子鲁迅研究的方法论意义》一文最早体现这一点,所以也有着转型的代表性意义。该文首先将她的研究置于1980年代日本社会转型和学术思想出现全新趋势的广阔背景中,去探究日本鲁迅研究中实证考据和文化比较等方法所具有的时代意义;其次,在精要介绍北冈正子的成果内容的基础上,展示出她成果所具有的深层次的文化思想内涵;最后,作者认为北冈正子将鲁迅从传统的政治视角中剥离出去,再将其置于更广大的历史过程与文化语境中,这样一种视角对中国鲁迅研究乃至对当下重新思考鲁迅都有重要的意义。

随后,李明辉、靳丛林在2015年发表的《北冈正子的鲁迅研

究》一文中试图解读她的研究"姿态"①和写作过程,而解读的方式
正与北冈正子客观展示的方法异曲同工,在这篇文章里研究者很
少主动得出结论,但北冈正子注解文本的功夫和客观求实的精神
则在李明辉、靳丛林的解读过程中得以淋漓尽致地展现。紧接着
2016年,学界又涌现了数篇研究北冈正子的文章,其中在《焕发思
想活力的实证研究——读北冈正子〈鲁迅救亡之梦的去向:从恶魔
派诗人论到《狂人日记》〉》一文,李雅娟将北冈正子的方法论探讨
又推向了一种对话状态,作者针对她所用材料的真实性提出了一
些质疑,在反思和肯定她的研究方式的基础上将其鲁迅研究命名
为"北冈鲁迅"②。

　　那么,为什么从2011年开始直至近期,北冈正子又重新获得
了关注呢? 首先,她所获得的影响与其著作的翻译进度是紧密相
关的,她的《〈摩罗诗力说〉材源考》和《日本异文化中的鲁迅》这两
部作品在译介之初很零散,而新作《鲁迅救亡之梦的去向》直到
2015年才得以在中国出版,这都大大影响了国内对她的成果的接
受和研究。其次,无论是北冈正子著作的译介还是国内鲁迅研究
学界对她成果的接受,都得益于中国社会经济、文化等各个方面积
极融入世界的趋势的推动。在这一形势的影响下,中国学者具有
更广阔地看待自身的眼光,即从世界和他者的角度去研究自身和
提升自身。随即,学术研究的思维角度的变化也明显体现在了中
国鲁迅研究的成果上,传统的鲁迅研究往往脱离不了政治化的研
究思维,而近些年对海外鲁迅的了解和探索则反映了中国鲁迅研

①李明辉、靳丛林:《北冈正子的鲁迅研究》,《鲁迅研究月刊》,2015(09)。
②李雅娟:《焕发思想活力的实证研究——读北冈正子〈鲁迅救亡之梦的去
　　向:从恶魔派诗人论到《狂人日记》〉》,《济南大学学报》(社会科学版),
　　2016年第五期。

究的思维开始出现了去政治化的趋势，并且在这一趋势中，从社会学、历史学、文化学的角度去还原一个真实的鲁迅越来越受到肯定和欢迎，所以北冈正子通过实证方式和文化比较的方法，将鲁迅置于一个更广阔的世界视野内去发现更具世界意义的鲁迅的诸多成果，正好应和了处在新世纪高速发展并积极进行世界对话的中国研究者的开放性眼光，也正是由于这样的学理性、自由性诉求，北冈正子以往研究成果的价值也获得了重新发现。除此之外，中国在近些年所受到的世界学术思想的影响也促进了她的中国接受，一方面，比较文学研究在中国本土经历了多年的学术积累，在学术思想的消化与批评实践的操作中，都渐入成熟境界；另一方面，解构主义、新历史主义、后殖民主义等思想都通过或正或反的方式促进了学界对历史"还原"和文化"重塑"的重视，她的诸多成果可作为中国鲁迅研究在实证和比较方法上实现进一步突破的研究范例。

（三）对北冈正子的拓展

在借鉴与吸收之外，国内学者对北冈正子鲁迅研究成果的研究也可见直接性的补充与批评的部分，但这类成果并不多见。

北冈正子在中国出版其《〈摩罗诗力说〉材源考》之后两年，高旭东以《〈摩罗诗力说〉材源考》所提供的材料为基础，在《拜伦的〈该隐〉与鲁迅的〈狂人日记〉》一文中，进一步探讨了鲁迅写作《狂人日记》时受到的木村鹰太郎的《拜伦——文艺界之大魔王》及其《〈海盗〉序》《关于〈海盗〉》的影响情况。而这样一种研究思路又正好契合了北冈正子几年之后在《鲁迅救亡梦之去向》一书中对鲁迅从《摩罗诗力说》的恶魔派诗人发展到《狂人日记》中狂人形象的研究。所以，基于实证考据，鲁迅的写作生命成为了有迹可循的对象，而这样的研究又使我们向真实的鲁迅更近了一步。

2004 年严家炎突破了单纯的引用或参考,拓展了北冈正子所作的史料考证。他在《须藤医生所写鲁迅病历为何与鲁迅日记及书信牴牾的再探讨》①一文中通过对鲁迅日记和书信有关记载,针对北冈正子在《有关〈上海日报〉记载须藤五百三的"医者所见之鲁迅先生"》②中所认为的,须藤五百三留下的鲁迅生前最后的病状记录误将"五"月写成了"三"月这一观点提出了一些不同意见。严家炎认为,造成这一错误的原因并非只是记录时的字迹潦草以至在后来的翻译中发生错解,反而正是这一明显的文字差异证明了须藤先生对鲁迅病情的延误,所以作者认为对这一事件的考证,尽管"不能尽释周建人 1949 年文章《鲁迅的病疑被须藤医生所耽误》提出的疑问,但至少可以把问题的范围缩小缩窄了"③。严家炎的研究是近年来针对北冈正子研究内容进行补充和批评所作的代表性成果,在北冈正子的基础上继续推进了相关内容的研究进展,也颇能代表国内鲁迅研究在实证考据上所作的相关工作。

但是,我们也不得不面对这样一个现实,无论是作为参考史料的前期阶段,还是吸收其实证考据与文化比较方式的后期阶段,国内学者对北冈正子的研究大都还停留在认可、借鉴和学习中,尽管少数学者试图针对她的研究成果进行直接的补充和批评,但这样的成果只是零星可见而已。国内学者在材料把握和实证考据上的确还存在一定的不足之处,这也是为何直到近期仍然有不少学者

①严家炎:《须藤医生所写鲁迅病历为何与鲁迅日记及书信牴牾的再探讨》,《鲁迅研究月刊》,2004(02)。
②(日)北冈正子:《有关〈上海日报〉记载须藤五百三的"医者所见之鲁迅先生"》,邱香凝译,《鲁迅研究月刊》,2003(11)。
③严家炎:《须藤医生所写鲁迅病历为何与鲁迅日记及书信牴牾的再探讨》,《鲁迅研究月刊》,2004(02).

依然在强调北冈正子的实证方法对中国鲁迅研究的启示和价值。这样的现象说明,一方面,她在实证研究上的确做出了惊人的成绩,无论是在研究成果上还是在求实精神上都的确值得国内研究者学习;另一方面,国内鲁迅研究者对她的关注也证实了国内实证方式与北冈式的实证方式存在诸多不同之处。

## 三、中日实证方法的比较:以《摩罗诗力说》研究为例

北冈正子所采用的"实证研究"方法,在17世纪经验哲学和自然科学研究兴起的背景下产生并获得了不断发展,19世纪中期,法国社会学家、哲学家奥古斯特·孔德正式创立的实证主义又进一步巩固了这一研究方法。孔德的实证主义以实证科学为根本基础,通过现象观察、细致思辨和事实证明的科学系统的研究方法,来摆脱神秘主义、经验主义和形而上学在研究中可能造成的谬误。处在日本鲁迅研究团体中的北冈正子,没有直接接受当时已经颇有影响力的竹内好、伊藤虎丸或丸山升等任何一位学者的鲁迅形象或鲁迅观,在避免先入为主的前提下,通过长达十年的资料搜集,完成了《〈摩罗诗力说〉材源考》。她在浩瀚的史实和文本中挖掘成长过程中的周树人的筑己之物和最真实的鲁迅的所在之地,并揭示了鲁迅在成为"鲁迅"的过程中所面临的复杂思想、文化及社会环境。当然,直至今日还去讨论北冈正子的实证方法的价值已经显得太过肤浅了,实证作为人文社科研究中的一项重要方法,无论是在日本还是在中国都已经受到了广泛的肯定和运用,即便针对同样的作品,中日学者在运用实证的方式上仍然有一定的区别。

尽管在国内也很难找到几部像北冈正子的《〈摩罗诗力说〉材源考》一样具有代表性的鲁迅研究实证成果,但是这也并不意味着国内鲁迅研究者在实证方面没有做出成绩。赵瑞蕻的《鲁迅〈摩

罗诗力说〉注释、今译、解说》①一书比北冈正子的《〈摩罗诗力说〉材源考》正式成书还要更早一些,尽管研究对象相同,这两本书的实证方式的差异值得仔细比较。

(一)何为材料来源

根据鲁迅在日本留学时的学习情况可知,他在写作《摩罗诗力说》时,只懂日文和德文,而不懂英文,所以,鲁迅写作的材料来源只能是基于这两种语言的书籍。而《摩罗诗力说》中所提及的诗人并非都用德语写作,例如在这篇文章中极具分量的两位英国诗人——拜伦和雪莱。

在考证有关拜伦的作品的材料来源时,针对"裴伦在异域所为文,有《哈洛尔特游草》之续,《堂祥》(Don Juan)之诗,及三传奇称最伟,无不张撒但而抗天帝,言人所不能言"②一句,赵瑞蕻认为鲁迅此句的观点直接来源于拜伦的著作:"《恰尔德·哈洛尔德游记》的续集第三、第四两章……《唐璜》第十四章第九十九节。"③北冈正子认为,鲁迅"《摩罗诗力说》第四节、第五节的材料来源是木村鹰太郎的《拜伦——文艺界之大魔王》和拜伦著、木村鹰太郎译的《海盗》"④,而此句是基于木村鹰太郎在《拜伦——文艺界之大魔王》这一评传中对拜伦的阐释写成的。并且,她认为,鲁迅有关拜伦复仇和反抗精神的认识实则受到了木村鹰太郎所译《海盗》中的《序》的影响,即

---

①赵瑞蕻:《鲁迅〈摩罗诗力说〉注释、今译、解说》,天津:天津人民出版社,1982。
②鲁迅:《鲁迅全集(第一卷)》,北京:人民文学出版社,2005:79。
③赵瑞蕻:《鲁迅〈摩罗诗力说〉注释、今译、解说》,天津:天津人民出版社,1982:80—81。
④(日)北冈正子:《〈摩罗诗力说〉材源考》,何乃英译,北京:北京师范大学出版社,1983:1。

不仅拜伦的日译本是鲁迅写作的直接来源,日本学者在翻译和介绍过程中所形成的观点也成为了影响此文的重要因素。

在考证有关拜伦的作品的材料来源时,针对鲁迅是否受到雪莱《无神论的必然性》的直接影响,中日两位学者则有着完全相反的看法。赵瑞蕻根据鲁迅直接提及了《无神论之要》一书,便将该书的主要内涵直接作为了注解内容。而北冈正子则基于"《摩罗诗力说》第六节,几乎全部是从滨田佳澄的《雪莱》归纳出来的"这一看法,根据有关句段与原材料的对比分析,认为鲁迅并没有读过《无神论的必然性》。北冈正子通过这类分析所得出的不少结论,也正是读者仅仅通过一般的文学阅读难以发现的。

针对相同内容材料来源的考证,中日学者显示出了明显的差异。赵瑞蕻虽然广泛地从英文、德文、法文、俄文、意大利文,甚至匈牙利文等著作中查出鲁迅所引原文,但他却忽略了鲁迅只能通过日译本或德文本来接受《摩罗诗力说》中所提及的诗人的各方面信息,同时,鲁迅通过日译本或日本学者的评传而受到这两位诗人影响的可能性更大。而挖掘出受到日文评传及译作影响下的《摩罗诗力说》中的属于鲁迅自身的创见,则正是北冈正子所作的工作。此外,除了对《摩罗诗力说》材料来源的不同判定之外,赵瑞蕻还广泛征引了鲁迅在《摩罗诗力说》所涉及的中国传统文学中的材料,并统一介绍了鲁迅写作时的社会、思想、文化背景,所以该书内容也不仅仅在于文本来源的考证。相比较而言,中国传统文学和文化材料的缺失,正是北冈正子诸多鲁迅研究成果中所体现出来的明显的不足之处。

(二)比较与再比较

《鲁迅〈摩罗诗力说〉注释、今译、解说》共有注释、今译、解说三个部分,尽管材源考据也是赵瑞蕻研究的重要部分,但是他并没

有把该书写作仅限于材料的搜集，而是希望在此基础上阐明自己
对《摩罗诗力说》的理解。并且，在成书结构上，与北冈正子将材
源考证与思想阐发融为一体的方式不同的是，赵瑞蕻将这三个部
分分别独立，其解说部分则集中在论文《中外诗歌多彩光辉的旅
程——读鲁迅〈摩罗诗力说〉随想》。

　　在这篇论文中，赵瑞蕻除了阐发鲁迅在《摩罗诗力说》中的文
学革命精神，还针对《摩罗诗力说》在比较文学研究的贡献作出了
阐释，并且认为"鲁迅是现代中国最早、贡献最大的杰出的比较文
学家"①。他通过"国情"和"文事"、文学的任务和作用、拜伦的影
响这三个方面来探讨鲁迅在《摩罗诗力说》中所作的比较工作，并
肯定了鲁迅这种辩证而科学的态度在当时所具有的先进性和革命
意义。除了对鲁迅所作的比较研究的阐发之外，赵瑞蕻也曾提及
诸如尼采、拜伦、雪莱等作家对鲁迅的影响，但并没有作深入探讨，
提及这些文学家也旨在阐明他们所推崇的各种精神信念的具体内
涵而已。所以，在赵瑞蕻的研究中，比较研究仅仅只是鲁迅所作贡
献的一部分，而非理解和研究鲁迅的思想与欧洲诸多诗人作家关
系的一种方式。

　　北冈正子的研究明显弥补了这一缺憾，虽然《〈摩罗诗力说〉
材源考》的研究重点并不在于鲁迅为比较文学研究所作出的贡
献——这一点也是她的不足之处，而是将鲁迅与拜伦、雪莱、普希
金、莱蒙托夫等人置于平等的地位，去探讨鲁迅与他们思想的差
异。但是，北冈正子并不止步于鲁迅与他们的比较研究，更将这
一比较置于社会和文化这一更高层面，在丰富材料的基础上，去

────────────

① 赵瑞蕻:《鲁迅〈摩罗诗力说〉注释、今译、解说》，天津:天津人民出版社，
　1982:288。

探讨鲁迅与他们在民族反抗性质、社会动荡因素和国家文化传统上的差异。所以,北冈正子以比较研究的方式来进行鲁迅研究,更从文学比较到思想比较再到文化比较,实现了比较层次的螺旋式上升。

赵瑞蕻对鲁迅作品进行更细致的理解,而北冈正子的研究层次显然更深,当然这也并不意味着北冈正子的研究就绝对优于赵瑞蕻,造成这一差异的原因主要还是两部著作的写作目的不同,笔者也无意于进行武断的高下评价。《〈摩罗诗力说〉材源考》试图从原始材料的搜集和考证中去探索鲁迅的真实意图,而《鲁迅〈摩罗诗力说〉注释、今译、解说》则以通识本为编写目的来帮助读者阅读鲁迅的文学作品,所以前者的考证在细节上更显立体而有层次,而后者的研究在丰富上更显厚重而详尽。

(三)实证研究的目的与价值

上述关于成书目的上的差异,仍然不足以解答有关中日学者所认为的"怎样的研究才是有价值的"这一问题。同样处在把握了丰富的一手材料的前提下,赵瑞蕻和北冈正子却沿着不同的方向,基于不同的目的,作出了在研究态度、文体结构、研究结论上各有千秋的成果,这一现象对于当下的现当代文学实证研究来说或许更有思考价值。

新版的《鲁迅文學の淵源を探る〈摩羅詩力說〉材源考》①(汉译名"探索鲁迅文学之渊源《摩罗诗力说》材源考")于 2015 年在日本正式出版,尽管中文版还待翻译,但李冬木在《从中文版到日文版——读北冈正子先生的〈《摩罗诗力说》材源考〉》一文中已经

①北岡正子:鲁迅文學の淵源を探る《摩羅詩力說》材源考,東京:汲古書院,2015。

向广大的研究者介绍了新版的情况。在新版后记中北冈正子提到了自己在1985年"笔记"停止连载到新版日文版出版的20年间，"补入了新获得的知识，在将其作为一个论考去归纳的想法下，又再次做了全面修改，其结果是大幅度的增补。其中第一章有关拜伦的那一章，因旧稿弄错了材源，几乎是重写的（新版后记）。因此，就作者的工作而言，新版堪称作者历时43年（1972—2015）'材源考'之集大成，是完结之作"①。北冈正子在漫长的鲁迅研究过程中，所耗费的心血难以计量，她针对一个问题不断考辨、甄别、坐实的目的何在呢？恐怕并非只是日本文学研究传统的严谨客观、苛刻至极的态度，还有一种追求学术真理、臻于完美的治学精神。

反观赵瑞蕻在《鲁迅〈摩罗诗力说〉注释、今译、解说》中所做的工作，其实也不难发现，他在实证研究中同样付出了诸多艰苦，可见针对同样的研究对象，中国研究者同样具有求真务实的精神。但是与《〈摩罗诗力说〉材源考》同样付出了数年艰辛的实证，二者结果不尽相同，其原因在于对于求实目的以及求实的价值何在，中日研究者有着不同的看法。赵瑞蕻通过搜集和梳理相关原文材料，意在阐明的问题是，《摩罗诗力说》到底说了什么，以及鲁迅到底想要借此文传达出怎样的精神。而这样一种价值判定体现了极强的作者本位意识，所以在解读中，赵瑞蕻往往容易先入为主地将鲁迅的既有革命者形象作为理解作品的基础，在《中外诗歌多彩光辉的旅程——读鲁迅〈摩罗诗力说〉随想》中，更是常在文章小节开头便直接将鲁迅判定为怀抱壮志的青年、精神界的战士、中国的启蒙者等形象。这一做法除了受到了国内鲁迅研究传统模式影响之

①李冬木：《从中文版到日文版——读北冈正子先生的《〈摩罗诗力说〉材源考》，《文艺报》.2016 – 10 – 19（第8版）。

外,更重要的是体现了赵瑞蕻不是从《摩罗诗力说》出发去理解鲁迅,而是将这篇文章作为了证明鲁迅的各种既成形象的注解,而这一作者本位或者说思想本位的做法在国内的研究模式中十分常见。

虽然不能说日本鲁迅研究中没有这样的现象,但是北冈正子以其独特的实证方式,达到了从作者本体到文本本体的真正转变。她立足于文本本身来探讨鲁迅,在文化比较的广度和深度上,来靠近真实的鲁迅本人甚至推翻既有的鲁迅形象,这样的研究模式显然具有强调程序、方法、规范的科学性。正是这一研究方式所具有的客观性、严谨性、精细性的理性特征,使得中日的实证方式有着本质上的分野。

日本实证方法之所以有着明显的现代性特征,其实不得不归功于日本从二战之后开始就快速融入全球化进程这一史实,日本积极接受西方的各种思潮和流派,其研究理论和研究模式也在保留优秀传统的基础上获得了巨大的改良和进步。而中国直到改革开放之后才加速融入现代化进程,文史哲思想的现代化进程由于传统观念的惯性较为滞后,所以在科研方法和研究模式上受到非文学性因素更多。也正是由于中国与日本文学研究的现代化并不完全同步,使得北冈正子在近几年获得了相当的关注,其实证方法中的现代性因素为中国学者带来了颇有价值的启示。

那么,如今的国内鲁迅研究已经具备了良好的接受文本本位研究范式的良好环境了吗?针对学术环境问题,李冬木在翻译《鲁迅救亡之梦的去向》这部著作时,就曾在后记中提出"三十年前的中国现代文学研究学界、鲁迅研究界还缺乏可以接受译者'材源考'的研究环境和知识平台……还缺乏可以共享的'问题意识'"①。那么,

---

① (日)北冈正子:《鲁迅救亡之梦的去向:从恶魔派诗人论到〈狂人日记〉》,李冬木译,北京:生活·读书·新知三联书店,2015:253。

这么多年之后,现在的情形又如何呢? 李雅娟在《焕发思想活力的实证研究——读北冈正子〈鲁迅救亡之梦的去向——从恶魔派诗人论到《狂人日记》〉》仍然对如今的研究环境表示了担忧,她认为尽管有了国家基金项目的保驾护航,似乎可以在各种令人眼花缭乱的"理论武器"和"造形术"中争得一片学问的天地,但是国内的研究者却仍然面临着"如何避免将实证研究变成材料堆积、无人管理的仓库,免于缺乏思想性的指责"这一可能存在的问题①。与其说中国在塑造一个可以接受并理解"材源考"式研究的学术环境上还需要一定的时间,不如说中国学者在研究观念和方法的转变还需要付出更多努力,而这一点,正是北冈正子对中国鲁迅研究界深远而具有突破性价值的启示。

# 结　语

随着中日两国在鲁迅研究的材料和方法上的互动越来越深入,以及近年来比较文学和海外鲁迅研究潮流的推动,北冈正子的实证考据与文化比较的研究方式已经引起了不少国内研究者的注意。她通过史料考证的方式还原了处于青年时期的鲁迅的教育环境,打破了鲁迅及其作品既成的神话式形象,还通过文化比较将鲁迅置于整个世界文学发展之中,来探讨鲁迅文学所具有的深层次意义。在这些研究中,她严谨客观的学风、锲而不舍的精神、脚踏实地的治学态度,以及能在一个问题上长期钻研下去的信心和决心,都值得当下的研究者借鉴。

---

① 李雅娟:《焕发思想活力的实证研究——读北冈正子〈鲁迅救亡之梦的去向:从恶魔派诗人论到《狂人日记》〉》,《济南大学学报》(社会科学版),2016(5)。

　　在北冈正子的众多成果和科研精神之外,还有一些鲁迅思想研究成果值得国内的研究者注意,例如她对鲁迅关于"人"的思想的形成过程的研究。无论是她在《〈摩罗诗力说〉材源考》中对鲁迅所接受的外国作家及作品的影响的研究,还是在《日本异文化中的鲁迅》中对鲁迅留学环境的缕述和对改造国民性思想由来的溯源,以及在《鲁迅救亡梦之去向》中对鲁迅有关真正的"人"的看法的解析,都体现了她对鲁迅本人、鲁迅笔下的人,以及鲁迅有关"人"的看法的关注。尽管她作出的结论不多,但这些内容体现了北冈正子对于鲁迅研究的思想贡献。鲁迅有关国民性的思考一直是鲁迅研究中的重要主题,北冈正子针对这一话题进行研究的诸多内容,并未引起国内研究者的再探讨,因此这些研究还有待学界同仁进一步思考和探索。

# "两个口号"论争与俄苏
# 文学文论传播中的期刊

陈国恩　孙　霞

　　"两个口号"的论争既与文人相轻的传统有一定的联系,也与左翼文艺运动内部存在的宗派主义和关门主义有重大关系。一提及这两种主义,我们自然会想起苏共主导第三国际对当时中国文坛的影响。这种影响的重要途径之一便是期刊,这可以上溯到1917年的《新青年》,下延至1936年的一些刊物。由于1917年至1934年7月间的期刊对俄苏文学与文论译介的特点及其对中国文艺论争的影响拟另撰文探讨,因而这里仅考察1934年8月至1936年上半年这一阶段期刊的编辑特点,并结合1934年前的期刊编辑特点考察"两个口号"论争中期刊对俄苏文学文论的译介所起的作用。

## 一、1934年至1936年的期刊译介
## 俄苏文学与文论的特点

　　1934年9月,苏联召开了第一次全苏作家代表大会,正式确定了"社会主义现实主义创作方法"的主导地位。苏联文艺政策的这一重大调整,对中国当时的期刊译介俄苏文学与文论产生了

直接的影响。下文将分别考察国民党系统的期刊、同人期刊、"左联"及倾向左翼的期刊译介俄苏文学与文论的特点。不管这些期刊的译介动机如何,客观地说,它们为俄苏文艺译介这项大工程提供了片瓦。此外,倾向左翼的期刊,由于它们在译介俄苏文学与文论时所起的作用与"左联"期刊大体相同,为了论述的方便,归在同一类。

　　**国民党支持的期刊**　这类期刊有相当一部分译介了苏联文艺,这一方面是因为苏联文艺深得中国人的喜爱,另一方面也正如茅盾所指出的,"这不是对民族解放运动表示支持,而是他们把欧、亚一些国家民族特点的文艺,自以'民族主义文艺'的同调或者援手的缘故"①。不过这在客观上有助于民众知识水平和审美能力的提高,为建构这一阶段文学论争所需的俄苏文艺背景知识提供了间接的帮助。这些期刊是《文艺月刊》、《中国文学》、《矛盾》等。它们所译介的俄苏文艺,一般以文学作品为主,如《中国文学》所翻译的就只是4篇俄苏小说。《文艺月刊》在1934年1月至1935年4月所译介的12篇作品中有3篇为小说,其他的几篇主要是一些文坛消息。《矛盾》译介的作品共有8篇,小说3篇,其中《三只丝袜》在总共出版的5期中连载了4期,另有"文坛消息"1篇,作家介绍2篇,文论译介2篇。通过对这些译作的分析,不管是哪种类型的作品,都与国民党所提倡的"民族主义文艺运动"的主题相关。它们或者是表达民族主义的主题,如《文艺月刊》中的《国赋的母亲》、《仆人》及《伊万杀子》,或者是俄罗斯文学史上一些著名作家的作品,如契诃夫、托尔斯泰、高尔基等人的小说。这些期刊

---

①陈荒煤:《中国现代文学期刊目录汇编》(上),天津人民出版社1988年版,第1319页。

对苏联社会及文坛状况、对苏联文艺政策介绍得很少,特别是苏联无产阶级文论的译介几乎没有,除非苏联国内一些特别重要的且不带无产阶级意识形态的消息才偶有刊发。显而易见,这正是此类期刊的突出特点,它是由其反对"普罗文学"、赞扬"民主主义文学"的立场所决定的。

　　**同人期刊**　一般是由爱国人士创办,往往更关注读者的审美需求,因而能较全面地译介苏联文学作品并能比较及时地介绍苏联文坛的消息。这类期刊译介俄苏文学与文论时继承了上个阶段同类期刊的一些特点,即是本着"以忠实恳挚的态度为新文学的建设而努力"来进行"世界文学的研究、介绍与批评"的①。它们刊载了一些俄苏文学作品,这些作品并非如国民党支持的期刊那样以服务于"民族主义文艺"的目的因而不可避免的显得单一片面,而是在译介俄罗斯文学名家的作品,也大量译介"十月革命"前后的无产阶级文学作品。如《现代》于1934年3月至1935年4月所翻译的文学作品共有5篇,都是苏联无产阶级作家的作品或反映无产阶级生活的作品。《文学季刊》除了连载陀思妥耶斯基的《白痴》和屠格涅夫的《散文随笔》,也有左琴科的小说《恐怖之夜》及高尔基的《天蓝的生活》。同人期刊译介俄苏文学与文论的另一个显著特点是,文学作品翻译相对来说比较少,而是以文论译介及苏联社会现状及苏联文艺动态的介绍为主。这一方面有益于提高国人的文艺理论修养,另一方面也为国人全面及时地了解苏联社会及文学状况做出了贡献。以《青年界》这份期刊为例,在1934年5月到1936年7月期间,译介有关苏联的7篇作品中,除了1篇安特列夫的《诗选》,其他6篇都是对苏联文学名家的介绍及对苏联

――――――――――

① 《文学季刊发刊词》,《文学季刊》1934年创刊号。

文艺政策的解释。《现代》于1934年3月至1935年4月译介的作品共有10篇,其中所翻译的文学作品共有5篇,另外几篇为文论及文坛消息。《文学季刊》的文学作品介绍4篇,文学论著4篇。通过比较,我们可以看出,这些特点与上个阶段的译介基本相同。但此阶段的同人期刊在介绍苏联文艺的同时,对在苏联文艺界引起热烈争论的"社会主义现实主义"创作方法介绍得很少。而这也正是这类期刊不同于"左联"期刊及倾向左翼的期刊的一个显著特点。其中的原因,我们不难明白,作为一种综合性的期刊,对无产阶级文论缺乏相应的热情和敏锐性是由其本身的性质所决定的。

**"左联"及倾向左翼的期刊**　《文学》、《当代文学》、《东流》、《译文》、《太白》、《春光》等期刊与前一阶段的译介特点相近,但是也表现出了此阶段左翼期刊追随苏联文艺政策所体现出来的独特性。1934年4月,苏联召开了第一次全苏作家代表大会,"社会主义的现实主义"成了唯一合法的创作方法,因此左翼期刊译介了大量有关创作方法的文章。如《文学》有周扬译介的作家论《高尔基的浪漫主义》,高纷转译日本西三郎的书评《俄国文学的现实主义发达》;《东流》的第2卷第1期有欧阳凡海译的《现实主义与心理主义的表现》及无名译的《托尔斯泰与现实主义》,第2卷第2期有以人译的《法捷耶夫论现实主义》;《译文》第2卷第2期有周扬译的《论自然派》;《夜莺》第1卷第1期有《屠格涅夫底现实主义》,第1卷第3期有法捷耶夫的《新现实与新文学》;《东方文艺》的第1卷第2期有吉尔波丁的《苏维埃文学地新现实主义》。总之,相对整个苏俄文论的译介来说,"社会主义现实主义创作方法"在中国得到了较集中的介绍。此外,这些期刊在译介上也保持了前一阶段左翼期刊的一贯特点,除了《译文》注重对文学作品的介绍外,其他期刊对文学作品如诗歌小说散文的介绍往往处于较从属的位置,而更注重苏联文艺政策及苏联文论的译介。拿《东流》来说,它创刊于 1934 年 8 月,多达 11 期有对苏联文艺作品的介绍,译介的作品 31 篇,但涉及作家作品翻译的只有 6 篇,其他的则分别为文学创作方法论、作家介绍、文坛消息等。再如《文学》,1934 年 1 月至 1936 年 6 月有关苏联文艺的译介有 46 篇,作家作品的介绍只有 5 篇,其他的则为"论文"、"补白"、"杂文杂记"或"书评"形式出现的专栏对作家作品的评论及对苏联文艺创作方法的介绍,或者是以"文坛展望"或"补白"的形式出现的对苏联文坛消息的介绍;6 篇文论中,有 5 篇是无产阶级文论。《当代文学》有限的 4 篇译作中,只有一篇小说。《文学新地》仅有的两篇译作是卢那察尔斯基与列宁的文论。《杂文》的 11 篇译作中,有关文学创作方法的就有 6 篇。这些期刊几乎没有对革命民主主义文论家作品的介绍。紧跟苏联文坛译介大量苏联无产阶级文艺理论,是这些期刊的特点。这反映了左翼理论界在接受苏联文学过程中对理论问题的强烈兴趣,也就理所当然地直接影响了"两个口号"的论争。

## 二、期刊译介俄苏文学与文论对论争的影响

**向苏联的文艺观看齐**　"两个口号"论争中,不管双方的立场是什么,甚至以徐行为代表的机械论者,都唯苏联马首是瞻。在这些论争文章中,我们不难发现他们对苏联社会、文学及文艺理论的推崇,苏联文艺思想成了他们据以判断口号优劣的一个重要标准。对苏联文艺现象与苏联国情的把握,当然离不开近二十年来期刊对苏联社会及文学乃至时政要闻的介绍。从《新青年》开始大力介绍俄苏文学与文论以来,许多期刊都积极跟进。近二十年来期

刊对苏联的译介是全方位的,不但大力译介作家作品和文艺理论,而且也注重苏联文坛消息的介绍,为国民及时了解苏联文坛提供了极大的便利。尤为重要的是,这些期刊通过刊登有关苏联的政治要闻及政界领导的论著,为读者打开了一扇了解苏联社会的窗口。"两个口号"的论争既是文人相轻习性的传统文化因素使然,也为抗日的现实情况所诱使,而苏联这个社会主义国家政治文化的发展也为论争提供了一种重要的标准和知识谱系。这些因素共同构成了论争的话语背景。检视"两个口号"的论争史,以苏联的政治文化思想为论据的论辩随手拈来。如代表机械论一方的徐行在他的《我们现在需要什么文学》中这样写道:"如伊利契在《社会主义与战争》和其他各种文献中所说一样","在苏联实行新经济政策的时候,曾经在文坛出现了取消主义。他的代表人物瓦朗斯基于一九二四年是这样说过……","故当时苏联勃洛作家大会认为'谈到文学领域内似乎可以有各种文学思想派别的和平合作和平竞赛,是一种反动的乌托邦'","苏联作家协会的章程上有这样的话……"①如此等等地引述苏联的文坛动向、文艺观点及政治方针,不难看出苏联的社会文化背景构成了他参与论争的重要依据。而"国防文学"的一方也希图从苏联政治文化政策及文学观念中找到自己的理论依据以证明自己口号的正确性和正当性,如周扬的《关于国防文学》一文在针对徐行据一位先哲的名言主张爱国主义情感是小私有经济产物的观点时,就以"他'刚巧'忘记了这位先哲自己就曾经夸耀过大俄罗斯民族,一点儿也没有轻视过民族的感情"②来批驳的。此外,周扬的文章也不断引用俄罗斯"先

①《文学运动史料选》(3),上海教育出版社1979年版,第277—281页。
②《文学运动史料选》(3),上海教育出版社1979年版,第229页。

哲们"的文艺观作为自己的根据。虽然我们不能说这些知识的获取全都是期刊译介的功劳,因为论争者自己也可以通过所掌握的外语来获取这种知识,或者是通过其他的途径获得,但这毕竟只是很少的一部分,作为一个知识群体,他们整个的文化眼界的开阔,还是离不开期刊这一广泛的途径,甚至那些通过自己掌握的外语直接获取这些知识者,其本人就是这些期刊译介苏联文学及文论的骨干力量,因而可以说期刊所起的作用虽然是潜移默化的,但却是至关重要的。

**加强了论争的理性色彩**　这首先体现在论争的双方都能就自己所提出的口号做出一番较理性的解释。如"民族革命战争的大众文学"与"国防文学"双方都说明了这两种文学各自的主题和创作方法问题。胡风在《人民大众向文学要求什么》中提到了其所依据的创作方法是"动的现实主义的方法",其主题是"统一了一切社会纠纷的主题"①。周扬在《关于国防文学》中同样写道:"国防的主题应当成为汉奸以外的一切作家作品之最中心的主题……主题的问题和方法的问题不可分离,国防文学的创作必须采取进步的现实主义的方法。"②可见,双方不但提出了自己的主张,并且都加以理性的、缜密的论证,各包含着一些合理的因素,成为当时历史条件下具有某种正确性的主张。"革命文学"论争时期不但未能提出较具体的理论观点,更未能解答对方的质问,就是论争过程中也总是违背鲁迅的"恐吓与辱骂绝不是斗争"的原则。由此可以看出相对以前的论争来说,这个阶段的论争更趋于理性化。

其次,理性色彩的强化体现在论争双方对"同路人"都不再采

①《文学运动史料选》(3),上海教育出版社 1979 年版,第 284 页。
②《文学运动史料选》(3),上海教育出版社 1979 年版,第 290 页。

取简单棒杀的态度,而是希望联合文艺界的一切爱国者走向抗日。如"国防文学"的拥护者立波在《关于"国防文学"》中提出:"在国防文学的旗帜下面,一定要除去一切狭窄的宗派思想和意气;凡中国人,只要不是万恶不赦的卖国卖民族的明中暗里的汉奸,只要不是甘心做亡国奴的猪犬,都是国防文学的营盘里面的战友。国防文学营盘里的人和朋友的通行证,上面只有简单的两句话:我是中国人! 我反对汉奸和外敌!"①此时,虽然还有像徐行那种反对联合一切可以抗日的同仁的机械论者存在,但是这毕竟是极少数,而在周扬和郭沫若清算机械论的文章发表后,徐行们也就再没有发表什么意见。从这些论争的文章中,我们不难看出,虽然实际的情况有出入,但双方在主观上先后都表示要反对"宗派主义"和"关门主义",这是一个事实。如周扬在《关于国防文学》中批判徐行就是因为"他的意见正代表着一部分'左'的宗派主义",而耳耶在他的《创作活动底路标》中质问周扬的一句话也是:"周扬先生自己底意见究竟超出了'一切宗派主义'的范围没有呢?"②

其三,论争的结束虽然是国内抗日大环境使然,另一方面也与苏联在第一次作家代表大会上提出的联合统一的文艺政策有间接的关系。因为联合已是大势所趋、深入人心的事了。而这种思想的深入人心与期刊积极主动的译介方针是分不开——那就是紧跟苏联文艺政策,学习先进的文艺理论为己所用。同时,在这一学习过程中又提倡具体情况具体对待,对"国防文学"口号的辩证看待,就是证明。如立波在《关于"国防文学"》中谈到:"国防文学原为苏联所倡导。可是,它移到中国来,并不是毫

①《文学运动史料选》(3),上海教育出版社1979年版,第266页。
②《文学运动史料选》(3),上海教育出版社1979年版,第327页。

无考虑的袭取,它有着客观情势的要求,除了少数明暗的汉奸,谁不要防卫我们的可爱的中国? 同时他也有着和苏联的国防文学不同的任务……"①

　　论争中理性色彩的加强是与苏联文论的译介有关的。苏联文坛在 1932 年解散了"拉普"等文学派别,提出了"社会主义现实主义的创作方法"。"两个口号"论争中,对立的双方都提倡这一创作方法,主张把它应用到创作中来。考察 1934 年中期之后所译介的苏俄文学资料,我们可以看到很多期刊对这一创作方法都有译介,关于创作方法的问题已引起广泛的关注。这就十分清楚:左翼内部两拨人的一场论争,直接受到了期刊所译介的苏联文艺政策及创作口号的影响。即使是上文所提到的双方都提倡团结文艺界一切人走向抗日的观点,也受到了苏联解散各种文学派别、提倡统一的"社会主义现实主义创作方法"及反对"宗派主义"和"关门主义"的影响。如萧三在《我为"左联"在国外做了些什么?》一文中所说的:"何况我当时也想学苏联的样:解散'拉普',组织更广泛的统一的作家协会,不更好些吗?"②"左联"解散的很大一部分原因就是"学样"的结果,但这同时也是造成论争的直接原因。

　　**论争中的"宗派主义"和"关门主义"现象**　　这次论争中所提出的两个口号,都是要求文艺界组织广泛的抗日民族统一战线,都要求反映广泛的现实生活,如"民族革命战争的大众文学"的拥护者之一路丁在《现实形势和民族革命战争的大众文学》一文中提到了它的内容范围是:"并不是狭义的把文学的范围缩小,而是动的现实主义的一个发展:一个和目前现实生活的配合,现在生活主

---

①《文学运动史料选》(3),上海教育出版社 1979 年版,第 265 页。
②《左联回忆录》,中国社会科学出版社 1982 年版,第 181 页。

流的集中表现。"①"国防文学"的支持者郭沫若在《国防·污池·
炼狱》中谈到"国防文学"的内容是这样的:"我觉得国防文艺应该
是多样的统一,而不是一色的涂抹。这儿应该包含着各种各样的
文艺作品,有纯粹社会主义的一支与狭义爱国主义的,但只要不是
卖国的,不是为帝国主义作帐的东西,因而,'国防文学'最好定义
为非卖国的文艺,或反帝的文艺。"②可见,两者的思想观点和主张
本没有很大的差别,但是为何又发生激烈的争论呢? 因为他们"不
是首先从抗日国防的政治上去广泛联合作家,而是要在文学口号
上去联合作家"③。也就是你站在哪一方你就会支持谁的口号,而
不是你支持什么口号你就站在谁的一方,口号只是虚设的,这就反
映出了这场论争仍然存在"宗派主义"和"关门主义"。出现这种
情况,原因复杂,其中重要的一点是与这一阶段左翼期刊对苏联文
艺及文论的译介存在某种片面性相关,这种片面性主要表现为对
苏联文艺及文艺政策的亦步亦趋的追随。苏联自从"十月"革命
胜利以后,文艺界一直存在着"宗派主义"和"关门主义"的现象,
众多的派别为了维护自己在文坛上的盟主地位,总是排挤他派,不
管对方的观点正确与否一味地排斥,唯我独尊。通过中国期刊的
译介,这种二元对立的思维模式影响了论争的双方,使其中的一些
人为了争苏联文艺思想的正统而粗暴地抨击对方,造成同一战线
中的盟友一度反目成仇。因而,这也可以说是苏联的"宗派主义"
和"关门主义"在中国文坛所激起的回应。

---

① 《文学运动史料选》(3),上海教育出版社 1979 年版,第 489 页。
② 李何林:《近二十年中国文艺思潮论》,陕西人民出版社 1982 年版,第
   416 页。
③ 陈瘦竹:《左联文学论文集》,《南京大学学报》编辑部 1980 年版,第11 页。